Arena-Taschenbuch
Band 50333

Für Lara

Ein Buch ist eine Welt zwischen
zwei Deckeln,
viel Spaß beim Aufschlagen
und Eintauchen!

Carina Bargmann

Von Carina Bargmann ist im Arena Verlag
außerdem erschienen:
Die letzte Wächterin

Carina Bargmann,
Jahrgang 1991, hat schon als Zehnjährige mit dem Schreiben angefangen. Mit fünfzehn Jahren hatte sie bereits zwei große Fantasyromane verfasst und wurde wenig später von einer der renommiertesten deutschen Literaturagenturen als Nachwuchstalent entdeckt.

»Für Fans von Fantasy-Literatur ein Muss.«
Nürnberger Nachrichten

Carina Bargmann

Sayuri

Arena

FSC
www.fsc.org
MIX
Papier aus verantwortungsvollen Quellen
FSC® C022125

1. Auflage als Arena-Taschenbuch 2012

Umschlaggestaltung: Frauke Schneider unter Verwendung
eines Fotos von © mauritius images/Trigger Image
Umschlagtypografie: knaus. büro für konzeptionelle
und visuelle identitäten, Würzburg
Ein Projekt der Montasser Medienagentur
Gesamtherstellung: Westermann Druck Zwickau GmbH
ISSN 0518-4002
ISBN 978-3-401-50333-2

www.arena-verlag.de
Mitreden unter forum.arena-verlag.de

Prolog

Das ist das Ende«, stellte der Mann mit schwacher Stimme fest.

Die Boten in ihren grauen Gewändern knieten schweigend vor ihm. Mit gesenkten Köpfen warteten sie auf seine Befehle. Aber er hatte keine mehr für sie. Es war vorbei, die Suche war vergeblich gewesen.

Sein Blick glitt zum Fenster hinaus über die Gärten des Palastes bis zur Stadt, die ins Licht des grünen Mondes getaucht dalag. Es schien, als würde sie von sich aus leuchten.

»Geht«, befahl er leise. In seinen Augen glänzten Tränen. Hastig entfernten die grauen Boten sich, zogen die Tür hinter sich lautlos zu und vergaßen ihren Auftrag. Im Garten nahmen sie ihre Posten als stumme Wächter wieder ein, verharrten in ihrer starren Haltung aus grauem Stein, bis sie wieder erweckt würden. Stumm blickte der Mann in die Leere des Raumes. Die hohen Marmorsäulen zu seiner Rechten und Linken säumten den Weg von der Tür bis vor seinen Schreibtisch und warfen Schatten, zwischen denen das Mondlicht den kühlen Boden in grünliches Licht hüllte. Seine Schritte klangen dumpf, als der Mann zwischen die hohen Säulen trat. Er war allein. War er das nicht sein ganzes Leben gewesen?

»Jetzt ist alles vorbei«, murmelte er leise. »Wieso, ihr Götter?« Verzweifelt ballte er die Hände zu Fäusten, aber es gab nichts, gegen das sich sein Zorn richten konnte, niemanden bis auf die riesige Katze, die bei seinen Worten lautlos neben ihn geglitten war. Ihre goldenen Augen glühten in der Finsternis, ihren Leib mit den neun zuckenden Schwänzen umspielten die Farben der Nacht.

»Herr? Brachten die grauen Boten schlechte Kunde?«, erkundigte sich der Wiljar mit tiefer Stimme.

Müde hob der Mann den Kopf und blickte in die schmalen Augen des Tiers. Das Katzengesicht strahlte Ruhe und Intelligenz aus.

»Sie brachten gar keine Kunde!«, entgegnete der Mann. »Dieser Ort, von dem du sprachst, er existiert nicht.« Bitterkeit ließ seine Stimme rau klingen. »Das oder deine Wächter sind nicht so mächtig, wie du vermutest.«

Die Katze lächelte leise. »Ihr Menschen glaubt, eine Quelle müsse immer an einem Ort liegen. Ihr zeichnet Karten, ohne den Wandel der Zeit zu berechnen.« Ihr tiefschwarzer Leib wurde eins mit den schimmernden Steinen aus den Gruben von Tinador, die den Boden der Halle bedeckten. »Wenn die Quelle nicht gefunden werden will, so müssen wir sie ruhen lassen.«

Der Mann machte einen zornigen Schritt auf die Katze zu. »Aber das kann doch nicht das Ende sein! Das ist nicht alles!«

»Es gibt immer einen anderen Weg.« Der Wiljar lächelte besänftigend. »Ihr habt nun alles versucht, den friedlichen Weg gewählt. Doch wenn Ihr länger zögert ...«

»Nein!« Die Stimme des Mannes wurde von den steinernen Wänden zurückgeworfen. »Nein«, widerholte er etwas ruhiger. »Das darf niemals passieren.«

»So hört, was ich Euch vorschlage, und bedenkt, es ist

Euer letzter Weg«, schnurrte der Wiljar sanft. »Andernfalls ist alles verloren und Euer Bruder wird die Stadt mit sich in den Tod reißen.«

»Ich höre«, flüsterte der Mann. Im fahlen Mondlicht erschien seine Haut kränklich grün.

Der Wiljar hob die Stimme leicht und unterbreitete dem Herrscher seinen grausamen Plan.

Der Mann schüttelte stumm den Kopf, wohl wissend, dass er zustimmen würde. »Mein Bruder darf nicht sterben«, flüsterte er leise. »Niemals.«

»Dann tut, was ich Euch rate«, bat der Wiljar.

Der Mann trat aus dem Schatten der Säule hinüber zu den Fensteröffnungen im Mauerwerk, die bis tief auf den Boden reichten und den Blick hinunter auf die Stadt freigaben. Still und wartend lag sie da und selbst in dem mächtigen Wasserlauf, der ihr den Namen gab, schien das Flüstern verstummt zu sein.

Der Wiljar gab ein leises Fauchen von sich. »Ihr müsst Euch entscheiden«, verlangte er. »Es ist Zeit.«

Der Mann drehte sich langsam um. Und dann sprach er die Worte, die gesprochen werden mussten.

Teil 1

1. Kapitel

Die Angst kroch ihr in den Nacken, als der Soldat vor ihr in der Bewegung innehielt. Zitternd drückte sich Marje tiefer in die Nische, zog die Füße eng an und hielt die Hände fest um Shio geschlossen.

Sie konnte den Zinadenwächter nicht sehen, nur seine Schritte hören, die schwer durch die Gänge hallten, die vom Fackelschein erhellt wurden. Jeden Moment konnte er an der Treppe stehen bleiben und sie in der Fensternische entdecken.

Marje spürte in ihrem Rücken die scharfkantigen Scherben, die noch im Rahmen steckten. Die Öffnung im Mauerwerk war von außen nur notdürftig mit Brettern vernagelt worden. Ein Stein hatte vor einigen Tagen die Scheibe zerstört, Marje selbst hatte ihn geworfen. Zwischen den Ritzen flutete das Mondlicht ungehindert in den Gang.

Die Schritte kamen noch näher. Jetzt tauchte der Schatten des Soldaten im Gang auf. Ein Klirren ertönte, die Fackel wurde aus ihrem Ständer neben der Treppe gehoben.

Marje schloss die Augen und sandte ein Gebet an Turu.

»Sithar?« Eilige Schritte näherten sich vom anderen Ende des Ganges. Marje blinzelte. Das Licht der Fackel flackerte.

»Schichtwechsel, alter Junge«, verkündete eine helle Stimme.

Marje hielt den Atem an.

»Endlich«, murrte der Soldat, der nicht mal eine Mannslänge vor Marjes Versteck stehen geblieben war, und steckte die Fackel zurück in die Halterung. »Ihr seid spät dran!«

Endlich, dachte auch Marje und unterdrückte einen Stoßseufzer. Einen Herzschlag später zogen sich die Schatten der beiden Männer zurück.

Marje streckte vorsichtig ihre Glieder. Das war mehr als knapp gewesen. Sie öffnete die Hände, um Shio wieder freizulassen. Das winzige Irrlicht glomm nur noch so schwach, dass es gerade nicht verlosch, aber immer noch hell genug, um die Aufmerksamkeit der Wachen in einem dunklen Treppenhaus auf sich zu ziehen, falls sie sich doch noch einmal umsahen. So verharrte es zwischen ihren Fingern, bis die schweren Schritte der Wachen in der Ferne verklungen waren.

»Weiter«, flüsterte Marje schließlich leise. Sie wusste, dass der Schichtwechsel ihnen eine Viertelstunde gab, nicht mehr und nicht weniger.

Shio erhob sich aus ihrer Hand in die Luft. Einmal kreiste das Irrlicht um den Kopf des Mädchens, dann flog es zum Treppenabsatz hinüber und spähte den Gang entlang.

Vorsichtig rutschte Marje aus der Nische und blickte sich um. Ihre Lederschuhe verursachten keinen Laut auf dem Faliostein, aus dem die Zinade erbaut war.

Die Luft war rein. Nur die Schatten kleiner Steinvorsprünge tanzten an den Wänden im unruhigen Licht der Fackeln. Die Lichter flankierten die Treppe, die dem gewundenen Lauf des Ganges folgte, zu beiden Seiten.

Wie ein Ring umschloss das Gangsystem, in dem Marje unterwegs war, den Wasserspeicher in der Mitte der Zinade. Der Speicher selbst war ein offener, kreisrunder Raum, der mehr als zweiunddreißig Schritt Durchmesser maß. Zwei voneinander unabhängige Aufgänge schraubten sich spiralförmig vier Stockwerke in die Höhe und mündeten beide ins Herz der Zinade, den Kontrollraum, von dem aus die gespeicherten Wassermassen in die Stadtviertel geleitet wurden.

Marje lauschte noch einen kurzen Augenblick angestrengt in die Stille. Dann nickte sie Shio zu und sie huschten den Gang entlang, zur nächsten Treppe, die sie weiter zum Treffpunkt führen würde, wenn die Karten stimmten. Niemand stellte sich ihnen in den Weg, als Marje den dritten Stock passierte und schließlich im vierten anlangte.

Das Irrlicht schwebte vorsichtig voran und erhellte den Gang mit seinem warmen Licht. Marje duckte sich am Treppenabsatz und spähte einmal mehr zurück, in der Hoffnung, mögliche Verfolger oder Gefahren rechtzeitig zu erkennen.

Als Shios Licht die Umrisse einer Tür erhellte, die ins Innere des Speichers zu führen schien, wagte sie es, sich aufzurichten und ihrem Freund zu folgen.

Einen Moment später kniete Marje sich auf den Boden. Die Karten hatten nicht gelogen – sie hatte es geschafft! Das Gangsystem führte hier tatsächlich zu einer schlichten Holztür, wie Milan es gesagt hatte. Als einziger Schmuck war rund um das Schloss das Wappen der Stadt eingelassen, ein kreisrunder Ring, der die Quelle symbolisierte. Ein Blick auf das Schloss genügte Marje, um zu erkennen, dass die Tür durch einen komplizierten Mechanismus geschützt war. Sie unterdrückte ein Seufzen. Auch das hatte Milan vorausgesehen.

Shio dimmte sein Licht ab und kreiste unaufhörlich um ihren Kopf, während Marje einen Satz schmaler Stifteisen hervorzog. Unruhig glitt ihr Blick zu der Sanduhr, die sie am Gürtel trug und ihr vor Augen führte, wie schnell die Zeit doch verrann. Die Patrouillengänge der Wächter waren engmaschig angesetzt, die einzige Möglichkeit, so hoch in die Zinade zu gelangen, war der Schichtwechsel, der um die dritte Stunde der Nacht vorgenommen wurde und ihnen ein wenig Zeit verschaffte.

Aber wo blieb nur Milan? Sie war davon ausgegangen, dass er als Erster hier eintreffen würde. Sie hatten sich am Tor der Zinade getrennt, weil Milan hoffte, so ihre Chancen zu erhöhen, sicher den Kontrollraum zu erreichen.

Marjes Finger zitterten. Mist! Für die Stifteisen brauchte sie eine ruhige Hand. Entschlossen biss sie sich auf die Unterlippe und versuchte sich zu konzentrieren. »Shio, ich brauch mehr Licht!«, zischte sie, als das Irrlicht hinter ihrem Kopf verschwand und dieser einen dunklen Schatten auf das Schloss warf.

Mit einem Surren landete Shio auf ihrer Hand.

»Danke«, murmelte sie.

Zu jedem Stockwerk führten zwei Treppen, die sich an den gegenüberliegenden Himmelsrichtungen befanden. Allerdings verschoben sie sich von Stockwerk zu Stockwerk in einem Viertelkreis. Wer im Norden in den zweiten Stock hochstieg, musste zur Ostseite oder Westseite des Gebäudes, um in den dritten zu gelangen.

Unruhig blinzelte Marje wieder zu ihrem Stundenglas hinab. Sie waren es immer wieder durchgegangen – die Patrouillen der Wächter, ihre Pausen und vor allem den alles entscheidenden Schichtwechsel.

Eigentlich konnte nichts schiefgehen. Eigentlich.

Das Stifteisen glitt abermals von dem Schloss ab. Hoffentlich sitzt Milan nicht in einer Ecke fest, aus der er ungesehen nicht mehr verschwinden kann, dachte sie und hätte am liebsten laut geflucht.

Shio sirrte fragend um ihre Finger herum und machte sie zusätzlich nervös. Am liebsten hätte sie ihn eingesteckt und sich in der Dunkelheit des Ganges vor möglichen Blicken versteckt, um auf Milan zu warten. Bis zur Treppe war es nicht weit, jeden Moment konnte ein Wächter um die Ecke biegen und Shio und sie entdecken.

Es war wunderbar, ein Irrlicht zum Freund zu haben, wenn man in der Dunkelheit Licht oder einen Führer brauchte, aber man hatte damit auch immer eine Laterne dabei, die nicht zu übersehen war und nicht gelöscht, höchstens verborgen werden konnte, denn Irrlichter erloschen nur, wenn sie starben.

Wie ein Leuchtfeuer kam Marje der Funken vor, der unbeirrt um sie herumschwirrte und unruhig drängelte. Auch Shio hatte Angst, dass sie erwischt wurden. Berechtigte Angst, denn kein Soldat würde zögern, sie festzunehmen. Schließlich war es für Taller wie sie bei Todesstrafe verboten, sich einer der Zinaden mehr als zehn Schritte zu nähern.

Marje presste die Kiefer zusammen, als sie an die Ungerechtigkeit dachte, die nun schon seit so vielen Jahren ihr Leben und das ihrer Freunde bestimmte. Sie war im Stadtteil der Taller aufgewachsen, dem äußersten Ring der Stadt, der an die Stadtmauern grenzte und auch neue Stadt genannt wurde. Die Zinaden dagegen waren unter Kontrolle der Liganer, die aus dem inneren Kreis der Stadt um den Palast herum stammten und der von Shanu, dem breiten Lebensstrom und seinen Adern, durchzogen war.

Hohe Tore, dicke Mauern und tiefe Schleusen teilten die Stadt und beraubten die Bewohner der äußeren Viertel dessen, was sie am nötigsten brauchten: das Wasser von Shanu.

Das war nicht immer so gewesen. Es war erst ein knappes halbes Dutzend Jahre her, als der Rat der Liganer entschieden hatte, das Wasser in der neuen Stadt zu rationieren, und der Palast hatte ihnen zugestimmt.

Obwohl die Flüchtlingsströme, die nach den großen Kriegen und Hungersnöten in der Wüste in die neue Stadt strömten, nicht abreißen wollten und die Stadt über Wasser im Überfluss verfügte, denn die Quelle des Shanu versiegte nie, statteten die Liganer den äußeren Ring mit Kanälen und Schleusen aus, um die Wasserzufuhr kontrollieren zu können.

Solange die Bürger dafür zahlten, wurde der Stadtteil der Taller aus den Zinaden gespeist, sobald sie allerdings die ständig steigenden Gebühren einmal nicht aufbringen konnten, wurde das Wasser abgestellt.

Auch in der alten Stadt, im inneren Ring, wurden eigentlich Steuern für das Wasser verlangt, aber die Liganer schöpften es aus dem Fluss vor der Haustür und keiner kontrollierte sie dabei, wie es bei den Tallern außerhalb geschah, die nicht einmal einen Becher mit Wasser durch die Tore tragen durften.

»So kriegst du das Schloss nie auf«, flüsterte es plötzlich hinter ihr.

Marje schrak hoch. Ihr Puls schnellte in die Höhe, gleichzeitig hielt sie den Atem an und ihre Hand griff automatisch zu dem Messer an ihrem Gürtel. Im nächsten Augenblick erkannte sie Milans funkelnde Augen und atmete erleichtert aus.

»Bei Turu! Bist du wahnsinnig?!«, fuhr sie ihn an und konnte doch nicht die Erleichterung verbergen, ihn zu sehen.

Das Grinsen in Milans Gesicht wurde noch eine Spur breiter. »Klar. Für das, was wir hier tun, muss man wahnsinnig sein!«, erinnerte er sie an ihre eigenen Worte.

Marjes Augen blitzten auf.

»Lass mich mal«, bat er und schob sie von dem Schloss weg. »Shio, schön hiergeblieben«, mahnte er das Irrlicht, das sich auf Marjes Schulter setzen wollte.

Das Mädchen beobachtete aus zusammengekniffenen Augen, wie Milan sich mit seinem eigenen Handwerkszeug ans Werk machte.

Das Gespräch, das sie vor wenigen Tagen geführt hatten, erschien ihr jetzt beinahe wie ein Traum. Es hatte einen Tag, nachdem die Liganer den Wasserhahn endgültig zugedreht hatten, stattgefunden. Es gab keine Erklärung, keine Verlautbarung des Rates, nicht einmal eine offizielle Stellungnahme des Palastes. Einzig Gerüchte waren entstanden und Marje hatte wie jeder andere in der neuen Stadt auch davon gehört, dass der Wasserspiegel des Shanu angeblich sank.

Zu der Zeit war die Bewachung der Zinaden verstärkt worden. Selbst auf normalen Straßen standen nun an vielen Ecken Wächter und die kaiserlichen Soldaten zeigten erstaunlich viel Präsenz in der Öffentlichkeit, als wollten sie die Menschen daran erinnern, dass sie auch in Notzeiten ihrem Herrscher treu ergeben zu sein hatten.

Marje kaute unruhig auf ihrer Unterlippe, während sie auf Milans Hände starrte. Er arbeitete mit unglaublicher Präzision und Sicherheit.

Sie glaubte nicht daran, dass der Wasserspiegel sank. Der Shanu durchströmte die alte Stadt mit seinem kristallklaren Wasser, ohne einen Zentimeter tiefer zu sinken als früher. Er entsprang inmitten des Palastes, behütet und gespeist von der Macht des Kaisers, der damit die letzte Quelle des Landes aufrechterhielt. Doch so, wie das Wasser aus dem Nichts entspringen musste, so verschwand es in einem Viertel des inneren Kreises auch in den Tiefen eines Schachtes, dessen Ende niemand kannte. Das Wasser verschwand einfach und trat nicht wieder an die Oberfläche, nicht in der Stadt und nicht in der Wüste, die die Stadt umschloss.

»Endlich.« Milan stieß einen Seufzer der Erleichterung aus. Mit einem leisen Klicken sprang die Tür auf. Vorsichtig trat er beiseite, um ihr den Vortritt zu lassen. Shio leuchtete auf ihrer Schulter.

Mit unsicheren Schritten trat sie in den Kontrollraum, der eigentlich gar kein Raum war, sondern eine kleine Plattform im Wasserspeicher, wie sie im warmen Licht des Irrlichtes erkennen konnte. Zu dieser Plattform, die am anderen Ende des Speichers lag, führte nur eine schmale Brücke, so fein und zerbrechlich, als wäre sie aus Glasfäden gesponnen. Und das war sie tatsächlich, wie Marje auf den zweiten Blick sah. Zierliche Stränge aus durchsichtigem Glas wanden sich ineinander und bildeten einen weiten Bogen, der sich ohne Stützpfeiler über die Wassermassen wölbte. Am Eingang vor der Brücke war lediglich eine winzige Trittfläche, auf der man gerade so stehen konnte, um die Tür hinter sich zuzuziehen.

Milan schob sie einen Schritt weiter auf die Brücke hinaus, um die Tür zu schließen. Erst als das Klicken des Schlosses erklang, erhob Shio sich und flog in die Mitte des Raumes, wo aus den winzigen Funken des Irrlichtes ein stattliches Leuchten wurde, das den ganzen Raum erfüllte.

Staunend riss Marje die Augen auf.

»Wahnsinn«, murmelte Milan ihr ins Ohr.

Shios Licht glitzerte auf der klaren Oberfläche des Wassers, verfing sich im Rankenspiel der Brücke, ließ die grauen Wände leuchten und erhob sich bis in die Kuppel, wo es auf Turus grünes Licht und das Mosaikfenster stieß, das aus unzähligen kleinen Scherben die Kuppel des Speichers bildete. Der ganze Raum erstrahlte im magischen Licht.

Marje hob den Blick zur Kuppel, die bunt über ihr schimmerte. Von dort oben sahen die Gestirne durch das gefärbte Glas auf sie herab. Sie blinzelte zu Turus Gestirn und dann zu Tshanil, die sich auf der anderen Seite erhob und in flammendem Orange den nahenden Tag verkündete.

Milan legte den Arm um ihre Schulter. »So viel Wasser«, murmelte er leise.

Marje blickte wieder auf die Brücke vor ihr und dann in die Tiefe. Vier Stockwerke hoch – sie vermochte gar nicht zu schätzen, wie viel Wasser hier ruhte.

Unwillkürlich schüttelte sie den Kopf. Von Wasserknappheit keine Spur. Und der Wasserspiegel sank mit Sicherheit auch nicht ab.

»Wofür brauchen sie das?«, flüsterte sie. »Warum zum Teufel wollen sie uns das nehmen?«

»Für den Fall, dass einmal schlechte Tage kommen«, vermutete Milan mit unbewegter Miene. »Man weiß ja nie.«

»Da lassen sie uns lieber gleich sterben«, knurrte Marje.

Milan drückte sie kurz an sich. »Dafür tun wir das hier. Damit wir nicht sterben. Warte nur ab, die werden morgen ganz schön Augen machen!«

»Morgen?«, hakte Marje grimmig nach. »Ich glaube kaum, dass sie das nicht mitbekommen werden. An die Arbeit, bevor sie uns zu früh entdecken!«

Milan lachte leise. »Mein entschlossenes kleines Mädchen«, murmelte er und kletterte um sie herum, um die Brücke zu betreten.

Marje begutachtete die dünnen Streben, die an der engsten Stelle der Brücke nur einen Fuß breit waren und keinerlei Geländer oder Halterung besaßen. Der Wasserstand war zwar hoch, aber nun auch wieder nicht so hoch, dass man leicht aus dem Wasser auf die Brücke hätte zurückklettern können.

Shio summte leise und zog seine Kreise über dem Wasser. Er hielt sich in respektvoller Höhe über der dunklen Tiefe. Marje konnte ihn gut verstehen. Das Wasser wurde unter ihnen so schwarz, dass auch sie Bedenken hatte. Wasser war der Ursprung allen Lebens. Jeder brauchte es, um überleben zu können. Dann mussten doch die mächtigsten Geschöpfe die sein, die im Wasser selbst zu Hause waren.

Und auch wenn ihre Vernunft ihr sagte, dass in den Zinaden keine Wasserwesen lebten, zumindest keine, wie sie in den alten Sagen und Märchen beschrieben wurden, hatte sie doch einen gewissen Respekt vor tiefen Gewässern und dem Element, von dem sie alle so abhängig waren.

Zaudernd sah sie zu Milan hinüber, der bereits die gegenüberliegende Seite erreicht hatte. Obwohl die Brücke ihn sicher getragen hatte, zögerte Marje noch immer. Sie konnte sich nicht vorstellen, wie die filigranen Streben das Gewicht eines erwachsenen Mannes halten konnten.

Shio schwirrte zu ihr hinab und dimmte sein Licht sanft, um auf ihrer Nase landen zu können, ohne sie zu blenden.

»Angst vor dem Wasser?«, erkundigte sich Milans spöttische Stimme von der Plattform auf der anderen Seite aus.

Marje biss sich auf die Unterlippe. »Brauchst du Hilfe?«, versuchte sie, betont lässig zu kontern. Sie hasste es, ihm gegenüber eine Schwäche eingestehen zu müssen.

Milans Silhouette war im grünen Mondlicht kaum zu erkennen. Er stand vor einem riesigen Pult, dessen Schalter und Hebel Marje nur erahnen konnte.

»Zumindest könnte ich Shio hier gebrauchen«, stellte er fest, und obwohl seine Stimme scherzhaft klang, wusste Marje, dass er es bitterernst meinte. Er konnte die beiden Schleusenhebel nicht allein bedienen. Nur deswegen hatte er überhaupt zugestimmt, dass Marje ihn begleitete.

»Hab keine Angst.« Sie spürte sein Lächeln, obwohl sie sein Gesicht nur undeutlich erkennen konnte. »Ich pass schon auf dich auf.«

Mit zusammengebissenen Zähnen, um sich ihre Furcht

nicht anmerken zu lassen, trat Marje vorsichtig auf die Brücke. Auf dem Glas, aus dem die Brücke geformt war, fanden die Sohlen ihrer glatten Schuhe kaum Halt. Sie breitete die Arme aus und balancierte bis zur Mitte. Shio tanzte unruhig um sie herum, sein Licht warf nervös zitternde Schatten auf das Wasser.

Marjes Blick fiel durch das Glas. Wie ein schwarzer Schlund gähnte das Wasser unter ihr.

»Nicht nach unten sehen! Schau mich an«, tönte Milans Stimme vom anderen Ende der Brücke.

Sie gab sich einen Ruck und dann verbannte sie einfach alle Furcht und Angst und Zweifel aus ihren Gedanken und rannte los. Einen Moment später stolperte sie in Milans ausgebreitete Arme. »War gar nicht so schlimm, oder?« Er lächelte, wohl wissend, dass ihr Höhen schon immer Schwierigkeiten gemacht hatten.

Shio setzte sich indes auf einen Schaltknüppel in der Mitte des Pults und beleuchtete unzählige Hebel und Schalter.

»Was müssen wir tun?«, fragte Marje ratlos beim Anblick der vielen Möglichkeiten.

Milan deutete auf einen Hebel, der rot glänzte. Daneben waren Zahlenkombinationen und Buchstaben ins Holz eingelassen. Er selbst griff zu dem schwarzen Hebel, der gut zwei Schritt weiter an der anderen Seite des Pultes angebracht war. Ein einzelner Mann hätte beide Schalter tatsächlich nicht gleichzeitig umlegen können, aber auf Milans Zeichen hin war es zu zweit ein Kinderspiel.

Einen Augenblick lang geschah nichts und sie warteten mit angehaltenem Atem. Dann erhob sich ein gurgelndes

Geräusch aus der Tiefe des Speichers und das Wasser geriet in Bewegung. Ein Zittern lief durch den Kontrollraum und ließ die Brücke erbeben. Dann bildete sich ein Strudel in der Mitte des Speichers.

Der Wasserstand sank.

Marje konnte beobachten, wie er die Skala neben der Tür hinabkletterte, und ein Gefühl des Triumphes breitete sich in ihr aus.

Milan hatte inzwischen einige weitere Schalter umgelegt, die vermutlich für die verschiedenen Viertel und Brunnen standen. Auch sie waren beschriftet.

»Das reicht«, stellte er schließlich fest.

Der Wasserstand war bereits über einen Meter in die Tiefe gesunken und sank immer schneller.

Marje schluckte beim Anblick der gläsernen Brücke. Jetzt würde ein Sturz ins Wasser den sicheren Tod bedeuten, wenn der Strudel sie erfasste ...

Milan griff nach ihrer Hand. »Shio, flieg zur Tür«, bat er. Mit einer Kraft, die sie ihm so gar nicht zugetraut hätte, hob er sie auf seinen Arm und trat auf die Brücke. »Schau nicht nach unten!«, befahl er Marje, die automatisch einen Arm um seinen Hals gelegt hatte.

Trotz der Warnung blickte sie genau dorthin, wo der Strudel immer breiter wurde. In dem Moment gab der Speicher unter ihnen ein erneutes lautes Gurgeln von sich. Shios Licht erreichte nicht mehr den Wasserspiegel. Unter ihr breitete sich eine gähnende Schwärze aus.

Marje kniff die Augen zusammen, verbarg den Kopf an Milans Schulter und biss die Zähne aufeinander. Sie durfte

Milan jetzt nicht aufhalten, nicht wegen ihrer blöden Höhenangst. Die Wachen waren mit Sicherheit schon unterwegs, denn das Alarmsystem mündete in den Wachraum, der sich im Erdgeschoss befand, und sie hatten es nicht ausschalten können.

Milan erreichte das Ende der Brücke und ließ sich auf den Boden gleiten. Kurz verharrte er – ein Ohr an das Holz gepresst – und lauschte angestrengt, dann zog er die Tür lautlos auf und bedeutete Marje vorauszugehen.

Shios Licht war jetzt nur ein schwaches Glimmen.

Auf dem Gang war alles still.

Das Schloss schnappte hinter ihnen zu. Sanft berührte Milan ihren Arm zum Abschied, dann drehte er sich um und rannte den Gang hinab. Ihr Plan sah für sie beide denselben Hin- wie Rückweg vor.

Auch Marje zögerte nicht länger, sondern sprintete los. Ihre Lederschuhe machten kein Geräusch auf dem Steinboden, aber als sie die Treppe erreichte, hörte sie die unverkennbaren polternden Schritte von Soldaten. Shio leuchtete warnend auf, dann sank sein Licht wieder zu einem Funken zusammen.

Marjes Blick suchte nach einem Versteck, einer schattigen Nische, in der sie sich verbergen konnte. Es gab keine. Die Wände hier oben waren glatt, ohne Vorsprünge, ohne Erker. Der Schein einer Fackel erhellte die Treppenstufen und breitete sich auf dem Boden vor ihr aus. Immer schneller verdrängte er das düstere Mondlicht.

Marje wirbelte herum und lief. Ihre Schuhe rutschten auf dem glatten Boden. Gerade so konnte sie sich an der Wand abfangen und ihre Schritte in den Schatten lenken. In der Dunkelheit wich sie bis hinter den Kontrollraum zurück, blieb stehen und atmete, so flach sie konnte.

Hinter ihr führte die Treppe nach unten, die Treppe, die Milan genommen hatte.

Alles in Marje schrie nach Flucht, am liebsten hätte sie sich herumgeworfen und wäre Milan gefolgt, aber sie zwang sich, in der Dunkelheit zu verharren. Denn wenn der Alarm losgegangen war, und davon war sie überzeugt, dann würden auch von dieser Seite Soldaten kommen.

Eilige Schritte waren zu hören. »Das war ja wieder klar. Mitten in der Schichtpause«, tönte eine tiefe Stimme. Zu Marjes Überraschung klang sie eher genervt als besorgt. »Wahrscheinlich wieder mal falscher Alarm. Dieser verdammte Mechanismus geht doch jede Nacht los.« Die Schritte verharrten. »Die Tür zum Kontrollraum ist jedenfalls verschlossen.«

»Nachsehen müssen wir trotzdem«, erwiderte eine andere Stimme, sie klang etwas jünger. »Manter und Carun haben Geräusche aus dem Speicher gehört.«

»Manter säuft zu viel. Der hört viel, wenn die Nacht lang ist«, brummte die tiefe Stimme, aber dann klirrte ein Schlüsselbund und die Tür zum Kontrollraum schwang auf. Marje hielt den Atem an. *Los,* beschwor sie die Männer. *Geht rein! Los, rein da!*

Einen Moment später waren die Männer in dem Raum verschwunden. Marje sprintete zur Tür und warf sie zu. Als ein wütender Schrei von innen ertönte, war sie schon bei der Treppe. Sie nahm die Stufen mit zwei Sprüngen und hatte schon fast die nächste Biegung erreicht, als hinter ihr polternde Schritte ertönten. »Halt! Stehen bleiben«, hörte sie die Soldaten rufen. Etwas rutschte aus ihrer Tasche. Klirrend fiel es zu Boden, vielleicht ihr Stifteisen, aber Marje sah sich nicht danach um. Der Vorsprung war ihre einzige Chance, lebend hier rauszukommen.

Rutschend und schlitternd erreichte sie die nächste Treppe, doch die Verfolger waren schneller als sie. Marje konnte hören, wie die Schritte näher und näher kamen. Sie konnte schon die Treppe zum zweiten Stock sehen, als roter Fackelschein sie einhüllte.

»Da ist er!«

»Wachen! Haltet ihn!«

Gehetzt blickte sie über die Schulter und einen winzigen Augenblick lang begegnete ihr Blick dem eines jungen Soldaten. Er sah überrascht aus. Dann sprang sie die Treppe hinab.

Jetzt erhob sich Shio aus ihrer Kapuze. Sein Licht war nun nicht mehr klein und angenehm warm: Er erstrahlte gleißend hell. Die Fackeln wirkten gegen ihn wie die kläglichen Reste eines Lagerfeuers, das schon lange verloschen war.

Marje hörte die Aufschreie des Entsetzens und der Verwirrung hinter sich, dann ein metallisches Krachen und ein Scheppern. Shios Licht konnte einen Menschen so blenden, dass er jede Orientierung verlor. Offenbar war mindestens einer der Soldaten in seiner schweren Rüstung auf der Treppe gestürzt.

Kurz darauf landete ein geschwächter müder Funken auf ihrer Schulter und verbarg sich in ihrem langen Haar. Marje fühlte einen Strom an Zuneigung für das winzige Irrlicht, das sein Leben für sie riskiert hatte.

Ihr Blick schweifte den Gang hinab. Dort drüben war die nächste Treppe. Nur noch ein Stockwerk, dann hätte sie es geschafft! Sie spürte, wie ihr Herz gegen ihre Brust hämmerte, und wusste, dass sie sich nichts vormachen durfte. Das Schlimmste stand ihr noch bevor. Das Tor.

In diesem Moment sah sie ihn. Ein Zinadenwächter, der von unten kam, stand direkt am Fuß der Treppe und blickte sich ungeduldig nach seinem Kameraden um.

Mit einem Satz sprang Marje zurück und drückte sich an die Wand. Shios Licht flackerte ablehnend auf ihren fragenden Blick hin. Er war nicht stark genug, um ihr erneut mit seiner Leuchtkraft aus der Klemme zu helfen. Ihr Blick raste zurück in Richtung der Treppe über ihr, von der ein Stöhnen erklang. Nicht mehr lange und die Verfolger würden sich von Shios Attacke erholt haben.

Marje saß in der Falle.

Ihre Hand tastete nach dem Messer, das sie am Gürtel trug, doch sie wusste, dass sie keine Chance gegen die Soldaten hatte. Sie trugen schwere Rüstungen mit Schwertern und im Gegensatz zu ihr waren sie im Kampf ausgebildet.

Marje holte tief Luft. Ihr blieb nur eine Chance, auch wenn Milan ihr eingeschärft hatte, sie nur im allergrößten Notfall zu benutzen. Aber was war das hier, wenn nicht ein Notfall?

Ihr Blick hastete zur nächsten Fensteröffnung. Mit einem Griff hatte sie einen Stein aus der Tasche gezogen. Sie holte weit aus und warf damit die Scheibe ein, wie sie es vor einigen Tagen an einem der Zinadenfenster bereits getan hatte.

Es funktionierte! Scherben klirrten, und während Marje hinter sich einen wütenden Aufschrei hörte, kletterte sie hastig in die Fensternische hinauf.

Gerade, als sie unschlüssig in die Tiefe sah, hatten ihre Verfolger aufgeschlossen. Einer von ihnen – die Augen tränend und rot – streckte seinen Arm aus, um sie festzuhalten. Der andere zog sein Schwert.

In dem Moment stieß Marje sich von der Fensterbank ab und fiel ins dunkle Nichts. Shios sanftes Licht war das Einzige, was sie erkennen konnte.

Äste trafen sie, peitschten ihr ins Gesicht, bremsten ihren Sturz. Sie versuchte sich festzuhalten, bekam einen Zweig zu fassen, glitt wieder ab, blieb einen Moment später an einem anderen Ast hängen. Ihr Atem setzte aus und einen Moment wurde ihr schwarz vor Augen, aber etwas schrie in ihr, wieder zu sich zu kommen, so schnell wie möglich von hier zu verschwinden.

Ihr Körper reagierte, Finger griffen nach Verästelungen, ihre Füße tasteten nach Halt. Milan behauptete immer, dass sie hatte klettern können, bevor sie gelaufen war – und dafür war Marje nun unendlich dankbar. Während die Wachen oben von der Fensteröffnung nach Verstärkung riefen, hatte sie bereits den sicheren Boden erreicht.

Ein Blick verriet ihr, dass sie außerhalb der Zinadenmauern auf der Nordseite, die genau gegenüber des schwer bewachten Tores lag, gelandet war. Trotzdem konnte es nicht lange dauern, bis die Soldaten hier waren.

Marje ignorierte den stechenden Schmerz in ihrem Arm und in ihrer rechten Hüfte. Ihr Blick raste über den kleinen Platz, der sich der Mauer anschloss. Drei Gassen boten Schutz und Fluchtmöglichkeit und sie ließ den Zufall entscheiden.

Hinter ihr verhallten die Rufe und Schritte der Soldaten. Und während Marje immer weiterrannte, durch menschenleere Gassen und Straßen, an dunklen Kanälen und Tempeln vorbei, an blühenden Gärten und prächtigen Wohnhäusern, spürte sie, wie Triumph in ihr aufstieg.

Es war gelungen! Sie hatte das Unmögliche geschafft! Sie war in eine Zinade eingebrochen und war den Soldaten entwischt!

Ihre Schritte folgten keinem festgelegten Weg. Stattdessen schlug Marje immer wieder Haken, um ihre Spur endgültig zu verwischen. Endlich schien es ihr sicher genug, innezuhalten und sich zu orientieren.

Marje kannte sich in der alten Stadt genauso gut aus wie jeder Liganer. Im grünen Mondlicht konnte sie einen spitzen Turm mit einem roten Dach erkennen, der einige Häuserblocks vor ihr in die Höhe ragte. Gut! Das war die Westschleuse.

Marje wählte den Weg über den Sitarenplatz, den einer der reich geschmückten Shanubrunnen zierte. Säulen kündeten von der Macht des Wassers, aber Marje beachtete sie nicht weiter und schlüpfte zwischen ihnen durch. Am Ende des Platzes wandte sie sich nach rechts und jagte über eine der kleinen Holzbrücken, die in der alten Stadt überall über die Kanäle führten.

Jetzt nur noch durch die Gasse, dann war sie an der Grenze zur neuen Stadt, wo sie in Sicherheit war.

Erst im letzten Moment sah sie die Gestalt vor sich.

»Den Passierschein bitte.«

Marjes Herz setzte einen Schlag aus und klopfte danach umso schneller, als sie den Soldaten in der kaiserlichen Uniform erkannte. Instinktiv wich sie einen Schritt zurück und sah in seinen grünen Augen einen Hauch von Belustigung.

2. Kapitel

Das Mädchen machte noch einen weiteren Schritt vor ihm zurück. Sein dunkles, lockiges Haar war zerzaust, Blätter hingen in den Haaren. Ängstlich blickte es die Straße auf und ab.

»Hast du keinen Passierschein dabei?«, fragte Kiyoshi nach.

Verwirrt sah das Mädchen zu ihm auf, dann trat ein verschlossener, abweisender Ausdruck in seine Augen.

Kiyoshi musterte es. Das Mädchen hatte einen schlichten schwarzen Umhang mit einer Kapuze an, die ihre Gesichtszüge halb verbarg. Was auch immer sie zu dieser späten Stunde auf die Straße getrieben hatte, offenbar wollte sie nicht dabei erwischt werden. Doch ganz gleich, was es auch sein mochte – wenn sie keinen Passierschein vorweisen konnte, musste er sich ihren Namen und ihren Wohnort notieren und ihre Eltern informieren. Sie hatte zu dieser späten Stunde nichts mehr auf der Straße verloren, zumal es gerade in den letzten Wochen gefährlich geworden war, sich alleine in der Dunkelheit herumzutreiben.

»Wo wohnst du?«, fragte er.

Das Mädchen blieb ihm die Antwort schuldig. Vermutlich hatte es eine Heidenangst davor, dass die Eltern von seinem nächtlichen Ausflug erfuhren.

Kiyoshis Blick glitt prüfend die Straße hinab. Hinter hohen Gartenzäunen wucherten wilde Blumen in den Gärten der prächtigen Häuser der reichen Liganer.

Keins der Häuser glich dem anderen. Ein jedes wollte das größte, das schönste sein. Je nach Herkunft der Familien der reichen Händler waren verschiedene Baustile zu erkennen. Manche Häuser waren sogar aus Gestein erbaut, das den weiten Weg durch die Wüste in die Stadt gebracht worden war, nur um hier hervorzustechen. Der Reichtum der Bewohner spiegelte sich auch in den Vorgärten. Überall wurden Pflanzen angebaut, die viel Wasser brauchten und in ihrer Pracht jeden Besucher beeindruckten. In der Nacht jedoch, wenn die Dunkelheit die Schönheit der Pflanzen verbarg, wurden Lampions entzündet, die die Straßen und Gärten in bunte Lichter tauchten.

Und so, wie die Reichen ihre Macht präsentierten und schützten, taten sie es auch mit ihren Kindern, vor allem mit den Töchtern. Immer sah man sie in Begleitung ihrer Eltern oder einer Heerschar von Dienern. Umso verblüffter war Kiyoshi, was das Mädchen zu so später Stunde in diesen Straßen zu suchen hatte – mutterseelenallein.

Natürlich war sie nicht die Erste, die ihm hier draußen in die Arme lief. Selbst die Töchter der reichsten Liganer ließen sich von diesen nicht in ihren goldenen Käfigen einsperren und gingen ab und zu ihren nächtlichen Abenteuern nach – nur waren die meisten geschickt genug, sich nicht dabei erwischen zu lassen.

»Ich begleite Euch nach Hause und vergesse den Vorfall, wenn Ihr versprecht, nie wieder ohne Passierschein zur Sperrstunde unterwegs zu sein«, bot er dem Mädchen an. Das entsprach zwar nicht den Regeln, aber Kiyoshi hatte schon oft ein Auge zugedrückt, wenn es darum ging, dass jemand seinen Passierschein vergessen hatte, auf dem Name und Adresse standen. Der Schein war Voraussetzung dafür, dass ein Bürger sich nach Torschluss auf den Straßen seines Viertels bewegen durfte.

Das Mädchen schüttelte stumm den Kopf. Ihr Blick war auf ihre Füße gerichtet.

»Soldat!« Der Ruf erklang von der Zinade aus.

Kiyoshi zog die Stirn in Falten. Die Zinadenwächter waren Söldner, von den reichen Eigentümern angeheuert, und verstanden sich nicht sonderlich gut mit den Stadtwachen des Kaisers.

Kiyoshi spürte eine hastige Bewegung, einen Luftzug. Vor seinen Augen machte das Mädchen auf dem Absatz kehrt und rannte davon.

»Haltet sie! Haltet die Diebin! Sie hat uns bestohlen!«, schrie ein Wächter.

Diebin? Kiyoshi zögerte einen Moment, doch dann setzte er sich in Bewegung. Es war ein Kinderspiel, sie einzuholen. Sie humpelte und musste sich an den Zäunen abstützen, um nicht zu stürzen. Dennoch schaffte sie es um die nächste Wegbiegung zum Fluss, bevor er endlich ihren Arm packen konnte.

»Diebin?«, wiederholte er ein wenig ungläubig. Das Mädchen sah zwar durchaus so aus, als wollte es kein Aufsehen erregen, aber darauf wäre er im Leben nicht gekommen.

»Lasst mich los!«, fauchte sie ihn jetzt an und riss an ihrem Arm. Ihre Augen blitzten in Turus Licht dunkelgrün auf.

Er griff nach ihrer zweiten Hand und hielt sie fest. In seinem Kopf jagte ein Gedanke den nächsten. Eine Diebin in der Zinade ... Aber was sollte sie dort gestohlen haben? Es gab in Zinaden nichts Kostbares, nichts außer ... Wasser.

Plötzlich traf ihn die Erkenntnis mit voller Wucht. Sie konnte nur die Leitungen geöffnet haben, die in die Viertel der Taller führten! Diese Zinade speiste nicht die Leitungen, die in die Ödnis hinaus zu den Bauern führten, sondern nur die nächsten drei Viertel des äußersten Kreises.

Sie war vermutlich gar keine Liganerin! Sie musste Komplizen haben, jemand, der das Wasser im Viertel auffing ... nein, dazu brauchte es mehr als einen ... dazu brauchte es vielleicht Hunderte von Menschen.

Rufe kamen näher, Befehle erschallten. »Teilt euch auf. Weit kann sie nicht sein!« Gleich darauf näherten sich hastige Schritte.

Kiyoshi blickte sich um. Noch war die Straße menschenleer, aber jeden Moment konnten die Wächter um die Ecke biegen. Sie standen im Schatten einer Mauer, über die ein buschiges Gewächs seine Äste streckte. Kiyoshi entdeckte eine Nische, halb verborgen von den Zweigen. Ohne weiter nachzudenken, zog er das Mädchen tiefer in den Schatten. Sie folgte ihm, ohne zu zögern.

Die Schritte wurden lauter. Da – ein Zinadenwächter! Das Mädchen duckte sich unwillkürlich. Kiyoshi hielt den Atem an.

Aber der Mann lief vorbei. Offenbar gingen die Söldner davon aus, dass das Mädchen sich nicht verstecken, sondern fliehen würde. Noch immer hielt er das Mädchen fest und in diesem Moment wurde ihm klar, was er hier eigentlich tat. Habe *ich* gerade eine Diebin vor ihren Verfolgern gerettet? Während meines Wachdiensts? Die Tatsache, dass er als Soldat des Kaisers auf Patrouille war, war vielleicht auch nicht ganz von der Hand zu weisen.

Er holte tief Luft. »Sie haben recht, oder?«, fragte er. »Du *bist* eine Diebin.«

Das Mädchen funkelte ihn zornig an. »Na und?«, knurrte sie. »Festgenommen hast du mich ja bereits – und auch ohne Geständnis hattet ihr bisher nie Skrupel, jemanden zu verurteilen!«

Kiyoshi zuckte mit den Schultern. »Ich habe dich lediglich nach deinem Passierschein gefragt, und als du dann weggelaufen bist, hielt ich es für nötig, dich *festzuhalten* – nicht, dich festzunehmen. Aber wenn du einen Diebstahl einfach so zugibst ...« Er zögerte einen Augenblick. Das Ganze klang genauso absurd, wie er sich gerade fühlte.

Was zum Teufel tat er hier eigentlich? Diskutierte mit einer Diebin? Noch dazu einer, die nicht viel älter als er selbst sein mochte, mit katzengrünen Augen und funkelndem Blick. Ein Mädchen, das gar nicht abstritt, in die Zinade eingebrochen und Wasser für ein ganzes Viertel geklaut zu haben!

Der Blick des Mädchens flackerte unsicher, bevor sie sich straffte. Ein Ausdruck trat in ihre Augen, den er nicht richtig deuten konnte.

»Und was hast du jetzt mit mir vor?«, erkundigte sie sich spöttisch.

Gute Frage. Seine Pflicht war es, sie zur Wache zu bringen und zu Protokoll zu geben, was diese Nacht geschehen war. Dann würde er einen der Zinadenwächter als Zeugen hinzuziehen und sie würde im Gefängnis auf ihre Anhörung warten. Damit hätte sich die Sache für ihn wahrscheinlich erledigt.

Was also ließ ihn zögern?

Sein Blick traf wieder den Katzenblick des Mädchens und ihm fielen die goldgelben Sprenkel in ihren grünen Augen auf. Ihr rechtes Auge hatte drei, während die linke Pupille von fünf gelben Flecken umgeben war. Jetzt verengten sich ihre Augen misstrauisch und eine steile Falte entstand auf der blassen Stirn.

»Was hast du vor?« Ihre Stimme klang jetzt nicht mehr so herausfordernd, obwohl sie sichtlich darum bemüht war, ihre Angst nicht offen zu zeigen.

Unentschlossen blickte er die Straße hinab. »Komm mit«, sagte er und zog sie auf die Straße ins Mondlicht. Mit einer Hand hielt er noch immer ihr Handgelenk umschlossen, sodass sie gezwungen war, ihm zu folgen. Er konnte spüren, dass sie zitterte, und ein Seitenblick auf sie ließ ihn feststellen, dass sie erschöpfter war, als er bisher angenommen hatte. Wie eine gefährliche Diebin wirkte sie bestimmt nicht. Als er an ihre Strafe dachte, lief ihm ein kalter Schauer über den Rücken. Selbst wenn das Palastgericht Milde walten ließ, würde sie doch zumindest als Diebin gekennzeichnet werden – und das bedeutete, dass sie eine Hand verlieren würde.

Das Mädchen schien die gleichen Gedanken zu haben. Abrupt blieb sie stehen.

»Wenn du Ärger machst, wird dir das am Ende nur leidtun«, warnte er sie.

»Ach ja?« Sie versuchte freizukommen, doch Kiyoshi war stärker. »Ja«, bekräftigte er. Ihr Handgelenk war schlank, die Haut fühlte sich ganz glatt an.

»Was glaubst du eigentlich, wer du bist?«

»Ein Soldat der Stadtwache?«, schlug er vor und konnte sich ein Grinsen nicht verkneifen.

»Ach ja?«, spottete sie. »Wie nennt ihr euch noch? Die Beschützer dieser Stadt? Ihr helft den armen Bürgern und sorgt für Recht und Ordnung? Fragt sich nur, wessen Recht und wessen Ordnung!« Ihre funkelnden Augen durchbohrten ihn förmlich. Ihre Angst schien auf einmal grenzenlosem Zorn zu weichen.

»Das Recht des Kaisers, das die Bürger der Stadt schützt«, gab er zur Antwort.

»Aber *uns* schützt ihr nicht! Uns Taller lasst ihr verrecken! Was kümmert es euch schon, wie es den Armen dort draußen geht!« Ihre Stimme wurde mit jedem Wort höher und lauter.

»Willst du, dass die Zinadenwächter dich hören?«, fuhr er sie an. »Die Söldner brechen dir alle Knochen einzeln, bevor sie auch nur überlegen, dich der Wache zu übergeben!«

Sie schien ihn gar nicht verstanden zu haben. Mit aller Kraft versuchte sie, sich aus seinem Griff zu befreien. »Seid ihr denn besser als diese Söldner? Ihr nehmt euch doch gegenseitig nichts!«

»Nun mal langsam ...«, begann er, doch sie ließ ihn nicht zu Wort kommen. Offenbar hatte sie völlig vergessen, in welcher Situation sie war und vor wem sie stand.

»Ihr nehmt uns all unsere Rechte«, sprudelte es aus ihr

heraus, »sperrt uns in Viertel ein und dreht die Wasserleitungen zu, sodass wir elendig verdursten! Wenn es nach euch ginge ...«

»Keiner von uns will irgendjemanden aus den Vierteln des äußeren Kreises tot sehen!«, protestierte Kiyoshi scharf.

Tränen stiegen in die Augen des Mädchens. »Und dennoch tut ihr nichts dagegen!«

Plötzlich blitzte die Klinge eines Messers in ihrer freien Hand auf. Kiyoshi hob den Arm, um den Angriff abzuwehren. Die Klinge streifte seine Rüstung und glitt an ihr ab. Er hob die Hand, wollte die Waffe packen. Doch in dem Moment riss sie das Messer noch einmal nach oben und rammte es ihm zwischen den Lederplatten seiner Uniform in die Seite.

Einen Augenblick lang spürte er keinen Schmerz, nur Verwunderung. Das Mädchen erwiderte seinen Blick mit fast der gleichen Verblüffung.

Langsam, wie in Trance, löste sie sich aus seinem Griff, zog das Messer aus der Wunde und im selben Moment durchflutete ihn ein Schmerz in einer Intensität, wie er ihn noch nie erlebt hatte. Keuchend geriet er ins Taumeln und streckte eine Hand aus, um sich an einer Gartenmauer abzufangen ...

Das Mädchen wich vor ihm zurück, starrte auf seine mit Blut befleckte Klinge und rannte schließlich die Straße hinab.

»Warte!« Seine Stimme klang nicht halb so entschlossen, wie er es sich wünschte. Eine Hand auf die Wunde gepresst, stolperte er einige Schritte hinter ihr her.

Noch einmal blickte sie über ihre Schulter auf ihn, dann wirbelte sie herum und rannte davon.

Kiyoshi blieb stehen und lehnte sich schwer gegen die Mauer. Schmerzen brannten in seiner Seite, sie durchzogen seinen Körper wie flüssiges Feuer. Während er stöhnend die Hand auf die Wunde presste, um die Blutung zu stillen, ging er in die Knie.

Die filigrane Brücke wölbte sich über der unendlichen Wasseroberfläche. Milans Gestalt am anderen Ende wurde immer kleiner.

»Warte auf mich«, keuchte Marje, doch Milan drehte sich nicht zu ihr um. Er schien sie nicht mal gehört zu haben. Atemlos trat sie auf die Brücke. Sie musste ihm hinterher, musste ihre Angst überwinden. Doch in diesem Moment fiel ihr Blick auf ihre Hände.

Sie waren tiefrot.

Dunkles Blut klebte an ihnen, breitete sich weiter aus und rann über ihre Arme. Überall war es jetzt – in dicken, schweren Tropfen fiel es auf die gläserne Brücke.

Und dort, wo das Blut auf Glas traf, ertönte ein Knirschen. Wie Säure fraß es sich durch das Glas.

Schon zog sich ein Sprung quer über die zerbrechlichen Streben!

Marjes Blick raste zurück. Doch hinter ihr war keine Tür mehr. Stattdessen spannte sich die Brücke weiter – über die tiefdunkle Fläche des Wassers. Und an ihrem anderen Ende stand der Soldat der Stadtwache. Er hatte die Hand auf die Seite gepresst und schaute sie voll Verwunderung an.

Wieder dieses entsetzliche Knirschen!

Marje drehte sich um und rannte. Sie rannte so schnell wie noch nie in ihrem Leben, aber die Brücke schien sich immer mehr in die Länge zu strecken und plötzlich glitten ihre Füße ins Leere, fanden keinen Boden mehr, sie stürzte – und dann brach mit einem lauten Klirren das Glas unter ihr und sie fiel und fiel und ...

»Marje! Marje, wach auf!«

Mit einem Ruck saß sie aufrecht auf ihrem Lager, hörte ihren eigenen keuchenden Atem. Schweißnass klebte das Hemd an ihrem Körper.

Panisch sah sie sich um und brauchte einen Moment, um zu begreifen, wo sie sich befand. Der Raum mit der Dachschräge war klein und mit einem Vorhang abgetrennt.

Sie war in Sicherheit. Sie war in Thars Wohnung.

Shios sanftes Licht schimmerte in ihrem Schoß.

Thar ließ sich neben ihr auf das Bett fallen. »Du hast im Traum geschrien«, erklärte er und musterte sie besorgt. »Außerdem lässt Tshanil dich grüßen.« Er deutete zu den Vorhängen. Durch den gelben Stoff leuchtete die Sonne und verbreitete ein warmes goldenes Licht.

Marje sah sich in dem Lager um. Die Decken, in die sie sich gewickelt hatte, um sich vor der Kälte der Nacht zu schützen, waren zerwühlt, als hätte sie im Schlaf um sich getreten und geschlagen. Ihr Blick schweifte zur schrägen Zimmerdecke hinauf. An einigen Stellen hatte Thar Stofffetzen und Tücher vor die Löcher gespannt, die der Wind ins Dach gerissen hatte.

Sie ließ sich zurückfallen und schloss für einen Moment

die Augen. Langsam ließen sie die entsetzlichen Traumbilder los. Stattdessen kam die Erinnerung an die letzte Nacht zurück, und das war auch nicht viel besser.

Was hatte sie getan! Sie hatte einen Soldaten der Palastwache angegriffen! Womöglich schwer verletzt! Ein eisiger Schauer überlief sie.

Sie wusste noch, wie sie einfach losgerannt war, hinunter zum Fluss, wo Thar im Boot schon ungeduldig auf sie gewartet hatte. Die Erleichterung in seinem Blick war purem Entsetzen gewichen, als er das Blut auf ihrem Mantel erblickte. Schnell hatte sie sich ins Boot fallen und von ihm bis zum Tor rudern lassen, wo sie über eine Mauer geklettert waren. Wie eine Schlafwandlerin war sie hinter Thar hergelaufen, quer durch das Westviertel waren sie geschlichen, vorbei an den Wachen, die in ihren Häuschen saßen und über ihre eigenen Witze lachten, um während der langen Nacht nicht einzuschlafen. Es war ein Wunder, dass sie nicht erwischt worden waren. Mehr als einmal war Marje gestolpert, hatte einen Wassereimer umgerissen, der scheppernd die Straße hinabrollte, oder eine Katze aufgeschreckt, die laut fauchend die Flucht ergriffen hatte. Als sie endlich in Thars Dachstuhlwohnung angekommen waren, hatte sie sich nur noch ins Bett fallen lassen und sich gewünscht, in einen tiefen, traumlosen Schlaf zu fallen.

So viel dazu.

Jedes Detail der letzten Nacht konnte sie sich vor Augen rufen, den ungläubigen Blick des Soldaten, der sich beim Anblick der Wunde in Entsetzen verwandelte, sein Lächeln, als er sie noch für die Tochter eines reichen Händlers gehalten hatte. Er hatte ihr sogar seine Hilfe angeboten!

»Was ist denn nun gestern passiert?«, fragte Thar und musterte sie neugierig. Er hatte sich auf eine Kiste neben ihr Bett gesetzt und wies auf ihren blutbefleckten Mantel. Letzte Nacht hatte sie ihm zwar noch von ihrem Einstieg in die Zinade erzählt, nicht aber von dem Soldaten, dem sie begegnet war.

Marje sprang aus dem Bett. In den kleinen Schlafraum passten kaum mehr als ihre Betten, ein kleiner Tisch, zwei Hocker und ein niedriges Regal an der Wand. Sie schob die Vorhänge zur Seite, um in den weitaus größeren Bereich dahinter zu treten. Dieser Raum war doppelt so groß wie die Schlafecke und zur Stadt hin gänzlich offen. Der Wind hatte eines Tages das Dach dieses Hauses auf der Ostseite mit sich gerissen und Thars Bemühungen, es wieder aufzubauen, waren allesamt gescheitert. Marje wandte ihr Gesicht Tshanil zu und die Sonne begrüßte sie mit ihren warmen Strahlen. Einen kurzen Augenblick blieb sie stehen und genoss nichts weiter als die Wärme auf ihrer Haut.

Thar war ihr gefolgt. »Lino war übrigens heute Morgen schon hier oben.« Er grinste sie an. »Sie sagt, sie hätten gar nicht genug Gefäße herbeischleppen können, so viel Wasser haben sie abgefüllt.«

Marje nickte, während ihr Blick über die neue Stadt hinwegglitt. Bis zu den Stadttoren sahen viele Häuser aus wie dieses, vom Wind und vom Sand der Ödnis sichtbar gezeichnet. Viele der Ruinen hatten längere Zeit leer gestanden und die Taller hatten weder Material noch Geld, um ihre Wohnungen instand zu halten. In der alten Stadt waren die Häuser gut gepflegt, hatten einen schützenden Anstrich und wurden sofort ausgebessert, wenn der Wind einen Ziegel vom Dach riss.

Wie sehr sich doch die neue Stadt davon unterschied! Aber wenigstens mussten die Bewohner hier nicht ihren Einfluss oder ihre Macht mittels ihrer Häuser demonstrieren. Und die meisten halfen sich gegenseitig, wo sie konnten. Sie hatten keine andere Wahl, als zusammenzuhalten, und das war auch gut so.

»Marje.« Thar neben ihr schüttelte den Kopf. »Träumst du immer noch?«

»Tust du mir einen Gefallen?« Marje wandte sich zu ihrem Freund um. »Könntest du – fragst du mich bitte nicht mehr nach gestern Abend?«

Er sah sie mit hochgezogenen Augenbrauen an, doch dann nickte er stumm.

Sie streckte ihre Schultern. »Bin gespannt, wie viel Lino sich von dem Wasser sichern konnte«, sagte sie und zwang sich zu einem Lächeln. Es wurde wirklich Zeit, das Geschehene abzuschütteln. »Ich geh gleich mal zu ihr runter.«

»Aber vergiss darüber nicht, dass du heute arbeiten musst.« Thars blaue Augen funkelten unter dem struppigen braunen Haar. »Und grüß Shoan von mir.« Dann drehte er sich um, schlüpfte durch die Vorhänge und ließ sich gähnend auf sein Lager fallen. »Und richte Lino aus, dass ich nicht zum Mittagessen komme, vielleicht am Nachmittag zum Tee, irgendwann ...« Er grinste müde. »Das war doch eine ziemlich anstrengende Nacht! Die ganze Zeit wach zu bleiben und auf dich zu warten ...«

Marje verdrehte die Augen. »Na, so anstrengend war es ja wohl auch wieder nicht. Schließlich hast du gemütlich in deinem Kahn sitzen können, während ich die ganze Arbeit erledigt habe.«

»Nur weil du mich nicht mitnehmen wolltest«, grummelte Thar.

»Milans Entscheidung«, wehrte Marje den Seitenhieb trocken ab. »Was glaubst du, was los gewesen wäre, wenn wir zu siebt oder acht in der Zinade gewesen wären? Am Ende hätten alle mitgewollt!«

»Wenn wir zusammen gegangen wären, hättest du nicht alleine fliehen müssen«, konterte er.

Marje rieb sich unruhig über ihr Handgelenk. »Schon vergessen? Kein Kommentar!« Sie drehte sich um, schnappte sich ihre Tasche und lief zu dem Loch im Boden, durch das das Ende einer Leiter ragte. Gekonnt kletterte sie die Sprossen ins untere Stockwerk.

Shio folgte ihr in sanft schimmerndem Licht. Während ihres Gespräches mit Thar hatte er sich in die Sonne gelegt, um Kräfte zu tanken, jetzt setzte er sich auf ihre Schulter und summte ihr leise ins Ohr.

Der Duft frisch gebackenen Brotes stieg ihr in die Nase und ihre Laune hob sich merklich. Mit zwei großen Sprüngen nahm sie die letzten Treppenstufen und blieb vor der angelehnten Küchentür stehen, um höflich anzuklopfen.

Mit einem Ruck riss Lino die Tür auf und schloss sie in ihre kräftigen Arme. »Wusste ich doch, dass du es bist!« Die große, schlanke Frau strahlte.

Marje erwiderte die Umarmung und wünschte der jungen Mutter einen guten Morgen.

»Gut?«, echote Lino belustigt. »Fantastisch!« Verschwörerisch beugte sie sich zu Marje hinunter. »Ich habe im Keller vier Bottiche bis zum Rand mit Wasser gefüllt. Was glaubst du wohl, wie meine Jungs gucken werden, wenn sie sich endlich wieder mit Wasser waschen können!«

Marje lachte. Sie hatte Lino einmal geholfen, ihre zwei jüngsten Kinder mit Sand zu waschen. Das Waschen mit Sand war in den Vierteln bereits zum Alltag geworden, seit das Wasser in Messbechern ausgeteilt wurde. Jeder, der es sich leisten konnte, sich wenigstens einmal im Monat mit Wasser zu waschen, konnte sich glücklich schätzen.

»Das Brot ist fast fertig. Wenn die Jungs aufgestanden sind, können wir frühstücken. Magst du noch zum Essen bleiben?«, erkundigte sich Lino. »Du musst einfach!« Bittend griff sie nach Marjes Arm. »Wir haben dir so viel zu verdanken.«

Marje nickte lächelnd und hoffte, dass ihre Wangen nicht so dunkelrot wurden, wie sie sich anfühlten. »Schon gut!«, wehrte sie ab. »Mach nicht so viel Aufhebens darum, in Ordnung?«

Lino lachte. »Das ganze Viertel ist dir zu Dank verpflichtet«, beharrte sie. Sie zog einen Stuhl für Marje vom Tisch zurück und machte sich am Herd zu schaffen.

Marje zögerte einen Moment, doch dann sprach sie aus, woran sie schon den ganzen Morgen immer wieder gedacht hatte. »Lino, hast du zufällig gehört, was mit Milan ist?«, fragte sie.

Die junge Frau drehte sich zu ihr um und zuckte bedauernd mit den Schultern. »Nein«, sagte sie. »Aber ist das so ungewöhnlich?«

Marje schüttelte den Kopf. »Nein, natürlich nicht«, erwiderte sie hastig. »Alles in Ordnung, du hast recht.«

Und es stimmte. Milan konnte auf sich selbst aufpassen. Er würde sich bei ihr melden, wenn er das für richtig hielt. Eigentlich sollte sie sich längst daran gewöhnt haben.

Lino kam mit einem Korb Brot und einer Kanne Berenstee zum Tisch. Plötzlich merkte Marje, was für einen Bärenhunger sie hatte.

Lino setzte sich zu ihr.

»Ich soll dir übrigens von Thar ausrichten, dass er nicht zum Mittagessen kommt«, sagte Marje und griff nach einer Scheibe Brot. »Er meinte, es wird ein wenig später, vielleicht Teezeit.«

»Dieser Langschläfer! Vermutlich wird er sogar Lauryns Frühling verpassen!«

Marje musste bei dem Gedanken grinsen, schüttelte aber den Kopf. »Das ganz bestimmt nicht!« In der Nacht zum morgigen Tag feierte die ganze Stadt diesen hohen Festtag.

Thar war etwas älter als Marje. Es gab viele wie ihn, ohne eine Familie oder einen Beruf oder ein richtiges Zuhause. Sie lebten in den Tag hinein und trieben sich auf Märkten herum, wo sie mal als Träger arbeiteten oder für ein paar Münzen an einem Stand aushalfen. Boten sich derartige Gelegenheiten nicht, fanden sie andere Wege, Geld zu verdienen. Marje hatte viele Freunde, die sich mit zweifelhaften Arbeiten über Wasser hielten. Von einigen wollte sie lieber nicht genau wissen, was sie taten, mit anderen arbeitete sie sogar manchmal zusammen. Was sie alle verband, war das Gefühl, in einem Boot zu sitzen. »Wir gegen den Rest der Welt«, hatte Thar ihre Situation einmal in Worte gefasst und ganz unrecht hatte er damit nicht. Und wenn schon nicht gegen den Rest der Welt – dann zumindest gegen die reichen Händler unter den Liganern und den Kaiser.

»Ich hab noch einen Korb für Shoan gepackt. Gehst du bei ihm vorbei?« Lino nahm einen Schluck Tee.

Marje nickte. Sie gähnte und hob eine Hand vor den Mund.

In diesem Moment wurde die Küchentür aufgestoßen und Linos Mann kam mit seinen drei Söhnen herein. Nun wurde es wirklich eng in der Küche. Marje rutschte mit ihrem Stuhl bis ganz an die Wand und nahm einen der Zwillinge auf den Schoß. »Maie!«, rief der Kleine und klatschte erfreut mit seinen kleinen Händchen.

»Morgen, Marje. Gratuliere zu der erfolgreichen Nacht«, begrüßte Linos Mann sie lächelnd. »Wir hatten eine Menge zu tun hier.« Er zwinkerte ihr verschwörerisch zu, nahm den anderen Zwilling von seiner Schulter und setzte ihn sich auf den Schoß. Gerade, als Lino einen weiteren Brotkorb auf den Tisch stellen wollte, erklangen auf der Straße die Glocken, die das Öffnen der Tore verkündeten.

Marje sprang auf. »Mist, so spät schon! Ich muss los!«

Lino drückte ihr den Korb für Shoan in die Hände. »So viel Zeit hast du doch sicher?«, fragte sie.

Marje nickte und griff sich selbst noch zwei Scheiben Brot vom Frühstückstisch. »Immer«, nickte sie kauend.

Sie hob die Hand zum Abschied und zog die Tür mit dem Ellenbogen hinter sich zu. »Bis später«, rief sie und stand kurz darauf auf der Straße, die Tshanil in goldenes Licht tauchte.

Ihre Füße wirbelten den trockenen Staub vom Boden auf, den der Wind in der Nacht in die Straßen getragen hatte. Kinder tobten um sie herum, spielten Fangen und jagten zwischen Karren und Wäscheleinen die Straße entlang. Nach wenigen Minuten kam Marje auf den Platz, in dessen Mitte die Leitung aus der Zinade führte. In der alten Stadt gab es reich verzierte Brunnen, geschmückt und prächtig verziert, doch hier waren es mehrere schlichte Hähne, aus denen man Wasser zapfen konnte – gesetzt den Fall, dass die Leute in der Zinade die entsprechenden Hebel dafür umgelegt hatten. Der Boden unter den Hähnen war heute Morgen noch verräterisch feucht.

»Ein segensreicher Tag«, stellte ein Händler fest, der gerade seinen Stand auf dem Platz aufbaute.

»Erfrischend!«, stimmte eine Frau zu und zwinkerte ihr verschmitzt zu.

Marje grinste und legte warnend einen Finger an die Lippen. Natürlich wussten fast alle im Viertel, wem sie den Wassersegen in der Nacht zu verdanken hatten, und Marje hätte wohl für die meisten die Hände ins Feuer gelegt, dass niemand sie verriet. Dennoch musste sie vorsichtig sein. Wenn irgendetwas nach außen drang, würden sie bestimmt nicht so schnell wieder in eine Zinade einbrechen können.

Wir werden so oder so nie wieder in eine Zinade einbrechen. Schließlich wissen sie jetzt, dass es uns einmal gelungen ist.

Aber egal: Sie hatten wenigstens dieses Mal über die Zinadenwächter und die anderen Soldaten triumphiert.

Kaum hatte sie den Gedanken zu Ende gedacht, schob sich ein Schleier vor ihre Augen.

Aber welchen Preis hatte sie dafür gezahlt? Was hatte sie dafür in Kauf genommen? Wenn der junge Soldat vielleicht wirklich tot war, dann würde sie es wohl kaum als Erfolg bezeichnen können. Ich hab mich nur verteidigt, versuchte sie sich selbst zu beruhigen. Und doch fühlte sich das Messer an ihrem Gürtel wie ein Fremdkörper an, den sie am liebsten weit von sich geschleudert hätte.

Eilig bog sie in die Straße ein, in der Shoan wohnte. Er hatte sich in den zwei Kellerräumen eines Hauses einquartiert, die darüberliegenden Stockwerke waren längst in sich zusammengefallen. Der weiße Wüstenstein wurde von Sandstürmen aufgerieben. In der heißen Sonne bildeten sich Risse, das Gestein bröckelte und die trockene Luft tat ihr Übriges. Mit den Jahren war der äußere Ring der Stadt stark verfallen und wurde inzwischen vom Wüstensand, den der Wind mit sich brachte, immer mehr verschüttet.

Mit langen Schritten stieg Marje die Stufen hinab zum Eingang der kleinen Wohnung, die mit einem Vorhang verhängt war. »Shoan?«, rief sie nach ihrem Freund. »Bist du da?« – »Marje?«, hörte sie die Stimme Shoans aus der Dunkelheit. »Komm rein.«

Vorsichtig schob sie den Vorhang beiseite und betrat den Flur. Einen Augenblick musste sie stehen bleiben, um sich an das dämmrige Licht zu gewöhnen. Auf der rechten Seite lagen Shoans Schlafzimmer und seine Kochstelle, die eigentlich mehr ein Lagerraum war. Da es keinen Abzug für den Rauch gab, konnte man kein Feuer machen. Links vom Flur befand sich Shoans Schatzkammer, wie er sie selbst gerne bezeichnete. Hier ruhten all seine Reichtümer, die Juwelen, die er hatte retten können, als die alte Bibliothek abgebrannt war. Viele Bücher waren den Flammen zum Opfer gefallen und einige hatte er gar nicht mitnehmen können, als er in diesen Keller gezogen war. Dennoch waren mehrere Regale bis unter die Decke gefüllt, geordnet und gelistet wie früher in der Bibliothek.

»Ich hab dir dein Buch zurückgebracht«, rief sie.

»Wunderbar«, antwortete Shoan. Seine Stimme kam aus dem Raum, der links von ihr lag.

Shio, der auf Marjes Schulter saß, leuchtete sanft und Marje betrat die Bibliothek. Der Lichtkreis des Irrlichtes mischte sich mit dem der zwei Kerzen, die ihr Freund auf einer umgedrehten Kiste angezündet hatte. Mit einem Buch in der Hand saß er da, die langen Haare fielen ihm ins Gesicht und verbargen die eingefallenen Wangen. In den letzten Jahren war er immer dünner geworden.

»Lino hat mir etwas für dich mitgegeben«, verkündete Marje und stellte den Korb vor Shoan auf dem staubigen Boden ab.

Während Shoan neugierig in den Korb sah, stellte sie ihr Buch an seinen Platz im Regal zurück.

»Danke«, lächelte ihr alter Freund müde. »Ich hab gehört, ihr seid gestern überaus erfolgreich gewesen?«

»Warst du nicht da?« Marjes Blick, der auf der Suche nach

neuem spannendem Lesestoff über die Buchrücken geglitten war, richtete sich auf Shoan.

»Nein.« Er lehnte den Kopf gegen die Wand in seinem Rücken. »Aber ich hab den Lärm draußen mitbekommen. Es scheint ganz schön was los gewesen zu sein. Fragt sich nur, was ihr das nächste Mal macht.« Sein Blick unter halb geschlossenen Lidern wurde lauernd.

Marje zuckte mit den Schultern. Sie kannte seine misstrauische Art und wusste, was er von ihrem Ausflug hielt. Er war der Einzige gewesen, der sich bis zuletzt dagegen ausgesprochen hatte. Lieber wollte er sterben, als ein Verbrechen zu begehen, waren seine Worte gewesen. Auch wenn seine Haltung vermutlich bewundernswert war, konnte Marje ihn nicht verstehen. Shoan war ein alter Mann, ein Narr, verliebt in seine Bücher und geblendet von einer Illusion der Gerechtigkeit und des Friedens. Die Welt, von der er träumte, würde es nie geben. Die Realität sah anders aus und wurde vom Recht des Stärkeren bestimmt, das hatte Marje schon früh genug lernen müssen.

»Wir werden uns etwas einfallen lassen«, erwiderte sie.

»Irgendwann werdet ihr kämpfen, ihr werdet rauben und morden«, meinte Shoan leise.

Marje schluckte schwer. Ohne es zu wissen, hatte Shoan ihren wunden Punkt getroffen. Heute noch mehr als sonst.

Ihr Gesicht wurde ausdruckslos. »Wenn sie uns zwingen, müssen wir um unser Leben kämpfen!«, entgegnete sie entschlossen. Mit schnellen Schritten ging sie aus dem Zimmer. »Ich soll dich übrigens von Thar schön grüßen«, sagte sie noch, bevor sie die Bibliothek verließ und die Treppe zur

Straße hinaufeilte, um der beklemmenden Dunkelheit zu entfliehen.

Mit eiligen Schritten lief sie die Straße hinab zum Tor, das in die alte Stadt führte. In ihr tobten die Gefühle. *Lass ihn nicht tot sein, Tshanil,* bat sie im Stillen und sah zur goldenen Sonne auf.

3. Kapitel

Es dauerte nicht lange, bis Marje das Tor erreicht hatte, das vom Westviertel der Taller in die alte Stadt führte. Sie zahlte den Wegezoll und blieb einen Augenblick im Schatten des steinernen Bogens stehen. Hier am Wasser war es kühler. Der Fluss glitzerte und schimmerte im Morgenlicht. Marje schloss für einen kurzen Moment die Augen und atmete tief den Geruch des Shanu ein.

»Marje! Du bist spät dran. An die Arbeit!«

Sie zog eine Grimasse, als sie die Stimme des Bootsbauers hörte, für den sie an vielen Tagen auf dem Fluss unterwegs war.

Geschickt sprang sie in das letzte Boot, das noch vor Anker lag, und löste die Leine. Sie stieß die Stake in das schlammige Flussbett, um ihr Gefährt in die Mitte des Flusses zu manövrieren. Bis zum Abend würde sie Menschen durch das Viertel transportieren. Allein um den Wegezoll, den sie jeden Tag entrichtete, um zur Arbeit zu kommen, wieder zu verdienen, musste sie mindestens zwanzig Passagiere am Tag befördern. Obwohl das Staken anstrengend und ihr Arbeitgeber ein wahrer Sklaventreiber war, mochte sie die Arbeit. Dabei konnte sie die Ruinen der neuen Stadt für ein paar Stunden hinter sich lassen und die vielen Menschen, mit denen sie tagtäglich zu tun hatte, lenkten sie von ihren Sorgen und Nöten ab.

Entschlossen stieß sie die Stake ins Flussbett und manövrierte das Boot über eine Kreuzung hinweg. Sie wählte den kürzesten Weg zum nächsten Stadttor, wobei sie die Hauptadern des Flusses mied, in denen zu dieser Tageszeit kein Vorankommen war. Inzwischen kannte sie alle Wasserwege in der alten Stadt so gut wie ihr eigenes Viertel und an den Stadttoren gab es die größten Chancen auf Passagiere. Die Liganer, die in anderen Vierteln Geschäfte machen wollten, riefen sich ein Boot, sobald sie das Viertel betraten, und ließen sich, wenn man Glück hatte, eine ganze Weile durch die Gegend fahren. Der Fluss durchzog die alte Stadt mit vielen Ästen und Verzweigungen, manche waren zu schmal, um sie überhaupt mit einem Boot zu passieren. Überall schwangen sich Brücken über den Strom, in den reichen Vierteln um den Palast waren sie aus Stein und prächtig verziert, in den Vierteln der Handwerker und der kleineren Händler aus Holz. Die Uferwege dagegen waren nicht so breit ausgebaut – sie hatten gerade mal die Breite, die ein Grionfuhrwerk benötigte.

Marje erreichte das nächste Tor. Zwei spitze Türme mit Wachposten davor markierten den Übergang von einem Viertel ins andere. Sie manövrierte gerade ihr Boot in eine der Warteflächen, um nach Kunden Ausschau zu halten, da fiel ihr Blick auf ein blasses Mädchen, das auf der anderen Seite am Tor stand. Es streckte der Wache die offene Hand entgegen und sah den Soldaten bittend an. Ihre Wangen waren elfenbeinfarben, ihre blassen Augen groß vor Sorge.

Mit zwei kräftigen Stößen hatte Marje das Boot so nah ans Tor gelenkt, wie sie konnte. Sie griff in ihren Geldbeutel und holte eine Handvoll Münzen heraus. Seit gestern war der Preis schon wieder gestiegen.

»Lasst das Mädchen passieren«, bat sie den Soldaten und warf ihm das Geld zu.

Das blasse Mädchen huschte an dem Wächter vorbei, der die Münzen geschickt auffing und sofort auf Echtheit überprüfte, und sprang zu ihr ins Boot. Mit scheuem Blick sah sie zu Marje auf. Ein kaum merkliches Lächeln zeigte sich auf ihren schmalen Lippen und ließ die blassblauen Augen aufleuchten.

»Die Preise steigen irgendwann ins Endlose«, murmelte Marje mit einem verärgerten Blick auf den Soldaten, dann stieß sie das Boot vom Ufer ab und lenkte es aus dem Trubel am Tor. »Warum konntest du nicht zahlen?«

Das Mädchen hob eine Hand, in der einige Münzen lagen. Scheinbar hatte sie mit dem gleichen Wegezoll wie noch am Vortag gerechnet.

»Hast du Kräuter ausgeliefert, Sayuri?«, fragte Marje weiter, während sie das Boot in eine schmale Wasserstraße abseits des Getümmels lenkte.

Das Mädchen nickte. Sein Blick glitt über das Wasser, auf dem die Sonnenstrahlen tanzten. Vorsichtig beugte es sich über den Rand des Bootes und tauchte seine Finger in das kühle Nass. Der Fluss umspülte seine Hand und schäumte leicht. Es schöpfte eine Handvoll Wasser und ließ es im Sonnenlicht zurück in den Shanu fallen.

Marje beobachtete, wie Sayuri ganz in sich und den Fluss versunken auf der Bank im Boot saß. Der Wind strich ihr die fast weißen Strähnen, die unter ihrem Kopftuch hervorlugten, aus dem Gesicht.

Sie war die einzige Liganerin, mit der Marje befreundet

war – obwohl es ihr eigentlich fast unpassend erschien, sie als Liganerin zu bezeichnen. Sicher, Sayuri lebte in der alten Stadt. Aber das war auch alles.

Sayuri war – eben Sayuri.

Mit gleichmäßigen Bewegungen dirigierte Marje das Boot in die Straße, in der Sayuris Kräuterladen in einem alten, ehemals herrschaftlichen Haus untergebracht war, das inzwischen einiges an Pracht eingebüßt hatte.

Gekonnt brachte sie das Boot vor Sayuris Laden zum Stillstand und half ihr auszusteigen.

Mit einem fragenden Blick sah das Mädchen erst zu ihr, dann zum Laden. Aber Marje schüttelte ablehnend den Kopf. »Ich muss wieder zur Arbeit«, sagte sie.

Das Mädchen griff nach ihrer Hand.

Wider besseres Wissen ließ sich Marje von ihrer Freundin an Land ziehen. Es fühlte sich so an, als hätte sie Sayuri schon immer gekannt. Sie konnte sich nicht mehr entsinnen, dem blassen Mädchen einmal vorgestellt worden zu sein. Allerdings konnte sie sie erst kennen, seit sie selbst in der Stadt lebte, denn nach Marjes Wissen war Sayuri hier geboren. Sayuri selbst schwieg dazu, so wie sie zu allem schwieg.

Vielen Menschen machte die Stille Angst, die das weißhaarige Mädchen umgab, manche hielten sie sogar für einfältig. Aber die meisten akzeptierten sie, als wäre Sayuri ein Teil dieser Stadt. Und selbst die, die sich vor ihr fürchteten, kamen zu ihr, um ihre Medizin zu kaufen oder Hilfe zu erbitten.

Marje seufzte, als Sayuri sie zur Tür ihres kleinen Ladens

zog, sie entriegelte und sie mit einer Geste einlud einzutreten.

»Ich hab wirklich nicht viel Zeit«, warnte sie.

Sayuri lächelte und zuckte leicht mit den Schultern. Sie ließ die Tür offen und zog die Vorhänge auf, sodass Tshanils Licht in den Laden, auf die hohen Regale und deren kostbaren Inhalt fiel.

Der Laden war sehr klein und schmal. Die Regale reichten bis unter die Decke und selbst über den Fenstern und Türen waren Bretter angebracht. In der Mitte des länglichen Raumes stand ebenfalls ein Regal, das den Raum in zwei Hälften teilte und bis unter die Decke reichte. Am anderen Ende des Raumes stand ein kleiner Tresen, zu dem ein paar Stufen hinaufführten. Dahinter schloss sich ein Treppenhaus an, das zu Sayuris Wohnung führte.

Die Regale waren angefüllt mit Kräutern und Gewürzsäcken, Dosen und Schachteln, wertvollen Steinen, Glücksbringern und Schutzsiegeln, Statuen von Göttern und ihren Gestirnen. Von der Decke hingen Blumen und Wurzeln zum Trocknen zwischen Netzen aus Algen, bunten Tüchern und geflochtenen Bändern und auf dem Boden stapelten sich Säcke mit Körnern und Mehl.

Sayuri stieg die Stufen zum Tresen hinauf und setzte sich auf einen Stuhl. Mit einer Handbewegung strich sie sich ihr gemustertes Tuch vom Kopf und ließ es auf die Lehne fallen. Ihre weißen Haare fielen in leichten Wellen auf ihre schmalen Schultern. Für einen kurzen Augenblick sah sie aus, als würde sie von innen leuchten - wie Shio - oder wie Tshanil. Doch dann war der Moment vorbei. Sie bückte sich, holte eine Dose unter ihrer Theke hervor und bot Marje einen Keks an.

Dankbar griff sie zu und ließ sich auf eine Kiste neben der Theke sinken. Ihr Blick schweifte durch den Raum. »War Milan heute bei dir?«, konnte sie sich nicht verkneifen zu fragen und biss sich im gleichen Moment auf die Lippen.

Sie wusste doch, dass sie sich um ihn keine Sorgen zu machen brauchte! Im Gegensatz zu Marje war er in der ganzen Stadt zu Hause, hatte in allen Vierteln Freunde und Bekannte, auch bei den Liganern, und fand immer einen Schlafplatz. Manchmal ließ er sich so lange nicht blicken, dass Marje ernsthaft in Sorge geriet, dann wieder gab es Zeiten, zu denen er jeden Tag bei ihr auftauchte.

Inzwischen sollte sie sich an diese Eigenart gewöhnt haben und trotzdem konnte sie nicht anders. Nach dem, was gestern passiert war, war sie unruhiger als sonst.

Sayuri schüttelte den Kopf. Mit Gesten gab sie ihr zu verstehen, dass sie Milan schon seit Wochen nicht mehr gesehen hatte.

Marje knabberte an ihrem Keks, während sie an Milan dachte. Sie schaffte es nicht ganz, das komische Gefühl in ihrer Magengrube zu ignorieren. Was, wenn die Besitzer der Zinaden nach dieser Aktion heute Abend zur Strafe den Wasserzufluss zum Viertel der Taller noch weiter drosselten? Wasser aus dem Shanu zu schöpfen und durch das Tor oder über die Mauer ins Viertel zu schmuggeln, war zu aufwendig und gefährlich. Auf diese Art ließ sich unmöglich ein ganzes Viertel am Leben halten. Sie brauchten eine gute Idee für die Zukunft und sie brauchten Milan, dem immer etwas einfiel und der wagemutig genug war, es auch umzusetzen.

Sie stand auf und nahm Sayuri in den Arm. Es wurde wirklich höchste Zeit, wieder an die Arbeit zu gehen. Sayuri erwiderte die Umarmung. »Pass das nächste Mal besser auf dich auf und nimm vor allem mehr Geld mit, wenn du in ein anderes Viertel gehst«, mahnte Marje besorgt.

Sayuri verdrehte die Augen und lachte stumm auf, doch einen kurzen Moment später war ihr Blick wieder in die Ferne gerichtet, die Stirn in gedankenvolle Falten gelegt.

Als Marje den Laden verließ und wieder auf die Straße hinaustrat, fuhr ein Wind auf, der an ihren Kleidern riss und Sand von der Straße aufwirbelte. Schützend zog sie den dünnen Schal hoch, um Mund und Nase zu bedecken. Mit einem Sprung war sie in ihrem Boot und löste das Seil.

Mit einem Stöhnen richtete Kiyoshi sich im Bett auf und lehnte sich gegen das Kopfende. Sofort waren zwei Dienerinnen zur Stelle, um die Kissen zurechtzurücken und es ihm so bequem wie möglich zu machen.

»Verschwindet«, fuhr er sie schlecht gelaunt an.

Schmerz durchzuckte seinen Körper, als er sich leicht zur Seite lehnte. Mit zusammengebissenen Zähnen versuchte er, sich nichts anmerken zu lassen.

Rajar lehnte am Fenster und sah grinsend den Dienerinnen nach, die sich eilig in Richtung Tür zurückzogen, wo sie auf die Knie sanken und den Blick scheu zu Boden senkten.

»Geht«, befahl er den beiden. »Lasst den Prinzen alleine. Er möchte seine Ruhe haben.«

Sofort huschten die beiden jungen Mädchen aus dem Raum und schlossen sachte die Tür hinter sich.

Kiyoshi atmete erleichtert auf. »Die machen mich wahnsinnig! Danke.«

»Andere würden sich darum reißen«, sagte Rajar trocken. »Schön wie Turu und Lauryn, die beiden.« Er drehte sich zu Kiyoshi um. »Wie fühlst du dich?«

»Wie aufgespießt«, murmelte Kiyoshi. »Na ja, wahrscheinlich gut, den Umständen entsprechend.«

»Was ist denn nun wirklich letzte Nacht passiert?«, fragte Rajar.

Er setzte sich in respektvollem Abstand ans Fußende des Bettes, ohne dabei jedoch seinen Blick zu senken, wie es sich eigentlich gehörte. Den Kaiser oder seine Familie anzusehen, ohne dass dieser es ausdrücklich gestattete, war verboten. Doch Rajars Blick bohrte sich förmlich in Kiyoshis Augen und suchte nach einer Antwort, nach einem versteckten Hinweis in seiner Miene.

Kiyoshi schaute zum Fenster hinaus. »Heute Nacht ist Lauryns Frühling«, murmelte er.

Rajar verdrehte belustigt die Augen. »Was du nicht sagst! Du lenkst vom Thema ab«, erwiderte er. »Oder willst du mir etwa nicht erzählen, was passiert ist? Man wird schließlich nicht jeden Morgen schwer verletzt von Soldaten nach Hause getragen. Und ich bin dein bester Freund.«

Kiyoshi warf ihm einen funkelnden Blick zu. »Ich habe bereits alles erzählt«, murrte er. »Wozu soll ich das Ganze noch einmal wiederholen?«

Die Augen seines Freundes verengten sich zu Schlitzen.

»Weil bei der ganzen Sache etwas nicht stimmt«, erklärte er. »Etwas verheimlichst du, Kiyoshi. Ich kenn dich doch, besser als jeder andere!«

Kiyoshi ließ den Kopf gegen das Kissen in seinem Rücken sinken. Mit geschlossenen Augen lag er stumm da, versuchte, die Fragen seines Freundes, des Onkels und der Wachen zu vergessen. Wieder sah er das Mädchen vor sich, ihre Locken unter ihrer weiten Kapuze, ihre gesprenkelten Augen, hörte die Worte, die sie ihm in zorniger Verachtung entgegengeschleudert hatte.

Was glaubst du eigentlich, wer du bist?

Er hatte auf die Frage keine Antwort, zumindest keine gute. Er war Soldat, der Neffe des Regenten und des Kaisers, er lebte als Prinz im Palast ... aber diese Antwort hätte er dem Mädchen niemals geben können!

»Raus damit!«, drängte Rajar und riss ihn aus seinen Gedanken. »Zumindest mir kannst du die Wahrheit sagen!«

Kiyoshi zögerte. Er hatte den Soldaten erzählt, er sei von einer vermummten Gestalt überrascht und niedergestochen worden. Bisher war er bei dieser Geschichte geblieben, hatte behauptet, die Person in der Dunkelheit nicht richtig gesehen zu haben. Sollte er nun die Wahrheit sagen?

Rajar war sein Freund. Sie waren schon immer Freunde gewesen, waren zusammen aufgewachsen, hatten sich miteinander gemessen, hatten zueinandergestanden und alle Geheimnisse geteilt. Es gab keinen Grund, ihm etwas zu verheimlichen. Und doch ...

Der grüngoldene Blick des Mädchens leuchtete in der Dunkelheit hinter Kiyoshis geschlossenen Augenlidern.

»Ich habe die Wahrheit gesagt«, sagte er mit ruhiger Stimme zu Rajar. »Weshalb sollte ich dich anlügen?« Er öffnete die Augen und sah seinen Freund direkt an.

Rajar konnte seinem Blick nicht lange standhalten. Er sprang von seinem Platz auf. Mit schnellen Schritten durchquerte er den Raum und kehrte wieder um. »Sag du es mir!« Er zuckte mit den Schultern. »Ich weiß nur, dass du etwas verschweigst!«

Kiyoshi beobachtete ihn, während er wie ein gefangenes Raubtier im Käfig auf und ab lief. »Herrje, Rajar!« Zorn schwang in seiner Stimme. »Glaubst du wirklich, ich würde nicht alles daransetzen, diesen Meuchelmörder zu fangen, um ihn dem Richter zu übergeben? Ich bin hier schließlich derjenige, der niedergestochen wurde!«

Das war gut. Richtige Taktik.

Prompt senkte Rajar betreten den Blick. »Tut mir leid«, brachte er hervor. »Du bist einfach so ... anders.«

»Natürlich bin ich das«, antwortete Kiyoshi amüsiert. »Ich bin gerade erst knapp dem Tod entkommen. Was wäre gewesen, hätte sie besser getroffen?«

»Sie?«

»Na, die Gestalt.« Kiyoshi biss sich auf die Zunge. Er musste wirklich vorsichtiger sein mit dem, was er sagte.

Rajar sah unsicher zu ihm auf. »Tut mir leid«, wiederholte er nur.

»Schon gut«, meinte Kiyoshi. »Lass mich einfach ein wenig allein, in Ordnung? Mit mir ist heute nicht so viel anzufangen.«

Rajar wollte etwas erwidern, aber Kiyoshi schüttelte bittend den Kopf.

Mit einem schiefen Lächeln ging sein Freund zur Tür. »Wird schon wieder«, sagte er und Kiyoshi war sich nicht sicher, wen er damit aufmuntern wollte.

Beinahe ungeduldig wartete er, bis endlich die Tür hinter seinem Freund zufiel.

Kiyoshi atmete ein paarmal tief durch und versuchte, das ungute Gefühl, das in seinem Magen aufstieg, zu ignorieren. Zum ersten Mal in seinem Leben hatte er ein Geheimnis vor seinem besten Freund. Erschöpft ließ er sich in die Kissen sinken und zuckte zusammen, als die Wunde sich mit stechenden Schmerzen bemerkbar machte. Er hatte wirklich Glück gehabt, dass das Mädchen weder seine Lunge noch irgendein anderes wichtiges Organ verletzt hatte. Und obwohl er allen Grund hatte, Rache an ihr nehmen zu wollen, verschwieg er alles, was er von ihr wusste, um sie nicht in Gefahr zu bringen.

Warum?

Erneut versuchte er sich das Gespräch mit dem Mädchen ins Gedächtnis zu rufen.

Wie nennt ihr euch noch? Die Beschützer dieser Stadt? Ihr helft den armen Bürgern und sorgt für Recht und Ordnung? Fragt sich nur, wessen Recht und wessen Ordnung!

Die Stimme des Mädchens war voller Spott gewesen.

Uns schützt ihr nicht! Uns Taller lasst ihr verrecken!

Über die Taller hatte Kiyoshi sich wenig Gedanken gemacht, vielleicht zu wenig, wie er jetzt zugab. Sie wohnten in dem Teil der Stadt, die außerhalb der alten Festungsmauern über Jahre erbaut worden war. Wäre der Krieg nicht dazwischengekommen, hätte es vermutlich keine Trennung zwischen außen und innen gegeben. Aber nach den Kämpfen war der äußere Kreis völlig verwaist gewesen. Zu viele Menschen waren im Kampf gefallen, und wer überlebt hatte, suchte sich eine der verlassenen Wohnungen im inneren Kreis.

In den folgenden Jahren hatten immer mehr Flüchtlinge aus der Wüste die Viertel der neuen Stadt zu ihrer Heimat gemacht. Für die Bauern, die außerhalb lebten, waren sie zwar Bürger der Stadt, da die große Stadtmauer auch die äußeren Viertel umschloss. Für die Bewohner der alten Stadt zählten sie jedoch nicht wirklich. Nach dem, was man über sie hörte, waren sie allesamt Gesetzesbrecher, Abschaum, Taugenichtse. Wenn sie wirklich zur Stadt gehörten, dann würde Shanu, der breite Strom, auch durch den äußeren Kreis fließen, das glaubte man im Palast und unter den Liganern.

Kiyoshi legte sich vorsichtig auf die Seite. Wenn er ehrlich war, hatte auch er das geglaubt. Aber woher nahm er eigentlich diese Überzeugung?

Im Grunde genommen hatte er keine Ahnung, wie die Taller lebten. Die Mitglieder des Palastes blieben für sich, schon immer war das so gewesen. Auch Kiyoshi war streng behütet im Schutz der Mauern aufgewachsen.

Kiyoshis Vater war im Krieg gefallen, kurz vor seiner Geburt. Er war der jüngste Bruder des Kaisers und Miros gewesen. Seinen Namen im Mund zu führen, war im Palast mit den strengsten Strafen belegt. Zu viel Leid hing an diesen Erinnerungen, so fertigte Miro seinen Neffen jedes Mal unwirsch ab, wenn Kiyoshi wieder einmal den Mut gefasst hatte und nach seinem Vater fragte.

Obwohl er sowohl der Neffe des Kaisers als auch Miros war, hatte Kiyoshi den Kaiser in seinem Leben vielleicht ein Dutzend Mal zu Gesicht bekommen. Der Herrscher war kinderlos geblieben und trat nie in die Öffentlichkeit. Miro war es, der die Stadt regierte – in des Kaisers Namen. Und so hatte er auch für Kiyoshi die Vormundschaft übernommen. Einst würde er von Miro die Herrschaft über die Stadt erben. In diesem Wissen war er aufgewachsen und so wurde Kiyoshi von allen Angehörigen des Palastes behandelt.

Als Prinz mangelte es ihm an nichts. Seine Spielkameraden waren die Kinder der höherrangigen Soldaten der Stadtwache gewesen – und mit Rajar zusammen hatte er schließlich die beste Ausbildung genossen, die die Stadt bieten konnte.

Er hätte allen Göttern für die Gnade seiner Geburt danken müssen und doch war er in den letzten Jahren immer unzufriedener geworden. Er hatte sich eingesperrt gefühlt, gelangweilt von dem immer gleichen Leben im Palast. Vor allem das war der Grund gewesen, den Dienst bei der Stadtwache aufzunehmen.

Der Kaiserbruder hatte zunächst wenig davon gehalten, dass der Neffe des Kaisers und der künftige Herrscher der Stadt auf den Straßen Wache schieben wollte – und sei es auch nur in der Sicherheit des inneren Kreises.

Zu gefährlich. Zu riskant. Das waren seine Worte gewesen.

Aber dann hatte er doch nachgegeben. Unter der Auflage, dass Kiyoshi nie seinen Fuß in die neue Stadt setzte.

Kiyoshi seufzte. Nach der Geschichte gestern Abend musste er zugeben, dass Miro vielleicht nicht ganz unrecht mit seinen Sorgen gehabt hatte. Aber war die Gefahr nicht gerade das, was er so vermisst hatte? Dass etwas passierte, dass er mit dem richtigen Leben in Kontakt trat? Hatte er nicht deswegen so dafür gekämpft, in der Stadtwache zu dienen? Er war es leid gewesen, immer nur davon erzählt zu bekommen, was draußen geschah! Er wollte sich ein eigenes Bild machen, wollte nicht länger in einem goldenen Käfig eingesperrt sein! Was hatte ein Volk von einem Herrscher, der es nicht einmal kannte?

So viel Wissen hatte man ihm in all den Jahren im Palast eingetrichtert. Die Details über den Krieg, über den Aufstieg der Stadt, über die Erfolge des Kaisers und schließlich über seine Niederlage in der letzten entscheidenden Schlacht. Er wusste, wie viele Soldaten in den Krieg gezogen waren und wie viele vom Kaiser später für ihre Leistungen ausgezeichnet worden waren.

Aber er hatte keine Ahnung, wie viele Menschen wegen des Krieges fliehen mussten, wie viele Bauernfamilien ihre Höfe verlassen hatten, nachdem die feindlichen Armeen sie zerstört hatten. Er wusste nicht, wie viele Menschen in die Stadt gekommen waren, mit nichts weiter als der Kleidung, die sie am Leib trugen.

In den Jahren nach dem Krieg war lediglich ein gutes Geschäft entstanden, als einige Händler auf die Idee kamen, Zinaden zu bauen und Leitungen in den äußeren Kreis und bis zu den Bauern und ihren Feldern zu legen, sodass das Wasser nicht mehr mühselig in Eimern geschleppt werden musste. Mit den Bauern war der Handel einfach gewesen. Für das Wasser, das sie ihnen hinausleiteten, erhielten die Bürger der Stadt einen Anteil am Ertrag der Felder.

Was ihn zurück zu den Tallern brachte. Denn sie hatten nichts, das sie gegen Wasser eintauschen konnten.

Ihr nehmt uns alle Rechte, sperrt uns in Viertel ein und dreht die Wasserleitungen zu, sodass wir elendig verdursten!, hörte Kiyoshi wieder die Stimme des Mädchens, als würde es neben ihm stehen.

Sein Blick glitt zum Fenster hinaus in den Palastgarten, der von Shanus Flussläufen wie von einem Adergeflecht durchzogen wurde. Hinter der hohen Mauer erhob sich die Kuppel einer Zinade.

Unsinn! Der Kaiser sorgte für seine Bürger, sowohl für die Liganer als auch für die Taller. Das Wasser wurde gerecht verteilt – sie mussten zwar dafür zahlen wie jeder andere auch –, aber die Wasserleitungen ganz zuzudrehen und den Tallern damit die Lebensgrundlage zu nehmen, das hätten der Kaiser und sein Bruder niemals zugelassen.

Und trotzdem – etwas bohrte in ihm, eine kleine Stimme, die nicht lockerließ. Was, wenn doch etwas Wahres an dem war, was das Mädchen gesagt hatte? Seit einigen Wochen hörte man Gerüchte im Palast, Geflüster der Dienstboten, heimliches Getratsche der Frauen. Angeblich sank der Wasserspiegel.

Kiyoshi hatte bislang nicht viel darauf gegeben, hatte sich mit Rajar sogar über all die dummen Gerüchte lustig gemacht. Dass der Wasserspiegel sank, war ein Schreckgespenst für kleine Kinder. Damit wurde ihnen gedroht, wenn sie unartig waren oder nicht einschlafen wollten.

Der Wasserspiegel konnte nicht sinken. Das war einfach undenkbar. Dafür war die Macht des Kaisers über die Quelle zu groß.

Oder nicht?

Was, wenn die Händler tatsächlich das Wasser für den äußeren Kreis eingeschränkt hatten – und das mit gutem Grund?

Stöhnend versuchte sich Kiyoshi auf die andere Seite zu drehen, musste aber feststellen, dass seine Wunde in dieser Lage zu sehr schmerzte.

Könnte er doch diese verdammte Grübelei abstellen! Sich den Kopf zu zerbrechen, war vermutlich nicht der schnellste Weg, wieder gesund zu werden.

In dem Moment klopfte es an der Tür.

Eine Dienerin verneigte sich mehrmals, bevor sie mit gesenktem Blick endlich zu sprechen begann. »Eure Hoheit, der Kaiserbruder möchte Euch sehen«, sagte sie atemlos.

Kiyoshi richtete sich auf. »Dann ruf ihn herein.«

»Jawohl, Eure Hoheit«, nickte das Mädchen schnell und war gleich darauf verschwunden.

Einen kurzen Augenblick später betrat sein Onkel das Zimmer. Der Bruder des Kaisers trug die Farben des Landes. Auf seinem weiten Umhang prangte das Wappentier, ein Wiljar, das sich zum Sprung aufbäumte und von neun zuckenden Schwänzen umspielt wurde. Doch statt der Krone trug er einen Kranz aus geflochtenen Zweigen des Maloubaums und anstatt eines Zepters trug er als Zeichen der Würde lediglich einen einfachen Stab aus Holz, dessen Knauf allerdings mit Juwelen verziert war. Miro trat bewusst als Bruder des Kaisers auf. Er bestand darauf, dem Volk zu zeigen, dass der Kaiser noch immer regierte, obwohl er nie in die Öffentlichkeit trat und sein Bruder all seine Befehle zu verlautbaren und durchzusetzen hatte.

Kiyoshi bezweifelte, dass sich viele davon in die Irre leiten ließen. Im Palast war es ein offenes Geheimnis, dass Miro nicht bloß die Befehle des Kaisers ausführte. Der Kaiser konzentrierte all seine Kraft auf die Quelle – er war darauf angewiesen, dass sein Bruder für ihn das Regierungsgeschäft übernahm.

Kiyoshi deutete den traditionellen Gruß an, den er aufgrund seiner Wunde jedoch nicht vollständig durchführen konnte.

Sein Onkel verneigte sich, wie es die Regeln vorschrieben, und schloss dann die Tür hinter sich.

»Ich muss mit dir sprechen.« Er zog sich einen Stuhl ans Bett.

Kiyoshi fielen die dunklen Ringe unter seinen Augen auf und der matte Schimmer der Müdigkeit, der seine Augen kleiner wirken ließ. »Ich habe dem, was ich bereits erzählt habe, nichts hinzuzufügen«, sagte er rasch.

Doch sein Onkel schüttelte nur den Kopf. »Ich bin nicht wegen der gestrigen Ereignisse hier. Darum kümmert sich Hauptmann Binor.«

Kiyoshi nickte. Der Hauptmann war Rajars Vater.

Miro zog sich einen Stuhl heran. Seine Miene war ernst, seine schmalen Züge zeigten nicht den Anflug eines Lächelns.

»Ist etwas passiert?«, fragte Kiyoshi alarmiert. Etwas an

seinem Onkel war anders als sonst, aber er konnte nicht recht sagen, was es war.

»Nein, Kiyoshi, es ist nichts passiert«, erwiderte Miro, doch seine Stimme strafte seine Worte Lügen. »Aber es kündigen sich Ereignisse an, die uns große Sorgen bereiten. Und es ist an der Zeit, dass ich dich als meinen Erben einweihe.«

Er hob seinen Blick zum Fenster und begann zu sprechen. Und je länger seine Rede dauerte, desto größer wurde das Entsetzen, das sich in Kiyoshi ausbreitete.

4. Kapitel

Mit einem leisen Klicken schloss sich die Ladentür hinter Sayuri und das Mädchen mit den weißen Haaren trat auf die Straße ans Ufer Shanus, die sich jetzt in den letzten Abendstunden immer mehr bevölkerte. Ein sanfter Wind kräuselte die Wasseroberfläche des Flusses und verzerrte die Abbilder der Sterne, die inzwischen strahlend hell am Himmel standen. Sayuris Blick glitt wie der vieler anderer zu den Gestirnen empor. Über ihr thronte Turu in seinem grünen Licht am Firmament. Noch stand der Mond alleine dort oben, bald aber würde Lauryns Frühling beginnen, das Fest, das früher einmal die warme Jahreszeit angekündigt hatte, indem Lauryn Turus kühle Herrschaft am Himmel anfocht und eine Zeit begann, in der die Monde gemeinsam am Himmel standen.

Die Nacht wurde wie Lauryns Winter in der ganzen Stadt gefeiert, die Straßen wurden geschmückt, die Häuser geputzt, die beste Kleidung angelegt, ein Festmahl zubereitet – alles zu Ehren des Mondes, der in dieser Nacht wieder in Erscheinung treten würde. Obwohl schon seit fast zwanzig Jahren die Wüste das Land in ein immer gleiches Kleid hüllte und seither kein Regen mehr gefallen war, erwarteten die Bewohner der Stadt Lauryns Frühling doch mit aller Ungeduld und freudiger Erwartung, als würde sich am folgenden Tag der Himmel verdunkeln und der Regen fallen, der die lang ersehnte Blütenpracht des Frühlings mit sich brachte, wie es die Älteren noch zu erzählen wussten.

Lauryns Frühling war ein Fest der Freude und des Verzeihens. In dieser Nacht bat man um Vergebung und die Monde verziehen, was unter ihren Augen im vergangenen Jahr geschehen war. Am Morgen dann, wenn Tshanil, ihre Schwester, erwachte und den Tag mit Licht erfüllte, hatte auch sie verziehen.

Sayuri wandte ihren Blick der Straße zu. Immer mehr Menschen versammelten sich am Hauptstrom, um der Prozession des Palastes beizuwohnen. Jedes Jahr verlief sie durch die inneren Stadtviertel und der Herrscher der Stadt kniete vor dem Schrein der Götter nieder und bat sie alle vor den Augen des Volkes um Vergebung für Fehlentscheidungen und um Kraft und Mut für das neue Jahr.

Da der Kaiser selbst schon seit vielen Jahren seine ganze Kraft in die Quellen Shanus steckte, um sie aufrechtzuerhalten, trat sein Bruder diesen Weg an Lauryns Frühling für ihn an. Miro war Sprachrohr und Ratgeber des Kaisers. Manche Menschen glaubten, er würde bereits ohne Rücksprache mit seinem Bruder regieren, andere hielten ihn für einen treuen Untertan des Kaisers.

Sayuri bückte sich und ließ ihre Hand ins Wasser des Flusses gleiten. Für einen Moment verharrte sie, bevor sie sich entschlossen aufrichtete und zurück ins Haus ging.

Turus Mondlicht fiel durch die Fenster und erhellte den Raum so weit, dass sie sich zurechtfinden konnte. Mit sicheren Handgriffen schnürte sie in der Dunkelheit Säcke und Beutel zu, schloss Dosen und legte Steine aus der Auslage zurück in einen Korb. Auf der Theke standen die zerstoßenen Wurzeln eines Waliobaums und sie deckte die Schüssel mit einem Teller ab.

Dann ließ sie sich nachdenklich auf den Platz hinter der Theke sinken. Wie von selbst griff ihre Hand in den Korb mit Steinen und zog einen von ihnen hervor. Er war klein und kalt, seine Oberfläche ganz glatt, ohne Kanten und Unebenheiten, wie die meisten anderen sie hatten. Sayuri hielt den Stein ins Mondlicht. Im Sonnenlicht wäre er von einem klaren Blau gewesen, das nur von wenigen weißen Linien durchzogen wurde, jetzt schimmerte er türkisfarben.

Sayuri lehnte sich zurück und drehte den Stein im Mondlicht. Manchmal schien das Weiß wie die Brandung und das Blau wie schäumende Wellen, dann erinnerte der Stein wieder an einen ruhig daliegenden See.

Sayuri lächelte. Ihre schlanken Finger schlossen sich um den Stein und sie stand auf. Draußen hatte sich der Himmel verdunkelt. Ohne zu zögern, drehte sie ihrem Laden den Rücken zu und stieg die Treppe hinauf.

Das letzte Stück musste sie über eine Leiter klettern, kurz darauf trat sie auf das flache Dach hinaus, das nur noch von drei Seiten von einer bröckelnden Mauer umgeben war. Im Windschutz der Mauern wuchsen kleine Bäume, Büsche, Blumen und Kräuter und Turus Licht tauchte den kleinen Garten in einen unwirklich grünen Schein.

Sayuri hob den Blick zum Himmel, wo Turu noch immer als Herrscher über die Sterne stand. Doch sein Licht schien blasser geworden zu sein, dafür erstrahlten die Sterne umso heller. Sayuri kniff die Augen zusammen und suchte nach dem dunklen Fleck, der Lauryns Erscheinen ankündigte. Sie entdeckte ihn nicht weit von Turu. Dort verschluckte eine tiefe Schwärze alles Licht der Sterne und des Mondes. Mit angehaltenem Atem beobachtete Sayuri den Himmel, auch wenn sie genau wusste, was geschehen würde, und es schon oft genug gesehen hatte.

Die Schwärze verzog sich langsam; nicht wie ein Vorhang, der zur Seite geschoben wurde, mehr als würde sich ein Schwarm dunkler Vögel teilen, sodass langsam das Licht des blauen Mondes hindurchschimmerte, kräftiger und kräftiger wurde, bis alle Schwärze um ihn verschwunden war und Lauryn in seiner vollen Pracht, fast doppelt so groß wie sein kleiner Bruder, den nächtlichen Himmel erhellte.

Sayuri hörte die Freudenrufe von der Straße, hörte, wie in der Stadt die Glocken des Frühlings geläutet wurden, und wusste, dass Miro nun seinen Weg antrat.

Aber ihr Blick hing weiter an Lauryn. Sein Gesicht war stets strahlend klar gewesen, nun jedoch schien er eine Spur der Schwärze behalten zu haben, als würde ein Teil von ihm nicht recht erscheinen wollen.

Ihre Stirn zog sich in tiefe Falten. Ohne es zu merken, strich sie über den glatten Stein, der in ihrer Hand inzwischen warm geworden war. Ein Gefühl böser Vorahnung machte sich in ihr breit. Unruhig schweifte ihr Blick umher, der Wind frischte auf und suchte sich seinen Weg durch die Straßen und Gassen der Stadt. Auch hier oben auf dem Dach trieb er sein Spiel, fuhr durch die Blätter und ließ das abgefallene Laub durch den Nachthimmel tanzen.

Mit langsamen Schritten trat sie in ihren Garten und strich sachte über die Blätter einiger Pflanzen. Sie spürte das Leben in den Blättern, ihr ungeduldiges Warten. Die Blüten öffneten sich und wandten sich Lauryn zu, Äste und Zweige streckten sich dem Mond entgegen. Sayuris Hände strichen über die Pflanzen und löschten ihren Durst nach dem Regen, den sie schon seit fast zwei Jahrzehnten nicht mehr gespürt hatten.

Der Wind zog an ihren Haaren und ihrem Kleid, als drängte er sie fort. Mit einem letzten Blick zum Himmel trat Sayuri zurück auf die Stufen der schmalen Treppe, wo sie noch einmal verharrte und in ihren Garten blickte. Die Blüten hatten sich gänzlich geöffnet. Wie Wasser nahmen sie das Mondlicht in sich auf und schienen von innen heraus zu strahlen. Auch Sayuri spürte das Mondlicht auf ihrer Haut wie ein warmes Kribbeln.

Plötzlich wurde die Stille im Haus von einem lauten Pochen an der Ladentür durchbrochen. Rasch lief Sayuri die Stufen hinab und öffnete die Tür.

Der Wind fuhr Kiyoshi durchs Haar und kräuselte die Oberfläche des Flusses. Lampions an Booten und Häusern erhellten ihren Weg. Zwei Soldatenboote fuhren vor, zwei hinter ihnen. Ihr Boot war mit festlichen Girlanden geschmückt; Blumenkränze, kostbarer noch als Gold in diesen trockenen Zeiten, rahmten das Deck ein.

Kiyoshi fror. Es war nicht so sehr der kalte Wind, der ihn zittern ließ und vor dem er sich mit seinem warmen Mantel schützen konnte, sondern eine Kälte, die sich in ihm ausgebreitet hatte und die sogar den pochenden Schmerz in seiner Seite überdeckte. Sein Blick glitt über die Menschen, die sich am Ufer versammelt hatten. Sie trugen ihre besten Kleider. Kinder hielten Laternen, die sie auf ihrem Weg begleiteten. Manche Menschen hatten Lichtschiffe auf den Fluss gesetzt und Irrlichter tanzten über ihnen, in allen erdenklichen Blau- und Grüntönen strahlend. Noch vor einer Stunde hätte Kiyoshi dieser Anblick gefreut. Jetzt aber fühlte er nur eine abgrundtiefe Leere in sich, eine Leere, die sich langsam mit Zorn und Angst füllte.

Er war ohnmächtig gegen das, was kommen musste.

Nein, noch schlimmer.

Er hatte ihm sogar zugestimmt.

Kurz schloss er die Augen und ermahnte sich, sich nichts anmerken zu lassen. Doch trotz aller Entschlossenheit konnte er den Menschen am Ufer und in ihren Booten nicht in die Augen sehen. Er schaute hinüber zu Miro, der wie eine Statue im Boot stand. Sein Blick war nach vorne gerichtet, ein majestätisches Lächeln umspielte seine Lippen.

Neben ihm fühlte Kiyoshi sich klein und unbedeutend. Früher hatte er seinen Onkel uneingeschränkt bewundert. Doch während der letzten Stunden hatten sich neben seine Bewunderung noch andere Gefühle geschlichen: Zweifel und Furcht.

Miro war ein Mensch, der es gewohnt war, die Fäden in der Hand zu halten. All seine Handlungen waren wohldurchdacht und von langer Hand geplant. Diesmal hatte er Kiyoshi zwar in sein Vorhaben eingeweiht, hatte ihm seine Beweggründe für sein Handeln mitgeteilt, aber Kiyoshi fühlte sich so elend dabei, als hätte er selbst diese Entscheidungen getroffen.

Mit dem nächsten Ruderschlag erreichten sie die erste breite Kreuzung, auf der sich die Menschenmassen versammelt hatten, um die Rede des Kaiserbruders zu hören.

Nun war es also so weit. Kiyoshi senkte den Blick, als Miro seine Stimme erhob.

»Lauryns Frühling ist gekommen«, rief Miro und alles Gemurmel, die Hochrufe und das Gelächter unter den Bürgern verstummten. »Lauryn ist zurückgekehrt, so wie er es jedes Jahr tut. Doch diesmal bringt er schlechte Kunde für die Stadt.«

Kiyoshi hielt den Atem an und schloss für einen Moment die Augen.

»Die Sterne haben zu uns gesprochen. Sie weisen auf ein Zeichen zurück, das vor sechzehn Jahren am Firmament prangte, als Tjor, der Fluss, und Smiyon, das Kind, einander nahe kamen.«

Kiyoshi hob wie viele andere unwillkürlich den Blick zum Himmel empor, wo die beiden Sternbilder nun wieder weit voneinander entfernt standen. Aber wie alle Sternbilder wanderten auch sie und vor sechzehn Jahren waren sie einander so nahe gewesen, dass sie einzelne Sterne miteinander geteilt hatten.

»Vor sechzehn Jahren verkündeten die Sterne eine Katastrophe«, fuhr Miro mit schwerer Stimme fort. »Die Kinder, die in jenem Jahr das Licht der Welt erblickten, sind unwiderruflich an den Fluss gebunden. Sie schöpfen ihre Kraft aus seiner Quelle, und während sie immer stärker werden, wird die Quelle schwächer. Bürger – wir können es nicht länger leugnen –, Shanus Kraft schwindet. Der Wasserstand sinkt.«

Eine Frau schrie auf. Man konnte ihre Worte nicht verstehen, hörte aber deutlich das Entsetzen in ihrer Stimme. Kiyoshis Hände begannen zu schwitzen, als ein paar Soldaten drohend für Ruhe sorgten.

Das hier ist nur der Anfang, schoss es ihm durch den Kopf.

»In den letzten Jahren blieb es uns noch verborgen, der Fluss wurde nur langsam schwächer«, tönte Miros Stimme über das Wasser. »Lange Zeit wollten wir der Wahrheit nicht ins Auge sehen, aus Angst vor den Folgen. Doch nun können wir unseren Blick nicht länger verschließen.«

Das Murmeln und Geraune in der Menge wurde lauter. Die Soldaten konnten die Menschen kaum noch zur Ruhe bringen.

Dabei wissen sie es noch gar nicht, dachte Kiyoshi bei sich und musste sich zwingen, nicht laut aufzustöhnen. Sie haben keine Ahnung, was noch kommt!

Miros Stimme schnitt unerbittlich durch die Abendluft. »Der Kaiser hat seine Entscheidung gefällt. Um uns und die Stadt zu retten, müssen alle Kinder, die in jenem schicksalhaften Jahr geboren wurden, die Stadt verlassen. Dulden wir sie noch länger hier, wird die Quelle versiegen und der Shanu wird austrocknen.«

»Nein! Nicht mein Kind! Nein!« Eine Frau stand am Ufer. Angsterfüllt hatte sie ihre Arme um ein schmales dunkelhaariges Mädchen neben sich gelegt.

»Bürger der Stadt.« Miro hob die Hände. »Wir haben keine andere Wahl!« Mittlerweile war es totenstill geworden. »Hier ist unser Entschluss: Die Soldaten werden morgen früh damit beginnen, alle Sechzehnjährigen aus der Stadt zu bringen. Jegliche Zuwiderhandlung wird nach den Gesetzen des Palastes geahndet werden.«

Ein lautes Schluchzen durchbrach das lähmende Schweigen. Die Frau, die ihre Tochter fest umklammert hielt, war in Tränen ausgebrochen. Schützend legte ein Mann seinen Arm um sie. Vereinzelte Zornesrufe wurden laut.

Miro hob die Hand. Die Boote setzten sich wieder in Bewegung, glitten über den Fluss, auf dem Weg ins nächste Viertel.

Miro ließ die aufgebrachte Menschenmenge in ihrer Wut und ihrer Angst einfach hinter sich.

Kiyoshi spürte die hasserfüllten Blicke wie Nadelstiche, die sich in seinen Rücken bohrten.

Er selbst war kaum älter als dieses dunkelhaarige Mädchen am Ufer. Wenige Tage nur trennten ihn von jenem Jahr, das die Sterne damals verflucht hatten. Kiyoshi warf einen Blick auf Lauryn, den jungen Mond, der zurückgekehrt war, um den Frühling zu bringen. Dieses Jahr würde niemand in der Stimmung sein, sein Erscheinen ausgelassen zu feiern.

»Wie fühlst du dich?«, erkundigte sich Miro leise.

Langsam drehte Kiyoshi sich zu ihm um.

»Du bist bleicher als Elfenbein«, erklärte sein Onkel die Frage mit einem freudlosen Lächeln. »Ist es die Wunde?«

Kiyoshi zog die Schultern hoch. »Ich fühle mich wie ein Henker, um deine erste Frage zu beantworten. Von der Wunde spüre ich nichts.«

Was nicht stimmte. Die Verletzung an seiner Seite pochte immer heftiger, als wollte sie ihn mit aller Macht an den Angriff erinnern.

Miro musterte ihn regungslos. »Es ist nicht leicht zu regieren. Macht heißt auch immer, Verantwortung zu übernehmen«, erklärte er. »Für andere, für sich selbst.«

Kiyoshi hatte diese Sätze schon oft von ihm gehört, aber das erste Mal schien er sie in ihrer ganzen Bedeutung zu erfassen. Er wandte seinen Blick dem Tor zu, durch das sie ins nächste Viertel kommen würden. Die Menschen am Ufer schauten ihnen nach. Das Lachen war aus ihren Gesichtern verschwunden, als hätte der Wind es mit sich fortgetragen. Selbst die bunten Lampions schienen trostlos im Wind zu schaukeln und ihre Lichter flackerten, als ob sie gleich erlöschen wollten.

Tief atmete Kiyoshi die klare Nachtluft ein und wünschte sich an den Schrein, um Turu, Tshanil und Lauryn um Vergebung zu bitten, dass er nicht die Stärke besaß, diese Sechzehnjährigen vor dem Schicksal der Verbannung zu retten.

Und als er den dunklen Riss entdeckte, der sich quer über Lauryns blaues Gesicht zog, erschien es ihm nur gerecht. Der schwarze Schatten, der Lauryns strahlende Pracht durchzog, legte sich auf seine Seele.

Die Hochrufe am Ufer wurden lauter. Die Boote hatten die nächste Wegkreuzung erreicht, wo sich abermals die Menschen sammelten, Liganer wie auch Taller. Kiyoshi wagte kaum, den Blick in die Gesichter der Menge zu richten, die noch nicht ahnen konnten, welche Botschaft sie gleich erreichen würde. Wie viele von ihnen hatten sechzehnjährige Söhne und Töchter? Wie viele Enkel in dem Alter?

Sein Blick streifte eine Familie, dann ein paar Halbwüchsige, die fröhlich winkten, schließlich eine Mutter mit einem

Kind, das höchstens drei, vier Jahre alt war. Der Kleine hatte das Gesicht zornig verzogen, er zerrte an der Hand der Frau und rief irgendetwas, das Kiyoshi nicht verstand.

Schließlich riss sich der Kleine los, rannte wie ein Wiesel auf seinen kleinen Füßen los, immer am Ufer entlang. Er winkte dem kaiserlichen Boot, sein Gesicht nun ganz aufgeregt, offenbar versuchte er, mit der Prozession Schritt zu halten.

Und dann geschah es. Der Kleine verlor das Gleichgewicht und stürzte in den Shanu. Kiyoshi konnte gerade noch sehen, wie er strampelnd im Wasser versank.

Ohne zu zögern oder nachzudenken, sprang er ins Wasser. Einen kurzen schrecklichen Augenblick lang war er blind, als er in den Fluss eintauchte. Dann sah er im Mondlicht einen kleinen Körper, der ein Stück unter ihm in die Tiefe sank. Mit zwei kräftigen Schwimmzügen war er bei dem Kind und packte es im Nacken. Um sie herum war das Wasser trüb, nur über ihnen war ein schmaler Lichtstreifen zu erkennen, die Stelle, an der zwischen den Booten das Mondlicht auf die Wasseroberfläche fiel. Mit einem Bein stieß er sich vom Boden des Flusses ab, als ihn ein stechender Schmerz durchzuckte. Seine Wunde musste sich geöffnet haben.

Er spürte, wie seine Kraft nachließ, doch er biss die Zähne zusammen. Endlich durchbrach sein Kopf die Wasseroberfläche. Mehrere Hände griffen nach ihm, um ihn in eines der Boote zu ziehen. Er spürte, wie ihm das Kind aus dem Arm genommen wurde. Dann wurde auch er hochgehoben. Halb blind vor Schmerz tastete er um sich und klammerte sich an die Bordwand. Tief sog er die klare Nachtluft ein, dann wurde ihm plötzlich übel, als die Schmerzen in seinem Körper zu explodieren schienen. Er drückte eine Hand auf seine Wunde und versuchte stöhnend, sich aufzurichten.

Eiskaltes Wasser tropfte aus seinen Haaren und lief ihm übers Gesicht. Das Gebrüll des Kleinen drang an sein Ohr und ließ ihn erleichtert aufatmen. Im Wasser hatte er einen Augenblick lang Angst gehabt, das Kind sei bereits ertrunken.

Ein schwerer, warmer Umhang wurde ihm über die Schultern gelegt. »Das war sehr voreilig, Prinz«, flüsterte eine leise Stimme.

Er sah auf und blickte in die Augen von Hauptmann Binor, Rajars Vater. Trotz des strengen Ausdrucks auf seinem Gesicht leuchtete ein stolzes Lächeln in seinen Augen. Rajars Vater war sein Ausbilder gewesen, er hatte ihn in der Kunst des Schwertkampfs unterrichtet, am Bogen und in strategischer Kriegsführung. Doch Hauptmann Binor war für Kiyoshi noch viel mehr. Während Miro immer ein Stück weit unnahbar blieb, hatte Binor den Prinzen oftmals behandelt wie seinen eigenen Sohn.

»Ein Hoch auf Prinz Kiyoshi!«, erklang ein Ruf irgendwo in den Reihen der Bürger und einige fielen laut ein.

Mühevoll kämpfte Kiyoshi sich auf die Beine. Er durfte jetzt keine Schwäche zeigen. Mit einer Hand klammerte er sich an Rajars Vater, die andere hob er, um der Menge kurz zuzuwinken.

Gleichzeitig wurde ihm wieder übel, aber diesmal rührte es nicht von der Wunde her. Wie verlogen er war! Was bedeutete schon das Kleinkind, das er aus dem Wasser gerettet hatte, wenn er gleichzeitig doch neben dem Mann stand, der alle Sechzehnjährigen dieser Stadt in die Verbannung schicken wollte? Wenn er diese Entscheidung sogar mittrug!

»Alles in Ordnung?«, erkundigte sich in diesem Moment Miro erneut. Auf seinem Gesicht lag ein tief besorgter Ausdruck.

»Natürlich«, antwortete Kiyoshi und bemühte sich, den Schmerz aus seiner Stimme zu verbannen.

Er wusste, dass sein Onkel um jeden Preis verhindern wollte, dass die Kunde, der Prinz sei während seiner Wache niedergestochen worden, sich im Volk verbreitete.

Er hatte Kiyoshi sogar angeboten, im Palast zu bleiben, anstatt an der alljährlichen Prozession teilzunehmen – aber Kiyoshi hatte abgelehnt. Er hatte sich schon viel zu lange im Palast verkrochen – hatte die Augen vor der Wirklichkeit verschlossen. Das musste ein für alle Mal vorbei sein.

Der Umhang, der ihm über den Schultern lag, erschien ihm viel zu schwer, aber er biss die Zähne zusammen. Der Hauptmann legte unauffällig den Arm um ihn und richtete den Stoff des Mantels so aus, dass er über die Schulter nach vorne fiel und seine verletzte Seite vollständig bedeckte.

Kiyoshi nickte ihm dankbar zu. Er atmete noch einmal tief durch, ehe er den Blick wieder hob. Die Soldaten hatten das Boot in der Zwischenzeit ein gutes Stück weitergerudert und brachten es nun zum Stehen.

Die Menschen, die sie erwarteten, waren erfüllt von Vorfreude, Kinder standen mit strahlenden Gesichtern am Ufer.

»Haltet noch ein wenig durch«, flüsterte Rajars Vater. »Am

nächsten Tor ist ein Wachhaus, dort werdet Ihr trockene Kleidung erhalten und der Arzt kann nach Eurer Wunde sehen.«

Kiyoshi nickte knapp und ließ seinen Blick über die erwartungsvolle Menge schweifen, als er plötzlich innehielt.

Giftgrüne Augen, die starr auf ihn gerichtet waren.

Beinahe wäre er einen Schritt zurückgestolpert. Auf dem Gesicht des Mädchens spiegelte sich erst Überraschung, dann Erkennen. Ihre Augen weiteten sich, wanderten anschließend zu den Wachen, zu Miro und schließlich zurück zu ihm.

Kiyoshis Herz schlug schneller in seiner Brust und er spürte, wie Angst und Aufregung mit unruhigen Fingern nach ihm griffen. Und doch war da noch etwas anderes, das er spürte. Ein Funken Freude.

Freude? Etwa darüber, dass er demjenigen Mädchen wiederbegegnet war, das ihn fast umgebracht hatte? Bei Turu, das Wasser war wirklich zu kalt gewesen!

Das Mädchen hielt seinen Blick noch immer fest. Stumm starrte sie ihn an, während Miro seine Stimme erhob. Kiyoshi nahm seine Worte kaum wahr. Es war ihm unmöglich, den Blick von dem Mädchen abzuwenden. Ihr Blick huschte kurz zu den Wachsoldaten, dann zu ihm zurück und ihre Augenbrauen zogen sich kaum merklich zusammen, als ihre Augen eine lautlose Frage stellten. Kaum merklich schüttelte er den Kopf. Auf der Stirn des Mädchens bildete sich eine steile Falte zwischen den Augen, als sie diese misstrauisch zusammenkniff. Doch dann wurde sie abgelenkt, als ein Aufschrei des Entsetzens durch die Menge ging. Der Kopf des Mädchens schnellte in Miros Richtung.

»Nun können wir unseren Blick nicht länger verschließen«, ertönte die Stimme des Regenten über den Fluss.

Kiyoshi unterdrückte ein Stöhnen. Am liebsten hätte er wie ein kleines Kind seine Hände auf die Ohren gepresst.

Nichts hören, nichts sehen. Keine Verantwortung tragen.

»Der Kaiser hat seine Entscheidung gefällt. Um uns und die Stadt zu retten, müssen alle Kinder, die in jenem schicksalhaften Jahr geboren wurden, die Stadt verlassen. Dulden wir sie noch länger hier, wird die Quelle versiegen und der Shanu wird austrocknen.«

Der Blick des Mädchens raste zu ihm zurück.

Und diesmal war es weder Vorwurf noch Verwirrung, die in ihrem Gesicht standen.

Es war blanker Hass.

Kiyoshi senkte den Kopf. Seine Wangen brannten.

Die Taller würde es als Erstes treffen, die Bewohner des äußeren Rings. Dort würde sein Onkel zuerst nach den Sechzehnjährigen suchen lassen, denn dort waren viele Jugendliche elternlos und diejenigen, die Familie hatten, besaßen zu wenig Einfluss oder Geld, um sich dem Befehl des Kaisers zu widersetzen.

Es waren zu viele Sechzehnjährige in der Stadt und sie alle zerrten an der Kraft der Quelle. Was nun zählte, waren Schnelligkeit und ein geringer Aufwand – so hatte es Miro ausgedrückt.

Wie gerne würde er dem Mädchen erklären, warum sie zu dieser drastischen Maßnahme greifen mussten, dass sie gar keine andere Wahl hatten, um die Stadt zu retten. Was waren schon die wenigen Sechzehnjährigen gegen das gesamte Volk, das aus Abertausenden bestand? Durfte man alle verdursten lassen, wenn es doch die Chance für eine Rettung gab?

Und noch etwas kam ihm in den Sinn. Welches Recht hatte dieses Mädchen eigentlich, ihn zu verurteilen, gar zu hassen?

Macht bedeutet auch immer Verantwortung. Hatte sie davon überhaupt eine Ahnung? Was wusste sie schon von dem, was der Palast zu entscheiden hatte? Von der Verantwortung, die der Kaiser und seine Familie trugen?

Die Wunde in seiner Seite machte sich mit stechenden Schmerzen bemerkbar, als das Boot sich unvermittelt wieder in Bewegung setzte. Er biss sich auf die Lippen, um nicht aufzuschreien.

Als er noch einmal zu dem Mädchen zurückblicken wollte, war es verschwunden.

Die Wunde brannte inzwischen so stark, dass Kiyoshi nur vage mitbekam, wie sich das Boot dem Stadttor näherte, an dem das kleine Wachhaus stand, wo trockene Kleidung für ihn bereitlag. Als er ins Wasser gesprungen war, war sofort ein Soldat losgeschickt worden, um alles Nötige zu veranlassen.

Kiyoshi war dankbar für die warmen Kleider, allerdings wusste er auch, dass noch drei Stadtviertel der alten Stadt vor ihnen lagen, bevor sie endlich den Schrein erreichen würden.

Es war das erste Mal in seinem Leben, dass Kiyoshi die Götter inbrünstig um Verzeihung bitten würde. Für eine Tat, die ihm bereits jetzt schwer zu schaffen machte.

Marje kam es vor, als würde die Zeit stehen bleiben. Wie versteinert stand sie an Shanus Ufer und starrte den Jungen an, der neben Miro im Kaiserboot stand. Sein Gesicht war leichenblass, seine festliche Kleidung völlig durchnässt und schlammverschmiert. Seine Augen jedoch waren so klar wie Turus Licht.

»Lauryns Frühling ist gekommen.« Die Stimme von Miro drang wie durch einen Nebel zu ihr. Kurz warf sie ihm und den Stadtwachen einen Blick zu, ehe sie sich wieder dem Jungen zuwandte, der sie unverwandt ansah.

Was hieß hier eigentlich *Junge?* Nicht einmal Stadtwache wäre die richtige Bezeichnung! In ihren beißenden Spott mischte sich allerdings auch ein Gefühl der Verwirrung.

Er war der Prinz! Jedes kleine Kind in der Stadt kannte sein Konterfei.

Marje konnte es noch immer kaum glauben. Niemand anders als der Neffe des Kaisers hatte ihr Gesicht im Licht der Lampions gesehen und sie ganz offensichtlich wiedererkannt!

Warum hetzt er nicht die Soldaten auf mich, schoss es durch ihren Kopf und sie blickte sich angstvoll um. Doch wohin sie sah, starrten ihr nur fassungslose Gesichter aus der Menge entgegen.

Verwirrt blickte sie hinüber zu den herrschaftlichen Booten. Die Flagge mit dem Wiljar wehte stolz über dem Podest, auf dem Miro sich aufgebaut hatte.

»... lange Zeit wollten wir der Wahrheit nicht ins Auge sehen, aus Angst vor den Folgen. Doch nun können wir unseren Blick nicht länger verschließen.«

Wovor können wir unseren Blick nicht länger verschließen? Marje grub die Fingernägel in ihre Handflächen. Warum hatte sie sich nur durch den Jungen ablenken lassen?

Die Stimme des Kaiserbruders peitschte über das Wasser. »... müssen alle Kinder, die in jenem schicksalhaften Jahr geboren wurden, die Stadt verlassen. Dulden wir sie noch länger hier, wird die Quelle versiegen.«

»*Wer* muss die Stadt verlassen?«, fragte sie in den Aufschrei des Protestes hinein.

»Die Sechzehnjährigen«, kam die unwirsche Antwort von einem Mann neben ihr. »Sie schwächen die Quelle.«

Ein eisiger Schauer überlief sie. »Wie, die Sechzehnjährigen?«, wiederholte sie fassungslos. Ihr Blick raste von Miro zu dem Prinzen, der sie noch immer unverwandt anschaute.

»Wir haben keine andere Wahl«, kam Miro nun zum Ende seiner Rede.

Marje konnte sich nicht entsinnen, den Kaiser jemals so sehr aus tiefstem Herzen gehasst zu haben wie in diesem Moment.

Er war also zu schwach, um die Quelle weiterhin aufrechtzuerhalten. Ach wirklich? Höchstwahrscheinlich konnte er den Reichen nicht mehr ausreichend Wasser für ihr tägliches Bad bieten – und deshalb sollten nun alle Sechzehnjährigen die Stadt verlassen! Und es war klar, wen es als Ersten treffen würde. Vielleicht war das Ganze sogar nur eine Ausrede, um ein paar Menschen aus der überfüllten neuen Stadt zu verbannen!

Marjes Körper bebte vor Wut. Einen letzten Blick warf sie

dem Prinzen noch zu, dann wirbelte sie herum und bahnte sich einen Weg aus der Menge. Shio, der den ganzen Abend über an ihrer Seite gewesen war, konnte ihr kaum folgen. Sie stürmte die Straße hinab, wollte nur noch weg vom Wasser, weg von dieser Prozession und vor allem weg von dem Jungen mit den unheimlichen grünen Augen.

Der Zorn in ihr wuchs mit jedem Schritt, den sie machte, und sie ballte die Hände vor Zorn zu Fäusten. Den ganzen Tag hatte sie Gewissensbisse gehabt. Hätte sie nur gewusst, dass es nicht einfach nur ein junger Soldat gewesen war, der ihr letzte Nacht gegenübergestanden hatte, dann ...

Marje hielt keuchend an. Die Lichter vom Fluss waren längst hinter ihr verblasst und die Gassen, die vor ihr lagen, waren menschenleer. Sie fühlte sich so entsetzlich hilflos. So machtlos!

Milan! Sie musste unbedingt Milan finden! Sie mussten einen Plan schmieden, mussten etwas unternehmen ...

Kurz ging sie ihre Möglichkeiten durch. Dann drehte sie sich um und schlug die Richtung zu Sayuris Laden ein. In dieser Gegend der alten Stadt hatte sich die Mittelschicht niedergelassen, vorwiegend Handwerker und kleinere Händler. Die Häuser waren niedriger als in der Nähe des Palastes, doch die meisten von ihnen waren gut instand gehalten. Bunte Vorhänge und Fensterläden schmückten die Fassaden, geschwungene Schilder wiesen auf diverse Dienstleistungen hin. Sauberkeit und bescheidener Wohlstand, das war es, was das Viertel prägte.

Marje durchquerte Gassen, lief über hölzerne Brücken und hastete durch Hinterhöfe. Über ihr standen die beiden

Monde in ihrer vollen Pracht und schienen regungslos das Geschehen in den Straßen zu beobachten.

Zu ihrem Erstaunen war die Tür zu Sayuris Laden weit geöffnet, im Inneren des kleinen Raumes brannten mehrere Lichter. Gerade, als sie den Eingang erreichte, erschien eine große Gestalt und Marje hielt inne.

»Milan«, keuchte sie, ehe sie ihn stürmisch umarmte.

Sie hatte es gewusst! Sie hatte gewusst, dass er hierherkommen würde.

Kurz erwiderte er die Begrüßung und ein Lächeln huschte über sein blasses Gesicht. »Gut, dass du da bist«, sagte er knapp. »Ich habe eine Versammlung einberufen – Sayuris Laden war der Ort, der am nächsten lag.«

Tausend Fragen zu seiner Flucht aus der Zinade lagen ihr auf der Zunge, doch Milan hatte sie bereits ins Haus geschoben und die Tür hinter ihnen leise zugezogen. Shio erhob sich von ihrer Schulter und flog hinüber zum wärmenden, stärkenden Licht einer Kerze.

Die jungen Gesichter, die ihr entgegensahen, waren ihr fast gänzlich unbekannt. Eigentlich hatte Marje damit gerechnet, mehr Taller aus dem Westviertel hier anzutreffen, doch zu ihrer Enttäuschung war weder Shoan noch Thar anwesend. Sie erkannte Ruan, der auf Sayuris Theke saß, seine zwei ewigen Handlanger standen hinter ihm im Schatten. Sein schmales Gesicht verzog sich zu einem Lächeln, als sie ins Licht der Kerzen trat.

»Marje, die junge Blüte des Westviertels«, begrüßte er sie mit einem strahlenden Lächeln auf den Lippen und rutschte von der Theke, um sich elegant vor ihr zu verbeugen und ihr die Hand zu küssen. Auf seinen scharfen Blick hin folgten die breitschultrigen jungen Männer seinem Beispiel.

Marje verdrehte leicht die Augen. »Komisch, dich hier anzutreffen, Ruan«, sagte sie. »Kommt Miro nicht erst noch in die Nähe des Ostviertels?« Da der Kaiserbruder nicht durch den äußeren Ring zog, zahlten viele Menschen den Wegezoll, um ihn in dieser wichtigen Nacht sehen zu können.

»Ein kleines Vögelchen hat mich hierherbeordert. Es hieß, es gäbe Wichtiges zu besprechen.« Ruans Gesicht wirkte trotz der harten Konturen und der scharf geschnittenen Nase weich. Wenn er lächelte, leuchteten seine dunklen Augen unter den schmalen Brauen warm. »Und wenn Milan ruft, so ist sein Anliegen doch stets wichtiger als jedes Fest und jede Prozession des Kaisers oder seines Bruders.« Nach einer leichten Verneigung in Milans Richtung ließ sich Ruan wieder auf der Theke nieder.

Marje wandte sich zu Milan um und hob fragend eine Augenbraue, doch in diesem Moment betrat Sayuri den Laden und alle Aufmerksamkeit richtete sich auf die dampfenden Tassen, die sie auf einem Tablett hereintrug.

Mit einem stillen Lächeln begrüßte das weißhaarige Mädchen Marje und wollte sich dann wieder in den dunklen Flur hinter den Laden zurückziehen, als Ruan ihren Arm ergriff und sie zu sich auf die Theke zog. »Wir müssen uns schließlich keine Sorgen machen, dass du irgendetwas ausplaudern könntest«, meinte er grinsend. »Und jetzt erzähl uns endlich, worum es geht!«, wandte er sich an Milan.

Die anderen Anwesenden nickten zustimmend. Marje ließ ihren Blick durch den Raum schweifen und ihre Augen hielten bei jedem von ihnen kurz inne. Bei zwei Jungen konnte sie das Zeichen des Ostviertels erkennen, aus dem auch Ruan stammte, zwei weitere Jungen und ein Mädchen trugen den Nordstern und auf der zerschlissenen Hemdbrust eines schlaksigen Jungen prangte das Zeichen des Südviertels. Zwar kamen ihr einige Gesichter bekannt vor, aber nur Ruan kannte sie beim Namen. Wie Milan auch war Ruan in vielen Vierteln zu Hause und die meisten Straßenkinder kannten ihn.

Milan unterrichtete die Anführer der Viertel über das, was Miro in dieser Nacht verkündet hatte. Außerdem hatte er bereits mehr über die Maßnahmen herausgefunden, die nun folgen würden.

Schließlich bat er um Meinungsäußerungen.

»Das kann der Kaiser nicht ernst meinen«, meldete sich ein Mädchen zu Wort, das Marje noch nie zuvor gesehen hatte. »Wie will er denn alle Sechzehnjährigen aus der Stadt verbannen? Er kann sie wohl kaum von Fünfzehn- oder Siebzehnjährigen unterscheiden!«

Erst richteten sich die Blicke auf Milan, aber es war Ruan, der antwortete. »Natürlich kann er das nicht. Er wird sich auf die Aufzeichnungen der Stadtbücher verlassen. Aber die Frage ist doch eher: Glauben wir dem Kaiser tatsächlich, dass der Wasserstand sinkt? Der Shanu ist seit Miros Rede nicht einen Zentimeter gesunken. Eine Sternenkonstellation soll vor sechzehn Jahren unser Schicksal besiegelt haben? Gut, dass man das so genau überprüfen kann!«

»Zumindest nicht, wenn man nicht im Dienste des Kaisers steht«, sagte Milan. »Oder ein Angehöriger des Palastes ist.

Nur die Familie des Kaisers hat Zugang zum Schrein und zum Buch der Prophezeiungen.«

Betretenes Schweigen breitete sich im Laden aus. Marje nickte leicht. Milan und Ruan hatten recht. Auch sie hatte bereits etwas Ähnliches gedacht.

»Das würde bedeuten, dass der Kaiser ein anderes Ziel verfolgt«, überlegte der Junge aus dem Süden laut.

Milan breitete die Hände aus. »Ich halte es für wahrscheinlich, dass man vor allem die Taller damit treffen will und insbesondere die Kinder und Jugendlichen, die ohne Familien auf der Straße leben.« Kurz warf er Marje einen Blick zu. »Ihr wisst, dass wir letzte Nacht in eine Zinade eingebrochen sind?«

Alle nickten. Ruan zog die Stirn in Falten und legte einen Arm um Sayuri, die plötzlich zu frösteln schien.

Marje lächelte Sayuri aufmunternd zu. Ihre Freundin schien sich alles andere als wohl in der Gesellschaft zu fühlen, auch wenn sie offenbar zu Ruan Vertrauen gefasst hatte. Niemals sonst hätte sie diese Geste zugelassen und Ruan war sich dessen bewusst, denn sein Blick glitt immer wieder voll Bewunderung und Stolz über das zierliche Mädchen an seiner Seite.

»Marje hatte in dieser Nacht noch ein kleines Zusammentreffen«, fuhr Milan fort und warf ihr einen seiner Blicke zu, die sie nur zu genau kannte.

Überrascht blinzelte Marje. Woher wusste er davon? Hatte er sie etwa beobachtet?

Sein Lächeln war Marje Antwort genug und Ärger stieg in ihr auf. Am liebsten hätte sie ihn zur Rede gestellt. Er musste doch gewusst haben, wie ausweglos ihre Situation letzte Nacht gewesen war. Warum nur war er nicht eingeschritten?

Die Blicke der anderen hatten sich erwartungsvoll auf sie gerichtet.

Marje drängte ihre Verwirrung und ihren Ärger zurück und berichtete in wenigen Sätzen, was letzte Nacht geschehen war. Inzwischen wusste sie schließlich, *wem* sie da über den Weg gelaufen war. Auf ihre letzten Worte folgte tiefes Schweigen. Es war so still, dass man den Sand hören konnte, der in einem Stundenglas in die Tiefe rieselte.

»Prinz Kiyoshi, Marje, ich bin beeindruckt. Dumm nur, dass der junge Mann es so einfach wegzustecken scheint«, unterbrach Ruan schließlich die Stille.

»Nun, auf mich hat er heute Abend einen anderen Eindruck gemacht«, warf Milan leise ein. »Bereits zu Beginn der Prozession wirkte er blass und angespannt. Und als er dann ins Wasser sprang, um dieses Kind vor dem Ertrinken zu retten, und hinterher wieder auftauchte, dachte ich, seine Beine würden ihm jeden Moment den Dienst versagen.«

»Das freut einen doch zu hören«, warf der Junge aus dem Süden ein und das Mädchen, das die erste Frage gestellt hatte, nickte grimmig.

»Bei der nächtlichen Kälte in den Shanu zu springen, um ein Kind aus dem Wasser zu fischen – das hätte ich dem Kerl gar nicht zugetraut!« Ruan wirkte wider Willen beeindruckt.

»Was mich viel mehr interessiert, ist die Frage, weshalb er letzte Nacht gezögert hat, als er Marje gegenüberstand, und warum Miro den Angreifer nicht öffentlich suchen lässt«, brachte Milan sie wieder auf das Thema zurück. »Als Stadtwache hätte er Marje festnehmen müssen. Und wenn er gewollt hätte« – Milan warf Marje einen kurzen Blick zu –, »dann hätte er sie auch töten können. Spätestens aber nach dem Angriff wäre eine Reaktion aus dem Palast zu erwarten gewesen.«

»Der Kaiser war sicherlich nicht sonderlich erfreut, dass man seinen Neffen angegriffen hat«, überlegte ein Junge.

»Und nun haben sie einen guten Grund mehr, Jagd auf uns zu machen. Schließlich sind wir ja nur Gesindel, das ihnen ein Dorn im Auge ist!« Ruans Stimme hatte an Schärfe zugelegt.

Milan nickte. »Der Kaiser gibt dem Drängen der Händler und Handwerker nach, die die Straßenkinder aus der neuen Stadt schon lange gerne los wären. Mit sechzehn haben sie ein gutes Durchschnittsalter erwischt«, sagte er und ließ seinen Blick über die Anwesenden schweifen.

»Wir haben keine Zeit zu verlieren«, warnte Ruan. »Wir müssen so schnell wie möglich in unsere Viertel zurückkehren und Vorsorge für unsere Freunde und Familien treffen! Nutzen wir den kurzen Vorsprung, den die Soldaten uns noch geben.«

Die anderen nickten zustimmend und schon standen die Ersten auf und machten sich bereit zum Gehen. Auch Milan hatte sich von seinem Hocker erhoben, auf dem er rittlings gesessen hatte. »Thar und Shoan kümmern sich um das Westviertel«, murmelte er in Marjes Richtung. »Ich habe sie unten am Fluss getroffen, sie sind sofort aufgebrochen. Setz dich mit ihnen in Verbindung!« Noch ehe sie etwas erwidern konnte, war er schon auf dem Weg zur Tür. Verwirrt sah

Marje ihm nach und blickte schließlich fragend zu Sayuri auf, aber ihre Freundin zuckte nur mit den Schultern.

Die Gäste verabschiedeten sich rasch, nachdem Milan verschwunden war. Einer nach dem anderen verließen sie den Laden, um in ihre Stadtviertel zurückzukehren. Nur Ruan blieb mit seinen beiden Leibwächtern zurück.

»Ich frage mich, ob es nicht einen anderen Grund gibt, warum der Prinz gezögert hat«, sagte er leise und bedachte Marje mit einem scharfen Blick. »Und warum man keine Jagd auf dich macht.«

Herausfordernd erwiderte sie: »Was willst du damit sagen?«

Ruan aber lächelte nur überlegen. »Nun, wir werden es erfahren.« Fast wie eine Drohung klangen diese Worte, bevor er sich leicht in ihrer beider Richtung verbeugte und Sayuri ein strahlendes Lächeln zuwarf, um dann mit seinen Leuten aus dem Laden zu huschen und im Gewirr der Straßen zu verschwinden.

Die Mädchen fanden sich plötzlich alleine im dunklen Laden wieder. »Was sollte das denn jetzt?«, fragte Marje. Ihr Blick lag noch immer auf der geschlossenen Tür.

Sayuri rutschte von der Theke und sammelte die leeren Tassen ein. Stumm half Marje ihrer Freundin, während sie über Ruans Worte nachdachte. Shio erhob sich aus der Kerze, in der er während ihrer Unterhaltung gedöst hatte, und leuchtete den Mädchen den Weg in die Küche, wo sie das Geschirr abstellten.

Sayuri bot ihrer Freundin an, bei ihr zu übernachten, worauf Marje gerne einging. Vorher schickte sie allerdings Shio zu

Thar und Shoan, um sie darum zu bitten, eine Versammlung für den nächsten Tag einzuberufen. Obwohl das Irrlicht von seinem Auftrag nicht gerade begeistert war, blinkte es schließlich zustimmend und dimmte sein Licht auf einen winzigen Funken, um im Flug nicht zu viel Kraft zu verbrauchen.

Mit einem Seufzen trat Marje ans Fenster und schaute dem immer schwächer werdenden Lichtpunkt hinterher. Ruans Worte hatten sie zwar verärgert; trotzdem war die Frage berechtigt, warum man nicht nach ihr suchen ließ. Konnte es wirklich sein, dass Miro lediglich verhindern wollte, dass in der Stadt bekannt würde, wie sein Erbe auf offener Straße niedergestochen worden war? Oder ging es ihm um die Ehre seines Erben?

Irgendwo dort draußen war er jetzt.

Der Prinz. Der Neffe des Kaisers. Miros Erbe.

Was spielst du für ein Spiel?, fragte sie stumm in den Nachthimmel hinein.

Irgendwo sah auch er vielleicht zu den Sternen hinauf oder schmiedete Pläne, von denen sie nichts wusste.

Was hast du vor? Warum hast du keine Wachen geschickt, um mich festzunehmen?

Der Blick des Jungen hatte ihr ganz deutlich gezeigt, dass er sie erkannt hatte. Und doch hatte er bisher scheinbar nichts unternommen, um nach ihr suchen zu lassen. Selbst wenn der Kaiser den Überfall auf seinen Neffen nicht publik machen wollte, würde er sie dennoch jagen lassen, alleine um zu verhindern, dass sie sich mit ihrer Tat rühmte. Und er würde sie finden.

In diesem Moment spürte sie Sayuris Hand auf ihrem

Arm. Mit einem Blick deutete das Mädchen zur Treppe. Marje nickte zustimmend. Es war spät geworden und sie musste morgen noch vor Morgengrauen zur Versammlung ins Westviertel, um zu sehen, was Shoan und Thar erreicht hatten.

Sie mussten einen Weg finden, um allen zu helfen, die es treffen würde.

Ihr Blick streifte ihre Freundin, als sie die schmale Treppe hinaufstiegen. Nur eine Kerze in Sayuris Hand leuchtete ihnen den Weg durch die verlassenen zwei Stockwerke des Hauses. Wie alt war sie eigentlich? Marje wusste es nicht. Vielleicht weil Sayuri noch nie einen Geburtstag gefeiert hatte. Solange Marje sich erinnern konnte, war Sayuri einfach da gewesen. Tag für Tag saß sie in diesem Laden und war still mit irgendeiner Arbeit beschäftigt. Nach dem Tod ihrer Mutter hatte sie das Geschäft alleine weitergeführt. Ihre Schüchternheit ließ sie oft viel jünger wirken, als sie wahrscheinlich war, während ihre blassen, feinen Gesichtszüge hin und wieder schon sehr erwachsen schienen. Und manchmal sprach das helle Leuchten ihrer Augen von einem Alter, das sie unmöglich haben konnte.

Nachdenklich strich sich Marje eine Locke aus dem Gesicht, als sie auf das Dach hinaus in Lauryns Licht trat. Nun stand sie mitten in Sayuris grünem Garten. Die Pflanzen streckten sich dem blauen Mondlicht entgegen, als wollten sie es in sich aufsaugen, und auch Sayuri sah für einen Moment mit geschlossenen Augen dem Mond entgegen, der ihr neue Kraft zu geben schien. Dann kletterte sie über einen halbhohen Busch hinweg unter einen Baum, dessen Äste bis tief unten auf den Boden reichten und eine schützende Höhle bildeten.

Marje folgte ihr und streckte sich auf dem duftenden Bett aus Gras aus. Die Monde, die Wächter der Nacht, standen über ihnen und sahen auf die Stadt hinab, in der an diesem Abend alles anders war als in den Jahren zuvor. Die Kundgebung des Kaiserbruders hatte jede Freude und jede Feststimmung aus den Herzen der Menschen vertrieben.

Marje schlüpfte aus ihrem Mantel, um ihn wie eine Decke über sich auszubreiten. Sie warf einen letzten Blick auf Lauryn, schloss ihre Augen und horchte auf Sayuris gleichmäßige, ruhige Atemzüge. Irgendwann sank auch sie in einen unruhigen Schlaf.

5. Kapitel

Das Boot legte im kleinen Hafen des Palastes an, und noch bevor der Soldat das Tau festgezurrt hatte, war Kiyoshi an Land geklettert. Trotz der schmerzenden Wunde überquerte er mit schnellen Schritten die Wiese auf der Insel und sprang über die Steine, die einen trockenen Weg durch den Fluss boten. Das ganze Palastareal wurde von Shanus Wasserarmen durchzogen, sodass es unzählig viele Inseln gab, von denen manche groß genug waren, um Säle darauf zu errichten; andere hingegen waren so klein, dass nicht mehr als ein Baum darauf Platz fand. Manchmal gab es weder Steine im Flussbett noch Brücken oder Stege, aber auch ohne diese Verbindungen konnte man oft von Insel zu Insel springen oder den Ast eines Baumes zu Hilfe nehmen. An den wenigsten Stellen war der Shanu im Palast breiter als zwei Schritte. Lediglich das Hafenbecken, in das die vielen kleinen Äderchen des Flusses mündeten, bildete eine Ausnahme. Von dort aus schlängelten sich die Lebensarme Shanus durch die Stadt, um dann in den Abgrund zu stürzen und schließlich unter der Erdoberfläche zu verschwinden.

Am Rande eines kleinen Wäldchens blieb Kiyoshi stehen und lehnte sich erschöpft gegen den knorrigen Stamm eines alten Baumes. Unwillkürlich presste er eine Hand auf den Verband, den er in der Stadt angelegt bekommen hatte, und warf einen nervösen Blick zurück. Noch war ihm niemand gefolgt, aber das bedeutete nicht, dass Rajar ihn nicht abpassen würde, sobald er von seinem Vater aus dem Dienst entlassen wurde. Auch Miro würde bestimmt bald nach ihm schicken. Es gab viel zu planen für die nächsten Tage und sein Onkel hatte immer wieder darauf beharrt, dass er jetzt alt genug war, die Pflichten und Aufgaben zu übernehmen, die ihn als Miros Erbe erwarteten.

Aber noch war er allein, und das war gut so. Knorrige Wurzeln rankten aus dem Boden und streckten ihre Enden gierig zum Wasser. Das grüne und blaue Licht der Gestirne ließ das ruhig dahinfließende Wasser in einem magischen Glanz schimmern.

Ohne sich dessen bewusst zu sein, lenkte Kiyoshi seine Schritte zum alten Maloubaum, unter dem er als Kind oft gesessen hatte, wenn er allein sein wollte. Der Baum stand nahe an einem Ufer und umschloss mit seinen gewaltigen Wurzeln eine sandige Bucht, in der er sich früher gerne versteckt hatte.

Kiyoshis Gesicht überzog ein wehmütiges Lächeln. Nun war er leider kein Fünfjähriger mehr, der vor dem Leben einfach davonlaufen und sich verstecken konnte.

Wie viel hätte er dafür gegeben! Er ließ sich auf den Sand vor dem Maloubaum sinken und schloss die Augen. Sofort sah er die entsetzten und hilflosen Gesichter der Menschen vor sich, die heute Abend die Kundgebung Miros gehört hatten. Zornig hieb er mit der Faust auf den feuchten, schlammigen Sand ein.

Es war falsch, falsch und ungerecht. Sie konnten nichts dafür! Aber hatte der Kaiser eine andere Wahl? Was war schon die Verbannung für die paar Sechzehnjährigen, von denen viele Tagelöhner oder Taugenichtse waren, gegen das

Leben der ganzen Stadt? Der Kaiser hatte tatsächlich keine andere Wahl gehabt. Das Volk hatte die Entscheidung seines Herrschers zu akzeptieren. Die Menschen mussten darauf vertrauen, dass er klug zu regieren verstand.

Darüber hinaus – wie kam er überhaupt dazu, den Kaiser infrage zu stellen? Oder Miros Worte?

Kiyoshi stöhnte auf. Es musste dieses Mädchen sein. Die Begegnung mit ihm hatte ihn völlig durcheinandergebracht!

Sein Blick wanderte durch den Garten, der auf der anderen Flussseite lag. Dort drüben stand ein kleines Häuschen, das durch hohe, schmale Baumreihen von den anderen Inseln des Palastes abgeschirmt war. Es war von einem Kräutergarten und mehreren Blumenbeeten umgeben. Zwei Dienerinnen kümmerten sich um das Haus und den Garten. Und sie kümmerten sich um die Bewohnerin dieses Hauses.

Kiyoshi lächelte unwillkürlich, als er an seine Mutter dachte. Sie liebte die Natur so sehr, dass sie sich für ein Leben in diesem kleinen Häuschen entschieden hatte, und niemand, nicht einmal Miro, hatte sie überreden können, sich wieder dem Leben in einem der großen Palastgebäude zuzuwenden.

Er konnte sich kaum daran erinnern, dass seine Mutter jemals anders gewesen war. Ihre Gedanken waren nie ganz im Hier und Jetzt, häufig schien sie sich in andere Welten zu träumen. Zu oft, wie Miro es ausdrückte.

Inzwischen musste die Dienerin, die bei ihr wohnte, sich mehr um sie als um das Haus oder den Garten kümmern. Manchmal vergaß seine Mutter sogar, dass sie essen musste. Oft saß sie einfach da, blickte Ewigkeiten lang in den Himmel, in die Sterne oder blinzelte in Tshanils warme Strahlen und vergaß Zeit und Ort. Manchmal begann sie dann zu erzählen, zusammenhangslos zwar, aber doch, als würde sie ganz klare Bilder vor Augen sehen, Erinnerungen heraufbeschwören, die sie nie erlebt hatte. Kiyoshi wünschte, er könnte sehen, was sie sah.

Mittlerweile erkannte sie ihn meist nicht einmal mehr als ihren Sohn oder sprach ihn mit falschem Namen an. Nur selten war sie noch bei so klarem Verstand, dass er sich mit ihr ganz normal unterhalten konnte.

Als Kind war sie ihm manchmal unheimlich gewesen. Oft hatte er sich dann an diesen Ort geflüchtet. Hier unter dem Maloubaum mit seinen großen fächerartigen Blättern hatte er einen guten Blick zu dem Haus, ohne dass ihn seine Mutter sehen konnte. Selbst heute hatte er manchmal noch das Gefühl, seiner Mutter unter diesem Baum näher zu sein, als wenn er einem ihrer Tagträume lauschte. Er fühlte sich im Schutz der großen Blätter sicherer, als wenn sie ihn in den Arm nahm, ohne dass er wusste, ob sie ihn nun erkannte oder im nächsten Moment von sich stieß, weil sie glaubte, einen Fremden zu umarmen.

Nachdenklich sah er zu der Insel, auf der zu dieser späten Zeit kein Licht mehr im Haus brannte. Das hätte sein Zuhause sein müssen. Stattdessen fühlte er sich dort so fremd wie in der Stadt unter den enttäuschten und zornigen Blicken der Bürger.

Entschlossen rappelte er sich auf. Er benahm sich wie ein Kleinkind. Wenn er so weitermachte, lief er Gefahr, wie seine Mutter zu werden. Und was das hieß, wollte er sich nicht mal ausmalen.

Er war jetzt siebzehn, fast erwachsen und alt genug, um Miros Last zu teilen. Er hatte keine Schwächen zu zeigen oder gar Angst vor den Bürgern der Stadt zu haben – der Stadt, die er als Miros Erbe eines Tages verwalten würde.

Höchste Zeit, seinen Onkel aufzusuchen und das weitere Vorgehen zu besprechen.

Kiyoshi straffte die Schultern und machte sich auf den Weg zu der Insel, auf der in einem der ältesten Bauten des Palastes die Regierungszimmer untergebracht waren. Nachdem er das Wäldchen verlassen hatte, kam er auf den mondbeschienenen Kiesweg und folgte ihm über eine Brücke.

Er passierte gerade die Pferdeställe, als plötzlich Stimmen an sein Ohr drangen.

»... wird er es schaffen?«

Kiyoshi hielt inne, als er die Stimme Miros erkannte. Warum war sein Onkel um diese Zeit hier draußen? Er hatte Kiyoshi noch auf dem Boot gesagt, dass er den Abend in den Regierungsräumen verbringen würde.

»Einige Wochen wird er noch durchstehen«, schnurrte eine besorgte Stimme. »Doch es geht bergab. Ich kann kaum noch etwas tun, um es hinauszuzögern.«

Kiyoshi glitt an die Wand des Stalls in den Schutz eines mannshohen Busches. Es war keine bewusste Handlung, eher ein unbestimmtes Gefühl, das ihn instinktiv in den Schatten zurückweichen ließ.

Mit langsamen, trägen Schritten kamen Miro und der Arzt des Kaisers den Weg entlang. Miros Schritte knirschten auf dem Kies, während die samtigen Pfoten des Wiljars keinerlei Laut verursachten. Obwohl der Wiljar den katzenähnlichen

Kopf leicht gesenkt hielt, wirkte er keineswegs wie ein Untergebener. Er war ein freies Geschöpf der Wüste. Gerade jetzt, im hellen Mondlicht, das auf sein nachtblaues Fell dunkle Schattierungen warf, wirkte der Wiljar mehr denn je wie eine wilde Katze, von der man nie genau wusste, ob sie schnurren oder beißen würde, wenn man sie streicheln wollte.

Kiyoshi spähte unter den Blättern hindurch. Geht vorbei, dachte er beschwörend und schien damit genau das Gegenteil zu erreichen, als Miro stehen blieb und seinen Blick über die Gärten schweifen ließ.

»Wir müssen alles tun, was in unserer Macht steht. Ich weiß nicht, wie lange es dauert, bis wir den Schuldigen gefunden haben.«

Der Wiljar gab einen grollenden Laut von sich, der Zustimmung signalisieren sollte und der Kiyoshi eine Gänsehaut über den Rücken jagte. Unwillkürlich hielt er den Atem an.

»Wenn ich nur wüsste, wer es ist«, murmelte Miro mit einem tiefen Seufzer.

»Es müssen einfach alle die Stadt verlassen, bis wir den Richtigen haben. Die Unschuldigen können wieder in die Stadt zurückkehren, sobald wir ihn gefunden haben«, schnurrte der Wiljar.

Kiyoshi runzelte die Stirn. Die Unschuldigen?

Miro nickte nachdenklich. »Hoffen wir, dass wir ihn schnell finden. Es ist nur einer von ihnen und wir haben keinen weiteren Anhaltspunkt als sein Alter.«

Der Wiljar ging einige Schritte weiter. »Wir werden ihn

finden«, versprach er leise. »Und dann kehren die Kräfte des Kaisers zurück und die Quelle wird reicher sprudeln als je zuvor.« Die Worte klangen mehr nach einer vagen Hoffnung als nach einer festen Überzeugung.

Miro verharrte noch einen Moment, dann seufzte er tief und folgte dem Wiljar.

Kiyoshi blieb wie erstarrt im Schatten stehen, selbst als Miro und der Wiljar längst aus seinem Blickfeld verschwunden waren. Wahrscheinlich waren sie vom Kaiser gekommen und auf dem Weg zu den Regierungsgebäuden, die Kiyoshi gerade hatte aufsuchen wollen.

Ihm war plötzlich kalt, obwohl es nachts trotz des kühlen Windes und der sinkenden Temperaturen angenehm warm blieb. Vorsichtig trat er auf den Weg zurück, stolperte und konnte sich gerade noch fangen.

Es gab keinen Zweifel. Miro hatte ihn angelogen! Ihn und das ganze Volk.

Die Kälte breitete sich in ihm aus und er begann, am ganzen Körper zu zittern. Wenn Miro sogar ihn belog, wenn selbst er nicht die Wahrheit erfahren durfte, konnte er dann seinem Onkel überhaupt noch trauen? Ihm und dem Kaiser?

Er überlegte einen Moment. Sollte er Miro mit dem konfrontieren, was er gehört hatte? Das Gespräch, das sein Onkel an seinem Krankenlager mit ihm geführt hatte, ergab nach diesen Worten, die er eben belauscht hatte, keinen Sinn mehr. Aber weshalb belog Miro das Volk?

Offenbar sollten alle Sechzehnjährigen verbannt werden, um einen einzigen von ihnen zu treffen. Und es war augenscheinlich nicht die Quelle selbst, die dieser einzelne beeinträchtigte. Es war der Kaiser, der in Gefahr schwebte!

Kiyoshi sah sich um. Einsam und verlassen lagen die Inseln im Licht der Monde da. Kein Mensch war zu sehen. Nur aus den weiter entfernt liegenden Regierungszimmern leuchtete der Schein vieler Kerzen.

Doch Kiyoshi wollte seinem Onkel jetzt nicht gegenübertreten. Dafür war er viel zu aufgewühlt. Wie hatte Miro ihn dem Volk als Erben präsentieren können, ohne ihm die Wahrheit darüber zu sagen, was wirklich vor sich ging?

Kiyoshi wandte sich um und lief den Weg hinab, in ein Wäldchen, das sich über mehrere Inseln erstreckte. Er ließ sich auf das Moos sinken und schloss für einen Moment die Augen.

Nachdenken. Seine Gedanken ordnen. Danach sehnte er sich jetzt am meisten.

Shio empfing sie hell leuchtend, als Marje die Stufen in Shoans Wohnung hinabstieg. Mit einem Lächeln begrüßte sie ihr Irrlicht, das sich zufrieden auf ihrer Schulter niederließ. Als Marje den Flur entlangging, schlug ihr aus Shoans Wohnzimmer lautes Stimmengewirr entgegen. Der Raum war kaum wiederzuerkennen. Das Lager, auf dem Shoan sonst schlief, war zusammengeräumt und in die Bibliothek verbannt worden, sein Besitz, bis auf ein paar wenige Stühle, hatte folgen müssen. Thar begrüßte sie am Eingang und schloss dann die Tür hinter ihr.

»Du bist wie immer die Letzte«, bestätigte er auf ihren fragenden Blick hin.

»Je später der Morgen, desto hübscher die Gäste«, grinste ein Junge neben ihr an der Tür.

Marje verdrehte die Augen. Der Satz erinnerte sie an Ruan. Bevor sie neben Shoan auf einem freigehaltenen Stuhl Platz nahm, ließ sie ihren Blick noch einmal über die Anwesenden schweifen. »Wo sind die Bourden-Geschwister?«, fragte sie schließlich. Beim Klang ihrer Stimme sahen einige auf und ließen die Gespräche verstummen.

Shoan zuckte mit den Schultern. »Ich hab ihnen Bescheid gegeben ...«, meinte er nur.

»Ihre Mutter hat die Tochter im Keller eingesperrt, weil sie sechzehn ist, und ihr Bruder leistet ihr aus Solidarität Gesellschaft, glaub ich«, rief jemand aus der hinteren Ecke.

Marje nickte langsam. Alle anderen, die ihr gerade einfielen, waren da. Insgesamt drängten sich fast vierzig junge Menschen in dem kleinen Raum zusammen. Der sandige Boden war zwischen den sitzenden und stehenden Jugendlichen kaum noch zu sehen und die sandfarbenen Wände schienen Marje das erste Mal nicht trist und leer, so bunt zusammengewürfelt wirkten die Gestalten, die sich davor zusammendrängten. Obwohl das Treffen noch nicht einmal richtig begonnen hatte, war die Luft bereits stickig. Durch die schmalen Fenster, die knapp unter der Decke waren, kamen nur wenig Licht und noch weniger frische Luft in den Raum.

Entschlossen stand Thar auf. »Willkommen«, rief er und die Gespräche verstummten endgültig. Alle Blicke richteten sich auf ihn.

»Teilweise haben wir euch gestern Abend schon aufgesucht, teilweise habt ihr selbst gehört, was der Kaiser verkündet hat. Ich denke, wir wissen alle, was das bedeutet«, begann er.

Sofort wurden Stimmen laut.

»Das ist eine Jagderlaubnis für die Söldner draußen vor der Stadt!«

»Die wollen uns doch nur einschüchtern.«

»Schlechte Tarnung«, murmelte ein Junge neben Marje.

Fragend sah sie ihn an. Eine schwarze Tätowierung zog sich um sein rechtes Auge und zeichnete ihn als Bandenanführer aus. Die dünnen schwarzen Linien schlängelten sich um sein Auge wie gierige Flammen und griffen auch nach seinem restlichen Gesicht. Doch statt sich dem Betrachter aufzudrängen, erschien die Tätowierung nicht wie ein Fremdkörper in dem ebenmäßigen Gesicht, sondern vielmehr wie ein Teil von ihm, der schon immer zu ihm gehört hatte. Vielleicht lag es daran, dass die Hautfarbe des Jungen von Natur aus ein dunkles Braun war und seine Augen wie schwarze Diamanten leuchteten, faszinierend und bedrohlich zugleich. »Wenn sie uns jagen wollen, werden sie nun nicht mehr viel erreichen«, erklärte der Junge mit einem grimmigen Ausdruck im Gesicht.

»Wir werden sehen, wie viel uns die Warnung bringt«, meinte Marje vorsichtig. Sie kannte Tarian noch nicht lange, wusste aber, dass er zu denen gehörte, die sich trotz ihrer aussichtslosen Herkunft geschickt hochzukämpfen wussten.

Die Banden, die das Westviertel hervorbrachte, waren stolz und wagemutig. Indem sie die reicheren Liganer aus der alten Stadt provozierten, forderten sie nicht selten die

Soldaten des Kaisers heraus. Und diese mussten sich, um ihre Ehre zu bewahren, den Straßenkämpfen dann stellen.

Im Raum waren hitzige Diskussionen im Gang und Thar brachte sie mit einem kurzen, lauten Pfiff zum Verstummen. »Ich denke, wir sind uns alle einig, wenn wir feststellen, dass Miro die Tore geöffnet hat, um uns jagen zu lassen. Welchen Grund er auch immer haben mag, sich die Sechzehnjährigen vom Hals zu schaffen, er wird die Gelegenheit nutzen, noch mehr von uns loszuwerden. Wir müssen uns also alle in Acht nehmen.«

»Wir werden uns nicht verstecken«, erklärte Tarian. »Oder hat hier tatsächlich jemand Angst vorm Kaiser?«

Auf seine Frage hin lachten einige. Marje sah drei seiner Kumpane in der Nähe sitzen und auch einige andere waren mit dem Bandenführer einer Meinung. Doch die meisten hatten skeptische Mienen aufgesetzt und sahen erwartungsvoll zu Shoan, Thar oder auf sie selbst.

»Wir können uns gar nicht alle verstecken«, sagte Shoan. »Aber wir wären auch dumm, wenn wir den Kaiser noch mehr herausfordern würden.«

»Ich würde sagen, mit der Aktion gestern hat er uns eher Sympathisanten verschafft«, meinte ein Mädchen aus der zweiten Reihe. Marje schätzte sie höchstens auf siebzehn. Mit ihren relativ ordentlichen Kleidern, den gepflegten langen Haaren und ihrem Engelslächeln wirkte sie ein wenig deplatziert an Zalions Seite, der nicht nur alte, sondern auch zerrissene und staubige Kleidung trug. Selbst seine Haare schienen schon länger kein Wasser mehr gesehen zu haben. Er hatte die verfilzten Locken im Nacken mit einem

Band zusammengefasst. Jetzt legte er einen Arm um das Mädchen. »Sie haben dir alle angeboten, dich zu verstecken, nicht wahr? Du siehst einfach immer noch wie sechzehn aus.« Mit einem breiten Grinsen zwinkerte er in die Runde.

Das Mädchen an seiner Seite bedachte ihn mit einem herausfordernden Blick. »Das stimmt zwar, aber viele sagten auch, man müsse sich dagegen zur Wehr setzen. Selbst die meisten der Liganer sind dieser Meinung.«

»Natürlich. Schließlich trifft es auch sie – vielleicht nur nicht sofort«, meinte ein Junge aus einer hinteren Reihe. Wieder lachten einige.

»Da bin ich mir nicht so sicher«, warf Marje ein. »Noch haben wir nicht den Beweis, dass sich die Aktion nur gegen uns Taller richtet.«

»Vielleicht müssen wir den Kaiser einfach daran erinnern, dass er sich nicht alles erlauben kann«, schlug Tarian vor.

»Und was schwebt dir da so vor?«, wollte das blonde Mädchen wissen.

»Wie wäre es mit einem weiteren Ausflug in die Zinaden? Wir könnten das ganze Wasser aus allen Zinaden in den äußeren Ring umleiten. Wir haben bereits gesehen, dass es klappen kann.« Er warf einen anerkennenden Blick in Marjes Richtung, aber sie schüttelte abwehrend den Kopf.

»Sie wissen, wie wir rein- und rausgekommen sind – noch einmal wird uns das nicht gelingen.«

»Vielleicht sollten wir ihnen zeigen, dass wir auch zu kämpfen bereit sind«, meinte Tarian mit einem Schulterzucken. »Wenn wir uns mit den anderen Vierteln zusammenschließen, müssten wir das problemlos schaffen.«

»Das würde mehr Blut von uns fordern und den Kaiser kaum kratzen«, meinte Thar abwehrend. »Eine Machtdemonstration, die uns nur unnötig schwächen würde und nichts bringt.«

»Nun, wirkungslos würde so ein Aufstand wohl nicht bleiben«, meinte Tarian, schien aber den Einwand zu akzeptieren.

Marje nickte nachdenklich. »Aber wir müssten ihnen schon zu verstehen geben, dass wir so nicht mit uns umgehen lassen.« Alle signalisierten Zustimmung und die Blicke richteten sich auf sie.

»Wie wäre es, wenn wir es ihnen schwer machen, uns zu schnappen?«, schlug Shoan jedoch vor, bevor sie den Gedanken weiterspinnen konnte. »Wir verbarrikadieren uns, rüsten uns gegen sie und sorgen dafür, dass sie nicht an uns rankommen, ohne Verluste einzustecken. Um unserer habhaft zu werden, müssen sie in unsere Viertel, das sollte unser Vorteil sein. Hier kennen wir uns aus!«

»Du meinst, wir sollen Katz und Maus spielen?«, fragte Zalion.

Seine Freundin nickte langsam. »Das könnte funktionieren«, meinte sie. »Wir könnten sie durch unser Viertel wie durch einen Irrgarten laufen lassen, es gibt schließlich genug Verstecke und Sackgassen.«

»Wir sollen uns also einfach alle vor ihnen verstecken?«, fragte Tarian skeptisch nach.

Marje stand auf. »Es sollten sich zumindest diejenigen verstecken, die nicht kämpfen können. Wir sollten niemanden auf der Straße in unnötige Gefahr bringen.« Langsam ließ sie ihren Blick durch den Raum gleiten. »Die Verstecke müssten unsere zentralen Treffpunkte werden, wo wir uns austauschen können und alles finden, was wir brauchen, wenn wir selbst uns verstecken müssen.« Marjes Wangen glühten, als sie weitersprach. »Es muss einen Nahrungsmittel- und Wasservorrat geben und wir brauchen Decken für die Nächte. Jemand muss dafür verantwortlich sein, Nachschub zu organisieren, und wir brauchen Nachrichtenboten und Wachposten, die nach Soldaten Ausschau halten.« Ihr Blick huschte zu Shio und ein Lächeln schlich sich auf ihr Gesicht. »Irrlichter könnten uns dabei sehr nützlich sein. Meinst du, Shio, du könntest ein paar darum bitten, uns zu helfen?«

Shio flackerte überrascht, als er angesprochen wurde. Zuvor war er in einen dämmrigen Schlaf auf Marjes Schulter gefallen, doch nun entflammte sein Licht in einem strahlenden Rot und er machte sich auf zum Fenster, um Marjes Bitte zu erfüllen. Marje sah ihm mit einem zufriedenen Lächeln nach.

»Und das soll alles sein?«, fragte Tarian noch einmal nach.

»Es ist in erster Linie wichtig, dass wir uns schützen, bevor wir zum Angriff übergehen«, sagte Shoan.

Thar nickte zustimmend. »Und den Satz *Angriff ist die beste Verteidigung* sparst du dir jetzt einfach«, fügte er mit einem Seitenblick auf Tarian hinzu.

Der dunkelhäutige Junge hatte sich zurückgelehnt und den Blick auf einen Punkt an der Wand gerichtet. »Ich bleib dabei, wir sollten dem Kaiser zeigen, wer wir sind«, meinte er ruhig. »Und für die, die mitspielen wollen, wird sich ein Weg finden.«

Zalion nickte. »Alleingang?«, fragte er.

Tarian stand auf. »Mal sehen«, gab er schulterzuckend zurück.

Marje wollte ihn aufhalten, aber Shoan schüttelte den Kopf.

»Kommt, Jungs«, rief Tarian seinen Freunden zu und sie verließen den Versammlungsraum. »Keine Sorge, wir werden euch nicht im Weg stehen«, versprach er im Hinausgehen.

»Was heißt denn hier Alleingang?«, wollte das blonde Mädchen von ihrem Freund wissen.

»Nur, dass er die Verantwortung übernimmt und nichts machen wird, das uns schadet«, meinte Zalion leichthin. »Er macht eben sein Ding, aber ohne Hilfe von uns zu erwarten oder uns die Schuld danach in die Schuhe zu schieben.«

»Tarian macht also sein eigenes Ding«, ertönte plötzlich eine Stimme am Eingang.

Auf Marjes Gesicht stahl sich ungewollt ein breites Lächeln. »Allerdings«, sagte sie und sah zu Milan auf, der ihr zuzwinkerte.

Hinter ihm trat Ruan in den Raum. »Wir wollten hören, was in eurem Viertel so entschieden wird.«

»Wie hat sich denn das Ostviertel entschieden?«, fragte Thar.

»Wir sind in drei Banden gesplittet und keine will machen, was die andere vorschlägt«, erklärte Ruan. »Ich denke, wir werden drei verschiedene Wege finden, gegen den Kaiser vorzugehen. Erst einmal aber müssen die Betroffenen versteckt werden, schließlich wollen wir in ein paar Tagen überhaupt noch Leute haben, um etwas unternehmen zu können.« Er lächelte breit in die Runde. »Und hier?«

»Wir werden uns gemeinsam organisieren«, erklärte Shoan. »Abgesehen von Tarian und einigen Ausnahmen ...«

Thar zuckte leicht mit den Schultern. »Erst einmal geht es um die Sicherheit unserer Leute«, stimmte er Ruan zu.

»Und um die zu gewährleisten, werden wir versuchen, den Soldaten in unserem Viertel ein paar nette Fallen zu stellen«, fügte Zalion mit einem verschlagenen Grinsen hinzu.

Milan zog Marje ein Stück zur Seite und ließ sich von ihr in aller Kürze eine Zusammenfassung dessen geben, was sie vorhatten. »Das klingt vernünftig«, stimmte er am Ende schließlich zu. »Thar, Shoan, Zalion – ihr seid also für die Organisation verantwortlich?«

Die Angesprochenen wandten sich ihm zu und nickten.

»Nehmt eure Aufgabe ernst«, mahnte Milan. »Leben hängen davon ab, vergesst das nicht!«

Marje war überrascht, als sie die Härte in Milans Stimme hörte. Einen Augenblick lang glitt sein Blick in die Ferne und seine Augen verdunkelten sich, ehe er leise den Kopf schüttelte und sich zu ihr umdrehte. »Du wirst dich nicht Tarian anschließen, oder?«, fragte er.

Marje bedachte ihn mit einem scharfen Blick. »Das hatte ich nicht vor, nein.«

Milan nickte abgehackt und wandte sich zu Ruan um. »Du weißt, wo du Tarian findest?«, fragte er.

»Den find ich schon«, gab Ruan sich zuversichtlich. »Und du glaubst wirklich, dass er mitmacht?«

»Er ist der Richtige«, antwortete Milan bestimmt.

Zufrieden nickte Ruan und verließ den Raum ohne ein weiteres Wort.

»Der Richtige wofür?«, wollte Marje wissen, aber Milan schüttelte entschieden den Kopf. »Lass das meine Sorge sein«, bat er nur.

Marje beobachtete unsicher sein Gesicht. Dieser merkwürdige Ausdruck, den er vorhin in den Augen hatte ...

Milan machte ihr Angst, ohne dass sie näher erklären konnte, woher dieses Gefühl kam. »Tu nichts Unüberlegtes«, bat sie leise.

Milan lächelte. »Hab ich das jemals?«, fragte er ebenso leise zurück.

Mit einem Seufzer lehnte sie sich an ihn und griff nach seiner Hand. Seine Gegenwart gab ihr Sicherheit. Solange er bei ihr war, war alles gut. Mit einem leisen Lächeln sah sie zu ihm auf und schloss dann die Augen. Er legte auch den zweiten Arm um sie, während er Thar und Shoan Vorschläge für die Verstecke unterbreitete. Stumm lauschte Marje dem Wortwechsel und überlegte, was sie selbst machen wollte.

Milan schien sie offensichtlich aus der ganzen Aktion raushalten zu wollen. Aber inzwischen war sie zu alt, als dass er länger über sie bestimmen konnte.

Zalion, seine Freundin und ein großer Teil der noch Anwesenden verließen den Raum, um sich zu organisieren, während Thar, Shoan und einige andere einen Plan in den sandigen Boden zeichneten und sich über die Verstecke verständigten.

»Und was hast du jetzt vor?«, fragte Marje Milan leise.

»Ich werde mit Ruan einen kleinen Ausflug unternehmen«, flüsterte er zurück.

Misstrauisch sah sie zu ihm auf. »Wohin?«

Er wiegte leicht den Kopf und schwieg, während sein Blick wieder in die Ferne schweifte.

»Milan!«, mahnte sie aufbrausend. Sein Verhalten gefiel ihr nicht.

»Tu mir einen Gefallen und sei ein liebes Mädchen«, bat er. »Besuch Sayuri. Vielleicht gehen die Soldaten ja doch auch in der alten Stadt auf Jagd. Sollten sie es tun, wüsste ich dich gerne bei ihr.«

Marje runzelte die Stirn. »Du weichst mir aus.«

Er seufzte resignierend. »Ganz richtig«, gab er zu. »Und das aus gutem Grund.« Er lächelte und gab ihr einen Kuss auf die Stirn, ein ungewöhnlicher Liebesbeweis. »Tu einfach, worum ich dich bitte.« Er löste sich von ihr und ging zur Tür.

Unzufrieden sah sie ihm nach. Sie hasste es, wenn Milan Geheimnisse vor ihr hatte.

»Er hat etwas vor, oder?«, fragte Shoan, der zu ihr trat.

»Ja, aber er sagt mir nicht, was«, murmelte sie wütend.

Shoan, der ihr älter und magerer denn je vorkam, zog die Stirn kraus. »Er ist meinem Blick ausgewichen. Was er auch vorhat, es kann nichts Gutes sein.«

»Vielleicht kann ich darüber mehr in Erfahrung bringen«, sagte sie kurz entschlossen und ging zur Tür. Sie drehte sich noch einmal um, verabschiedete sich mit einem Winken von Thar und stieg dann die Treppe zur Straße hinauf.

Die Luft wirkte nahezu erfrischend kühl, so stickig war es

unten im Keller gewesen. Die Sonne empfing sie mit ihren warmen Strahlen und ließ Marje aufatmen.

Auf der Straße hielt sie nach Milan Ausschau, aber er war längst in einer Seitengasse verschwunden. Stattdessen entdeckte sie Ruan, der sich gerade von Tarian trennte. Pfeifend folgte er der Straße zum Tor, das in den inneren Kreis führte.

Mit schnellen Schritten folgte sie ihm und holte ihn noch vor der nächsten Wegverzweigung ein. »Ruan«, rief sie und trat etwas atemlos an seine Seite.

Überrascht hob er eine Augenbraue. »Wie kann ich dir zu Diensten sein?«, erkundigte er sich mit einem schalkhaften Funkeln in den Augen.

»Was habt ihr vor?«, fragte sie ihn geradeheraus.

Ruan zuckte leicht mit den Schultern. »Etwas für große Jungs«, antwortete er. Das Lächeln wich einem ernsten Ausdruck auf seinem Gesicht. »Halt dich da raus.«

»Ich will wissen, was ihr vorhabt!«, wiedersprach Marje energisch.

»Aber ich werde es dir nicht sagen«, entgegnete er ebenso entschlossen.

Marje wollte sich schon wütend von ihm abwenden, als er ihr die Hand auf die Schulter legte. »Wir wollen doch alle das Beste für uns und unsere Viertel, oder nicht?«, fragte er sie beschwörend.

Widerstrebend nickte sie. »Was hat das damit zu tun?«, wollte sie wissen.

»Jeder von uns tut auf seine Art das, was er am besten kann.« Ruan lächelte müde. »Du hast doch bestimmt Träume für die Zukunft, Ziele, nicht wahr?«, fragte er.

Marje nickte. Worauf wollte er nur hinaus?

»Die darfst du nie vergessen«, fuhr Ruan fort. »Du wirst hier im Viertel gebraucht. Du bist wichtig für die Menschen, hier liegt deine Zukunft. Ich hingegen habe keine Träume, und wenn ich nicht mehr bin, dann ist jemand anderes da, der meine Stelle einnimmt.«

»Was willst du damit sagen?«

Ruan strich ihr belustigt durch die Haare, wie es sonst nur Milan tat. »Ich habe keine Pläne für die Zukunft. Das hier, das ist mein Traum.«

»Ruan?«

Er seufzte und schüttelte nur den Kopf. »Versuche alles, um deine Träume wahr werden zu lassen«, bat er und wurde schneller.

Marje holte mit langen Schritten zu ihm auf. »Was soll das? Warum erzählst du mir das?«

Er drehte sich zu ihr um und sah ihr ernst in die Augen. »Geh zu Sayuri, pass auf unser kleines Mädchen auf. Ich mach mir Sorgen um sie. Was ist, wenn die Soldaten zu ihr kommen?«

Marje zog ihre Stirn in tiefe Falten. Dass Milan genau dasselbe gesagt hatte, machte sie stutzig.

»Und frag nicht mehr«, bat Ruan, dann drehte er sich entschieden um und ging.

Marje sah ihm nach. Ein mulmiges Gefühl breitete sich in ihrer Magengegend aus.

»Ruan!«, rief sie ihm nach, aber er schüttelte den Kopf, ohne sich zu ihr umzudrehen.

Verwirrt blieb sie stehen und sah ihm nach.

6. Kapitel

Kiyoshi!«

Oh nein! Na großartig. Irgendwie war das ja klar gewesen.

Er drehte sich um und war überrascht, dass Rajar bereits direkt hinter ihm stand. Sein Ruf hatte weiter entfernt geklungen.

»Wohin willst du?«, fragte Rajar.

»Wonach sieht es denn aus?«, fragte Kiyoshi und versuchte ein Grinsen.

Sie standen am Palasthafen. Um sie herum herrschte reges Treiben. Händler luden ihre Waren aus, Boote legten an und wieder ab, Rufe erschollen quer über den Fluss.

»Du willst in die Stadt!«

Rajar und Kiyoshi hatten sich früher, als sie noch jünger gewesen waren, so manches Mal zusammen in die alte Stadt geschlichen. Ab und zu waren sie dabei von Rajars Vater erwischt worden und es hatte harte Strafen gehagelt, aber jedes Abenteuer war es wert gewesen.

Sich in einem der Boote im Palasthafen zu verstecken, war die eine Möglichkeit gewesen, aus dem Palast zu kommen. Für die andere – ein schmaler, zugewachsener Spalt an der Nordseite der Palastmauer – waren Kiyoshis Schultern inzwischen zu breit geworden.

»Sag schon – willst du in die Stadt?«, wiederholte Rajar noch einmal.

»Nein, ich will mich im Shanu ertränken«, sagte Kiyoshi und grinste. »Deswegen stehe ich hier und schaue mich schon mal nach einer geeigneten Stelle um.«

Rajar verdrehte die Augen. »Warum, Kiyoshi? Ich meine, was willst du da?«

»Frische Luft schnappen?«, schlug Kiyoshi vor.

Rajars Augen verengten sich zu Schlitzen.

»Na gut, keine frische Luft. Die müsste hier sowieso besser sein als in der Stadt ...«

Kiyoshi dachte fieberhaft nach. Sollte er Rajar einweihen in das, was er vorhatte? Und würde Rajar ihn verstehen können?

»Du willst es mir also nicht sagen.« Rajars dunkle Augen wirkten verbittert.

Es hat auch Nachteile, Freunde zu haben, die einen zu gut kennen, schoss es Kiyoshi durch den Kopf.

»Würd ich ja gerne, aber das geht nicht«, gab er zu.

Rajar verschränkte die Arme vor der Brust. »Warum nicht? Weil ich dich dann nicht gehen lasse oder weil du glaubst, dass ich dich verpfeife?«

Kiyoshi unterdrückte ein Stöhnen. Gute Frage.

Er dachte an die letzten Tage zurück. Sie waren eine einzige Prüfung gewesen. Während seine Wunde geheilt war, hatte er sich gezwungen, stillzuhalten und sich möglichst unauffällig zu benehmen. Er hatte seinen Zorn heruntergeschluckt und seine täglichen Treffen mit Miro absolviert, ohne sich anmerken zu lassen, was tatsächlich in ihm vor sich ging.

Sein Dienst bei der Stadtwache war bis auf Weiteres gestrichen worden – Miro war die Lage auf den Straßen der Stadt zu gefährlich geworden. Jeden Tag brachten die Eilboten neue Berichte, wie die Taller-Banden in der neuen

Stadt rebellierten. Sie kämpften mit allen Mitteln gegen die Soldaten und hatten schon so manchen Sieg davongetragen. Notgedrungen wurde deshalb sogar im inneren Kreis nach den Sechzehnjährigen gesucht, obwohl Miro die Liganer erst einmal hatte verschonen wollen. Ganze Trupps von Jungen und Mädchen, die man aufgespürt hatte, hatten die Stadt verlassen müssen. Unter Miros mitleidlosem Blick waren sie mit dem Bannmal belegt, von den Soldaten vor die Stadttore geführt und in der Wüste ihrem Schicksal überlassen worden.

Kiyoshi hatte die Berichte kaum ertragen können, aber er durfte nichts überstürzen, um sein Vorhaben nicht zu gefährden.

Und ausgerechnet jetzt, als der Zeitpunkt endlich gekommen war, seinen Plan in die Tat umzusetzen, musste er Rajar über den Weg laufen? Nicht einmal eine gute Ausrede wollte ihm einfallen.

Hilflos zuckte er mit den Schultern. »Ich kann es dir nicht erklären, Rajar«, sagte er. »Du musst mir einfach vertrauen.«

Rajar schnaubte nur. »Ach ja?«, brummte er. Dann machte er eine abwehrende Handbewegung. »Vielleicht besser, ich weiß es nicht«, sagte er resigniert. »Wann bist du zurück?«

»Heute Abend?«, schlug Kiyoshi vor.

»Spätestens zur Wachablösung«, verlangte Rajar.

»Sag mal, bist du mein Onkel?«, konterte Kiyoshi. »Seit wann stellst du die Regeln für mein Leben auf?«

»He!«, empörte sich Rajar. »Ich bin verantwortlich, wenn dir da was passiert, und da draußen ist es zurzeit alles andere als ruhig! Du hast doch keine Ahnung!«

Einen Augenblick lang funkelte Kiyoshi seinen Freund wütend an.

Er hatte keine Ahnung?

Nur gut, dass Rajar alles so genau wusste! Er hasste es, wenn Rajar sich so aufspielte. Einen Moment erwog er, ihm einfach alles zu sagen, von dem belauschten Gespräch, der Lüge, die Miro verbreitete, und von seinem Vorhaben. Aber Rajar würde sich nicht so einfach überzeugen lassen.

Und er konnte mitten im Hafen keinen Streit mit ihm riskieren. Einige der Soldaten schauten schon zu ihnen herüber und Kiyoshi sah seine Chancen schwinden, sich unbemerkt auf eins der Boote zu stehlen.

Er nickte mit zusammengebissenen Zähnen. »In Ordnung«, sagte er schließlich.

Rajar trat einen Schritt zur Seite und plötzlich sah Kiyoshi, dass sein Freund ernsthaft besorgt war. »Verspäte dich nur nicht«, sagte er leise. »Sonst lass ich dich suchen. Wirklich, das ist dort draußen gerade kein Spaß.«

Kiyoshi nickte beruhigend. »Ehrenwort, Rajar«, erwiderte er. »Ich verspreche es dir.«

Sein Plan war so simpel wie wahnwitzig. Aber Kiyoshi war fest entschlossen, Licht in das Dunkel zu bringen, das das heimlich mitgehörte Gespräch zwischen Miro und dem Wiljar hinterlassen hatte. Und er wusste genau, wo er mit seiner Suche anfangen wollte.

Er kauerte zwischen den leeren Kisten eines der Lastenboote, die den Palast in Richtung Markt verließen. Das Boot war dazu bestimmt, Früchte und Gemüse in den Palast zu liefern, und Kiyoshi rümpfte die Nase, als ihm der Geruch verfaulter Berensfrüchte in die Nase stieg, die den Kästen anhafteten.

Bislang schien der Bootsführer nichts von seinem blinden Passagier mitbekommen zu haben. Pfeifend steuerte er sein Gefährt durch die verschlungenen Wasserwege des Palastes und hinaus in die Stadt.

Kiyoshi hatte vor, in Höhe des ersten Tores, wenn der Bootsführer abgelenkt war, ans Ufer zu springen. Von dort wollte er sich auf den Weg zum Schrein machen.

Im Haus seiner Mutter hatte Kiyoshi einen alten Umhang gefunden, dazu hatte er sich einen Schal um den Kopf geschlungen. Er hoffte, dass die Verkleidung ausreichte, um unerkannt die Straßen passieren zu können, bis er den Schrein erreichte.

Jahr für Jahr, am Tag nach Lauryns Frühling, ergänzten die Sterndeuter das Buch der Prophezeiungen um ihre Beobachtungen und Deutungen. Es war uralt – es hieß, man führte es seit Anbeginn der Stadt.

Wenn also an der Vorhersage der Deuter vor sechzehn Jahren etwas Wahres dran sein sollte – so wie Miro es in seiner Rede ans Volk behauptet hatte –, dann würde sie im Buch der Prophezeiungen zu finden sein. Wenn nicht, hatte Kiyoshi den Beweis dafür, dass Miro nicht die Wahrheit gesagt hatte. Und er war fest entschlossen, seinen Onkel mithilfe dieses Wissens zur Rede zu stellen.

Gefährlich war nur der Weg zum Schrein, danach würde es ein Kinderspiel sein, an das Buch zu gelangen. Er würde sich als Miros Erbe zu erkennen geben und unverzüglich

Zugang zum Schrein gewährt bekommen. Auch außerhalb von Lauryns Frühling kam es vor, dass ein Mitglied der Kaiserfamilie zum Schrein kam, um zu beten. Ungewöhnlich war nur, wenn jemand sich alleine auf den Weg machte, aber dafür würde sich eine Erklärung finden.

»He, Bootsführer – für den Markt ein bisschen spät«, hörte er eine Männerstimme flachsen.

Das Boot hatte seine Fahrt verlangsamt. Vorsichtig spähte Kiyoshi hinter den Kisten hervor. Vor ihm ragten die spitzen Wachtürme auf, die die Tore flankierten. Rechts und links waren die üblichen Wachposten stationiert, doch als Kiyoshi genauer hinsah, hätte er am liebsten geflucht.

Anstatt der üblichen vier Stadtwachen wurde das Tor von zehn Männern bewacht! Sie standen in einer Gruppe neben dem linken Wachturm, sichtlich gelangweilt von dem Dienst, den sie seit den frühen Morgenstunden verrichten mussten.

Kiyoshi überschlug kurz seine Optionen und kam zu dem Schluss, dass es nur diese Chance gab. Am nächsten Tor würde die Situation nicht anders sein – und je näher sie der neuen Stadt kamen, desto größer war die Wahrscheinlichkeit, auf noch mehr Wachen zu treffen.

Einfach ans Ufer konnte er jetzt allerdings nicht mehr. Er wartete, bis der Bootsführer den Wegzoll aus seinen Taschen kramte, dann kroch er geduckt hinter den Kisten hervor, schlich in gebückter Haltung an die Reling und ließ sich leise ins Wasser gleiten, während er sich an der Bootswand festhielt.

»Heda!«

»Mist«, fluchte Kiyoshi leise, stieß sich hastig ab und begann, mit kraftvollen Zügen den Flussarm zu durchqueren, direkt auf das gegenüberliegende Ufer zu.

Aus den Augenwinkeln sah er, wie in die Wachen am linken Tor Bewegung kam.

»Halt, Bursche!«

Zwei von ihnen schickten sich an, über die Torbrücke zum anderen Ufer zu rennen, die anderen deuteten aufgeregt in seine Richtung. Inständig hoffte er, dass keiner der Männer ihn erkannt hatte.

»Sofort anhalten!« Wieder ertönte der Ruf.

Hättet ihr wohl gerne!

Kiyoshi zog sich an der Kaimauer hoch, rappelte sich auf und sah sich hektisch um. Das erste Tor befand sich in der Nähe des Handwerkerviertels. Gut! Hier waren die Gassen und Straßen schmaler, sodass er sich besser würde verbergen können.

»Stehen bleiben, habe ich gesagt!«, brüllte es hinter ihm.

Die Soldaten hatten fast das Ende der Brücke erreicht, die sich in stolzem Bogen über den Fluss zog.

»Haltet ihn!«

Kiyoshi rannte los. Den Atem könnt ihr euch sparen, schoss es ihm durch den Kopf. Wer bitte schön sollte ihn denn festhalten? Die Straßen waren wie ausgestorben! Die Menschen, die sich normalerweise in den Gassen drängten, waren plötzlich alle verschwunden.

Die Erkenntnis traf Kiyoshi wie ein Blitz: Sie halten mich für einen Sechzehnjährigen, der vor der Stadtwache auf der Flucht ist! Und statt mir zu helfen, verbarrikadieren sie sich in ihren Häusern!

Seine Kehle wurde trocken. Keuchend holte er Luft und versuchte, noch schneller zu laufen. Das nasse Zeug klebte an seinem Körper, das Blut rauschte in seinen Ohren und pulsierte in seinen Adern. Die inzwischen fast verheilte Wunde pochte leise.

Er brauchte ein Versteck, einen Hinterhof, irgendeinen Unterschlupf, sonst hatte er keine Chance. Aber ausgerechnet hier standen die Häuser so eng aneinandergedrängt, dass nirgends ein schmaler Gang in einen Hinterhof führte.

Für einen Moment hielt Kiyoshi inne und sah zurück. Er konnte die schweren Schritte der eisenbeschlagenen Schuhe hören, aber die Straße hatte eine Biegung gemacht, hinter der seine Verfolger noch nicht zu sehen waren.

Ein einziges Zögern noch, dann würden sie ihn fassen. Nicht auszudenken, was passieren würde, wenn sie ihn als den erkannten, der er war. Was würde Miro sagen, wenn sie ihn in den Palast zurückbrachten? Und Rajar?

Hilflos schaute er sich weiter nach einem Versteck um, als ihn jemand am Arm packte und nach hinten riss. Stolpernd wurde er über eine Türschwelle gezogen und keine Sekunde später schlug die Tür zu und sperrte das helle Licht Tshanils aus.

Wild um sich tastend, versuchte er sich zu orientieren. Die plötzliche Dunkelheit machte ihn praktisch blind. Eine schlanke Hand legte sich auf seine Schulter und ein Licht entflammte mit einem Zischen.

Vor ihm in der Dunkelheit erschien ein blasses Gesicht im Schein eines kleinen Windlichtes. Ein schlanker elfenbeinfarbener Finger legte sich auf die schmalen Lippen, die zu einem sanften Lächeln verzogen waren.

Wie erstarrt verharrte er und sah in die blassblauen Augen des Mädchens, das ihn in einer Art anschaute, als könnte sie ihm direkt ins Herz sehen. Hastig wandte er seinen Blick ab, als auch schon die polternden Schritte der Soldaten sich näherten und schließlich vor der Tür haltmachten.

»Irgendwo hier ist er verschwunden!«, sagte einer. »Er muss in einem dieser Häuser sein!«

Kiyoshi hielt die Luft an und sah fragend zu dem Mädchen. Wie mutig es von ihr war, ihm zu helfen. Sie kannte ihn ja nicht einmal.

Laut pochte es an der Tür. »Aufmachen!«, brüllte ein Soldat.

Unwillkürlich zuckte das Mädchen beim Klang der Stimme zusammen und zog den Kopf ein.

Kiyoshi berührte vorsichtig die schmale Hand, die auf dem Windlicht ruhte.

Mahnend hielt das Mädchen den Finger an die Lippen und er nickte, um sie zu beruhigen.

»Scheint keiner da zu sein«, stellte vor der Tür ein Soldat brummend fest.

Langsam gewöhnten sich Kiyoshis Augen an das wenige Licht, das durch kleine Spalten in den Fensterläden hereindrang, und den schummrigen Schein der Lampe. Der intensive Geruch von Kräutern war ihm schon zuvor in die Nase gestiegen, sodass er anfangs auf eine Küche getippt hatte. Doch nun sah er die Regale, die bis unter die Decke hinaufreichten und die von oben bis unten mit allerlei Säckchen,

Beuteln, Dosen und Schalen gefüllt waren und einen intensiven Duft verströmten. Er musste in einem Gewürzladen gelandet sein.

»Oder sie wollen nicht aufmachen!« Das war ein zweiter Soldat. Unter einem krachenden Schlag erzitterte die Tür. »Aufmachen oder wir brechen sie auf!«, brüllte der Mann.

Kiyoshi sah zögernd zu dem Mädchen, aber sie legte nur wieder entschieden den Finger an die Lippen und verhielt sich selbst mucksmäuschenstill.

»Wir treten die Tür ein«, entschied der Soldat.

Kiyoshi machte entschlossen einen Schritt vor. Er würde sich stellen, ehe er das Mädchen weiter in Schwierigkeiten brachte.

»Hier drüben!« Das war die schrille Stimme einer Frau von irgendwo über ihnen. »Er ist durch die Hintertür entkommen! Schnell! Haltet ihn!«

Kiyoshi lauschte mit angehaltenem Atem.

Offenbar hatte er den Bürgern der alten Stadt doch unrecht getan, als er gedacht hatte, sie würden einander nicht helfen. Augenscheinlich versuchte die Frau, die Soldaten auf eine falsche Fährte zu locken.

Und tatsächlich – die schnellen Schritte der eisenbeschlagenen Stiefel verrieten, dass die Soldaten der Frau glaubten.

Als das Trampeln und die Rufe verklungen waren, wartete Kiyoshi noch einen Moment, dann atmete er auf und wandte sich dem Mädchen zu. »Danke«, sagte er und kam sich dabei ein wenig hilflos vor. »Ich danke dir wirklich sehr!«

Das Mädchen konnte ja nicht ahnen, dass sie ihn nicht nur vorm Entdecktwerden gerettet hatte.

Sie antwortete nicht.

»Wer bist du?«, fragte er. Irgendetwas stand da in ihren hellblauen Augen, das er nicht recht einordnen konnte.

Das Mädchen lächelte fröhlich und streckte eine Hand aus. Wie hypnotisiert beobachtete er, wie ihre Finger vorsichtig, beinahe zögernd näher kamen. Er rührte sich nicht, fast als hätte er Angst, das Mädchen mit einer ruckartigen Bewegung zu verschrecken. Ihre Hand streifte seine Wange und glitt zu seinem Hals hinab. Vorsichtig schob sie den Schal beiseite und sah ihn mit ihren hellen Augen durchdringend an.

Dann stand sie plötzlich auf, als wäre ihr gerade etwas eingefallen, griff nach dem Licht und ging mit schnellen Schritten auf eine Theke im hinteren Bereich des Raumes zu. Mit einer Geste bedeutete sie ihm, ihr zu folgen.

Neugierig kam Kiyoshi dieser Aufforderung nach. An der Theke hielt das Mädchen einen Moment inne, dann wirbelte sie zu ihm herum und in ihren Augen lag ein Ausdruck tiefer Verwunderung.

»Was ist?«, fragte er vorsichtig und konnte nicht verhindern, dass sich ein Lächeln auf seine Lippen stahl.

Das Mädchen griff in ein Regal und zog einen Kranz aus silbergrauen Blättern hervor. Schneller als Kiyoshi reagieren konnte, setzte sie ihm die trockenen Zweige auf den Kopf und betrachtete ihn mit einem fragenden Blick, den Kopf schief gelegt, als würde noch etwas in ihrem Bild nicht stimmen.

Irritiert griff Kiyoshi nach dem Kranz. Ist sie stumm?, fragte er sich, während er die trockenen Blätter zwischen den Fingern drehte. Dann verstand er plötzlich und nickte mit einem vorsichtigen Lächeln.

Sie strahlte. In ihren Augen blitzte ein wacher Verstand auf, dann glitt ihr Blick träumerisch in die Ferne.

Das Mädchen nahm den Kranz wieder in die Hände und drehte ihn gedankenverloren zwischen den Fingern, bevor sie ihn zurück ins Regal legte. Mit einer Geste bot sie Kiyoshi einen Hocker vor der schmalen Theke an, beugte sich zu einer Kiste hinunter, fischte ein Tuch heraus und bedeutete ihm, sich damit abzutrocknen.

Kiyoshi schälte sich aus seinem Umhang und nahm dankbar das Tuch entgegen. Grade, als er seine Haare trocken rubbelte, erschien eine Gestalt im dunklen Durchgang hinter der Theke. Kiyoshi sah in katzengrüne Augen, die sich erst vor Erstaunen weiteten, dann zornig zusammenzogen.

»Du?«, fragte die klare Stimme des Mädchens, die vor Wut bebte.

Kiyoshis blasse Retterin sah von ihm zu dem Mädchen, das offenbar so etwas wie eine Freundin war. Sie hob beruhigend die Hände, aber da war die Grünäugige schon an ihr vorbeigestürmt, um sich auf Kiyoshi zu stürzen.

Obwohl er den Faustschlag hatte kommen sehen, konnte er ihn nicht abwehren und stolperte zurück, als sie ihn knapp unterhalb der Rippen traf. Ihrer zweiten Hand konnte er ausweichen. Ein leuchtender Punkt zischte um seinen Kopf und blitzte immer wieder so grell auf, dass er die Augen zusammenkneifen musste. Blind versuchte er, die Schläge abzufangen. Einer traf seine fast verheilte Wunde, sodass er vor Schmerzen aufschrie.

Noch ein Schlag und ein weiterer Hieb.

Das Irrlicht summte und glitzerte vor seinen Augen, dass ihm ganz schwindelig wurde.

So gut es ging, versuchte er auszuweichen und bald hatte sie ihn an das andere Ende des Raumes getrieben.

Kiyoshi stand mit dem Rücken zur Wand.

Endlich bekam er eine Hand des Mädchens zu fassen und riss sie zu sich herum. Mit der zweiten Hand suchte er ihren in der Luft fuchtelnden Arm und wollte gerade danach greifen, als sie ihm mit aller Kraft auf den Fuß trat.

»Biest«, zischte er mit zusammengebissenen Zähnen.

Das blasse Mädchen verfolgte das Geschehen mit großen, ängstlichen Augen, wagte sich aber nicht näher. Das Irrlicht hatte inzwischen von ihm abgelassen und sich zu dem stummen Mädchen gesellt.

Jetzt versuchte das schwarz gelockte Mädchen sich mit aller Macht aus seinem Griff zu winden, ihn zu beißen oder zu treten wie eine wilde Katze.

Den Charakterzug hatte sie ihm ja schon beim ersten Mal demonstriert, schoss es ihm durch den Kopf und er stieß ihr den Ellenbogen an eine empfindliche Stelle am Oberarm. Für einen Augenblick war sie außer Gefecht gesetzt und er nutzte die Gelegenheit, den Unterarm gegen ihren Hals zu drücken.

Mit zornigem Blick starrte sie ihn an, aber diesem Griff konnte sie nicht entkommen und bald würde ihr die Luft knapp werden.

»Genug?«, fragte er und hörte seinen eigenen keuchenden Atem.

Das Mädchen biss die Zähne zusammen. Sie streckte sich,

spannte den ganzen Körper an. Irritiert starrte er sie an. Was hatte sie vor? In nächsten Moment schlug etwas Hartes gegen seine Schulter und ließ ihn zurückstolpern. Mit der zweiten Hand hatte sie einen Tonkrug oder etwas Ähnliches aus dem Regal gezogen. Weißer Nebel hüllte ihn ein, als sich der pulvrige Inhalt in der Luft verteilte. Erschrocken wich er zurück.

»Sayuri!«, rief das Mädchen in blanker Wut. »Was hat er hier zu suchen?!«

Beinahe hätte Kiyoshi gelacht. Wie groß war eigentlich die Wahrscheinlichkeit, dass er auf seiner Flucht genau in das Haus stolperte, in dem sie sich gerade aufhielt?

»Mörder«, fauchte sie.

»Vielleicht sollten wir versuchen, die Einrichtung ganz zu lassen?«, erkundigte sich Kiyoshi vorsichtig. Das Mädchen, dessen Name offensichtlich Sayuri war, konnte schließlich nichts für dieses Zusammentreffen.

Stumm stand er da und musterte seine Angreiferin, die ihren finsteren Blick auf ihn geheftet hatte, während sich zwischen ihnen der weiße Staub langsam legte. Tonscherben lagen über den Boden verstreut und einige Götterfiguren und kleine Dosen waren ebenfalls aus dem Regal gefallen.

»Seit wann interessiert es euch, wer bei euren Spielen zu Schaden kommt?«, fragte sie schließlich bedrohlich leise. Ihre Stimme war so kühl, dass sie ihn frösteln ließ.

»Lass mich über ...«

Weiter kam er nicht, denn in dem Moment musste er einer scharfen Tonscherbe ausweichen, die sie nach ihm geworfen hatte. Keine Sekunde später hielt sie eine weitere Scherbe in ihrer Hand und holte zum Schlag aus.

Kiyoshi riss instinktiv die Arme hoch, um sein Gesicht zu schützen. Die Scherbe fuhr scharf an seinem Arm vorbei und ritzte die dünne Haut leicht auf. Er spürte ein kurzes Brennen und wich einen weiteren Schritt zurück.

»Feigling«, knurrte sie mit zusammengebissenen Zähnen.

»Musst du gerade sagen. Wer geht denn hier mit einer Waffe auf einen Unbewaffneten los?« Mit bloßen Händen stand er ihr gegenüber. Er bemerkte das Pochen der alten Wunde in seiner Seite und seine Schulter fühlte sich von dem heftigen Schlag des Tonkrugs taub an.

Langsam ließ das Mädchen die Hand mit der Tonscherbe sinken. Plötzlich wich alle Wut aus ihren Augen und sie ließ schlaff ihre Arme neben dem Körper baumeln. »Warum tut ihr das?«, fragte sie und in ihrer Stimme konnte Kiyoshi plötzlich so etwas wie Verzweiflung hören. »Warum nur tut ihr uns das an?«

Verblüfft sah Kiyoshi, wie Tränen in ihre Augen stiegen. Was sollte er ihr nur darauf antworten? Er konnte schlecht eine Entscheidung des Kaisers und seines Bruders verteidigen, wenn er sie selbst infrage stellte.

»Wir tun es für das Volk«, sagte er trotzdem und musste sich räuspern, weil seine Stimme rau klang.

»Aber das sind wir!«, rief das Mädchen. Ihre Augen funkelten unter Tränen, die sie wütend wegwischte. »Wenn angeblich alles für das Volk getan wird, warum müssen dann immer wir darunter leiden?«

»Ich ... weil ...« Hilflos brach er ab und sah zu dem anderen Mädchen, das im rötlichen Schein des Irrlichtes noch bleicher wirkte. Selbst seine Haare schimmerten ganz weiß.

»Weil der Kaiser in die Zukunft sieht, wenn er seine Entscheidungen trifft. Und das bedeutet auch, dass er in der Gegenwart manchmal hart sein muss.«

Das Mädchen schüttelte den Kopf und biss sich auf die Unterlippe. »Ihr macht das nicht für uns«, flüsterte sie heiser. »Noch nie habt ihr etwas für uns getan!«

Sie betrachtete die Tonscherbe und zuckte mit den Schultern, als würde ihr plötzlich klar, wie wenig sie mit dieser Waffe würde ausrichten können.

Sie sah plötzlich jünger aus als noch wenige Augenblicke zuvor und mit einem Mal spürte Kiyoshi das absurde Bedürfnis, sie in den Arm zu nehmen und sie zu trösten.

Er fühlte sich, als hätte er alleine das Urteil über all die Sechzehnjährigen gefällt, und wünschte sich nichts sehnlicher, als diesen Vorwurf zu widerlegen. Aber egal, was er ihnen erzählte, sie würden es ohnehin nicht hören wollen, in ihren Ohren würde es nur wie eine neue Ausrede, eine neue Erklärung des Kaisers klingen.

Eine Hand auf die schmerzende Seitenwunde gepresst, ging er zur Tür, zog mit der zweiten Hand seinen noch feuchten Schal vors Gesicht und sah dann noch einmal über die Schulter zu den beiden Mädchen, die reglos dastanden, ehe er hinaus auf die Straße trat.

Marje lehnte die Stirn gegen Sayuris Schulter und atmete tief durch.

Er ist hier gewesen, hier bei Sayuri.

Es war unfassbar.

»Wie ist er hier reingekommen?«, fragte sie matt.

Sayuri strich ihr sanft übers Haar und lächelte nur. Was sonst eine beruhigende Wirkung hatte, machte Marje jetzt nervös. Könntest du es mir doch erzählen, dachte sie beinahe bitter und schlang die Arme nur noch fester um Sayuri.

Sie fühlte sich schrecklich. Milan hatte sich seit dem Tag der Versammlung nicht mehr blicken lassen und Thar war mit Shoan im Westviertel in einen Krieg gegen die Soldaten verwickelt, den niemand als Krieg bezeichnen wollte. Während die Bewohner der Viertel taten, als wäre alles wie immer, brodelte es gefährlich unter dieser aufgesetzten Oberfläche. Milan hatte ihr das Versprechen abgenommen, auf Sayuri aufzupassen, und das blasse Mädchen, das sonst seinen Laden immer im Griff hatte, schien plötzlich an allen Enden und Ecken Hilfe zu brauchen. Marje verdächtigte sie, mit Milan zusammenzuarbeiten; wahrscheinlich sollte Marje so beschäftigt werden, dass sie Thar und Shoan nicht zu Hilfe kam und sich in Gefahr begab. Anfangs war sie darüber verärgert gewesen, aber seit Thar und Shoan sich nicht mehr meldeten und von Milan ebenso jede Spur fehlte, war sie doch froh, wenigstens Sayuri in Sicherheit zu wissen. Schließlich konnten die Soldaten auch jeden Tag hier durch die Tür kommen und versuchen, sie mitzunehmen. Sie wäre nicht die Erste, die es unter den Liganern treffen würde.

Vier Tage sind es erst, dachte sie bei sich und sah zur inzwischen geschlossenen Ladentür. Und schon bin ich nahe daran aufzugeben. Wo war nur Milan? *Verdammt, wo bist du?!*

Sie unterdrückte die Tränen, die sich schon wieder ihren Weg bahnen wollten, und stand hastig auf.

Sayuri sah sie vorsichtig an, als wollte sie abschätzen, wie gut es ihrer Freundin wieder ging. Dann nickte sie und ging zur Theke, um ein Kehrblech zu holen.

Schuldbewusst sah Marje auf die Tonscherben. »Lass mich das machen«, bat sie, aber Sayuri kniete schon auf dem Boden, um das Chaos zu beseitigen.

Hilflos stand Marje daneben. »Tut mir leid«, sagte sie leise. Als sie den Neffen des Kaisers so nahe bei Sayuri gesehen hatte, hatte sie sich nicht zurückhalten können. Ihre Hand ballte sich wieder zur Faust. Noch brannten ihre Knöchel von den Schlägen, die sie ausgeteilt hatte, und die Haut an ihren Handgelenken war dunkelrot. Spuren seiner Finger waren noch dort zu erahnen, wo er sie festgehalten hatte.

Sein Geruch, als er ihr so nahe gewesen war, hatte sie für einen Moment irritiert und auch die Augen, die seltsam traurig aussahen. Seine feuchten Haare hatten ihr Gesicht gestreift und sie konnte den angenehmen Geruch frischen Grases riechen, vermischt mit einem Duft, der sie an Sayuris Garten erinnerte. Was auch nicht weiter verwunderlich war, schließlich lebte er in einem Paradies hinter den Palastmauern.

In seinem Palast fehlte es ihm an nichts, dort war er sicher und konnte ein sorgloses Leben führen. Warum also war er in die Stadt gekommen? Noch dazu ohne Uniform, verkleidet, tropfnass, das Gesicht hinter dem breiten Schal verborgen?

Was auch immer sein Ziel war, hier hatte er es bestimmt nicht erreicht. Ihr Blick glitt wieder auf ihre Hände hinab, die sie unbewusst zu Fäusten geballt hatte.

Ich habe mich mit Miros Erben geprügelt, schoss es ihr durch den Kopf. Das glaubt mir Thar nie!

Sie sah zu Sayuri hinüber, die ein Tuch hervorgeholt hatte, in das sie die Tonscherben bettete, um sie dann sorgsam zu verpacken.

»Was machst du da?«, wollte Marje neugierig wissen.

Sayuri lächelte leicht, während sie das Tuch um die Scherben schlug und sie schließlich wie einen wertvollen Schatz in die Schublade ihrer Theke legte.

Gerade, als Marje eine weitere Frage stellen wollte, blitzte etwas am Rand ihres Blickfeldes auf und gleich darauf schwirrte Shio aufgeregt in rotem und gelbem Licht flackernd zur Theke.

Marje fing ihn aus der Luft ab und nahm ihn vorsichtig in ihre Hände, während Sayuri eilig eine Kerze anzündete, um es dem Irrlicht angenehm gemütlich zu machen.

Erleichtert ließ Shio sich in das Licht der Kerze sinken und verdoppelte dessen Leuchtkraft, während sein Licht mit dem der Flamme für das menschliche Auge verschmolz. Es sollte Wesen geben, die ein Irrlicht in einer natürlichen Lichtquelle erkennen konnten, aber den Menschen war das nicht vergönnt. Marje und Sayuri konnten ihn nur erkennen, wenn er eine andere Farbe als das Kerzenlicht annahm oder vor ihren Augen in die Flamme flog.

»Hast du Milan gefunden?«, fragte Marje sofort. Shio war seit Stunden unterwegs, immer auf der Suche nach ihm oder einer Nachricht.

Das Kerzenlicht pulsierte in einem ruhigen Rhythmus und gewann an Kraft, sodass Marje und Sayuri nicht mehr direkt hineinsehen konnten, sondern den Blick auf die Tischplatte richteten.

»Shio!«, mahnte Marje. Es war eine denkbar ungünstige Zeit, Informationen zu horten.

Mit einem Sirren schwirrte Shio zu ihr auf die Schulter und umkreiste ihren Kopf, während er so schnell erzählte, dass Marje kaum folgen konnte. Ihre Augen weiteten sich erst vor Staunen, dann vor Entsetzen. »Nein«, murmelte sie leise und starrte in das Kerzenlicht auf dem Tisch.

Es klang gleichzeitig unglaublich und war doch so wahrscheinlich. Plötzlich musste sie an Ruans Abschiedsworte denken. Bereits damals hätte sie verstehen sollen, dass Ruan nicht nur für sich gesprochen hatte, sondern dass auch Milan bereit war, zu viel zu riskieren, zu viel zu opfern.

Sie wandte sich zu Sayuri, die sie stumm anstarrte. Ihre Gesichtsfarbe war kaum mehr von der ihrer Haare zu unterscheiden.

»Ich gehe ihn suchen«, versprach Marje ihrer Freundin und ihre Stimme klang mit einem Mal so hart, dass sie selbst darüber erschrak. »Und, bei Turu, ich werde ihn finden.«

7. Kapitel

Das Wasser schwappte ans Ufer und leckte an Kiyoshis Schuhen, sodass sich das helle Leder dunkel färbte. Stumm stand er da und sah auf die spiegelblanke Oberfläche des Flusses hinab. Tshanils letzte Strahlen reflektierten auf dem Wasser und ließen ihn blinzeln.

Unruhig sah er zur Brücke auf, die nur wenige Schritte neben ihm über den schmalen Fluss auf die Insel führte. In den Regierungsgebäuden wurden gerade die Kerzen entzündet und erhellten die prächtigen Säle und Flure mit ihren unruhigen Lichtern.

Kiyoshi war noch immer unschlüssig und er hasste sich dafür.

Nach dem Zwischenfall in der alten Stadt war er unerkannt bis zum Schrein vorgedrungen. Er befand sich auf dem Platz des Turu in einem kreisrunden Tempel aus weißem Marmor. Im Gegensatz zu den Gebäuden des Palastes schmückten weder Fahnen noch prächtige Brunnen den Platz und der Tempel selbst war ein schlichter, schmuckloser Bau. An diesem Ort sollten alle Gedanken auf die Götter gelenkt sein.

Die Tempeldiener hatten bei Kiyoshis Anblick trotz seiner immer noch nassen Kleider kein Misstrauen geschöpft – sie waren viel zu ehrfürchtig gewesen, weil der Neffe des Kaisers den Schrein aufsuchte.

Er hatte die Diener nach draußen geschickt – angeblich, um im Inneren des kreisrunden Tempels am Schrein des Turu zu beten. Doch in Wirklichkeit hatte er das Buch der Prophezeiungen aufgeschlagen.

Und er hatte recht behalten. Sosehr er auch suchte, er fand einfach nichts. Kein einziges Wort stand darüber geschrieben, dass die Kinder, die vor sechzehn Jahren geboren worden waren, der Quelle die Kraft rauben würden. Es gab keine Prophezeiung der Sterndeuter!

Kiyoshi hatte den Beweis, dass Miro gelogen hatte, in den Händen gehalten. Aber er hatte auch keinen Hinweis auf einen einzelnen Sechzehnjährigen gefunden, der Unglück über den Kaiser bringen würde. Das Buch der Prophezeiungen hatte nichts von den Geheimnissen, die Miro und der Kaiser haben mochten, preisgegeben.

Ratlos hatte sich Kioyshi auf den Weg zurück zum Palast gemacht. Den ganzen Tag über hatte er mit sich gerungen und war doch zu keiner Entscheidung gelangt. Ein wenig hilflos fühlte er sich, während er immer wieder überlegte, ob er Miro wirklich mit seinem Wissen konfrontieren sollte.

Was hatte er schon zu verlieren?

Viel. Sehr viel. Das musste er sich selbst eingestehen.

Miros Schutz. Miros Wohlwollen. Und vor allem: Miros Vertrauen.

Wer war er überhaupt, seinen Onkel der Lüge zu bezichtigen? Würde er wirklich etwas erreichen, wenn er den Kaiserbruder, den Regenten der Stadt, auf diese Art und Weise zur Rede stellte?

Mit ein paar Sätzen kletterte Kiyoshi die Böschung hinauf. Zwei steinerne Wiljare, die am Fuße der Brücke auf beiden

Seiten Wache hielten, blickten ihm aus leeren Augen entgegen.

Alles Grübeln würde ihn nicht weiterbringen. Er musste endlich etwas tun! Mit energischen Schritten lief er über den sandgestreuten Weg, den Blumenbeete säumten. Wenig später öffnete sich die breite Auffahrt zu den Regierungsgebäuden vor ihm. Sie waren auf einer der größten Inseln des Palastes gebaut und viel prächtiger als die Wohngebäude. Lampions, die zur Dämmerung angezündet wurden, säumten die breiten Stufen und die Insignien des Kaisers schmückten die Marmorsäulen und reich verzierten Geländer.

Kiyoshi nickte den Wachposten zu und ließ sich bei seinem Onkel melden.

Bald darauf winkte ihn ein Diener hinein. Sie durchquerten breite Flure. Hier war der Trinidorboden mit dicken Stoffen belegt. Uralte Wandgemälde zeigten längst vergangene Ansichten der Stadt und immer wieder Kaiser, die Ahnen seiner Familie.

Wenig später bedeutete der Diener ihm, dass sein Onkel ihn erwarte. Die Tür aus Malouholz, die zu Miros Arbeitszimmer führte, war nur angelehnt.

Mit gesenktem Kopf trat Kiyoshi ein und sank auf die Knie, um sich vor dem Bruder des Kaisers zu verneigen, wie es die Etikette verlangte.

Miro saß an seinem Schreibtisch. Er hatte im Schreiben innegehalten, legte den Kopf nun leicht schräg und rückte den Stuhl ein Stück zurück, um die Beine übereinanderzuschlagen, während er ihm bedeutete aufzustehen.

Kiyoshi gehorchte automatisch. Diese Art von Begrüßungsritualen gegenüber älteren und höherrangigen Personen lernte jedes Kind bereits in jungen Jahren.

»Was führt dich zu mir?«, erkundigte sich Miro mit einem Lächeln, das seine Augen nicht erreichte, sondern vielmehr einer halb fertigen Maske glich.

»Ich muss mit dir reden, Onkel«, begann er vorsichtig.

Miro seufzte schwer. »Natürlich«, stimmte er zu. Fast wirkte er, als wüsste er bereits, worum es ging. Sorgsam wischte er die Feder sauber und legte sie in eine kostbar verzierte Schatulle. Den Brief beschwerte er mit einem Stein, den das Flusswasser rund gewaschen hatte, dann erhob er sich aus seinem Stuhl und streckte den Rücken durch. »Ich werde alt«, stellte er bedrückt fest. »Lass uns einen Spaziergang machen. Frischer Wind vertreibt Sorgen und bringt neue Ideen.«

Kiyoshi wartete, bis Miro seinen Umhang übergezogen hatte. Dann folgte er ihm durch die Säulen des Raums bis hinüber zu der breiten Fensterfront, von der aus eine Tür in die hinteren Gärten führte.

Mit einem Laut der Erleichterung trat Miro ins Licht der aufgehenden Monde und sog tief die Nachtluft ein. »Worüber möchtest du reden, Kiyoshi? Geht es um den Vorfall neulich nachts?«, fragte Miro und deutete auf Kiyoshis Hüfte.

Einen Augenblick brauchte Kiyoshi, bevor er verstand, dass die Wunde gemeint war.

»Es tut mir leid, dass wir den Angreifer noch nicht gefasst haben«, sagte Miro. »Deine Beschreibung passt wahrscheinlich auf einige Dutzend Menschen dort draußen und keiner unserer Spione in der Stadt hat bisher davon gehört, dass irgendjemand mit dem Angriff auf meinen Erben geprahlt hätte. Die neue Situation in der Stadt bringt einiges durcheinander und lässt Altes schnell in Vergessenheit geraten.«

Kiyoshi nickte. »Das ist mir sehr wohl bewusst«, sagte er. »Aber eigentlich bin ich aus einem anderen Grund zu dir gekommen.«

Überrascht drehte sich Miro zu ihm um. Sie hatten die großen Gebäude hinter sich gelassen und einen schmalen Pfad in den Palastgarten eingeschlagen, der zu einer bewaldeten Insel führte. Im Halbschatten konnte Kiyoshi Miros Reaktion schlecht abschätzen. Noch wirkte er lediglich neugierig.

»In Wahrheit geht es doch gar nicht um alle Sechzehnjährigen!«, sprudelte es aus ihm heraus. »Die Prophezeiung war nur ein Vorwand! In Wirklichkeit sucht ihr nur einen von ihnen, oder?«

Miro blieb abrupt stehen.

Kiyoshi hielt den Atem an.

»Woher hast du diese Information?«, wollte Miro wissen. Seine Stimme war leise, klang fast resigniert, aber Kiyoshi konnte seine Augen nicht sehen, und das ließ ihn zögern. Zu gut kannte er die plötzlichen Anfälle von Jähzorn bei seinem Onkel.

Kurz überlegte er. Er hatte nicht vor, seinen heimlichen Ausflug zum Schrein ins Spiel zu bringen, wenn er nicht dazu gezwungen war. »Ist das wichtig, wenn es denn der Wahrheit entspricht?«, fragte er zurück.

»Vermutlich nicht.« Miro schüttelte den Kopf. »Aber du darfst nicht alles glauben, was du hörst. Manche Menschen fantasieren sich etwas zusammen, erzählen es weiter und bringen Gerüchte in die Welt, die nichts mit der Wahrheit gemein haben.«

»Und? Ist es ein Gerücht?«, fragte Kiyoshi.

Miro seufzte schwer.

Kiyoshi ballte unwillkürlich die Fäuste. Wenn sein Onkel jetzt log ...

»Nein, es ist wahr, zumindest zum Teil.« Miro sagte es ganz ruhig, so, als wäre er nicht gerade dabei, eine Ungeheuerlichkeit zuzugeben. »Es geht in der Tat nur um einen Sechzehnjährigen. Er ist es, der den Kaiser schwächt. Seine Kräfte werden immer stärker und nehmen dabei dem Kaiser alle Macht. Deswegen sinkt der Wasserstand. Und deswegen müssen wir etwas unternehmen.« Er strich sich über die Wangen, die die Spuren eines Bartschattens zeigten. »Aber wie sollten wir nach ihm suchen, wenn wir nichts über ihn wissen?« Miro hob die Hände. »Und es gibt noch ein weiteres Problem. Uns bleibt kaum mehr Zeit. Wenn der Kaiser stirbt, versiegt die Quelle.«

Kiyoshi schluckte. Die Folgen dessen wollte er sich nicht ausmalen. »Warum hast du mir das nicht schon früher gesagt?«, fragte er bedrückt. Seine Wut auf Miro war verflogen. Plötzlich schämte er sich, dass er dem Kaiserbruder Bösartigkeit unterstellt und ihm hinterherspioniert hatte. Er hätte ihn schon viel früher danach fragen sollen. Es gab immer eine gute Erklärung für Miros Entscheidungen.

»Warum dann aber erst die Lüge?« Trotz allem konnte er

sich die Frage nicht verkneifen. Warum gab Miro das alles so offen zu, wenn er es doch vor einigen Tagen vor ihm verheimlicht hatte?

»Ja, warum nur?«, murmelte Miro leise und ging einige Schritte in den Wald hinein. »Es ist nicht lange her, da warst du noch ein Kind«, begann er. »Es klingt so grausam, Unschuldige zu opfern, nur um einen Menschen zu finden, der die ganze Stadt bedroht. Nur ist es der einzige Weg, der uns noch bleibt. Ich glaube, ich hatte einfach Angst davor, dass du es nicht verstehst…«

Kiyoshi nickte langsam und sah zu Lauryn auf. Der schwarze Riss im Angesicht des Mondes zog seinen Blick magisch an. *Als würde unsere Welt auseinanderbrechen.*

»Warum?«, fragte er leise.

Miro blinzelte irritiert.

Kiyoshi strich sich die Haare aus der Stirn. Unruhig sah er zu Miro auf. »Ich meine, wie kann das sein? Der Kaiser ist unsterblich, seine Macht unendlich. Wie kann ein normaler Mensch ihm diese Kräfte nehmen? Und warum ausgerechnet *dieser* Mensch?«

Miro seufzte schwer. »Wir durchschauen die Sterne und ihre Botschaften nie. Wir können nur versuchen, sie zu verstehen und das zu tun, wozu sie uns raten. Das Schicksal eines jeden ist unergründlich…«

»…aber die Welt immer logisch«, murmelte Kiyoshi leise. Das war einer der Leitsätze, an den er sich immer geklammert hatte. Nichts geschah umsonst, alles im Leben hatte einen Sinn, auch wenn er oft nicht auf den ersten Blick zu erkennen war. Miros Worte ergaben keinen Sinn, es war, als fehlte ein Puzzleteil, um das Bild zu vervollständigen. Aber vielleicht war es das Teil, das man nur im Nachhinein erkennen konnte oder das immer halb verborgen blieb und doch richtig war, ins Bild passte und seine Aufgabe erfüllte.

»Ich glaube, du solltest dir Zeit geben, das zu verstehen«, sagte Miro sanft. »Du bist noch viel zu jung, um mit derartigen Dingen konfrontiert zu werden. Dass du das so früh lernen musst, tut mir leid.«

Kiyoshi nickte gedankenverloren. »Wie viel Zeit bleibt noch?«, fragte er und versuchte, sich seine Frustration nicht anmerken zu lassen. Er hatte nicht das Gefühl, der Wahrheit näher gekommen zu sein.

»Einige Tage. Vielleicht mehr, vielleicht weniger.« Miro klang genauso hilflos, wie Kiyoshi sich fühlte. »Morgen wird die Suche noch einmal verschärft.«

Mit einem Nicken wandte Kiyoshi sich um. »Dann wirst du alle Soldaten brauchen?«, fragte er.

Miro hob abwehrend die Hände. »Du bist verwundet«, entschied er.

Kiyoshi verdrehte die Augen. »Der Kratzer ist doch längst verheilt.«

Miro lachte. Kiyoshi war erleichtert, wie glimpflich die Unterhaltung verlaufen war. Er hatte sich vorgestellt, dass sein Onkel toben und schreien würde. Stattdessen hatte er Kiyoshi nicht länger wie ein Kind, sondern wie einen erwachsenen Mann behandelt. Dennoch fühlte er sich nicht wirklich gleichberechtigt. Miro entschied noch immer, was er wissen durfte, das war ihm nur zu klar.

»Kiyoshi, ich möchte dich nicht auf den Straßen wissen«, sagte Miro jetzt. »Haben wir uns verstanden?«

Ergeben nickte er. »Wie des Kaisers Bruder mir befiehlt«, sagte er und grinste.

Miro hob drohend die Hand zu einem angedeuteten Schlag. »Willst du etwa die Kaiserfamilie beleidigen?«

Kiyoshi duckte sich spielerisch. »Würde ich doch nie, als Mitglied der kaiserlichen Familie…!«

Wieder lachte Miro auf. Er klang befreit, beinahe erleichtert, aber das Lachen verebbte schnell und wich einem ernsten Gesichtsausdruck. »Das ist gut. Ich müsste mir sonst ernsthaft Sorgen machen und die Zeit ist – bei Turu – sorgenvoll genug. Es beruhigt mich, dich in Sicherheit zu wissen. Das Volk ist seinem Kaiser dieser Tage nicht wohlgesonnen.«

»Ist mir auch schon aufgefallen«, murmelte Kiyoshi und konnte nicht umhin, grüne, vor Zorn funkelnde Augen vor sich in der Dunkelheit aufblitzen zu sehen.

Herrje, war er eigentlich besessen von diesem Mädchen, dass er in allen möglichen und unmöglichen Situationen an sie denken musste?

Entschieden schüttelte er den Kopf. »Es tut mir leid, dass ich dich gestört habe. Ich weiß, dass du nichts unversucht gelassen hast, den Schaden zu begrenzen.«

Miro lächelte kummervoll. »Ich kann dich nur zu gut verstehen und ich bin stolz, dass du mich zur Rede gestellt hast. Ich wäre bitter enttäuscht, hättest du nicht versucht, die Wahrheit zu erfahren. Du darfst nie einfach glauben, was man dir erzählt. Du musst immer alles hinterfragen.

Aber jetzt haben wir lange genug gesprochen. Es müssen viele Briefe geschrieben werden und noch tut die Feder das nicht von allein.«

Kiyoshi deutete eine leichte Verneigung an. »Gute Nacht, Onkel.«

Miro nickte lächelnd. »Das wünsche ich dir ebenfalls«, sagte er und ging zu der schmalen Steinbrücke, die zurück zu den Regierungsgebäuden führte.

Kiyoshi wandte sich in die entgegengesetzte Richtung. Von hier war es nicht weit bis zu seinen Gemächern, die in einem bescheideneren Palastteil lagen, und so machte er sich auf den Weg zu einigen Trittsteinen, die ihn trocken über das Wasser auf die nächste Insel führten.

Während er sich vom Mondlicht durchs Halbdunkel der Nacht führen ließ, fragte er sich noch einmal, wie er so an seinem Onkel hatte zweifeln können. Er hatte sich viel zu sehr von der Suche nach den Sechzehnjährigen beeindrucken lassen. Und von diesem Taller-Mädchen.

Er sprang gerade über einen kleinen Nebenarm des Flusses, nicht weit von seinem Schlafgebäude, als ein zorniger Ruf die Nacht zerriss. Abrupt hielt er inne. Sein Blick raste über die Inseln, doch er konnte nichts erkennen. Doch da – in den Gärten, die sich den Regierungszimmern anschlossen, regte sich etwas.

Die Tür zur hinteren Veranda stand noch immer offen. Im Schein der dort brennenden Lampions waren schwarze Gestalten zu erkennen. Und jetzt klang eindeutig das Klirren aufeinanderprallender Waffen an sein Ohr.

Kiyoshis Herz machte einen Satz. Sein Blick raste zu den Soldaten am Eingang, die sich bereits aufmachten, um ihrem Regenten zu Hilfe zu eilen, aber sie waren mit Sicherheit weiter entfernt als er und lange würde Miro sich nicht gegen die Angreifer, die in der Überzahl waren, verteidigen können.

Mit zwei großen Sprüngen war Kiyoshi am anderen Ufer und lief auf die Kämpfenden zu.

In Marjes Kopf fuhren die Gedanken Karussell. Immer wieder wiederholte sie dieselben Sätze. *Er ist fort!* Mit Milan waren auch Ruan und einige seiner Freunde verschwunden. Jeden, den Marje im Ostviertel getroffen hatte, hatte sie nach ihnen gefragt. Als sie dann auf ein Mädchen gestoßen war, das Genaueres über die Pläne der jungen Rebellen wusste, war ihr eiskalt geworden.

Keuchend rannte sie nun die breite Hauptstraße am Ufer des Shanus nahe Sayuris Laden entlang. Einen Augenblick lang zögerte sie, aber Tshanil war schon fast hinter dem Horizont verschwunden. In kürzester Zeit würde die alte Stadt in der Dunkelheit der Nacht liegen. Sie durfte keine Zeit verlieren. Shio war bei Sayuri und würde auf sie aufpassen – und schließlich war Sayuri auch nicht auf den Kopf gefallen.

Zwar hatte sie Milan das Versprechen gegeben, auf ihre gemeinsame Freundin aufzupassen. Aber das hatte er nur von ihr verlangt, um sie abzulenken und zu beschäftigen. »Während du dich selbst umbringst, soll ich mich hübsch heraushalten«, murmelte sie mit zusammengebissenen Zähnen.

Als das Palasttor in ihr Blickfeld kam, verlangsamte sie ihre Schritte, doch die Wachen vor den Toren schenkten ihr keinen Blick. Mit gesenktem Kopf ging sie die Straße entlang, bis sie auf die letzte Querstraße vor dem Tor stieß. Von hier aus konnte man zur einzigen Stelle gelangen, die einen Zugang zum Palast zuließ, ohne dass die Wächter den Eindringling sofort im Blick hatten.

Was nicht hieß, dass die Stelle nicht bewacht wurde.

Über eine Brücke gelangte sie an das Flussufer, das an den Palast grenzte. Unsicher sah Marje zu den hohen, herrschaftlichen Häusern der Straße auf. Sie konnte sich nicht entscheiden, bei welchem Haus sie versuchen sollte, in den Hinterhof und von dort auf die Palastmauer zu kommen. In einem Garten schräg vor ihr sah sie im Licht einiger bunter Lampions eine Familie beim Essen.

Fahrig strich sie sich durch die Haare. Keine gute Idee. Das Ganze konnte doch nur schiefgehen. Sie verstand nicht, wie Milan mit dieser Aktion der Bevölkerung helfen wollte. Im Palast gab es so viele Wachen und Soldaten, dass es an ein Wunder grenzte, wenn er dort lebend herauskäme!

Entschlossen zog Marje die Kapuze tiefer ins Gesicht. Sie musste ihn einfach davon abhalten. Wenn es dafür nicht ohnehin schon zu spät war...

Ohne weiter zu überlegen, ging sie zur nächsten Pforte und spähte in den Garten. Er war dunkel. Das Licht der Lampions, die zur Straße hin angebracht waren, wurde von den hohen Sträuchern, die Sichtschutz bieten sollten, geschluckt. Lautlos kletterte Marje über das Tor und wartete geduckt, ob sie entdeckt worden war, aber alles blieb still.

Sie hielt sich, so gut es ging, im toten Winkel der Fenster und schlich sich am Herrenhaus vorbei in den Garten dahinter.

Zu ihrer großen Enttäuschung gab es weder hohe Sträucher noch Bäume, mittels deren Hilfe sie über die Mauer hätte klettern können. Marjes Blick schweifte in die benachbarten Gärten. Sie wagte sich nicht auf die freie Rasenfläche, die bereits im Licht der beiden Monde lag. Die Sonne verabschiedete sich gerade mit ihren letzten Strahlen vom Tag, aber der Abend war noch zu jung und der Tag noch nicht alt genug, als dass die Hausbewohner schon schlafen würden.

Im Nachbargarten erspähte sie einen Baum. Er war nicht sehr groß, aber seine knorrigen Äste reichten bis an die Mauer heran. Mit ein wenig Mut und viel Glück konnte sie es von dort in den Palastgarten schaffen.

In Gedanken verfluchte sie Milans waghalsigen Plan. Selbst wenn er es schaffen sollte, an Miro heranzukommen und ihn sogar zu töten – er selbst würde gefasst werden und sein Leben dafür lassen müssen, genauso wie Ruan und die Freunde, die sie begleiteten. Tränen stiegen ihr in die Augen und nahmen ihr für einen Moment die Sicht.

Doch gleich darauf wischte sie sich energisch übers Gesicht. Sie durfte jetzt nicht heulen! Noch war es vielleicht Zeit, Milan von seinem aberwitzigen Plan abzubringen.

Lautlos stieg sie über den Zaun in den Nachbargarten und hielt sich im Schutz der Schatten, während sie zur Mauer lief. Dort angekommen, zog sie sich vorsichtig am untersten Ast des Baumes in die Höhe, hielt sich an einer Astgabelung fest und fand mit einem Fuß auf der brüchigen Rinde Halt.

Ihr Mantel blieb an einem Ast hängen, umständlich musste sie den störrischen Stoff wieder befreien. Ihre Hände zitterten vor Ungeduld. Das dauerte zu lange! Sie hatte keine Zeit mehr!

Endlich konnte sie über die Palastmauer spähen. Die Wege hinter der Mauer, die über zahlreiche kleine Inseln und Stege führten, waren mit Fackeln hell beleuchtet.

Mist! Dort würde sie sofort entdeckt werden.

Sie spähte nach rechts und links, doch sie konnte keine Patrouillen ausmachen.

Sie hatte Ruan einmal erzählen hören, dass hier die einzige Stelle war, die keine festen Wachposten hatte, aber Soldaten patroullierten regelmäßig durch die Gärten, ähnlich wie in der Zinade. Wenn sie doch nur wüsste, wann die Männer hier vorbeikommen würden!

Stimmengemurmel wurde laut, dann hörte sie Schritte. Dort drüben – da näherten sich zwei Soldaten der Palastwache! Marje duckte sich instinktiv und zog den Kopf ein. Hatten die beiden sie gesehen? Die Soldaten hatten ihr Gespräch unterbrochen, was es schwer machte einzuschätzen, wann und ob sie schon heran waren.

Wurden die Stiefelschritte nun lauter oder leiser?

Verzweifelt lauschte sie in die Dunkelheit. Aber irgendwann erschien es Marje, als ob die Geräusche schwächer wurden.

Keinen Moment zu früh.

Denn in diesem Augenblick knirschte es unter Marjes Fuß und der Ast brach ab. Panisch umklammerte sie die Kante der Mauer und prallte schwungvoll dagegen. Für einen

Moment blieb ihr die Luft weg. Ihre Hände krallten sich an dem moosbewachsenen Stein fest. Vorsichtig versuchte sie sich in die Höhe zu ziehen, tastete mit einem Fuß in der Luft nach einem anderen Ast, um sich auf ihm abstützen zu können.

Da, ihr Fuß stieß gegen Holz, das nach einer kurzen Belastungsprobe einen ganz vertrauenerweckenden Eindruck machte. Sie verlagerte ihr Gewicht und beim zweiten Versuch gelang es ihr, auf die Mauer zu klettern. Einen Augenblick lang schöpfte sie Atem und strich sich die Haare aus der schweißnassen Stirn, auch auf die Gefahr hin, im Mondlicht auf der Mauer entdeckt zu werden.

Atemlos warf sie einen Blick in den Palastgarten unter ihr.

Sie würde sich alle Beine brechen, wenn sie dort hinuntersprang!

Fast hätte sie einen lauten Fluch ausgestoßen, aber dann riss sie sich zusammen. Sie war so weit gekommen. Jetzt aufzugeben, kam nicht infrage! Die Patrouille hatte eben erst diese Stelle passiert, die nächste folgte sicher nicht gleich auf dem Fuß – das würde Marje die Zeit geben, die sie brauchte.

Sie blickte auf die Äste des Baumes im Garten, aus dem sie gekommen war. Wenn sie einen der langen Zweige, die über die Mauer ragten, etwas weiter oben zu fassen bekäme, könnte sie sich daranhängen und die Höhe etwas verringern.

Wenn sich das Ding nicht als so morsch herausstellt wie der von eben, dachte sie.

Aber hatte sie eine Wahl? Sie sah sich noch einmal um,

schätzte die Entfernung ab und machte dann einen Hechtsprung.

Was dann folgte, geschah in einem Bruchteil von Sekunden, aber Marje erschien es wie eine Ewigkeit. Sie bekam den Zweig zu fassen, er schnellte durch ihr Gewicht nach unten und sie wurde empfindlich gegen die Palastmauer geschleudert. Sie fühlte, wie ihre Hose am rauen Stein aufgerissen wurde, und dann ließ sie einfach los und fiel und fiel – und einen Moment später stürzte sie auf etwas, das sich weich und schwammig anfühlte.

Für einen Moment blieb ihr die Luft weg. Erst dann begriff sie, dass der Moosteppich am Fuß der Mauer sie vermutlich vor Schlimmerem bewahrt hatte. Am liebsten hätte sie sich einfach in das feuchte grüne Bett gelegt, um auszuruhen, so sehr raste ihr Herz. Doch sie durfte sich keine Pause gönnen. Sie hatte keine Ahnung, wann die nächste Wachpatrouille vorbeikam!

Direkt vor ihr war ein kleines Wäldchen. Zwischen den Bäumen würde sie etwas Schutz vor dem Licht der Fackeln und Lampions finden! Sie rappelte sich hoch und sprintete los – wobei sie einen winzigen Wasserarm übersprang.

Endlich hatte sie die schützenden Bäume erreicht. Das Wäldchen war nicht viel mehr als eine winzige Ansammlung schlanker, hoher Bäume mit glatter Rinde, die sich eng aneinanderdrängten. Marje hatte noch nie solche Bäume gesehen. Ihre Blätter hatten die Form von Fächern, die winzig klein waren und zuhauf auf dem Boden lagen, obwohl keiner der Äste kahl war.

Es war unmöglich, das Wäldchen zu durchqueren, ohne bei jedem Schritt die Blätter zu berühren, sodass sie laut raschelten. Der Wind fuhr sanft in sie hinein und trug sie auf eine Wiese, die sich hinter einem schmalen Wassergraben an das Wäldchen anschloss. Marje spähte auf die menschenleere Fläche vor sich und war sich unsicher, ob sie sich ohne Deckung weiter vorwagen konnte. Aber immerhin hatte sie es in den Palastgarten geschafft! Sie entschied sich, ihr Glück zu versuchen. Irgendwie musste sie Milan finden.

Im Eilschritt überquerte sie die Wiese, bis sie auf einen Weg traf und sich nach kurzem Zögern entschied, ihm zu folgen. Er führte in ein zweites, kleineres Wäldchen auf einer anderen Insel. Eine schneeweiße Brücke mit wunderschön verzierten Pfeilern führte hinüber, aber Marje hatte keine Augen für die Schönheit. Ihr Herz hämmerte vor Sorge um Milan so laut, dass sie sicher war, jemand müsste es hören und auf sie aufmerksam werden.

Zu ihrer Rechten befanden sich drei größere Inseln – die Gebäude dort waren prächtiger und wirkten eindrucksvoller als der Rest. Eine Flagge wehte über dem mittleren Palast – sie zeigte das Wappentier des Kaisers – einen Wiljar. Wachen patrouillierten auf der Auffahrt, zwei von ihnen posierten am säulengeschmückten Eingang.

Marje zuckte zurück und wollte gerade in den schattigen Schutz der Bäume verschwinden, da erklang ein zorniger Schrei, der sie innehalten ließ. Dann trafen klirrend Waffen aufeinander und die lauten Rufe mehrerer Männer hallten durch die Nacht. Marje stand einen Augenblick lang wie erstarrt.

Und in dem Moment, als sie die Kämpfenden entdeckte, wurde ihr bewusst, dass sie zu spät gekommen war.

Sie waren nichts weiter als Schattenrisse in der von Lampions erhellten Szenerie, aber Marje erkannte sie dennoch. Die beiden dunkel verhüllten Gestalten, die jetzt gegen zwei Wachen kämpften, waren eindeutig Milan und Ruan.

Einer der Soldaten machte einen Ausfallschritt, sein Schwert zuckte vor und Ruan parierte, doch da rannte schon eine weitere Wache heran und traf ihn mit seinem Schwert in den Rücken.

Marjes Hand zuckte vor den Mund, um ihren Schrei zu ersticken. Was sollte sie nur tun? Sie hatte nicht mehr als das kleine Messer, das sie seit ihrem Angriff auf den Prinzen nicht mehr berührt hatte.

Egal, sie durfte nicht länger zögern.

Gerade wollte sie sich in Bewegung setzen, als sie Schritte hinter sich hörte. Im fahlen Licht der Monde sah sie eine dunkle Gestalt auf sich zukommen, und noch bevor sie wusste, wie sie reagieren sollte, erkannte sie schon die blaugrünen Augen.

Stumm starrte sie dem jungen Mann entgegen, der direkt ihren Albträumen entsprungen sein musste.

8. Kapitel

Shio sirrte um ihren Kopf und konnte vor lauter Aufregung kein klares Wort von sich geben. Beruhigend hob Sayuri die Hand. Sie hatte das Irrlicht hinter Marje hergeschickt, doch mit den ersten Strahlen der Sonne war er zurückgekehrt, ohne eine Spur von ihr gefunden zu haben.

Sayuri hatte die ganze Nacht auf ihn gewartet. Sie wusste, dass sie das Haus nicht verlassen durfte.

Längst hatte sich die Nachricht, dass die kaiserliche Anordnung nur ein Vorwand war, um die Taller aus der neuen Stadt zu vertreiben, als Fehlschluss herausgestellt. Denn in den letzten Tagen waren mehr und mehr Jugendliche aus der alten wie aus der neuen Stadt in die Verbannung geschickt worden. Einzig die einflussreichsten Liganer hatten ihre Kinder bislang der Hatz entziehen können.

Doch außer ihnen hielt ein jeder den Atem an, wenn in den frühen Morgenstunden die Soldaten und Söldner gegen die Haustüren hämmerten und Einlass begehrten.

Sayuri hatten sie bislang verschont. Die Nacht hatte sie mit hängenden Schultern hinter der Theke gesessen und Perlen nach ihrer Größe in verschiedene Schalen sortiert. Ihre Hände waren beschäftigt gewesen, aber ihre Gedanken kreisten Stunde um Stunde um Marje und Milan.

Als das kleine Irrlicht durch eine Ritze im Fensterladen wieder zu ihr in den Laden gekrochen war, war sie aufgesprungen und hatte schnell unter der Theke ein paar Kerzen hervorgezogen und sie entzündet. Dankbar war Shio in das

Licht geflogen. Doch sobald er ein wenig Kraft hatte, begann er, wie wild durch die Luft zu sirren und zu erzählen, ohne dass Sayuri ihm hätte folgen können. Sie hatte ihn aus der Luft abgefangen und zurück zur Kerze geschoben. Mit Gesten gab sie ihm zu verstehen, dass er langsamer erzählen solle.

Shio drehte unruhig einige Runden um die Kerze, dann begann er erneut mit seiner Geschichte. Sayuri lehnte sich zurück und lauschte seinen Worten. Nachdem er seine lange nächtliche Suche in allen Einzelheiten geschildert hatte, kam er endlich zum Ende und gab leise zu, dass er von Marje und Milan nichts gesehen hatte.

Sayuri schloss für einen Moment die Augen. Sie musste irgendetwas tun, um ihren Freunden zu helfen. Wenn sie doch wenigstens wüsste, wo sie waren!

Müde rieb sie sich den Schlaf aus den Augen und stand mit einem lautlosen Seufzer auf, um den Laden zu öffnen. Mit dem neuen Tag begann das geschäftige Treiben der Menschen auf der Straße und Sayuri wollte den Anschein der Normalität wahren. Die Fensterläden hielt sie jedoch geschlossen. Wenn in der Straße die Warnrufe erklangen, musste sie schnell alles verriegeln können. Auch bei den Nachbarn waren die meisten Fensterläden nun Tag und Nacht verschlossen.

Früher hatte ihre Mutter den Laden geführt. Damals waren die Tage immer laut und fröhlich gewesen, ständig waren Kunden gekommen und Freunde, die einfach ein wenig mit ihrer Mutter plaudern wollten. Doch mit dem Tod ihrer Mutter war es still geworden. Anfangs hatte es noch mehr

Leute gegeben, die vorbeikamen, um nach ihr zu sehen, ihr Mut zuzusprechen, aber auch das hatte bald ein Ende gefunden.

Sie war den Menschen unheimlich mit ihrer bleichen Haut und den schneeweißen Haaren. Marje, Thar und Shoan hatten versucht, ihr diese Gedanken auszureden, aber sie wusste, dass sie recht hatte. Sie sah es in den Augen ihrer Kunden. Die Menschen hatten Angst vor ihr und ihrem Wissen über Kräuter, Heiltränke und Gifte. Niemand ahnte, was in ihr vorging, denn mit niemandem konnte sie sich wirklich unterhalten. Ein wenig konnte sie das Verhalten der Menschen nachvollziehen.

Liebevoll ließ sie den Blick durch den Laden gleiten. Manche Dinge standen hier schon seit Jahren in den Regalen. Ihre Finger strichen über eine Zentaurenfigur, die so groß war wie ihr Unterarm lang. Ihre Mutter hatte sie mit besonderer Hingabe geputzt, weil der Staub auf dem schwarzen Holz sofort ins Auge fiel.

Es waren kraftraubende Wochen gewesen, als ihre Mutter erkrankt war. Am Anfang hatte es nach einem hartnäckigen Husten ausgesehen. Sie hatte sich alle möglichen Heiltränke gebraut und Salben gemischt, während sie nebenbei den Laden geführt hatte.

Dann war es schnell gegangen. Innerhalb weniger Stunden hatte sich der Zustand ihrer Mutter rapide verschlimmert, gerade, als Sayuri die Hoffnung hatte, sie sei über das Schlimmste hinweg. Noch in derselben Nacht hatte Turu sie zu sich gerufen. Mit ihrem letzten Atemzug war die Seele aus ihrem Körper gewichen und hatte sich von dem Haus, der Stadt, der Welt gelöst, um zu den Göttern zurückzukehren.

Die folgenden Wochen waren an Sayuri wie in einem Traum vorbeigezogen; sie fühlte sich wie gelähmt und war unfähig, ihrer Arbeit nachzugehen. Hätten Marje und Thar ihr in dieser Zeit nicht geholfen, hätte sie den Laden schließen müssen. Und jetzt war Marje beim Versuch, Milan von einer Dummheit abzuhalten, verschwunden.

Sayuri wusste nicht, was sie tun sollte. Sie machte sich große Sorgen um ihre Freundin, aber Milan hatte ihr eingeschärft, auf keinen Fall das Haus zu verlassen. Hinter ihren Schläfen hämmerte es. Sie fühlte sich wie gefesselt, war machtlos gegen die Gewalt auf den Straßen.

Hilflos sah sie zu Shio. In Gedanken fragte sie ihn, was sie machen sollten, aber auch das Irrlicht wusste keinen Rat. Nach der anstrengenden Nacht brauchte es Kraft und ruhte sich in den Kerzen aus.

Ein Ruf auf der Straße riss sie aus ihren Gedanken. »Sayuri! Marje!« Laute Schritte näherten sich dem Laden.

Sayuri wandte sich zur Tür und wollte hinaustreten, da prallte sie im Durchgang beinahe mit Thar zusammen. Seine Wangen waren vom Laufen gerötet. Keuchend stützte er sich am Türrahmen ab und versuchte, seinen Atem wieder unter Kontrolle zu bekommen.

»Sayuri«, wiederholte er zwischen zwei tiefen Atemzügen. »Wo ist Marje?«

Sayuri zwang sich, die Tränen aus den Augen zu blinzeln, und zuckte nur hilflos mit den Schultern.

»Ist sie mit Milan unterwegs? Weißt du, wo sie sind? Sayuri, verdammt!« Thar blickte unruhig auf die Straße. »Lass mich rein«, bat er dann und zog hinter ihnen die Tür zu.

Sofort war der Raum wieder in nächtliche Dunkelheit getaucht. Shio erhob sich aus den Kerzen, die nur wenig Licht spendeten, und flog zu ihnen.

Thar überfiel sie mit Fragen, aber Sayuri konnte nur den Kopf schütteln. Sie wusste nicht, wann Marje zurück sein wollte, noch wohin sie gegangen oder wo Milan war.

Thar ließ sich gegen die geschlossene Tür sinken. »Gestern sind mehrere Personen in den Palast eingedrungen. Es soll ein Attentat auf Miro gegeben haben.«

Sayuri hielt unwillkürlich die Luft an.

»Miro hat es überlebt«, fuhr Thar trocken fort. »Aber die Rebellen werden in einer halben Stunde hingerichtet.«

Sayuri riss die Augen auf. Ihr Mund formte ein Nein, aber kein Ton kam über ihre Lippen. Panisch schüttelte sie den Kopf und wich vor Thar zurück.

Thar schienen die gleichen Gedanken zu quälen. Er ließ den Kopf gegen die angezogenen Knie sinken. »Verflucht!«, murmelte er vor sich hin.

Sayuri schüttelte erneut den Kopf. Das durfte einfach nicht wahr sein. Bittend streckte sie ihm ihre rechte Hand entgegen.

Verständnislos sah Thar zu ihr auf. »Was willst du?«, fragte er.

Sayuri hielt ihm nochmals bittend die Hand hin.

Er ergriff sie und zog sich mit ihrer Hilfe auf die Beine.

Einen Augenblick lang überlegte Sayuri, dann nickte sie entschlossen und machte die Tür auf. Ohne Thars Hand loszulassen, trat sie auf die Straße hinaus. »Komm«, riefen ihre Augen, als sie Thar hinter sich herzog. Zielstrebig suchte sie sich ihren Weg durch die Straßen.

Nach ein paar Minuten verstand Thar, wohin ihr Weg sie führen würde. Widerstrebend blieb er stehen und hielt Sayuri fest. »Nein«, protestierte er. »Da geh ich nicht hin.«

Fragend sah Sayuri ihn an.

»Ich kann dabei nicht auch noch zusehen!«, wehrte er ab. »Ich kann doch nicht zusehen, wie man meine Freunde umbringen lässt!«

Sayuri wischte sich eine Träne aus dem Augenwinkel. Wie sollte sie Thar nur erklären, dass sie die Gewissheit brauchte? Dass sie erfahren musste, wen man wirklich gefasst hatte? Und wenn es Marje und Milan waren – dann wollte sie für sie da sein – ihnen zeigen, dass sie nicht alleine sterben mussten.

Thar schüttelte entschieden den Kopf. »Ohne mich«, sagte er und riss sich von Sayuri los.

Hilflos sah sie ihm nach. Sie konnte ihn nicht aufhalten, ihm nicht hinterherrufen. Dann gab sie sich einen Ruck und rannte weiter. Sie musste sich beeilen. Auf ihrem Weg musste sie ein Tor passieren. Ungeduldig drückte sie dem Soldaten die Münzen in die Hand. Der Mann zählte sie umständlich, bevor er sie hindurchließ.

Viele Menschen strömten zu dem großen Platz, der als Hinrichtungsstätte diente und der von den Bewohnern der Stadt »Der die Welt verschlingt« genannt wurde. Sayuri konnte den Namen nur zu gut verstehen. Hier war Shanu ein breiter Wasserstrom, der mit rasender Geschwindigkeit auf den Platz zuschoss. Wie ein gieriges Ungetüm riss er alles mit sich, was sich nicht von den wilden Fluten fernhielt. Zwei niedrige Brücken überspannten den Fluss. Jetzt tummelten sich dort wahre Menschenmassen, ebenso wie am Rande des Schlunds, wo der Shanu in die Tiefe hinabfiel, ohne jemals wieder ans Tageslicht zu treten. Das Erdreich, das dort den Fluss umgab, bestand aus verkrustetem Sand, der gleich den Zacken einer Krone ausgespült war. Auf den dadurch entstandenen Vorsprüngen wuchsen ein paar struppige Grasbüschel und eine Schlingpflanze rankte sich entlang des Wasserfalls in den Schlund hinab.

Mit einem Gefühl von Übelkeit drängte Sayuri sich an den Menschen vorbei in die erste Reihe. Endlich dort angekommen, wäre sie beinahe mit einem Soldaten zusammengestoßen, der die Menge in Schach hielt. Er und seine Kameraden hatten sich wie eine Wand vor den Schaulustigen aufgebaut, sodass er Sayuri alle Sicht nahm.

Hastig drehte sie sich um und tauchte wieder in die Menge ein. Sie musste in eines der Häuser, um von einem höher gelegenen Fenster aus besser sehen zu können. Nach wenigen Minuten fand sie, wonach sie gesucht hatte.

Es war ein verfallenes Gebäude mit Balkon, der nur ein Stockwerk über ihr lag. Es war der einzige Teil der alten Stadt, der nach dem Krieg nicht wieder aufgebaut worden war. Die anliegenden Häuser waren alle nicht bewohnt, die Menschen mieden den Platz in der Regel. Auf den Balkonen, an den zerbrochenen Fenstern und auf Mauerresten hatten sich bereits Leute versammelt, um das Spektakel von oben zu betrachten.

Sayuri kletterte über die spröden Steine, die der Wind aus dem Haus gerissen hatte, und nutzte jeden tieferen Riss und jedes Loch in der Wand als Kletterhilfe. Einmal rutschte sie ab, da der Stein, an dem sie sich festgehalten hatte, nicht mehr fest in der Mauer verankert war, dann fing sie sich wieder und zog sich schließlich zu dem halb eingestürzten Balkon hinauf.

Von hier oben konnte sie den gesamten Platz überblicken. Sayuri setzte sich auf den Rand des Balkons und blinzelte in die Tiefe. Um Tshanils helle Strahlen abzuschirmen, hob sie eine Hand über die Augen.

Von den Gefangenen war noch keiner zu sehen. Nur Soldaten, die die Menschen so weit zurückdrängten, dass eine kreisrunde Fläche vor dem Abgrund freiblieb. Auf einem niedrigen Podest standen Miro und sein zukünftiger Erbe. Da die rechtmäßigen Vertreter des Kaisers bereits anwesend waren, konnte die Hinrichtung jeden Moment beginnen.

Sayuri spannte unbewusst alle Muskeln an. Schon lange hatte es keine Hinrichtung mehr in der Stadt gegeben; die letzten waren am Ende des Krieges vollzogen worden.

Das Getuschel der Menschen unter ihr und auf den anderen Balkonen verstummte schlagartig, als ein Boot die Gefangenen brachte. Niemand sprach ein Wort, als die Verurteilten an Land und in den kleinen Kreis vor Miro und den Prinzen gestoßen wurden.

Einige aus den Zuschauerreihen begannen zu applaudieren. Sofort versuchten Soldaten, diese Menschen herauszuziehen, aber die Menge hielt zusammen und niemand konnte sehen, wer geklatscht hatte.

Sayuri versuchte, nicht auf die Unruhen zu achten. Noch hatte sie keine freie Sicht auf die Gefangenen.

Doch dann erkannte sie Ruan. Er stand zwischen zwei seiner Getreuen und einem Jungen, der aus dem Ostviertel kam. Noch vor wenigen Tagen waren sie bei der Versammlung in Sayuris Laden gewesen. Mühsam holte sie Luft. Es fühlte sich an, als würden sich ihre Lungen zusammenziehen.

Sie reckte den Hals, um einen Blick auf den Größten unter ihnen zu erhaschen. Obwohl er die anderen um fast einen ganzen Kopf überragte, konnte sie ihn nicht richtig erkennen, da zwei Soldaten ihr die Sicht versperrten. Dann drehte er sich um.

Es war ihr so vertraut. Das Lächeln auf seinem Gesicht, der stolze Ausdruck, als er seinen Blick über die Menge gleiten ließ ...

Schließlich fand Milans Blick den ihren. Sein Lächeln verblasste kaum merklich, als er stumm den Kopf schüttelte, und für einen Moment sah er aus, als wankte er. In seinem Gesicht spiegelten sich Trauer und Mutlosigkeit, doch dann straffte er sichtlich die Schultern, ehe er sich umdrehte.

Der Kloß in Sayuris Hals machte ihr das Atmen unmöglich. Ihr Blick raste hinüber zu den anderen Gefangenen. Insgesamt waren es sieben, die die Soldaten zur Hinrichtung hierhergebracht hatten, aber unter ihnen war kein Mädchen. Die Erleichterung, dass Marje nicht dabei war, wurde von dem bitteren Geschmack überdeckt, dass sie für ihre Freunde dort unten nichts tun konnte. Lautlos stieg ein Schluchzen in ihr auf. Als Miro zu sprechen anhob, riss sie sich mühsam vom Anblick der Gefangenen los. Sie konnte sich nicht auf die Worte konzentrieren, verstand kaum, was der Kaiserbruder dem Volk mitteilte, aber sie spürte deutlich, dass Miros Worte Unmut unter den Leuten hervorriefen.

Milan hatte sich vor dem Podest wie ein selbst ernannter König aufgebaut und die Menschen schauten zu ihm auf – mit Ausnahme der reichen Liganer, die sich dieses Schauspiel von einer Art Tribüne aus ansahen.

Auch wenn er nur ein Taller war, war Milan doch überall in der alten wie in der neuen Stadt bekannt. Und jeder wusste, dass Milan nicht nur für die Taller gehandelt hatte. Er hatte es für all die Sechzehnjährigen getan. Sein Name wurde in der versammelten Menge immer wieder geflüstert.

Ob ihm klar war, was sein Tod bedeutete? Milan hatte es geschafft, die Anführer mehrerer Viertel zu vereinen, anstatt sich in Machtkämpfe mit anderen Banden zu verstricken. Wenn er nicht mehr war, würden die Banden wieder in ihre alten Strukturen verfallen. Seine ganze Arbeit war umsonst gewesen, geopfert für ein schlecht geplantes Attentat, das auch noch gescheitert war.

Stumm starrte sie zu ihm hinunter und konnte nicht umhin, ihn für seine stolze Haltung zu bewundern. Auch Ruan, der neben ihm stand, lächelte, obwohl er ebenso gut wusste, dass sie gleich in den Schlund gestoßen werden würden.

»... letzten Worte?«

Die Menge war still geworden. Erwartungsvolle Blicke richteten sich auf Milan, aber es war Ruan, der das Wort ergriff. »Ich wurde angeklagt, weil ich ein Verbrechen am Volk begangen haben soll«, sagte er langsam. »Doch das einzige Verbrechen am Volk ist, dass ich meine Aufgabe nicht beenden konnte.«

Sayuri hielt die Luft an und die ganze Menge schien es ihr gleichzutun. Alle Augen richteten sich auf Miro, in banger Erwartung, was er erwidern würde. Doch auf dem Podest blieb es still und plötzlich hob einer in der Menge die Hände und begann zu klatschen. Erst war es nur ein Händepaar, dann folgte ein zweites, schließlich fielen immer mehr in den Applaus mit ein.

Ruan verneigte sich leicht vor den Menschen, dann trat er an den Abgrund und sah hinab, dorthin, wo das Wasser tosend in der Tiefe verschwand. Als er wieder zu den Menschen blickte, verstummten sie.

Sayuri hielt den Atem an, als sie die Wachen sah, die auf ihn zugingen.

»Aber wir wollen uns den Gesetzen nicht widersetzen, denn sie sind für das Volk gemacht.« Nach diesen Worten wandte er sich wieder um und tat den letzten Schritt ins Leere, bevor die Soldaten ihn stoßen konnten.

Sayuri starrte auf die Stelle, an der er eben noch gestanden hatte. Das Wasser hatte Ruan mit sich gerissen. Er war fort, einfach verschwunden.

Milan bedeutete den anderen, ihm zu folgen. Auch sie gingen zum Abgrund. Er trat an die Kante, dann drehte er seinen Kopf und sein Blick suchte Sayuris Augen. »Ist es das wert gewesen, fragen sich viele von euch?«, rief er laut, ohne den Blick von ihr zu nehmen.

»Ja, das ist es!«

Sein Blick wurde zu einer Frage, gleichzeitig zu einer Bitte und plötzlich wusste Sayuri, dass er Marje nicht mehr gesehen hatte.

Stumm nickte sie. Selbst wenn sie nicht wusste, wo Marje war, sie würde sie finden und für sie da sein. Sie gab ihm dieses letzte Versprechen, auch wenn Tränen über ihre Wangen liefen und ihr die Sicht nahmen.

Er drehte sich nicht um.

Er sprang rücklings in den Schlund.

Sayuri sah, wie er im Sturz noch etwas rief, aber sie konnte es nicht mehr verstehen. Sein Blick hing an ihr, die ganzen letzten Sekunden, die ihr wie eine Ewigkeit vorkamen.

Dann bäumte sich das Wasser um ihn herum auf und verschlang ihn.

9. Kapitel

Das Zwitschern eines Vogels weckte sie. Warm schien die Sonne auf ihr Gesicht und das Lager, auf dem sie geschlafen hatte, war so weich, dass sie darin einsank. Träge öffnete sie die Augen und blinzelte in Tshanils Licht. Sie fühlte sich noch immer müde, obwohl sie wie ein Stein geschlafen hatte.

Ihr Blick schweifte durch den schmalen Raum. Neben ihr erhob sich eine Wand aus dunklem Holz, die im Sonnenlicht golden schimmerte. Marjes Hand glitt über die warme Oberfläche. Sie hatte keine Ahnung, wo sie war.

Suchend glitt ihr Blick durch den Raum und schließlich aus dem Fenster. In leuchtenden Farben reckten sich Blüten der Sonne entgegen, grünes Gras schoss zwischen den Pflanzen in die Höhe und der Fensterrahmen war von Efeublättern umrankt.

Einen Augenblick lang noch starrte sie verständnislos aus dem Fenster, dann kehrte die Erinnerung an den Vortag zurück, ihre Suche nach Milan, dann die Gewissheit, dass er ein Attentat auf Miro geplant hatte.

Hastig sprang sie auf. Kiyoshi!

Er war es gewesen, der den Tumult genutzt hatte, um sie hierherzubringen, statt sie in den Kerker werfen zu lassen. Verwirrt strich sie sich durch die Haare und versuchte, sich an die wenigen Worte zu erinnern, die sie gewechselt hatten. Sie war aufgeregt und außer sich gewesen, als sie Milan nicht hatte helfen können. Sie hatte ihn angeschrien und versucht zu fliehen.

Noch immer konnte sie seinen Griff um ihr Handgelenk spüren, als er sie hierhergebracht hatte, in das kleine Häuschen abseits der größeren Palastinseln. Ohne auf ihre Worte zu achten, hatte er sie mit sich fortgezogen, weg von den Kämpfenden und den herbeiströmenden Soldaten, die in Patrouillen die Gärten durchkämmten.

Marje sah sich unsicher um. Ein Bett stand neben dem Lager, das er ihr auf dem Boden aus einigen Decken und Kissen bereitet hatte. Die Decke auf dem Bett wirkte unberührt. Auf dem schmalen Beistelltisch lag ein in kostbares Leder gebundenes Buch, das von einer Staubschicht bedeckt war, ebenso wie der gesamte Tisch und die Fensterbank.

Lautlos stand sie auf und ging zur Tür, die halb verborgen hinter einem großen Schrank in den Nebenraum führte. Wie eine Wilde hatte sie gestern daran gerüttelt, als Kiyoshi sie hier einfach eingesperrt hatte. Durch das vergitterte Fenster waren die Rufe der Soldaten gedrungen. Irgendwann hatte sie sich für einen Moment auf das Lager gelegt, um einen Plan zu fassen und sich selbst zu beruhigen. Und dort hatten sie irgendwann die Müdigkeit und Erschöpfung übermannt und sie war eingeschlafen.

Was hatte er nur mit ihr vor? Anstatt sie den Soldaten auszuliefern, sperrte er sie hier ein. Immer wenn sie ihm begegnete, handelte er entgegen allen Erwartungen. *Warum?*

Und was war mit Milan? Sie musste unbedingt herausbekommen, was passiert war.

Sie machte einen Schritt auf den Ausgang zu und bemerkte überrascht, dass die Tür nur angelehnt war. Wann war sie geöffnet worden? Und warum? War das etwa eine Falle?

Vorsichtig spähte sie durch den Spalt ins Nebenzimmer. Auf einem runden Tisch zwischen zwei hohen Fenstern stand ein Tablett mit einem Frühstück, das ihr das Wasser im Mund zusammenlaufen ließ und gleichzeitig ihren Magen daran erinnerte, dass sie gestern fast einen ganzen Tag lang nichts mehr gegessen hatte. Vorsichtig schob sie die Tür ein Stück weiter auf, um den Rest des Zimmers überblicken zu können. Doch die Tür knarrte verräterisch laut und mit einem Rascheln erhob sich eine Frau aus einem hohen Lehnstuhl, den sie jetzt erst sehen konnte.

Sie war groß, schlank und ihre Züge verrieten einstige Schönheit. Doch um ihren Mund lag ein verhärmter Ausdruck und Falten ließen ihr Gesicht älter erscheinen, als sie vermutlich war.

»Ausgeschlafen?«, fragte sie mit einem sanften Lächeln, das Marje alle Angst vergessen ließ. Hätte Kiyoshi sie ausliefern wollen, hätte er sie am Vortag den Soldaten überlassen, da war sie sich plötzlich sicher. Trotzdem zögerte sie, als sie in den Raum trat, und wieder glitt ihr Blick zu dem Saftkrug, dem aufgeschnittenen Brot und dem Honigglas. Ihr Magen knurrte.

»Greif nur zu«, lächelte die Frau.

Einen winzigen Augenblick wollte Marje dankend ablehnen, aber dann siegte der Hunger, und ohne die Frau aus den Augen zu lassen, ging sie zum Tisch und nahm sich eine Scheibe des hellen Brotes. Die Frau schenkte ihr gelben Saft in einen aufwendig verzierten Becher. »Woher kommst du?«, fragte sie.

Gierig biss Marje vom Brot ab und nahm einen hastigen

Schluck aus dem dargebotenen Becher. »Aus der neuen Stadt. Ich bin eine Tallerin«, antwortete sie wahrheitsgemäß. Was brachte es auch zu lügen? So oder so – ihr Schicksal war nicht länger in ihrer Hand.

Atemlos wartete sie auf eine Reaktion der Frau, die aber nur aus dem Fenster sah, während sie abwesend eine Locke um ihren Zeigefinger wickelte. »Neue Stadt«, widerholte sie schließlich nachdenklich.

Verwundert sah Marje, wie sie sich abwandte und zu ihrem Lehnstuhl zurückkehrte, um sich dort in eine weiche Decke zu kuscheln. Einige Strähnen rutschten aus dem Zopf, den sie im Nacken locker zusammengefasst hatte. »Wo ist Miro?«, fragte sie leise. Dann schüttelte sie den Kopf. »Pssst«, flüsterte sie verschwörerisch. »Wir werden schweigen, nicht wahr?«

Marje zuckte zusammen. Was redete die Frau da? War das alles nur ein abgekartetes Spiel, das der Prinz sich ausgedacht hatte, um seinen Spaß zu haben?

Die Frau zog die Beine an, schlang die Arme um die Knie, legte den Kopf darauf und begann, leicht vor und zurück zu schaukeln. »Wo ist Miro?«, wiederholte sie leise, fast flehend. Trotz der fast weißen Strähnen in ihrem Haar und der Falten im Gesicht sah sie plötzlich wie ein Kind aus, das seine Eltern verloren hat und nun nach ihnen fragte.

Marje schluckte. Plötzlich war ihr der Appetit wieder vergangen und der Saft, der ihr eben noch so unendlich süß erschienen war, schmeckte auf einmal bitter. »Warum fragst du?«, wollte sie wissen.

Die Frau schluckte, dann kullerten Tränen aus ihren Augen und rannen über die blassen Wangen. »Miro«, wimmerte sie.

Marje stand wie erstarrt. Noch immer hielt sie das Brot in der Hand. »Ist ja gut«, versuchte sie, die Frau zu beruhigen, die nun heftig zu schluchzen begann. Hilflos ging sie zu ihr und griff nach ihrer Hand, die viel zu blass und hager für eine Frau ihres Alters war. Marje hatte das Gefühl, jeden Knochen, jede Sehne und Ader spüren zu können.

»Miro«, wiederholte die Frau nur wimmernd. »Ich hab doch nichts gesagt.«

In dem Moment wurde die Tür aufgestoßen. Marje sprang zurück und schaute sich nach einem schützenden Versteck um.

»Ich bin es nur«, beruhigte Kiyoshi sie. Mit einem Blick auf die Frau stieß er einen Seufzer aus und stellte die schmale Kiste, die er getragen hatte, neben sie auf den Boden.

»Miro!«, rief die Frau aus, sprang auf und zog den Jungen in ihre Arme.

Überrascht beobachtete Marje den hochgewachsenen Prinzen, der teils genervt, teils aber auch ein wenig beschämt wirkte. Die Frau beruhigte sich nur langsam, während Kiyoshi sanft ihren Rücken streichelte und ihr leise zuredete.

Verstohlen musterte Marje Kiyoshis Gesicht. Wie Miro siehst du aber nicht gerade aus, stellte sie fest. Auch wenn er die gleichen dunklen Haare hatte und vielleicht auch ein ähnlich kantiges Gesicht.

»Ich hab dir etwas mitgebracht«, riss der Prinz Marje aus ihren Gedanken und deutete auf die Kiste.

Während er die Frau zu ihrem Stuhl brachte und sie in ihre Decke wickelte, warf Marje einen Blick in die Kiste.

»Gut geschlafen?«, fragte er sie, ohne zu ihr aufzusehen. Marje fiel auf, dass er ihren Blick mied.

»Gut geschlafen?«, echote sie und spürte, wie Wut in ihr hochkochte. »Wo ist Milan? Warum hältst du mich hier fest? Und was hast du überhaupt jetzt vor? Was ist das für ein krankes Spiel?«

»Ich halte dich nicht fest, du kannst gehen, wann immer du willst, wenn du den Wachen in die Arme laufen willst. Und ein Spiel ist das nicht. Wer ist Milan?« Fragend sah er sie an, müde und unendlich erschöpft, nicht, als hätte der Tag eben erst begonnen.

Marje ließ sich auf den Stuhl am Fenster sinken. Seine Worte nahmen ihrer Wut alle Kraft.

Er hatte sie gerettet, auch wenn sie seine Beweggründe dafür nicht kannte. Oder zumindest sah es aus, als hätte er sie gerettet.

»Was ist dadrin?«, fragte sie mit einem Kopfnicken auf die Kiste und räusperte sich, als sie bemerkte, wie heiser ihre Stimme klang.

Kiyoshi schob ihr die Kiste mit dem Fuß zu. »Tut mir leid«, sagte er nur und ging ein paar Schritte zurück, als wäre er sich nicht sicher, wie sie reagieren würde.

Marje blickte auf die Kiste hinab, unsicher, ob sie tatsächlich wissen wollte, was sie verbarg. Fast Hilfe suchend sah sie zu der Frau, die in ihrem Stuhl vor und zurück wippte, den Blick träumerisch in die Ferne gerichtet. »Was ist mit ihr?«, fragte Marje, unschlüssig, ob sie leise sprechen sollte, damit die Frau sie nicht hörte.

»Sie ist in ihren Träumen gefangen«, antwortete Kiyoshi. Der Unterton in seiner Stimme verriet Marje, dass sie besser nicht weiterfragen sollte.

Marje schluckte. Mit zitternden Händen sank sie vor der Kiste auf die Knie, öffnete die Scharniere und hob den Deckel vorsichtig an, klappte ihn nach hinten, bis ein Mechanismus ihn in der Senkrechten hielt. Auf dem dunklen Holzboden lag ein zusammengefaltetes Tuch. Darauf hatte jemand zwei Dolche, einige Armreife und einen Ring gebettet. Wie erstarrt blickte sie auf den Ring, unfähig, sich zu bewegen.

»Es tut mir leid«, widerholte Kiyoshi nur.

Marje spürte, wie Tränen über ihre Wangen liefen, aber in sich fühlte sie nur lähmende Leere. »Ist er … Sind sie tot?«, fragte sie tonlos. Vorsichtig streckte sie eine Hand nach dem Ring aus, hielt das kalte Metall zwischen ihren Fingern.

»Hat das ihm gehört? Hat das … Milan gehört?«, fragte Kiyoshi leise.

Marje schluchzte auf. Seine Antwort sagte ihr alles. Es war vorbei.

»Wie … wann …«, stammelte sie.

»Ich komme eben von dem Ort, der die Welt verschlingt«, sagte Kiyoshi zögernd.

Marje schloss die Augen. Sie wusste nur zu gut, was er damit sagen wollte. Die Attentäter waren hingerichtet worden. Wäre sie doch schneller gewesen!

»Kiyoshi!«, herrschte plötzlich die Frau den Prinzen laut an.

Marje drehte sich wie betäubt zu ihr um. Die Frau war aufgestanden, aber der wache Ausdruck in ihren Augen verschwand so rasch, wie er gekommen war. Verwirrt sah sie zwischen den beiden hin und her und hob die Schultern, als würde sie frieren. »Was ist denn los?«, fragte sie.

Kiyoshi versuchte sie anzulächeln, aber der Versuch scheiterte kläglich. »Schon gut«, erwiderte er bedrückt. »Ist alles gut.«

»Wo ist das Kind?«, fragte die Frau plötzlich. »Wo ist es?« Ihre Stimme war so plötzlich in Panik umgeschlagen, dass Marje völlig verwirrt war. »Ich will zu ihr! Ich habe es ihr versprochen.«

Kiyoshi hob besänftigend die Hände. »Es ist alles gut«, wiederholte er nur hilflos.

Marje sah wieder auf den Ring in ihren Fingern. *Nichts ist gut,* dachte sie und kämpfte gegen die Tränen an, die heiß in ihren Augen brannten.

Nichts würde jemals wieder gut werden.

Die Frau deutete mit ihrer Hand auf sie und wieder fragte sie scheinbar völlig zusammenhangslos: »Wer bist du?«

Kiyoshi strich sich die Haare aus dem Gesicht. »Das Mädchen darf hier sein«, sagte er.

Marje beobachtete, wie er sie wieder zu ihrem Stuhl brachte und ihr Saft eingoss. Sein Blick fiel auf den Ring in ihren Händen. »Hat er Milan gehört?«, fragte er ein weiteres Mal.

Stumm nickte Marje und umschloss den Ring in ihrer Faust. »Jetzt bin ich allein«, flüsterte sie leise.

Kiyoshi ließ sich neben sie auf den Boden sinken. Sein Blick streifte die Dolche, die in der Kiste lagen. Dann schloss er den Deckel mit einem leisen Klicken. »Du bist nicht allein«, entgegnete er leise. »Was ist mit dem Mädchen aus dem Laden?«

Marje schluckte. Sayuri! Ihre Freundin wusste nicht, wo sie war. Vermutlich hatte Sayuri schon längst von dem Attentat und der Hinrichtung gehört. Sie musste annehmen, dass auch sie tot war.

Marje griff nach dem Ring und steckte ihn sich an den Daumen. »Bring mich von hier fort«, sagte sie und starrte Kiyoshi an. »Bitte, du musst mich gehen lassen!«

Kiyoshi schüttelte entschieden den Kopf. »Noch nicht. Noch sind zu viele Soldaten in der Nähe.«

Marje sprang auf. »Kannst du nicht oder willst du es nicht?«, fauchte sie. Dann spürte sie, wie die Tränen kamen, langsam und unaufhaltsam. Verdammt, sie würde jetzt nicht weinen! Nicht vor ihm. »Sayuri weiß nicht, wo ich bin. Du musst mich zu ihr lassen.« Wütend funkelte sie ihn an.

»Sayuri?« Die Frau starrte in ihr Glas. »Kleine Lilie«, flüsterte sie gedankenverloren.

»Ja, Mutter, du hast recht. Sayuri bedeutet kleine Lilie«, sagte Kiyoshi geduldig.

Marjes Blick glitt zu ihm. *Mutter?*

»Ach, Silla«, flüsterte die Frau. »Es tut mir so leid. Dabei hatte ich es dir versprochen. Kleine weiße Lilie ...«

Kiyoshis Blick heftete sich auf seine Mutter. Auf sein Gesicht war ein verblüffter Ausdruck getreten. »Silla?«, fragte er. »Wer soll das denn sein?«

Doch der Blick der Frau war bereits wieder in die Ferne

geglitten. »Lilien. Sie sind so selten, nicht wahr?« Sie lächelte verträumt. »Silla wusste das auch.«

Kiyoshi seufzte. »Ja, Mutter«, sagte er.

Marje spürte, wie ihre Fassung schwand. Die Trauer um Milan schloss sich um sie wie eine Hülle. Plötzlich kam ihr alles andere unwirklich vor, diese verrückte Frau, die nur Unsinn daherredete, der Prinz, der unruhig auf und ab lief, dieser Raum, die Nacht des Attentats.

Alles, was sie wollte, war, von hier zu entkommen. Sie wollte nur noch nach Hause.

Nun konnte sie die Tränen nicht mehr unterdrücken. Ungehindert strömten sie über ihre Wangen und plötzlich war es ihr egal, dass er sah, wie sie weinte.

Die Schluchzer schüttelten sie, bis sie plötzlich eine Hand auf ihrer Schulter spürte, zaghaft, sanft, so leicht wie eine Feder.

»Hab keine Angst.«

Marje sah auf. Die Tränen verschleierten ihren Blick. Die Augen des Jungen waren auf sie gerichtet, mitleidig, fast zärtlich musterte er sie. Aber vielleicht bildete sie sich das auch nur ein.

»Ich verspreche es, niemand wird dir etwas tun.« Seine Stimme klang rau. »Ich bringe dich hier raus. Du kannst mir vertrauen.«

Dann beugte er sich zu ihr vor. Atemlos lauschte sie seinen Worten.

»Warum versteckst du sie?«

Kiyoshi wirbelte herum. Er hatte das Haus seiner Mutter

gerade verlassen und wollte über einige Steine im Wasser auf die nächste Insel springen, als die Stimme ihn innehalten ließ. Rajar!

Sein Freund trat direkt hinter ihm zwischen den Bäumen hervor. »Du brauchst es gar nicht zu leugnen! Sie gehört zu den Attentätern, oder?« Um seinen Mund lag ein Zug der Verbitterung.

Verdammt!

Er hatte mit Soldaten gerechnet, mit Palastwachen, vielleicht sogar Miros Beratern. Aber ausgerechnet Rajar? Wie war er ihm auf die Schliche gekommen? War sein Freund ihm etwa gefolgt, als er die Dolche und den Ring an sich genommen hatte?

Kiyoshis Gedanken rasten. Früher hatten sie keine Geheimnisse voreinander gehabt, früher hatte er Rajar bedingungslos vertraut. Aber er kannte die kaisertreue Einstellung seines Freundes. Selbst wenn er ihm die ganze Wahrheit sagen würde, nie im Leben würde er Kiyoshi verstehen. Rajar würde Marje ohne zu zögern festnehmen.

»Ich weiß nicht, wen du meinst!«, sagte er kühl.

»Ach ja?« Rajar zog die Augenbrauen zusammen. »Dann werde ich dir mal auf die Sprünge helfen.« Mit zwei Sätzen war er bei dem kleinen Haus und riss die Tür auf.

»Wo ist sie?«, brüllte er einen Moment später. Dann hörte man einen hohen Schrei und ein Kreischen, das fast wie von einem Tier klang. Nur wenig später kam Rajar wieder aus dem Haus getaumelt, ein blutiger Kratzer zog sich über seine Wange.

»Verrückte Hexe«, fauchte er. Kiyoshi musterte ihn mit

hochgezogenen Augenbrauen. »Wen meinst du?«, fragte er spöttisch. »Diese angebliche Attentäterin?«

»Das weißt du genau.« Rajars schönes dunkles Gesicht war eine Maske des Zorns. »Deine verrückte Mutter! Und du – du hast mich ausgetrickst. Wo ist sie hin?«

Kiyoshi zuckte mit den Schultern. »Ich hab keine Ahnung, von wem du sprichst«, sagte er müde. »Und nun lass mich durch. Miro erwartet mich.«

»Das passt ja gut«, wütete Rajar. »Dann kann ich gleich mitkommen und ihm davon berichten, dass sein Erbe eine Mörderin im Palast versteckt – bei seiner eigenen Mutter. Du verrätst deine eigene Familie, ist dir das eigentlich bewusst?«

Kiyoshi merkte, wie es in ihm brodelte, doch er ließ sich nichts anmerken. »Ich verrate niemanden«, widersprach er, so ruhig er konnte. »Vertrau mir einfach.«

»Ich soll dir vertrauen? Das hast du schon einmal gesagt. Erinnerst du dich? Und ich habe dich tatsächlich nicht verraten, als du in die Stadt geschlichen bist. Und das – das ist nun also dein Dank dafür? Ich dachte, wir wären Freunde!«

»Rajar, hör mir einen Moment zu!«, fauchte Kiyoshi. Mit seiner Beherrschung war es vorbei. »Ich bin dein Freund. Ich weiß, was ich tue. Und glaub mir, du ziehst die falschen Schlüsse.«

Für einen Moment schien Rajar verunsichert zu sein.

»Wenn du wirklich mein Freund wärst, würdest du mir die Wahrheit sagen.« Seine Stimme klang enttäuscht und in seinem Blick stand etwas, das Kiyoshi noch nie gesehen hatte. Verbitterung. Vielleicht sogar so etwas wie Neid.

»Ich sage die Wahrheit«, entgegnete Kiyoshi etwas ruhiger. Was zumindest nicht ganz gelogen war. »Aber es gibt Dinge, die ich nicht erzählen darf! Miro hat mich ins Vertrauen gezogen bei Angelegenheiten, die… Ich muss darüber schweigen.« Er verstummte. Lügen war ihm noch nie leichtgefallen. Und bei Rajar, der ihn so gut kannte, war es noch schwerer.

Aber hatte er eine andere Wahl? Kiyoshi konnte ihm nicht die wahren Beweggründe erklären, warum er Marje geholfen hatte. Er konnte es sich ja nicht einmal selbst erklären.

Rajar schüttelte nur stumm den Kopf, biss sich auf die Unterlippe und stapfte dann wortlos davon. Es war offensichtlich, dass er ihm nicht glaubte.

»Wo willst du hin?«, wollte Kiyoshi wissen, als er ihn bei den Ställen wieder einholte.

Rajar verschränkte die Arme vor der Brust, ohne stehen zu bleiben. »Zu Miro«, sagte er kühl. »Wir haben eine Mörderin im Palast.« Er lenkte seine Schritte auf die Ställe zu. »Aber vielleicht sollte ich auch schon jetzt die Wachen informieren.«

»Wer muss die Wachen informieren?«, fragte eine scharfe Stimme.

Miro! Der Bruder des Kaisers trat aus den Ställen. Offenbar war er gerade aus der Stadt gekommen. Miro hatte direkt im Anschluss an die Hinrichtung der Attentäter verkündet, dass man die Suche nach Sechzehnjährigen noch verschärfen würde. Sogar eine Belohnung war auf das Ausliefern eines Sechzehnjährigen ausgesetzt worden.

Jetzt baute sich der Regent vor ihnen auf und bedeutete

seinem Gefolge mit einer knappen Handbewegung, sie allein zu lassen.

Die beiden Jungen sanken automatisch in die Knie.

»Erhebt euch«, forderte Miro sie ungeduldig auf. »Rajar, sprich. Was hast du eben gemeint? Warum müssen die Wachen informiert werden?«

Rajar warf Kiyoshi einen zögernden Blick zu. Dann richtete er sich auf. Stolz stand er vor dem Kaiserbruder, die Uniform der Palastwache blitzte in der Sonne. »Eure Hoheit, Prinz Kiyoshi versteckt eine Rebellin im Haus seiner Mutter«, erklärte er beinahe triumphierend.

Kiyoshi erstarrte, als Miros Blick sich fragend auf ihn richtete, doch dann riss er sich zusammen. »Ich verstecke keine Rebellin und meiner Mutter geht es gut«, antwortete er gereizt.

»Was hat das zu bedeuten?«, fragte Miro und sein Blick wanderte zu Rajar zurück.

»Ich kann meine Worte beweisen«, sagte Rajar. »Er hat einer Rebellin geholfen. Bitte, Eure Hoheit, lasst überprüfen, ob die Dolche und der Ring der Attentäter fehlen!« Er richtete seinen Finger auf Kiyoshi. »Ihr findet sie im Haus seiner Mutter.«

Verdammt, Rajar hatte ihn tatsächlich beobachtet! Kiyoshi versuchte verzweifelt, sich sein Entsetzen nicht anmerken zu lassen. Aber was ihn noch viel schlimmer schmerzte, war der Verrat seines Freundes. Warum tat Rajar das? Er wusste, was mit Kiyoshi geschehen würde! Das hier war nicht etwa ein unerlaubter Ausflug in die Stadt. Hier ging es um das Attentat auf den Kaiserbruder!

Miro drehte sich Kiyoshi zu. Er musterte seinen Neffen, die Augen zu schmalen Schlitzen verengt.

»Geh, Rajar«, murmelte Miro dann. »Geh mir aus den Augen.«

»Aber Eure Hoheit…«, begann Rajar zu protestieren, doch Miro machte eine Geste, die keine Widerrede duldete.

Widerwillig setzte sich Rajar in Bewegung.

Kiyoshi spürte, wie seine Hände anfingen zu zittern, und er ballte sie zu Fäusten.

»Er hat recht mit dem, was er sagte.« Miro stellte keine Frage, es war eine Feststellung. »Ich gehe davon aus, das Mädchen ist entkommen?«

Kiyoshi nickte stumm.

In Miros Augen blitzte es gefährlich auf. Kiyoshi wusste, was nun folgen würde. Miro war als gnadenloser Herrscher bekannt und er würde keine Ausnahme machen, nicht einmal bei seinem Neffen.

»Du hast deine Pflicht missachtet«, sagte der Kaiserbruder. Jedes seiner Worte klang schwer wie Blei.

Kiyoshi hob seinen Blick und sah ihm direkt in die Augen.

Er hatte nicht vor, vor seinem Onkel auf die Knie zu fallen und um Gnade zu bitten. Wenigstens sollte er die Gründe kennen, warum er so gehandelt hatte, wer das Mädchen überhaupt war.

»Sie war nicht an dem Attentat beteiligt. Hätte sie wie die anderen hingerichtet werden sollen?«, fragte er, kühler als er beabsichtigt hatte.

In Miros Miene regte sich kein Muskel. »So, wie es angemessen ist«, antwortete er.

Kiyoshi schüttelte den Kopf. »Das ist nicht richtig«, widersprach er. »Wen wundert, dass es zu einer Tat wie heute Nacht gekommen ist? Hast du die Stimmung heute Morgen nicht gespürt? Das Volk versteht nicht, was wir tun. In ihren Augen bringen wir ihnen nur Leid und Unglück.« Er hielt Miros Blick stand. »Und das tun wir auch! Wir verurteilen Unschuldige – obwohl wir es besser wissen! Hast du dich nie gefragt, ob es wirklich richtig ist, wie du handelst?«

Miro schwieg. Er schwieg so lange, dass Kiyoshi schon glaubte, keine Antwort mehr zu erhalten. Was ging in seinem Onkel vor sich? Warum wurde er nicht wütend? Warum rief er nicht nach seinen Wachen?

»Ich habe mich das oft gefragt, Kiyoshi«, erwiderte sein Onkel schließlich. Seine Stimme klang nachdenklich. »Jeden Tag frage ich mich das.«

Kiyoshi starrte ihn verblüfft an. Er hatte alles erwartet, nur nicht diese Antwort. Stand wirklich Miro vor ihm, der unerbittliche Herrscher, der heute Morgen die Attentäter hatte hinrichten lassen, ohne ihnen Gelegenheit zu geben, sich vor einem Gericht zu verantworten?

Miro atmete tief ein und aus und sah zum Himmel auf. Noch nie hatte Kiyoshi seinen Onkel so verletzlich erlebt. »Weißt du, gestern Nacht habe ich dem Tod ins Auge geschaut«, sagte Miro jetzt. »Und da ist mir klar geworden, dass ich alles tun würde, wenn es einen anderen Weg gäbe, der uns ans Ziel brächte. Und, bei Turu, ich habe es versucht, doch meine Hoffnung ist enttäuscht worden.«

»Hast du?«, fragte Kiyoshi verwirrt nach.

Miro seufzte. »Ja. Das habe ich. Aber das ist eine lange

Geschichte, die nicht hierhergehört, zumal sie schlecht endet.«

»Bitte sag es mir.«

Miro schien einen Moment zu überlegen, doch dann hob er den Kopf. »Ich habe meine Hoffnung auf die Quelle des Wissens gesetzt«, sagte er.

Jetzt verstand Kiyoshi gar nichts mehr. Die Quelle des Wissens war eine der Legenden der Stadt – ein Mythos, mehr nicht. Warum brachte sein Onkel sie ausgerechnet jetzt ins Spiel?

»Es heißt, wer aus ihr schöpfte, könne alles erfahren, was er begehrt.«

»Aber die Quelle ist ein Märchen, das man Kindern erzählt!«

Miro wiegte seinen Kopf. »Das will uns die Geschichte glauben machen«, sagte er und zögerte, ehe er weitersprach. »Nun ist es sowieso zu spät«, murmelte er und ließ seinen Blick über den Palastgarten schweifen. »Es existiert eine Karte, Kiyoshi. Sie ist uralt – und ihre Existenz wurde von den Wiljar von alters her geheim gehalten. Bis die Lage... nun, bis die Lage zu bedrohlich wurde.«

Kiyoshi spürte, wie ein aufgeregtes Kribbeln in ihm aufstieg. »Aber dann ist doch etwas Wahres dran an der Quelle!«, platzte er heraus. »Und du hältst den Beweis dafür in den Händen! Wohin führt die Karte?«

Miro blickte ihn traurig an und schüttelte den Kopf. »Sie führt nirgendwohin. Meine Späher sind unverrichteter Dinge zurückgekommen. Die Quelle gibt es nicht. Die Karte ist völlig nutzlos. Du hast recht – sie ist nichts weiter als ein Märchen. Kinderglaube.«

»Du meinst, du hast die Quelle nicht gefunden«, stellte Kiyoshi fest.

Miro entgegnete nichts darauf. Regungslos sah er seinen Erben an und Kiyoshi meinte, in seinen Augen eine stumme Entschuldigung lesen zu können.

Eine Entschuldigung wofür?

Plötzlich straffte Miro seine Schultern. Jetzt sah er wieder so aus wie immer – der Moment der Schwäche war vorbei.

»Nun Kiyoshi«, sagte er knapp. »Genug davon. Was dein Handeln von heute Nacht anbelangt: Wir wollen die Sache vergessen. Ich werde dafür Sorge tragen, dass Rajar seinen Mund hält.«

Kiyoshi starrte seinen Onkel ungläubig an – obwohl er wusste, dass sein Neffe einer Rebellin geholfen hatte zu fliehen, ließ er ihn nicht in den Kerker werfen? In Kiyoshis Kopf schwirrte es. Das war alles zu viel. Die Quelle – die Karte – und jetzt das? Womit war Miro beschäftigt?

»Geh in deine Gemächer und melde dich nach Tshanils Ruhe bei mir. Es gibt viel zu besprechen«, sagte Miro und wandte sich zum Gehen. »Der Wasserspiegel ist gefährlich tief gesunken. Es müssen neue Maßnahmen getroffen werden.«

Kiyoshi nickte. Es war klüger, den Anweisungen seines Onkels jetzt Folge zu leisten. Er war gegen alle Erwartung mit weniger als einem blauen Auge davongekommen.

Und doch konnte er nicht anders. So viele Fragen wirbelten durch seinen Kopf und er wusste, dass er die eine noch stellen musste, auch wenn er damit viel riskierte. »Hast du jemals von jemandem namens Silla gehört?«, platzte er heraus.

Miros Augen verengten sich zu Schlitzen. Für einen winzigen Augenblick wirkte er sprachlos – dann machte er eine zornige Handbewegung. »Woher hast du diesen Namen?«

»Mutter hat davon gesprochen«, sagte Kiyoshi.

Miro schnaubte. »Du solltest es inzwischen besser wissen und nichts auf das verrückte Gerede deiner Mutter geben«, herrschte er ihn an. »Und jetzt Schluss mit dieser Fragerei!«

Er drehte sich zum Gehen, doch dann hielt er noch einmal inne. Er suchte Kiyoshis Blick und hielt ihn für einen Moment so fest, dass Kiyoshi unwillkürlich zusammenzuckte. »Vergiss nie, wer du bist, Kiyoshi«, sagte der Kaiserbruder und seine Stimme jagte Kiyoshi einen kalten Schauer über den Rücken. »Und vergiss vor allem nicht, wer *ich* bin.«

Die Sonne stand bereits hoch am Himmel, als Kiyoshi zum Haus seiner Mutter zurückkehrte. Auf dem Weg war er Rajar begegnet, der ihm hasserfüllt hinterherstarrte, aber Kiyoshi hatte nicht angehalten. Er wusste, dass Rajar ihm das, was heute passiert war, nie verzeihen würde, und er ahnte, dass nichts seinen Freund von dieser Meinung abbringen würde.

Kiyoshis Mutter saß auf der Wiese vor dem Eingang zwischen den Blumen und den üppig wuchernden Pflanzen.

Mit einem verträumten Lächeln flocht sie einen Kranz.

Kiyoshi kniete sich vor sie und lehnte für einen Moment seine Stirn an die ihre. Wie viel hätte er darum gegeben, wenn er mit ihr hätte sprechen können! Wie viele Fragen hatte er an sie, die er nie würde stellen können!

Sie strich ihm über die Wange, bevor sie sich wieder an ihre Arbeit machte. »Nettes Mädchen«, murmelte sie leise.

»Pass auf sie auf.« Mit einem Lachen setzte sie ihm den fertigen Kranz auf den Kopf. »Mein Prinz«, murmelte sie leise, streckte sich auf der Wiese aus und blinzelte träumerisch in die Sonne.

Kiyoshi griff nach dem Kranz und drehte ihn unschlüssig zwischen den Fingern.

»Mutter, wer ist Silla?«

Seine Mutter sah ihn mit einem leeren Blick an, dann fing sie an zu kichern. »Ist sie hier?« Sie sah sich suchend im Garten um. »Spielt sie wieder Verstecken?« Sie schüttelte den Kopf und beugte sich vor. »Ich kann sie nicht entdecken. Du?«

Kiyoshi musterte sie mit gerunzelter Stirn. An wen schien sich seine Mutter plötzlich zu erinnern? Sie hatte diesen Namen noch nie zuvor erwähnt. Eigentlich sagte sie immer die gleichen Dinge, redete von Miro oder ihrem Kind. Aber dass ihr auf einmal ein Name aus der Vergangenheit einfiel, das sah ihr nicht ähnlich.

In der Stimme der Frau lag plötzlich Angst. »Miro, ich hab nichts verraten! Das Geheimnis ist bei mir sicher!«

»Welches Geheimnis, Mutter?«

Plötzlich blitzten ihre Augen auf, blau wie der Himmel. Dann beugte sie sich wieder über ihren Kranz. Ihre langen Haare fielen in ihr Gesicht und verbargen den Ausdruck darin. »Mein Kiyoshi«, verfiel sie wieder in ihren üblichen Singsang, doch etwas darin klang anders als sonst. »Wenn du die weiße Lilie findest...«, murmelte sie und griff eifrig nach einer neuen Blume, um den Kranz weiterzuflechten, »... dann findest du auch das Geheimnis.«

10. Kapitel

Marje zog sich keuchend durch den schmalen Spalt in der Palastmauer, der von den üppigen Gewächsen mit den großen Dornen fast vollständig zugewuchert war. Erst hatte sie gedacht, dass sich hier nur ein kleines Kind würde durchquetschen können, aber schließlich war es ihr gelungen, zerkratzt und zerschrammt auf die andere Seite zu gelangen.

In ihrem Kopf wirbelten die Fragen und ihr Herz schmerzte in einer Weise, dass sie es kaum noch ertragen konnte, doch das, was jetzt zählte, war einzig und allein, dass sie entkam. Das war sie Milan schuldig.

Sie warf einen letzten Blick durch die Mauerritzen auf die Gärten des Palastes. Die Idylle kam ihr trügerisch vor, wie ein Vorhang, hinter dem sich Geheimnisse verbargen, von denen sie nicht einmal ahnte, wie bedeutungsvoll sie waren.

Ihr Blick glitt zur anderen Seite der Mauer. Kiyoshi hatte recht behalten, sie war in einer Seitengasse gelandet – eine schmale Hilfsstraße für die Dienstboten, die Waren für die angrenzenden Herrenhäuser anlieferten.

Etwas weiter vorn entdeckte sie ein Fuhrwerk, das von vier Grions gezogen wurde, doch der Kutscher achtete nicht auf sie – er war viel zu sehr damit beschäftigt, seine Tiere zu bändigen, die sich in der Enge der Stadt sichtlich unwohl fühlten.

Marje wandte sich in die entgegengesetzte Richtung und rannte los.

Ihr Arm schmerzte noch immer, dort, wo sich die Finger

der Frau in ihre Haut gegraben hatten, so gewaltsam, dass Marje geglaubt hatte, den Griff nicht lösen zu können. Fast hätte sie aufgeschrien, als die Frau sie so überraschend fest gepackt und in das Zimmer zurückgezogen hatte, nachdem der Prinz ihr den Fluchtweg gezeigt hatte und selbst durch die Vordertür geschlüpft war.

Doch im nächsten Moment war Marje wieder frei gewesen. Mit großen Augen hatte Kiyoshis Mutter neben ihr auf dem Boden gesessen und einen Finger an die Lippen gelegt. »Sayuri?«, hatte sie leise gefragt.

Marje hatte nur scheu den Kopf geschüttelt. Niemals hätte sie dieser Frau diese Kraft zugetraut.

»Du musst verschwinden«, hatte Kiyoshis Mutter flehend geflüstert. »Du musst aus der Stadt. Sie suchen dich. Sie werden dich umbringen!« Angst war in ihren geweiteten Augen zu lesen. Als wollte sie sich selbst schützen, schlang sie die Arme um ihren zitternden Körper. »Flieh«, hatte sie atemlos gebeten. »Du musst fliehen. Verlasse die Stadt!«

Rückwärts war Marje über den Boden zur Tür gekrochen, in Richtung des Hinterausgangs, den Kiyoshi ihr gezeigt hatte.

Die Frau ließ sie dabei keinen Moment lang aus den Augen. Erst als sie die schmale Pforte hinter sich geöffnet hatte, war Marje aufgesprungen und hinausgelaufen. Sie hatte nicht auf Soldaten geachtet, nicht auf ihre eigene Deckung – sie war einfach nur gerannt, in die Richtung, die Kiyoshi ihr angegeben hatte, und tatsächlich – am Fuß der Nordmauer fand sie den Durchschlupf, den er beschrieben hatte, und wie durch ein Wunder war ihr niemand gefolgt.

Noch immer konnte sie es nicht fassen. Der Erbe Miros – der Prinz – hatte ihr, einer Rebellin, einer Freundin der Attentäter, bei der Flucht geholfen.

Wütend und verunsichert biss sie sich auf die Unterlippe bei dem Gedanken an ihn. Sie verstand ihn nicht und doch war da etwas in ihr, was ihm vertrauen wollte. Er hätte genug Gründe gehabt, sie umzubringen, schließlich hatte sie ihn angegriffen und verletzt. Stattdessen hatte er das Gegenteil getan.

Ihr Blick fiel auf den Ring an ihrem Daumen. Milan hatte ihn schon so lange, sie konnte sich nicht daran erinnern, ihn jemals ohne diesen Ring gesehen zu haben. Jetzt würde er ihn nie wieder tragen. Sie schluckte schwer. Der Gedanke, dass sie Milan nie wiedersehen würde, war unvorstellbar. Aber sie durfte sich nicht ihrer Trauer überlassen, durfte nicht an ihn denken, sie musste zu Sayuri. Das war es, was jetzt zählte!

Verlasse die Stadt, hörte sie die Worte der Frau und beschleunigte unwillkürlich ihre Schritte.

Ob Kiyoshis Mutter wirklich ihre Sayuri gemeint hatte, als sie ihren Namen erwähnte? Sorge erwachte in ihr, die sie hastig beiseitedrängte. Die Frau hatte lediglich den Namen aufgeschnappt, den Kiyoshi und sie vorher benutzt hatten. Sie war eindeutig nicht zurechnungsfähig.

Nur mit einem hatte sie trotz aller Verrücktheit richtig gelegen: Sayuri war in Gefahr – jetzt nach dem Attentat noch mehr als zuvor. Und Marje schickte ein Stoßgebet zu Lauryn, dass sie nicht zu spät kommen würde.

Mit langen Schritten bog sie aus der Gasse in einen der Hauptwege ein und tauchte in der Menge unter. Einige verwunderte Blicke trafen sie, als sie sich ihren Weg bahnte. Kein Wunder, sie musste völlig zerkratzt und zerrissen aussehen!

Gerade, als sie dem Soldaten am Tor das Geld in die Hand drückte und an ihm vorbeilief, sirrte ein kleines Irrlicht auf sie zu und umkreiste summend ihren Kopf. »Shio!«, rief sie und fing ihn aus der Luft. Sie hielt das warme Licht zwischen ihren schützenden Händen, während sie eilig weiterlief. Sie wollte schnell weg von den Soldaten, ehe sie auf ihr Aussehen aufmerksam werden konnten. Shio befreite sich ein wenig unwillig aus dem Gefängnis und setzte sich sirrend auf ihre Nase.

Marje konnte ihm kaum folgen, so schnell erzählte er. Doch das Wesentliche erfasste sie. Und das Wesentliche war so schrecklich, dass Marje sich wünschte, es wäre ihr erspart worden.

Milan und Ruan waren öffentlich hingerichtet worden. Man hatte sie in den Abgrund gestürzt und Sayuri war als Zuschauerin dabei gewesen. Shio selbst war zu Hause geblieben, um sich von der nächtlichen Suche zu erholen und in einer Kerze Kraft zu tanken. Als Sayuri wiedergekommen war, hatte sie panisch die Türen verschlossen, ein Regal vor die Tür gezogen und die Fenster verrammelt. Dann war sie nach oben gelaufen und hatte sich in ihrem Garten versteckt. Shio war aufgebrochen, um Marje zu suchen, zumal man die Suche nach Sechzehnjährigen verstärkt hatte. Shio erzählte ihr, was er auf den Straßen beobachtet hatte. Menschen wurden aus ihren Häusern vertrieben, und wer sich wehrte, wurde von Soldaten zusammengeschlagen. Der

Widerstand der Banden war an manchen Orten ins Wanken geraten, an anderen erbittert weiterbetrieben, nun, da sie alle von den Hinrichtungen gehört hatten.

Marjes Fäuste ballten sich zusammen, als Shio von den Ereignissen bei den Tallern erzählte. Sie überquerte eine Brücke und bog in die Straße ein, in der Sayuris Laden lag. Shio trennte sich von ihr, um Sayuri in ihrem Garten aufzusuchen und Marjes Kommen anzukündigen.

Als Marje den Laden erreichte, riss Sayuri bereits die Tür auf und warf sich in ihre Arme. Stumm erwiderte Marje die Umarmung und plötzlich konnte sie ihre Tränen nicht mehr zurückhalten, obwohl sie doch wusste, dass sie jetzt für Sayuri da sein musste.

Sie merkte nicht, wie Sayuri die Tür hinter ihr schloss und sie wieder in den Arm nahm, sie spürte nicht, wie Shio sie leise tröstend umsurrte, sie ließ sich einfach fallen.

Die Erkenntnis, dass sie Milan nie wieder würde sehen können, nie wieder seine Stimme hören oder seine Hand auf ihrer Schulter fühlen würde, riss ihr den Boden unter den Füßen weg, nahm ihr das Fundament, worauf sie immer gebaut hatte. Er war ein fester Bestandteil ihres Lebens gewesen, das konnte doch nicht einfach vorbei sein!

Sie wusste nicht, wie lange sie in Sayuris Armen geweint hatte, als ihr Schluchzen endlich verebbte. Sie fühlte sich leer vor Trauer, ratlos und mutlos wie nie zuvor.

Müde schaute sie auf und sah die Tränenspuren auf den blassen Wangen ihrer Freundin. Die Freundin streichelte ihr wieder und wieder sanft über das Haar und sah sie aus ihren riesigen Augen stumm an.

Shio hüllte sie in warmes Licht, als die Dunkelheit des Ladens sie zu umfangen drohte.

Marje schluckte. Sie fühlte sich elend, aber sie war nicht allein in ihrer Trauer, daran erinnerte sie sich plötzlich.

Sayuri hatte nur sie. Sie durfte jetzt nicht aufgeben! Sie hatte eine Aufgabe – und sie war das Letzte, worum Milan sie gebeten hatte. Der letzte Wunsch, den sie ihm würde erfüllen können.

Sie richtete sich auf, straffte ihre Schultern und wischte sich die Tränen aus dem Gesicht.

»Du bist hier nicht mehr sicher«, erklärte sie bemüht ruhig. »Die Soldaten haben ihre Suche verstärkt. Es ist nur noch eine Frage der Zeit, bis sie hier sind.«

Hilflos schweifte Marjes Blick durch den Laden. »Pack alles zusammen, was dir wichtig ist«, sagte sie tonlos.

Stumm sah Sayuri sie an, nickte dann aber und begann, das Nötigste zusammenzusuchen, während Marje unruhig im Laden auf und ab ging. Wo ließ sich nur ein sicheres Versteck finden? Überall waren Soldaten. Bei den Tallern waren die Banden auseinandergebrochen. Sie konnte sich das Chaos, das in ihrem Viertel vermutlich herrschte, kaum vorstellen. Kurz überlegte sie, ob sie Sayuri zu Milo oder Shoan bringen sollte. Aber Milo hatte kleine Kinder, für sie war das Risiko zu groß. Und Shoan war den Soldaten schon seit Langem ein Dorn im Auge. Sie wussten, dass er ein enger Vertrauter Milans war und dass er seinen Keller oftmals als Versammlungsort für Aufständler zur Verfügung stellte.

Marje stöhnte auf. Wie sie es auch drehte und wendete –

sich innerhalb der Stadt zu verstecken, machte keinen Sinn. Es war einfach zu gefährlich.

Was blieb, war das Undenkbare.

Die Flucht aus der Stadt.

Marje schloss für einen Moment die Augen. Sie hatte Geschichten von den wenigen Flüchtlingen gehört, die es in die neue Stadt geschafft hatten – Taller, die dem Leben draußen entkommen waren. Einzig die Söldnerclans und die Bauern, die aus der Stadt mit Wasser versorgt wurden, konnten in der Ödnis, die der Krieg zurückgelassen hatte, überleben. Den anderen Menschen drohte der sichere Tod – entweder in den Wäldern der Zentauren, über die man in der Stadt nur munkelte, in den Arbeitslagern und Minen der Söldner oder in den Fängen der Shaouran, eines gefürchteten Volkes, das angeblich jenseits der Wüste lebte.

Das, was hier in der Stadt an gebändigter Magie herrschte und sie am Leben erhielt, das tobte dort draußen wild und ungestüm. In der Wüste gab es Wesen und Kräfte, die Marje sich nicht vorstellen konnte. Nein, verbesserte sie sich, sie *wollte* es sich nicht vorstellen. Noch dazu kam, dass die Quellen, die früher auch außerhalb der Stadt entsprungen waren, fast allesamt versiegt waren. Nicht zu vergessen die Tatsache, dass Marje nichts und niemanden außerhalb der Stadtmauern kannte.

Aber wohin konnte sie sonst? Das Westviertel bot nach dem Attentat nun mal keinen Schutz mehr.

Immerhin gab es Höfe in der näheren Umgebung der Stadtmauern, die mit Wasser versorgt wurden. Sie könnten versuchen, dort unterzukommen. Die Menschen würden sie nicht fortschicken! Schließlich waren sie nicht als Vertriebene gebrandmarkt wie die Sechzehnjährigen, die die Soldaten vor die Tore der Stadt trieben. Und im Gegensatz zu ihnen hatten sie jederzeit die Möglichkeit zurückzukommen.

Bei dem Gedanken wurde Marje wohler zumute.

Das war die Lösung! Sie würden draußen abwarten, bis sich die Lage beruhigt hatte, und dann zu ihren Freunden im Westviertel zurückkehren.

Sie würden nicht die Zeit haben, sich von Thar und Shoan zu verabschieden oder sie in ihren Plan einzuweihen. Sie wusste nicht einmal, wo die beiden waren. Sie konnte mit ihnen nicht über Milan sprechen ... über das, was geschehen war.

Wieder stiegen Tränen in Marjes Augen. Unruhig drehte sie Milans Ring an ihrem Finger und erwartete, dass er jeden Moment zur Tür hereinkam. Er würde sie in den Arm nehmen, ihr erklären, dass das alles ein großer Irrtum war ...

Vorsichtig streckte Sayuri ihre Hand nach ihr aus. Stumm sahen die Mädchen einander an.

»Wir müssen los«, sagte Marje nach einer Weile entschieden. »Wir müssen die Stadt verlassen.«

Sayuri schien nicht weiter überrascht zu sein. Sie ging in eine Ecke des Ladens und zog aus dem untersten Fach eines Regals eine Kiste hervor, in der zusammengefaltete Wasserschläuche lagen.

Verwundert blinzelte Marje. Dann schlich sich ein Lächeln auf ihr Gesicht. Damit hätten sie zumindest für die ersten Tage ausreichend Wasser.

Shio sirrte protestierend.

»Du musst ja nicht mit!«, versuchte Marje das Irrlicht zu beruhigen. »Du kannst…«

Ein lautes Hämmern an der Tür brachte Marje zum Schweigen. Jemand versuchte erfolglos, die Tür zu öffnen, dann brach das Trommeln ab und draußen wurden Stimmen laut.

»Aufmachen!«, brüllte eine Männerstimme.

»Brecht die Tür auf!«, forderte eine andere.

Marje und Sayuri tauschten einen panischen Blick. Shio sirrte zu einer Spalte in der Wand und spähte nach draußen, dann flog er zu Sayuri und verbarg sich in der Kapuze des Mantels, den sie sich gerade übergeworfen hatte. Marjes Blick huschte zur Hintertür. Sie führte auf den Hinterhof, von wo ein schmaler Weg zwischen den Häusern hindurch zur nächsten Parallelstraße führte.

Unter den Schlägen und Tritten der Soldaten hörten sie das alte Holz splittern. Marje griff nach Sayuris Hand und zog sie die Treppe hinauf, dann rannten sie zur Hintertür. Marje riss sie auf, um ihre Freundin gleich darauf in den Schatten einiger hoher Kisten zu ziehen, die davor im Flur standen. In dem Moment gab die Haustür nach und die Soldaten stürmten in den Laden. Einen Augenblick hielten sie inne und waren so still, dass man das Knarren der Hintertür hörte, als der Wind sie ein Stück weiter aufblies.

»Dort lang«, befahl einer der Soldaten und zeigte auf die Hintertür. »Die Ratten versuchen zu fliehen!«

Marje duckte sich noch tiefer in den Schatten der Kisten. Lass sie nicht die Treppe hochgehen, bat sie stumm Tshanil, deren helles Licht den Laden durch die offenen Türen durchflutete.

Zwei Soldaten rannten durch den Laden in Richtung Hintertür. Einer hielt kurz inne, um sich umzusehen, doch dann folgte er seinen Kumpanen zur Tür hinaus.

»Du nimmst die Nordseite, ich gehe nach Süden«, hörten sie ihn rufen. »Wäre doch gelacht, wenn wir sie nicht erwischen!«

Regungslos wartete Marje noch, bis sie sich sicher war, dass die Männer verschwunden waren. Dann ging sie mit Sayuri in den Laden zurück. Das Mädchen hatte bereits die Sachen für die Flucht in ein Bündel gepackt.

»Wir sollten nicht warten, bis sie ihren Irrtum bemerken«, sagte Marje mit einem traurigen Blick in den Laden, bevor sie durch die Vordertür schlüpften.

Ein letztes Mal schaute Kiyoshi zurück. Die Sonne stand bereits hoch am Himmel, hüllte die Welt in eine unerträgliche Mittagshitze und trieb alle Menschen, die nicht arbeiten mussten, in die kühlenden Schatten der Bäume.

Kiyoshi blinzelte zu Tshanil hinauf. Der blaue Himmel war makellos, ohne die kleinste Wolke. Schneeweiß, hatte man ihm gesagt, seien Wolken und in der Lage, Sonne und Monde vor den Augen der Menschen zu verbergen. In seinem gesamten Leben hatte Kiyoshi noch nicht eine dieser Wolken gesehen, die wie Watte sein sollten.

In seinem Bündel, das er an der Seite trug, hatte er alles, was er auf die Schnelle zusammengesucht hatte. Neben einem Schal und einem Dolch lagen dort das Buch, zwei Wasserschläuche, die er im Teich neben seinem Gemach gefüllt hatte, und etwas Proviant.

Und sein kostbarster Besitz. Die Karte. Er hatte sie in der Bibliothek gefunden, achtlos verstaut, nachdem sie sich für Miro als wertlos herausgestellt hatte.

Sein Schwert hatte er unter seinem schwarzen Umhang verborgen und auf ein Reittier hatte er verzichtet, um kein Aufsehen zu erregen. Die Wachen am Tor hatten ihn auf seinen Befehl hin gehen lassen. Kiyoshi wusste, dass sie Miro unverzüglich informieren würden, aber das gab ihm zumindest einen kleinen Vorsprung.

Mit schnellen Schritten lief er los, und je weiter er durch die Stadt kam, desto deutlicher spürte er, dass er die richtige Entscheidung getroffen hatte.

Ein leicht fauliger Gestank hing über den Vierteln – nun war nicht länger zu leugnen, dass der Wasserstand tatsächlich fiel. Im Palast hatte man noch nichts davon gespürt.

Sein Onkel mochte in seiner Suche nach den Sechzehnjährigen gnadenlos wüten – aber Kiyoshi sah noch einen anderen Ausweg, um die Stadt zu retten.

Die Alternative wäre gewesen, in der Stadt zu bleiben und die Entscheidung seines Onkels mitzutragen.

Aber das konnte er nicht. Vielleicht war es dieses Mädchen gewesen, das ihn aufgerüttelt hatte, vielleicht war es aber auch etwas, das er schon lange hatte kommen sehen.

Nachdem er Marje versteckt hatte, hatte er einen Entschluss gefasst. Von nun an würde er die Dinge auf seine Art tun. Er war vielleicht Miros Erbe und er trug Verantwortung für die Menschen in der Stadt. Aber er war nicht Miros Marionette.

Die Stadt selbst glich einer Geisterstadt. Immer wieder

kam er an Türen vorbei, die nur noch schief in den Angeln hingen oder ganz eingetreten waren. Ein kurzer Blick ins Innere der Häuser genügte, um zu sehen, dass ganze Wohnungseinrichtungen in Trümmern lagen. Bei einem Haus waren sogar die Fensterläden abgerissen worden, Glasscherben lagen auf dem Gehweg.

Plötzlich waren Schreie aus einem Haus zu hören. Sofort hielt Kiyoshi inne und zog sich in den Schatten eines alten Karrens zurück, der neben der Tür stand.

»Lasst mir mein Kind!«, kreischte eine weibliche Stimme. Dann waren laute Schluchzer zu hören.

»Hier ist niemand mehr«, stellte eine männliche Stimme fest. Ein Junge wurde auf die Straße geschubst, hinter ihm traten drei Soldaten aus dem Hauseingang.

Kiyoshi duckte sich noch tiefer in den Schatten des Karrens. Er wagte es nicht einmal zu schauen, welche Richtung die Soldaten mit ihrem Gefangenen einschlugen. Erst als ihre Schritte verklungen waren und auch im Haus wieder Stille einkehrte, stand er vorsichtig auf.

Im Eingang des Hauses kauerte zusammengesunken eine Frau. Im Schoß hielt sie ein Kind, das lautlos weinte. Kiyoshi schluckte schwer. Ihr Blick aus den blauen Augen war so leer wie der strahlend blaue Himmel. Kiyoshi hätte die Frau gerne getröstet, doch ihm fiel nichts ein, was er hätte sagen können.

Schnell lief er weiter und erreichte endlich die Straße, in der Sayuris kleiner Laden lag. Erleichtert verlangsamte er seine Schritte, bis er die eingetretene Tür sah. Wie erstarrt blieb er stehen. In der Straße war es still. Vor den Fenstern der meisten Häuser waren die Läden geschlossen.

Langsam ging er weiter.

Bis zur Türschwelle kam er, dort verharrte er wieder beim Anblick, der sich ihm bot. Ein Regal war umgekippt, hatte sich mit dem gegenüberliegenden verkeilt und versperrte den Weg in den hinteren Teil des Ladens. Der ganze Inhalt lag auf dem Fußboden verstreut – Tonkrüge, Schalen und Dosen lagen in Scherben, dazwischen breitete sich ein bunter Teppich aus Pulver, Kräutern und Körnern aus. Einige Glasperlen lagen dazwischen und fingen bunt schillernd das Licht der Sonne ein.

Entsetzt starrte Kiyoshi auf das Chaos.

Er war zu spät gekommen! Zu spät für die Antworten, die er hier zu erhalten gehofft hatte. Dabei brannten die Fragen wie Feuer in ihm, zerrten an ihm, ließen ihn nicht zur Ruhe kommen.

Wie sollte er sich auf seine Reise machen, ohne Gewissheit zu haben, was seine Mutter gemeint hatte? Stöhnend lehnte er sich gegen den Türrahmen. Und wenn er sich irrte? Wenn seine Mutter doch von jemand völlig anderem gesprochen hatte?

Wenn du die Lilie findest, dann findest du das Geheimnis.

Aber wo konnte da der Zusammenhang liegen?

Seine Mutter lebte tagaus, tagein im Palast. Niemals hätte sie allein ihre Gemächer verlassen. Sie konnte Sayuri nicht kennen, das war unmöglich.

Andererseits – Sayuri war ein ungewöhnlicher Name. Und auch die Bedeutung stimmte – Sayuri war die Lilie. Wollte er wirklich an einen Zufall glauben? Und warum hatte Miro so wütend auf diesen anderen Namen reagiert, den Kiyoshi noch nie zuvor gehört hatte – Silla?

Knarrend bewegte sich die Hintertür im Windzug, der Kiyoshi kühl die Haare aus dem Gesicht strich. Er brachte einen Hauch von Blüten und Frühling mit sich, der in der abgestandenen Mittagshitze fremdartig wirkte.

Unwillkürlich blickte sich Kiyoshi um. Woher kam dieser merkwürdige Duft? Er ließ seinen Blick über die zerbrochenen Krüge und die getrockneten Heilkräuter gleiten.

Dann fiel sein Blick auf den Durchgang hinter der Theke und die Treppe, die im Halbschatten lag. Und ohne darüber nachzudenken, folgte er dem Luftzug, stieg die Stufen empor ins darüberliegende Stockwerk, von wo eine Leiter weiter in die Höhe führte.

Und was er dort oben zu Gesicht bekam, ließ ihn in die Knie sinken. Es war pure Magie, die dieser Ort ausstrahlte mit all den fremdartigen Blüten und den üppigen Bäumen, den wundersamen Gewächsen und den unglaublichen Farben.

Kiyoshi kannte nur einen Platz in der Stadt, der in seiner atemberaubenden Schönheit diesem hier vergleichbar war.

Und als ihm diese Tatsache bewusst wurde, ahnte er etwas, das er vor wenigen Tagen noch für unmöglich gehalten hätte.

Der Wind strich ihr durchs Haar und drohte, ihr die Kapuze vom Kopf zu reißen. Mit einer Hand zog Marje sie tiefer ins Gesicht, während sie mit der anderen Sayuris Hand fest umschlossen hielt.

Seit ihrem Aufbruch war Sayuri immer wieder stehen geblieben. Marje fragte sich, was in ihr vorging. War es die

Trauer, die Stadt zu verlassen? Oder war es die Angst vor dem, was vor ihnen lag?

Wieder und wieder kniete das Mädchen am Flussufer nieder und hielt seine Finger verträumt in das Wasser, als wollte es Muster auf die glatte Oberfläche zeichnen. Am Westtor hätte Marje sie fast zwischen den Menschen verloren, die sich an den Ufern drängten, weil sie plötzlich neben einem Boot niederkniete, um das sich spiegelnde Licht Tshanils im Wasser zu beobachten.

Und schon wieder spürte Marje, dass ihre Freundin stehen geblieben war. Sayuri hatte die Auslage eines kleinen Ladens ins Auge gefasst. Götterfiguren aus Messing reihten sich an Öllampen und es gab bunte Schals, auf denen wild durcheinandergewürfelte Tiergestalten zu erahnen waren. Marje erkannte eine mehrköpfige Schlange, einen Adler, dessen Leib in den eines Pferdes überging, und gehörnte Menschen, deren Füße zu Hufen verkrümmt waren. »Komm, Sayuri!«, drängte sie unruhig.

Sayuri nickte leicht. Sie hatte die Hand ausgestreckt, als wollte sie nach einer der Figuren greifen, ließ sie dann aber wieder sinken und wandte sich so hastig ab, dass sie beinahe einen Mann angerempelt hätte.

Marje legte schützend einen Arm um ihre Freundin und zog sie mit sich. Die Stadt war in Aufruhr. Überall sah man zerstörte Haustüren und die Soldaten patrouillierten durch die Viertel.

Zudem waren die Straßen noch dichter bevölkert als sonst. Gestern hatte der Großmarkt zu Lauryns Frühling geendet und nun zogen die Bauern mit ihren Karren wieder aufs Land. Doch ein Gutes hatte die Sache. In dem Treiben konnten Sayuri und Marje leicht untertauchen.

Die meisten Ladeflächen der Griongespanne waren leer, denn alle Bewohner waren auf die Ernte der Bauern angewiesen, ebenso wie der Palast. Die Stadt konnte ohne die Bauern genauso wenig leben wie ohne den Kaiser.

Wenn sie Glück hatten, konnte einer von ihnen Hilfe auf seinem Hof gebrauchen. Und sie mussten Glück haben! Denn eine andere Möglichkeit, dort draußen zu überleben, gab es nicht.

Für einen kurzen Moment dachte Marje an die furchtbaren Geschichten von den Söldnerclans, die bei den Minen Arbeitslager unterhielten und jeden aufgriffen, der hilflos vor den Toren der Stadt umherirrte. Die Söldnerclans lebten vom Tauschhandel, den sie mit ihren kostbaren Gesteinen betrieben. Von den Lagern und den Sklaven der Söldner flüsterte man in der Stadt nur hinter vorgehaltener Hand – keiner sprach gerne darüber. Und Marje hatte nie einen Grund gesehen nachzufragen.

Bis heute.

Sie überlegte, einen der Bauern noch auf der Straße anzusprechen, verwarf die Idee dann aber wieder. Die meisten waren zu sehr damit beschäftigt, die Grions in Schach zu halten, die die Karren und Kutschen zogen. Ihre massigen Leiber waren mit dem Hab und Gut ihrer Herren beladen und ihre Hufe hinterließen tiefe Abdrücke in der sandigen Straße. Doch ihre Schwerfälligkeit täuschte. Wenn die Grions der Enge der Stadt entkommen waren, waren sie zu Geschwindigkeiten fähig, mit denen kein Reitpferd mithalten konnte.

Zwischen den Hufspuren konnte man immer wieder schmale, kleine Spuren entdecken, die zu den Faons gehören mussten. Marje konnte sich noch daran erinnern, als kleines Mädchen selbst so einen dieser Wüstenhunde besessen zu haben. Gerne hätte sie auch in den letzten Jahren einen gehabt, aber Faons waren keine Geschöpfe für eine Stadt wie diese.

Ein Bauer schimpfte und ein Grion stieß ein dumpfes Brüllen aus, als eine Peitsche seinen Rücken traf. Die heiße Sonne, der langsame Trott und der Lärm reizten die Menschen.

Marje versuchte, Sayuri und sich vor den großen Wagenrädern und den ungeduldigen Grions in Sicherheit zu bringen. Der Markt, der ihr eben noch als Hilfe der Götter erschienen war, wurde nun zur Falle. Wie gerne wäre sie in eine der leeren Seitengassen abgebogen. Doch dort war die Gefahr zu groß, Soldaten in die Hände zu laufen, und so blieben sie auf der Hauptstraße, auch wenn sie nur langsam vorankamen.

Viel zu langsam, fand Marje, als sie wieder fast stehen blieben, während vor ihnen ein Grion nicht in die Richtung wollte, die sein Bauer ihm vorgab. Ein Faon strich um ihre Beine und Sayuri bückte sich, um ihn zu streicheln. Genüsslich streckte der Hund sich unter ihrer Hand, bevor ein Pfiff seines Herrn ihn wieder davonlaufen ließ.

Der Trott ging weiter, aber Sayuri blieb einfach stehen. »Komm schon«, rief Marje und zog sie mit sich. Sayuris Blick hing an dem Faon, bis er in dem Gewühl von Füßen und Wagenrädern verschwand. Dann endlich ließ sie sich widerstandslos weiterziehen.

Endlich kam vor ihnen das Stadttor in Sicht. Marje starrte in Richtung des hohen Torbogens in der breiten Mauer. Noch konnte sie ihn mehr erahnen, als dass sie ihn wirklich sah. Die Luft flimmerte in der Hitze. Bei dem Gedanken, dass hinter diesem Tor ihre Zukunft lag, wurde ihr flau.

Dort draußen gab es nichts außer des blauen Himmels und der Wüste, die in einer eintönigen Ebene bis zum Horizont reichte. Wie verlorene schwarze Punkte lagen auf dieser Ebene die Höfe der Bauern verstreut, umgeben von blassgelben Feldern. Selbst die Weiden, auf denen die Tiere grasten, waren graugelb und erinnerten in keiner Weise an das saftige Grün in Sayuris kleinem Garten. Alles schien nur eine Farbe zu haben, als hätte die Sonne das Land eingefärbt.

Wenn es vorbei ist, kommen wir zurück, machte sich Marje Mut. Ewig konnte der Kaiser sie nicht suchen lassen. Ewig konnte die Jagd nach den Sechzehnjährigen nicht mehr dauern. Und solange sie nicht das Zeichen der Verbannung trugen, blieb ihnen der Weg in die Stadt offen.

»Zur Seite«, ertönte eine derbe Männerstimme und eine Gestalt stieß sie und Sayuri grob aus dem Weg. Überrascht drehten die Mädchen sich um, wandten sich dann aber hastig wieder ab. Der Soldat schob sich gerade an einer schimpfenden Bäuerin vorbei und zerrte dabei grob an der Kette, an der er zwei Jugendliche hinter sich herzog, die in ihrer zerrissenen Kleidung hinter ihm herstolperten.

Marje fing den hilflosen Blick des einen Jungen auf. Er sah noch so jung aus, bestimmt keine sechzehn, aber scheinbar nutzten die Soldaten die Gelegenheit, noch mehr Straßenkinder loszuwerden – so wie Milan es vorausgesagt hatte. Zornig schüttelte sie den Kopf. Sie konnte ihm nicht helfen. Ihre Hand umschloss Sayuris Handgelenk und zog sie fort. Die Soldaten durften auf keinen Fall auf sie beide aufmerksam werden.

Die Wagenkolonne erschien ihr fast endlos, als sie ihr Tempo wieder dem allgemeinen Trott anpasste, doch irgendwann erreichten sie das Tor. Der Bogen aus sandfarbenem Stein mit den mächtigen Flügeln, die nun aufgeklappt standen, war nur noch ein kurzes Stück entfernt und der Tross wurde immer langsamer, als wieder ein Bauer am Tor mit den Wachen zu diskutieren begann.

Sayuri blieb wie die anderen stehen, aber Marje wollte an den Grions vorbei ein Stück weiter nach vorne. »Komm mit«, zischte sie leise. Wieder bemerkte sie einige Wachen, die am Rande des Zugs entlangpatrouillierten. Tief zog sie ihre Kapuze in die Stirn und bedeutete Sayuri, auch ihr Gesicht zu verhüllen. Die Umhänge, die sie trugen, waren alt und schäbig. Wenn sie Glück hatten, hielten die Wächter sie für Gehilfen des Bauern, der den Wagen neben ihnen fuhr.

»Stehen bleiben! Sofort stehen bleiben!«, erklang plötzlich der Ruf eines Soldaten.

Panisch drehte Marje sich um. Im ersten Moment hatte sie geglaubt, der Ruf gelte ihnen, dann aber entdeckte sie einen Jungen, der sich rücksichtslos einen Weg am Karren eines Bauern vorbeibahnte und unter dem Leib eines still stehenden Grions hindurchtauchte. In dem Moment, als er sich die Haare aus den Augen strich, blickte Marje wie erstarrt in ein Paar grüne Augen, die gehetzt nach einem Fluchtweg suchten.

Wie hypnotisiert starrte sie auf den Jungen, der sie seit Tagen in ihren Träumen verfolgte. In Kiyoshis Augen spiegelten sich zuerst Erleichterung und Freude, dann Sorge und schließlich Panik, als er sich wieder nach den Soldaten umdrehte, die hinter ihm her waren.

Warum jagen die kaiserlichen Soldaten Miros Erben, schoss es Marje durch den Kopf. Das war absurd! Sie würden ihn wohl kaum für ein Straßenkind halten!

»Bleib stehen, Kiyoshi!«, schrie jemand. Es war ein dunkelhaariger Junge in der Uniform der Palastwache, er war etwa im gleichen Alter wie der Prinz, soweit sie das auf die Entfernung schätzen konnte.

Kiyoshi warf noch einen Blick über die Schulter, dann wandte er sich zu Marje und Sayuri um und lief auf sie zu. Die Menschen wichen teilweise zur Seite, halfen ihm, einen Weg zu finden, und schlossen den schmalen Gang hinter ihm wieder, scheinbar ohne ihn bemerkt zu haben.

Beinahe entlockte es Marje ein Lächeln, als sie beobachtete, wie die Menschen sich den Soldaten in den Weg stellten. Kiyoshi hatte nur noch einen kleinen Vorsprung vor seinen Verfolgern, als er sie erreichte. Keuchend kam er vor ihr zum Stehen. Einen Augenblick lang sahen sie sich nur stumm an, dann griff er nach ihrer Hand. »Sayuri ist in großer Gefahr!«, keuchte er. »Wir müssen raus aus der Stadt!«

Marje starrte ihn verwirrt an. Zu viele Fragen schossen ihr durch den Kopf, ohne dass sie wusste, welche sie zuerst stellen sollte. Was kümmerte ihn Sayuri? Warum jagten ihn die Soldaten? Was machte er überhaupt hier?

Kiyoshi gab ihr nicht mal die Gelegenheit, den Mund aufzumachen. Wortlos zog er sie und Sayuri einfach hinter sich her, an den Gespannen vorbei Richtung Tor.

»Haltet sie!«, brüllte der Soldat hinter ihnen und machte dadurch die Wachen am Rande des Trosses auf sie aufmerksam, die sich einen Weg zu ihnen durch die Menge bahnten.

Marje umgriff Sayuris Hand fester, um die Freundin, die hinter ihnen herstolperte, nicht zu verlieren. Doch sie waren nicht schnell genug und einer der Soldaten erreichte Kiyoshi. Marje schrie auf, als sie das Schwert in der Hand der Wache sah, aber Kiyoshi ließ sich davon nicht beeindrucken. Geschickt entwand er dem Mann die Waffe und stieß den Soldaten damit zur Seite. Marje verlor den Angreifer aus den Augen, als dieser vor einem Grion zu Boden stürzte.

Atemlos rannten sie weiter. Wieder stellten sich ihnen Soldaten in den Weg, aber Kiyoshi zog sie unter einem Grion hindurch, sprang auf die Ladefläche eines Wagens und kletterte über zwei Fässer hinweg, um neben dem Kutschbock wieder auf den staubigen Boden zu springen. Marje mit Sayuri im Schlepptau konnte ihm nur mit Mühe folgen.

Hinter ihnen waren die erbosten Rufe der Soldaten zu hören, doch sie hatten in der Zwischenzeit das Tor schon fast erreicht. Dort griffen die Soldaten nun nach ihren Waffen, als sie sahen, dass die Flüchtigen auf sie zurannten. Kiyoshi zückte ein Schwert, das er unter seinem Umhang hervorzog. Marje stolperte, fing sich jedoch an einem Wagen ab. Sie hörte ihren eigenen keuchenden Atem, während sie weiterhasteten. Zwei Karren versperrten noch den Weg durch das Tor, da ihr Besitzer gerade den Wegezoll bezahlte, aber die Soldaten, die eigentlich kassieren und den Verkehr lenken sollten, stellten sich ihnen nun in den Weg.

»Lauf!«, rief Kiyoshi. »Und pass auf Sayuri auf!«

Marje wich geschickt einem Soldaten aus. Kiyoshi, der ein kleines Stück vor ihr rannte, stürmte auf eine der Wachen zu und hob das Schwert zum Angriff.

»Tu das nicht«, rief der Soldat, scheinbar unsicher, wie er auf den Angriff des Prinzen reagieren sollte, aber Kiyoshi zögerte keinen Augenblick. Statt jedoch von oben anzugreifen, ließ er das Schwert kreisen und stieß es dem Mann von unten in die Hüfte und zog es dann mit einer eleganten Bewegung zurück, während er den Angriff des Soldaten abfing, indem er nach der Hand griff, mit der der Mann sein Schwert führte.

Marje rannte an dem Mann vorbei und wirbelte, als sie schon fast durchs Tor war, herum, um gerade noch zu sehen, wie Kiyoshi die Wache von sich stieß und ihr folgte. Wieder schloss sich seine Hand um ihre. Sie waren auf der anderen Seite des Tores!

»Auf den Wagen dort«, keuchte Kiyoshi, und das ließ sie sich nicht zweimal sagen. Direkt vor ihnen schwankte ein breiter Karren über die staubige Straße, der jetzt langsam an Fahrt aufnahm. Die sechs Grions, die ihn zogen, schienen erleichtert zu sein, das weite Land erreicht zu haben.

Marje spürte, wie Kiyoshi ihre Hand fester umklammerte, mit der anderen nach dem Karren griff und einfach aufsprang. Verzweifelt versuchte sie, das Gleichgewicht zu halten, aber in diesem Moment wurde ihr der Boden unsanft unter den Füßen weggerissen und ihr entglitt Sayuris Hand.

Ihr Schrei ging in dem Brüllen der mächtigen Grions unter, die nun die Peitsche des Kutschers zu spüren bekamen. Die Tiere verfielen von einem Augenblick auf den anderen in ihren rasenden Galopp, der die Plumpheit ihrer Körper Lügen strafte.

Marje konnte gerade noch das zornverzerrte Gesicht des dunkelhaarigen Jungen von der Palastwache sehen, der aus dem Tor gelaufen war und nun Sayuri zu fassen bekam.

»Sayuri«, schrie sie. Verzweifelt schaute sie zurück. Sie musste von diesem Gefährt herunter – sie musste zu Sayuri zurück!

Sie holte tief Luft und machte sich gerade bereit zum Sprung, als sie spürte, wie sie zwei starke Hände packten und in den Wagen zogen.

11. Kapitel

Der Mann und der Wiljar lauschten regungslos, was der Bote zu berichten hatte. Als er geendet hatte, versanken sie in ein tiefes Schweigen, während ihr Blick auf die Ebene hinaus in die Weite der Wüste glitt. Als der Wiljar schließlich anhob, etwas zu sagen, hatte sich der Bote längst unter vielen Verbeugungen und Ehrenbezeugungen zurückgezogen.

»Sie hat also die Stadt verlassen«, stellte der Wiljar schließlich fest. Mit einem zufriedenen Schnurren trat er an die offene Seite des Kräutergartens, der sich über dem unscheinbaren Laden im Handwerkerviertel erstreckte. »Eurem Bruder wird es bald besser gehen. In wenigen Wochen wird er sich erholt haben und der Wasserstand in der Stadt wird steigen.«

Miro schluckte schwer. »Wir haben einen hohen Preis bezahlt«, flüsterte er leise.

Die Raubkatze senkte den Blick auf ihre Pfoten. »Der Verlust des Prinzen hat uns alle schwer getroffen«, sagte sie nach einigen Augenblicken der Stille. »Aber jeder Erfolg, jeder Sieg fordert seinen Tribut. Die Stadt wird erblühen und die Menschheit wird Euch feiern, Herr.«

Ein Zug der Trauer lag um den Mund des Mannes, als er sich zu dem Wiljar umwandte. »Was ist ein Sieg wert, wenn er so viel kostet?«, wollte er wissen.

Der Wiljar atmete tief ein und wieder aus und ließ dabei ein kehliges Knurren hören. »Das ist es, was die Menschen so kurzsichtig macht. Eure Gefühle verleiten Euch zu dieser Frage. Lasst Euch Zeit, dann werdet Ihr verstehen, was ich meine. Der Prinz ist gegangen. Aber vorher hat er uns zu derjenigen geführt, die wir gesucht haben. Die Soldaten können heimkehren. Alles wendet sich zum Guten. Der Frieden wird wieder in die Straßen der Stadt einziehen.«

Miro blickte stumm in den Garten.

Der Wiljar hatte recht.

Die Pflanzen hier oben – diese üppige Pracht, wie sie eigentlich nur an einem Ort der Stadt wachsen konnte, war ihnen Beweis genug gewesen. Und ja, ihre Suche war beendet gewesen, das hatten sie in dem Moment gewusst, als sie die Leiter erklommen hatten.

Aber was war mit Kiyoshi? Auch er hatte im Garten verharrt, das wusste Miro von den Soldaten, die dem Jungen auf sein Geheiß hin gefolgt waren.

Was ahnte er tatsächlich? Welche Eingebung hatte ihn in dieses Haus und schließlich aus der Stadt getrieben? Selbst wenn seine Mutter geredet haben sollte, selbst wenn sie trotz der Nacht, die in ihrem Verstand herrschte, einen lichten Moment der Erinnerung gehabt hatte – woher hatte Kiyoshi dann gewusst, wo das Mädchen lebte? Dass es überhaupt lebte?

Miro vergrub seinen Kopf in den Händen. Er hätte es ahnen müssen, dass Aulis auf Dauer ein Risiko war. Aber sie war nun schon so lange in diesem Zustand. Und sie hatte lediglich Kontakt mit Kiyoshi. Miro wusste, dass sein Neffe nichts auf das verrückte Gerede seiner Mutter gab.

Bis heute offenbar.

Miro stöhnte. So viele Entscheidungen zu fällen – so wenige Antworten auf seine Fragen!

Der Wiljar sah zu ihm hinüber. Anmutig ließ er sich am Rande des Gartens ins Gras sinken und legte den schweren Kopf auf die kräftigen Pfoten. Aus gelben Augen beobachtete er, wie eine Blume im heißen Wind den Kopf hängen ließ und ein Blütenblatt nach dem anderen zu Boden fiel. Der Garten begann sichtlich zu verfallen, viel schneller, als man es für möglich gehalten hätte.

»Sie hätte die Stadt vernichten können«, sagte der Wiljar leise und ließ ein tiefes Grollen hören.

Miros Blick schweifte abermals in die Ferne, wo der Himmel auf das Gold des Wüstensandes traf. »Ist es nun vorbei?«

Der Wiljar lachte grollend auf und schüttelte den Kopf. »Es ist nicht vorbei, solange das Mädchen lebt«, antwortete er knapp.

Er und der Kaiserbruder drehten sich um, als Schritte auf der Leiter laut wurden und gleich darauf ein Junge durch das Loch im Boden des Gartens schaute. »Entschuldigt, Eure Hoheit«, bat er, stieg vollends auf das Dach und verneigte sich tief. »Er ist entkommen.«

Der Mann seufzte schwer. »Der Bote hat uns bereits die Nachricht überbracht. Ich habe nichts anderes von meinem Erben erwartet. Danke, Rajar.«

»Ich bitte Euch inständig, lasst mich nach ihm suchen. Er hat mit seiner Flucht den Kaiser und Euch verraten. Das muss gerächt werden.«

Der Wiljar schnurrte und legte seinen mächtigen Kopf zwischen die Vorderpfoten. »Der Junge spricht die Wahrheit. Aber vorerst müssen wir das Augenmerk auf das Mädchen richten, das sie bei sich hatten.«

»Lasst mich auch nach ihr suchen!« Rajar hob eifrig den Kopf und blickte zum Bruder des Kaisers auf. »Sie ist zwar entkommen, aber sie sind getrennt worden. Es wird ein Leichtes sein, sie in der Wüste aufzuspüren. Sie kennt die Gefahren dort draußen nicht!«

Der Wiljar nickte langsam. Sein gelber Blick glitt von Rajar zu Miro. »Wir dürfen nichts dem Zufall überlassen. Wir müssen Sorge tragen, dass diese Bedrohung für immer gebannt wird.«

Stumm wich Miro den erwartungsvollen Blicken aus. Ein Gefühl der Ohnmacht breitete sich in ihm aus, als ihm klar wurde, dass er keine Wahl hatte. Das Mädchen war eine Gefahr für die Stadt und nichts hinderte sie daran zurückzukehren. Selbst wenn er die Wachen am Tor anwies, sie aufzugreifen, war das Risiko einfach zu hoch. Die Wache hatte schon einmal versagt.

Die Falten um Miros Mund vertieften sich, als seine Lippen wieder schmal wie ein Strich wurden und ein harter Ausdruck in seine Augen trat.

»Dann jagt sie«, befahl er grimmig.

Teil 2

1. Kapitel

Der Geruch süßer Berensfrüchte stieg ihm in die Nase und ließ ihm das Wasser im Mund zusammenlaufen. Kurz spähte er zum Haus hinüber, in dem die Bauernfamilie gerade zu Abend aß. Der Platz dazwischen wirkte verlassen, dennoch zögerte er. Einer der letzten Sonnenstrahlen des Tages fiel auf ihn und ließ ihn zurück in den Schatten des Stalls weichen, in dem die Grions unruhig zu schnauben und zu stampfen begannen. Sie schienen die Anwesenheit der Jäger zu spüren, doch die Bauernfamilie war abgelenkt und der Knecht hatte sich bereits zum Schlafen gelegt.

Unruhig ließ Suieen den Blick schweifen. Nirgendwo waren Faons zu sehen. Die sandfarbenen Wüstenhunde waren auf jedem Hof scharenweise anzutreffen. Die Bauern mochten die Hunde, denn sie waren aufmerksame Hofwächter, jagten Mäuse und Ratten und galten als treue Gefährten. Sie lebten im Wohnhaus, im Stall, im Schuppen und auf den Feldern – eben überall, wo sie jagen konnten und selbst nicht verjagt wurden.

Suieen hasste sie.

Aber heute schien er Glück zu haben. Kein Faon weit und breit, obwohl die Unruhe der Grions sie längst hätte anlocken müssen. Auch wenn er sich diesen Umstand nicht erklären konnte und es ihn misstrauisch stimmte, beschloss er, sein Vorhaben in die Tat umzusetzen. Sein knurrender Magen hatte überzeugendere Argumente als die warnende Stimme in seinem Kopf.

Vorsichtig öffnete er den Riegel an der Stalltür und schob sie ein Stück auf, gerade so weit, dass er hindurchpassen würde. Mit einem Holzblock versicherte er sich, dass die Tür diesen Spaltbreit offen bleiben würde, dann wandte er sich wieder dem offenen Platz zu.

Noch immer regte sich nichts. Aus dem Haus drangen gedämpfte Stimmen und Gelächter, aber auf dem Hof hatte sich nichts verändert. Vorsichtig trat er aus dem Schatten. Halb geduckt überquerte er den Platz mit schnellen Schritten, bis er direkt am Wohnhaus hinter einem hohen Strauch auf den Boden sank und wieder atemlos lauschte. Noch immer war alles still. Zu still, wie er fand, aber er hatte keine andere Wahl. Seit Tagen hatte er nicht mehr gegessen.

Wieder glaubte er, den Duft von süßen Berensfrüchten wahrzunehmen, gemischt mit dem herben Geruch der Ironwurzel und kalter Kellerluft. Sein Magen zog sich vor Verlangen zusammen.

Vorsichtig kroch er auf die Tür zum Keller zu und überprüfte den Riegel. Eigentlich war es weniger eine Tür als vielmehr eine schmale Klappe. Nach der Ernte wurden die Steigen mit den Früchten durch diese Luke in die Lagerräume hinabgereicht. Der Riegel war eingerostet und alt, ließ sich aber mit ein wenig Kraft öffnen. Wieder hielt Suieen lauschend inne, aber noch immer schien niemand seine Anwesenheit auf dem Hof bemerkt zu haben.

Bei dem Gedanken, heute Abend mehr als nur ein paar Tropfen Wasser zu sich nehmen zu können, überkam ihn eine solche Begierde, dass es ihn alle Selbstbeherrschung kostete, die Tür nicht aufzureißen und in den Keller zu stürmen. Er leckte sich über die aufgesprungenen Lippen.

Mit einer Hand schob er vorsichtig die Tür einen Spaltbreit auf und spähte in die Tiefe. Der Geruch war so intensiv, dass er sich wie berauscht fühlte, aber als er den Kopf in die Öffnung streckte, konnte er auch noch etwas anderes wahrnehmen. In dem Keller war ein Faon.

Suieen zog hastig die Hand zurück und ließ die Tür zufallen. Atemlos drückte er sich an die Hauswand und wartete, aber aus dem Keller kam kein Laut. Ein Faon hätte längst gebellt, um sein Revier zu verteidigen. Wie alt der Geruch wohl sein mochte? Suieen wünschte sich, Yuukas feine Nase zu haben, um feststellen zu können, wann und wie lange der Faon im Keller gewesen war. Aber seine Gefährtin wartete geduldig hinter dem Schuppen, um sich ein Grionkalb zu holen, während er sein Glück im Keller versuchen wollte. Obwohl sie es wesentlich länger als er ohne Nahrung aushalten konnte, hatte auch Yuuka in den letzten Tagen immer wieder sehnsuchtsvoll zu den Herden der Bauern geschielt und mit einem tiefen Grollen die Anwesenheit der Faons registriert.

Dass selbst sie Respekt vor den Wüstenhunden hatte, war für Suieen das sicherste Zeichen, diese wendigen Tiere nicht zu unterschätzen. Er hatte bereits mit eigenen Augen gesehen, wie sie sogar einen Greif zu Boden reißen konnten. Im Rudel waren sie gefährlicher als alle anderen wilden Jäger, die Suieen kannte.

Als alles still blieb, schob er wieder vorsichtig die Tür zum Keller auf. Eine schmale Leiter führte in die Dunkelheit. Mit einer Hand zog er einen Dolch hervor, während seine grauen Augen die Finsternis durchdrangen. Schemenhaft konnte er Regale erkennen, in denen Berensfrüchte lagerten, Bündel der Ironwurzel, die von der Decke hingen, und Säcke mit anderen Kostbarkeiten.

Wieder leckte er sich hungrig über die Lippen, während er seine Augen zu schmalen Schlitzen verengte, um noch tiefer in den Keller zu sehen. Doch das wenige Licht reichte selbst für seine guten Augen nicht aus. Einmal mehr verfluchte er seine menschliche Hälfte; wäre er reinrassig, würde er die Dunkelheit mühelos durchdringen können.

Geräuschlos kletterte er die ersten Sprossen der Leiter hinab und hielt inne, als ein leises Geräusch aus der Tiefe zu hören war. Doch dann war es wieder still und sein Magen ließ ihn alle Vorsicht vergessen. Mit einem Satz war er auf dem Boden des Kellers und griff hastig nach einer duftenden Berensfrucht. Seine Zähne gruben sich in das saftige, weiche Fruchtfleisch und einen Augenblick schloss er genüsslich die Augen, während seine zweite Hand bereits seine Tasche mit den Früchten füllte.

Ein drohendes Knurren ließ ihn innehalten. Wie erstarrt blieb er stehen, nur seine Augen suchten den Raum ab und hielten inne, als er den Faon entdeckte. Er hatte die großen Ohren an den Kopf angelegt, die Lefzen hochgezogen und sein Raubtiergebiss war drohend entblößt. Langsam wich Suieen zur Leiter zurück. Falls der Hund ihn angriff, blieb ihm nur noch die Flucht. Vorsichtig hob er eine Hand, um ein Bündel Ironwurzeln von einem Haken an der niedrigen Decke zu pflücken.

Das Knurren wurde lauter, aber der Hund regte sich nicht.

Suieen löste die Wurzeln und steckte sie in seine Tasche. Er verstand nicht, warum der Hund ihn nicht angriff, aber solange er es nicht tat, dachte er nicht daran zu fliehen. Ohne den Faon aus den Augen zu lassen, öffnete er einen Sack, der direkt an der Leiter stand. Vorsichtig tastete er nach dem Inhalt. Voller Sandbeeren! Eine nach der anderen schob er in seine Tasche, bis sie so voll war, dass er Mühe hatte, die Schnalle zu schließen.

Der Faon war ein Stück auf ihn zugegangen. Den Kopf hielt er gesenkt, als wollte er jeden Augenblick zum Sprung ansetzen. Suieen lächelte erleichtert, als er sah, dass der Hund das rechte Hinterbein nachzog. Aber gerade, als er sich zur Leiter umwandte, legte der Hund den Kopf in den Nacken und stieß ein klagendes Heulen aus, um seine Artgenossen zu rufen.

Suieen kletterte, so schnell er konnte, die Leiter hinauf und rannte los. Er konnte sehen, wie Yuuka aus dem Schatten des Schuppens hervorsprang und mit der Schnauze die Stalltür aufstieß.

Der Anblick der großen Raubkatze löste im Stall Panik unter den Grions aus. Suieen hörte ihre wilden Schreie, das Stampfen ihrer schweren Hufe und ein lautes Poltern, wenn sie sich gegen die Wände ihrer Boxen warfen. Die Tür des Wohnhauses wurde aufgerissen und der Bauer stürmte mit einer Fackel bewaffnet ins Freie.

Suieen ließ sich in den Staub fallen, um sich zwischen zwei Bodenwellen zu verbergen, und sah zurück. Der Bauernhof lag noch in Sichtweite, sein Vorsprung war nicht annähernd ausreichend. Aus dem Herrenhaus war nun auch eine Meute Hunde gekommen. Die Schnauzen schnuppernd in die Luft gereckt, liefen sie kläffend auf den Stall zu.

Doch in diesem Moment stürmte Yuuka aus dem Gebäude. Ohne einen der Faons zu beachten, die sich wütend in ihr Fell verbissen, rannte sie ihm nach. Im Maul trug sie den leblosen Körper eines Kalbs. Ihre neun Schwänze zuckten durch die Luft und schlugen nach den Hunden, um sie zu vertreiben.

Suieen richtete sich wieder auf. Yuuka hatte ihn mit wenigen Sätzen eingeholt und schleuderte gerade den letzten Hund von ihrem Rücken. Der Bauer war ihnen nun dicht auf den Fersen. »Lauf«, knurrte Yuuka, ohne das Kalb loszulassen.

Unschlüssig sah Suieen zu den Hunden und dem Bauern zurück. Nicht weit von hier wartete der Greif. Hatte er ihn erst einmal erreicht, war er in Sicherheit. Yuuka würde erst die Flucht ergreifen, wenn sie sicher war, dass er entkommen konnte.

»Übertreib es nicht«, warnte er seine Freundin keuchend. Dann rannte er auf die Felsen zu, die sich in der Nähe des Hofes erhoben.

Zwischen den Felsen scharrte der Greif unruhig mit den klauenbesetzten Vorderfüßen. Als er Suieen sah, lief er ihm einige Schritte entgegen, entfaltete die mächtigen Adlerflügel und berührte mit den Spitzen den Sandboden, sodass Suieen sich, ohne in seinem Lauf innehalten zu müssen, auf seinen Rücken schwingen konnte. Sicher kam er hinter den Flügeln auf dem Rücken des riesigen Tiers zum Sitzen und legte die Hände an die Ansätze der Flügel, um sich festzuhalten. Seine Tasche stellte er vor sich, dorthin, wo die Federn in Fell übergingen. Der Greif war, wenn er mit allen vieren auf dem Boden stand, größer als ein ausgewachsener Mensch. Wenn er sich jedoch auf die Hinterbeine stellte und die Flügel drohend ausbreitete, überragte er gar ein einstöckiges Haus.

Als der Bauer den Greif sah, hielt er inne. Er war lediglich mit einer Fackel bewaffnet und damit konnte er diesem Tier nicht gefährlich werden. Der Greif schlug einige Male mit seinen Flügeln kraftvoll durch die Luft, dann machte er ein paar Schritte auf den Bauern zu und erhob sich in sein Element. Ein Faon sprang ihm nach und hätte beinahe einen Flügel erwischt, aber der Greif gewann schnell an Höhe.

Yuuka, die von mehreren Faons angefallen worden war und sich mit aller Macht wehrte, sah den Greif und stieß ein triumphierendes Fauchen aus. Ihr Kalb hatte sie fallen lassen, um sich besser zur Wehr setzen zu können. Jetzt warf sie sich auf den Rücken, um die Faons loszuwerden, die ihr in den Nacken gesprungen waren, und schlug mit ihren Schwänzen wild peitschend um sich. Als sie sich wieder aufrichtete, packte sie das Kalb im Nacken und machte sich mit ihrer Beute aus dem Staub, während die Wüstenhunde sich laut heulend ihre Wunden leckten.

Suieen dirigierte den Greif zu einer Anhöhe, die er mit Yuuka als Treffpunkt vereinbart hatte. Das Wüstengeschöpf stieß einen triumphierenden Schrei aus, flog in einem Bogen über das Bauernhaus und steuerte die kleinen Hügel an, die sich in einiger Entfernung erstreckten.

Suieen genoss den Flug. Die Sonne versank als roter Feuerball am Horizont und tauchte die Welt in ihre lodernden Farben, während aus der entgegengesetzten Richtung bereits die Nacht ihre Finger nach der Ebene ausstreckte. Die Luft war angenehm warm auf seiner Haut und das Rauschen des Windes und der schlagenden Flügel erfüllte Suieen mit einem Gefühl des Übermuts, wozu auch der gelungene Diebstahl beitrug. Zufrieden griff er in seine Tasche und zog eine Berensfrucht hervor. Zu viele Tage hatte er sich von den wenigen Wurzeln, die man in der Wüste noch fand, ernähren müssen.

Unter ihm zogen die letzten Felder der Bauern vorbei und machten einer öden, hügeligen Landschaft Platz, die bald in eine flache Sandwüste übergehen würde, die sich bis zu den Gebirgen im Westen zog. Sehnsuchtsvoll sah er zur untergehenden Sonne, dorthin, wo einmal seine Heimat gelegen hatte. Entschlossen wandte er den Blick ab und biss in die Berensfrucht, um den schalen Geschmack der Erinnerung zu vertreiben.

Unter ihm rannte Yuuka. Ihre Pfoten wirbelten den Sand auf, ihr schlanker Körper streckte sich bei jedem gewaltigen Satz, mit dem sie die Distanz zwischen sich und ihren Verfolgern immer weiter vergrößerte.

Im nächsten Moment setzte der Greif zur Landung an. Es fühlte sich an, als würde das Tier über seine eigenen Beine stolpern, bis es sein Gleichgewicht fand und auf den verschiedenen Füßen zum Stehen kam.

Suieen ließ sich von seinem Rücken gleiten und zog eine Berensfrucht aus dem Beutel, um sie dem Greifen anzubieten. Der Greif nahm sie vorsichtig mit dem Schnabel und schlang sie mit einem Bissen herunter. Zufrieden streckte und schüttelte er sich, bevor er die langen Flügel wieder anlegte. Seine Federn schimmerten silberweiß wie der lange, zottige Schweif, während das Fell, das seinen Rücken und die Hinterläufe bedeckte, fast nachtschwarz war. »Danke«, beeilte Suieen sich zu sagen; er wusste, dass der Greif zurück zu seiner Herde wollte.

Für dich jederzeit, antwortete der Greif in seinen Gedanken. Wie alle magischen Wesen beherrschte er die Fähigkeit, in Gedanken mit anderen magischen Wesen zu kommunizieren, auch wenn die Greifen wohl am wenigsten von allen Geschöpfen davon Gebrauch machten. Meist hüllten sie sich in tiefes Schweigen.

Suieen legte seine Hand auf die Federn zwischen den beiden Augen des Greifs und kraulte die Stirn des mächtigen Tieres, das genüsslich die Augen schloss. Sie kannten einander schon lange. Suieen konnte sich an die ersten Flugversuche des Greifs erinnern und dieser war auch bei seinem ersten Raubzug dabei gewesen. Das Vertrauen, das sie zueinander gefasst hatten, war selten zwischen einem Greif und einem Wesen anderer Art zu finden. Suieen konnte immer auf seine Hilfe zählen, was in dieser Wüste mehr wert war als Taschen voll Gold.

Jetzt trat der Greif einen Schritt zurück, stellte sich auf die Hinterbeine, breitete die Flügel aus und setzte mit einem kraftvollen Sprung ab. Mit ausgebreiteten Flügeln ließ er sich ein Stück vom Wind tragen, bevor er wieder kräftig mit den Flügeln schlug und sich majestätisch in den Himmel erhob.

Suieen sah ihm nach. Er wusste nicht, wann er ihn wiedersehen würde. Greifenherden konnten wochenlang an einem Ort bleiben und dann binnen weniger Tage meilenweit reisen. Meistens hielten sie sich fern von Menschensiedlungen und mieden insbesondere die große Stadt, in der sich die Menschen wie Ratten zusammenscharten.

Suieen konnte sich nicht vorstellen, wie so viele Menschen über- und nebeneinander in Häusern aus Stein leben konnten, ohne zu reisen, ohne sich nach dem Wind zu richten, eigene Herden zu hüten oder Äcker zu bestellen, wie es die Bauern um die Stadt herum taten. *Kaiserstadt* nannten die Bauern die Stadt ehrfürchtig. Suieen fand sie unangenehm laut und voll.

Geduldig wartete er, bis das leise Geräusch von knirschenden Steinen unter schweren Schritten Yuukas Kommen ankündigte. Die Raubkatze ließ sich in einigem Abstand zu ihm nieder und begann, ihr Kalb zu verspeisen. Suieen ignorierte die schmatzenden Geräusche, das Reißen und Knacken, wenn Sehnen durchtrennt und Knochen zerbissen wurden, und begann ebenfalls, sein Abendbrot zu verzehren.

Sein Blick schweifte in die Ferne. Am Horizont konnte er die Stadt erkennen, die sich aus dem Sand erhob. Wie ein Wächter thronte Turu über ihr. Lauryn hatte sich bereits weit über die Stadt erhoben und tauchte die Wüste in sein sanftes blaues Licht. Die Welt wirkte, als hätte jemand eine Decke über ihr ausgebreitet. Aber die friedliche Stille trog.

Suieens Blick streifte die nördlichsten Bauernhöfe und schweifte zu den dunklen Wäldern, die sich zwischen den

Dünen erstreckten. Früher, so erzählte man, waren sie grüne Orte, Oasen des Lebens gewesen. Jetzt waren sie düster. Die wenigen Bäume, die noch dort wuchsen, hatten lange Wurzeln, die tief in den Boden reichten. Ihre Äste waren knorrig, ihre wenigen Blätter ledrig hart. Bis auf Irrlichter und Zentauren hatten alle Lebewesen diesen Wald verlassen.

Suieen sah zu seiner Gefährtin, die ihr blutiges Mahl gerade beendete und den Kalbskadaver im Sand verscharrte. Ihre lange Zunge leckte über die Schnauze, dann wandte sie sich ihm zu. Ihre gelben Augen strahlten vor satter Zufriedenheit. Mit einem Schnurren ließ sie sich neben ihm nieder, so nah, dass er ihre Wärme spüren konnte, und dankbar lehnte er sich gegen ihr weiches sandfarbenes Fell. Ihre Schwänze legten sich um sie herum, wie ein schützender Ring umschlossen sie ihren Lagerplatz und Yuuka streckte die Pfoten aus, um den Kopf zum Schlafen darauf zu betten.

Gedankenverloren kraulte Suieen sie hinter den großen Katzenohren und sie schnurrte leise. Während sie die Augen schloss und in einen Halbschlaf sank, schweifte sein Blick nach Süden und blieb an den Höfen hängen.

Früher war es einfacher gewesen, sich bei den Bauern mit Nahrung zu versorgen. Er hatte auf den Höfen aushelfen und sich hin und wieder etwas hinzuverdienen können. Nun verjagten sie ihn, sobald er nur in die Nähe ihrer Felder kam.

Mit einer Hand strich er sich die Haare aus der Stirn und entblößte seine spitzen Ohren. Ebenso wie die Ohren waren auch seine Eckzähne spitzer als die eines Menschen und seine gelben Augen wirkten nur im Schatten wie ein helles Braun. Es war kaum zu übersehen, dass er kein ganzer

Mensch war – genauso wenig wie ein Shaouran. Halbblut nannten ihn die einen, Mischling die anderen. Damit ausdrücken wollten beide das Gleiche. Er gehörte nicht zu ihnen.

Und seit der Kaiser die Höfe von seinen Soldaten bewachen ließ und verkündet hatte, dass nur Menschen unter seinem Schutz standen, hatten ihn die Leute vertrieben. Da sich nun der Kaiser wieder um sie kümmerte, bräuchten sie den Schutz der Shaouran nicht länger. Vor mehr als zehn Jahren hatte der Krieg die beiden Rassen getrennt und die Wüste zwischen ihnen geschaffen. Noch immer waren die Menschen nicht bereit, einen Shaouran auf ihrem Hof zu dulden, und die Shaouran auf der anderen Seite der Wüste akzeptierten keine Menschen unter sich. Nur als Außenseiter, als Verstoßener wurde man eine Weile geduldet, bis man wieder fortzog und den Sternen folgte.

Suieen legte nachdenklich den Kopf in den Nacken und sah zu den Sternen auf, die sich langsam immer deutlicher am Himmel abzeichneten. Wie dumm die Menschen doch waren! Jetzt, wo der Kaiser den Bauern Schutz gewährte, grenzten sie sich sogar schon von den Zentauren und Greifen ab, behaupteten, sie kämen besser ohne sie klar. Doch in Wahrheit verschlechterte sich ihre Situation mit jedem Jahr. Jedes Jahr wurden die Söldnerclans, die der Krieg hervorgebracht hatte, ein wenig stärker und tyrannisierten die Bauern ein wenig mehr. Zu Horden zusammengerottet zogen sie durch das Land, überfielen Karawanen und griffen die Bauern an, erpressten von ihnen Schutzgeld oder nahmen sich einfach, was sie brauchten.

Zumindest war es am Anfang so gewesen. Inzwischen hatten sich die Stärksten und Klügsten an ihre Spitze gesetzt. Diese Männer kannten die Orte, an denen die Wüste noch Schätze barg, und raubten dem Boden wertvolle Steine und Kristalle, um sie zu verkaufen. Sie richteten sich mit dem Geld ihre eigenen Dörfer ein und nahmen das umliegende Land in Besitz.

In letzter Zeit hatte sich der Clan der Nordmine besonders hervorgetan. Suieen versuchte möglichst, eine Begegnung mit den Kriegerscharen zu vermeiden. Zu verbittert waren sie ob des verlorenen Kriegs und ganz erfüllt vom Hass auf ihre Feinde, dass sie sich auch nicht mehr dem Kaiser zuordneten, der sie ihrer Meinung nach im Stich gelassen hatte.

»Du solltest schlafen«, schnurrte Yuuka leise. »Morgen haben wir einen weiten Weg vor uns.«

Suieen nickte. Seine Wasservorräte waren fast vollends aufgebraucht. Einige der Quellen waren zwar wieder erwacht, aber Suieens Wasservorräte reichten nicht mehr, um die nächste von ihnen zu erreichen. Er und Yuuka würden die Kaiserstadt aufsuchen müssen, auch damit Suieen seine inneren Reserven auffüllen konnte.

Wie jede Wasserquelle war die Quelle der Kaiserstadt von Magie umgeben. Nur wenige Minuten in ihrer Nähe reichten schon, um ihn mit frischer Kraft zu erfüllen.

Er faltete seine Hände im Schoß und schaute auf sie hinab. Seine Finger waren lang und schmal, viel schmaler als Menschenhände, so wie er insgesamt hagerer war als Menschenkinder seines Alters. Viele unterschätzten ihn deshalb und bereuten es bitter, wenn sie seine Kraft zu spüren bekamen.

Eine Flamme entfachte sich in seinen Händen und flackerte im Wind, bis er sie so groß gezogen hatte, dass sie sich gegen die Windkraft behaupten konnte. Die Wärme des Feuers prickelte angenehm auf der Haut, fühlte sich wie ein wohliger Schauer, ein sanftes Streicheln an.

Suieen schloss die Augen. Der Gedanke an den morgigen Tag ließ ihn schaudern. Er konnte den Menschen nicht viel anbieten, um Wasser bei ihnen zu kaufen. Seine Fähigkeiten konnten ihm dabei zwar behilflich sein, aber das war ein gefährliches Unterfangen, zudem war er bereits sehr geschwächt. Die Wachen an den Stadttoren waren ihm genauso unsympathisch wie die Söldnerclans. Er würde sehr vorsichtig und schnell sein müssen, denn er durfte keinesfalls riskieren, dass sie ihn als Mischling erkannten.

Yuuka spürte seine Unruhe und hob den Kopf.

»Schlaf«, mahnte sie. »Ich halte Wache.« Zärtlich rieb sie ihren Kopf an seiner Schulter und zog ihn zwischen ihre Vorderpranken. »Die Sterne stehen günstig. Morgen kriegen sie uns nicht.«

Suieen erwachte mit den ersten Sonnenstrahlen und war sofort hellwach. Yuuka reckte sich. Wahrscheinlich hatte sie die ganze Nacht aufgepasst, ob der Bauer ihren Spuren gefolgt war. Früher war es den Menschen nie die Mühe wert gewesen, die beiden zu verfolgen, wenn sie ihre Vorräte bei ihnen aufgestockt hatten, inzwischen wurden sie regelrecht gejagt.

Doch Suieen hatte mittlerweile andere Sorgen. Der Wind musste in der Nacht stärker geworden sein. Yuuka konnte den Sand leicht aus ihrem Fell schütteln und strich mit ihren Schwänzen ihr Haarkleid sauber. Er hingegen konnte zwar den Mantel kurz ausziehen, um ihn auszuschütteln, aber der Sand drang durch jede Ritze, jede Naht, jede Öffnung und die Sandkörner rieselten auch aus seinen Haaren und bedeckten seinen ganzen Körper.

Yuuka strich um ihn herum. Er wusste, dass sie ungeduldig war. Sie wollte den Tag so schnell wie möglich hinter sich bringen, ebenso wie er. Ein Besuch an den Stadttoren war nie angenehm, aber er wurde noch unangenehmer, wenn überall Sandkörner kratzten.

Nachdem Suieen seine Kleidung ausgeklopft hatte, schüttelte er seine glatten blonden Haare, die ihm bis auf die Schultern hingen und unter denen er seine Augen und Ohren gut verbergen konnte. Mit einem abgetragenen Umhang und einem Tuch, wie es die Menschen manches Mal um den Hals trugen, würden sie ihn für einen der ihren halten.

Yuuka knurrte unwirsch. Tshanils Gestirn stand niedrig am Himmel und im Westen war Lauryn noch am Horizont zu erahnen. Sie hatten früh aufbrechen wollen, um die Stadt zu erreichen und am gleichen Tag wieder aus der Gefahrenzone zu kommen. Die Nacht zwischen den Bauernhöfen zu verbringen, wo die Soldaten des Kaisers, die Faons der Bauern und die Söldnerclans durch die Gegend zogen, war nicht gerade ratsam. Die Anhöhe lag etwa einen halben Tag von der Stadt entfernt.

Während Yuuka ungeduldig wartete, zog Suieen den Wasserschlauch aus seiner Tasche und nahm einen kräftigen Schluck, bevor er Yuuka den letzten Rest überließ.

In der Stadt konnte sie Wasser für mehr als fünf Tage aufnehmen; das würde reichen, um die Wüste zu durchqueren, selbst wenn einige der Quellen kein Wasser mehr führten.

Zwar konnte Suieen mithilfe seiner Magie auch Wasser beschaffen, aber niemals würde es für ihn und Yuuka reichen. Wasser zu erschaffen oder aus den Tiefen des Bodens an die Oberfläche zu ziehen, verbrauchte Kräfte, die sich nicht so schnell regenerierten.

Mit einem Seufzer steckte Suieen den leeren Schlauch in die Tasche und zog eine Ironwurzel hervor, um seinen Hunger zu stillen. Yuuka reichte es, sich einmal in der Woche richtig satt zu fressen, die folgenden Tage konnte sie ohne Schwierigkeiten mit ein paar Schlucken Wasser überstehen. Manchmal beneidete Suieen sie um diese Fähigkeit, die es ihr so einfach machte, in der Wüste zu überleben.

Er hatte Yuuka viel zu verdanken. Hätte sie ihn nicht gefunden und aufgenommen, als sowohl die Menschen als auch die Shaouran ihn verstoßen hatten, er hätte nicht überlebt. Wie eine Mutter hatte sie sich um ihn gekümmert. Von ihr hatte er alles gelernt, was er jetzt konnte. Sie hatte ihn gelehrt, in den Sternen zu lesen, und ihm die Geschichten über die Götter und ihre Gestirne erzählt. Dabei war sie selbst noch sehr jung für einen Wiljar.

Die älteste Rasse der Welt trug ihren Titel zu Recht. Wiljars wuchsen und wurden alt, ohne dass die Natur dem ein Ende setzte. Suieen hatte zwar noch keinen dieser gewaltigen Wiljars gesehen, die so groß wie die Berge sein sollten, aber er glaubte Yuuka, wenn sie von den Alten erzählte.

Sie selbst war, seit er sie kannte, jedes Jahr ein Stück gewachsen. Inzwischen reichte sie ihm bis zur Schulter, was für die meisten Menschen noch keine gewaltige Größe darstellte, aber durchaus beeindruckend wirken konnte, wenn sie sich aufrichtete und ihre neun Schwänze aufstellte. Sie war fast so groß wie ein Grion und würde innerhalb der nächsten Jahre die Schulterhöhe eines Greifen erreichen. Aber bis dahin würden sie noch oft zwischen der Heimat der Shaouran und den Menschen umherwandern und den Sternen folgen.

»Wir sollten aufbrechen«, schnurrte sie jetzt.

Suieen nickte und stieg an ihrer Seite in die Ebene hinab. Die Sonne gewann schnell an Kraft, erhitzte den Boden und ließ die Welt glühen wie einen Backofen.

Yuukas Pfoten hinterließen tiefe Spuren im Sand. Schweigend folgten sie einem unsichtbaren Weg. Neben den wenigen Bauernhöfen, die sie meistens nur aus der Ferne sahen, konnten sie sich nur am Stand der Sonne orientieren. Stumm gingen sie in der windstillen Hitze nebeneinanderher. Suieen spürte, wie Yuuka immer unruhiger wurde, obwohl sie sich bemühte, es sich nicht anmerken zu lassen. Bald würden sie sich voneinander trennen und er musste alleine weitergehen. Yuuka wartete stets in sicherer Entfernung der Tore auf ihn.

Bald kam die breite Handelsstraße in Sicht, die wie eine unsichtbare Grenze die Höfe und Felder der Bauern voneinander trennte und direkt zum Westtor der Kaiserstadt führte. Karawanen aus den entferntesten Gegenden waren auf dem Weg zur Stadt. Die anderen Routen lagen abseits der Höfe und wurden nur selten von Kaufleuten genutzt, da sie zu den Minen der Clans führten.

Die Söldner nutzten diese Strecken, wenn sie zwischen ihren Minen hin und her reisten oder durch die Wüste wollten, ohne den Soldaten des Kaisers zu begegnen, die nur zwischen den Höfen anzutreffen waren.

Bevor Suieen und Yuuka die Handelsstraße erreichten, kamen sie an einer Felsengruppe vorbei, die wie die Zähne eines riesigen Raubtiers in den Himmel ragten. Zwischen ihnen verbargen sich Höhlen und Schächte, die die Natur im Laufe der Jahrhunderte in den Stein gegraben hatte.

Dort würde Yuuka sich verstecken und auf seine Rückkehr warten. Nur eine Handvoll Karawanenführer kannte diese Höhlen und manche nutzten sie als Lagerräume, aber wie Suieen hielten sie diese Verstecke geheim. Das Wissen war zu kostbar, denn es gab nur wenige Orte, die weder den kaiserlichen Soldaten noch den Söldnerclans bekannt waren.

»Geh kein Risiko ein«, bat Yuuka.

Seine Hand ruhte wieder auf ihrem Fell, streichelte es gedankenverloren. »Tue ich doch nie«, antwortete er ebenso leise.

Die Handelsstraße zeichnete sich in der Wüste ab. Sie überquerten ein abgeerntetes Feld, aus dessen verkrusteten Ackerschollen nur noch die Stoppeln der Getreidehalme ragten.

»Ich wünschte, es gäbe andere Quellen«, murmelte Yuuka halb laut.

Suieen zuckte nur mit den Schultern. Es war sinnlos, sich etwas zu wünschen, von dem man wusste, dass es nie Wirklichkeit werden würde. Der Krieg hatte die Wasserquellen zerstört. Dort, wo sie einmal im Überfluss gesprudelt, wo sich breite Flüsse durch die Welt gezogen hatten, quollen nur noch kleine Rinnsale Magie aus dem Boden und auch sie wurden immer spärlicher. Irgendwann, wenn die Quellen ganz versiegten, würde man die Wüste nicht mehr durchqueren können. Dann würden nur noch zwei Quellen bleiben: die der Shaouran und die der Menschen.

Dann ist meine Reise zu Ende, dachte Suieen. Dann muss ich mich für die eine oder die andere Hälfte entscheiden und hoffen, dass sie mich akzeptieren.

Die Aussicht, sich auf die Gnade eines der Völker verlassen zu müssen, gefiel ihm wenig. Sanft stieß Yuuka ihn an und lenkte seine Aufmerksamkeit wieder auf den Weg, der vor ihnen lag.

Seit Jahren verhandelte er mit den Soldaten an den Toren und so manches Mal mussten ihm die Götter beigestanden haben. Einmal hatte ihn ein Bauer erkannt, bei dem er sich einige Tage zuvor in der Speisekammer bedient hatte, und das hätte ihn beinahe das Leben gekostet. Ein anderes Mal waren einem der Soldaten seine ungewöhnlich spitzen Eckzähne aufgefallen. Obwohl er Yuuka davon nie erzählt hatte, schien sie zu spüren, wie gefährlich es an den Stadttoren war.

»Pass auf dich auf«, mahnte sie noch einmal. So ungern sie ihn alleine ziehen ließ – ihr Erscheinen würde für sie beide den sicheren Tod bedeuten.

Liebevoll strich er ihr über das sandfarbene Fell. »Bis heute Abend dann«, sagte er nur und Yuuka stieß einen Laut aus, der sich irgendwo zwischen Schnurren und einem Grollen aus tiefster Kehle einordnen ließ.

Ohne sich noch einmal umzusehen, folgte Suieen dem Weg, der entlang der Felder auf die Stadt zuführte. Bald schon kam ihm ein Bauer auf seinem Wagen entgegen, aber er schenkte dem Jungen keine Aufmerksamkeit. Aus dem Schatten seiner Kapuze heraus beobachtete Suieen, wie er die Grions von der Hauptstraße auf einen schmaleren Weg zwischen den Feldern zu seinem Hof lenkte.

Über ihm spannten sich nun die großen Wasserleitungen der Stadt. Etwa vier Meter über dem Boden leiteten sie das Wasser aus den Zinaden zu gut bewachten Speichern zwischen den Höfen. Von dort holten sich die Bauern ihr Wasser. Suieen wusste, dass das Wasser sogar noch weiter nach Westen geleitet wurde, wo ein paar abgelegene Bauern ihre Felder bestellten. Aber die Hoffnung, dort an frisches Wasser zu kommen, hatte er aufgegeben. Die Soldaten, die diese Orte bewachten, führten über jeden Wassertropfen Buch. Es war unmöglich, dort unbemerkt an Wasser zu kommen oder die Soldaten zu bestechen.

So blieben ihm nur die Stadttore, an denen er mit den Wachen verhandeln konnte, auch wenn er für das Wasser aus ihren kleinen Speichern horrende Summen zahlen musste. Je näher er dem Tor kam, desto unruhiger wurde er. Am Straßenrand hatte er ein paar kleinere Steine aufgelesen. Mithilfe seiner Magie formte er sie zu perfekten Kugeln und glättete ihre Oberflächen, bis sie keine Unebenheit mehr aufwiesen. Er musste etwas schaffen, das ungewöhnlich genug war, um den Preis des Wassers aufzuwiegen, aber nicht zu auffällig sein durfte, um das Misstrauen der Soldaten zu schüren.

Seine Verhandlungen waren schon immer schwierig gewesen. Da er sich als Mensch ausgeben musste, durfte niemand seine Fähigkeiten als Magier bemerken. Jedes Mal hatte er sich eine neue Geschichte für seine magischen Gegenstände ausdenken müssen und jedes Mal war er in Sorge, dass sie hinter die Wahrheit kamen.

In den letzten Jahren hatte er meistens Steine in kleine Lichtkugeln verwandelt, indem er ein Feuer in den Steinen entzündete. Je nachdem, wie viel Magie er in die Steine fließen ließ, hielt das innere Leuchten mehrere Tage, manchmal Wochen an. Ob die Soldaten sie behielten oder weiterverkauften, wusste er nicht. Ihm reichte es, wenn sie die Steine als Bezahlung für das Wasser annahmen.

Zufrieden betrachtete er einen der Steine, den er bereits in eine leuchtende Kugel verwandelt hatte. Dem zweiten mischte er einen Hauch von Grün bei, sodass der Stein im Dunkeln wie Turu leuchtete. Vielleicht sollte er sich eine Geschichte über ein Fest der Götter im Zentaurenwald einfallen lassen...

Marje!

Überrascht blickte Suieen auf. Irgendjemand hatte gerufen, in Gedankensprache. Er war bereits nahe am Stadttor und suchend sah er sich um, konnte aber niemanden sehen, der gemeint sein konnte.

Warte, Marje!

Unsicher blieb er stehen. Die Stimme war so laut und atemlos, dass sie nicht weit weg sein konnte, obwohl er diesmal meinte, sie wäre direkt aus Richtung des großen Tores gekommen.

Unsicher lauschte er der Stimme. Antworten wollte er nicht, aus Angst, in eine Falle zu tappen.

Langsam ging er weiter.

Marje!

Wieder die gleiche panische Stimme, wieder keine Antwort. Seit wann gab es Magier unter den Menschen? Doch er durfte sich von der Stimme nicht ablenken lassen. Hastig füllte er die letzten drei Steine mit den Lichtern der Monde und ging langsam auf das Tor zu.

Heute waren besonders viele Menschen unterwegs, doch die meisten wollten aus der Stadt hinaus und so brauchte er nicht lange zu warten, bis sich ein Soldat ihm zuwandte und nach seinem Begehr fragte.

»Ich hab diese hier im Zentaurenwald gefunden«, antwortete er und hob die Steine, um sie dem Soldaten zu zeigen, »und wollte wissen, was sie in euren Augen wert sein mögen.«

Der Mann musterte ihn abschätzend, dann sah er auf die Steine hinab, streckte schließlich eine Hand nach ihnen aus, um sie in Augenschein zu nehmen. »Wie lange hält das Leuchten?«, fragte er interessiert.

Suieen zuckte mit den Schultern. Er musste vorgeben, die Gegenstände gefunden zu haben, dementsprechend durfte er kaum etwas über die Steine wissen. »Wahrscheinlich noch eine Woche«, meinte er, wohlwissend, dass es ein paar Tage länger als eine Woche halten würde. Solange er den Soldaten nur versprach, was seine Ware hielt, vergaßen sie ihn genauso wie die Steine, wenn ihre Leuchtkraft nachließ.

»Ein paar Münzen würden dafür wahrscheinlich schon rausspringen«, überlegte der Soldat laut.

»Mit Geld kann ich mir in der Wüste nichts kaufen«, entgegnete Suieen. »Aber du kannst die Steine haben, wenn du meinen Wasserschlauch dafür auffüllst.«

Der Soldat lachte leise. »Das wollt ihr alle. Woher kommst du?«

»Ist das wichtig?« Suieen hasste es, wenn sie anfingen, Fragen zu stellen.

Marje!

Wieder hörte er den Ruf, der jetzt so laut war, dass er in seinem Kopf dröhnte. Wer auch immer schrie, er war ziemlich nahe und seine magischen Fähigkeiten waren beachtlich. Suchend ließ er den Blick schweifen.

»Einverstanden?«

Er hatte den Vorschlag des Soldaten gar nicht gehört.

Marje! Nicht so schnell! Bitte!

Der Schrei hallte in ihm wider und ließ ihn die Hand zum Kopf heben. »Wie bitte?«, fragte er den Soldaten und massierte sich die Schläfe, während sein Blick noch immer über die Menschenmenge schweifte.

Warte!

Er wirbelte herum. Die Stimme kam von einem der Wagen, die unter dem Torbogen standen, aber dort konnte er niemanden sehen, der wie ein Magier aussah.

Marje!

Der Soldat hinter ihm hatte auch irgendetwas gerufen und lief nun an ihm vorbei. Plötzlich waren alle in heller Aufregung. Er konnte einen Jungen in der Menge entdecken, der von Soldaten verfolgt wurde.

Suieen wich zur Mauer zurück. Sein Blick fiel auf seinen

Wasserschlauch, dann auf den Wasserspeicher. Hastig griff er sich den Schlauch und begann, ihn mit dem klaren Wasser, das geradezu aus dem Ventil schoss, zu füllen.

Marje! Pass auf!

Als Suieen sich wieder umdrehte, um den Tumult zu beobachten, lag der Soldat auf dem Boden. Der Junge, der auf ihn zugestürmt war, hielt ein blutbeflecktes Schwert in einer Hand, an der anderen zog er zwei Mädchen hinter sich her, eine von ihnen groß und mit dunklen Locken, die andere etwas jünger, sehr schmal und furchtbar blass.

Der Junge zerrte die beiden mit sich fort und in dem Moment, als die Soldaten zur Verfolgung ansetzen wollten, sprang er mit der Älteren auf ein Fuhrwerk, das von sechs Grions gezogen wurde. Der Kutscher schwang die Peitsche und nach kurzer Zeit verschwand das Fuhrwerk in den Staubwolken der Straße.

Nein! Marje!

Suieen spürte, wie das Wasser über seine Finger lief. Sofort zog er seinen Wasserschlauch zurück und verschloss ihn.

Das zweite Mädchen kam unter dem Torbogen zum Stehen. Ein Soldat hatte sie in letzter Sekunde am Handgelenk erwischt und erbarmungslos festgehalten. Sie zog an ihrem Arm, versuchte sich zu befreien. Hilflos sah sie den beiden Flüchtenden nach.

Schneeweißes Haar fiel ihr ins farblose Gesicht.

Marje!, hörte er wieder den verzweifelten Ruf und jetzt wusste er mit Sicherheit, von wem er kam. *Komm zurück!*

Das blasse Mädchen versuchte sich mit aller Kraft dem Soldaten zu entwinden, aber sie hatte keine Chance.

Er zögerte. Das Mädchen war ihm fremd. Sie schien keine Shaouran zu sein, aber sie war auch viel zu durchscheinend für eine Menschentochter. Und sie sprach in Gedanken. Das war eine Fähigkeit, die ausschließlich magischen Wesen vorbehalten war – und als Mensch konnte sie ja wohl kaum magisch sein.

Ihr blassblauer Blick traf seine Augen. *Hilfe!,* hörte er wieder ihren Ruf, als er gerade den Wasserschlauch an seiner Tasche befestigen wollte. Wie erstarrt hielt er mitten in der Bewegung inne.

Sie kann nicht wissen, dass ich sie verstehe, durchzuckte es ihn, als ihr Blick weiterglitt. Aber das tue ich. Ich höre, was sie sagt.

Der Soldat zog sie mit sich in die Stadt zurück. Keiner schien ihr zu Hilfe kommen zu wollen. Das Gefährt des Bauern war längst aus seinem Blickfeld verschwunden.

Noch bevor Suieen realisierte, was er tat, war er auf das Mädchen zugelaufen.

Mit aller Kraft versetzte er dem Soldaten einen Stoß – nicht mit der Hand oder seinem Messer – sondern in Gedanken. Der Soldat taumelte, stolperte, dann ließ er das Mädchen los.

In seine Augen war ein glasiger Blick getreten, als wüsste er für einen Moment nicht mehr, wo er sich überhaupt befand.

Komm, rief Suieen dem Mädchen zu, packte ihr Handgelenk und zog sie mit sich über den steinigen Boden und durch das unbewachte Tor in die Ebene hinaus.

Zu seiner Überraschung war sie fast ebenso schnell wie

er, auch wenn sie nicht so wirkte, als hätte sie viel Ausdauer. Hastig warf er einen Blick über die Schulter. Der junge Soldat, der das Mädchen gepackt gehalten hatte, lag auf dem Boden, als wäre er mitten in der Bewegung erstarrt. Er würde einige Zeit brauchen, um wieder ganz zu sich zu kommen, dafür hatte Suieen gesorgt. Die anderen Soldaten am Tor hatten die Köpfe zusammengesteckt und schienen zu beratschlagen, was zu tun war.

Offenbar waren sie an einer Verfolgung nicht wirklich interessiert, sei es, weil ihnen der Aufwand zu groß erschien – sei es, weil sie sich vor dem fürchteten, was ihrem Kameraden passiert war.

Als Suieen der Abstand groß genug schien, ließ er den Arm des Mädchens wieder los. *Wer bist du?*, fragte er, ohne seinen Schritt zu verlangsamen.

Ihre blassblauen Augen erwiderten seinen Blick ebenso neugierig. *Du kannst meine Gedanken verstehen*, sagte sie voller Verwunderung, anstatt ihm eine Antwort zu geben.

In dem Moment stieg ein blassblaues Irrlicht aus ihrer Kapuze und zog sirrend Kreise um ihren Kopf. Suieen starrte das magische Wesen verwirrt an. Noch nie hatte er davon gehört, dass Irrlichter in der Stadt lebten. Er kannte sie nur aus den Wäldern der Zentauren.

2. Kapitel

Hätte ich dich etwa sterben lassen sollen?«

»Vielleicht wäre das besser gewesen!« Mit zornfunkelnden Augen fixierte Marje Kiyoshi, biss sich auf die Lippe und versuchte, für ihre Wut die richtigen Worte zu finden. Zu viel Zorn hatte sie schon immer sprachlos gemacht.

Sayuri war fort. Sie konnte noch immer spüren, wie ihr die Hand entglitten war, gerade, als dieser verdammte Prinz sie mit auf den Wagen gezogen hatte. »Wenn du nicht gewesen wärst, dann ...«

»Was dann?«, fragte Kiyoshi ruhig und zog eine Augenbraue hoch. »Hättest du dich in den sicheren Tod gestürzt. Denn von einem Wagen mit sechs Grions in voller Fahrt herunterzuspringen – das wäre der sichere Tod gewesen, glaub mir.«

Diese Gelassenheit und die Tatsache, dass er vermutlich recht mit dem hatte, was er sagte, machte sie wahnsinnig. »Wenn du nicht gewesen wärst, dann wären die Wachen gar nicht erst auf uns aufmerksam geworden!«, fauchte sie.

Kiyoshi stand nur stumm da und sah sie an, wartete ab, als hoffte er, sie würde sich gleich beruhigen. »Wir können jetzt nicht zurück«, sagte er schließlich. »Es ist zu weit und es wird bald dunkel.«

Marje drehte sich zu dem Stadttor um. Als sie schließlich von dem Karren hatten abspringen können, war das Tor nicht mehr als ein Schatten in der Landschaft gewesen, die Menschen, die Grions und die Karren nur noch Spielfiguren auf der weiten Ebene. Sie wusste nicht, wie lange sie in rasendem Tempo über die holprige Wüstenstraße gefahren waren, bis der Bauer endlich seine Zugtiere gezügelt hatte, um in eine Nebenstraße abzubiegen.

Zu lange, so viel stand fest.

Wieder sah sie ihn an. In seinen grünen Augen stand Hilflosigkeit.

»Ich gehe zurück!« Entschlossen drehte sie sich um und stiefelte auf den kleinen Punkt zu, der das Tor war. Sofort konnte sie seine Schritte hören und seine Hand griff nach ihrem Arm. »Lass uns doch erst einmal überlegen, wie wir am besten vorgehen«, widersprach er.

»Und was sollen wir deiner Meinung nach tun?«, fuhr sie ihn an, als sie zu ihm herumwirbelte. Trotz aller Angst und Wut war sie dankbar dafür, dass er sie nicht einfach gehen ließ. Wie absurd das Ganze war!

»Sie wäre in ihrer Wohnung viel sicherer gewesen«, flüsterte sie leise.

»Wäre sie nicht«, widersprach Kiyoshi.

Seine Stimme alleine ließ in ihr wieder dieses Gefühl der Ohnmacht aufwallen. Seit sie ihm begegnet war, kam es ihr so vor, als würde all das, woran sie bisher geglaubt hatte, in sich zusammenbrechen. Erst die Bekanntgabe, dass die Sechzehnjährigen aus der Stadt verbannt wurden, dann wurde Milan festgenommen und hingerichtet und jetzt war Sayuri verschwunden. Sie stand alleine in der Wüste und in der Stadt wusste niemand, wo sie war. Ihre Freunde würden glauben, die Soldaten des Kaisers hätten sie erwischt und verbannt. Sie würden um sie trauern, sie vermissen. Aber sie würden nicht nach ihr suchen können. Die Tränen suchten sich ihren Weg über ihre Wangen.

»Sayuri …«, begann Kiyoshi vorsichtig.

Marje schluchzte auf. »Verschwinde!«, befahl sie ihm und wandte sich von ihm ab. »Ich will nichts hören. Kein Wort!« Warum war sie mit Sayuri nicht in der Stadt geblieben? Die Idee, hier draußen bei einem Bauern um Arbeit zu fragen, erschien ihr auf einmal völlig absurd. Es gab so viele, die in den letzten Tagen aus der Stadt vertrieben worden waren – niemand würde ihr eine Arbeit geben!

»Wir sollten nicht auf der Straße bleiben«, brach Kiyoshi nach einer Weile das Schweigen. »Das könnte gefährlich sein.«

»Ich hab gesagt, du sollst mich in Ruhe lassen«, sagte Marje tonlos. Ihr fehlte die Kraft, ihn anzuschreien. Sie wandte ihm den Rücken zu und ließ sich in den heißen Sand sinken. Noch immer liefen ihr die Tränen über die Wangen. Ihr Blick war auf die Stadt gerichtet und ihr war, als würde sie auf einen Trümmerhaufen blicken. Der Gedanke an Milan nahm ihr beinahe den Atem, so weh tat es. Sie hatte versagt. Aber das vielleicht Schlimmste war, dass sie ihm nicht einmal seinen letzten Wunsch hatte erfüllen können.

Die Stadt verschwamm unter dem Schleier ihrer Tränen, löste sich auf wie ein Bild, auf das Wasser gekippt wurde und dessen Farben ineinander verliefen. Wenn sie trockneten, war nichts mehr zu erkennen, nur noch Fragmente, Zerrbilder von dem, was einst ihr Leben gewesen war.

Milan wüsste, was jetzt zu tun ist, dachte sie bitter. Er hätte eine Antwort für sie gehabt, hätte einen Weg gefunden. Ohne zu zögern, wäre er aufgebrochen und hätte alles getan, bis sie wieder zusammen gewesen wären. Aber sie saß einfach nur da, völlig unfähig, einen klaren Gedanken zu fassen.

»Marje…« Kiyoshi räusperte sich, aber dann brach er doch wieder ab, als hätte ihn der Mut verlassen.

Marje ließ den Kopf einfach auf die angezogenen Knie sinken und starrte die Stadt in der Ferne an, als könnte Sayuri plötzlich irgendwo am Horizont auftauchen und mit einem Lächeln all ihre Sorgen beiseitewischen.

»Komm.« Kiyoshis Hand erschien in ihrem Blickfeld. Er stand neben ihr, um ihr aufzuhelfen.

»Wozu?«, fragte sie leise. Ihre Stimme klang spröde.

Kiyoshi antwortete nicht. Auch sein Blick war zurück zur Stadt geglitten. Obwohl die Sonne in ihrem Rücken stand, hatte er die Augen zusammengekniffen, um besser sehen zu können. »Weil es nicht vorbei sein kann«, antwortete er schließlich. »Du lebst. Ich lebe. Sayuri lebt. Und wir werden sie finden. Du musst es nur wollen.«

Die Worte trafen sie bis ins Mark. Wie oft hatte Milan das zu ihr gesagt. *Wir müssen es nur wollen, mein kleines Mädchen.*

Sie durfte jetzt nicht aufgeben.

Mit neuer Entschlossenheit griff Marje nach Kiyoshis Hand und ließ sich von ihm auf die Füße ziehen. Er sah sie erstaunt von der Seite an, als hätte er nicht damit gerechnet, sie noch überzeugen zu können.

Doch er kommentierte ihren plötzlichen Meinungsumschwung nicht. »Wir sollten uns einen windstillen Ort für die Nacht suchen«, schlug er vor.

Marje warf einen Blick zur Sonne, die in weniger als einer Stunde am Horizont verschwinden würde. Vermutlich würde es dann bitterkalt werden.

»Morgen in aller Frühe werden wir aufbrechen und uns auf die Suche nach Sayuri machen«, fuhr Kiyoshi fort.

Marje nickte knapp. Ihre Kehle war zu trocken und ihre Zunge klebte am Gaumen.

Das, was er vorschlug, war eigentlich mehr als vernünftig. Sie waren in der Wüste und die Nacht senkte sich schon herab. Bisher war sie viel zu wütend gewesen, um groß auf ihre Umgebung zu achten. Die Wüste schien ihr endlos, wohin man schaute, erstreckte sich trockene Erde. Kaum eine Pflanze durchbrach die braungraue Eintönigkeit. In der Ferne, in Richtung der Stadt, konnte Marje einige Felder ausmachen, große Höfe schlossen sich an, doch zu Fuß mochte das gut eine halbe Tagesreise sein. Hier draußen gab es nur Sand und Wind und Felsen.

Ja, es war richtig, sich einen Platz zum Ausruhen zu suchen und Kraft für morgen zu schöpfen. Für die Suche nach Sayuri.

Sie merkte, wie er ihrem Blick gefolgt war. »Gehst du voraus?«, fragte sie vorsichtig.

Er nickte wortlos.

Marje wusste nicht, wie lange sie schon durch den heißen Wüstensand stolperten. In ihrem Kopf herrschte Leere. Nur zwei Namen spukten rastlos darin umher. Sayuri ... Milan ...

Ein Zischen ließ sie zusammenfahren und gleich darauf einige Schritte zurückstolpern. Ihr rechter Fuß blieb an einem

Stein hängen und beinahe wäre sie gestürzt. Marje blieb einen Augenblick wie gelähmt stehen, als sie sich drei lauernden Schlangenköpfen gegenübersah. Die braunen Köpfe gingen in glatte, schuppige Hälse über, die alle in einen einzigen Körper mündeten. Sie hatte von diesen Schlangen gehört. Es gab noch zwei- und siebenköpfige und sie wusste, dass ihr Gift tödlich war. Mit einem Zischen folgte die Schlange ihr, als sie zurückwich. Eine einzige schnelle Bewegung konnte ihren Tod bedeuten.

»Geh langsam zurück«, flüsterte Kiyoshi. Ohne die Schlange aus den Augen zu lassen, zog er seinen Dolch.

Marje gehorchte und beobachtete, wie die Augen der Schlange jeder ihrer Bewegungen folgten, während ihr sandfarbener Leib hinter ihr herglitt, sodass der Abstand zwischen ihnen gleich blieb. Eine abrupte Bewegung, ein Vorschnellen eines der Köpfe und ihre Zähne würden sich in ihr Bein schlagen.

Dann hörte die Schlange das Knirschen des Sandes unter Kiyoshis Schuhen und zwei ihrer Köpfe wandten sich ihm zu.

Marje wich weiter zurück. Sie hatte nichts, um sich gegen das Tier zu verteidigen. Außer... Vorsichtig löste sie die Kordel ihres Umhangs und ließ ihn langsam von den Schultern gleiten. Wieder folgten die Augen der Schlange ihren Bewegungen und sie kam ein Stück näher, eines der Mäuler mit den giftigen Eckzähnen weit aufgerissen. Mit einer blitzschnellen Bewegung warf Marje den Umhang über die Schlange. Schwer und regungslos lag der Stoff im Sand.

Kiyoshi hielt noch immer seinen Dolch in der Hand und

schaute verblüfft zu Marje. »Gute Idee«, meinte er anerkennend.

Marje zuckte mit den Schultern. »Und was ist mit meinem Umhang?«

»Ich fürchte, auf den musst du jetzt verzichten«, vermutete Kiyoshi. Vorsichtig versuchte er, mit der Dolchspitze den Umhang zu sich zu ziehen, aber der Stoff rutschte von der Klinge. Mit einem bösen Zischen kam einer der Schlangenköpfe unter dem Stoff zum Vorschein.

»Lass es«, bat Marje mit zitternder Stimme. Rückwärts wich sie vor der Schlange zurück, bis sie sich in sicherer Entfernung wusste.

Kiyoshi steckte seinen Dolch zurück in die Scheide. »Die Nacht wird ziemlich kalt werden.«

Marje nickte. Wie kalt es in der Nacht werden konnte, war ihr in diesem Moment ziemlich gleichgültig. Als Kiyoshi versucht hatte, mit dem Dolch ihren Umhang zurückzuholen, hatte sie vor dem inneren Auge schon die Schlange vorschnellen sehen. Der Gedanke, allein in der Wüste sein zu müssen, hatte ihr einen solchen Schrecken eingejagt, dass sie jetzt einfach nur dankbar war, dass Kiyoshi neben ihr ging. Zögernd griff sie nach seiner Hand und er erwiderte die Geste mit einem leichten Händedruck. »Wir schaffen das«, versprach er leise.

Marje schluckte und schwieg. Aufmerksam richtete sie ihren Blick auf den Boden und versuchte, nicht an ihren Umhang zu denken, von dem sie sich mit jedem Schritt weiter entfernte. »Dort können wir die Nacht verbringen«, meinte Kiyoshi plötzlich und deutete auf eine Bodensenke nicht weit vor ihnen. »Falls es dort keine Schlangen gibt«, fügte er noch mit einem vorsichtigen Lächeln hinzu.

Marje nickte und versuchte, ein wenig zu lächeln. Sie fühlte sich unwohl in der Wüste. Die Landschaft kam ihr eintönig und langweilig vor, selbst die Tiere hatten sich in Farbe und Schattierung dem alles dominierenden Sand angepasst. Ihr fehlte das bunte Treiben der Stadt, das satte Grün aus Sayuris Garten. Mit diesen Gedanken kamen auch die Gedanken an ihre Flucht zurück. »Warum haben die Soldaten dich eigentlich verfolgt?«, fragte sie plötzlich.

Kiyoshi wich ihrem Blick aus. »Sie wollten wohl verhindern, dass ich die Stadt verlasse«, antwortete er vage.

Fragend hob Marje eine Augenbraue. »Und warum wolltest du die Stadt verlassen?«, hakte sie nach.

Kiyoshi strich sich unschlüssig die Haare aus der Stirn. »Das ist etwas komplizierter ...«, meinte er.

»So kompliziert, dass ein einfaches Taller-Mädchen es wohl nicht verstehen kann«, stellte Marje bissig fest. Manchmal vergaß sie, dass Kiyoshi der Erbe Miros war. Zwar war auch er nur ein Mensch, aber durch seine Herkunft und die Gesetze der Stadt war er zu etwas Höherem auserwählt als sie. Nie im Leben hätte sie geglaubt, mit dem Neffen des verhassten Kaisers einmal Seite an Seite die Wüste zu durchqueren.

»So war das nicht gemeint«, entgegnete Kiyoshi entschieden. »Ich weiß nur nicht, wo ich anfangen soll.«

»Am Anfang«, schlug Marje bissig vor. »Mit der Wahrheit.« Sie dachte an all die Momente, in denen sie sein Handeln nicht verstanden hatte. »Wieso bist du plötzlich bei Sayuri im Laden aufgetaucht?«, fragte sie.

Kiyoshi seufzte. »Dann muss ich wohl bei unserer ersten Begegnung anfangen«, meinte er. »Die ja ... nun ja, etwas stürmisch war.«

Marje erwiderte seinen Blick. »Tut mir leid«, brachte sie zwischen zusammengebissenen Zähnen hervor.

»Was?«, fragte Kiyoshi neugierig. »Dass du mich angegriffen oder dass du nicht besser getroffen hast?«

Wider Willen musste Marje lächeln. »Ersteres«, antwortete sie. Seine Art machte es ihr einfach zu antworten, obwohl sie sich bei der Erinnerung an das Geschehene unwohl fühlte. »Was du mir da an den Kopf geworfen hast ...«

»Das tut mir auch leid«, unterbrach Marje ihn.

Kiyoshi lachte trocken auf. »Nein, du hattest recht«, widersprach er. »Zumindest teilweise. Erst nach unserer Begegnung fing ich an nachzudenken. Die Worte meines Onkels anzuzweifeln. Es ging nicht um alle Sechzehnjährigen in der Stadt, es ging nur um eine einzige Person.«

Verwundert hob Marje den Kopf.

Kiyoshi holte tief Luft und atmete langsam aus, als wollte er sich damit Zeit zum Nachdenken verschaffen.

»Wie lange kennst du Sayuri schon?«, fragte er dann leise.

Marje zuckte mit den Achseln. »Ich weiß nicht. Seit ich denken kann. Ich und Milan ...«, sie stockte, »wir haben uns immer um sie gekümmert. Aber wir waren nicht die Einzigen. Jeder mag Sayuri. Sie ist ... sie ist etwas ganz Besonderes.«

»Das ist sie ganz bestimmt«, flüsterte Kiyoshi.

Marje musterte ihn misstrauisch. »Was willst du damit sagen? Du kennst sie doch gar nicht richtig! Und was meinst du damit, dass es nicht um alle Sechzehnjährigen in der Stadt ging?« Marje hörte, wie ihre Stimme sich hob.

»In Wahrheit ging es nur um einen von ihnen.« Kiyoshis Stimme blieb ruhig. »Genauer gesagt um eine.«

Marje blieb abrupt stehen. »Du meinst …?«

»Ja«, antwortete er und wandte sich ihr zu. »Sayuri.« Er zögerte. »Du kennst ihren Garten, oder? Hast du dich nie gefragt, wie sie all diese wunderbaren Pflanzen dort oben im rauen Wind, ohne Erde, ohne viel Wasser am Leben erhalten konnte? Hast du nie einen Gedanken daran verschwendet, woher diese fremden Blüten und diese wundersamen Gewächse kommen, all diese Pracht?«

Marje zuckte hilflos mit den Schultern. »Ihre Mutter war Kräuterfrau«, sagte sie zögernd. »Ich vermute mal, sie hat ihr beigebracht, wie man …«

Sie stockte. Nein, das war es nicht. Warum hatte sich keiner von ihnen darüber Gedanken gemacht? Warum hatten sie es als selbstverständlich erachtet? Sie selbst hatte gesehen, wie die Pflanzen unter Sayuris Händen aufgeblüht waren, wie Sayuri sie zum Leben erweckt hatte. Das war so gewesen, als würde Sayuri ihnen selbst Wasser spenden.

Sie stöhnte auf, als sie begriff, wo dieser Gedanke hinführte. »Du meinst, sie war es, die der Quelle die Macht entzogen hat?« Marje konnte nicht glauben, dass sie diese Worte laut aussprach. Nein, das konnte nicht stimmen! Das war Unsinn!

Kiyoshi schüttelte den Kopf. »Sie hat nicht der Quelle die Macht entzogen«, sagte er leise. »Sie hat dem Kaiser die Macht entzogen.« Er schwieg für einen Moment. »Ich kenne nur einen Ort in der Stadt, der Sayuris Garten gleicht. Und das ist der Garten des Kaisers, der Ort, an dem er die Quelle am Leben erhält.«

Marje war für einen Moment sprachlos. Wie konnte das möglich sein? Und was hieß das nun für Sayuri?

»Wäre ich nicht gerade in dem Moment aufgetaucht, als du sie aus der Stadt bringen wolltest, dann wäre alles gut«, beantwortete Kiyoshi ihre stumme Frage. »Ihr beide wärt hier draußen in Sicherheit gewesen. Aber ich wollte Sayuri unbedingt finden. Bevor ich zum Tor kam, war ich sogar bei ihrem Haus. Ich hatte ... ich habe so viele Fragen an sie.«

In seiner Stimme klang eine derartige Verzweiflung, dass Marje unwillkürlich Mitleid mit ihm verspürte. Ihr Misstrauen und ihre Zweifel verflogen. Sie wusste nicht, woher sie die Gewissheit nahm, aber sie spürte, dass er die Wahrheit sagte.

Aber was hieß das nun für sie? Sie vergrub den Kopf in den Händen. Wenn sie doch nur einen klaren Gedanken fassen könnte! »Wir müssen sie finden«, flüsterte sie. »Jetzt mehr denn je!«

Kiyoshi sah sie nur stumm an. Er nickte. »Das müssen wir. Bevor es mein Onkel tut.«

Als sie die Bodensenke erreichten, war der Wüstenwind kalt geworden und die Sonne stand bereits so niedrig, dass ein Teil der Senke im Schatten versank. Ohne sich absprechen zu müssen, trennten sie sich und gingen um die Bodensenke herum, jedes Sandkorn musternd. An der breitesten Stelle konnten sich zwei ausgewachsene Menschen ausstrecken, ohne einander zu berühren. An einer Seite hatte der Wind den Sand gegen einen Felsen geweht, sodass ein relativ hoher Sichtschutz zur Straße hin entstanden war. Der Ort schien ideal, um eine ruhige Nacht zu verbringen.

Vorsichtig stiegen sie die Böschung hinab. Unter ihren Schuhen löste sich der Sand und so rutschten sie mehr in die Tiefe, als dass sie gingen. »Scheint alles in Ordnung zu sein«, meinte Kiyoshi und warf Marje einen aufmunternden Blick zu.

Die Sonne versank am Horizont. Gerade noch hatten sie im Licht des glühend roten Gestirns gestanden, aber einen Augenblick später hüllte sie die Dunkelheit der Nacht ein.

Marje hörte es rascheln, gleich darauf wurde etwas Schweres auf ihre Schultern gelegt.

»Dein Umhang wärmt ja jetzt eine Schlange«, meinte Kiyoshi. An seinen Schritten konnte sie hören, dass er sich zu der Seite der Senke bewegte, die zur Straße hin lag.

Sie folgte ihm. »Und was ist mit dir?«, wollte sie wissen.

»Ich trage wärmere Kleidung als du«, erwiderte er.

Marje zog den Umhang enger um die Schultern. Sie hatte vorher kaum gemerkt, wie kalt ihr geworden war, und spürte erst jetzt, dass sie fröstelte.

Langsam hatten sich auch ihre Augen an die Dunkelheit gewöhnt und sie sah, wie Kiyoshi sich neben ihr im Sand ausstreckte. Zögernd ließ sie sich in den Sand sinken. Mittlerweile war sie Kiyoshi mehr als dankbar, dass er darauf bestanden hatte, ein Lager für die Nacht zu suchen, auch wenn sie es nicht zugeben mochte. Aber wenn sie jetzt noch auf der Straße gewesen wären, hätte sie jedes Tier, jedes Wesen ohne Weiteres angreifen können.

Noch immer brannte eine Vielzahl von Fragen in Marjes Herzen und auf ihren Lippen, aber sie wagte es nicht, sie zu stellen. Einmal mehr wurde ihr bewusst, dass er der Prinz war, derjenige, der in wenigen Jahren die Herrschaft über die Stadt übernehmen würde.

Das zumindest hatte sie bis vor Kurzem geglaubt. Aber war nicht das, was er für Marje getan hatte, Verrat am Kaiser gewesen? Schon als er ihr im Palast geholfen hatte, hatte er sich gegen seine Familie gestellt. Nur hatte sie ihm da noch nicht über den Weg getraut.

Kiyoshi begann in seiner Tasche zu kramen und zog einen Wasserschlauch hervor. »Du bist doch sicherlich auch durstig«, meinte er und hielt ihr den Schlauch hin.

Marje schüttelte den Kopf. Sie fragte sich, warum der Prinz einen Wasservorrat mit sich trug. Hatte er tatsächlich seine Flucht aus der Stadt geplant? Aber das würde keinen Sinn ergeben. Warum sollte sich jemand freiwillig in diese Ödnis begeben?

Kiyoshi zuckte mit den Schultern und begann zu trinken. Nach einigen Schlucken setzte er den Schlauch ab und verschloss ihn wieder.

In der Dunkelheit konnte sie sein Gesicht kaum ausmachen.

»Kennst du die Geschichten von der Quelle der Weisheit?«, hörte sie ihn plötzlich sagen.

Marje musste lachen. »Wir Taller haben nie die Zeit gehabt, an solchen Unsinn zu glauben. Das ist ein Märchen, etwas, das sich gelangweilte Liganer-Mädchen bei einer Tasse Berenstee erzählen.«

Kiyoshi musterte sie aufmerksam, dann schüttelte er den

Kopf. »Woher nimmst du die Sicherheit zu behaupten, dass es Unsinn ist?«, fragte er. Sein Blick glitt versonnen zum Horizont.

Marje strich sich durch die Haare. Sie waren voller Sand und schon ganz verfilzt. Vorsichtig blickte sie zu ihm, aber er schien die Frage ernst zu meinen. »Glaubst du nicht, dass jemand anders diese Quelle gefunden hätte, wenn es sie denn gäbe? Müsste doch ungeheuer praktisch sein, solch eine Quelle, die alle Fragen beantwortet.«

Kiyoshi zuckte mit den Schultern. »Mein Onkel, der Kaiserbruder, hat die Geschichten über die Quelle jedenfalls ernst genommen.« Er schwieg einen Moment, dann kramte er in seinem Bündel und zog schließlich eine vergilbte Papierrolle hervor.

Die Monde waren inzwischen am Horizont erschienen und verliehen der Wüste um sie herum einen grün-blauen Schimmer.

»Miro hat nach der Quelle suchen lassen«, fuhr Kiyoshi fort und breitete eine Karte aus, doch Marje konnte in der Dunkelheit kaum noch etwas erkennen. »Aber er hat sie nicht gefunden.«

»Weil es sie nicht gibt?«, schlug Marje vor.

»Vielleicht. Aber was, wenn doch?« Seine Stimme klang jetzt verträumt und er rollte das Dokument vorsichtig, als wäre es unendlich kostbar, wieder zusammen und steckte es zurück. »Was, wenn sie auch auf unsere Fragen Antwort wüsste? Wie man die Stadt retten kann? Wie man die Quelle ein für alle Mal stärken kann? Und welches – welches Geheimnis Sayuri umgibt.«

»Sayuri umgibt kein Geheimnis«, widersprach Marje wider besseres Wissen. Noch immer konnte sie nicht glauben, was Kiyoshi ihr über ihre Freundin erzählt hatte, aber wenn sie ehrlich war, wurmte es sie eigentlich nur, dass sie nicht längst selbst erkannt hatte, dass genau das der Fall war.

Kiyoshi schüttelte den Kopf. »Sayuri ist es, die dem Kaiser die Kraft entzieht. Meine Mutter hat es gewusst! Sie hat mich erst auf sie gebracht.«

»Deine Mutter hat dich auf Sayuri gebracht?« Das Ganze wurde immer verrückter.

»Aulis hat heute Morgen von der kleinen Lilie gesprochen, erinnerst du dich? Und später, als du schon fort warst, hat sie mir aufgetragen, das Geheimnis der weißen Lilie zu finden. Erst durch sie bin ich auf den Garten gestoßen.«

Marje schüttelte den Kopf. »Aber woher sollte deine Mutter Sayuri kennen?«

Kiyoshi stöhnte. »Das habe ich mich auch schon gefragt. Die ganze Zeit.«

Plötzlich fiel Marje etwas ein. Wenn das alles stimmte, was er da sagte, dann hatte Kiyoshis Mutter Marje tatsächlich warnen wollen. Es waren nicht die Verrücktheiten einer verwirrten Frau gewesen! Sie hatte Sayuri wirklich in Sicherheit bringen wollen.

Aufgeregt erzählte sie Kiyoshi, was seine Mutter gesagt hatte, als Marje gerade hatte fliehen wollen.

Als sie geendet hatte, fuhr sich Kiyoshi verzweifelt durch die Haare. »Aber es ergibt einfach keinen Sinn! Das alles ergibt noch immer keinen Sinn.«

»Willst du deshalb die Quelle aufsuchen?«, fragte Marje. »Um den Sinn zu begreifen?«

Sie suchte seinen Blick. Im Schein der Monde wirkten seine Augen dunkel und geheimnisvoll und sein Haar schimmerte wie das glänzende Gefieder eines Vogels.

Kiyoshi zögerte. »Nenn es Schicksal, nenn es Sinn. Alles auf der Welt basiert auf Regeln, die sich nicht von Kaisern und Königen beeinflussen lassen«, sagte er. »Selbst die Götter haben keinen Einfluss darauf, nur verstehen sie die Gesetze besser als wir. Wenn Sayuri dem Kaiser wirklich schadet, dann muss mehr dahinterstecken.«

Marje nickte nachdenklich. »Glaubst du auch, dass es Schicksal ist, dass wir jetzt hier sind?«, fragte sie leise.

Kiyoshi zuckte mit den Schultern und sah zu den Monden auf. »Vielleicht ist es Schicksal, dass wir uns begegnet sind«, meinte er. »Und vielleicht ist es Schicksal, dass wir Sayuri heute aus den Augen verloren haben.«

»Dafür musst du nicht das Schicksal bemühen. Da reicht es, mir Schuld zu geben.« Sie sah Kiyoshi trotzig an. »Und dir übrigens auch.«

Er erwiderte ihren Blick mit einem Lächeln auf den Lippen. »Deine Augen werden ganz schwarz, wenn du wütend wirst«, stellte er fest. Und nach einem kurzen Zögern fügte er hinzu: »Und sie schimmern hell, wenn du traurig bist.« Vorsichtig strich Kiyoshi ihr eine Locke hinters Ohr.

Die Berührung löste ein angenehmes Kribbeln auf ihrer Haut aus. Es hatte etwas Tröstendes und Marje spürte plötzlich, wie erschöpft sie war. Am Morgen noch hatte sie bei Kiyoshis Mutter gesessen und Saft getrunken. Eine Träne quoll unter ihren Wimpern hervor und lief ihr über die Wange.

Kiyoshi fing die Träne mit einem Finger auf. »Wir schaffen das«, flüsterte er leise.

Stumm nickte Marje. Er wollte seine Hand schon wieder zurückziehen, als sie danach griff und sie einfach festhielt.

3. Kapitel

Sayuris Blick wanderte bewundernd und staunend durch die Wüste. Belustigt beobachtete Suieen, wie sie neugierig den feinen Sand durch ihre Finger rieseln ließ, größere Sandsteine betrachtete und vorsichtig mit den Fingern über ihre raue, porige Oberfläche strich, als hätte sie Angst, die Steine, die seit Jahrtausenden schon aus dem Boden ragten, zu zerbrechen. Als sie über das Feld eines Bauern kamen, betrachtete sie mit leuchtenden Augen die gelben Halme, die aus dem staubigen Boden ragten. Und immer wurde sie von dem Schimmer des kleinen Irrlichtes begleitet, das unablässig Kreise um ihren Kopf zog.

Schau dir das an!, rief sie voller Begeisterung aus und vergaß einmal mehr, wie laut ihre Stimme in Suieens Kopf widerhallte.

Er verzog das Gesicht, versuchte aber, es sich nicht anmerken zu lassen, und holte zu ihr auf.

Sayuri deutete mit der ausgestreckten Hand auf einen Skorpion. Sein Panzer war kaum dunkler als der Wüstensand.

»Vorsicht«, mahnte Suieen. »Sein Stich kann für Menschen tödlich sein.«

Sayuri, die erst noch einen Schritt näher hatte treten wollen, blieb stehen und reckte den Hals, um das kleine Tier genauer betrachten zu können. *Aber er sieht gar nicht gefährlich aus*, dachte sie.

Suieen griff nach Sayuris Hand und führte sie in einem Bogen um den Wüstenbewohner herum.

Bewundernd blickte Sayuri zu ihm auf. Ein Funkeln lag in ihren hellblauen Augen. *Ich wünschte, ich hätte das schon vorher herausgefunden,* seufzte sie und umschloss mit beiden Händen seine Hand.

»Was?«, fragte Suieen, während er beobachtete, wie das Irrlicht näher an den Skorpion heranflog und neugierig über ihm kreiste, bis dieser eine schnelle Bewegung mit seinem Stachel vollführte und das Irrlicht hastig zu ihnen aufschließen ließ. Es flog auf Sayuris Schulter und dimmte sein Licht zu einem rötlichen Glimmen. Atemlos flüsterte es Sayuri etwas zu und das Mädchen brach in ein lautloses Gelächter aus.

Wohin gehen wir?, wandte sie sich dann fragend an ihn.

Suieen zögerte mit der Antwort. Yuuka würde gar nicht begeistert sein, wenn er das Mädchen mitbrachte. Sie konnten sie nicht mit durch die Wüste nehmen, aber sie einfach alleine zurückzulassen, kam für ihn nicht infrage. Dann hätte er sie auch der Stadtwache überlassen können. Es ärgerte ihn, nicht darüber nachgedacht zu haben, aber ihre Stimme hatte so verzweifelt geklungen! Dabei wusste er nicht einmal, warum das Mädchen gejagt worden war.

Neugierig nahm er Sayuri näher in Augenschein. Wie eine Verbrecherin sah sie nicht gerade aus, aber sie hatte auch etwas Befremdliches an sich, das fast unheimlich wirkte. Es war die Stille, die sie umgab, die sie verträumt wirken ließ, als lebte sie in einer anderen Welt. Mal lief sie vor ihm den Weg entlang und sah sich fasziniert um, dann klammerte sie sich wieder an seine Hand und betrachtete alles wie aus der Ferne, als hätte sie Angst davor, der Welt zu nahe zu kommen. Aber vielleicht war sie in der Stadt ja ganz anders gewesen als hier in der endlosen Weite der Wüste.

Als hätte sie seine Gedanken gehört, hob sie den Kopf und erwiderte seinen nachdenklichen Blick, der die ganze Zeit auf ihr geruht hatte. Ein Lächeln umspielte ihre farblosen Lippen. *Wer bist du eigentlich?*, fragte sie.

Ihre Hand strich über seine schlanken Finger und die Nägel, die leicht gebogen waren und fast an Klauen erinnerten.

Er entzog ihr seine Hand und wich ihrem fragenden Blick aus. »Kein Mensch«, antwortete er.

Sie lachte wieder, und wenngleich auch ihr Lachen für seine Ohren nicht hörbar war, so nahm er doch das Gefühl der Freude wahr, mit dem sie ihn bedachte.

Ich weiß. Sie lächelte. *Sonst hättest du mich nicht verstanden. Magie ist… den Menschen fremd.* Er sah sie wieder an und entdeckte so etwas wie Hoffnung in ihren Augen.

Bin ich ein Mensch?, fragte sie und sah ihn erwartungsvoll an.

Er spürte, dass sie wollte, dass er ihre Frage verneinte. Aber das wäre eine Lüge gewesen. Zwar war sie fast zu schmächtig und zu blass für einen Menschen und Magie war bei Menschen so gut wie unbekannt. Dennoch gab es keine Rasse, der sie ähnelte. Vielleicht floss ein wenig Shaouranblut in ihr, aber zum größten Teil war sie ein Mensch. Sie würde keine Rasse finden, die sie aufnehmen würde. Es war sinnlos, ihr falsche Hoffnungen zu machen, deshalb gab er ihr eine ehrliche Antwort.

Sie seufzte und wie eine Welle schwappte das Gefühl der

Enttäuschung auch auf ihn über, als sie wieder nach seiner Hand griff. *Erzähl mir von dir,* bat sie ihn.

Suieen zögerte. Etwas in ihm wollte ihr nicht von seiner Welt erzählen. Sie schien ihm zu grau und brutal für dieses Mädchen, das trotz ihrer Farblosigkeit doch vor Leben und Zuversichtlichkeit förmlich zu sprühen schien. Ihre Augen leuchteten voll Erwartung.

Müde schüttelte er den Kopf. »Da gibt es nichts zu erzählen«, meinte er ausweichend.

Sayuri lachte wieder, ein glockenheller Ton in seinem Inneren, der ihn seltsam berührte.

»Nein«, wehrte er ihren bittenden Blick ab.

Du bist zum Teil Mensch, nicht wahr?, fragte sie leise und hob eine Hand, mit der sie die blonden Haare aus seiner Stirn strich, sodass das Sonnenlicht in seine Augen fiel und sie goldgelb leuchten ließ. *Was bist du noch?*

»Shaouran.« Er stockte. Noch nie hatte er jemandem von sich erzählt. Yuuka hatte ihm seine Herkunft von Anfang an angesehen und sie akzeptiert. Die Menschen aber sahen nur, dass er keiner von ihnen war, und verjagten ihn.

Shaouran, wiederholte Sayuri.

Ihre Finger malten eine Narbe an seiner Schläfe nach. Shio erhob sich und umkreiste ihren Arm, bis er auf ihrer Hand landete und sich sirrend an sie wandte. Aber Sayuri schien dem Irrlicht gar nicht zuzuhören, das von einer Marje sprach. Sie schien auch nicht zu bemerken, dass sie nicht länger über die Felder, sondern auf einem schmalen Pfad wanderten und die Höfe bald hinter sich lassen würden. Ihre blau schimmernden Augen blickten sehnsüchtig in die Ferne.

Wie eine Schläferin, die gerade aufwacht, aber noch in ihrem Traum gefangen ist, fiel Suieen ein und er wagte nicht, sie abzulenken. Ihre Hand hielt noch immer die seine fest umschlossen, fast als wäre er der Anker, der sie noch in dieser Welt hielt und ohne den sie zu verschwinden drohte.

Tränen füllten plötzlich ihre Augen und hastig riss sie sich vom Anblick des Horizontes los, als hätte sie dort etwas Furchtbares gesehen, das sie bedrückte.

Verwirrt blieb Suieen stehen. »Was hast du?« Obwohl er leise sprach, hatte er das Gefühl, die Stille um sie herum gewaltsam zu zerreißen.

Sayuri lächelte scheu, fast, als wollte sie sich entschuldigen. Dann hob sie die Schultern und ließ sie hilflos wieder fallen.

Wie seltsam dieses Mädchen doch war! Er konnte sich schon vorstellen, was Yuuka zu ihr sagen würde. Dennoch bereute er seine Tat nicht, stellte er überrascht fest und musste lächeln, als er das Mädchen dabei beobachtete, wie es sich erst zögernd von seiner Hand löste, um dann einige schnelle Schritte vorauszulaufen und vor einer kleinen kümmerlichen Pflanze niederzuknien.

Das Irrlicht hatte es inzwischen aufgegeben, auf Sayuri einzureden, und summte stattdessen um seinen Kopf. Unwillig schob Suieen es beiseite. Dieses andere Mädchen und ihr Freund interessierten ihn wenig, zumal sie Sayuri einfach im Stich gelassen hatten. Was auch immer sie verband, es konnte nicht sehr stark sein.

Als er zu Sayuri aufgeschlossen hatte, beugte er sich zu ihr hinab und beobachtete stirnrunzelnd ihre Hände, die liebevoll über die welken Blätter der kleinen Pflanze strichen. Wasser schien von ihren Fingern auf die Blätter zu perlen und den dürren Stängel zu umspülen. Das Graubraun der Blätter verwandelte sich langsam in ein saftiges Grün und die Spitzen streckten sich nach oben, der Sonne entgegen. Verwundert beobachtete Suieen, wie Sayuri ihre Magie scheinbar mühelos in Wasser umwandelte.

Belustigt von seinem verwirrten Blick hob sie eine Hand und berührte seine Wange. Er konnte ihre Finger nicht spüren, nur das Wasser, das über seine Wange rann, als würde es aus einer Quelle sprudeln, nur dass es nicht auf den Boden tropfte, sondern wieder von ihr aufgefangen und zurückverwandelt wurde.

Es hätte sie anstrengen müssen. Hätte er selbst so viel Wasser geschaffen, hätte er sich tagelang von dieser Kraftanstrengung erholen müssen. Sayuri aber lächelte wie ein Kind, das gerade gelernt hatte, mit einem neuen Spielzeug umzugehen.

Die Frage, die ihm erst auf der Zunge lag, schluckte er wieder hinunter. »Komm«, bat er und reichte ihr seine Hand, die sie sofort ergriff. Sie ließ sich von ihm in die Höhe ziehen, warf noch einen letzten Blick auf die grüne Pflanze, dann richtete sie den Blick nach vorne und bei dem ersten Schritt, den sie tat, schien alles hinter ihr Liegende bereits wieder vergessen.

Wohin gehen wir?, erkundigte sie sich erneut.

Die Felsengruppe, an der Yuuka wartete, war bereits in Sicht gekommen. Die Wildkatze war jedoch nirgends zu sehen. Wahrscheinlich hielt sie sich in einer der Höhlen verborgen, bis die dunkle Nacht sie vor fremden Blicken schützte. »Dorthin«, antwortete er und deutete auf die Felsen. »Dort ist eine Höhle, in der wir uns die Nacht über verstecken können«, erklärte er ihr.

Sein Blick folgte ihr, als sie wieder einige Schritte vorauslief und sich dann stumm lachend zu ihm umdrehte. Irgendetwas schien sie entdeckt zu haben, das für seine Augen unsichtbar war. Das freudige Lächeln versetzte ihm einen Stich. Morgen musste er sie hier alleine zurücklassen. Das Gefühl, sie verletzen zu müssen, weckte in ihm etwas, das er nicht kannte.

Als sie die Felsen erreichten, hatte Tshanil ihren Abstieg am Himmel begonnen und stand so tief, dass die Felsen lange Schatten warfen. Shios Licht strahlte hell und er schwebte ein Stück vor ihnen, sodass der Weg in einem rötlich schimmernden Licht lag.

»Yuuka?«, rief Suieen leise und erst jetzt fiel ihm ein, dass er Sayuri noch gar nicht von seiner Gefährtin erzählt hatte. Doch gerade, als er seinen Mund öffnen wollte, kroch Yuuka durch einen schmalen Höhleneingang ins Freie.

Draußen angekommen, streckte sie sich und schüttelte den Sand aus ihrem Fell. Im roten Licht des Irrlichtes blitzten ihre Augen bedrohlich.

Unsicher sah er sich nach Sayuri um, die gerade an einem Felsen stehen geblieben war, den sie fasziniert betrachtete. Als sie ihren Blick hob und Yuuka entdeckte, lief sie los, ohne Angst zu zeigen. Als sie bei ihm war, griff sie wieder nach seiner Hand und sah staunend der Wiljar entgegen, die sich nun auf leisen Pfoten näherte.

»Ich habe das Mädchen am Stadttor getroffen«, begann Suieen zu erklären.

Yuukas pelzige Stirn zog sich in Falten. Sie ließ sich auf die Hinterbeine hinab und rollte ihre neun Schwänze wie buschige Schals um sich herum. Wie eine Statue wirkte sie, als sie ihn völlig regungslos ansah.

Unsicher leckte Suieen sich über die trockenen Lippen, dann erzählte er ihr von Sayuris Hilferuf und davon, dass das Mädchen die Gabe der Magie besaß.

Nur einmal zuckte eines der Ohren und Yuukas Lefzen umspielte ein Lächeln, das jedem, der nicht wusste, wie Raubkatzen lächelten, einen kalten Schauer über den Rücken gejagt hätte.

Sayuris Hände fühlten sich warm und trocken an, und obwohl sie einer riesigen Wiljar gegenüberstand, zeigte sie keine Angst.

»Deshalb habe ich sie mitgebracht«, schloss Suieen seinen Bericht etwas lahm. Hilflos zuckte er mit den Schultern, als Yuuka keine Reaktion zeigte. Er war sich nicht sicher, ob sie verärgert oder nur nachdenklich war. Obwohl er sie inzwischen seit zehn Jahren kannte, konnte er ihre Miene noch immer nicht lesen.

»Sie bleibt«, beschloss Yuuka schließlich mit rauer Stimme und einem grollenden Unterton, der jeglichen Widerspruch und jede Frage verbot.

Suieen nickte erleichtert.

Erst jetzt trat ein breiteres Lächeln auf Yuukas Gesicht und sie stand auf, um ihren Kopf an ihm zu reiben. »Ich habe mir Sorgen um dich gemacht«, bekannte sie leise.

Sanft kraulte er sie hinter dem rechten Ohr. »Alles ist gut gegangen«, antwortete er flüsternd.

Vorsichtig streckte Sayuri ihre Hand nach Yuuka aus. Ihre Finger strichen über die Spitzen des Fells und Yuuka streckte sich ihr entgegen und schmiegte sich an ihre Hand. Ihre Schwänze strichen um Sayuri, als sie einmal im Kreis um das Mädchen herumging und dann wieder vor ihr stehen blieb.

Neugierig beobachtete Suieen die Begegnung der beiden. Zwar kannte er Yuuka gut, aber in der langen Zeit, die sie nun schon beisammen waren, waren sie selten auf Menschen getroffen, von den Bauernhöfen einmal abgesehen. Aber es war das erste Mal, dass sie nun einem Menschen gegenüberstand, der ihnen nichts antun wollte, der selbst sogar hilflos wirkte.

Auf Sayuris Gesicht erschien ein Lächeln. *Wiljar,* wiederholte sie in Gedanken das Wort, das sie bei ihm aufgeschnappt hatte. Wieder streckte sie langsam ihre Hand aus und berührte Yuukas Schnauze.

Yuuka betrachtete das Mädchen eingehend, dann senkte sie leicht den Kopf und zog ihn unter Sayuris Hand zurück, um mit ihrer rauen Zunge über Sayuris Hand zu streichen.

Gut, dass du sie mitgenommen hast, hörte er Yuuka in seinen Gedanken. Ihr Blick ging in die Höhe zu Shio, der sich in die Luft zurückgezogen hatte. Freundlich begrüßte sie ihn und Shio flog wieder herab, zuerst vorsichtig, dann aber, weil Sayuri auch keine Angst zeigte, ein wenig mutiger, und ließ sich auf Yuukas Rücken nieder.

Suieen atmete auf, als die Anspannung von ihm abfiel.

Wieder spürte er den Wunsch in sich erwachen, Sayuri mitzunehmen, wenn sie am nächsten Tag ihre Reise durch die Wüste antraten. Sie konnte ohne Anstrengung Wasser schaffen und die Magie in ihr war stärker, als er es je bei jemandem hatte fühlen können. Dennoch würden die Shaouran sie nicht akzeptieren, jeder würde sie sofort als Mensch erkennen.

Es war ein aberwitziger Wunsch.

Als Kiyoshi erwachte, wusste er einen Augenblick lang nicht, wo er war. Als er aber den Sand spürte, auf dem er lag, und über sich den Sternenhimmel und die Monde erblickte, fiel ihm sofort alles wieder ein: die Flucht aus dem Palast, Sayuris magischer Garten, die Jagd durch die Stadt, dann Marje am Tor.

Sie hatte nach Schicksal gefragt – und ja, nun kam es ihm wirklich wie Schicksal vor, das sie zusammengeführt hatte. Ausgerechnet dort am Tor hatte er sie und Sayuri getroffen, unter all den Menschen der Stadt.

Wenige Augenblicke früher, wenige Augenblicke später – wie viel Unterschied sie im Leben machen konnten, wurde ihm jetzt erst klar.

Er blickte in den Himmel, und obwohl die Monde in dieser Nacht noch einen weiten Weg vor sich hatten, spürte er keine Müdigkeit. Er konnte Marjes Atem in der Stille hören und richtete sich halb auf. Da sie sich seinen Umhang als Decke teilten, lag sie dicht neben ihm, zusammengerollt wie eine Katze. Vorsichtig zog er den Umhang, der ihr im Schlaf von den Schultern gerutscht war, etwas höher und betrachtete ihre Gesichtszüge, die er noch nie so friedlich gesehen hatte. Jetzt erst fielen ihm die langen schwarzen Wimpern auf. Mehrere Locken waren ihr ins Gesicht gefallen und verdeckten ihr linkes Auge. Vorsichtig schob er sie zur Seite und strich sanft über ihre wilde Haarpracht, als er plötzlich erschrocken innehielt.

Was tue ich hier eigentlich?

Er war aus dem Palast geflohen, hatte seine Mutter, seinen Onkel und Rajar einfach zurückgelassen. Er war aufgebrochen, um die Quelle des Wissens zu suchen. Er hatte impulsiv gehandelt, vielleicht zu impulsiv. Wäre er nicht am Tor aufgetaucht, hätte Marje Sayuri aus der Stadt und in Sicherheit bringen können.

»Es tut mir so leid«, murmelte er leise an Marje gewandt, deren Brust sich unter den gleichmäßigen Atemzügen regelmäßig hob und senkte. Seufzend rollte er sich auf den Rücken und sah zu den zahllosen Sternen auf, die über ihm am Firmament funkelten. Wieder schloss er die Augen und atmete tief die klare Nachtluft ein. Sie war so rein, wie sie es in der Stadt mit all ihren Menschen nie würde sein können. Ihr Geruch erinnerte an die unendliche Weite der Wüste, an Sand, Sonne und Freiheit.

Der Klang eines Horns riss ihn aus den Gedanken. Der Ton hallte klagend über die Ebene.

Ein kurzer Blick auf Marje versicherte ihn, dass sie nicht wach geworden war. Vorsichtig schob er den Umhang beiseite und robbte an den Rand der Bodensenke, um in die Ebene zu spähen. In der Ferne konnte er Gestalten erkennen, die sich zusammenscharten. Sie waren zu groß für

Menschen oder Grions. Unruhig sah er zu Marje, die sich unter dem Umhang bewegte, als hätte sie gemerkt, dass er nicht mehr neben ihr lag.

Wieder zog der tiefe Ton des Horns durch das Land, ein klagender Laut, der ihm durch Mark und Bein ging, und jetzt setzte sich der Trupp in Bewegung.

Er kam direkt auf sie zu.

Hastig ließ Kiyoshi sich in den Sand fallen. Er schloss die Augen und zwang sich, ruhig zu atmen.

Die Straße führte keine zehn Schritte neben der Bodensenke entlang und wenn der Trupp ihr folgte, dann war die Gefahr groß, dass sie entdeckt wurden. Noch einmal spähte er über den Rand der Senke, auf der Suche nach einem Versteck, in dem sie sicherer wären.

»Was ist denn?« Marjes schlaftrunkene Stimme ließ ihn zusammenschrecken.

»Bleib liegen«, flüsterte er zurück.

Der Trupp kam näher. Eine Gestalt hob einen Arm, setzte ein Horn an die Lippen und wieder erklang der klagende Laut.

Marje hatte Kiyoshis Worte ignoriert und war nun an seiner Seite. »Was für Wesen sind das?«, fragte sie mit einem Schaudern in der Stimme, als sie in die Ebene blickte.

Kiyoshi sah wieder zu den Gestalten, die viel zu schnell näher kamen. Es waren Menschen, die auf den Rücken ihrer Tiere standen. Eines der Geschöpfe hob einen schlanken Kopf und das Mondlicht fiel auf die scharfen Augen eines Reptils.

»Essjiar«, murmelte Kiyoshi. Er wirbelte herum und sprang

in die Senke hinab, hastig griff er sich seine Sachen und warf Marje ihre Tasche zu. »Weg hier«, rief er ihr zu und ließ alle Vorsicht außer Acht, als er aus der Bodensenkung auf den Weg stolperte.

Verwirrt folgte Marje ihm und zog seinen Umhang über. »Essjiar?«, wiederholte sie fragend.

»Echsenreiter«, erklärte Kiyoshi knapp. »Söldner.«

Marjes Augenbrauen zogen sich zusammen.

Kiyoshi zerrte sie auf die andere Seite der Senke und begann, die Böschung hochzuklettern.

»Essjiar – sind also ihre Reittiere?«, keuchte sie.

»Unter anderem«, antwortete Kiyoshi keuchend. Er half ihr das letzte Stück hinauf. »Die Echsen sind aber auch ihre Jäger. Sie müssen uns gewittert haben.«

Wieder erscholl der Ruf des Horns und diesmal klang er wie ein Jagdruf in ihren Ohren. Sie begannen zu rennen.

Kiyoshi wusste nicht viel über die Söldnerclans, nur dass die Bauern ihnen Schutzgeld zahlten. Der Palast duldete ihr Treiben und hatte sie seit dem Krieg so manches Mal für ihre Dienste bezahlt, auch wenn sie für ihre Brutalität gefürchtet waren. Sie fingen jeden, der nicht unter ihrem Schutz stand, und verschleppten die arbeitsfähigen Menschen in ihre Minen, wo sie sich für sie zu Tode schuften durften.

Kiyoshi hörte Marjes keuchenden Atem neben sich und die stampfenden Schritte der Echsen hinter ihnen, die immer lauter wurden und in seinen Ohren dröhnten. Offenbar hatten die Tiere die Straße bereits verlassen und folgten ihrer Spur.

»Wohin?«, wollte Marje zwischen zwei Atemzügen wissen.

Panisch sah er sich um. Sie waren über ein Geröllfeld gelaufen, nun erstreckte sich vor ihnen die Wüste. Sein Blick huschte über die dunkle Ebene, in der Hoffnung, ein Versteck zu finden, und tatsächlich konnte er in westlicher Richtung eine Felsengruppe abseits der Straße ausmachen. Wie Bäume in einem kleinen Wäldchen standen die Felsen dort nah beieinander und boten ein gutes Versteck vor ihren Verfolgern.

»Dorthin«, keuchte er und Marje folgte ihm sofort. Ein Blick über die Schulter verriet ihm, dass die Reiter nicht mehr weit hinter ihnen waren. Die Echsen waren schnell und holten mit jedem Schritt ein Stück weit auf.

»Ich... kann... nicht... mehr...«, keuchte Marje. Ihre Stimme war kaum mehr als ein lautes Atemholen. Beide Hände in die Seiten gedrückt, kämpfte sie sich durch den Sand. Jeder Schritt kostete hier doppelt so viel Kraft wie auf der Straße.

»Du musst«, erwiderte er mit zusammengebissenen Zähnen und griff nach ihrer Hand, um sie mit sich zu ziehen.

Jetzt konnten sie schon den rasselnden Atem der Essjiar hören und die Felsen waren noch immer viel zu weit entfernt. Sie würden es nicht schaffen! Kiyoshis Schritte wurden immer schwerer.

Marje wandte sich panisch um. »Sie...«

Er gab ihr einen Stoß. »Lauf«, zischte er ihr zu und blieb stehen. Wenn er die Essjiar aufhielt, konnte sie es schaffen.

Ungläubig starrte sie ihn an.

»Mach schon!«, rief er ihr zu, ließ sein Bündel fallen und zog das Schwert aus der Scheide. Er rang nach Atem und wandte sich zu den Essjiar um. Schon konnte er Einzelheiten erkennen, ihre mächtigen Beine, ihre Hornplatten, die ihre plumpen Körper schützten, die hölzernen Fußstützen auf ihren Rücken, die den Söldnern Halt boten. *Lauf,* dachte er. Es Marje nachzurufen, dazu fehlte ihm die Kraft. Sie musste es einfach schaffen.

Eine der Echsen, die ganz vorn lief, riss an ihren Zügeln und warf den Kopf in den Nacken, ehe ihre Reptilienaugen ihn fixierten. Sie war nur noch wenige Schritte entfernt.

Zitternd umfasste er sein Schwert. Die Klinge war nicht einmal lang genug, um den Hals einer dieser Echsen zu durchtrennen. Ihre Köpfe waren doppelt so groß wie die der Grions, in ihren Mäulern blitzten zwei Reihen spitzer Reißzähne auf. Messerscharfe Schwänze peitschten hinter ihren breiten Leibern durch den Wüstensand. Vom Kopf bis zur Schwanzspitze umgab sie ihr natürlicher Panzer aus Schuppen und Hornplatten.

Kiyoshi schluckte schwer, doch er wandte seinen Blick nicht ab. Essjiar waren während des Krieges für die Soldaten des Kaisers gezähmt worden, doch heutzutage besaßen sie keine dieser Echsen mehr; nur die Söldnerclans zogen sich die Raubtiere der Wüste scheinbar noch heran.

Und dann hatten sie ihn eingeholt.

Noch ehe sie vor ihm zum Stehen kamen, musste er dem vorschnellenden Maul eines Essjiars ausweichen. Mit voller Wucht schlug er mit dem Schwert nach dem Leib der Echse und musste zu seinem Entsetzen feststellen, dass seine Waffe an dem harten Panzer abprallte, ohne einen Kratzer zu hinterlassen. Der Schlag einer Kralle warf ihn zu Boden.

Er ignorierte den Schmerz, rollte sich ab und sprang wieder auf die Beine. Das Schwert gezückt, wandte er sich den Echsen zu, die weiter auf ihn zukamen. Die Echse, die er versucht hatte abzuwehren, drehte ihren Lauf ab und einen kurzen Augenblick später traf ihn ein Schlag im Rücken und warf ihn erneut zu Boden.

Der Schmerz nahm ihm für einen Moment das Bewusstsein, und als er die Augen wieder öffnete, hatte sich der Trupp in einem Kreis um ihn herum aufgebaut. Echsenbeine stampften unruhig in den Sand, Schwänze peitschten durch die Luft, die vom Zischen der Essjiar und den Rufen der Reiter erfüllt war.

Als er sich taumelnd aufrichtete und nach seinem Schwert greifen wollte, sprang einer der Reiter von seinem Essjiar und stieß das Schwert mit dem Fuß beiseite. Ein Echsenkopf stieß gegen seine Schulter, er spürte die brennende Berührung einer Zunge an seinem Arm, versuchte auszuweichen und wäre beinahe gegen eine andere Echse gestolpert. Entschlossen biss er die Zähne zusammen und hob den Blick zu dem Reiter, der vor ihm im Sand stand.

Er trug die Rüstung, wie man sie noch aus den vergangenen Kriegstagen kannte. An einigen Stellen war sie bereits geflickt, eine der Armschienen war durch eine schwarze ersetzt worden, die nicht recht zu der roten Rüstung passen wollte. Das Kinn und die Wangen waren von einem Bartschatten bedeckt, auf seinen schmalen Lippen lag ein grimmiger Ausdruck. Unter ergrauten zottigen Haarsträhnen blitzten wache Augen. »Noch so ein Bursche«, stellte der Söldner fest und seine Stimme jagte Kiyoshi einen Schauer über den Rücken. »Müssen ja eine ganz schöne Plage sein, dass man sie alle in die Wüste schickt.«

Kiyoshi biss die Zähne zusammen. Im Stiefel hatte er noch ein Messer. Vorsichtig hob er den Fuß, ließ die Hand zum Stiefel gleiten und bekam den Griff zu fassen.

Schmerz explodierte in seinem Bein und zog sich durch seinen ganzen Körper, als er von den Füßen gerissen und durch die Luft gewirbelt wurde. Eine Echse hatte ihn geschnappt und nur auf den Befehl ihres Reiters wieder losgelassen, jedoch nicht ohne sein Blut zu kosten.

Stöhnend blieb er im Sand liegen.

»Ein Vorgeschmack auf das, was widerspenstige Kerle wie dich bei uns erwartet«, stellte einer der Reiter fest und seine Kameraden verfielen in ein Lachen, das mehr wie das grollende Bellen eines verwahrlosten Faons klang.

Kiyoshis Finger waren blutverschmiert und glitten an dem Messer ab, dessen Klinge sich unter dem Druck des Echsenkiefers in sein eigenes Bein gerammt hatte. Er biss die Zähne zusammen, als er erneut versuchte, es herauszuziehen.

Der harte Absatz eines Schuhes drückte sich zwischen seine Schulterblätter, während eine Hand ihm das Messer aus den Fingern riss und seine Klinge prüfte. Dann fiel der Blick des Mannes auf die Insignien des Kaisers, die den Schaft schmückten. Er nahm den Fuß von Kiyoshis Rücken und riss ihn unsanft auf die Beine. »Woher hat ein Straßenkind wie du so ein Messer?«, fragte er.

»Meins?«, schlug Kiyoshi mit einem Hauch von Spott in der Stimme vor. Sie würden es ihm nicht glauben, solange sie ihn für einen Jungen von der Straße hielten, der von den

Wachen vor die Stadttore geworfen worden war. Stolpernd wich er vor dem Söldner zurück, bis ihn das Zischen einer Echse in seinem Rücken innehalten ließ.

Sein Blick überflog den Trupp, insgesamt standen sechs Echsen um ihn herum. Er konnte nur hoffen, dass keine von ihnen versuchte, Marje zu finden.

Der Soldat ging einen Schritt auf ihn zu und hielt ihm das Messer unter die Nase. »Ein letzes Mal: Wo hast du diese Waffe her?« Seine Stimme klang nun wie das laute Grollen eines Donners.

»Sie gehört mir«, antwortete Kiyoshi ehrlich. Schweigen erschien ihm wenig sinnvoll.

Der Söldner jedoch holte mit einer Faust aus und schlug sie ihm mit aller Kraft ins Gesicht.

Wieder taumelte er zur Seite und hob unwillkürlich die Hand an seine brennende Wange. Blut rann über seine Finger und vermischte sich mit dem Sand der Wüste, den der Nachtwind aufwirbelte und über die Ebene trug. Sein Kopf dröhnte. Er sank auf die Knie, als alle Kraft aus seinem Körper wich.

Der Soldat riss ihn am Kragen wieder hoch. Er spürte es kaum. Sein Kopf kippte nach hinten. Einen Moment lang sah er den klaren Nachthimmel über sich, dann schlossen sich seine Augenlider und er fiel.

Das Letzte, was er vor seinem inneren Auge sah, war Marje. Dann wurden ihre Züge von der Dunkelheit verschlungen, die alles schluckte, die Wahrheit, die Wirklichkeit, seine Gedanken, seine Erinnerungen.

4. Kapitel

Sayuri saß aufrecht auf ihrem Lager. Gerade hatte sie noch geschlafen, aber nun war sie hellwach. Irgendetwas hatte sie aus dem Schlaf geschreckt. Um sie herum war es dunkel. Sie spürte, wie ihr Herz sich angstvoll zusammenzog. Ihre Hände zitterten. *Marje!* Sie hörte die Worte in sich widerhallen wie den letzten Ruf eines Ertrinkenden. Ihr war eiskalt und sie wickelte die Decke fester um die Schultern. Tastend streckte sie die Hand aus, zog sie aber wieder hastig zurück, als hätte sie Angst, dass in der Dunkelheit etwas lauerte. Etwas bewegte sich neben ihr und sanftes Licht erfüllte die Höhle aus Sandstein.

Erleichtert atmete sie auf, als Shio auf sie zuschwebte und sich auf ihrem Schoß niederließ. Beruhigend summte das Irrlicht, während es den Raum mit wärmendem Licht erfüllte.

Langsam fand ihr hämmerndes Herz zu einem ruhigeren Rhythmus zurück, dafür stiegen Tränen in ihren Augen auf. *Marje,* wiederholte sie leise in Gedanken.

Ein dunkler Schatten erhob sich an der Wand in der anderen Ecke der Höhle und Suieen blinzelte sie verschlafen an. Als er den Mund zu einem Gähnen öffnete, konnte sie im Dämmerlicht seine spitzen Eckzähne erkennen.

Schon wach?, fragte er und seine Gedankenstimme wirkte genauso müde wie sein Blick aus den goldschimmernden Augen.

Sayuri lächelte scheu. *Irgendetwas hat mich geweckt,* erklärte sie.

Seine Stirn zog sich in Falten und gleich darauf richtete Yuuka sich auf, an deren Rücken er sich in die Decke gerollt hatte.

Die Katze stieg über ihren Freund hinweg und tappte zum niedrigen Höhleneingang, den Suieen mit dem Fell eines Grions verhängt hatte. Den Stoff hatte er zum Schutz vor Sandstürmen vor das Loch gespannt und mit Steinen beschwert. Nun rollte Yuuka die Gesteinsbrocken in die Höhle und riss den Vorhang beiseite. Geschickt zwängte sie sich durch das Loch nach draußen, wobei sie den Sand, den der Wind vor der Höhle angetürmt hatte, vor sich herschob. Shio folgte ihr, hielt dann aber im Durchgang inne, um auf Sayuri zu warten.

Hastig schälte sie sich aus der Decke, griff nach ihrem Mantel und huschte hinaus, noch bevor Suieen aufgestanden war. Als der kalte Wind ihr ins Gesicht fuhr und sie die Enge der Höhle hinter sich ließ, spürte sie, wie die unerklärliche Angst von ihr wich.

Draußen war es noch dunkel, aber die Monde standen schon tief am Horizont und im Osten begann es bereits zu dämmern. Sayuri war dankbar für Shios Licht und die Wärme, die das kleine Irrlicht abstrahlte. Endlich nahm sie auch seine sirrenden Worte wahr, und als sie den Namen Marjes hörte, krampfte sich ihr Magen schmerzhaft zusammen.

Yuukas Knurren riss sie aus ihren Gedanken. Die Raubkatze hatte die neun Schwänze spitz nach oben aufgestellt und das Fell gesträubt. Mit einem Satz sprang sie auf einen der hohen Felsen und ließ den Blick ihrer leuchtend gelben Augen über die Wüste und die Steine schweifen, die wie

Zähne aus der Erde ragten. Erneut stieß sie ein grollendes Knurren aus. Als sie wieder vor ihr landete, vibrierten ihre Schnurrbarthaare. »Essjiar«, stieß sie hervor und scharrte unruhig mit einer Pfote im Sand. »Wir sollten das Land verlassen.«

Die letzten Worte richtete sie an Suieen, der gerade mit seiner und Sayuris Tasche aus dem Versteck kletterte. Stumm reichte er Sayuri ihre Sachen. Yuukas Aussage ließ er unbeantwortet. Sayuri konnte beobachten, wie sich eine Falte zwischen seinen Augenbrauen bildete und sein Blick nach Norden schweifte. »Sie sind fort«, sagte er schließlich.

»Aber noch nicht lange«, knurrte Yuuka. Die Nachtluft strich ihr durchs Fell und malte Schattierungen in den wandernden Wüstensand.

Sayuri wich dem Blick der Katze aus. Gedankenverloren hatte sie eine Hand zu Shio gehoben und wärmte sich an seinem rötlichen Licht. *Marje,* murmelte sie leise.

Suieen warf ihr einen nachdenklichen Blick zu.

Ich will zu Marje. Tränen stiegen ihr in die Augen. Sie fühlte sich einsam und spürte, wie die Kälte der Nacht mit eisigen Klauen nach ihr griff.

»Marje ist deine Freundin?«, fragte Suieen.

Sayuri nickte stumm.

Yuuka schüttelte sich mürrisch, sodass ihr Fell zerzaust in alle Richtungen abstand.

»Wir haben keine Zeit …«, setzte Suieen an und wich ihrem Blick aus. »Komm mit uns durch die Wüste«, bat er.

Yuuka fauchte empört. »Sie ist ein Mensch!«, protestierte sie. »Die Shaouran werden sie nicht akzeptieren.«

Unschlüssig biss Suieen sich auf die Unterlippe und senkte den Blick auf den Boden. Die blonden Haare fielen ihm wie ein Vorhang ins Gesicht und verdeckten seinen unsicheren Blick. »Sie werden sie gar nicht wahrnehmen«, widersprach er, aber seine Stimme klang nicht gerade überzeugend. »Wenn wir zu einem ihrer riesigen Feste gehen ... schließlich tummeln sich dort so viele unterschiedliche Wesen ...«

»Aber keine Menschen!«, unterbrach Yuuka ihn.

Sayuri wandte sich von den beiden ab. Ein Flackern am Rande ihres Blickfelds hatte ihre Aufmerksamkeit auf sich gezogen und sie ging ein paar vorsichtige Schritte in die Dunkelheit. Shios Sirren auf ihrer Schulter hörte sie kaum. Der Sand knirschte unter ihren Schuhen unwirklich laut in der Stille, die nur von Yuukas Fauchen und Suieens Stimme durchbrochen wurde. Sayuri strich sich eine weiße Strähne hinters Ohr und ließ ihren Blick zwischen den Steinen über den Boden schweifen. Vor dem Felsen, an dem sie das Flackern gesehen hatte, blieb sie stehen.

Wieder blitzte etwas auf, verschwand und begann von Neuem zu leuchten. Es war ein kleiner Skorpion, dessen Schwanzstachel das Licht der Monde reflektierte, wenn er seinen Hinterleib leicht zur Seite schwenkte.

Auf Sayuris Lippen breitete sich ein Lächeln aus. Behutsam streckte sie die Hand nach dem Tier aus, hielt dann aber auf halbem Weg inne und beobachtete es nur aus blassblauen Augen. Der braune Körper schimmerte, als wäre er poliert, und die Scheren klappten immer wieder auf und zu, als wollte er etwas festhalten.

Shio sirrte unruhig um ihren Kopf, als er aber merkte, dass

sie ihn kaum wahrnahm, stieg er höher in den Himmel, der den nahenden Tag ankündigte.

Sayuri stand auf, als die ersten Sonnenstrahlen auf den Wüstensand fielen. Schutzsuchend sah sie sich nach Suieen um, aber sie musste sich weiter von ihrem Nachtlager entfernt haben, als sie gedacht hatte. Niemand war zu sehen und die Felsen, die hinter ihr lagen, kamen ihr völlig fremd vor.

Suieen!, rief sie den Halbmenschen. Seine Stimme, die sie gerade noch laut zu hören geglaubt hatte, war verstummt. Ihr Rufen blieb ohne Antwort. Panik stieg in ihr auf. Ihr Blick suchte nach Shio und sie entdeckte das Irrlicht über einigen Felsen und lief los. Noch wusste sie nicht, wie sie ihn rufen konnte, auch wenn Suieen ihr versichert hatte, dass sie es lernen könnte.

Den Umhang fest um sich geschlungen und die Arme an den Leib gepresst, folgte sie dem Licht, das immer schneller über die Felsen hinwegzischte. *Shio …* Sie stolperte, als sie nicht mehr auf den Weg achtete, sondern nur noch zu dem schwach glimmenden Punkt hinaufsah.

Eine Hand fing sie auf und kräftige Arme hinderten sie am Fallen. Überrascht blinzelte sie zu Suieen auf. »Dich kann man wirklich nicht aus den Augen lassen«, stellte er fest, aber er klang nicht verärgert.

Yuuka drängte sich zwischen sie. »Der Kleine hat was entdeckt«, schnurrte sie mit einem grollenden Unterton.

Sayuris Blick glitt wieder zu Shio hoch, der sich gerade wie ein kleiner roter Feuerball zwischen den Felsen herabstürzte. Er erinnerte sie an die untergehende Sonne.

Die Wiljar stieß ein zorniges Fauchen aus. »Menschenkind«, knurrte sie.

In dem Moment erreichten sie den kleinen Platz zwischen den Felsen, zu dem Shio hinabgeschwirrt war und der nun in rotes Licht getaucht war. Vor Überraschung riss Sayuri die Augen weit auf. *Marje,* rief sie stumm, dann rannte sie an Yuuka vorbei und warf sich in die Arme ihrer Freundin, die sie im gleichen Moment gesehen hatte.

Marje sah zu dem Jungen auf, der wie ein Teil der Wüste gegen den Felsen gelehnt dastand, und neben ihm die große sandfarbene Raubkatze, halb abgewandt.

Marje spürte, wie sich ihre Freundin von ihr löste. Mit beiden Händen griff sie nach dem linken Arm des Jungen, der bei ihr gewesen war, und zog ihn vom Felsen zu Marje hinüber. Ihre Augen leuchteten erwartungsvoll.

Eine riesige Raubkatze stand im Hintergrund, deren Anblick Marje schaudern ließ. Noch nie hatte sie einen lebendigen Wiljar zu Gesicht bekommen. Sie kannte die Tiere nur von der Flagge des Kaisers.

Der Junge wandte Marje das Gesicht zu. Hinter ihm beobachtete die Raubkatze das Geschehen aufmerksam. Die Augen des Wiljar waren fast ebenso gelb wie die des Jungen. Bei dem Gedanken überlief Marje eine Gänsehaut. Kein Mensch hat so gelbe Augen.

Eine Windböe riss dem Jungen den Schal vom Kopf, spitze Ohren stachen durch die glatten blonden Haare.

Sayuri blickte aus ihren großen Augen vertrauensvoll zu ihm auf, und als der Junge jetzt zu sprechen begann, bestätigte sich Marjes Verdacht. Scharfe Eckzähne wurden entblößt, als er den Mund öffnete: »Ich glaube, Sayuri möchte wissen, wo Kiyoshi ist.«

Verwirrt sah Marje zu Sayuri, die sie nur scheu anlächelte.

Ehe sie etwas erwidern konnte, trat der Junge einen Schritt auf sie zu. »Warte«, sagte er. »Gib mir deine Hand.«

Zögernd streckte sie ihre Hand aus und musste sich zwingen, sie nicht zurückzuziehen, als ihr Blick auf die viel zu schmalen Finger fiel, die in Klauen zu enden schienen.

Er schloss seine Hand nicht um ihre, sondern berührte nur leicht ihre Handinnenfläche und schloss kurz die Augen.

Marje?

Erschrocken fuhr sie zusammen und riss ihre Hand zurück. Aus großen Augen starrte sie ihn an. »Was ist das?«, fragte sie. Die Stimme hatte irgendwie vertraut geklungen und war direkt in ihrem Kopf gewesen.

Sayuri grinste sie breit an.

»Sie«, meinte der Junge und zeigte auf Sayuri, deren Augen vor Freude Funken zu sprühen schienen. Wie ein kleines Kind wippte sie ungeduldig auf den Zehenspitzen.

Der Junge reichte ihr erneut die Hand. »Es hat doch nicht wehgetan«, versuchte er sie zu überreden.

Skeptisch griff sie wieder nach den Fingern, die rauer aussahen, als sie waren. Sie fühlten sich vielmehr samtig an, warm. Zögernd schloss sie ihre Finger um seine.

Ein gespannter Moment der Stille, in dem nichts geschah, entfaltete sich zwischen ihnen.

»Suieen?«, knurrte die Wiljar unruhig.

Marje? Wo ist Kiyoshi? Haben euch die Soldaten verfolgt?

Jetzt, wo die Verbindung zwischen ihnen länger bestand, konnte sie auch Sayuri in der Stimme erkennen. Es waren die glockenhellen Laute, die sie sich immer vorgestellt hatte, wenn sie überlegt hatte, wie Sayuri wohl sprechen würde. Fassungslos starrte sie ihre Freundin an.

Suieen hat es mir gezeigt. Er hat mich vor den Stadttoren gehört und mir geholfen, begann Sayuri begeistert zu erzählen. *Es ist unglaublich. Ich kann sprechen! Mit dir! Mit ihm!*

Sayuri griff nach ihrer freien Hand und drückte sie. Marje sah ihre leuchtenden Augen und fragte sich, ob sie ihre Freundin schon einmal so glücklich gesehen hatte.

Als ihre Gedanken zu Sayuris Frage zurückkehrten, schluckte sie schwer. »Sie kamen auf riesigen Echsen und Kiyoshi ist ...«

»Die Söldner haben ihn mitgenommen«, stellte die Raubkatze fest. Sie hatte sich neben Suieen gestellt und stupste ihn unruhig in die Seite. »Die Sonne wandert«, knurrte sie mahnend.

Suieen unterbrach die Verbindung, indem er seine Hand zurückzog, sodass Marje nur noch den fragenden Blick ihrer Freundin sah. »Kiyoshi und ich haben für die Nacht Schutz in einer Senke gesucht. Dort haben die Söldner uns aufgespürt. Wir konnten fliehen in Richtung der Felsen«, flüsterte sie. »Aber diese Echsen ... Sie waren einfach zu schnell. Er wollte sie aufhalten ...«

»Ich vermute, er hat gewusst, was das bedeutet«, sagte Suieens Gefährtin.

Mit bittendem Blick wandte Sayuri sich an Suieen.

»Nein«, wehrte der Mischling ab.

Marje sah verwirrt von Sayuri zu ihm und wieder zurück. Was für eine Verbindung herrschte zwischen den beiden?

Sayuri zog die Stirn kraus und verengte die Augen zu Schlitzen. Der Wüstenjunge schüttelte den Kopf. Nach weiteren stummen Worten von Sayuri fuhr er sich nervös durch die Haare und warf der Wiljar einen unschlüssigen Blick zu. »Ein Tag mehr wird nicht schaden«, sagte er. »Wir verlieren doch nichts.«

Die Raubkatze fauchte empört. »Die Zeit verrinnt«, knurrte sie. »Die Quellen könnten schon bald versiegen! Sie haben sich gefunden. Nun kommen sie allein zurecht.«

»Nein. Das tun sie nicht. Wir bringen sie hin«, sagte Suieen, ohne den Blick von Sayuri abzuwenden, und sie erwiderte ihn, ohne auch nur zu blinzeln. Fast konnte Marje die Verbindung zwischen ihnen spüren, als würde die Luft zwischen ihnen flimmern.

»Es ist nur ein Tag, Yuuka«, sagte Suieen leise zu der Wildkatze.

Sayuri nickte kaum merklich. Ein schwaches Lächeln lag auf ihren blassen Lippen, als sie sich zu Marje umwandte. Vorsichtig griff sie nach ihrer Hand. *Er wird uns zur Mine bringen,* erklärte sie.

Verwirrt sah Marje zu dem Jungen, der abgehackt nickte. »Wir bringen euch zu den Minen der Söldner. Sie werden euren Freund dorthin verschleppt haben. Aber ihr solltet besser nicht zu viel erwarten. Ihr könnt ihn nicht befreien.«

»Deshalb ist es auch sinnlos, dorthin zu gehen«, mischte sich Yuuka knurrend ein. »Die Söldner bewachen ihre Minen besser als der Kaiser seinen Palast!«

Marje schluckte. Sayuri hatte die beiden darum gebeten, sie zu Kiyoshi zu bringen! Ihr Mund fühlte sich trocken an. Sie schluckte krampfhaft, bevor sie endlich ein raues »Danke« hervorbrachte.

»Wir sollten uns stärken, bevor wir aufbrechen«, ergriff Suieen schließlich wieder das Wort und Shio erhob sich von Marjes Schulter, flog zu Sayuri und schließlich wieder zu ihr zurück, unschlüssig, bei wem er bleiben sollte. Gedankenverloren hob sie eine Hand und wärmte sie an dem rötlichen Schimmer. Das Irrlicht sirrte zufrieden in ihre Kapuze.

Mit einem abfälligen Schnauben verließ Yuuka den Platz und verschwand in dem Wald aus Felsen.

Sie sucht nach Spuren der Essjiar, erklärte Sayuri Marje, nachdem sie ihre Hand ergriffen hatte, um Kontakt für das Gespräch herzustellen. *Sie wird herausfinden, zu welcher Mine wir müssen.*

Marje nickte und fühlte, wie sie sich entspannte. Ihre innere Unruhe verschwand mit der sandfarbenen Katze. Der Junge schien ihr ohne das Raubtier nicht mehr halb so bedrohlich. Aus einem Impuls heraus schloss sie Sayuri wieder in ihre Arme. »Ich hab mir solche Sorgen gemacht«, murmelte sie in die schneeweißen Haare. »Ich kann nicht fassen, dass ich dich hier wiederfinde. Und dass du ... dass ich dich verstehen kann!«, flüsterte sie leise.

Sayuri erwiderte die Umarmung und schmiegte ihren Kopf an Marjes Schulter. Fast schien es, als wollte sie das Gleiche sagen, aber sie hüllte sich in ein Schweigen, das Marje so vertraut war wie ihre neu gefundene Stimme.

Shio sirrte um ihre Köpfe, so wild vor Freude, dass sie beide nicht verstanden, was er sagte.

»Durst? Hunger?«, fragte Suieen mit belegter Stimme.

Hastig ließ Marje Sayuri los.

Sayuri ließ sich mit einem strahlenden Lächeln neben Suieen in den Sand sinken. Allerdings nahm sie nicht den Wasserschlauch, den er ihr entgegenstreckte, sondern formte die Hände zu einem Kelch, der voll Wasser lief. Stolz hielt sie Suieen ihre Hände hin, bevor sie selbst trank.

Marje beobachtete sie. Sie spürte einen leisen Schauer, wie eine Mischung aus Angst und Verwunderung.

Tief in ihr hatte sie es immer gewusst. Sie hatte es nur nicht wahrhaben wollen. Aber sie hatte gewusst, dass Sayuri nicht nur stumm und ungewöhnlich blass, sondern etwas Besonderes war. Fasziniert betrachtete sie Sayuris Hände. *Sie scheint es nicht zu bemerken,* dachte sie. *Sie weiß nicht, wie wundervoll sie ist.*

»Was ist mit dir? Kannst du auch zaubern oder möchtest du vielleicht…?« Suieen hielt ihr den Wasserschlauch hin.

Dankbar nahm sie ihn. Auf ihrer Flucht vor den Essjiar hatte sie alles von sich geworfen, ohne sich danach umzusehen. Die Echsen waren so unglaublich schnell gewesen. »Wo ist diese Mine? Können wir sie wirklich an einem Tag einholen?«, fragte sie und dachte daran, was der Junge zu seiner Gefährtin gesagt hatte.

Suieen strich sich die Haare aus dem Gesicht und sorgte mit einem Handgriff dafür, dass sie die Spitzen seiner Ohren verdeckten. »Erst müssen wir wissen, zu welchem Lager man ihn gebracht hat«, antwortete er vage.

Sayuri blickte von ihren Händen auf und sah fragend zwischen ihnen hin und her, dann tauchte sie ihren Kopf ins Wasser und wusch sich den Staub aus dem Gesicht.

Marje fiel auf, wie genau Suieen sie bei jeder ihrer Bewegungen beobachtete. Sein Blick verriet dabei nicht, was er dachte. Die gelben Augen waren schmal und halb verborgen unter den blassen Haarsträhnen und sein Gesicht hatte so undurchsichtige Züge, dass es sie fast ein wenig an Milan erinnerte.

Der Gedanke erfüllte sie mit Schmerz. Hilflos drehte sie den Ring an ihrem Daumen und schluckte schwer. Sein Name hallte in ihr wider und hinterließ eine schmerzende Leere.

Sayuris Finger umschlossen ihre Hand, ihr Daumen strich über den Ring. Dann streckte sie sich im Sand aus und bettete ihren Kopf in Marjes Schoß. *Wie ein kleines Kind,* dachte Marje und spürte, wie ein trauriges Lachen in ihr aufstieg. Genauso hatte Sayuri sich an Milan gelehnt und seiner Stimme gelauscht. Stundenlang hatte er ihr Märchen und Abenteuergeschichten erzählt, ohne dass einer von beiden müde geworden wäre. Die Erinnerung ließ Tränen in ihre Augen steigen und sie spürte einen Kloß im Hals, der ihr allen Platz zum Atmen zu nehmen schien.

Sayuri umschloss ihre Hand und drückte sie sanft. Auch in ihren Augen funkelten Tränen, aber auf ihren Lippen lag schon wieder ein sanftes Lächeln.

Suieen reichte ihr eine Frucht, die sie dankbar nickend entgegennahm. Sie schmeckte süß und sauer zugleich und konnte ein wenig ihren Hunger stillen.

Der Halbmensch begann, ihre Sachen zusammenzupacken

und kletterte auf einen der Felsen, um nach seiner Gefährtin Ausschau zu halten.

Marje spürte Sayuris Hand, die ihren Arm berührte, aber Suieen schüttelte leicht den Kopf. »Schone deine Kräfte«, riet er ihr. »Sonst ermüdest du zu schnell.« Sein Blick traf Marje. »Achte darauf, dass ihr nicht zu viel redet«, bat er. »Sie hat noch nicht gelernt, den Fluss ihrer Kräfte zu kontrollieren, wenn sie mit dir über eine Berührung in Verbindung tritt.«

Marje nickte entschlossen. Sie hatte nur die Hälfte verstanden, aber sie würde nichts tun, was Sayuri schaden könnte, und Suieen schien ernsthaft besorgt.

Mit einem tiefen Seufzer wandte er sich halb um. »Wir sollten jetzt besser aufbrechen«, sagte er. »Yuuka wird bald zurückkehren.«

Marje griff nach Sayuris Hand und drückte sie kurz, ehe ihre Gedanken zu Kiyoshi schweiften. Sie erinnerte sich an ihr Gespräch in der Wüste, als er vom Schicksal gesprochen hatte. Ihr Blick glitt in die Höhe zu Tshanils Gestirn. Das Schicksal hatte sie zu Sayuri geführt. Doch war der Preis dafür Kiyoshi gewesen?

Sie war sich immer noch nicht ganz klar, wer er eigentlich war, aber er war nie gegen sie gewesen, das hatte sie spätestens in der letzten Nacht begriffen. Ihr Herz begann zu klopfen. Er hatte sie so oft entkommen lassen, ihr sogar auf der Flucht geholfen. Er hatte ihr in der Nacht des Attentats das Leben gerettet und schließlich hatte er sich selbst geopfert – damit sie entkommen konnte.

Und sie? Was war ihr Dank dafür gewesen? Sie hatte ihn beschimpft, hatte ihm Vorwürfe gemacht!

Entschlossen biss sie die Zähne zusammen. Ich werde Kiyoshi in dieser Mine finden, schwor sie im Stillen. Und ihn befreien. Das wenigstens bin ich ihm schuldig.

Die Sonne schien durch seine Lider. Mit geschlossenen Augen versuchte er, sich von dem gleißenden Licht wegzudrehen, aber irgendetwas hielt ihn fest. Sein Körper fühlte sich schwer an und es erschien ihm unmöglich, sich zu bewegen. Er drehte den Kopf ein kleines Stück zur Seite, aber die hellen Strahlen fielen noch immer auf seine geschlossenen Lider. Dann nahm er die Geräusche wahr. Ein dumpfes Schaben und ein feines Knirschen mischten sich in ein gleichmäßig schweres Stampfen. Schließlich drangen leise flüsternde Stimmen an seine Ohren.

Eine Hand strich über seinen Arm. Er wollte sie festhalten, aber er konnte die Hände kaum heben. Das Licht vor seinen geschlossenen Augen erlosch, als ein Schatten auf ihn fiel und ihn von der grellen Helligkeit erlöste. Dankbar sank er in einen tiefen, traumlosen Schlaf zurück.

Er wusste nicht, wie viel Zeit verstrichen war, als er schließlich doch die Augen aufschlug. Ein Schatten beugte sich über ihn und es dauerte einige Momente, bis er die Gestalt erkennen konnte.

»Ich wusste es!«, presste jemand hinter zusammengebissenen Zähnen hervor. »Er ist es!«

»Lass ihn, Jailyn, er ist die Mühe nicht wert!«, fügte eine zweite Stimme hinzu.

Kiyoshi versuchte, das Mädchengesicht, das sich über ihn gebeugt hatte, genauer zu erkennen. Sie konnte nicht älter sein als er, aber in ihren Augen stand etwas Schwermütiges. »Er ist verletzt«, sagte sie leise.

»Seine eigene Schuld«, sagte eine dritte Stimme und Kiyoshi drehte vorsichtig den Kopf.

Neben dem Mädchen kauerten zwei Jungen auf dem Boden. Aufrichten konnten sie sich nicht, direkt über ihren Köpfen befand sich ein Gitter, ebenso wie in ihren Rücken.

Erst jetzt nahm er das gleichmäßige Schaukeln wahr und er sah, wie hinter den Gitterstäben die Wüste vorbeizog.

Sie bewegten sich. Kiyoshi spürte, wie Panik in ihm aufstieg. Wo war er? Was war geschehen?

Er versuchte, sich aufzurichten, sank aber stöhnend wieder auf den Boden, der ebenfalls aus gekreuzten Stäben bestand. Sie befanden sich in einem Käfig, einem hängenden Käfig, der etwa einen Meter über dem Wüstenboden getragen wurde.

Die Jungen ließen ihn nicht aus den Augen. Ihre Blicke waren finster, ihre Kleidung wirkte abgerissen. Einer kam ihm bekannt vor, als hätte er ihn irgendwann schon einmal gesehen. Irgendwo. Aber ihm fehlte die Kraft, sich darauf zu konzentrieren. Seine Lider waren so schwer.

»Wie fühlst du dich?«, fragte das Mädchen. Zögernd hatte sie eine Hand ausgestreckt und strich ihm die schwarzen Haare aus der Stirn. Ihre Hände waren angenehm kühl. Müde schloss er wieder die Augen. Seine Zunge fühlte sich schwer und aufgequollen an, sein Hals war rau vor Durst. Kein Wort kam über seine aufgesprungenen Lippen.

»Hey, Jailyn!«, brauste einer der Jungen auf.

»Du musst trinken«, flüsterte das Mädchen und schob ihre

Hand unter seinen Kopf, um ihn zu stützen. Vorsichtig richtete sie ihn auf und setzte ihm einen Becher mit lauwarmem Wasser an die Lippen.

»Ach, dafür hast du das Wasser aufgehoben«, stöhnte der andere Junge. »Ausgerechnet für den!«

Das Schlucken kostete Mühe. Kiyoshi versuchte, den Hustenreiz zu unterdrücken, und trank, ohne auf den abgestandenen Geschmack zu achten. Das Wasser tat gut. Fast augenblicklich fühlte er sich besser.

»Das wäre jetzt aber nicht nötig gewesen«, stellte einer der Jungen fest.

Das Mädchen ließ Kiyoshis Kopf sanft wieder auf das Gitter sinken. »Er ist auch nur ein Mensch«, verteidigte sie ihn. »Und jetzt braucht er unsere Hilfe.«

»Und was hat er gemacht, als wir seine Hilfe brauchten?« Seine zornige Stimme dröhnte in Kiyoshis Kopf, als würde jemand auf ihn einhämmern. Er hörte nicht, was das Mädchen erwiderte. Ihre Worte gingen in einem lang gezogenen, klagenden Ton unter, der gleich darauf erneut erklang.

»Mittagspause«, stellte ein Junge fest.

Kiyoshi versuchte erneut, sich aufzurichten, aber er wurde grob auf den Gitterboden zurückgestoßen. »Bleib liegen«, zischte der Junge. »Solange du verletzt bist, ist die Wasserration größer!«

Kiyoshi gehorchte. Erschöpft schloss er die Augen und langsam begriff er, wo er sich befand. Seine Flucht aus der Stadt kam ihm wieder in Erinnerung. »Marje...« Es war eher ein Gedanke als etwas, das er tatsächlich aussprach. Hoffentlich hatte sie es geschafft, den Echsenreitern zu entkommen.

Stöhnend ließ er den Kopf zur Seite rollen und spürte gleich darauf einen heftigen Schmerz, als seine Wange auf einen Gitterstab traf. Der Faustschlag des einen Söldners fiel ihm wieder ein, danach waren alle Erinnerungen wie ausgelöscht.

Schwere Schritte, die von einem gleichmäßigen Rasseln von Ketten und einem intensiven Geruch nach fauligem Fleisch begleitet wurden, rissen ihn aus seinen Gedanken.

Blinzelnd öffnete er die Augen und spähte unter den Wimpern hervor. Direkt neben ihm am Gitter war ein riesiges Auge erschienen, das zu einer großen Echse gehörte. Ihr Kopf war flach, die hellgrünen Augen mit den roten und stechend gelben Flecken um die schwarze Pupille befanden sich an den Seiten und wurden von einem dünnen, durchsichtigen Lid gegen den Sand geschützt. Die sichelförmige Pupille richtete ihren Blick auf ihn.

Kiyoshi war sich nicht sicher, ob die Essjiar sah, dass er wach war, und noch weniger konnte er einschätzen, ob es für sie einen Unterschied machte. Ohne sich zu regen, starrte er die Kreatur an. Sein Herz hämmerte laut in seiner Brust.

Zischend holte die Echse Luft. Dabei öffneten sich die Schlitze über ihrer Schnauze und sie stieß heißen, stinkenden Atem aus, dann schlossen sich die Nasenschlitze wieder und sie stand völlig reglos da. Nur eine dünne lange Zunge schnellte aus dem lippenlosen Maul hervor und strich über die Haut, die hart wie Knochen zu sein schien. Träge streckte sie sich und gähnte.

Kiyoshi schluckte, als er die spitzen Zähne sah, von denen ein gelbes Sekret tropfte.

Mit einem Peitschenknall wurde die Echse angetrieben und lief flink auf ihren vier Beinen weiter.

Erst jetzt wagte Kiyoshi, die Augen wieder ganz zu öffnen, und bemerkte, dass seine Mitinsassen einen Wasserkrug in den Händen hielten. Einer der Jungen setzte ihn an die Lippen und begann gierig zu trinken.

»Lass mir was übrig!«, verlangte der andere.

»Ist doch genug für alle da«, gab der Trinkende zurück. Auf seiner nackten Schulter konnte Kiyoshi einen eingebrannten Kreis erkennen, der in drei gleich große Teile geteilt war.

Und da begriff er.

Sie waren unter den Sechzehnjährigen gewesen, die von den Soldaten aus der Stadt gejagt worden waren! Und sie hatten ihn erkannt. Er versuchte das ungute Gefühl, das in ihm aufstieg, zu ignorieren.

Der zweite Junge trank und reichte den Krug dann dem Mädchen namens Jailyn. Dankend nahm sie ihn, hob ihn aber nicht an die Lippen. Stattdessen rutschte sie wieder zu ihm. »Das schmeckt viel besser«, sagte sie aufmunternd.

»Was soll das, Jailyn? Du willst dem nicht wirklich was von unserem Wasser abgeben. Wahrscheinlich stirbt er ohnehin!«, stieß einer der Jungen hervor.

»Wär's da denn schade drum?« Sein Freund grinste. Sein rötliches Haar war stumpf von dem Wüstenstaub.

»Wahrscheinlich nicht«, gab Kiyoshi zu. Seine Stimme klang rau und kraftlos.

»Er ist wach!« Jailyn konnte ein Lächeln nicht unterdrücken, doch die beiden Jungen tauschten einen Blick, der verriet, dass sie alles andere als begeistert waren.

Kiyoshi drehte den Kopf zur anderen Seite. Hatte er eben noch die Wüste an sich vorbeiziehen sehen, so drückte der Käfig auf dieser Seite gegen den Pelz einer Kreatur, die er nicht identifizieren konnte. Vor und hinter dem Käfig konnte er die langen Beine des Wesens und breite Füße mit verhornten Zehen erkennen. Der Käfig war mit vielen Seilen gesichert, die über dem Rücken des Tieres festgezurrt waren. Noch stand das Geschöpf still, nachdem es auf das Signal zum Mittag hin angehalten hatte. Wie die Gefangenen erhielten auch die Tiere Wasser zur Stärkung.

Peitschenschläge und der lang gezogene Ton eines Horns verkündeten den Aufbruch. Ein Ruck ging durch den Käfig und das Lasttier setzte schwerfällig einen Fuß vor den anderen. »Wir sind wohl bald da«, stellte der Junge fest, der ihn zuerst angesprochen hatte. Er war etwas kleiner als der andere, die zusammengekauerte Haltung fiel ihm leichter.

Der Rothaarige nickte zustimmend. »Die haben es ganz schön eilig. Keine Pausen mehr und statt einer langen Rast zum Mittag nur ein kurzes Luftholen.«

»Wie lange seid ihr schon gefangen?«, fragte Kiyoshi und räusperte sich, um das unangenehm kratzige Gefühl im Hals loszuwerden.

»Seit drei Tagen«, kam die Antwort mit düsterer Stimme.

»Wohin …?« Wieder versagte ihm die Stimme.

»Trink erst mal«, schlug das Mädchen vor und hielt ihm den Krug hin. Kiyoshi schaffte es, sich ein kleines Stück aufzurichten, und stillte seinen Durst mit dem klaren Wasser, das frischer schmeckte und die Schmerzen in seiner Kehle linderte.

»Wohin wir reisen?«, griff der Kleine seine Frage grimmig auf.

Kiyoshi brachte ein mattes Nicken zustande.

»In die Minen«, antwortete der Junge.

Die Worte schienen ihm wieder alle Luft zum Atmen zu nehmen. Er wusste nicht viel über die Minen, nur dass man dort nicht lange überlebte, wenn man einmal zur Zwangsarbeit hingebracht wurde. Die Minen waren zu weit von der Stadt entfernt, als dass der Kaiser seine Krieger ausgesandt hätte, um die Söldnerclans unter Kontrolle zu bringen. Und gerade jetzt, wo so viele Jugendliche aus der Stadt verbannt wurden, schienen die Söldner Beute gewittert zu haben. Keiner würde nach den Jugendlichen fragen, keiner sie vermissen – sie waren die idealen Arbeiter für den Mouranclan, der die meisten der Minen beherrschte.

»Und? Wie kommt der Prinz der Stadt in die Wüste hinaus?«, fragte ihn plötzlich der Rothaarige. Spott klang in seiner Stimme. »Oder hat Miro dich auch verbannt? Hat er vergessen, dass du schon zu alt bist?«

Sein Freund lachte, aber Kiyoshi riss sich zusammen, um nicht unwirsch auf die Stichelei zu reagieren. Wenn er hier draußen überleben wollte, sollte er sich besser keine Feinde machen. »Mein Onkel und ich waren unterschiedlicher Meinung«, antwortete er wahrheitsgemäß und versuchte abermals, sich aufzurichten. Endlich gelang es ihm und er rutschte ein Stück zur Seite, sodass er sich gegen das Gitter und den Körper des Lasttieres lehnen konnte.

»Unterschiedlicher Meinung«, äffte der Junge ihn nach.

»Und da ist er weggelaufen«, stichelte sein Freund.

Kiyoshi seufzte innerlich. Wie sollte er ihnen nur beweisen, dass er auf ihrer Seite stand? Sie hassten ihn und hatten damit nicht mal unrecht. Schließlich hatte sein Onkel ihr Leben zerstört.

»Hört auf!« Das Mädchen runzelte die Stirn. »Schließlich sitzen wir alle im selben Boot.«

»Auf einem Wüstenschiff«, konterte der kleinere der beiden Jungen, »das trifft es wohl eher.«

Bei dem Gedanken an ein Boot in der Wüste musste Kiyoshi matt grinsen. Er wusste, dass die Karawanenführer ihre Lasttiere als Wüstenschiffe bezeichneten. Doch dort, wo es früher einmal Meere gegeben hatte, gewaltige Wassermassen, die bis zum Horizont reichten, waren diese nun Sandmassen gewichen.

Die Sonne wanderte über den Himmel und begann ihren allabendlichen Abstieg im Westen. Immer ungeduldiger trieben die Söldner den Trupp an, schlugen mit ihren Peitschen nach den Lasttieren und versetzten die Tiere in einen Trab, der die Käfige regelrecht durchschüttelte.

Das Tier, das ihren Käfig trug, brach aus der Schlange aus und lief einige Schritte weiter nach vorne. Erst jetzt konnte Kiyoshi erkennen, dass der Zug fast fünfzehn dieser Geschöpfe umfasste und ein jedes mit Gepäck und Käfigen beladen war. In den meisten saßen Menschen wie sie, aber einige wenige beherbergten Geschöpfe, die Kiyoshi bisher noch nie zu Gesicht bekommen hatte. In einem Käfig bäumte sich ein Greif auf, versuchte, seine Flügel zu strecken, und stieß einen klagenden Schrei aus, bevor er sich wieder auf den Gitterboden seines Käfigs sinken ließ. Einer seiner Hinterläufe, die in schlanken Hufen endeten, rutschte durch das grobmaschige Gitter und nur unter lauten Schmerzensrufen konnte er sich aus der misslichen Lage befreien. Die scharfen Vorderklauen hatten die Echsenreiter mit Lederriemen zusammengebunden und die Krallen abgeschliffen.

Kiyoshi beobachtete staunend das magische Geschöpf, das sich nun wieder aufrichtete, um erneut mit dem Schnabel nach den Gitterstäben zu hacken, bis die Peitsche eines Reiters gegen den Käfig knallte und den Greif erschrocken zurückfahren ließ.

Ihr Lasttier reihte sich wieder in die Karawane ein. Es schien die Peitschenhiebe kaum zu spüren, genauso wenig wie die schwere Last, die es auf seinem breiten Rücken zu tragen hatte. Der grobe, zottelige Kopf schwankte träge bei jedem Schritt. Doch Kiyoshi hatte die Geschöpfe unterschätzt; das Tempo, das die Echsenreiter nun forderten, hätte er den Lasttieren nicht zugetraut, ihre breiten Füße hoben sich jedoch immer schneller.

Das Sitzen in den Käfigen wurde nahezu unerträglich. Immer wieder wurden sie in die Höhe geschleudert und mussten sich an den Gitterstäben festhalten, um nicht gegeneinanderzuprallen. Kiyoshi konnte jeden einzelnen Muskel seines Körpers spüren und die Schmerzen raubten ihm fast erneut das Bewusstsein. Als das Schaukeln und Rütteln endlich ein Ende hatte, zitterte Kiyoshi am ganzen Körper.

Plötzlich kippte der Käfig auf einer Seite in die Tiefe, als das Lastentier die Vorderbeine streckte und sich auf den Boden hinabließ, bis das Gitter auf dem Wüstenboden aufsetzte.

»Tja, wenigstens sind wir noch ganz«, stellte Jailyn düster fest.

»Mit der Betonung auf noch«, ergänzte der Rothaarige nur.

Kiyoshi schwieg und beobachtete, wie die Echsenreiter ihre Gefangenen aus den Käfigen trieben.

Dann sprang ein Reiter neben ihrem Käfig ab und öffnete die Klappe. »Raus!«, befahl er mit rauer Stimme.

Während Kiyoshi sich mühsam auf die Beine kämpfte, hatten die anderen drei den Käfig bereits verlassen. Unsicher tat er einen Schritt und sofort wurde ihm schwindelig. Der Reiter begann bereits, wild mit seiner Lanze zu gestikulieren. »Mach schon!«, schimpfte er und stieß ihm die Spitze seiner Lanze in die Seite.

Der kleinere der beiden Jungen half ihm aus dem Käfig und hielt ihn grob am Arm fest, damit er nicht zusammensackte. Mit schmerzverzerrten Gesichtern stolperten sie um das Lasttier herum und blieben wie erstarrt stehen, als ihr Blick auf das Lager fiel.

Die letzten Sonnenstrahlen des Tages erreichten zwar noch die Anhöhe, auf der sie standen. Das Tal, das sich vor ihnen erstreckte, lag aber bereits im Schatten. Lang gezogene, rußfarbene Baracken drängten sich dicht an dicht, dazwischen waren schmale Trampelpfade zu erkennen. Um die Baracken waren Türme errichtet, auf denen schwarz gekleidete Männer Wache hielten. Ein großer Platz, der an eine Arena erinnerte, erstreckte sich direkt unter ihnen; terrassenförmige Stufen aus massivem Fels führten von der kreisrunden Mitte in die Tiefe. Über dem Tal hingen Rauchschwaden und das Hämmern von Metall auf Metall hallte zu ihnen herauf.

Jailyn schluckte schwer. Stumm deutete sie auf Löcher im Sandboden, aus denen Menschen hervorkrochen und sich in Schlangen einreihten, um dann in kleinen Gruppen zu den Baracken zu gehen.

Die Echse des Reiters, der sie aus dem Käfig geholt hatte, zischte. Die Lastentiere wurden die Anhöhe hinabgeführt, während die Essjiar bei ihren Herren blieben, die ihnen die Zügel abnahmen.

Eine Peitsche knallte und der Rothaarige schrie auf, als er getroffen in den Sand stürzte. Jailyn griff nach seinem Arm, um ihm aufzuhelfen.

»Los, runter mit euch!«, befahl einer der Reiter und seine Echse schnappte nach den Gefangenen. Hastig drängte sich der Pulk der neuen Sklaven den schmalen Pfad zum Lager hinab.

5. Kapitel

Fass sie nicht an!«

Sayuri hielt mitten in der Bewegung inne. Verwundert drehte sie sich um, den Kopf leicht schief gelegt, eine stumme Frage in den Augen. Suieen spürte auch Marjes fragenden Blick und ihr leises Misstrauen, das sie zu verbergen versuchte. »Die Bäume sind gefährlich«, erklärte er.

Die hohen blattlosen Stämme wirkten wie die Skelette von Bäumen, die einmal wunderschön gewesen sein mussten. Ihre raue Rinde war an vielen Stellen aufgebrochen, als wäre sie unter dem brennenden Licht der Sonne aufgeplatzt. Aus jeder dieser Wunden tropfte dickflüssiger dunkler Saft hervor. Die dürren Äste knarrten im heißen Wüstenwind.

»Wie können hier überhaupt Bäume wachsen?«, fragte Marje.

»Die Bäume ziehen Wasser aus der Luft und aus den tiefen Bodenschichten«, erklärte Suieen. »Ihre Rinde hält dem Sonnenlicht stand und wandelt es in Energie um.«

»Und warum sind sie gefährlich?«, fragte Marje weiter. »Es sind doch nur Bäume.«

»Alte Bäume, uralte Bäume, die vieles überdauert und sich immer wieder neuen Gegebenheiten angepasst haben«, widersprach Suieen. »Sie sind noch von alter Magie durchwirkt. Wer sie nicht kennt, sollte sie besser nicht herausfordern.«

Mit ehrfürchtigem Blick sah Marje zu den kargen Kronen auf. Sie schienen ihr wenig eindrucksvoll im Vergleich zu den Bäumen im Palastgarten.

»Ruf sie! Wir brauchen ihre Hilfe«, erklang plötzlich Yuukas Stimme. Die Katze saß gelassen zwischen einigen Bäumen, als hätte sie schon eine Weile dort verweilt. Tatsächlich war sie aber erst in diesem Moment eingetroffen. Ihre Schwänze rollten sich um ihre Tatzen und die Wurzeln eines alten Baumes. »Die Söldner sind mit ihren Gefangenen zur Nordmine«, fügte sie erklärend hinzu.

Suieen nickte und sah seine Gefährtin dankbar an. Sie musste weit gelaufen sein, um sicherzugehen, wohin die Spuren führten. Vorsichtig trat er an einen der Bäume heran und legte die Hand auf eine klaffende Wunde in der Rinde. Kurz spürte er die magische Barriere, doch wenige Augenblicke später enthüllte der Baum ein Netz aus Magiesträngen, das wie dünne Spinnweben die Bäume untereinander verband. Die Fäden waren so dünn, dass man sie kaum spürte, wenn man durch sie hindurchtrat. Im richtigen Licht mochten sie zu sehen sein wie ein Spinnennetz im Morgentau, aber jetzt waren sie fast unsichtbar.

Vorsichtig tastete er sich durch das bläulich schimmernde Netz, darum bemüht, den Aufenthaltsort der Zentauren zu finden. Immer wieder musste er einen neuen Weg wählen, wenn die Verbindung zu schwach wurde oder abriss. Wie zwischen den beiden letzten großen Quellen versickerte die Magie auch in den Zentaurenwäldern langsam, aber sicher und würde bald ganz verschwinden.

Suieen fragte sich, was mit den Wäldern passierte, wenn die Magie ganz verschwand. Ob sie einfach auseinanderbrachen oder abstarben?

Endlich spürte er schwach die Anwesenheit der Zentauren

und zeichnete eine Nachricht für sie in die Magiestränge. Wenn sie seinen Ruf fanden, würden sie zum Waldrand kommen, um zu sehen, wer um Erlaubnis bat, ihren Wald durchqueren zu dürfen.

Schließlich löste er die Verbindung und wandte sich zu den Mädchen um. Er spürte ihre neugierigen Blicke.

»Was hast du da gemacht?«, fragte Marje fasziniert.

»Das Magienetz war kurz zu sehen«, mischte Yuuka sich ein.

Suieen sah überrascht zu ihr. »Ich habe die Zentauren gerufen. Wir müssen ihren Wald passieren und brauchen dazu ihre Einwilligung«, erklärte er.

»Zentauren?«, fragte sie nach und drehte sich unsicher zum Wald um.

Einmal mehr wurde Suieen bewusst, wie wenig sie und Sayuri von der Wüste und ihren Gesetzen wussten. Die Menschen aus der Kaiserstadt waren ein ganz anderes Leben gewöhnt. Sie hatten noch nie Zentauren oder Greifen gesehen und würden wohl nie die Schwierigkeiten, die ungeschriebenen Verhaltensregeln zwischen den Rassen verstehen. Marje war selbst jede Art der Magie fremd.

Yuuka gab einen Laut von sich, halb Schnurren, halb Fauchen.

Zwischen den Bäumen erschienen lautlos die Zentauren, so plötzlich, als würden sie aus dem Boden wachsen. Marje riss die Augen auf und Suieen musste zugeben, dass es für ein Stadtmädchen wie sie sicherlich ein eindrucksvoller Anblick war, wenn die Bäume leicht zur Seite wichen, um den Weg für diese mächtigen Waldbewohner freizugeben.

Suieen versuchte, sie mit den Augen der Mädchen zu sehen. Zentauren waren große Wesen mit den Leibern eleganter, schneller Pferde, die dort, wo bei richtigen Pferden der Hals ansetzte, in kräftige menschliche Oberkörper übergingen. Ihr Fell glänzte im Sonnenlicht und bei jedem Schritt war das Zusammenspiel der Muskeln unter der makellosen Haut zu erkennen. Obwohl sie so groß waren und schwer wirkten, bewegten sie sich mit einer fast tänzerischen Leichtigkeit lautlos durch den Wald.

Ein schwarzer Zentaur löste sich von der kleinen Gruppe und trat einige Schritte auf sie zu, wobei er jedoch weiterhin im Schutz der Bäume blieb. Sein kräftiger Oberkörper war nackt, nur ein Lederriemen hielt einen Köcher für Pfeile auf seinem Rücken und an seiner Seite hing ein langes Schwert in einer Scheide, die entlang seines Pferdeleibs befestigt war. Schwarze Haare fielen über seine braun gebrannten Schultern, an seinen Armen, auf der Brust und seinem Bauch rankte sich ein verschlungenes Muster in blauer Farbe.

Suieen lächelte und senkte den Blick, während Marje einen Schritt zurückwich. »Ich grüße den Herrn des Waldes«, sagte er leise. Seine geflüsterten Worte schienen vom Wald förmlich aufgesogen zu werden. Der Wüstenwind strich ihnen über die Haut und zog an ihren Haaren. Die Bäume knarrten, als würden sie den Gruß erwidern.

»Suieen«, stellte der Zentaur fest und ein kaum merkliches Lächeln zeichnete sich auf seinem Gesicht ab. Als er noch einen Schritt auf sie zutrat und das Sonnenlicht auf sein Gesicht fiel, konnte man noch deutlicher die blauen feinen Muster sehen, die auch seine Augen umspielten, sich über seine Wangen, den Nasenrücken und die hohe Stirn zogen. »Du warst lange nicht hier.«

Suieen neigte leicht den Kopf. »Ich folge dem Weg der Sterne«, antwortete er ausweichend. Tatsächlich waren auch ihm die Wälder der Zentauren nicht ganz geheuer. Yuuka mochte sie lieben, er aber wusste, dass nicht jeder Zentaurenstamm ihm wohlgesonnen war, und die Bäume waren launisch geworden.

Hinter den Zentauren tauchten ihre ewigen Begleiter auf, kleine Irrlichter, die summend und sirrend wie ein Schwarm Bienen auf ihren Anführer zuflogen, bis sie Shio entdeckten.

Suieen hörte Sayuris glockenhelles Lachen, als Shio sich zögernd von ihrer Schulter erhob. Ein Irrlicht gehörte seiner Meinung nach auch nicht in die Stadt, sondern in seine Heimat, hierher in die Wälder.

Selbst Marjes Gesicht erhellte sich bei dem Anblick der Irrlichter, die um Shio kreisten. Irrlichter waren ihr vertraut, im Gegensatz zu den Zentauren, die sie einzuschüchtern schienen. Kein Wunder, bei Quourans imposantem Auftreten, dachte Suieen.

Der Stammesführer hatte eine Hand gehoben und eines der Irrlichter schoss auf ihn zu, um ihm kurz etwas ins Ohr zu summen, ehe es wieder zu seinem blaugrünen Schwarm zurückflog, aus dem Shios rotes Licht hervorstach wie ein bunter Vogel inmitten einer Krähenschar.

»Was führt dich und deine Gefährten zu uns?«, fragte Quouran. Er hatte eine angenehme, tiefe Stimme, die so vertrauenerweckend klang, dass man in seiner Gegenwart schnell alle Vorsicht außer Acht ließ.

Suieen warf Marje einen warnenden Blick zu, ehe er antwortete. »Wir möchten euch bitten, uns die Durchreise durch den Wald zu gestatten«, begann er vorsichtig. »Wir folgen einer Söldnerkarawane zur Nordmine, doch wir haben nur einen Tag, zu wenig Zeit also, um auf ihren Spuren zu reisen.«

Der Zentaur hob argwöhnisch eine Augenbraue. »Die Nordminen sind auch auf direktem Weg durch den Wald mehr als einen Tagesmarsch entfernt.« Er beobachtete Suieen schweigend.

Der Gedanke, einen Zentauren um einen Gefallen zu bitten, gefiel Suieen nicht, aber er hatte keine andere Wahl und Quouran stand noch in seiner Schuld. Hastig warf er einen Blick zu Yuuka, die ihn warnend anfunkelte. Ihr würde ganz und gar nicht passen, was er jetzt tun würde.

»Ihr könntet uns bis zur Dämmerung zur Mine bringen«, sagte er. »Darf ich euch bitten, uns diesen Gefallen zu tun?«

Yuuka fauchte missbilligend. *Du weißt, wie wichtig es ist, in der Wüste Verbündete zu haben, die einem noch einen Gefallen schulden. Du solltest ihn nicht so unbedacht einfordern,* ließ sie ihn grollend wissen.

Unsicher strich Suieen sich die Haare aus dem Gesicht, sodass seine gelben Augen im Sonnenlicht aufblitzten. »Quouran?«

Der Zentaur sah über die Schulter hinweg zu den Mitgliedern seines Stamms, die ihn zur Waldgrenze begleitet hatten. Unentschlossen scharrte er mit seinem rechten Vorderhuf im Sand.

Geduldig wartete Suieen. Das Volk der Zentauren war nicht dafür bekannt, überstürzte Entscheidungen zu treffen.

Marjes Blick glitt zwischen ihm und dem Stammesführer hin und her, Hilfe suchend und unsicher, welche Antwort sie erhalten würden. »Bitte«, murmelte sie leise.

Suieen wurde bewusst, wie fest entschlossen sie war, ihren Freund zu befreien. Er bewunderte ihren Mut, auch wenn er töricht war. Sie kannte die Wüste nicht, aber sie war bereit, sich jedweden Gefahren zu stellen. Doch noch hatte sie die Minen nicht mit eigenen Augen gesehen; das Grauen, das dort lauerte, war für sie wohl kaum vorstellbar.

In diesem Moment erhob Quouran seine Stimme. »Wir werden euch an den nördlichsten Rand des Waldes bringen«, entschied er.

Auf seinen Wink traten drei Zentauren vor, zwei Männer und eine Frau. »Meine schnellste Läuferin und meine beiden besten Jäger werden euch begleiten.«

Suieen neigte leicht den Kopf. »Ich danke dir.«

Quouran nickte langsam. »Damit ist meine Schuld beglichen«, antwortete er. »Aber vergiss nicht, dass dir der Wald und unser Schutz auch in Zukunft offen stehen werden, Suieen.«

Obwohl Suieen es sich nicht anmerken lassen wollte, konnte er seine Erleichterung kaum verbergen. Schon mehr als einmal hatte er vor den Bauern und ihren Wachen fliehen müssen und sich in die Wälder begeben, die sie nicht zu betreten wagten. Es mochten noch oft Tage kommen, an denen er den Schutz des Waldes brauchen würde.

Die Zentaurin trat auf Marje zu und streckte ihr eine Hand entgegen. Sie hatte rote Locken und hellere Haut als Quouran, allerdings denselben erhabenen Gesichtsausdruck. Marje ergriff zögernd die Hand und wurde überraschend sanft von der Zentaurin auf ihren Rücken gehoben. »Halte dich an meinen Schultern fest«, bat sie und zog den Überwurf aus Fell zurecht, der ihren muskulösen Oberkörper bedeckte.

Zögernd legte Marje die Hände auf ihre kräftigen Schultern. »Ich bin aber noch nie geritten«, sagte sie unsicher.

Die Zentaurin lachte. »Halt dich einfach nur fest, während ich laufe. Solange du auf meinem Rücken bleibst, kann dir nichts passieren.«

Suieen bemerkte, wie Marje sich bei den ersten Schritten der Zentaurin entspannte. Sie winkte Shio zu sich heran, der sich aus dem Irrlichterschwarm löste und sich auf ihre Schulter setzte.

Suieen selbst ließ sich von einem der beiden anderen Zentauren auf den Rücken heben und blickte sich nach Yuuka und Sayuri um.

Yuuka kam zu ihm und berührte mit ihrer Schnauze sanft seinen Arm. »Ich laufe vor«, sagte sie leise. »Vergiss nicht, morgen müssen wir durch die Wüste. Wir dürfen nicht zu lange warten.« Ihre goldgelben Augen sahen ihn durchdringend an.

Sanft kraulte er die pelzige Stelle zwischen ihren Augen. »Ich weiß«, antwortete er ebenso leise. Aber seine Stimme zitterte. Genau wie ihr war ihm klar, dass sie nicht länger bleiben konnten. Doch sein Blick glitt wieder zu Sayuri. Ohne seine und Yuukas Hilfe würde sie in der Wüste nicht lange überleben. Dazu wusste sie noch zu wenig von ihrer Kraft.

Innerlich zerrissen beobachtete er, wie sie einige Schritte

in den Wald ging und mit staunenden Augen die Bäume betrachtete, sorgsam darauf bedacht, sie nicht zu berühren. Sie wirkte, als hätte sie ihre Gefährten völlig vergessen. Verträumt glitt ihr Blick zu den knorrigen Baumkronen hinauf und die hellen Haare fielen ihr aus der Stirn, als sie den Kopf in den Nacken legte, um die Äste über ihrem Kopf zu betrachten.

Doch nicht nur er, auch die Zentauren beobachteten sie. Quouran trat ihr schließlich in den Weg. »Ihr müsst jetzt aufbrechen«, sagte er.

Sayuri stand vor dem Zentauren, dem sie kaum bis zum Bauchnabel reichte, den Kopf weit in den Nacken gelegt, ohne eine Spur von Angst oder Scheu im Blick.

»Sayuri!«, rief Marje zögernd.

Quouran beugte sich zu dem zierlichen Mädchen hinab. Seinem ernsten Gesicht war nicht anzusehen, was er dachte. Suieen wartete geduldig, aber Marje schien plötzlich Angst um ihre Freundin bekommen zu haben.

»Sayuri!«, rief sie wieder und wollte bereits vom Rücken der Zentaurin springen, die sie jedoch festhielt und ihr einen beruhigenden Blick über die Schulter zuwarf.

Sayuri streckte ihren Arm aus. Ihre Finger schienen in der riesigen Pranke des Zentauren zu verschwinden. »Die Sterne erzählten davon«, murmelte er leise. Als wäre sie ein zerbrechlicher Gegenstand, trug er sie vorsichtig zu Suieen und setzte sie hinter ihm auf den Zentaurenrücken. »Nehmt euch in Acht und lauft sicheren Schrittes durch den Wald«, sagte er zu den Zentauren. Sein Blick streifte Suieen. »Interessante Gefährten hast du gefunden.«

Yuuka knurrte drängend.

Quouran gab ihnen den Weg frei. Seine Vorderhufe wirbelten in der Luft, als er auf der Hinterhand umdrehte und ihnen nachsah.

Die Bewegungen der drei Zentauren waren schnell und ausholend. Suieen sah aus den Augenwinkeln, wie Marje sich an den Hals der Zentaurin klammerte. Sachte löste die Waldbewohnerin ihre Hände und legte sie auf ihre Schultern.

»Keine Angst, du wirst nicht fallen«, rief Suieen ihr ermutigend zu. Sayuris Hände hatten nur leicht auf seinen Schultern gelegen, jetzt spürte er, wie sie den Kopf gegen seinen Rücken lehnte. Ihre Berührung löste ein ungewohntes Kribbeln auf seiner Haut aus. Vorsichtig griff er nach ihrer Hand.

Noch immer hallten die Worte Quourans in seinem Kopf und er fragte sich, was der Zentaur wohl gemeint hatte. Er sah über seine Schulter. Sayuris weiße Haare wehten im Wind.

Neben ihnen lief leichtfüßig Yuuka her. Die Bäume schienen vor ihnen zur Seite zu weichen, ihre Äste zu heben und ihnen den Weg frei zu machen. Ein stolzes Gefühl erfüllte ihn bei dem Gedanken, Sayuri diese Welt zeigen zu können. Sie war ein Teil des Landes, in dem er aufgewachsen war, und die Zentaurenwälder waren nicht ganz so trostlos wie die Weiten der Wüste.

Gedankenverloren überlegte er, ob Sayuri wohl das Netz der Magie spüren konnte. Je nachdem, wie mächtig sie war, war es durchaus möglich. Sanft berührte er ihren Geist und wollte sie fragen, als er verwundert feststellte, dass sie eingeschlafen war.

Die Baracken sahen aus der Nähe noch erbärmlicher aus. Über schlecht geformtes Metall, das jeden Augenblick zu zerbrechen drohte, spannten sich Pelze von Tieren, die der Wüstensand bereits abgerieben und zerrissen hatte. An einigen Stellen hatte jemand versucht, die Baracken aus alten Fellen und Pfosten mit Holzbrettern zu stützen, aber der Kampf gegen den Wüstenwind war aussichtslos und so konnte der Sand durch jede Ritze in die behelfsmäßigen Gebäude dringen.

Kiyoshi stolperte hinter den anderen Gefangenen den schmalen Pfad zwischen den Baracken entlang. Hier unten im Tal staute sich die schwüle Luft des Tages und war erfüllt vom Gestank der Menschen, die viel zu nah aufeinanderwohnten, ohne Wasser, um sich zu waschen und ihre Kleider sauber zu halten. Der Geruch von Schweiß, Blut und Exkrementen lag so schwer in der Luft, dass Kiyoshi den Brechreiz nur mit Mühe unterdrücken konnte. Wahrscheinlich roch er selbst inzwischen kaum besser. Seine Kleidung war blutverschmiert, die Wunden in seinem Gesicht waren von geronnenem Blut verkrustet und die schwarzen Haare fielen ihm vor Dreck starrend ins Gesicht. Wenigstens würde ihn so niemand gleich als Prinz erkennen, dachte er spöttisch.

Jeder Schritt fiel ihm schwer. Der Abstieg ins Tal war bereits eine Qual gewesen und mehr als einmal hatte er sich gewünscht, sich einfach in den heißen Sand sinken zu lassen und liegen zu bleiben. Noch nicht, hatte eine Stimme verbissen in ihm geflüstert und er war weitergegangen. So schnell durfte er nicht aufgeben. Solange er noch einen Schritt vor den anderen setzen konnte, würde er durchhalten. Schließlich hatte er sein Schicksal im Gegensatz zu den anderen selbst gewählt.

Bei dem Gedanken an die sichere Stadt, an Miro und Rajar biss er nur noch entschlossener die Zähne zusammen. Hier würde er sein Ende nicht finden. Er dachte gar nicht daran!

»Rein da!«, knurrte einer der Wächter.

Kiyoshi merkte erst, dass er gemeint war, als das Schwert des Mannes ihn mit der Breitseite grob in eine der Baracken stieß. Er stolperte über die kleine Schwelle und wäre fast gestürzt. Halt suchend griff er nach vorne und fing sich an der Wand ab. Für einen Moment blieb er mit gesenktem Kopf in der Dunkelheit stehen und rang nach Atem. Dann sah er auf und blickte in fünf verängstigte Augenpaare. Die Bewohner der Baracke mussten bereits geschlafen haben. Eng aneinandergedrängt lagen oder saßen sie auf dem Boden, dünne, alte Decken, die wohl kaum Schutz gegen die Kälte der Nacht boten, auf ihren Knien.

Vorsichtig, aus Angst, abermals die höllischen Schmerzen zu wecken, richtete er sich leicht auf und stellte mit einem Hauch der Erleichterung fest, dass auch Jailyn und die beiden anderen, mit denen er im Käfig gewesen war, mit in die Baracke gestoßen worden waren.

»Macht Platz für die Neuen!«, hallte draußen der Ruf des Soldaten, den er alle zehn Schritte wiederholte. In Kiyoshis

Ohren klang er wie Hohn. Auf dem Boden der Baracke war kaum noch Platz, um dort zu stehen, geschweige denn zu sitzen.

Eine Gestalt in einer der hinteren Ecken rutschte noch näher an die Wand und setzte sich mit dem Oberkörper auf. Die anderen taten es ihr stumm nach. Jailyn ließ sich direkt neben der Tür auf den Boden gleiten, die Knie angezogen, um noch Platz für die anderen zu lassen.

Die bedrückende Stille im Raum und die gesenkten Blicke der anderen Gefangenen ließen Kiyoshi zögern. Hilflos sah er hinaus, wo der Fackelschein die vorbeiziehenden Gesichter der neuen Gefangenen beleuchtete.

»Setz dich!«, zischte einer der Jungen, die mit ihm gekommen waren, und riss ihn grob zu Boden. »Keiner wird dem Prinzen hier ein Bett herrichten«, fügte er noch hinzu.

Schmerzen explodierten in Kiyoshis Rücken und trieben ihm die Tränen in die Augen, als er auf dem Boden aufschlug, aber er unterdrückte verbissen einen Aufschrei. Den Kopf auf die Knie gelegt, schloss er die Augen.

Marje. Er hatte sie nicht unter den Gefangenen gesehen, was bedeutete, dass ihr die Flucht gelungen sein musste.

Wenigstens das! Der Gedanke gab ihm ein bisschen Ruhe. Er lauschte in die Dunkelheit. Die Stille umfing ihn wie eine schwere Decke. Seinen Umhang hatte er zwar Marje überlassen, aber seine Kleidung war trotzdem wärmer als die seiner Mitgefangenen. Er schmiegte seine unverletzte Wange gegen den weichen Stoff. Erinnerungen stiegen in ihm auf. Marjes Augen – mal hell, mal dunkel. Ihre Stimme, rau und erstaunlich tief. Seine Mutter mit dem Blütenkranz, die blauen Augen so klar auf ihn gerichtet, wie er sie selten gesehen hatte. Sayuris Garten.

Er spürte noch, wie Jailyns Kopf gegen seine Schulter sank, dann glitt auch er in einen tiefen Schlaf der Erschöpfung.

Kiyoshi schrak von dem Klirren von Waffen, lauten Schreien und gebrüllten Befehlen hoch, die die Luft erfüllten. Im ersten Moment dachte er, dass sie irgendwo aus ihrer Baracke kamen, doch er hatte sich getäuscht. Hier drinnen war alles ruhig.

Hastige Schritte flogen an ihrer Baracke vorbei, flackernder Fackelschein malte von außen gespenstische Schatten an die dünnen Wände. Um ihn herum regten sich die Gefangenen. Man konnte die Angst förmlich spüren, die in der Luft lag. Kiyoshi wagte kaum zu atmen.

Ein metallisches Klirren, ein tierisches Brüllen. Dann war der Spuk vorbei, genauso schnell, wie er begonnen hatte, und es wurde beängstigend still im Lager. Ein letzter Aufschrei erklang und zerriss die Stille, danach war nur noch ein leises Wimmern in der Dunkelheit zu hören.

Stumm hatte Kiyoshi den Geräuschen gelauscht, jetzt wandte er den Kopf zur Tür, in der einer der Jungen stand, um das Geschehen zu beobachten.

»Ein Fluchtversuch«, sagte er tonlos.

In der Baracke blieb es still, bis eine krächzende Stimme aus einer Ecke alle anderen ermahnte, sich wieder zum Schlafen zu legen.

Kiyoshi horchte in die Dunkelheit, bis das Rascheln und Stöhnen in der Baracke verebbte. Alle Müdigkeit war von ihm abgefallen und er stand vorsichtig auf. Jailyn sah zu ihm auf, aber er bedeutete ihr weiterzuschlafen, und sie schloss erneut die Augen. Blind im Halbdunkel der Nacht tastete er sich über Beine und Körper hinweg zur Türöffnung, die mit einem Fell verhangen war. Dort blieb er einen Augenblick lang unschlüssig stehen. Sein Herz klopfte dumpf in seiner Brust.

Lautlos trat er auf den schmalen Pfad hinaus. Durch die Löcher in den Wänden und die offenen Eingänge konnte er in die anderen Baracken hineinspähen. Die Menschen lagen so eng aneinandergedrängt wie in seiner Schlafstätte, schutzlos, meist sogar ohne Decken, Kinder wie Erwachsene, doch keiner von ihnen über dreißig. Ganz im Gegenteil – viele von ihnen waren noch weit unter zwanzig – das mussten diejenigen sein, die Miro aus der Stadt verbannt hatte. Schnell wandte er den Blick ab und ging weiter. Er fühlte sich schuldig, als wäre er es, der dieses Lager errichtet hatte. Der Gedanke, die Menschen zu diesem Schicksal verdammt zu haben, wurde ihm unerträglich und er beschleunigte seine Schritte. Unschlüssig, in welche Richtung er sich wenden sollte, schlich er ziellos zwischen den Baracken umher, die Schultern fröstelnd hochgezogen und die Arme um den Leib geschlungen.

Das Fackellicht der Wächter war aus dem Irrgarten der Baracken verschwunden. Zwar schienen die Feuer von den Wachtürmen herunter, aber er konnte sich gefahrlos bewegen, solange er nicht den Schutz der niedrigen Hütten verließ.

Die Monde schienen diese Nacht fast farblos über dem Lager zu wachen. Es war ein merkwürdiges Licht, er vermisste den Trost, den der grüne und blaue Schein ihm schon oft gespendet hatte.

Entschlossen biss er die Zähne zusammen und ging weiter. Heute sollten Turu und Lauryn keine Klagen von ihm hören. Er würde sein Schicksal akzeptieren und nach dem richtigen Weg für sich suchen.

Überrascht hielt er inne, als sich direkt vor ihm ein kleiner, freier Platz auftat. Er war der Enge der Baracken schneller entkommen, als er erwartet hatte. Im Schatten einer Hüttenwand blieb er stehen und sah über den Platz hinweg zu den Schmieden hinüber. Sie waren verlassen, aber vermutlich mussten hier Tag für Tag die Menschen schuften. Sein Blick glitt weiter und erfasste dunkle Löcher, die sich in den Boden fraßen und den Erzadern bis tief unter die Erde folgten. Schaudernd wandte er seine Augen ab, doch dann blieb sein Blick an einem Schatten hängen, den er zwischen zwei hohen Sandbergen erkennen konnte.

Es war ein Mensch, der dort drüben reglos im Sand lag.

Das Mondlicht wurde von den schwarzen Kleidern geschluckt, die zerrissen an seinem Leib hingen. Darunter schimmerte die bloße Haut.

Langsam trat Kiyoshi einen Schritt nach vorne, blieb dann aber stehen. Der Platz war von den Wachtürmen aus gut einzusehen. Andererseits, was hatte er zu verlieren? Sein Blick glitt wieder zu der Gestalt. Ob das der Mann war, der den Fluchtversuch gewagt hatte? Vorsichtig tastete er sich voran, wobei er all seine Sinne auf mögliche Gefahren konzentrierte.

Neben der Gestalt ließ er sich mit laut hämmerndem Herzen in den Sand sinken und berührte sie vorsichtig an der Schulter. Seine Finger strichen über einen Riss in der Kleidung, er spürte etwas Feuchtes. Blut.

Da regte sich die Gestalt. Zitternd zog sie einen Arm an, stemmte die flache Hand auf den Boden und versuchte sich in die Höhe zu drücken.

Kiyoshi griff nach dem anderen Arm und merkte zu spät, dass sich lange blutige Striemen darüberzogen. Der Verletzte sank stöhnend in sich zusammen.

»Tut mir leid«, murmelte er hilflos.

Keuchend startete die Gestalt einen neuen Versuch. Zweimal holte sie röchelnd Luft, dann gelang es ihr, sich ein Stück aufzurichten, das Gewicht des Oberkörpers auf beide Hände gestützt.

Kiyoshi musterte den Fremden besorgt. Im Mondlicht konnte er erkennen, dass es sich um einen jungen Mann handelte. Unter den Fetzen seines Hemdes waren muskulöse Arme zu erkennen, sein breiter Rücken war von roten Striemen überzogen und das Blut tropfte gleichmäßig langsam in den Sand.

Vorsichtig hob der Mann nun eine Hand und fuhr sich übers Gesicht, das ebenso blutverschmiert war wie sein Rücken. Langsam drehte er sich zur Seite und sah aus strahlend blauen Augen zu ihm auf. Kurz entglitten ihm die Gesichtszüge, dann wurde seine Miene verschlossen.

»Ihr hier, Prinz?«, fragte der junge Mann. Seine Stimme klang kraftlos, aber die Worte waren doch von einem hasserfüllten Spott durchzogen.

Kiyoshi biss sich auf die Unterlippe. Die Verbitterung, die ihm von allen, die ihn erkannten, entgegenschlug, war ihm nur zu verständlich.

»Sieht ganz so aus«, antwortete er und ärgerte sich über den kühlen Unterton in seiner Stimme.

Der Körper des Jungen erbebte, ein leises, freudloses Lachen brach aus ihm hervor. »Welche Ironie«, sagte er mit rasselndem Atem und unterdrückte einen Hustenreiz. »Ich habe nur eines in meinem Leben versucht: der Macht und dem Einfluss des Kaisers zu entkommen. Irgendwann wollte ich nur noch sterben und hätte es auch sollen. Doch dann fand ich mich in dieser Hölle hier wieder.« Keuchend holte er Luft, als wäre es schon zu anstrengend, die wenigen Sätze zu sprechen. »Und nun muss ich feststellen, dass selbst hier der Kaiser mich mit seiner Familie zu verfolgen scheint.«

Kiyoshi wusste nicht, was er darauf erwidern sollte.

Wieder ließ der Fremde ein heiseres Lachen hören. »Die Götter haben eine bittere Art von Humor!«, stieß er hervor.

Seine Stimme kam Kiyoshi plötzlich vertraut vor, als hätte ein neuer Ton mitgeklungen, der ihn an etwas erinnerte. Aber die Erinnerung entzog sich ihm wie ein Schatten, den man einfach nicht greifen konnte.

»Du hast heute Nacht versucht zu fliehen, oder?«, fragte Kiyoshi leise, und als der junge Mann schwach nickte, sah Kiyoshi ihn gespannt an. Der Gedanke an eine mögliche Flucht erschien ihm wie ein Hoffnungsschimmer in finsterer Nacht – doch der kleine Lichtblick wurde schon im nächsten Augenblick wieder zerstört.

»Aber es ist sinnlos. Es war bereits mein zweiter Versuch,

obwohl ich noch nicht lange hier bin«, sagte der Fremde und um seine Mundwinkel lag ein spöttischer Zug, als er das Funkeln in Kiyoshis Blick erlöschen sah. »Sie fangen dich ein, bestrafen dich, bringen dich zurück und wieder geht alles von vorne los. Ich bin nicht der Erste hier im Lager, der es versucht hat.« Er stieß ein heiseres Lachen aus, das mehr einem grimmigen Knurren ähnelte. »Aber trotz allem, was man sich im Lager so erzählt – ich konnte nicht anders. Die Menschen hier leiden zu sehen, ist schlimmer als der Tod. Verzweifelt warten sie auf ihr Ende, aber die Söldner halten sie am Leben, sodass sie weiterarbeiten müssen, bis sie irgendwann einfach vor Erschöpfung im Schlaf sterben. Keiner wird hier alt.« Die blauen Augen flackerten unruhig. »Das Schlimmste aber ist, dass es die Leute irgendwann gar nicht mehr interessiert. Sie rappeln sich jeden Morgen auf, räumen die Leichen weg, die neben ihnen in den Baracken liegen, und gehen zur Arbeit. Man hat gar keine andere Wahl.«

Kiyoshi schwieg eine Weile. Die Worte des jungen Mannes hatten eine grausame Kälte in ihm zurückgelassen, doch im nächsten Moment packte ihn die Wut. »Man hat immer eine Wahl«, sagte er und musste sich zwingen, seine Stimme ruhig zu halten. »Man muss es nur wollen.«

Der Mann schüttelte den Kopf und lachte spöttisch auf. »Das hab ich früher auch mal behauptet«, erwiderte er. »Sogar oft. Aber na ja, vielleicht kann ein Mitglied der Kaiserfamilie die Essjiar ja mit bloßen Händen angreifen oder die bewaffneten Söldner.«

Stumm erwiderte Kiyoshi den höhnischen Blick des Jungen.

»Wenn du mir einen Gefallen tun willst, bring mich um oder lass mich hier liegen. Lass mich einfach sterben!«

Entschieden schüttelte Kiyoshi den Kopf.

»Ich wollte verflucht noch einmal endlich sterben«, flüsterte der Fremde.

»Dann hast du es entweder nicht richtig angestellt oder du bist verdammt untalentiert, was das angeht«, sagte Kiyoshi. Verblüfft schauten die blauen Augen zu ihm auf. Der Mann lachte heiser. »Was gibt es für einen sichereren Tod, als vom Kaiser verurteilt und hingerichtet zu werden?«, fragte er flüsternd.

Kiyoshi erstarrte. Sofort hatte er die Bilder vor Augen, als die Attentäter und ihre Komplizen in das reißende Wasser in den Abgrund gestoßen worden waren. War das wirklich erst vor ein paar Tagen gewesen?

Er hatte ihre Silhouetten selbst gesehen, hatte ihren Kampf mit Miro und den Wachen beobachtet.

Der junge Mann musste einer von ihnen sein. Er schloss die Augen und versuchte, sich ihre Gesichter vorzustellen. Einer der Verurteilten war zu breit gebaut für den schmächtigen jungen Mann, der vor ihm im Sand kauerte, einer war blond gewesen. Er suchte nach Namen in seiner Erinnerung. Doch dort gab es nur einen, der sich in seinem Kopf festgesetzt hatte. Schwer schluckte er, bevor er die Augen öffnete und ihn aussprach.

»Milan?« Der Name klang wie eine Frage.

Der Junge mit den ausgezehrten Gesichtszügen zuckte mit den Schultern. Die Geste schien sein Überleben gegen den Willen des Kaisers auf spöttische Art entschuldigen zu wollen.

6. Kapitel

Die Zentaurin verfiel aus einem schnellen Galopp in gleichmäßigen Trab und wurde dann immer langsamer.

»Was ist?«, fragte Marje besorgt. Inzwischen hatte sie sich an die Gangarten der Zentaurin so weit gewöhnt, dass sie sich nicht mehr krampfhaft an ihr festklammerte und ihr das Reiten sogar ein wenig Spaß machte. »Sind wir schon da?«

Während des Rittes hatte sie alles Gefühl für Zeit und Raum verloren. Kleine Sanddünen waren an ihnen vorübergezogen, sie waren über Wurzeln hinweggeritten und überall standen die Bäume, die immer gleich aussahen. Ihre dunklen Schatten ließen den Wald einer düsteren Welt gleichen, in der Marje die Sonne nicht mehr sah und somit nicht abschätzen konnte, wie viel Zeit verstrich. Nur einmal waren sie einem Schwarm Irrlichter begegnet, dem Shio sehnsüchtig nachgesehen hatte.

Die Zentaurin lachte leise auf. »Wir rasten«, erklärte sie mit ihrer wohlklingenden Stimme.

Suchend drehte Marje sich nach Sayuri um. Einen Augenblick später tauchte der Zentaur, der sie und Suieen auf seinem Rücken trug, hinter einem großen, knorrigen Baum auf. Der dritte Zentaur, der sie begleitete, war als Späher vorneweg gelaufen; nun entdeckte sie ihn auf einer kleinen Lichtung zwischen den Bäumen, von wo er ihnen erwartungsvoll entgegenschaute. Nur die große Wiljarkatze – Yuuka – war nirgends zu sehen. Sie hatte sich rasch von der

Gruppe gelöst und war so schnell vorangelaufen, dass sie sie schon bald aus den Augen verloren hatte.

Sayuri ließ sich als Erste auf den Boden gleiten und trat in die Mitte der Lichtung ins Sonnenlicht, das hier durch eine Lücke im dichten Astwerk auf den sandigen Waldboden fiel.

Vorsichtig rutschte auch Marje vom Pferderücken, musste aber feststellen, dass es nicht so leicht war, wie sie geglaubt hatte. Ihr Fuß blieb am Schwertgehänge der Zentaurin hängen, und hätte diese sie nicht aufgefangen, wäre sie kopfüber in den Sand gestürzt. »Wozu tragt ihr die Waffen?«, fragte Marje neugierig. »Ich dachte, die Menschen vermeiden es, euren Wald zu betreten.«

»Das stimmt, die kaiserlichen Soldaten und die Bauern wagen es ebenso wenig wie jedes andere Wesen, in den Schutz der Bäume ohne Erlaubnis einzudringen. Aber es gibt einige Söldnerclans, die immer wieder wissen wollen, ob der Wald noch seinem Ruf entspricht.« Auf den Lippen der Zentaurin erschien ein feines Lächeln.

Marje schluckte. Sie versuchte sich vorzustellen, wie die Zentauren mit ihren langen Schwertern die Söldner angriffen, während die Bäume ihnen bereitwillig Platz machten und gleichzeitig die feindlichen Männer mit ihren kräftigen Ästen fest umschlangen und festhielten.

Der schwarze Zentaur streichelte zärtlich seinen umgehängten Bogen. »Es wäre auch langweilig, würden sie es nicht hin und wieder tun«, sagte er und seine Augen funkelten.

»Söldnerjagd wird hier als eine Art Sport betrachtet«, erklärte Suieen trocken.

Die Zentauren lachten fröhlich, aber Marje konnte das ungute Gefühl nicht loswerden, das sie in ihrer Gegenwart verspürte. Sie konnte gerade so über den Rücken der Zentauren hinwegsehen, wenn sie auf dem Boden stand. Um mit ihnen zu sprechen, musste sie den Kopf in den Nacken legen. Ihnen in ihrer eigenen Welt ausgeliefert zu sein, gefiel ihr ganz und gar nicht. Sorgenvoll sah sie zu Sayuri, die sich in dem Wald völlig unbefangen bewegte.

»Setzt euch«, bat der Zentaur, der sie auf der Lichtung erwartet hatte.

Shio erhob sich von ihrer Schulter und flog in die Kronen der Bäume, um im Sonnenlicht zu baden, das das Blattwerk der obersten Äste in gleißendes Licht hüllen musste.

Suieen war ebenfalls vom Rücken des Zentauren geglitten und machte sich auf Geheiß des Zentauren an dem Proviant in ihren Taschen zu schaffen. Schon bald saß Suieen neben Sayuri, die immer noch in der Sonne vor sich hin träumte. Sorgsam baute er drei Schalen aus Baumrinde vor ihr auf und goss in zwei von ihnen eine braune Flüssigkeit aus einer Flasche. In die dritte legte er eine helle Knolle und ein Messer.

Marje zögerte, doch dann kniete sie sich neben Sayuri auf den Waldboden und griff nach der Hand ihrer Freundin, als wollte sie sich versichern, dass sie nicht alleine war. Das blasse Mädchen erwiderte den Händedruck sanft.

Suieen reichte eine der Schüsseln Sayuri. »Der entgiftete Saft der Bäume. Er ist erfrischend und stärkend, auch wenn sein Geschmack ein wenig eigenartig ist«, erklärte er.

Vorsichtig setzte Sayuri die Schüssel an die Lippen und

begann zögernd zu trinken. Nach einigen Schlucken ließ sie die Hände mit der Schüssel sinken und leckte sich über die Lippen.

Suieen lachte leise, als sie das Gesicht leicht verzog, und trank durstig seine eigene Schale leer.

Marje war sich nicht sicher, ob sie probieren wollte, aber sie fand es unhöflich, ihren Wasserschlauch hervorzuziehen, und so griff sie widerstrebend nach der Schüssel, die ihre Freundin ihr reichte. Der Saft war dickflüssiger, als sie erwartet hatte, und schmeckte anfangs süß, wurde dann aber ein wenig sauer und brannte in der Kehle. Dennoch stillte sie ihren Durst viel besser als Wasser und Marje setzte gierig die Schüssel erneut an ihre Lippen.

Als sie die Schüssel Sayuri zurückgab, nahm auch ihre Freundin noch einen Schluck und schenkte dem Zentaur, der sie fragend ansah, ein strahlendes Lächeln.

Suieen zerteilte inzwischen eine Knolle mit dem Messer und reichte Sayuri und Marje je eine Hälfte. »Die Früchte der Wüste«, sagte er nur.

Marje biss neugierig ein Stück ab und aß dann schnell den Rest. Der Geschmack erinnerte sie an Honig und die Schnittstelle sonderte einen klebrigen Saft ab. Behielt man die Frucht jedoch zu lange auf der Zunge, wurde sie mehlig und verlor ihr intensives Aroma.

»Es tut uns leid, dass wir euch nur ein solch karges Mahl anbieten können«, entschuldigte sich der Zentaur.

Suieen neigte leicht den Kopf. »Wir haben uns zu bedanken«, entgegnete er. »Es ist uns eine Ehre, die Früchte des Waldes genießen zu dürfen.«

Marje versuchte sich vorzustellen, wie die hellen Knollen an den Wurzeln der Bäume wuchsen und wie die Zentauren sich niederknieten, um sie zu ernten. Es war eine so absurde Vorstellung, dass sie zu der Überzeugung kam, dass die Knollen an den Ästen wachsen mussten, auch wenn sie auf ihrer Reise noch keine einzige gesehen hatte.

»Nein, so nicht«, hörte sie Suieens Stimme und wandte sich ihm überrascht zu. Irgendetwas lag in Sayuris Händen, die er mit den seinen umschlossen hatte. Mit gerunzelter Stirn sah Marje, wie Sayuri die Augen schloss und sich konzentrierte, als Suieen ihr leise Anweisungen zuflüsterte. Neugierig betrachtete sie das Gesicht ihrer Freundin.

Ihr fielen Kiyoshis Worte ein. Plötzlich konnte sie sich wirklich vorstellen, dass es dieses blasse Mädchen gewesen war, die dem Kaiser seine Kraft entzogen hatte. Doch was hieß das für Sayuri? Wusste sie überhaupt, welche Bedeutung sie für die Stadt gehabt hatte? Marje konnte das nicht glauben.

Um Sayuris Mund waren die Muskeln angespannt. Wie immer, wenn sie sich besonders konzentrierte, biss sie die Zähne zusammen und zog die Stirn leicht in Falten. Aber erst jetzt fielen Marje die dunklen Schatten unter ihren Augen auf. Sie wirkte erschöpft. Die Schultern waren nach vorne gesunken, ihr Kopf leicht zur Seite geneigt. Die Farbe ihrer Haare ähnelte mehr denn je ihrer Hautfarbe.

Mit einem tiefen, lautlosen Seufzer schlug Sayuri die Augen wieder auf und zog die Hände zurück. Wasser füllte ihre Handflächen. Müde strich sie sich mit den feuchten Händen übers Gesicht. Dann schloss sie wieder die Augen und ließ sich zur Seite gegen Marjes Schulter sinken.

»Sie wird schnell müde«, stellte Suieen stirnrunzelnd fest.

»Es ist eine anstrengende Reise«, murmelte Marje und legte sanft einen Arm um ihre Freundin.

»Wir sollten aufbrechen«, mahnte einer der Zentauren. »Die Dämmerung bricht bald an. Die Nacht ist nicht mehr fern.«

Suieen nickte und Marje schüttelte Sayuri sanft. »Wir müssen weiter«, flüsterte sie ihr zu und schaute sich suchend nach Shio um. Das rote Irrlicht schwebte auf ihre Schulter herab, hell strahlend vor neu gewonnener Kraft.

Sayuri ließ sich von ihr in die Höhe ziehen und bald saßen sie wieder auf den Zentauren.

Während sich die Waldbewohner in Bewegung setzten, sah Marje zu Suieen hinüber. »Was hast du eben mit Sayuri gemacht?«, fragte sie und merkte, dass ihre Stimme schärfer klang, als sie beabsichtigte.

»Ich habe versucht, ihr zu zeigen, wie sie mithilfe von Magie laut sprechen kann«, erklärte Suieen. »Ich denke, es könnte ihr gefallen.« Nachdenklich drehte er sich zu Sayuri um, die sich an ihn lehnte und die Augen geschlossen hatte.

»Ja ...« Marje musste widerwillig feststellen, dass das etwas war, was Sayuri sich mit Sicherheit wünschte. Plötzlich eine Stimme haben zu können, eine Stimme, die jeder hören konnte und die in ihren Ohren klang ... Beschämt wandte sie sich ab. Er schien Sayuri wirklich nicht schaden zu wollen.

Wann war sie nur so misstrauisch geworden? Erst gegenüber Kiyoshi, der ihr mehrfach das Leben gerettet hatte – und jetzt war Suieen an der Reihe. Offenbar misstraute sie jedem, der ihr auf die eine oder andere Weise helfen wollte.

Kiyoshi... Wieder flammten heiße Schuldgefühle in ihr auf. Ohne sich noch einmal nach ihm umzudrehen, war sie davongerannt, bis ihre Füße sie nicht mehr tragen konnten. Nicht einen Blick hatte sie über die Schulter geworfen.

Müde strich sie sich die Haare aus der Stirn. Sie hoffte so sehr, dass er noch am Leben war. Dass sie eine Chance bekam, all das, was sie gesagt und getan hatte, wiedergutzumachen!

Fast glaubte sie, die Dunkelheit der Nacht zu spüren, die sich langsam über den Wald legte. Sie war so dicht wie die Stille, die zwischen den Bäumen herrschte.

Doch einige Momente später sah sie winzige Lichtpunkte zwischen den Bäumen, die rasch größer wurden. Und plötzlich sammelten sich kleine Scharen von Irrlichtern um sie und tauchten ihre Gruppe in ein Meer aus Licht.

Aufgeregt sirrend schloss Shio sich den Irrlichtern an. Der Schwarm umspielte die Flanken der Zentauren, dann stiegen sie in die Höhe und flogen in die Kronen der Bäume, wo sie wie kleine Feuer zwischen den knorrigen dunklen Ästen leuchteten.

Marje drehte und wendete ihren Kopf, sie konnte sich nicht sattsehen an dem Schauspiel und auch Sayuri wachte für einen Moment auf und sah mit einem leichten Lächeln zu den winzigen Leuchtwesen hinauf.

Die Zentauren dagegen hatten ihren Lauf nicht gemindert, ganz im Gegenteil. Ihr Galopp schien fast noch schneller zu werden. Suieens Zentaur schwenkte zwischen zwei schmalen Bäumen hindurch, die sich elegant zur Seite bogen, und plötzlich brachen die Zentauren durchs Dickicht.

Völlig unvermutet hatten sie das Ende des Waldes erreicht.

Auf der Sandebene hinter dem Waldrand kamen sie zum Stehen und hoben die Köpfe zum Himmel. Die Irrlichter umkreisten noch einmal die drei Zentauren, ehe sie sich in die Höhe schraubten und zurück in den Wald flogen. Das Sirren ihrer unzähligen Stimmen erstarb mit dem schwindenden Licht. Nur Shio hing noch über ihnen in der Luft und tauchte den Wüstenboden in ein warmes rotes Licht.

Marje stieg vom Rücken der Zentaurin und stützte Sayuri, die ihr schlaftrunken entgegentaumelte, nachdem der andere Zentaur sie auf den Boden gehoben hatte.

Suieen war selbst hinuntergesprungen und kam leichtfüßig zum Stehen. Dankbar verneigte er sich vor den Zentauren, die es ihm nachtaten.

»Es war uns eine Ehre«, sagte derjenige, der als Späher vorausgeeilt war, fröhlich. Doch als er nach einer kurzen Pause erneut seine Stimme erhob, wurde er ernst. »Ich möchte euch noch einen Rat mit auf den Weg geben. Nehmt euch in Acht vor den Söldnern. Sie sind gierig und werden keinerlei Erbarmen zeigen, wenn sie euch in die Finger bekommen. Ihr solltet ihnen besser aus dem Weg gehen.«

Suieen nickte wissend. »Über die Söldner der Nordmine hört man nichts Gutes«, meinte er. »Aber vorläufig führt unser Weg genau dorthin.«

»Dann wünschen wir euch Glück«, sagte die Zentaurin. »Es sind nur noch ein paar Schritte von hier über die Dünen, dann könnt ihr das Lager bereits sehen«, erklärte sie.

Marje hatte das Gespräch mitverfolgt. Sie spürte, wie ihr

mulmig wurde, und sie musste an Milan denken, daran, wie sie ihn verflucht hatte, als sie ihm in den Palast gefolgt war. War ihr jetziges Vorhaben nicht genauso selbstmörderisch wie das Attentat auf den Kaiserbruder?

Noch dazu kam, dass die Zentauren gleich in ihren Wald zurückkehren würden. Dann wären sie und Sayuri allein mit dem Jungen, der ihr noch immer Furcht einflößte. Sein gelber Blick, seine seltsamen Hände und das schmale Gesicht waren ihr nicht geheuer. Unruhig streifte ihr Blick über die Dünen, als sie nach Yuuka Ausschau hielt, doch die riesige Raubkatze würde vermutlich am Lager auf sie warten.

Kurz darauf verschwanden die Zentauren lautlos zwischen den Bäumen. Marje rief Shio mit einem Winken zu sich. Das Irrlicht schwebte auf ihren Kopf hinab und machte es sich zwischen ihren Locken bequem, die vom Wind des schnellen Ritts noch ganz zerzaust waren. Den Arm um Sayuri gelegt, beeilte sie sich, Suieen einzuholen, der bereits losgegangen war.

Der Weg über die Dünen schien Marje unendlich lang, obwohl es kaum hundert Schritte sein mochten, bis sie die erste Anhöhe erreichten. In der Ferne konnte man ein paar schwache Lichtpunkte erkennen. Als sie die zweite Sanddüne erreichten, hatten sie bereits einen guten Blick auf das Lager, das in einem der nächsten Täler lag. Auf den Wachtürmen, die die Söldner errichtet hatten, waren Leuchtfeuer zu erkennen.

Yuuka kam aus einer Bodensenke auf sie zu, schlich einmal um Marje und Sayuri und blieb dann an Suieens Seite stehen. »Macht euch keine Hoffnungen. In dieses Lager kommt nicht mal ein Windhauch hinein, ohne dass die Essjiar und ihre Söldner es merken.«

Marje biss die Zähne zusammen.

Yuuka knurrte. »Mit ein paar Söldnern hätten wir leichtes Spiel, aber die Essjiar sind an den Wachtürmen postiert, sodass niemand unbemerkt das Gelände betreten, geschweige denn es verlassen kann. Wer in diesem Lager drin ist, wird dort auch sein Ende finden.«

Suieen ließ seinen Blick nachdenklich über die Sanddünen schweifen, dann schüttelte er langsam den Kopf. »Yuuka hat recht«, sagte er schließlich. »Es ist aussichtslos.«

»Aber wir haben doch bisher kaum etwas gesehen«, protestierte Marje.

Sayuri lehnte sich schwer gegen sie. Sie schien noch immer halb zu schlafen. Vorsichtig ließ Marje sie auf den Boden gleiten und faltete Kiyoshis Umhang zu einem Kopfkissen zusammen, das sie ihrer Freundin unter den Kopf schob. Sayuri lächelte dankbar, dann schlossen sich ihre Augen abermals.

Marje richtete sich auf. Die Angst, Kiyoshi nicht helfen zu können, schnürte ihr die Kehle zu. »Aber ich muss etwas tun«, murmelte sie leise. »Das bin ich ihm schuldig.«

Suieen schüttelte den Kopf. »Wenn es eine Möglichkeit gäbe, wüsste Yuuka sie«, sagte er und Marje war überrascht, dass seine Stimme dabei eine Spur des Bedauerns in sich trug.

Die Nacht war bereits über sie hereingebrochen, ohne dass Marje es gemerkt hatte.

Sie sah, wie Suieens Blick zum Himmel glitt und dann

hinüber zu Sayuri. Erst nach einem langen Moment schaute er wieder hoch. In seine gelben Raubtieraugen trat so etwas wie Entschlossenheit und Härte. Zusammen mit den spitzen Ohren nahmen sie ihm alles Menschliche.

»Der Tag ist vorbei«, sagte er mit seiner rauen Stimme zu Marje. Er fügte nichts weiter hinzu, aber sie wusste auch so, was er meinte.

Er hatte ihnen diesen einen Tag zugestanden – nicht weniger, aber auch nicht mehr.

Suieen würde sie allein in der Wüste zurücklassen.

Yuuka legte ihren mächtigen Kopf auf die Vordertatzen und sah ihn unverwandt an. Wütend drehte Suieen seiner Gefährtin den Rücken zu und stieg die Düne hinauf, ohne sich noch einmal nach ihr oder dem kleinen Lager umzudrehen, das sie im Schutz der Dünen aufgeschlagen hatten. Gierig sog er die kalte Nachtluft ein und hoffte, Ordnung in seine wirren Gedanken bringen zu können.

Er hatte das Gefühl, nicht mehr zwischen richtig und falsch unterscheiden zu können, und das war etwas, was ihm gänzlich fremd war.

Er wusste, dass sie zu den Quellen in der Wüste aufbrechen mussten. Aber würde er Sayuri morgen in der Früh alleine hier zurücklassen, würde das ihren sicheren Tod bedeuten.

Sayuri... Noch nie hatte er sich so sehr für jemanden verantwortlich gefühlt. Ohne ihn würde das Mädchen hier draußen sterben und Yuuka wusste das. Und trotzdem drängte sie darauf weiterzuziehen. Yuuka, die bisher immer eine treue, fürsorgliche Ersatzmutter und Gefährtin für ihn gewesen war. Nun sah Suieen eine neue Seite an ihr, die ihn ratlos machte. Er verstand nicht, weshalb sie sich so sehr gegen die Gegenwart der beiden Menschen sträubte.

Yuukas Vorwürfe hallten in ihm wider und verärgert musste er insgeheim zugeben, dass sie recht hatte. Zornig ballte er seine Hände zu Fäusten, bis die spitzen Fingernägel sich in die Handflächen bohrten und Blut hervorquoll.

Es war weder menschliches Blut noch Shaouranblut, das durch seine Adern floss. Er war anders, schon immer gewesen, und seine einzige Familie war Yuuka.

Aber konnte eine Wiljar überhaupt so etwas wie Familie sein? Sie war ein rätselhaftes Geschöpf, eine Einzelgängerin, deren Leben noch Jahrtausende dauern konnte. Und auch wenn sie ihn treu begleitet hatte, wurde ihm doch jetzt erst klar, dass er sich all die Jahre nach jemandem gesehnt hatte, der ihm ähnlicher war.

Und nun hatte er Sayuri getroffen. Wie er schien sie in etwas gefangen, das sie von Geburt an in sich trug und dem sie scheinbar nicht entkommen konnte. Sie war so voller Freude und das Lächeln, das so oft auf ihren blassen Lippen lag, ließ ihn etwas fühlen, das er bisher nicht gekannt hatte.

Mit einem Seufzen setzte Suieen sich auf. Einen Tag, hatte er gesagt, würde er bei ihnen bleiben, und er hatte es auch so gemeint. Schon am folgenden Tag konnten die Quellen in der Wüste versiegen. Das Magienetz im Zentaurenwald war so schwach gewesen, wie Suieen es davor noch nie erlebt hatte, obwohl es eines der stärksten zwischen den beiden großen Quellen war. Irgendetwas stimmte nicht mit dem

Gleichgewicht der Quellen und er konnte nicht riskieren, eine Reise aufs Spiel zu setzen, die ohnehin schon ungewiss genug war.

Sein Blick glitt zum Söldnerlager hinab. In diesem Moment hasste er sein Shaouranerbe. Es verdammte ihn dazu, auch von ihren Quellen der Magie abhängig zu sein, nicht nur von der der Menschen. Und so spiegelte sein Pendeln zwischen den Welten nicht nur seine innerliche Zerrissenheit, es war auch pure Notwendigkeit, um überleben zu können.

Suieen schüttelte den Kopf. Es gab keinen Ausweg, er wusste es besser als jeder andere. Er wandte sich gerade wieder zu ihrem Lager um, als plötzlich gedämpfte Schreie aus der Ferne herübertönten.

Suieens Blick glitt hinunter zu den Baracken und wenig später standen auch Yuuka und Marje neben ihm.

Von hier oben konnte man nicht viel erkennen, zumal die Feuer in den Wachtürmen des Lagers nicht viel Licht spendeten. Ein Tumult offenbar, ein Pulk an dunklen Gestalten war erkennbar, das zornige Fauchen einer Essjiar drang bis zu ihnen hinauf.

Dann löste sich der Pulk auf, einzelne Gestalten stoben auseinander in Richtung der Baracken. Nur eine von ihnen entkam nicht.

Eine Peitsche knallte durch die Nacht, traf die dunkle Silhouette und ließ sie zu Boden stürzen. Ein weiterer Schrei drang zu ihnen herauf, ein Befehl wohl, schließlich Stille. Die Gestalt am Boden rührte sich nicht mehr.

»Und, glaubst du immer noch, dass du deinen Freund da rausholen kannst?«, fragte Suieen in die Stille.

Einen kurzen Augenblick lang starrte Sayuris Freundin ihn hasserfüllt an, dann wirbelte sie herum, stapfte die Düne hinab und ließ sich neben Sayuri in den Sand fallen.

Suieen sah ihr seufzend hinterher und Yuuka stieß einen schnurrenden, lang gezogenen Laut aus. »Wir können ihnen nicht helfen, Suieen«, sagte sie mit knurriger Stimme. »Ich sehe wohl, dass Sayuri etwas Besonderes ist, sie ist genauso wenig Mensch wie du. Sie ist magisch. Vielleicht könnte man sie sogar unter den Shaouran verstecken. Aber Marje ...«

Suieen unterbrach Yuuka mit einer unwirschen Handgeste. Er wusste, was sie sagen wollte. Marje war einfach nur ein Mensch. Aber er hatte auch Sayuris Blick gesehen, wie vertrauensvoll er auf Marje geruht hatte, und wie liebevoll sich Marje um Sayuri kümmerte. Er wünschte, er würde diese tiefe Freundschaft zwischen den beiden Mädchen nicht spüren, denn dann könnte er Sayuri einfach mit sich nehmen, wenn sie am nächsten Morgen zu ihrer Reise durch die Wüste aufbrachen. Ohne Marje, ohne Sorgen.

Womit ich um keinen Deut besser wäre als Yuuka, schoss es ihm durch den Kopf.

Aus dem Tal tönte das Brüllen einer Essjiar, während Suieen verzweifelt versuchte, zu einer Entscheidung zu kommen.

Als die ersten Sonnenstrahlen das Tal in helles Licht tauchten, war Kiyoshi so durchgefroren, dass er sofort aus dem Schatten glitt, um seine kalten und steifen Glieder von der Sonne wärmen zu lassen. Mit klammen Fingern strich er sich durchs Haar und blinzelte zu Tshanil hinauf, deren Strahlen ein angenehmes Prickeln auf seiner Haut auslösten. Neben ihm lag ausgestreckt der magere Körper des jungen Mannes, der gestern Nacht versucht hatte, aus dem Lager zu flüchten. Milan, fiel ihm wieder ein.

Überrascht stellte Kiyoshi fest, dass sich in den Baracken erst jetzt langsam etwas zu regen begann, obwohl der Tag bereits vor einer Weile angebrochen war. Keine Wachen waren zu sehen, die die Menschen zur Arbeit antrieben. Auch die Essjiar schienen im Stehen tief und fest zu schlafen. Die Ruhe, die über dem Lager lag, kam Kiyoshi beinahe friedlich vor. Nichts schien ihn daran zu hindern, einfach hinaus in die Wüste zu gehen; es waren kaum fünfzig Schritte und er würde den Aufstieg aus dem Tal beginnen können.

»Das solltest du besser bleiben lassen«, knurrte eine raue Stimme neben ihm. Kiyoshi sah zu Milan. Er hatte die Augen geöffnet. Unter ihnen lagen tiefe Schatten und die winzigen Äderchen in ihnen waren tiefrot. »War auch mein erster Gedanke.«

Kiyoshi musterte die Essjiar genauer und bemerkte erst jetzt, dass die Augen der mächtigen Tiere nicht ganz geschlossen waren. Zwar schienen sie tief in Schlaf versunken und ihre riesigen gepanzerten Leiber regten sich nicht, doch er hatte keine Zweifel daran, dass sie alles, was um sie herum geschah, registrierten. Kiyoshis Blick streifte die Wachtürme und glitt dann wieder zurück zu Milan, dessen Verletzungen nun im hellen Tageslicht deutlich zu erkennen waren. Die vielen Striemen und das verkrustete Blut verrieten, was er an Schmerzen leiden musste – und bereits hatte erleiden müssen.

»Wir sollten wohl besser hier weg«, sagte Kiyoshi mit einem Blick zu den Baracken. Einige Gefangene traten aus den Hütten.

Milan schien ein Stöhnen zu unterdrücken. Offenbar wollte er sich seine Schmerzen nicht anmerken lassen, aber Kiyoshi war in den Morgenstunden ein paarmal aus dem Schlaf geschreckt, als der junge Mann sich unruhig hin und her gewälzt hatte, das Gesicht vor Schmerz verzogen. Seine Augen glänzten fiebrig. »Dann geht mal besser, Eure Hoheit«, presste er zwischen zusammengebissenen Zähnen hervor.

Kiyoshi reichte ihm eine Hand, um ihm aufzuhelfen, aber Milan schüttelte den Kopf. »Keinen Sinn«, sagte er knapp, rollte sich auf den Rücken und blinzelte in die Sonne. »Ich bin wirklich verwundert, dass ich noch aufgewacht bin«, sagte er leise. »Ehrlich gesagt hatte ich geglaubt, dass du das Werk deines Onkels zu Ende bringen würdest. Schließlich lässt sich kaum leugnen, dass ich zu Recht verurteilt wurde.«

Kiyoshi erwiderte seinen Blick und es entstand ein kurzes Schweigen zwischen ihnen. »Warum hast du das getan?«, fragte er schließlich leise. »Ich meine das Attentat. Was hätte es geändert?«

»Nichts«, sagte Milan. »Es hätte nichts geändert. Wenn wir den Kaiserbruder getötet hätten, wäre ein anderer an seine Stelle gerückt. Sein Tod hätte keinen Unterschied gemacht.« Er zuckte mit den Schultern. »Aber wir konnten nicht anders.« Er schloss die Augen. »Vielleicht kommt es dir so vor, als ob uns blinder Hass oder Rache getrieben hätte. Aber das war es nicht. Unsere Welt zerbrach und wir mussten es versuchen. Ich habe es damals am Schlund gesagt und ich würde es jetzt wieder sagen. Es hat sich gelohnt.«

Milans Blick glitt zu den Baracken, vor denen sich nun etliche Menschen tummelten. »Thalion!«, rief er und hob die Hand, um einen blonden Jungen in seinem Alter zu sich zu winken.

Der Junge kam so hastig angelaufen, dass Kiyoshi fragend eine Augenbraue hob.

Milan lächelte schief. »Tja, mein Prinz. Für manche bin ich hier der Kaiser unter den Gefangenen.«

Kiyoshi wusste, was er meinte. Milan hatte etwas an sich, das ihn als geborenen Führer auszeichnete, selbst jetzt noch, als er am Boden lag – verbittert und völlig mutlos.

»Thalion, pass auf unseren Prinzen hier auf«, bat Milan.

Thalion riss die Augen auf und betrachtete Kiyoshi mit einer Mischung aus Verblüffung und Fassungslosigkeit. »Prinz Kiyoshi?«, fragte er ungläubig.

Kiyoshi warf Milan einen zornigen Blick zu. »Ja, der bin ich«, antwortete er, doch dann besann er sich. »Oder vielleicht könnte man auch sagen, dass ich es war. Inzwischen hat mich das gleiche Schicksal ereilt wie euch. Vielleicht macht ihr euch darüber mal einen Moment Gedanken!« Bei den letzten Worten wandte er sich demonstrativ Milan zu.

Inzwischen waren immer mehr junge Menschen zwischen den Baracken hervorgeströmt und hatten sich um sie versammelt. Neugieriges Murmeln war zu hören und Kiyoshis Name fiel mehr als einmal. Die Nachricht, dass der Prinz im Lager der Söldner war, hatte sich in Windeseile herumgesprochen.

Jailyn, das Mädchen, das Kiyoshi gestern geholfen hatte, bahnte sich einen Weg durch die Reihen. Gleich hinter ihr tauchte ihr rothaariger Gefährte auf und verzog das Gesicht, als er Kiyoshi entdeckte. »Der lebt ja noch«, knurrte er ungehalten. »Hey, alle mal herhören!«, rief er und das Gemurmel verstummte.

Milan zog die Stirn in tiefe Falten und musterte den Jungen.

»Wir haben hier den Prinzen unter uns! Miros Erbe!«, rief der Rotschopf und aus seiner Stimme sprach unverhohlener Hass. Kiyoshi spürte, wie sich alle Aufmerksamkeit auf ihn richtete. Doch was hatte er nun noch zu verlieren? Entschlossen hielt er den Blicken der Menge stand, als sich Milan zu Wort meldete.

»Gut erkannt. Er ist Miros Erbe und nicht der Kaiser selbst«, sagte er und das allgemeine Gemurmel verstummte. »Ein Gefangener wie wir alle.« Er stützte sich mühsam auf seinen Ellenbogen auf und hob den Kopf. In seine blauen Augen trat ein Funkeln, das sein Gesicht plötzlich verwandelte. Erschöpfung wurde plötzlich zu Härte, Mutlosigkeit zu Entschlossenheit. »Er ist einer von uns«, sagte er, »und ich finde, wir sollten ihn auch so behandeln.«

Kiyoshi sah ihn verblüfft an. Ausgerechnet von ihm Unterstützung zu bekommen, hatte er nicht erwartet. Milan hatte allen Grund, ihn und den Kaiser zu hassen, vielleicht noch mehr als alle anderen – wieso half er ihm plötzlich?

Noch bevor jemand etwas erwidern konnte, hallte ein lauter Gongschlag über das Lager.

Und dann geschah etwas, was Kiyoshi vor Verblüffung

den Mund offen stehen ließ. Ohne weiter auf Kiyoshi, den Rothaarigen oder Milan zu achten, machte ein jeder auf dem Absatz kehrt und hastete los. Die Menge strömte auf eine der größeren Baracken zu. »Essenszeit«, erklärte Milan lapidar, als Kiyoshi verwirrt den Menschen hinterhersah. »Du wirst schnell lernen, dass hier Worte nicht viel zählen. Für eine Schüssel voll Mehl, Wasser und Sand würde hier ein jeder seine eigene Mutter im Stich lassen.« Er ließ sich auf den Boden zurücksinken. »Du solltest dich lieber beeilen. Gleich ertönt der Gong für die Minen. Und dann gibt es bis heute Abend nichts mehr.«

Es war kein Gong, sondern ein Horn, ähnlich dem Jagdruf. Bei seinem Klang trotteten alle auf die Mineneingänge zu. Der blonde Thalion, der Kiyoshi auf Milans Anweisung mit zur Essensbaracke genommen hatte, deutete auf die Schlange, die sich vor den Höhlen gebildet hatte. Söldner auf Essjiar patrouillierten entlang der Reihen und achteten darauf, dass keiner der Gefangenen ausbrach.

Von hier oben konnte man nicht viel erkennen, nur schwarze Löcher in dem sandigen Untergrund, der sich hinter den Baracken erstreckte.

Über dem ärmlichen Mahl, das tatsächlich aus einem Mehl-Wasser-Sand-Gemisch bestand, ausgeteilt von zwei älteren Gefangenen, hatte Thalion dem Prinzen einige knappe Informationen zur Mine gegeben. Milans Wort reichte ihm offenbar, um Kiyoshi zu vertrauen. Der Junge, ein Taller aus dem Westviertel, erzählte davon, wie Milan sofort zum heimlichen Anführer hier im Lager geworden war – schließlich waren viele Kinder und Jugendliche hier, die ihn noch aus der Stadt kannten. Für sie war er ein Held. Doch die Söldner waren auf ihn aufmerksam geworden, zumal er letzte Nacht bereits zum zweiten Mal versucht hatte auszubrechen.

»Er glaubt, er hat nichts zu verlieren«, sagte Thalion. »Aber das stimmt nicht. Noch sind wir am Leben. Und wir brauchen ihn mehr als jeden anderen hier. Wenn wir ehrlich sind, haben wir alle etwas oder jemanden zu verlieren, auch Milan. Aber vielleicht wäre ich auch mehr wie er, hätte ich nicht noch meine Schwester.« Sein Blick glitt in die Ferne zu einem Mädchen, das mit gesenktem Kopf hastig sein Essen löffelte.

Kiyoshi hatte genickt. Er dachte an Marje und daran, dass er diesen Jemand gerade erst gefunden hatte.

Die Schlange vor dem Mineneinstieg schleppte sich langsam vorwärts. Kiyoshi blickte sich um. Hinter ihm standen zwei kleinere Mädchen, sie mochten zehn oder elf sein. In den Mienen der Gefangenen spiegelten sich Hoffnungslosigkeit und Hunger. Kiyoshi lächelte ihnen aufmunternd zu, doch sie starrten nur ausdruckslos zurück.

»Kiyoshi. Trödeln kann hier zum Tod führen!«, hörte er ein Raunen und wandte sich hastig um. Tatsächlich war ein Söldner auf ihn aufmerksam geworden und trieb seine Essjiar auf ihn zu.

Thalion, der gerade an der Reihe war, glitt in das Loch – und Kiyoshi tat es ihm nach – in der Sekunde, als die lederne Peitschenschnur durch die Luft sauste.

»Danke«, raunte er in die Dunkelheit, aber Thalion knurrte nur.

Stufe für Stufe tastete sich Kiyoshi tiefer. Schon nach wenigen Metern umfing ihn eine Finsternis, die schwärzer war als jede Nacht. Er konnte sich nicht vorstellen, dass unter all den Sandmassen der Wüste festes Gestein war, in das die Menschen Schächte und Tunnel graben konnten, um Erz oder andere Metalle abzubauen.

Ihm kam es so vor, als ob der Abstieg nie enden wollte, aber schließlich erreichte er doch den Boden. Das Licht über ihm war kaum mehr als ein entfernter Schimmer.

Ein paar Fackeln beleuchteten die dunklen Wände aus Stein. Ein breiter Stollen war tief in den Berg hineingeschlagen.

»Weg da!«, knurrte eine Stimme und Kiyoshi wurde grob von einem Mann zur Seite gestoßen, als dieser mit einem schweren Korb an ihm vorbeistiefelte. Verunsichert stolperte Kiyoshi Thalion hinterher, der sich hier unten geschickt bewegte.

»Los, müdes Pack, bewegt euch!« Plötzlich stand ein Söldner mit einem anderen Jungen vor ihnen und ließ seine Peitsche knallen. »Du da, du bist schmal genug, du kommst mit zu den Schächten«, knurrte er. Der Söldner stieß Kiyoshi seine behandschuhte Faust gegen die schmerzende Schulter und trieb ihn den abfallenden Stollen entlang, von dem immer wieder schmale Gänge abzweigten und in die Tiefe führten. Thalion blieb hinter ihm zurück.

Überall standen Söldner, die das Geschehen überwachten und hin und wieder Befehle brüllten. Die Luft war erfüllt vom Hämmern und Klopfen der Gefangenen, die in den Seitengängen arbeiteten.

Kiyoshi merkte, wie erschöpft er war, obwohl es noch früh am Morgen war. Sein Magen krampfte sich schmerzvoll zusammen, sein Herz begann schneller zu schlagen und Schweiß trat ihm auf die Stirn. Hier unten war es stickig, die Luft so schwer, dass seine Kehle ganz eng wurde. Eine unerklärliche Angst, Tshanil zum letzten Mal gesehen zu haben, bemächtigte sich seiner. Die Wände schienen ihm viel zu nahe.

Er warf einen Blick auf den Jungen, der neben ihm herlief. Er war deutlich kleiner als Kiyoshi und mit Sicherheit auch einige Jahre jünger, doch er wirkte nicht so mutlos wie viele, die Kiyoshi oben beim Essen beobachtet hatte. Er hielt sich gerade und hatte seine Schultern gestrafft.

Endlich blieb der Söldner vor einer Steinwand stehen und deutete auf einige enge Schlitze, die im Felsen zu erkennen waren. »Dahinein!«, befahl er mit barscher Stimme.

»Wie bitte?«, entfuhr es Kiyoshi verwirrt. Der Spalt war so schmal, dass er zweifelte, dort überhaupt hineinkriechen zu können – und vor allem fragte er sich, was ihn dahinter erwarten würde.

»Nicht fragen! Komm, ich zeig es dir«, wisperte der Kleine und verschwand flink in der Felswand. Kurz drehte er noch einmal seinen Kopf. »Ich heiße übrigens Thesu.«

Kiyoshi zögerte, doch als der Söldner die Peitsche durch die Luft knallen ließ, beeilte er sich, dem Jungen zu folgen.

Ihm kam es vor, als ob er kopfüber direkt in den Felsen eintauchen würde – so schmal war der Spalt. Überall umschlossen ihn die Wände – auf Händen und Knien konnte er nur mühsam vorwärtsrobben. Kurz dachte er daran, welch unermessliche Felsbrocken auf ihm lasteten, und er bekam für einen Moment keine Luft, doch dann zwang er sich, ganz bewusst ein- und auszuatmen, ein Trick, den er vom Hauptmann gelernt hatte.

Du schaffst das schon, machte er sich Mut und begann, sich weiter in die Dunkelheit voranzuschieben.

Einen kurzen Augenblick später stieß er auf etwas Weiches und schrie kurz auf, bevor er bemerkte, dass es Thesu war, der auf ihn gewartet hatte. Der Kleine deutete auf ein Licht, das sich am Ende der Spalte abzeichnete. »Gleich wird es besser«, flüsterte er leise und kroch voraus.

Blind tastete Kiyoshi sich vorwärts. Immer wieder stieß er gegen Felsvorsprünge und riss sich an scharfen Steinkanten die Kleidung auf. Vor ihnen ertönte ein Hämmern und Klopfen, das immer näher kam.

»Ist einer der Gänge schon einmal eingestürzt?«, wisperte er, als er endlich das Ende des schmalen Spalts erreicht hatte. Der Schacht wurde an dieser Stelle etwas breiter, sodass er den Kopf ein Stück heben konnte. Eine Grubenlaterne erhellte die Stelle – Thesus Züge sahen in ihrem Licht gespenstisch aus. Mit müden Augen schaute der Jüngere Kiyoshi entgegen. »Klar. Das passiert hier oft«, antwortete er und zuckte mit den schmalen Schultern. »Wir entnehmen Gesteinsproben. Die Söldner wollen wissen, ob es sich lohnt, den Stollen an dieser Stelle noch tiefer in die Erde zu graben.«

Er deutete auf den Schacht, der sich vor ihnen weitete. Rund ein Dutzend Gestalten machte sich mit kleinen Hämmern und Hacken am Fels zu schaffen.

Kiyoshi robbte ein Stück weiter an Thesu heran und konnte sich fast in eine hockende Position aufrichten. »Wie lange bist du schon hier?«, fragte er.

»Hör auf zu quatschen und mach dich lieber an die Arbeit!«, knurrte plötzlich ein Gefangener neben ihm.

Thesu zuckte nur mit den Schultern. Kiyoshi griff rasch nach dem Werkzeug, das ihm einer der Gefangenen reichte, und folgte dem Beispiel der anderen. Bloß nicht weiter auffallen und jemanden verärgern! Ihm war inzwischen nur zu deutlich klar geworden, wie sehr sie hier unten aufeinander angewiesen waren.

7. Kapitel

Der Platz neben ihr war leer. Hektisch sah Marje sich um und hielt nach Suieen und Yuuka Ausschau. Von Sayuri, die in der Nacht noch friedlich neben ihr geschlafen hatte, war nur noch eine kleine Kuhle im Sand zu sehen. Verwirrt ließ sie ihren Blick über das Dünental schweifen und versuchte die Panik, die in ihr aufstieg, zu unterdrücken. Es musste eine sinnvolle Erklärung dafür geben, dass die drei verschwunden waren. Sayuri würde niemals ohne sie gehen. Unsicher leckte sie sich über die trockenen Lippen und begann, die Düne hinaufzuklettern.

Als sie endlich auf dem Dünenkamm ankam, duckte sie sich in den Sand und schaute sich in alle Richtungen um. Weit und breit war niemand zu sehen. Dann fiel Marjes Blick auf das Lager, in dem der Arbeitstag bereits begonnen hatte. In den Baracken regte sich nichts mehr, offenbar war ein Großteil der Arbeiter schon unter der Erde. War Kiyoshi unter ihnen? Lediglich die Schmieden schienen besetzt zu sein, das, was sie anfangs für ein dumpf pochendes Geräusch in ihrem Kopf gehalten hatte, erkannte sie nun als das Geräusch von Metall, das auf Metall traf.

Marje sah hinüber zu den Posten auf den Türmen, die wachsam in die Wüste spähten. Sie musste sich gut hinter der Düne versteckt halten, wollte sie nicht von den Söldnern entdeckt und gefangen genommen werden. Als plötzlich der lang gezogene Klang eines Horns durch das Tal hallte – das

Geräusch, das sie vor wenigen Tagen in der Nacht aus dem Schlaf gerissen hatte –, drückte sie sich instinktiv tiefer in den heißen Wüstensand.

Auf der anderen Seite des Minentals konnte sie erkennen, wie sich etwas Dunkles über einen Dünenkamm schob. Die Gestalt wurde größer und größer und Marje hielt die Luft an, als erneut der Klang des Horns ertönte und sie Essjiar und ihre Reiter erkennen konnte. Das wuchtige Wesen zwischen ihnen trottete langsam dem Tal entgegen. Gegen das Licht der Sonne konnte sie es jedoch kaum erkennen. Sie sah nur, dass es riesig und schwer beladen war. Auf seinem Rücken türmten sich eckige Kästen, an seinen Seiten baumelten schwere Satteltaschen. Es musste ein Lasttier sein, das die Söldner von ihren Essjiar aus lenkten.

Protestierend stieß das Geschöpf einen tiefen, grollenden Laut aus und riss den Kopf zurück. Marje konnte nun erkennen, dass es einem Grion ähnelte, auch wenn es ungleich größer war. Der dreieckige Schädel mündete in einer merkwürdig spitzen Schnauze. Zottiges Fell bedeckte den Körper des Lasttiers.

Jetzt blitzten scharfe Zähne auf, als die Echsen wütend nach den Flanken des riesigen Geschöpfs schnappten. Peitschen knallten und das Tier blieb stehen, umringt von den Söldnern und ihren Echsen.

Marje wischte sich den Schweiß von der Stirn. Tshanil brannte unbarmherzig vom Himmel und ließ die Luft über dem Wüstensand flimmern. Angestrengt kniff sie ihre Augen zusammen.

Am Horizont waren weitere Lasttiere aufgetaucht und in

einer Reihe stehen geblieben. Arbeiter liefen herbei, um sie von den Kisten und Säcken zu befreien.

Plötzlich sprang eines der Geschöpfe aus der Karawanenkette zur Seite, verlor den Halt unter den Vorderbeinen und stieg auf die Hinterbeine, wobei es den bulligen Schädel erschrocken in den Nacken warf. Ein Arbeiter stürzte vom Rücken der Kreatur, ein anderer wurde von einem ausschlagenden Vorderbein getroffen und durch die Luft geschleudert.

Marje schluckte beim Anblick der Kraft, die in diesem so harmlos wirkenden Geschöpf steckte.

Jetzt gerieten auch seine Hinterbeine ins Straucheln und die zusammengeschnürten Kisten auf seinem Rücken rutschten langsam zu einer Seite. Der Arbeiter musste bereits einige der Haltegurte gelöst haben, sodass die Last nicht mehr sicher vertäut war. Das enorme Gewicht der fallenden Kisten riss das Tier zur Seite und es geriet auf dem Hang ins Rutschen. In seinem Fall riss es eine Essjiar mitsamt ihrem Reiter mit sich. Eine Lawine aus Körpern, Sand und Kisten rollte die Sanddüne hinab, begleitet von einem grauenvollen, angsterfüllten Schrei, der gleich darauf abbrach, als die Kreatur von Kisten und Sand bedeckt im Tal zum Liegen kam.

Langsam stieß Marje die angehaltene Luft aus und sah zu den anderen Lasttieren auf, die unruhige Laute von sich gaben und nach den Essjiar traten, die sie einkreisen wollten. Der lose Sand kam unter ihren breiten Füßen ins Rutschen. Die Arbeit im Tal war ins Stocken geraten, weil sich alle Aufmerksamkeit auf die angekommene Karawane richtete.

Ein zweites Lasttier brach aus und riss zwei seiner Artgenossen hinter sich mit. Marje konnte die dicken Seile erkennen, die sich zwischen den Tieren spannten und mit denen sie aneinandergebunden waren. Die Söldner versuchten, die Herde vom Lager fortzutreiben, aber die Tiere ließen sich in ihrer Angst nicht mehr kontrollieren und rannten den Hang hinab, stolperten und überschlugen sich im Fallen. Ihre panischen Schreie erfüllten die Luft, bis sie verklangen und sich eine seltsame Stille über das Wüstental legte.

Wenige Sekunden später regte sich etwas unter dem Sand, der vier Lasttiere fast vollständig bedeckte. Eines von ihnen kämpfte sich mühsam auf die Beine. Ein ängstlicher Schrei entrang sich seiner Kehle, viel zu hoch für ein so massiges, schweres Tier, wie Marje fand. Die Söldner auf ihren Echsen unternahmen jede Anstrengung, um es mit Seilen einzufangen.

Als erneut das Horn erklang, glaubte Marje, ihren Augen nicht zu trauen. Über den Dünenkamm zog eine scheinbar nicht enden wollende Karawane von träge schwankenden Lasttieren, die von noch mehr Söldnern begleitet wurden. Marje riss ihren Blick erst los, als sie aufgeregte Schreie aus dem Tal vernahm. Das Tier, das sich eben aus seinem Sandgrab befreit hatte, war durch den Kreis der Söldner und Essjiar gebrochen und hielt nun auf die andere Seite des Tals zu. Dabei stieß es immer wieder wehklagende Schreie aus, die auch die anderen Lasttiere in Angst versetzten. Sie begannen, an ihren Zügeln zu zerren, und traten unruhig auf der Stelle.

Als Marje wieder zu dem fliehenden Geschöpf schaute,

konnte sie erkennen, wie es trotz seines massigen Körpers über die Löcher sprang, die in die Minen hinabführten, und auch der lockere Sand schien es nicht in seinem Lauf zu bremsen.

Doch plötzlich geriet es ins Straucheln. Der Körper des Tieres überschlug sich und stürzte auf den Boden, der nachgab und einen Krater bildete.

Ein Geräusch erfüllte die Luft, dumpf und doch so laut wie eine Steinlawine. Sand rutschte in die Tiefe, der Krater wurde breiter und breiter. Der Sand bildete einen Strudel und riss das Lasttier, zwei Söldner, die nicht mehr fliehen konnten, und eine Essjiar mit sich nach unten.

Nun brach Panik aus. Gebrüllte Befehle und Wortfetzen drangen an Marjes Ohr. Menschen flohen in alle Richtungen, während immer mehr Tiere in das Lager strömten und die Baracken wie Kartenhäuser niederrissen. Eines der Geschöpfe brachte einen der Wachtürme zu Fall und stürzte dann kopflos auf den gegenüberliegenden Hang zu.

Marje konnte sich nicht rühren, als sie erkannte, dass eins der riesigen Wesen direkt auf sie zurannte. Das lange zottelige Haar stand vom vor Schweiß glänzenden Körper ab, die Füße hatten mehrere Zehen, die die Kreatur gespreizt hatte, um auf dem weichen Sand sicheren Halt finden zu können. Es stieß einen ohrenbetäubenden Angstschrei aus und riss dabei sein Maul so weit auf, dass Marje die Zähne sehen konnte, die alles andere als ungefährlich wirkten.

Als das Lasttier mit einem gewaltigen Sprung über sie hinwegsetzte, verfehlte es Marje nur um wenige Zentimeter.

Sie schnappte nach Luft und sah fassungslos dem Tier

nach, wie es ins nächste Tal hinab- und die folgende Düne hinaufrannte, bis es aus ihrem Blickfeld verschwand.

Marje wollte gerade erleichtert ausatmen, als ihr etwas einfiel. Was, wenn jetzt die ganze Herde auf sie zuhielt! Aber aus dem Tal schien ihr keine Gefahr mehr zu drohen.

Ihr Blick glitt hinüber zu den Hügeln hinter dem Lager und nun blinzelte sie ungläubig.

Es war eine sandfarbene Raubkatze, die dort drüben auf dem Kamm stand! Yuuka stieß ein triumphierendes Knurren aus, das wie ein ferner Donner über das Tal hinweggrollte.

Und plötzlich begriff Marje, warum Suieen, Sayuri und Yuuka verschwunden waren. Sie mussten das alles geplant haben! Die Wiljar hatte den Lastentieren Angst eingejagt, um Verwirrung und Chaos zu stiften. Und ihnen die Gelegenheit zu geben, Kiyoshi zu befreien.

Verdammt! Warum hatten sie sie nicht geweckt? Warum hatten sie Marje nicht eingeweiht?

Sie sprang auf. Sie musste so schnell wie möglich zu ihnen hinüber. Sie wollte sich gerade in Bewegung setzen, als ihr klar wurde, dass das Grollen noch immer das Tal erfüllte. Doch es kam nicht etwa von Yuuka. Dort, wo die Raubkatze eben noch gesessen hatte, sah Marje nur Sand und Geröll.

Das Donnern kam von weiter unten. Und es wurde lauter und lauter, bis es zu einem Brüllen anschwoll.

Marjes Blick raste hinunter zum Lager. Ein Teil des Hangs war ins Rutschen gekommen, erst langsam, dann immer schneller. Sand rann in die offenen Löcher, die zum Eingang der Mine führten.

Söldner schrien und Essjiar wie Lasttiere rannten in Panik

davon, als in der Mitte des Tals ein Riss im staubigen Wüstensand erschien, der immer länger und breiter wurde.

Fassungslos starrte Marje auf das, was vor ihren Augen passierte. Ihre Gedanken faserten auseinander, versuchten zu begreifen und langsam wurde ihr klar, dass dort unten im Tal die Welt unterging.

Die Mine, in der sich Kiyoshi befand, war drauf und dran, einzustürzen.

Sayuri rappelte sich müde auf, als Yuuka sich ihnen mit langen Sprüngen näherte. In ihren Gliedern spürte sie noch immer diese merkwürdige Erschöpfung, die sie so fest in ihrer Umklammerung hielt, dass sie sich kaum rühren konnte.

Noch war Sayuri nicht lange wach – oder sie glaubte es zumindest. Sie konnte ihre Augen nicht länger als ein paar Augenblicke offen halten.

»Marje?«, flüsterte sie und tastete mit der Hand neben sich. Doch vergeblich. Marje schien schon aufgestanden zu sein.

»Mach dir keine Sorgen, Sayuri.« Das war die Stimme von Suieen. »Du bist bei mir in Sicherheit.« Dankbar ließ sie ihren Kopf wieder sinken. Sie musste nur noch einen Moment ausruhen, dann ging es ihr wieder besser. Wenn dieses Donnern nur nachlassen würde...

Sayuri riss ihre Augen krampfhaft auf. Das Donnern war gar nicht in ihrem Kopf! Das Grollen schien tief unten aus der Erde zu kommen.

»Marje«, rief sie angstvoll und spürte, wie Suieens warme Hand sich in die ihre schob.

Dort drüben – war das die Wiljar? Sayuri erkannte im

Licht der Sonne, die erbarmungslos auf sie niederbrannte, nur verschwommen ihre Raubtiergestalt.

Doch ja, es war tatsächlich Suieens Gefährtin, die nun direkt vor ihnen saß.

»Die Minen stürzen ein!«, hörte sie die Wiljar rufen. Aber etwas stimmte nicht mit ihrer Stimme, Sayuri verstand nur Bruchstücke. »Die Lasttiere... wie geplant... aber... Hang eingestürzt. Stollen... Belastung. Nicht standgehalten. Verschüttet... Riss... über Grenzen des Tals.«

Die Worte fanden nur langsam ihren Weg zu Sayuri, doch irgendwann begriff sie, was Yuuka da sagte. Mühsam stützte sie sich auf die Ellenbogen, dann kam sie zum Sitzen. Sie rieb sich die Augen. Wenn dieses Blitzen doch nur verschwinden würde. Sie musste nur für einen Augenblick einen klaren Gedanken... Sie musste sich... Sie konnte doch jetzt nicht... Was war nur mit ihr...

»Sayuri, du musst hier auf uns warten.« Das war Suieen. Oder etwa nicht? »Rühr dich nicht von der Stelle, bis wir wiederkommen. Yuuka und ich sehen, ob wir helfen können.«

Sayuri nickte. Sie sollte also hierbleiben. Warum, das war ihr plötzlich nicht mehr klar. Aber war das nicht auch egal? Sie rollte sich auf dem Sandboden ein. Nicht von der Stelle rühren, das klang gut. Ein warmes Gefühl breitete sich plötzlich in ihr aus. Sie konnte sich nicht entsinnen, je so müde gewesen zu sein. Nur wenn sie krank war, hatte sie viel Schlaf gebraucht. Dann hatte Marje an ihrem Bett gesessen und ihr Geschichten erzählt.

Marje, dachte sie schläfrig, schreckte dann aber hoch. Marje! Suieen hatte ihr gar nicht gesagt, wo Marje war!

Verzweifelt riss sie die Augen auf und sah sich um. Suieen und Yuuka waren verschwunden. Um sie herum breitete sich die endlose Wüste aus. Von Marje fehlte jede Spur.

Sayuri kämpfte sich hoch. Etwas nagte in ihrer Erinnerung, ein Bewusstsein einer drohenden Gefahr. Wohin hatten Yuuka und Suieen noch einmal gewollt? Sie hatte es vergessen. Aber sie musste sich erinnern, es war wichtig!

Langsam setzte sie sich in Bewegung. Jeder Schritt kam ihr so vor, als würden Bleigewichte an den Füßen hängen. Der Hang dort drüben. Irgendetwas sagte ihr, dass sie dort hinaufmusste.

Marje, rief sie. Vage erinnerte sie sich, was Suieen ihr beigebracht hatte, diese neue Welt voller Magie – all das, was sie mit kindlichem Staunen erfüllt hatte.

Jetzt konnte sie nicht mehr staunen. Konnte erst recht keine Worte formen. Allein wach zu bleiben, beanspruchte ihre gesamte Kraft.

Hilflos stolperte sie weiter.

Marje.

Marje.

Marje.

Der Gedanke setzte sich in einem Winkel ihres Hirns fest, wollte nicht mehr von ihr weichen. Mit jedem Schritt dachte sie den Namen, sprach ihn aus, ohne die Lippen zu bewegen.

Die trockene Wüstenluft brannte in ihren Augen. Da, ein Sirren ertönte. Shio? Das kleine Irrlicht war im Licht der Sonne kaum wahrzunehmen, aber Sayuri heftete ihren Blick auf ihn.

»Bring mich zu Marje«, bat sie. Das Irrlicht verstand, wie es sie schon immer verstanden hatte.

Neuer Mut erfüllte sie und ließ sie ungeahnte Kräfte entwickeln. Fast schon hatte sie den Hang des Kamms erreicht, als ein dumpfes Krachen ertönte, gefolgt von einem mächtigen Donnern. Das Geräusch brachte Sayuri die Erinnerung wieder.

Die Mine war eingestürzt! Deswegen waren Yuuka und Suieen verschwunden. Vielleicht waren Gefangene unter der Erde gewesen, die verschüttet worden waren. Kiyoshi! Ihm hatten sie helfen wollen.

Für einen Moment kam es Sayuri so vor, als ob sie schwankte. Doch dann merkte sie, dass es diesmal die Erde war, die bebte. Verzweifelt versuchte sie sich auf den Beinen zu halten, doch sie hatte keine Chance. Völlig entkräftet drehte sie sich auf den Rücken, spuckte Sand aus und wischte ihn sich aus dem Gesicht. Ihre Augenlider schlossen sich wider Willen.

Was war das? Fast fühlte es sich an, als würde sie von einer fremden Macht in den Sand gedrückt, tiefer und immer tiefer. Sie hörte noch, wie Shio eine verzweifelte Anstrengung unternahm, sie aufzuwecken, dann verlor sie das Bewusstsein.

Kiyoshi horchte erst auf, als das dumpfe Krachen zum zweiten Mal ertönte. Es klang, als würden Arbeiter mit Wucht große Steinbrocken aus dem Fels schlagen, die dann donnernd auf den Boden schlugen. Nur das rauschende Geräusch, das im Anschluss daran zu hören war, mochte dazu nicht passen.

Wie er hielten auch die anderen Gefangenen in ihrer Arbeit inne und lauschten ängstlich in die Dunkelheit. Kein Hämmern oder Rufen war mehr zu vernehmen, um sie herum war alles still. Wie in einem Grab, dachte Kiyoshi und zwang sich, seine Angst niederzuringen.

Er zog den Kopf ein und kroch unterhalb der niedrigen Decke ein Stück zurück. »Wir müssen so schnell wie möglich nach oben!«, rief er.

Ein erneutes Grollen erfüllte den Gang. Wie erstarrt blieb er liegen und wartete mit klopfendem Herzen, bis das Geräusch verklang.

»Ist die Decke runtergekommen?«, fragte eine Stimme ängstlich. Sie klang sehr jung.

Kiyoshi schluckte. Der gleiche Gedanke war auch ihm gerade gekommen, doch er wollte sich einfach nicht vorstellen, was es bedeutete, wenn die Mine einzustürzen drohte.

»Ich will hier raus!«, tönte plötzlich eine Stimme aus der Dunkelheit. Kiyoshi hörte Fäuste und Hämmer gegen die Wand schlagen. »Ich will raus, lasst mich hier raus, ich will nach draußen!«

»Hör auf damit!«, fauchte ein anderer. Das war Thesu.

Fast augenblicklich wurde es wieder still.

Unsicher leckte Kiyoshi sich über die trockenen Lippen und warf einen Blick auf die Lampe, deren Licht im Dunkeln schwach flackerte. Lange würde sie nicht mehr brennen und dann waren sie in der Dunkelheit gefangen.

»Hört mal zu, Leute«, sagte er und versuchte, das Beben in seiner Stimme zu unterdrücken. »Wir müssen ruhig bleiben. Wir kriechen jetzt einer nach dem anderen durch den schmalen Schacht zurück in den Hauptstollen. Von dort können wir einen der Ausgänge erreichen. Wir dürfen nur nicht in Panik geraten.«

Wieder war Thesu es, der als Erster etwas sagte. »Er hat recht. Ich geh zuerst und seh nach, ob der Weg versperrt ist.«

Kiyoshi nickte. »Dann übernehme ich die Nachhut. Wisst ihr, wie viele wir sind?«

»Wir sind vierzehn hier unten«, hörte er eine Mädchenstimme wispern.

Kiyoshi nahm die Lampe vom Haken, reichte sie Thesu und machte Platz, damit der Junge sich an ihm vorbei in den schmalen Gang zwängen konnte, der zurück zum Stollen führte. Als die Lampe mit Thesu im Fels verschwand, wurde es dunkel um ihn herum, doch Kiyoshi konnte spüren, wie einer nach dem anderen an ihm vorbeihuschte, immer darauf bedacht, sich an die Füße des Vorgängers zu hängen. Würden sie den Kontakt zu dem Lichtträger verlieren, würden sie alleine in dem tiefschwarzen Schacht zurückbleiben.

Kiyoshi zählte leise mit, und als er bei vierzehn angekommen war, wisperte es auch schon aus der Dunkelheit: »Ich bin der Letzte. Komm!«

Kiyoshi tastete nach seinem Vordermann und zwängte sich nach ihm in den schmalen Spalt.

Die Luft war von Staub erfüllt und er hatte einen metallischen Geschmack auf der Zunge. Kiyoshi versuchte, ruhig zu atmen. Wie durch ein Wunder schien der Gang verschont geblieben zu sein, doch auch hier waren kleine Steine aus der Wand herausgebrochen und schnitten Kiyoshi empfindlich in die Knie. Der Gedanke, dass es jederzeit einen neuen Stoß geben und er von gewaltigen Gesteinsmassen begraben werden konnte, nahm ihm fast die Luft.

Eine unheimliche Spannung schien unter der Erde zu liegen, die fast schlimmer war als das Donnern und Krachen von vorhin. Um ihn herum herrschte tiefste Finsternis, doch Kiyoshi hielt die Augen weit offen, in der ständigen Hoffnung, einen Lichtfunken zu erspähen.

Als kleines Kind hatte er die Nächte gefürchtet, an denen die Monde nicht am Himmel gestanden hatten, allerdings waren immer die Sterne da gewesen, die mit ihrem Schein die Welt erhellten. Im Garten hatten Lampions gebrannt und jeder Diener hatte eine Fackel bei sich getragen.

Nimm dich zusammen, versuchte er sich selbst zu ermahnen. Dich jetzt an zu Hause zu erinnern, hilft nicht gerade weiter!

Entschlossen biss er die Zähne zusammen. Ein scharfkantiger Gesteinsvorsprung schabte über seine Schulterblätter und riss ihm die Haut auf. Der Schmerz war ihm beinahe willkommen, wurde er durch ihn doch zurück in die Wirklichkeit gezwungen.

Und dann – endlich hob sich die Decke über ihm und Kiyoshi sog gierig die abgestandene Luft des Hauptstollens ein. Dann sah er auch schon den Schein der Lampen, zwängte sich durch das letzte Stück des Schachtes und kam stolpernd auf die Füße. Im breiten Stollen konnte er aufrecht stehen und seine schmerzenden Muskeln dehnen.

Seine Mitgefangenen hatten auf ihn gewartet. Jetzt erst sah er, wer mit ihm im Schacht gewesen war. Verängstigte Augenpaare, Jungen wie Mädchen, blickten ihm aus schmutzig verstaubten Gesichtern entgegen. Zwei von ihnen waren etwas älter als er, die anderen mussten jünger sein. Vermutlich hatten sie die Kinder ausgewählt, weil sie am schmalsten waren. Die Kleinste von ihnen mochte vielleicht gerade mal acht Jahre alt sein.

Mit verweinten Augen klammerte sie sich an Thesus Arm und hielt ihren Blick starr auf das flackernde Licht der Lampe gerichtet.

Kiyoshi schluckte schwer.

»Jemand verletzt?«, fragte er schließlich.

Stumm blickten sich die Gefangenen an, dann schüttelten sie den Kopf. Nur einer der älteren musterte ihn misstrauisch.

»In Ordnung«, sagte Kiyoshi, ohne den Blick zu beachten, und sah in die Runde. »Was haltet ihr dann davon, wenn wir schleunigst verschwinden? Mich hält jedenfalls nichts mehr hier unten.«

Thesu leuchtete mit seiner Lampe in den Gang. »Im wahrsten Sinn des Wortes«, knurrte er. »Wo sind die alle?«

Kiyoshi zuckte zusammen. Er wusste genau, was der Junge meinte. Der Schacht war menschenleer! Wo waren die Söldner? Wo waren all die Wachen?

»Kommt!«, flüsterte er alarmiert. »Wir dürfen nicht länger warten. Nehmt euch ein paar Lampen von den Wänden.«

Hastig setzte der Zug sich in Bewegung. Auf den ersten Blick hatte sich hier nichts verändert. Die Wände schienen dem Druck der Sandmassen über ihnen standzuhalten. Nur die Söldner fehlten. Überhaupt war es im Stollen totenstill, nur ihre Schritte hallten dumpf von den Wänden wider.

Kiyoshi ging als Letzter. Er kam langsamer voran als die anderen, weil er das kleine Mädchen mit dem verängstigten Blick an die Hand genommen hatte. Sie schluchzte und weinte und er konnte es ihr nachfühlen. Bei Turu, die Kleine war viel zu jung, um so etwas hier durchzumachen!

Behutsam half er ihr weiter. »Hab keine Angst«, raunte er ihr zu. »Wir finden einen Weg.« Stumm wiederholte er die Worte, als könnte er damit die Götter beschwören, seinen Wunsch zu erhören.

Thesu hatte unterdessen wieder die Führung übernommen. Das Licht seiner Lampe warf bizarre Schatten an die Wände, verzerrt von Felsvorsprüngen und den hin und her schaukelnden Lampen. Plötzlich blieb er stehen und hob die Lampe über seinen Kopf. Ein paar Flüche ertönten, jemand brach in lautes Schluchzen aus.

Hastig lief Kiyoshi an den anderen vorbei nach vorne und hielt dann ebenfalls erstarrt inne. »Endstation«, murmelte er leise.

Und so war es. Der Weg vor ihnen war eingestürzt. Sand war durch die Felsspalten gerieselt und hatte den Stollen fast bis unter die Decke gefüllt.

»Wir stecken fest«, murmelte ein Junge. Sein Gesicht war staubverkrustet, nur seine Augen leuchteten hell in dem Schmutz.

Kiyoshi musste ihm zustimmen. Selbst wenn sie versuchten, den Sand abzutragen, würde nur noch mehr von oben nachrutschen. Wahrscheinlich war der ganze Stollengang dahinter zugeschüttet.

»Es muss einen anderen Weg geben!«, sagte Kiyoshi, drehte sich um und ging zurück, bis er nicht einmal mehr die eigene Hand vor Augen sehen konnte. »Ich brauche Licht hier«, rief er. Er blieb stehen und wartete, bis die anderen zu ihm aufgeschlossen hatten. Die Gruppe war jetzt spürbar unruhig.

»Wir versuchen es einfach in der anderen Richtung.«

Er versuchte, Optimismus in seine Stimme zu legen, und fragte sich im gleichen Moment, wen er hier eigentlich aufmuntern wollte. Er hatte doch keine Ahnung, was in der anderen Richtung liegen mochte!

Eine Kreuzung lag in dieser Richtung, das stellte sich schnell heraus, nachdem sie den Spalt passiert hatten, in dem sie gearbeitet hatten. Der Hauptstollen teilte sich.

»Der da ist es«, sagte einer der beiden älteren Jungen und deutete aufgeregt nach rechts. »Ich erinnere mich! Dort drüben habe ich einmal gearbeitet – und am Abend haben wir einen anderen Ausgang als sonst genommen!«

Kiyoshi nickte.

»Wie heißt du?«, fragte er.

»Hitomi«, erwiderte der Junge.

Kiyoshi versuchte ein Lächeln. »Kannst du uns hier rausführen, Hitomi?«, fragte er.

»Ich werde es versuchen.« Die Antwort kam prompt.

Neue Zuversicht machte sich breit und sie kamen gut voran. Nur das kleine Mädchen, das Kiyoshis Hand krampfhaft umklammert hielt, weinte noch immer. Irgendwann kniete er sich nieder und nahm sie auf den Arm. Sie war so mager – er würde ihr Fliegengewicht schon bis nach oben tragen können.

An der nächsten Weggabelung geriet der Trupp abermals ins Stocken. Einer von ihnen fragte: »Und jetzt?«

Hitomi schien unsicher zu sein. Zögernd ging er einige Schritte in den rechten Gang, kam jedoch gleich wieder zurück und schaute stirnrunzelnd auf die linke Seite. Ein kleinerer Junge, höchstens zwölf Jahre alt, schob sich mit seinem Licht an Kiyoshi vorbei und lief den Gang ein Stück entlang. »Hier geht es wieder hinauf«, rief er.

Kiyoshi schaute fragend von einem zum anderen. Noch immer schien Hitomi unschlüssig, aber schließlich nickte er. »Vielleicht hat Calion recht«, sagte er in Richtung des Zwölfjährigen.

Jetzt schob sich von hinten ein großer Junge durch die Gruppe nach vorn. Er überragte Kiyoshi um einen Kopf, war aber viel magerer, was ihm ein absonderliches Aussehen gab. »Blödsinn«, schnaubte er und schwenkte sein Licht. »Calion hat keine Ahnung. Es geht bestimmt rechts entlang«, verkündete er laut.

Kiyoshi drehte sich zu ihm um. Das Mädchen auf seinem Arm wog doch schwerer, als er gedacht hatte. Nach den Strapazen der letzten Tage verließ ihn langsam die Kraft. »Wir sollten gemeinsam entscheiden«, mahnte er müde.

Der Lange schüttelte entschieden den Kopf. »Ich gehe rechts. Hier ist der richtige Weg.« Er schickte sich an, sein Vorhaben in die Tat umzusetzen.

»Aber das ist bestimmt nicht richtig!«, wagte Calion einzuwerfen.

»Glaubst du mir etwa nicht?«, brauste jetzt der Lange auf.

»Ich weiß, was ich weiß«, konterte der Junge trotzig.

Ein Raunen ging durch die Gruppe. Kiyoshi sah in die grauen Gesichter. Jeder in der Gruppe war von Kopf bis Fuß mit feinem grauem Staub bedeckt, was ihnen ein gespenstisches Aussehen verlieh.

»Wir können hier nicht rumstehen und diskutieren«, meldete sich einer zu Wort. In seiner Stimme schrillte Panik. Er lief in den rechten Gang. »Noch so ein Beben und wir alle werden hier lebendig begraben!« Ein Kamerad schloss sich ihm an und zusammen mit dem Langen begannen sie den Aufstieg, ohne sich nach den anderen umzusehen.

Die Gruppe war nun in heller Aufregung. Fünf andere Gefangene drängten an Kiyoshi vorbei und folgten dem rechten Weg. Selbst ihr bisheriger Führer, Hitomi, schwenkte um.

Nur ein Mädchen mit wilden Locken, die Kiyoshi ein bisschen an Marje erinnerte, wandte sich nach links.

In Kiyoshi, der bisher stumm zugesehen hatte, was vor sich ging, kam plötzlich Leben. »Wartet!«, rief er. Seine Stimme war rau und nicht so laut, wie er erwartet hatte. Sie wurde aber von den Wänden zurückgeworfen und brachte die Gruppe im rechten Gang tatsächlich noch einmal zum Stehen. »Wir sollten zusammenbleiben! Allein zu gehen, ist viel zu gefährlich.«

»Sagt wer?«, höhnte einer der Älteren von ihnen. »Der Prinz? Am besten schließt du dich Calion und den Kleinen an. Die kannst du rumkommandieren, solange du willst!«

»Richtig! Falls du es noch nicht gemerkt hast, hier gilt dein kaiserliches Wort nicht!«

Damit verschwanden sie in der Dunkelheit. Thesu, der noch immer bei Kiyoshi stand, sah ihn fragend an. »Bist du wirklich der Prinz?«, fragte er neugierig und sah dabei aus großen schwarzen Augen zu ihm auf.

Kiyoshi spürte, wie sich das kleine Mädchen fester an seinen Hals klammerte. »Hier nicht, Thesu«, antwortete er nur müde. »Kommst du?« Er wandte sich nach links.

Thesu nickte. Zu dritt liefen sie in den Gang hinein, wo Calion und das lockige Mädchen warteten.

»Los«, murmelte Calion und tastete sich vorsichtig den Gang entlang, wobei er seine Lampe ausgestreckt vor sich hielt. Das Mädchen hielt sich dicht neben ihm.

Thesu schloss sich ihnen an und schließlich folgte Kiyoshi. Inzwischen keuchte er. Das Mädchen in seinen Armen wog schwerer und schwerer und seine Wunde machte ihm mehr zu schaffen, als er erwartet hatte.

Der Gang war enger als die anderen und in regelmäßigen Abständen mit Pfeilern abgestützt.

»Danke«, flüsterte plötzlich eine Stimme neben ihm. Es war Thesu.

Verwundert sah er in die Richtung, aus der die Stimme kam. Die Lampen, die die beiden Kinder, die vorneweg liefen, in den Händen hielten, konnten den finsteren Gang kaum erhellen.

»Wofür?«, fragte er und blieb kurz stehen, um sich schnaufend gegen die Wand zu lehnen. Das kleine Mädchen hatte seine Arme um seinen Hals gelegt. Unwillkürlich musste er an schwere Ketten denken und versuchte, den Griff zu lockern. Vergeblich.

Nun waren auch die anderen stehen geblieben und warteten.

»Dafür, dass du meiner Schwester hilfst«, flüsterte Thesu leise.

Kiyoshi brachte ein schiefes Lächeln zustande und sein Blick glitt zu der Kleinen hinab, die er in den Armen hielt. »Du hast mir vorhin auch geholfen«, sagte er.

»Weiter!«, drängte Calion ungeduldig, wartete aber, bis sie zu ihm aufgeschlossen hatten.

Sie hatten ihn kaum erreicht, als das Mädchen mit den Locken einen leisen Schrei ausstieß.

»Was ist?« Kiyoshi horchte in die Dunkelheit.

Er spürte es, bevor er es hörte. Der Boden unter ihren Füßen erzitterte, dann knirschte es entsetzlich. Sand und kleine Steine rieselten von der Decke herab. Calion hob seine Lampe und ihr Schein fiel direkt auf einen dunklen Riss an der Decke über ihnen.

Kiyoshi fühlte einen harten Schlag an der Schulter. »Lauft!«, rief er und rannte im selben Moment los.

Fast blind, eingehüllt in dichte Staubwolken, in denen das Atmen schwerfiel, rannten sie den Schacht entlang. Die Lampen tanzten wild auf und ab und warfen unheimliche Schatten in den Stollen, als die Decke langsam, aber sicher unter den Sandmassen nachgab.

8. Kapitel

Der Zentaurenwald brach vor ihren Augen weg. Blass vor Schreck sah Marje von der Düne aus, wie die Erde sich öffnete und die Bäume einfach verschlang. Die Risse im Boden verzweigten sich zu einem Netz und lösten Erdrutsche aus, bei denen ganze Dünen einsackten und sich neue Täler bildeten. Tosend setzte sich alles in Bewegung und voller Entsetzen bemerkte Marje, dass der Hang vor ihr ins Rutschen geriet.

»Lauf«, hörte sie einen Ruf, und als ob ein Bann gebrochen wäre, wirbelte sie herum und rannte. Bei jedem Schritt sank sie in den Sand ein, aber sie spürte, wie hinter ihr alles in die Tiefe gerissen wurde, und die Angst verlieh ihr ungeahnte Kräfte.

Ihr Blick raste über die Wüste, aber sie konnte niemanden sehen. Endlich erreichte sie den Dünenkamm und stolperte ins Tal hinab, direkt auf das Lager zu, das in Chaos versank.

Kiyoshi, dachte sie mit jedem Schritt. Kiyoshi, wo bist du?

Von irgendwoher konnte sie Suieens Stimme hören, ihn aber nicht sehen und seine Rufe gingen im Rauschen des Sandes unter.

Der Hang wurde immer steiler und führte direkt auf die Minenlöcher zu, aus denen sich immer mehr Menschen an die Oberfläche kämpften. Marje bemerkte mit einem Anflug von Panik, wie sie ins Rutschen geriet. Ein Söldner kreuzte auf seiner Essjiar keine dreißig Schritte vor ihr ihren Weg.

Hilflos schloss sie die Augen, legte schützend die Arme

um den Kopf und ließ sich fallen. Sie überschlug sich, rollte unaufhaltsam den Sandhang hinab, bis sie irgendwann zum Liegen kam.

Vorsichtig versuchte sie, sich zu bewegen. Ihre Schultern und Arme schmerzten, aber sie stellte erleichtert fest, dass sie keine größeren Verletzungen davongetragen hatte.

Langsam stand sie auf und schaute sich fassungslos um. Um sie herum waren zahllose Essjiar, die mit oder ohne Reiter durch das Lager liefen, auf der Flucht vor einem der großen Lasttiere oder auf der Jagd nach Arbeitern, von denen einige nach Waffen griffen, während andere sich zu verstecken versuchten. Die Lasttiere liefen kopflos durch das Lager, wobei sie die Baracken auf ihrem Weg einfach niedertrampelten.

Hoffnungsvoll ließ Marje ihren Blick über das Chaos gleiten. Vielleicht konnte sie in all dem Durcheinander irgendwo Kiyoshi entdecken und mit ihm fliehen. Einmal glaubte sie schon, ihn erspäht zu haben, aber als der Junge herumwirbelte und mit dem Hammer in seiner Hand einen Soldaten niederschlug, erkannte sie, dass die schwarzen Haare eigentlich blond und nur von einer dicken Dreckschicht bedeckt waren.

Was, wenn er in den Minen gewesen war, als sie einbrachen?

Voller Angst sah sie auf die Eingänge, die zu den Schächten führten. Doch sie schüttelte den Gedanken ab. Kiyoshi musste es geschafft haben – daran wollte sie festhalten.

Blind vom Sandstaub in ihren Augen lief Marje los und konnte gerade so einer Essjiar ausweichen. Die kräftigen

Kiefer schnappten über ihr zusammen, erwischten aber nichts als Luft, als sie sich zur Seite rollte.

»Komm her, du Biest!«, rief eine Stimme und andere fielen mit ein.

Marje hob den Kopf und sah, wie einige abgerissene Gestalten, offenbar Gefangene, Steine nach der Echse warfen, die sich daraufhin fauchend ihren Angreifern zuwandte. Unbemerkt konnte Marje zwischen ihren Beinen verschwinden und floh zu den Baracken.

Keuchend stand sie zwischen den behelfsmäßigen Zelten. Menschen liefen an ihr vorbei, ohne sie zu beachten. Hilflos starrte Marje in die vielen Gesichter.

Eins fehlte.

Sie versuchte, die Tränen zu unterdrücken.

Zu spät, dachte sie und spürte, wie sich ihre Brust schmerzvoll zusammenzog. Zu spät hatte sie erkannt, wer er wirklich war. Zu spät, um ihm zu sagen, dass sie sich falsch verhalten hatte.

Hinter ihr stieß eines der Lasttiere einen angsterfüllten Schrei aus und sie drehte sich langsam um. Ihre Kehle war wie zugeschnürt, als das Lasttier sich vor ihr aufbäumte und eine Baracke mit seinen mächtigen Vorderläufen niederriss.

Schreie wurden aus den Trümmern laut und Menschen krochen blutend zwischen den Fellen und Stangen hervor. Sie sah zu dem mächtigen Tier auf, empfand aber keine Angst mehr. »Kiyoshi«, murmelte sie leise und schloss für einen kurzen Moment die Augen. »Er lebt, bis ich mich vom Gegenteil überzeugt habe!«

Was hatte er noch zu ihr gesagt, als Sayuri verschwunden

gewesen war und sie daran gezweifelt hatte, dass sie ihre Freundin jemals wiedersehen würde?

Du musst es nur wollen!

Und er hatte recht behalten.

Langsam öffnete sie die Augen und machte einen entschlossenen Schritt auf das Lasttier zu. Das gewaltige Wesen sank auf die Vorderläufe hinab. Stumm erwiderte es ihren Blick.

Ein verrückter Gedanke machte sich in Marje breit. Diese Lasttiere waren nur deshalb so wild, weil sie Angst hatten. Vorsichtig hob sie eine Hand, streckte sie dem Tier entgegen und bewegte vorsichtig die Finger.

Das mächtige Tier senkte seinen Kopf. Die Nüstern zuckten unruhig und die riesigen Ohren waren gespitzt, um mögliche Gefahren rechtzeitig wahrnehmen zu können. Aber es machte keine Anstalten mehr, nach ihr auszuschlagen.

»Komm zu mir«, flüsterte Marje. »Komm her«, wiederholte sie und versuchte, ruhig zu klingen. Langsam ging sie einen Schritt zurück und das Lasttier folgte ihr, den Kopf vorgestreckt, sodass seine dreieckige Schnauze fast ihre Hand berührte. Dann spürte sie die weichen Lippen des Tiers und eine helle, raue Zunge leckte über ihre Hand. »So ist es gut«, zwang sie sich zu sagen, obwohl ihr Herz bis zum Hals schlug. »Bist mein Bester, nicht wahr?«

Was red ich hier eigentlich, schoss es ihr durch den Kopf. Das hier war ein Monster! Kein zahmes Haustier!

Aber tatsächlich sah das Lasttier sie aus großen bernsteinfarbenen Augen vertrauensvoll an. Vorsichtig streckte sie die zweite Hand aus und streichelte die Nase. »Ganz ruhig«, flüsterte sie, als sie näher an das Tier herantrat und das zottelige lange Fell kraulte. Ihre Hand glitt zu den Ohren, während sie mit der anderen weiterhin den Kopf streichelte.

Das Lasttier zuckte unruhig und wich einen Schritt zurück.

»Alles ist gut«, flüsterte sie ihm hastig zu. »Komm schon!«

Wieder blieb es stehen.

Marje zögerte einen Moment, dann stellte sie sich neben die Schulter des Tiers, griff in das dichte Fell und zog sich in die Höhe.

Sofort warf das Lasttier den Kopf in den Nacken und bäumte sich erschrocken auf.

Marje klammerte sich am Fell fest. Mit den Füßen fand sie Halt auf einer Kiste, die dem Lasttier halb vom Rücken gerutscht war, aber noch immer von zwei Seilen gehalten wurde. Eine Hand bekam eines der losen Seile zu fassen. Als sie den Hals des Tieres losließ, hing sie nur noch am Seil und baumelte über den Kisten. Langsam zog sie sich in die Höhe.

Das Lasttier hatte sich wieder in Bewegung gesetzt und rannte quer über den Lagerplatz, während Marje sich keuchend auf seinen Rücken hievte. Angestrengt umklammerte sie zwei Seile, die so fest um den Rumpf des Tieres geschlungen waren, dass sie kaum ihre Finger darum schließen konnte. Unter ihr erbebte der massige Körper und das Tier stieg wieder auf die Hinterbeine, bockte und warf sich dann zur Seite. Glücklicherweise verhinderten die Kisten, die noch an den Seiten hingen, dass es sich auf den Rücken rollen konnte.

Menschen flohen in alle Richtungen, verfolgt von wütenden Essjiar, die das riesige Lasttier nur noch mehr in Panik versetzten. Ein Junge war nicht schnell genug und wurde in der Luft von einer Essjiar zerfetzt. Eine zweite Echse schnappte nach einem älteren Mann, bekam jedoch nur ein Bein zu fassen.

Verzweifelt schweifte Marjes Blick über den Tumult und fiel auf eine Gestalt, die sich gegen die Wand einer Baracke lehnte und sich mit einem Schwert verteidigte.

Alle Farbe wich aus ihrem Gesicht. Zu vertraut war der Anblick der Gestalt, zu vertraut die Bewegungen, mit der sie das Schwert führte. »Nein«, flüsterte sie leise und spürte, wie das Lasttier unter ihr den Kopf in den Nacken warf und einen schmerzerfüllten Schrei ausstieß.

Ihr Blick hing an dem Mann, der sich geschickt mit geschmeidigen Bewegungen gegen einen Söldner zur Wehr setzte.

Es konnte einfach nicht sein.

Der Leib des Tieres unter ihr erbebte, gab dann nach und sackte schließlich zu Boden. Ihre Hände wurden vom Seil gerissen und sie traf mit dem Rücken auf einer der Kisten auf. Ohne Halt finden zu können, rutschte sie die Flanke des toten Tieres in den Sand hinab und blieb benommen liegen.

Sie musste sich geirrt haben. Es konnte nicht Milan sein. Ihr Blick fiel auf den Ring an ihrem Daumen.

Milan war tot.

Oder?

Schwerfällig rollte sie sich auf den Rücken, als über ihr ein dunkler Schatten erschien, ein Söldner mit erhobenem Schwert.

Yuuka stieß ein zorniges Fauchen aus und riss einen Söldner nieder, nur um sich gleich auf den nächsten zu stürzen.

Suieen folgte ihr, zwei lange Messer in den Händen, mit denen er schnell und präzise töten konnte, aber es waren mehr Söldner, als er erwartet hatte. Zudem musste er ein Auge auf die Essjiar haben. Die riesigen Echsen konnten Yuuka mit einem Biss auseinandernehmen. Es schien aussichtslos, sich zu zweit durch dieses Chaos zu kämpfen.

Er hatte Marje blindlings in das Lager laufen sehen – am Schluss war sie mehr gefallen als gelaufen. Er hatte nach ihr gerufen, doch sie hatte nicht gehört.

Irgendwo hier zwischen den Baracken musste das Mädchen sein. Atemlos wirbelte Suieen herum und stieß sein Messer einem Arbeiter zwischen die Rippen. Zu spät erkannte er seinen Fehler und stieß den Leichnam mit einem Fußtritt zur Seite. Er hatte die Bewegung nur aus dem Augenwinkel wahrgenommen und sie für einen Angriff gehalten, dabei war der Mann nicht einmal bewaffnet gewesen.

Yuukas fauchender Ruf ließ ihn den Kopf heben und gerade noch rechtzeitig zur Seite weichen, dann fand sein zweites Messer zielsicher das Herz des Angreifers.

Angewidert zog Suieen das Messer aus der Wunde und strich es an der Rüstung des Mannes ab, bevor er unter ihm hervorkroch und sich einer Essjiar gegenübersah.

»Lauf!«, hörte er Yuuka knurren. Die sandfarbene Raubkatze sprang die Essjiar an und verbiss sich in ihren schuppigen Hals, doch die Echse schüttelte sie ab und schleuderte sie gegen die Wand einer Baracke, die krachend nachgab und über ihr zusammenbrach.

Suieen schluckte schwer, als die Essjiar sich ihm zuwandte. Er warf einen hastigen Blick auf Yuuka, die sich schon wieder aufrappelte. Ohne noch eine weitere Sekunde zu verlieren, wandte er sich zur Flucht, stürzte in eine Baracke und rannte durch eine gegenüberliegende Maueröffnung auf einen ehemals schmalen Pfad hinaus, der gerade von einem fliehenden Mjaruh in eine breite Straße verwandelt wurde, gepflastert mit den Trümmern der Baracken.

Hier waren keine Soldaten mehr zu sehen, nur abgerissene Arbeiter aus der Mine kreuzten seinen Weg, ohne seinen spitzen Ohren und goldgelben Augen Beachtung zu schenken. Nur ein Junge, der vor ihm stolperte und sich wieder aufrappelte, sah kurz zu ihm auf. Einen Moment war ihm der Schreck deutlich anzumerken, doch dann wandte er sich einfach zur Seite und floh in eine andere Richtung.

Yuuka sprang hinter ihm über einen Trümmerhaufen und kam an seine Seite. »Und jetzt?«, fragte sie und Suieen sah das Blut, das ihr Fell verklebte. Das wenigste schien jedoch von ihr selbst zu stammen.

»Marje wird Kiyoshi suchen«, meinte er. »Also sollten wir nach beiden Ausschau halten.«

Yuuka stieß einen grollenden Laut des Unmuts aus. Suieen konnte sie verstehen, doch nun war es zu spät. Schon seine Idee mit der Karawane war so wenig durchdacht gewesen, dass sie nun nur noch hoffen konnten, das Lager wieder lebend verlassen zu können. Sie mussten Marje finden, bevor sie einem Söldner oder einer Essjiar über den Weg lief – wenigstens das konnte er wiedergutmachen.

Immerhin war Sayuri in Sicherheit.

Die Wiljar sprang auf das Dach einer Baracke, das sich unter ihrem Gewicht gefährlich neigte. »Es ist fast unmöglich, bei all dem Blut eine Fährte aufzunehmen«, fauchte sie und glitt wieder an seine Seite. »Dorthin«, sagte sie und rannte auch schon los.

Suieen blieb keine Zeit mehr zu fragen, was sie gesehen hatte, und folgte ihr hastig. Neben ihm zerbarst eine Baracke, als eine Essjiar vom Schlag eines Mjaruh hineingeschleudert wurde. Geschickt wich er den Trümmern aus, die durch die Luft flogen, und folgte Yuuka, die um die Ecke einer Baracke gebogen war.

»Marje? Kiyoshi?« Suieens Rufe verhallten im Lärm des tobenden Kampfes. Es waren gar nicht so sehr die Söldner, die die Gefangenen daran hindern wollten zu fliehen – Suieen kam es vor, als ob alle in ihrer hellen Panik wie wild um sich schlugen.

Yuuka fauchte ungeduldig und rief dann ebenfalls nach den Gesuchten. Ihre Rufe waren lauter als seine, aber von einem so tiefen Grollen begleitet, dass die Menschen sie wahrscheinlich nicht verstanden. Kurz wünschte er sich, Shio bei sich zu haben. Das Irrlicht hätte schneller nach Marje suchen können, aber es war bei Sayuri geblieben und Suieen war froh darüber, sie nicht ganz allein zu wissen.

Vor ihnen bäumte sich ein Mjaruh auf und stürzte zur Seite. Blinzelnd starrte er auf den Rücken des Tieres, doch was er eben noch zu sehen geglaubt hatte, war verschwunden. Trotzdem rief er Yuuka zu sich und deutete in die Richtung des Mjaruhs. Einen Augenblick lang hatte er geglaubt, auf seinem Rücken jemanden mit schwarzen Locken in einem dunklen Umhang gesehen zu haben.

Yuuka sprang auf das Dach einer Baracke und verschwand aus seinem Blickfeld, während er den längeren Weg um die Hütte herum nehmen musste. Als er auf den dahinterliegenden Platz gelangte, lag die Gestalt, die er gesehen hatte, zwischen Kisten und Säcken im Sand. Yuuka schlug gerade ihre scharfen Zähne in einen Söldner, der ein erhobenes Schwert in der Hand hielt.

»Marje!«, rief er und rannte auf die Gestalt zu, die sich langsam zu regen begann.

Es war tatsächlich Marje, die ihn blinzelnd ansah und sich vorsichtig aufzurichten begann. »Alles in Ordnung?«, fragte er, doch das Mädchen schien ihn kaum wahrzunehmen. Mit weit aufgerissenen Augen schaute sie zu einem Minenarbeiter, der wenige Schritte entfernt gegen eine Barackenwand lehnte.

Langsam kam sie schwankend auf die Beine, ohne jedoch den Kopf von dem Jungen abzuwenden, den sie anstarrte, als hätte sie einen Geist gesehen.

War das etwa dieser Kiyoshi?

Yuuka kam Suieens Frage zuvor. »Wir sollten verschwinden«, knurrte sie und ging auf Marje zu. »Kannst du laufen?«

»Kann ich«, murmelte sie, aber trotzdem drehte sie sich nicht um, sondern ging wie in Trance weiter auf den Jungen zu.

»Milan?«, fragte sie kaum hörbar.

Suieen tauschte einen ratlosen Blick mit Yuuka, dann folgte er dem Mädchen. Ein Söldner tauchte plötzlich hinter Marjes

Rücken auf, aber noch ehe Suieen sie hätte warnen können, sprang Yuuka mit einem Satz herbei und fegte den Söldner mit den Tatzen beiseite, als wäre er nur eine Spielfigur. »Wir müssen fort!«, drängte sie und stieß Marje ungeduldig an.

»Milan«, flüsterte das Mädchen nur leise.

Der Junge, der auf dem Boden saß, brachte ein müdes Lächeln zustande. In einer Hand hatte er ein Söldnerschwert gehalten, das jetzt klirrend zu Boden fiel. Zitternd hob er seine Hand und berührte fast ehrfürchtig Marjes schwarze Locken, malte die Konturen ihres Gesichtes nach und zog sie schließlich an sich. »Schwesterchen.«

Das Wort war so leise, dass Suieen es kaum verstehen konnte. Yuuka knurrte ungehalten, aber sie blieb abwartend stehen. Suieen umfasste seine zwei Klingen. Sie mussten so schnell wie möglich fort aus dem Lager.

Langsam richtete sich Marje wieder auf. Tränen standen ihr in den Augen und ein Lächeln lag auf ihren Lippen. »Du bist es«, murmelte sie leise und hielt seine Hand fest, als er ihr durch die Haare strich. »Du bist es tatsächlich!«

»Was soll das alles?«, fragte Yuuka leise knurrend.

Suieen zuckte mit den Schultern. Marje hatte nur von Kiyoshi geredet, von einem Bruder hatte er ebenso wenig wie Yuuka gewusst.

Er packte Marje am Arm. »Wir müssen hier fort«, sagte er und schaute sich unruhig um. Zwar boten die Baracken ihnen Deckung, dennoch konnten sie jederzeit von einer Echse aufgespürt werden.

Yuuka steckte witternd ihre Nase in die Luft. »Feuer«, knurrte sie und warf Suieen einen drängenden Blick zu.

Kurz darauf konnte er es auch riechen. Außer dem Gestank der Echsen und dem Geruch von Blut und Schweiß konnte er deutlich den Rauch wahrnehmen, den er über einer der Baracken aufsteigen sah. Fragend sah er zu Marje. Der beißende Gestank des Feuers brannte ihm schon bald in der Nase, aber er wusste, dass Menschen nicht so empfindlich waren.

»Weg hier!« Hastig stand Marje auf und streckte ihrem Bruder eine Hand entgegen, doch dieser schüttelte lediglich den Kopf. »Du musst allein gehen«, sagte er.

Suieen warf einen Blick auf seine Beine und schluckte, als ihm klar wurde, dass der Junge niemals wieder würde aufstehen können.

Stumm schüttelte Marje den Kopf und hielt seine Hand fest.

»Geh!«, befahl ihr Bruder ihr abermals, aber Marje ließ sich einfach neben ihm gegen die Rückwand der Baracke sinken.

»Nicht ohne dich«, antwortete sie entschieden.

»Suieen!« Yuukas angsterfüllter Ruf ließ ihn den Blick heben und geradewegs in die Augen einer Essjiar blicken, die zischend ihr mächtiges Maul aufriss. Hinter ihm erklang dasselbe Geräusch und mit einem Satz war Yuuka an seiner Seite.

»Hinter dir! Zwei weitere Biester!«, fauchte sie und er griff seine Waffen fester, auch wenn er mit ihnen kaum etwas gegen diese Geschöpfe auszurichten vermochte. Der stechende Feuergeruch verursachte ihm Übelkeit und der schwarze Rauch, der hinter der Baracke aufstieg, brannte in seinen Augen.

Milan griff ebenfalls nach seinem Schwert, als atemlos ein blonder Junge angelaufen kam.

»Thalion!«, rief Milan überrascht.

»Jetzt habe ich auch nichts mehr zu verlieren«, antwortete der Junge grimmig und schlug den vorschnappenden Kopf einer Echse mit einem gezielten Schwertschlag zur Seite.

Ein zorniger Schmerzensschrei Yuukas ließ Suieen herumfahren. Eine Essjiar hatte sich die Raubkatze geschnappt, doch Yuuka konnte sich den Krallen der Echse entwinden. Mit einem Sprung an ihre Kehle riss sie ihre Angreiferin zu Boden, konnte die schuppige Haut jedoch nur oberflächlich verletzen.

»Flucht?«, hörte er Thalion neben sich fragen.

»Wohin?«, wollte Suieen wissen, ohne die Echse aus den Augen zu lassen.

Marje griff nach dem Schwert ihres Bruders. Als dieser protestieren wollte, kam sie ihm zuvor. »Ich kann im Moment mehr damit anfangen als du«, sagte sie entschlossen und stellte sich mit dem Rücken zu Suieen und Thalion, das Schwert auf die dritte Echse gerichtet.

Milans Kommentar ging in dem Angstschrei eines Lasttiers unter, das sich panisch aufbäumte, als es von mehreren Essjiars angefallen und zu Boden gerissen wurde. Die Echsen sprangen dem Mjaruh auf den Rücken, bissen sich an seinen Beinen und dem Hals fest, bis jeder Widerstand erstarb.

Hinter dem toten Tier konnte Suieen einen Blick auf die lodernden Flammen erhaschen, die sich von der Nordseite des Lagers her gierig ausbreiteten.

»So werden wir auch gleich enden«, sagte Suieen trocken mit Blick auf das Mjaruh.

»Schwachsinn«, widersprach Thalion, obwohl auch er beim Anblick der Feuersbrunst blass wurde.

Yuuka sprang zornig fauchend zurück, aber auch die Essjiar war einige Schritte zurückgetaumelt. Blut floss aus ihren Wunden an Hals und Beinen.

Erschrocken sah Suieen, dass Yuuka ein Bein nachzog. Schuldgefühle stiegen in ihm auf, schließlich hatte er sie in diese ausweglose Situation hineinmanövriert. Yuuka war von Anfang an dagegen gewesen, aber er hatte blind seine Ziele verfolgt.

Die sandfarbene Raubkatze schenkte ihm ein grimmiges Lächeln. »Der Junge hat recht. Der Kampf hat gerade erst begonnen«, knurrte sie mit einem Funkeln in den Augen, das er lange nicht mehr bei ihr gesehen hatte.

Sie würden schnell sein müssen, schneller als das Feuer.

Müde blinzelte sie ins gleißend helle Licht der Sonne. *Marje! Die Mine! Kiyoshi!*

Diesmal war Sayuri hellwach und sprang auf. Shio sirrte ungeduldig und gleichzeitig erleichtert, dass sie endlich aufgewacht war.

Wo ist Marje? Was ist passiert?

Wie zur Antwort erhob sich Shio von ihrer Schulter und flog zum Dünenkamm, hinter dem sich das Tal mit dem Lager befinden musste. Der Kamm war nur ein paar Schritte entfernt. Offenbar war sie kurz davor zusammengebrochen.

Sayuri setzte sich eilig in Bewegung. Diesmal waren ihre

Schritte nicht stolpernd und nicht schwerfällig. Sie rannte über den Sand, spürte neue Kraft. Etwas zerrte an ihr, eine Gewissheit, die sie vorantrieb, auch wenn sie sie nicht in Worte fassen konnte.

Nach wenigen Schritten hatte sie den Dünenkamm erreicht. Shios entsetztes Summen hatte sie nicht darauf vorbereiten können, was sie dort erwartete.

Dort, wo am Vortag noch die Baracken in Reih und Glied nebeneinandergestanden hatten, war nur mehr ein einziges Trümmerfeld zu sehen, über das Essjiar jagten und breite Lasttiere hinwegtrampelten. Zwischen den eingestürzten Baracken versteckten sich Minenarbeiter vor den Söldnern, die blindlings mit ihren Schwertern um sich schlugen und sinnlos jeden töteten, der sich ihnen in den Weg stellte. Echsen fielen über flüchtende Menschen her – Gefangene wie Söldner –, und obwohl sie so hoch über ihnen war, konnte sie ihre angsterfüllten Schreie hören.

Das Tal wirkte wie ein Bild des Grauens und Sayuris Herz krampfte sich zusammen. Sie spürte Angst und Verzweiflung in sich aufsteigen, aber es war nicht ihre eigene, sondern die Angst und Verzweiflung der Menschen, die dort unten waren. Wie grelle Farben blitzten sie vor ihren Augen. Plötzlich durchzuckte sie ein jäher Schmerz, ließ sie stumm aufschreien. Starr blickte sie ins Tal hinab, wo ein Kind gerade sein Leben ließ. Im nächsten Moment war da nur noch das Gefühl der Leere. Es war, als hätte sie einen Augenblick lang in dem Körper des Kindes gesteckt.

Sayuris Finger gruben sich in den heißen Wüstensand. Angestrengt musterte sie eine Hütte nach der anderen. Sie fing die Gefühle und Ängste der Menschen auf, als würde sie sie selbst empfinden, und hatte Mühe, sich wieder von ihnen zu lösen. Dann sah sie, wie Söldner mit Fackeln in den Händen ein Lasttier zwischen den Baracken einkreisten. Das Tier stieß ängstliche Schreie aus, drehte sich im Kreis und versuchte erfolglos zurückzuweichen. Ein Mann holte mit einem Seil aus und es gelang ihm, die Schlaufe über den Kopf des Tieres zu werfen. Schnell wurden weitere Seile geworfen und wenige Sekunden später lag das Tier am Boden.

Zitternd sah Sayuri, wie zahllose Männer die Seile festzurrten. Sie konzentrierte sich auf das Geschöpf, das vor Angst mit den Augen rollte und immer wieder versuchte, eines der Beine freizukämpfen und sich aufzurichten.

Als es endlich still lag, wandten die Söldner sich ab und folgten einem anderen Lasttier, um es einzufangen. Erschöpft ging Sayuri in die Knie und ließ den Kopf auf die Hände sinken. Shios angsterfülltes hektisches Sirren ließ sie jedoch erneut aufsehen.

Dunkle Rauchschwaden wurden vom Wind in ihre Richtung getrieben. Blinzelnd sah sie das Feuer, das sich zwischen den Baracken funkensprühend in den Himmel erhob. Sie hörte die Schreie der fliehenden Menschen, während das Feuer gierig an weiteren Baracken leckte und rasend schnell um sich griff.

Sayuris Hände ballten sich zu Fäusten. Sie musste eingreifen. Irgendetwas musste sie tun. Sie musste dieser Qual ein Ende setzen, musste diesen Menschen helfen!

Ohne dass sie es merkte, bohrten sich ihre Hände tiefer in den heißen Wüstensand. *Regen,* dachte sie und merkte im gleichen Augenblick, wie unsinnig der Gedanke war.

Aus Erzählungen wusste sie, dass Regen Wasser war, das aus Wolken fiel, aber der Himmel war so klar wie bisher jeden Tag in ihrem Leben. Am ganzen Horizont war keines dieser weißen Gebilde zu sehen.

Aber sie brauchte Wasser, um das Feuer zu löschen. Bisher hatte sie mit dem Wasser, das sie geschaffen hatte, nur ihren eigenen Durst gelöscht, sich erfrischt oder die Pflanzen auf ihrem Dach gewässert. Noch nie hatte sie versucht, ein Feuer zu löschen.

Sayuris Hände gruben sich immer weiter in den Sand, als könnte dort unten auf dem Wüstenboden eine Antwort verborgen liegen. Mit geschlossenen Augen tastete sie in die Tiefe, spürte, wie sie mit ihren Sinnen noch viel weiter nach unten greifen konnte, und fühlte kühles Nass. Ihre Zunge leckte über die trockenen Lippen, fast schon konnte sie das Wasser schmecken.

Aber sie brauchte mehr, viel mehr. Sayuri konzentrierte sich mit aller Macht auf das Wasser in der Tiefe, dann zog sie die Hände mit einem Ruck aus dem Sand und spürte gleichzeitig, wie der Boden unter ihr erbebte.

Sie hörte den Aufschrei einer Essjiar und Shios freudiges Sirren. Wie durch Watte drangen überraschte Ausrufe aus dem Lager an ihre Ohren. Ihr Körper war schwer wie Blei, als wäre alle Kraft mit einem Schlag aus ihm gewichen.

Sie taumelte, ihr Oberkörper fiel vornüber, doch bevor sie den Sand berührte, wurde sie weich aufgefangen.

Das Rauschen wurde zu einem leisen Rieseln und erstarb dann gänzlich. Keuchend lehnte Kiyoshi sich gegen die

Tunnelwand und ließ sich auf den Boden sinken, die Arme fest um das kleine Mädchen gelegt.

»Wir haben es geschafft!«, murmelte Calion verwundert.

»Jetzt kann es nicht mehr weit sein!«, sagte Kiyoshi. Seine Kehle fühlte sich trocken an, die Zunge klebte an seinem Gaumen und er konnte Blut auf seinen aufgesprungenen Lippen schmecken. Der Gedanke an Wasser war so berauschend, dass es schmerzte.

Er wusste nicht, wie lange sie gerannt waren. Er wusste auch nicht, warum er nicht aufgegeben hatte. Die Kleine in seinen Armen war schwer wie Blei gewesen und doch hatte er nicht losgelassen, irgendetwas hatte ihn vorwärtsgezogen, trotz brennender Lungen, so lange, bis das Bersten des Gesteins hinter ihnen zurückblieb und kein Sand mehr auf ihre nackten Füße fiel.

Kiyoshi hatte keine Ahnung, wie weit sie gekommen waren, aber wenigstens waren sie stetig bergauf gelaufen.

»Es wird heller!« Das war Calions aufgeregte Stimme. »Dort oben ist der Ausgang!«

Kiyoshi spähte nach vorn. Es war eher die Ahnung eines Lichts, aber Calion hatte recht – dort oben schimmerte etwas.

»Los!«, rief er, als die Erde unter ihren Füßen abermals erbebte.

»Nicht schon wieder«, flüsterte das Mädchen mit den Locken und Kiyoshi stimmte ihr stumm zu. Nicht so kurz vor dem Ziel!

»Weiter«, befahl Calion mit zitternder Stimme.

Sie rannten los.

»Wasser«, murmelte die Kleine in seinem Arm. Ihr Kopf lehnte gegen seine Schulter.

»Wir haben alle Durst, Kleine«, keuchte er. »Wenn wir oben sind ...«

»Nein, Wasser«, widerholte das Mädchen ein wenig lauter. »Da!«

Verwirrt blieb er stehen. Sie streckte ihre Hand aus und deutete über seine Schulter. Und in diesem Moment spürte er auch schon etwas Kaltes an seinen Füßen. Fassungslos starrte er auf den Boden. »Wasser«, wiederholte er ungläubig und warf Thesu und Calion, die auch stehen geblieben waren, einen verblüfften Blick zu.

Doch plötzlich kam Bewegung in ihn. Er setzte das Mädchen ab, ließ sich auf die Knie fallen und schöpfte mit der hohlen Hand Wasser.

»Wasser«, jubelte Thesu.

»Wasser.« Das kleine Mädchen strahlte übers ganze Gesicht.

Wasser, dachte Kiyoshi dankbar.

Das kühle Nass rann seine wunde Kehle hinab und erfüllte ihn wieder mit neuem Leben. Gierig tranken sie, bis Calion plötzlich mit einem leisen Aufschrei innehielt.

»Es steigt! Das Wasser reicht mir schon bis zu den Knien!«, rief er ungläubig.

»Heißt das, wir ertrinken jetzt in der Wüste?«, fragte Thesu und riss die Augen auf.

»Raus hier«, befahl Kiyoshi. »Los doch!«

Wieder hob er das Mädchen an seiner Seite hoch. Sofort spürte er das zusätzliche Gewicht ihrer vollgesogenen Kleidung. Mit einem Platschen tauchte Thesu in das kühle Nass ein und begann zu schwimmen. Calion und seine Freundin wateten keuchend, bis auch sie die Strömung in die Knie zwang. Kiyoshi war der Einzige, der noch laufen konnte.

Verbissen kämpfte er sich Schritt für Schritt voran, in der Hand ihre einzige Lampe. Wo war der verdammte Ausgang? Hatte er nicht eben mit eigenen Augen gesehen, dass es heller wurde?

Plötzlich konnte er ein Stück vor sich Thesus Stimme hören. »Kommt! So kommt doch endlich!«, schrie er atemlos und schlug mit den Händen auf die Wasseroberfläche.

Schützend hielt Kiyoshi die Lampe noch ein Stück weiter in die Höhe. »Geht es aufwärts?«, fragte er.

»Besser!«, rief Thesu zwischen zwei Schwimmzügen. »Licht!«

Der Junge stieß einen Freudenschrei aus und schwamm mit doppelter Kraft weiter, dicht gefolgt von Calion.

Auch Kiyoshi mobilisierte seine letzten Kräfte und folgte ihnen. Nach wenigen Schritten teilte sich der Weg erneut. Ein Gang, der nach oben führte, war von Tageslicht erhellt, das durch einen breiten Riss in der Decke fiel.

Sand war durch den Bodenspalt in die Tiefe gerieselt und Thesu kletterte auf dem Sandberg in die Höhe. Für einen kurzen Moment verschwand das Tageslicht, als der Junge sich durch das Loch in der Decke zwängte.

Das Mädchen und Calion hatten nun den Sandhaufen erreicht und beeilten sich, es ihm gleichzutun. Der Sand begann, stärker zu rieseln, von oben rutschte immer mehr nach.

Thesus und Calions Köpfe tauchten in der Öffnung auf. »Reich mir Gara hoch!«, rief Thesu.

Kiyoshi griff der Kleinen unter die Schulter und stemmte sie in die Höhe. Er spuckte Sand, konnte kaum noch etwas sehen. Doch endlich spürte er, wie ihm das Gewicht des kleinen Mädchens abgenommen wurde.

Kiyoshi zögerte keine Sekunde. Sobald der Weg frei war, folgte er den anderen den Sandberg hinauf. Als er seinen Kopf durch den schmalen Spalt steckte, musste er seine Augen schließen. Grelles Sonnenlicht fiel auf seine Lider und die Mittagshitze der Wüste schlug ihm mit voller Wucht entgegen. Er atmete tief durch und kämpfte sich das letzte Stück an die Oberfläche.

Keinen Moment zu früh. Denn noch bevor sein Blick auf das Schlachtfeld um ihn herum fallen konnte, bevor er die Feuersbrunst sah und den Rauch roch, bevor er überhaupt begriff, was vor sich ging, wurde er schon hochgehoben. Unaufhörlich drückte das Wasser aus dem Boden – jetzt mit aller Macht.

Es blubberte und schäumte und löschte zischend die Feuer, doch auch dann stoppte es nicht.

Kiyoshi holte tief Luft, schnappte sich die kleine Gara und hielt mit ihr auf die Sanddünen zu, die um das Tal herum in die Höhe ragten.

Das wäre doch gelacht, dachte er grimmig und holte mit kräftigen Schlägen aus. Sie waren dort unten nicht verschüttet worden – und er würde auf keinen Fall zulassen, dass sie jetzt noch ertranken.

9. Kapitel

Ungläubig starrte Marje dorthin, wo sich einmal die Wüste erstreckt hatte. Alles, was sie nun sehen konnten, war eine spiegelglatte Oberfläche. »Entweder ist es eine Fata Morgana oder hier ist gerade ein Wunder geschehen«, murmelte Milan neben ihr.

Selbst Suieen und Yuuka schauten sprachlos auf das Wüstental, das sich innerhalb weniger Minuten mehrere Schritte hoch mit Wasser gefüllt hatte. Marje ließ ihren Blick über den See gleiten. Wo mochte all das Wasser nur hergekommen sein? Die Fluten hatten das Feuer schnell gelöscht. Am sandigen Ufer saßen zusammengekauert und erschöpft die Sklaven der Söldner. Wie sich herausgestellt hatte, konnten die Essjiar nicht schwimmen. Einige hatten sich ans Ufer gerettet und waren in die Wüste geflohen, aber die meisten waren wie ihre Reiter ertrunken.

Als das Wasser aus dem Boden gequollen war, hatte Marje panisch auf Milan geschaut. Doch noch bevor sie hätte um Hilfe rufen können, war Yuuka bei ihm gewesen. Die Raubkatze hatte ihren Bruder vorsichtig mit ihrem Maul gepackt, war mit ihm ein Stück durch das Wasser geschwommen und anschließend den Hang hinaufgelaufen.

Mit Suieen und Thalion an ihrer Seite war Marje ihnen hinterhergeschwommen. Obwohl sie schnell waren, erschien es ihr wie eine Ewigkeit, ehe sie das trockene Ufer endlich erreicht hatten.

Marje hatte noch die Todesschreie der Essjiar in den Ohren, ein hoher kreischender Laut, gemischt mit den Rufen von Söldnern und Arbeitern. Bei der Erinnerung überlief sie erneut eine Gänsehaut.

Vorsichtig berührte Milan ihre Schulter und zog sie an sich, das Gesicht in ihren nassen Haaren vergraben.

Erschöpft ließ sie sich gegen ihn sinken und legte ihre Hand auf seine, wobei sie ihn mit seinem Ring, den sie noch immer am Daumen trug, berührte.

»Wo hast du den denn her?«, fragte er leise.

Marje schluckte. Sie wollte antworten, aber ihr Mund war auf einmal ganz trocken. Stumm schüttelte sie den Kopf. *Kiyoshi,* hatte sie sagen wollen. Aber das Wort wollte ihr nicht über die Lippen kommen.

Bei Lauryn, sie hatte es so sehr gewollt, mit aller Macht ihres Wesens hatte sie es sich gewünscht, ihn retten zu können. Aber es hatte nichts genutzt. Vermutlich war er mit den anderen in der Mine gewesen. Wenn er nicht verschüttet worden war, musste er ertrunken sein.

Der Gedanke, ihn niemals wiederzusehen, versetzte Marje einen schmerzvollen Stich und sie spürte, wie ihr die Tränen in die Augen stiegen. Die Sonne spiegelte sich auf der blauen Oberfläche des Sees und es schien fast, als würden unzählige kleine Irrlichter auf dem Wasser in strahlend klaren Farben schwimmen.

»Du weinst ja.« Milans besorgte Stimme ließ sie zusammenzucken.

Zornig wischte Marje sich die Tränen aus den Augen. »Das sind nur ein paar Sandkörner«, widersprach sie schwach und war erleichtert, als Milan schwieg.

Ein dumpfes Stampfen lenkte sie ab. Doch es waren nur die verbliebenen Lasttiere der Söldner, die auf der Flucht in die offenen Weiten der Wüste ihrer Freiheit entgegenstrebten.

»Weshalb bist du hier?«, fragte Milan sie leise.

Marje schüttelte den Kopf. »Weshalb bist du hier?«, fragte sie zurück. Ihre Gedanken wirbelten durch ihren Kopf. Sie hatte so sehr um Milan getrauert – als Kiyoshi noch bei ihr gewesen war. Und nun war es umgekehrt. Welche Ironie des Schicksals! »Wie… wie hast du es geschafft zu überleben? Was ist mit Ruan?«

Milan verzog den Mund. »Die anderen sind alle tot«, antwortete er leise und vergrub wieder sein Gesicht in ihren Haaren, die Stirn an ihren Hals gelehnt.

Marje schüttelte den Kopf. »Aber man hat euch in den Fluss geworfen. Sayuri hat es erzählt. In den Schlund, der die Welt verschlingt.«

Milan wiegte den Kopf. »Wir sind nicht in den Fluss geworfen worden«, sagte er und ein schiefes Lächeln erschien auf seinem Gesicht. »Wir sind gesprungen. Wir hatten gehofft, dass es einen Unterschied macht.«

Er lehnte sich ein Stück zurück. »Du musst wissen«, erklärte er leise, »dass der Shanu nicht einfach irgendwo im Boden verschwindet, er fließt unterirdisch weiter, aus der Stadt hinaus nach Norden, bis er in einem See endet, tief unter der Wüste.«

Marje ließ ihn nicht aus den Augen. »Woher wusstest du das?«

»Ich wusste es nicht. Aber es gingen Gerüchte um – Gerüchte von Hingerichteten, die Wochen später in der Wüste aufgefunden wurden.«

Milan schaute Marje in die Augen. »Der Fluss hat mich in die Tiefe gerissen. Seine Strömung hat mich unter Wasser gedrückt, bis ich glaubte, dass meine Lungen platzen würden. Doch auf einmal wurde ich an die Oberfläche gespült und konnte wieder atmen. Ich weiß nicht, wie lange ich mich habe treiben lassen, es kam mir vor, als wären es Ewigkeiten gewesen. Und irgendwann – irgendwann wurde ich schließlich ans Ufer gespült.«

Marje drückte Milans Hand. Sie konnte es sich nicht vorstellen, wie es sein musste, der unbändigen Kraft des Wassers derart ausgeliefert zu sein.

»Als ich die Augen aufschlug, waren überall um mich herum Söldner. Ich hatte keine Chance gegen sie.« Milan lachte bitter auf. »Wenig später hab ich mich verflucht, dass ich mir überhaupt die Mühe gemacht habe.« Er schüttelte den Kopf. »Ich war direkt unter der Mine gelandet. Das ist das Geheimnis, warum die Söldner hier draußen überleben können. Der Shanu fließt bis hierher. Die Söldner haben ihr Wasser aus dem unterirdischen See geschöpft.«

Nur langsam drangen die Worte zu Marje durch. Der Shanu floss direkt unter die Mine? Aber das hieße, dass das Wasser die Stadt verließ, frei und ungehindert, vielleicht sogar unbeeinflusst von den Kräften des Kaisers!

»Seht, wir bekommen Besuch«, knurrte da plötzlich eine Stimme neben ihr. Yuuka hatte sich aufgerichtet und spähte über ihre Schulter.

Schützend legte Marje eine Hand über ihre Augen, um

besser sehen zu können. Blinzelnd erkannte sie Reiter, die vor die tief stehende Sonne am Dünenkamm traten. Nein, das waren keine Reiter! Es waren Zentauren!

Fragend schaute Milan auf.

»Zentauren«, murmelte Suieen leise. »Wir sollten sie begrüßen.«

Die Zentauren hatten sich aufgeteilt und umkreisten die Wasserfläche. Ein Irrlichtschwarm folgte ihnen und hüllte das Tal in gleißendes Licht, dann lösten sie sich von ihren Gefährten und sirrten auf den See hinaus, scheinbar von ihren eigenen Spiegelbildern fasziniert.

»Aha«, sagte Milan kopfschüttelnd. »Zentauren. War ja klar.«

Marje spürte, wie er sich in ihrem Rücken aufrichtete. Er konnte nicht aufstehen, aber er streckte sich, um die groß gewachsenen Geschöpfe nicht einen Augenblick aus den Augen zu verlieren.

Marje dachte an den Riss, der sich quer über die Wüste gezogen hatte, bis in den Wald der magischen Geschöpfe hinein. Ihr Mut sank. Vermutlich waren die Zentauren nicht gerade bester Laune.

Die Herde drängte sich ein Stück unterhalb auf dem Hang zusammen. Ihr Anführer, der schwarze Zentaur Quouran, den Marje sofort wiedererkannte, trat vor und erhob seine Stimme. »Wir hatten euch geraten, den Söldnern aus dem Weg zu gehen, und ihr lauft direkt ins Zentrum der Nordmine und zerstört sie, indem ihr sie unter Wasser setzt?« Seine Stimme donnerte durchs Tal, doch dann trat ein Funkeln in seine Augen. »Suieen – du und deine Menschen –, euch darf man wirklich keinen Moment aus den Augen lassen!« Marje traute ihren Ohren nicht. Ein Zentaur machte Scherze?

Eben hatte sie damit gerechnet, dass die mächtigen Geschöpfe drauf und dran waren, furchtbare Rache zu üben – und jetzt das?

»Also, woher kommt das Wasser?« Der Zentaur wurde wieder ernst.

Marje starrte auf die spiegelglatte Oberfläche des Sees und konnte aus dem Augenwinkel erkennen, dass Suieen und Yuuka einen unsicheren Blick tauschten. Ein Name pochte dumpf hinter ihrer Stirn. *Sayuri. Wo war Sayuri?*

»Suieen, wo ist Sayuri?«, fragte sie und sah sich hektisch um. »Wo ist sie?« Hastig sprang sie auf und lief auf ihn zu.

Suieens Blick glitt den Hang hinauf. »Keine Sorge, sie ist hinter der Düne in Sicherheit«, antwortete er. »Sie wartet auf uns.«

Quouran schüttelte den Kopf. »Dort draußen ist niemand«, sagte der Zentaur. »Wir haben ein paar fliehende Söldner und Essjiar getroffen, denen wir uns erfolgreich in den Weg gestellt haben. Aber wir sind sonst auf kein weiteres Lebewesen gestoßen.«

»Sayuri war dort«, widersprach Suieen heftig. »Wir haben sie dort zurückgelassen, sie schlief.«

Der Zentaur schüttelte den Kopf. »Suieen«, sagte er leise. »Das Wasser!«

Der Mischling blickte ihn aus gelben Augen an, dann biss er sich auf die Lippen. Angst und Sorge spiegelten sich in seiner Miene.

»Sayuri ist auch hier?«, fragte Milan leise.

Marje nickte, dann schüttelte sie den Kopf. So viel hatte sie ihm zu erzählen, so viel wusste er nicht! »Das ist eine lange Geschichte«, sagte sie hastig. »Später. Jetzt müssen wir sie erst einmal finden.«

Ihr Blick glitt hilflos zu Suieen, doch in diesem Moment sah sie, wie zwei der Zentauren zur Seite traten und den Blick auf einen dritten freigaben, der nun langsam vortrat. Sein rötlich braunes Fell hatte den gleichen Ton wie der Wüstensand, wenn die Sonne tief am Horizont stand und die Welt in ihr rotes Licht tauchte. Mit einem Lächeln wandte er sich leicht zur Seite und gab den Blick auf einen erschöpft wirkenden Jungen frei, der auf seinem Rücken saß.

»Kiyoshi!« Mit einem Sprung war Marje bei ihm und umarmte ihn, als er sich vom Rücken des Zentauren gleiten ließ.

Ein gequälter Laut entfuhr ihm. Sofort ließ sie ihn los, aber er lächelte. »Ich bin ein wenig angeschlagen«, versuchte er die Verletzungen abzutun, doch Marje konnte sehen, dass er Schmerzen hatte. Trotzdem funkelten seine grünen Augen im Sonnenlicht.

Einen kurzen Moment schauten sie sich einfach stumm an.

Marjes Herz hatte so laut zu pochen begonnen, dass sie sicher war, dass Kiyoshi ihre Gefühle und Gedanken spüren konnte, obwohl sie sich bemühte, sich nichts anmerken zu lassen. So viel hatte sie ihm sagen wollen, so vieles war ihr seit ihrer Trennung durch den Kopf gegangen – doch jetzt, als er vor ihr stand, blieb sie einfach stumm.

»Mein neuer Freund hier hat angedeutet, dass das hier alles deine Schuld ist«, meinte Kiyoshi nach einer Weile grinsend. Seine Augen leuchteten so grün wie die Pflanzen in Sayuris kleinem Garten. »Hätte ich mir ja denken können. Kaum lässt man dich allein …«

Marje sah ihn noch immer an, ohne etwas zu sagen. Stumm erwiderte sie seinen Blick und mit einem Schlag wurde ihr bewusst, dass alle Augenpaare auf sie beide gerichtet waren, auch Milans.

Doch es war Suieen, der das Wort ergriff. »Marje ist unschuldig«, sagte er ernst. In seine gelben Augen trat ein Ausdruck, der Marje ganz fremd vorkam. »Ich war es, der ursprünglich den Plan gefasst hatte. Eigentlich wollten Yuuka und ich die Lasttiere erschrecken und im Lager für Chaos sorgen, um unbemerkt nach dir suchen zu können.« Er schaute von Kiyoshi zu Milan. »Aber dann … All die Menschen, die dort unten gestorben sind.« Er brach ab, dann räusperte er sich und wandte sich an den Zentauren. »Es tut uns auch leid, dass ein Teil eures Waldes zerstört wurde«, sagte er förmlich.

Quouran erhob die Stimme, aber Marje stellte erstaunt fest, dass sie überraschend sanft für seinen mächtigen Leib klang. »Du hast richtig gehandelt, Junge«, sagte er und trat ein Stück näher auf Suieen zu. »Du hast vielen die Freiheit geschenkt.« Er machte auf der Hinterhand kehrt und ließ seinen Blick über das Tal und die Hügel schweifen, wo überall kleine Grüppchen von ehemaligen Gefangenen zu erkennen waren, die sich zusammengeschart hatten.

Quouran senkte seinen Kopf. »Nicht einer von ihnen hätte lange im Söldnerlager überlebt – über kurz oder lang wären sie den Strapazen erlegen. Du hast ihnen die Möglichkeit gegeben zu leben.«

Suieens Gesicht blieb reglos.

Quouran lächelte. »Und was den Wald betrifft – er wird neue Bäume hervorbringen und sich sein Territorium zurückerobern. Niemand wird hier je wieder eine Mine errichten.«

Marje spürte Kiyoshis Hand, die nach ihrer griff und sie leicht drückte. »Der Zentaur hat recht mit dem, was er sagt«, flüsterte er leise. »Als ich dort unten war, dachte ich, dass ich nie wieder Tshanils Licht sehen würde.«

Als Marje zu ihm aufblickte, sah sie dunkle Ringe unter seinen Augen, die langen Haare hingen ihm wirr ins Gesicht und die grünen Augen flackerten müde. Seine Lippen waren aufgesprungen und sein Körper machte den Anschein, als kostete es ihn unendlich viel Kraft, sich auf den Beinen zu halten, aber dennoch sah er glücklich aus.

Und ihr ging es nicht anders. Ihre Sorge um Sayuri wich der festen Gewissheit, dass sie ihre Freundin unversehrt dort finden würden, wo Suieen sie zurückgelassen hatte.

»Sayuri«, sagte sie. Sie sah Quouran mit festem Blick an. »Ihr wisst, dass das Mädchen etwas Besonderes ist, oder?«

Der Zentaur musterte sie neugierig. Seine dunklen Augen verrieten nicht, was er dachte. »Das ist sie«, sagte Quouran schließlich und nickte. »Und du musst keine Angst um sie haben.« Sein Blick glitt über das Wasser. »Wir werden sie finden.« Er streckte eine Hand aus. »Willst du mit uns kommen?«

Marje zögerte keinen Moment. Sie warf Milan und Kiyoshi einen kurzen Blick zu, ergriff die Hand und der Zentaur hob sie auf seinen Rücken, als wäre sie eine Feder.

»Es dauert bestimmt nicht lange«, rief sie Kiyoshi und Milan zu. Suieen saß bereits auf Yuukas Rücken. Die Raubkatze schnurrte grollend und Suieen kraulte sie besänftigend hinter den Ohren.

Quouran stieg auf die Hinterläufe, dann schloss er mit wenigen ausgreifenden Schritten zu Yuuka auf. »Mouran, du fängst in der Zwischenzeit damit an, die Mine zu sichern«, befahl er einem jungen Zentauren, dessen Fell dunkelbraun war. »Lass Wachen aufstellen, um zu verhindern, dass die entflohenen Echsenreiter zurückkehren können. Wir sind bald wieder da.« Er hob eine Hand zum Gruß.

Die Zentauren verneigten sich tief, indem sie eines der Vorderbeine einknickten und das andere vorstreckten, den Oberkörper nach vorne neigten und die Hände dabei vor der Brust überkreuzten.

Yuuka lief voraus und Quouran folgte so schnell, dass Marje kaum noch Zeit blieb, sich nach ihren Gefährten umzudrehen.

Ihre Finger berührten die verschlungenen grünen und blauen Muster, die den Oberkörper des Zentauren wie ein feines Netz überzogen. »Was bedeuten diese Zeichen?«, fragte sie.

Quourans Hand strich über die Muster und malte eine Spirale nach. »Es sind Zeichen der Würde. Sie erinnern an wichtige Momente unseres Lebens. Dieses Zeichen beispielsweise steht für den Tag, an dem die Söldner in unseren Wald einfielen und wir sie nur mit Mühe zurückschlagen konnten. Der Herr des Waldes musste in dieser Nacht sein Leben lassen und ich wurde nach den Gefechten zu seinem Nachfolger bestimmt.«

Marje betrachtete ehrfürchtig die vielen Symbole auf seinem Rücken. Nach all dem, was passiert war, empfand sie schiere Ehrfurcht und Bewunderung, sich auf dem Rücken dieses so stolzen Geschöpfs zu befinden, das sie durch die Wüste trug.

Wie er Sayuris Namen ausgesprochen hatte, sein wissender Blick – sie spürte, dass Quouran und sein Volk so viel mehr Macht hatten als jeder Mensch. Es war ihr freier Wille gewesen, ihnen jetzt zu helfen. Und Marje spürte, dass nur Sayuri der Grund sein konnte, warum Quouran aus den Wäldern gekommen war.

Marje spähte nach vorn. Längst hatten sie das Lager hinter sich gelassen. Hier schien die Wüste verlassen. Nur auf zwei Anhöhen standen Zentauren, so reglos wie Statuen, und sahen in die Landschaft hinaus.

Yuuka erklomm einen Dünenkamm und Suieen deutete nach unten. »Dort vorne haben wir sie zurückgelassen«, erklärte er, als Marje und der Zentaur zu ihnen aufgeschlossen hatten. Erst jetzt bemerkte Marje, dass sie im Halbkreis um das Minenlager herumgeritten waren.

»Kein Wüstenwind«, stellte Quouran fest und stieg mit behutsamen Schritten die Düne hinab. Konzentriert betrachtete er den Sand, der für Marje genauso aussah wie überall.

»Hier hat sie gelegen«, sagte Quouran und deutete auf eine bestimmte Stelle am Wüstenboden. »Sie ist etwas kleiner als du?« Fragend sah er über die eigene Schulter.

Marje nickte und starrte auf den Sand. Nun konnte sie eine kleine Kuhle erkennen, die sich dort abzeichnete.

»Dann hat sie diesen Weg gewählt«, sagte Quouran und zeigte auf die Abdrücke in westlicher Richtung, die kaum als solche zu erkennen waren.

Yuuka, die am Kamm geblieben war, lief einige Schritte vor, den Blick auf den Boden geheftet, und Suieen rutschte von ihrem Rücken, als die Wiljar plötzlich stehen blieb. »Hier oben ist sie in den Sand gesunken«, murmelte sie.

Der Zentaur setzte sich in Bewegung und galoppierte den Hang hinauf. »Und nicht mehr aufgestanden«, fügte er hinzu.

»Sie hat aufs Lager gesehen«, stellte Marje leise fest und versuchte, sich Sayuri vorzustellen, wie sie hier gesessen hatte, ganz alleine, während dort unten die Welt untergegangen war.

»Sie war es«, sagte Suieen leise. »Sie hat das Wasser gerufen.«

Marje nickte. Es tat so gut, dass es endlich jemand aussprach. Es machte das Unvorstellbare ein wenig leichter zu begreifen.

»Es muss sie viel Kraft gekostet haben«, fügte Suieen mit rauer Stimme hinzu, doch in ihr lag Bewunderung.

»Zu viel, um sich mit eigener Kraft von hier fortzubewegen«, sagte Yuuka.

Marje schluckte. Die Angst schnürte ihr die Kehle zu und sie wusste nicht, woher sie vorhin noch ihre Gelassenheit genommen hatte.

Sie dachte daran, wie Sayuri Wasser aus ihren Händen

geschöpft hatte. Auch das schon hatte sie angestrengt. Aber was war mit den gewaltigen Kräften, die sie ihre Tat gekostet haben musste?

Quouran sah über das Tal hinweg zu den Dünen, die sich in die Weite der Wüste erstreckten. Ein Lächeln umspielte seine Lippen, als er sich wieder umdrehte und Marje winkte. »Siehst du die großen Abdrücke?«, fragte er und deutete ins Tal.

Einen Augenblick lang hatte Marje keine Ahnung, was er meinte. Außer Sayuris Fußabdrücken konnte sie nichts erkennen. Doch ein paar Sekunden später riss sie die Augen auf, als sie riesige Abdrücke sah, so groß, dass sie fast über zwei Mannslängen gehen mochten.

»Was, bei Turu ...?« Marje brach ab, als sie bemerkte, wie Quouran Yuuka einen fragenden Blick zuwarf.

Die Katze nickte dem Zentauren zu und auf ihrem Gesicht zeigte sich ein wissendes Raubtierlächeln.

10. Kapitel

Sie lebt«, knurrte der Wiljar unzufrieden. »Sie könnte jederzeit zurückkehren, Herr, und dann wäre die Stadt verloren. Mit jedem Tag, den sie lebt, wächst die Gefahr.«

Müde strich Miro sich die Haare aus der Stirn. »Wir konnten nicht ahnen, dass die Soldaten so versagen würden. Ich hatte mehr von Hauptmann Binor und Rajar erwartet. Wir müssen es mit den grauen Boten versuchen.«

»Das wird nicht reichen«, entgegnete der Wiljar. »Lasst die Söldner nach ihr suchen. Sie sind es, die sich in der Wüste auskennen. Das Mädchen muss sterben!«

»Wie soll sie denn dort draußen überleben?«, fragte Miro spöttisch. »Sie ist doch jetzt schon fast tot.«

»Vergesst nicht, dass Euer Neffe bei ihr ist«, gab der Wiljar zu bedenken. Würdevoll saß er im Schatten einer Säule, die neun Schwänze um sich gelegt, als wollte er sich porträtieren lassen. »Er wird nicht kopflos durch die Wüste laufen. Mit Sicherheit hat er Pläne.«

»Kiyoshi würde sich niemals gegen mich stellen!«, protestierte Miro entschieden. Angespannt rutschte er auf seinem Sessel nach vorne. Seine Finger trommelten unruhig auf die reich verzierten Armlehnen.

»Hat er das nicht schon längst?«, fragte der Wiljar in einem schmeichelnden Ton. »Ruft die Söldner. Sie werden Erfolg haben.«

Miro stand auf und ging mit langen Schritten zum Fenster. Wie oft hatte er in den letzten Tagen zu Tshanil aufgesehen und gebeten, dass die Sache ein Ende hätte und Kiyoshi zurückkehren möge. Die Sorgen um seinen Neffen hatten tiefe Falten in sein Gesicht gegraben und schlaflose Nächte hatten dunkle Ringe unter seine Augen gelegt.

Zwar war in der Stadt Ruhe eingekehrt und der Zorn der Bevölkerung hatte sich gelegt, nachdem er die Aufhebung der Verbannung verkündet hatte. Zudem hatte er dafür gesorgt, dass die Preise für Wasser gesetzlich festgelegt wurden. Aber er selbst war immer unruhiger geworden.

Es war wie ein Fluch, der ihn umtrieb, bis er vor Erschöpfung in einen traumlosen Schlaf fiel, während die Morgenröte schon am Horizont dämmerte.

Vermutlich hatte der Wiljar recht. Es war an der Zeit zu handeln.

»Geht«, befahl er und wandte sich zu der Raubkatze um. »Und veranlasst, was auch immer in Euren Augen nötig erscheinen mag.«

Mit einem zufriedenen Lächeln schlich der Wiljar zur Tür. »Eine weise Entscheidung«, stimmte er grollend zu. »Das Mädchen ist so gut wie tot und Ihr könnt wieder in Frieden schlafen.«

»Hauptsache, meinem Bruder geht es weiterhin besser«, murmelte Miro müde. Einzig der Gedanke, dass der Kaiser sich erholte, war ihm ein Trost. Für ihn hatte Miro diesen Kampf begonnen, wohl wissend, dass er Opfer fordern würde. Jetzt musste er ihn auch zu Ende führen.

Teil 3

1. Kapitel

Müde rollte Sayuri sich auf die andere Seite und stieß gegen einen warmen, weichen Pelz, an den sie sich dankbar kuschelte. Sie versuchte, die Augen zu öffnen, doch gleich darauf schwanden ihre Sinne abermals und sie sank wieder in einen tiefen Schlaf.

Sie wusste nicht, wie viel Zeit verstrichen war, als sie schließlich aufwachte. Als sie den Kopf drehte, konnte sie das warme Sonnenlicht nicht mehr spüren und hinter ihren Lidern blieb es dunkel. Es musste Nacht geworden sein.

Blinzelnd öffnete sie die Augen, die ihr aber gleich wieder zufielen. Träge drehte sie sich und versuchte, das Gewicht zu verlagern.

»Aufgewacht, Menschentochter?«, fragte eine tiefe, grollende Stimme, die die Luft erfüllte und vibrieren ließ, sodass Sayuri nicht sagen konnte, von woher genau sie kam.

Sie zwang sich, die Augen ein Stück weit zu öffnen, und zog fröstelnd die Beine an, als kühl der Wind über sie hinwegstrich.

»Es ist Zeit«, sagte die Stimme. »Steh auf, mein Kind.«

Verschlafen setzte sie sich halb auf, das Gewicht des Oberkörpers auf die Ellenbogen gestützt. Als sie sich umschaute, bemerkte sie, dass sie nicht mehr in der Wüste lag.

Vor ihren Augen erhoben sich kleine Sträucher, sie selbst lag in weichem, kniehohem Gras. Der intensive Geruch von Blumen und Bäumen stieg in ihre Nase und Sayuri schluckte schwer, als sie spürte, wie trocken ihre Kehle war. Alles hier erinnerte sie an ihren kleinen Garten in der Stadt.

»In der Mitte der Oase gibt es eine kleine Quelle«, sagte die dunkle Stimme. »Dort kannst du trinken.«

Vorsichtig stand Sayuri auf und berührte dabei mit einer Hand das weiche Fell, an das sie sich im Schlaf gekuschelt hatte. Erschrocken sprang sie einen Schritt zurück und riss ihre Augen weit auf.

Das Geschöpf war riesig, und obwohl es direkt neben ihr im Gras lag, konnte Sayuri nicht erkennen, wo der Rücken aufhörte und der Nachthimmel begann. Eine mächtige Tatze, so hoch wie sie selbst und dreimal so breit, wie ihr Oberkörper lang war, ruhte nur wenige Schritte neben ihr. Sie konnte scharfe, riesige Krallen sehen, die im Mondlicht unter dem weichen Fell aufblitzten. Mit klopfendem Herzen wanderte ihr Blick von den riesigen Vorderpfoten, die ausgestreckt im Sand lagen, nach oben und traf schließlich auf einen gewaltigen Kopf, der träge auf den Tatzen ruhte.

Erschrocken wich Sayuri einen Schritt zurück, als sie in riesengroße Augen blickte, doch das Geschöpf sah mit einem sanften Ausdruck auf sie hinab, und als sich das gewaltige Maul mit den scharfen Zähnen öffnete, hörte Sayuri wieder die tiefe, angenehme Stimme. »Trinke das Wasser der Quelle und iss von den Früchten der Oase. Stärke dich, dann komm wieder zurück zu mir. Es gibt viel zu bereden.«

Zögernd entfernte Sayuri sich rückwärts von dem gewaltigen Wesen, das sie ohne Weiteres mit einem einzigen Bissen hätte verschlingen können. Aber es machte keinerlei Anstalten, sich zu bewegen, und sah ihr nur aus seinen dunklen Augen nach.

Der Durst trieb Sayuri zur Quelle. Gierig trank sie das kühle Wasser und griff nach kurzem Zögern auch zu den Früchten, die an den Sträuchern hingen. Nachdem sie einige der süßen Früchte gegessen hatte, spürte sie, wie langsam die Energie in ihren Körper zurückkehrte.

Ein kleines Licht sank zu ihr hinab. *Shio!*, rief sie in Gedanken aus und formte mit den Händen eine Schale, in der das Irrlicht sich niederließ. Leise sirrend erzählte es ihr, welch große Sorgen es sich gemacht hatte. Sayuri lächelte und wärmte ihre Finger an dem warmen Licht, bis Shio sich wieder in den Nachthimmel erhob. Er wollte nach Marje und ihren Freunden Ausschau halten.

Plötzlich war Sayuri ganz seltsam zumute – sie war so lebendig und wach wie noch nie in ihrem Leben zuvor. All die Erschöpfung und die Müdigkeit waren mit einem Schlag von ihr gewichen und ihre Sinne waren geschärft.

Noch einmal sah sie sich um. Die Oase war so klein, dass das riesige Tier mit einem Satz über sie hätte hinwegspringen können. Sayuri spürte, wie sehr sie die intensiven Farben der Blumen vermisst hatte. Und obwohl es schon dunkel war, konnte sie erkennen, wie die Blumen ihre Kelche ihr zugewandt hatten und ihr zunickten.

Sayuri trank noch einmal, dann kehrte sie mit langsamen Schritten zu dem riesigen Geschöpf zurück. Angst hatte sie keine mehr. Stattdessen war sie von Neugierde erfüllt.

Am Rande der Oase ließ sie sich vor dem gewaltigen Kopf ins Gras sinken. Die dunklen Augen musterten sie, ohne dass das Wesen etwas sagte. Die riesigen Pranken waren weiß, genauso wie die Hinterläufe. Der Leib der Raubkatze war von dichtem schwarzem Fell bedeckt, ebenso wie der ganze Kopf. Die weißen Schnurrbarthaare leuchteten hell im Mondlicht.

Wer... Was bist du?, fragte sie schließlich.

Das Wesen schwieg lange, ehe es mit seiner grollenden Stimme schließlich das Wort ergriff. »Ich bin einer der Alten. Mich gab es bereits, als die Götter die Welt erschufen und auf ihr wanderten. Ich war da, als die Meere sich zurückzogen. Ich habe Kriege gesehen und beobachtet, wie Völker Frieden schlossen, Grenzen verschoben wurden und neue Reiche entstanden, nur um wieder in sich zusammenzufallen. Ich bin alt. Sehr alt. Aber *was* ich bin, diese Frage kann ich dir nicht beantworten.«

Sayuri schaute in die Augen, die so groß wie ihr eigenes Gesicht sein mochten. Der Alte musste älter sein als die Götter. Aber wie konnte er existieren, wenn die Götter doch erst alles erschaffen hatten? Es schien keinen Sinn zu ergeben.

»Manche nennen mich die Quelle allen Wissens, denn ich habe alles gesehen und die Sterne beobachtet. Ich weiß, was geschehen ist, was geschieht und was geschehen wird.«

Dann kannst du mir auch sagen, wo meine Freundin Marje ist?, fragte sie.

»Sie wird bald hier sein«, antwortete das Geschöpf ruhig. »Aber nun habe ich auch eine Frage an dich. Weißt denn du, wer du bist?«

Sayuri lachte stumm auf. *Ich bin ein Mensch,* antwortete sie.

»Wärst du nur ein Mensch, wäre ich nicht hier«, widersprach das Geschöpf. »Schließe deine Augen.«

Ohne zu zögern, gehorchte Sayuri. Sie vertraute diesem Wesen bedingungslos, es war etwas, das aus ihrem tiefsten Innersten kam.

»Nun sag mir, was du bist.«

Ich bin …

»Nein, sag es nicht mit Worten. Kannst du das Rascheln der Blätter im Wind hören? Hörst du das Plätschern der Quelle? Die Musik der Blumen? Sie sprechen zu dir und zu mir, ohne dass sie Worte dafür benutzen müssen. Horche in die Welt und antworte ihr. Was bist du?«

»Ich bin …« Sayuri brach ab und riss die Augen auf. *Ich habe gesprochen,* rief sie verwirrt.

Die Raubkatze lachte leise grollend. »Du hast gesprochen«, sagte sie, »weil du mehr bist als ein Mensch.«

»Weshalb kann ich das?« Sayuri lauschte ihren eigenen Worten. »Woher kommt das?«

Es war eine ganz andere Art des Sprechens als die, die sie von Suieen gelernt hatte. Bei ihm hatte sie ihren Worten, die sie in Gedanken bereits geformt hatte, nur mithilfe ihrer Kräfte Ausdruck verliehen. Jetzt allerdings schien etwas aus ihr heraus zu sprechen.

»Versuch, die Worte zu spüren, dann wirst du verstehen.«

Sayuri schloss wieder die Augen, um sich nicht ablenken zu lassen. »Ich bin Sayuri«, wiederholte sie langsam und fühlte die Worte wie einen angenehm warmen Windhauch auf ihrer Haut, wie ein Vibrieren der Luft. Stumm nickte sie, obwohl sie es nicht wirklich verstand.

»Doch *was* du bist, das kannst du mir ebenso wenig beantworten, wie ich es dir sagen konnte«, stellte die Raubkatze lächelnd fest.

»Aber du weißt es.«

»Das ist meine Bestimmung.« Der Riese schnurrte.

»Warum hast du mich hierhergebracht?«, fragte Sayuri.

»Ich habe dich hierhergebracht, weil du auf der Düne beinahe gestorben wärst. Es war kaum mehr als ein kleiner Funke Leben in dir, als ich dich mitnahm. Deine Kräfte waren aufgebraucht.« Aus ernsten Augen blickte die Riesenkatze auf sie herab.

»Was ist mit meinen Freunden? Mit Marje, mit Suieen und Yuuka? Und was ist mit der Nordmine passiert?« Sayuri spürte, wie ihr Herz schneller zu schlagen begann.

»Deinen Freunden geht es gut. Was mit der Nordmine passiert ist, weißt du selbst besser als ich. Du hast viele gerettet, auch wenn dein Handeln dich selbst beinahe das Leben gekostet hätte.«

»Das Leben?«, wiederholte Sayuri fragend. Aber sie hatte doch einfach nur tief geschlafen, bevor sie an diesem Ort aufgewacht war. Weshalb also hätte sie sterben sollen?

»Diese Oase ist einer der wenigen magischen Orte, die in der Wüste existieren«, erklärte das Geschöpf, als hätte es ihre Gedanken gehört. »Du hast die Magie in dich aufgenommen und damit deine Kräfte regeneriert, die du eingesetzt hast, um das Wasser aus den Tiefen der Erde zu ziehen.«

Verständnislos sah Sayuri die Katze an.

»Einige wenige Geschöpfe auf dieser Erde leben von den magischen Quellen. Du bist eines von ihnen. Bisher hast du es nicht bemerkt, da du nahe an einer großen Quelle gelebt hast. Doch die Zeit, die du nun außerhalb der Stadt verbracht hast, hat dich fast all deine Reserven gekostet.«

Sayuris Blick spiegelte die Verwirrung wider, die die Worte der Katze in ihr ausgelöst hatten.

»Die Kräfte der Quellen der Wüste sind begrenzt. Sie werden dich nur eine gewisse Zeit lang am Leben halten können. Wenn du ihre Energie aufgebraucht hast, wirst du wieder zu der großen Quelle zurückkehren müssen. Denn nur sie wird nie versiegen.«

»Welche Quelle?«, fragte Sayuri.

»Die Quelle der Magie und des Wassers in der Stadt des Kaisers. Sie hat dich die letzten Jahre am Leben gehalten, ohne dass du es gespürt hast. Du musst zu ihr zurückkehren, nur dann kannst du überleben.«

»Aber ich kann nicht...«

»Es ist keine Frage.« Die Katze legte den Kopf auf ihre Pfoten, die hell im Mondlicht schimmerten. »Du hast keine andere Wahl. Schon jetzt bist du sehr mächtig, und das bedeutet, dass du immer stärker von der Quelle abhängig bist. Die Zeit läuft gegen dich.«

Stumm sah Sayuri zu dem Alten auf. Unwillkürlich musste sie an die Sechzehnjährigen denken, die aus der Stadt verbannt worden waren. »Aber wenn ich in die Stadt zurückkehre, wird der Wasserspiegel wieder sinken«, flüsterte sie leise. »Dann müssen alle anderen Menschen sterben.«

Die Katze gab ein tiefes, grollendes Lachen von sich. Fragend hob Sayuri den Blick.

»Nein«, widersprach der Alte. »Niemand wird sterben, nur

weil du in der Stadt bist. Dass der Wasserspiegel gesunken ist, liegt allein in der Natur der Magie und dem Erbe, das du antreten musst.«

Verständnislos zuckte Sayuri mit den Schultern. »Wovon redest du?«

»Von der Urzeit und den Göttern. Von ihrer Macht, die sie nur zwei Völkern zugängig machten. Die Welt wurde aus Magie geformt und die Magie ist es, die sie am Leben hält. Wasser ist das Element, das der Magie am nächsten kommt, zusammen mit Feuer, dem zweiten Element. Aus beiden zusammen sind alle Geschöpfe dieser Welt geschaffen. Doch während die Shaouran dem Feuer stärker verbunden sind, sind es die Menschen dem Wasser. Während der Kriege, die lange Zeit zwischen den Völkern schwelten, wurde sämtliche Magie auf den Schlachtfeldern verbraucht, bis den Elementen alle Kraft geraubt worden war. Zurück blieb das Urgestein, das alsbald unter Tshanils Gluthitze zerbarst. So entstand die Wüste zwischen den Städten der Shaouran auf der einen Seite, mit ihrer Macht über das Feuer, und den Menschen auf der anderen Seite mit ihrer Macht über das Wasser.« Er hielt inne und sah mit einem sanften Schmunzeln auf Sayuri hinab, die ihm aufmerksam zuhörte. »Es gab zwei Familien, die die Götter erwählten. Eine Shaouranfamilie und eine Menschenfamilie. Während die Shaouran nicht besonders auf die Reinheit ihres Stammes achteten, waren die Menschen sehr darauf bedacht, nur ihr eigenes Blut aufzunehmen. Deshalb ist bei ihnen noch immer die von den Göttern erwählte Familie erhalten geblieben, während sich bei den Shaouran das Blut mit dem anderer Wesen mischte. Das ist auch der Grund, weshalb viele Angehörige dieses Volkes magische Fertigkeiten besitzen. Doch du bist anders. Du entstammst dem Geschlecht der Menschen.«

»Welcher Familie?«, fragte Sayuri gespannt.

Die riesige Katze lachte leise. »Kannst du dir diese Frage nicht selbst beantworten?«

Sayuri dachte angestrengt nach, als ihr plötzlich die Geschichten ihrer Mutter einfielen. Der Kaiser, so erzählte sie ihrer kleinen Tochter damals, behüte die Quelle im Palast und sorge dafür, dass sein Volk niemals Durst zu leiden habe. Er wache über die Quelle, während sein Bruder für ihn vor das Volk trat.

Sayuri lief ein kalter Schauer über den Rücken. »Die Kaiserfamilie?«, fragte sie leise. »Ich stamme von der Kaiserfamilie ab?«

»Du bist die Tochter des Kaisers. Nur über ihn konntest du dieses Erbe erlangen.«

Ungläubig schüttelte Sayuri den Kopf. »Meine Mutter war eine Kräuterfrau, eine ganz normale Bürgerin ...«

Der Alte unterbrach sie seufzend. »Ich sage dir, was du wissen musst. Aber es gibt Dinge, die zu verstehen es noch nicht an der Zeit ist.«

Sayuri wollte protestieren, doch die Katze schüttelte entschieden den Kopf. »Der Kaiser lebt, bis er entscheidet, dass es an der Zeit ist zu sterben. Wenn sein Erbe seine Nachfolge antritt, bekommt er die Fähigkeit übertragen, die Magie der Welt zu nutzen. Er gebietet über das Wasser und kann damit Leben schaffen, aber auch zerstören. Es ist die Aufgabe des Kaisers, seinen Erben darauf vorzubereiten. Deine Aufgabe ist keine leichte und mit großer Verantwortung verbunden. Der Kaiser hatte keine Zeit, dich darauf vorzubereiten. Du wirst selbst lernen müssen, mit deiner Macht umzugehen.«

»Aber warum sinkt der Wasserspiegel? Und warum habe ich bereits jetzt diese Fähigkeit, Wasser zu schaffen? Der Kaiser lebt doch noch ... oder?« Sayuris Stimme zitterte. Die Worte der Katze kamen ihr vor wie ein seltsamer, verwirrender Traum.

»Sobald der Kaiser entscheidet, dass seine Zeit gekommen ist, beginnt er, alt und schwach zu werden. Dann bleiben ihm nur noch wenige Wochen, in denen sein Erbe immer stärker wird, er selbst jedoch immer schwächer. In dieser Zeit lehrt er seinen Nachfolger alles, was dieser wissen muss. Allerdings kann ein Nachkomme das Erbe erst antreten, wenn er dem Kindesalter entwachsen ist. In den Wochen, in denen die Kräfte übergeben werden, ist die Macht beider zusammen schwächer.« Die riesige Katze seufzte. »Der Kaiser hat schon vor langer Zeit beschlossen, dass seine Zeit gekommen ist. Er ist der Welt müde geworden. Nun bist du alt genug, sein Erbe anzutreten. Die Quelle lebt von der Magie des Kaisers und er von ihr. Beide können ohneeinander nicht existieren. Doch während die Macht auf dich überging, hast du dich so weit von der Stadt entfernt, dass die Quelle der Magie keinen Einfluss mehr auf dich hatte. Der Prozess ist unterbrochen worden.«

»Aber das setzt voraus, dass der Kaiser beschlossen hat, sein Leben zu beenden«, unterbrach Sayuri. »Wieso?«

»Die Entscheidungen von Menschen kannst du nur nachvollziehen, wenn du sie selbst nach ihren Beweggründen fragst«, antwortete der Alte lächelnd, ehe ein ernster Ausdruck in seine großen Augen trat. »Ich weiß, dass das, was ich dir erzähle, eine große Bürde für dich ist. Du kanntest deine wahre Herkunft bisher nicht. Aber du musst dein Schicksal kennen, um es erfüllen zu können. Dein Vater kann dich nichts mehr lehren. Er ist ein schwacher Mensch und es gibt Kräfte in der Stadt, die um jeden Preis verhindern wollen, dass die Macht auf dich übergeht.«

Sayuri senkte den Blick. Die Sätze des Alten schwirrten in ihrem Kopf herum und ließen sie kaum einen klaren Gedanken fassen. Doch ein Satz kehrte immer wieder: Du bist die Tochter des Kaisers, hatte die Riesenkatze zu ihr gesagt. Des Kaisers! Aber warum war sie dann nicht im Palast aufgewachsen? Was war mit ihrer Mutter? Fragend hob sie ihren Blick, doch das mächtige Tier schüttelte nur leicht den Kopf. »Irgendwann wirst du es verstehen. Du hast viel Zeit, wenn du zurückkehrst und dein Erbe antrittst.«

Sayuri konnte noch immer nicht erfassen, was dies alles bedeutete. »Was ist, wenn ich nicht zurückkehre?«, fragte sie leise. Unwillkürlich hatte sie wieder die Bilder vor Augen, wie die Sechzehnjährigen von den Soldaten erbarmungslos aus der Stadt gejagt worden waren.

Langsam hob die riesige Katze den Kopf und sah sie aus so tiefgründigen Augen an, dass Sayuri das Gefühl hatte, in ihnen versinken zu können. Der gesamte Sternenhimmel schien sich in ihnen zu spiegeln.

»Dann wird der Kaiser weiterleben. Aber du – du wirst dein Leben dafür lassen. Er wird von Neuem erstarken, während du stirbst, und nichts wird sich verändern. Ein nächster

Erbe wird ihm geboren werden, einer, der eines Tages an die Stelle des Kaisers treten kann. Bis dahin wird der Kaiser unsterblich sein. So will es der Lauf der Dinge.«

Sayuri dachte an Kiyoshi. Er war Miros Erbe. *Warum überträgt der Kaiser seine Kräfte nicht auf ihn?*

Sie hatte es nicht als Frage gestellt, doch das riesige Wesen antwortete ihr trotzdem. »Weil Kiyoshi nicht sein direkter Nachkomme ist. Es können Generationen übersprungen werden, wenn der Kaiser seine Macht nicht abgeben will, aber sein Erbe muss immer ein direkter Nachkomme sein.«

Sayuri nickte langsam. »Wenn ich nicht zurückkehre, dann bleibt also alles beim Alten«, sagte sie tonlos.

Die Katze sah sie ernst an. »Die Macht des Kaisers ist so gewaltig, dass er die Wüste wieder mit Flüssen durchziehen und der Natur einen Weg zurück in die Ödnis schaffen könnte. Aber er tut es nicht. Seit sechzehn Jahren liegt das Land brach. Viele glauben, es sei eine Folge der Kriege, die zwischen Shaouran und Menschen ausgetragen wurden, und vielleicht haben sie mit dieser Vermutung recht. Aber bedenke, dass dort, wo die Shaouran leben, die Berge bewaldet und weite Ebenen mit blühenden Wiesen bedeckt sind. Würdest du in die Stadt zurückkehren und das Erbe antreten, könntest auch du so eine Welt erschaffen.« Die Katze senkte ihren Kopf und Sayuri konnte ihre Schnurrhaare spüren, die über ihre Wange streiften. »Überlege gut, doch die Zeit ist begrenzt. Die Quelle dieser Oase erstirbt bereits. Ist sie nicht mehr, kannst auch du hier keine Zuflucht mehr nehmen.«

Sayuri schloss für einen Moment die Augen. »Es ist meine freie Entscheidung?«

Die Raubkatze nickte und ihr Blick schweifte in die Ferne. »Entscheide dich weise und habe keine Angst. Deine Freunde werden nicht vor der Morgendämmerung hier eintreffen. Nutze die Zeit, die dir bleibt.«

Der Gedanke, Kaiserin zu werden, überstieg Sayuris Vorstellungskraft. Sie spürte, wie ihr Herz gegen ihre Rippen hämmerte, und Hilfe suchend sah sie das mächtige Tier an. Doch die Raubkatze hatte den Kopf auf die Pfoten gebettet und die Augen geschlossen. Ein Ohr hatte sie wachsam aufgestellt.

Sayuri holte tief Luft und erhob sich schließlich, um zu dem kleinen Quellsee zu laufen. Er war inzwischen kaum mehr als eine Pfütze. Die Katze hatte recht, sie nahm der Quelle ihre Kraft.

Am Ufer ließ sie sich ins Gras sinken. Zärtlich glitten ihre Hände über die Grashalme, die sie umgaben. Sie hatte ihren Garten geliebt, hatte sich über ihre Fähigkeit gefreut, ihn an einem so unwirtlichen Ort gedeihen zu lassen. Sie hatte auch die Menschen geliebt und ihnen mit ihren Kräutern und Pflanzen geholfen, wo sie konnte.

Wenn ich geahnt hätte, was das bedeutet…

Am östlichen Horizont war der erste Schimmer des heraufziehenden Morgens zu sehen. Sayuri musste eine Entscheidung treffen. Was hab ich mir immer gewünscht?, fragte sie sich mit einem sehnsüchtigen Blick nach Westen, wo der Himmel noch dunkel war. »Ich wollte sprechen können«, flüsterte sie leise den Pflanzen zu.

Am Himmel über der Oase schwebte Shio wie ein Stern über ihr.

2. Kapitel

Kiyoshi wurde unsanft wach gerüttelt. Er spürte jeden Knochen im Körper. Stöhnend öffnete er die Augen und murmelte einen leisen Fluch.

»Was sagst du?« Der kleine Thesu beugte sich über ihn.

»Nichts!« Kiyoshi grinste schief.

»Der Prinz führt Selbstgespräche«, stellte der Junge lachend fest. Er hockte sich neben Kiyoshi auf den Boden.

»Die Zentauren wollen dich sprechen«, informierte er ihn.

Kiyoshi ließ seinen Blick durch den offenen Zelteingang unschlüssig über das Lager schweifen. Zwei Tage waren vergangen und noch immer fehlte jede Spur von Sayuri oder Marje. Während die Zentauren ruhig blieben, machte er sich inzwischen ernsthaft Sorgen.

Das Wasser, das die Mine geflutet hatte, war noch am gleichen Abend versickert, bis nur noch ein kleiner Teich in einer Ecke des Lagers zurückgeblieben war. Mithilfe der Zentauren hatten sie im ehemaligen Arbeitslager aus den Trümmern der Baracken und Schmieden notdürftig eine Handvoll Zelte und kleine Hütten errichtet. Die meisten der Überlebenden hatten inzwischen ein Dach über dem Kopf. Decken besaßen sie keine, dafür hatten die Zentauren ihnen Vliese aus einem moosartigen Stoff gebracht, der besser wärmte als alles Webwerk, das Kiyoshi kannte.

Trotzdem wurde Kiyoshi seine Unruhe nicht los. Dass Marje ohne ihn losgezogen war, um Sayuri zu suchen, ärgerte ihn mehr, als er sich eingestehen wollte. Nicht einmal

Wasser hatte sie mitgenommen, als sie so überstürzt aufgebrochen war.

Das Wiedersehen vor zwei Tagen war viel zu kurz gewesen, um ihr all das zu sagen, was ihm auf der Seele brannte. Sie hatte sich und Sayuri in Gefahr gebracht, nur um ihn zu retten.

»He, wieder eingeschlafen?« Thesu grinste ihn an.

»Nur nicht frech werden, Kleiner!« Kiyoshi seufzte, griff nach seinem Mantel und trat hinter Thesu aus dem Zelt. Ihm blieb nichts anderes übrig, als den Zentauren zu vertrauen, dass Quouran Marje und Sayuri sicher zurückbringen würde. Und hier im Lager gab es genug zu tun, um sich abzulenken, genug Menschen, die seine Hilfe brauchten.

Milan und er waren in der Zwischenzeit einstimmig zu den Anführern des Lagers bestimmt worden. Milans Freund Thalion hatte dieser Einstimmigkeit ein wenig auf die Sprünge geholfen, wie er erst später erfahren hatte, aber Milan hatte ihm zugesichert, dass es alles seine Richtigkeit hatte.

Kiyoshi wusste sehr wohl, dass viele der ehemaligen Gefangenen ihm mit Misstrauen begegneten. Noch immer war er für sie der Erbe Miros, der die meisten von ihnen erst in diese schreckliche Lage gebracht hatte. Aber Thesu, seine kleine Schwester, Calion, und das Mädchen mit dem Lockenkopf wurden nicht müde, wieder und wieder die Geschichte zu erzählen, die sie unter der Erde erlebt hatten. Sie ließen keinen Zweifel, wer ihr Held war.

Vor Kiyoshis Zelt wartete Milan. Er streckte sein Gesicht den wärmenden Sonnenstrahlen entgegen. Die Wunden, die noch immer deutlich zu sehen waren, hatten angefangen zu heilen. Ein Mädchen, dessen Namen Kiyoshi noch immer nicht kannte, pflegte ihn jeden Tag, selbst wenn Milan dagegen protestierte.

»Auch schon munter, Prinz?«, erkundigte er sich und ein Lächeln erschien auf dem entstellten Gesicht.

»Eigentlich eher das Gegenteil«, antwortete Kiyoshi und gähnte. Er sah sich um. Thesu war nicht mehr hinter ihm. »Wohin ist denn mein Plagegeist verschwunden?«, fragte er grinsend.

Der Junge war zu seinem Boten geworden, der Nachrichten überbrachte und den ganzen Tag vom einen Ende des Lagers zum anderen lief; nicht selten riss er Kiyoshi aus dem Schlaf, unterbrach seine Mahlzeit oder platzte in Besprechungen hinein.

Milan zuckte mit den Schultern. »Vermutlich wird er jeden Moment wieder hier herumspringen.«

»Irgendwelche Neuigkeiten bei dir?«, erkundigte sich Kiyoshi.

Einen Augenblick zögerte Milan, dann schüttelte er den Kopf. »Man könnte sagen, dass die Menschen im Lager langsam so etwas wie einen Alltag finden, auch wenn ich nicht weiß, wie lange sie so leben können.«

»Wir müssen uns Gedanken machen, wo wir Wasser für so viele Menschen auftreiben können«, überlegte Kiyoshi.

Milan blinzelte. »Wir werden genug zu essen und zu trinken besorgen können. Denk an den unterirdischen See, den der Shanu speist. Und an die Zentauren, die uns helfen. Nein, wir brauchen etwas, womit wir sie beschäftigen können. Bald haben sie keine Aufgabe mehr – und die braucht jeder Mensch.«

Gerade, als Kiyoshi zu einer Antwort ansetzen wollte, kam Thesu in einem halsbrecherischen Tempo den Hang herabgestürmt. »Kiyoshi!«, rief er. »Wo bleibst du denn?«

Mit einem Schulterzucken verabschiedete er sich von Milan und eilte hinter Thesu die Düne hinauf. »Wie geht es eigentlich deiner Schwester?«, wollte er wissen.

Nach allem, was Thesu für ihn tat, konnte er sich nicht vorstellen, wie der Junge noch Zeit für die Pflege des geschwächten Mädchens aufbringen sollte. Schließlich musste sogar er irgendwann einmal schlafen.

»Shina kümmert sich um sie«, antwortete Thesu. »Es geht ihr schon viel besser.«

Shina … Kiyoshi brauchte einen Augenblick, bis er das dunkelhaarige Mädchen mit den großen braunen Augen vor sich sah. Sie war es auch, die sich um Milan kümmerte. Offenbar schien sie sich mit Heilkunde auszukennen.

Mit Thesu an seiner Seite erreichte er den Dünenkamm und musste oben angekommen feststellen, dass ihn der Aufstieg mehr angestrengt hatte als früher. Die Zeit in der Wüste hatte Spuren der Erschöpfung hinterlassen, die auch in den letzten Tagen, in denen er mehr geschlafen und anständig gegessen hatte, nicht verschwunden waren. Doch als er die Zentauren sah, schob er die Gedanken beiseite.

Es gab Wichtigeres.

Den fuchsroten Zentauren kannte er schon. Er führte einen kleinen Spähtrupp an, der die Umgebung im Auge behielt.

»Was gibt es, Jouoran?«, rief er, noch bevor die Zentauren ihn erreicht hatten und einen Kreis um ihn und Thesu bildeten.

»Söldner auf Essjiar!«, antwortete der junge Zentaur. Die rötlichen Haare hatte er zu vielen Zöpfen zusammengebunden, die wild um seinen Kopf flogen, als er in seinem Galopplauf plötzlich innehielt und auf die Hinterläufe stieg. Die Vorderhufe schlugen dicht vor Kiyoshis Gesicht durch die Luft, dann landeten sie kaum einen halben Meter vor ihm auf dem Boden.

Kiyoshi quittierte den Auftritt mit einem schiefen Lächeln. Seit sie hier waren, versuchte Jouoran, ihn zu erschrecken oder ihm Ehrfurcht vor den Zentauren einzuflößen. Während die meisten Lagerinsassen den Tiermenschen nur scheu und vorsichtig begegneten, hatte Kiyoshi beschlossen, sie wie ganz normale Menschen zu betrachten. Menschen, die zwar schneller und kräftiger waren, aber eben auch nur Menschen, keine Götter oder überirdischen Wesen. Er brachte ihnen Respekt entgegen und war ihnen dankbar für das, was sie taten, aber die Angst und Ehrfurcht, die die anderen Menschen zeigten, empfand er nicht.

Jouoran verzog den Mund, als Kiyoshi sich nicht beeindrucken ließ, doch schließlich stahl sich doch der Anflug eines Lächelns auf seine Lippen. Die anderen Zentauren schienen von dieser Art Machtdemonstration ein wenig beschämt. Kiyoshi hatte das Volk der Zentauren als sehr zurückhaltend kennengelernt – mit dieser einen Ausnahme.

»Die Echsenreiter nähern sich von Osten«, ergriff ein

dunkler, älterer Zentaur das Wort. »Es sind höchstens zehn, wahrscheinlich weniger.«

»Sind es Söldner dieser Mine?«, erkundigte sich Kiyoshi. Von den Zentauren hatte er gelernt, dass die Söldnerclans Zeichen trugen, an denen man sie schon auf große Entfernung voneinander unterscheiden konnte.

Jouoran schüttelte den Kopf. »Sieht nach einem südlicheren Clan aus«, meinte er und sah fragend in die Runde. »Was sollen wir tun, Menschenprinz?«

Kiyoshi zögerte. Er wusste, dass die Zentauren durchaus in der Lage waren, eine Essjiar zu erlegen. Sie aber gegen zehn in den Kampf zu schicken, erschien ihm zu gefährlich – zumal er über die Zentauren eigentlich keine Befehlsgewalt hatte. Aber Mouran, der das Kommando vom Anführer der Zentauren übertragen bekommen hatte, war zu seiner allmorgendlichen Runde um das Lager aufgebrochen, bei der er die Wachposten aufsuchte, die die umliegende Wüste im Blick behielten. Es würde noch eine Weile dauern, bis er zurückkam.

»Kommen sie in unsere Richtung?«, fragte Kiyoshi weiter.

Wieder antwortete ihm der dunkle Zentaur. »Noch halten sie nicht direkt auf die Nordmine zu, aber es gibt kein anderes Ziel, das sie in dieser Gegend ansteuern könnten. Ich denke, dass wir in spätestens zwei Stunden Besuch haben werden.«

»Es ist nicht sehr klug, sie zu nahe heranzulassen«, fügte Jouoran mit einem scharfen Blick zu dem anderen Zentaur hinzu.

Kiyoshi nickte langsam. »Ihr sagt, ihr wisst nicht genau,

welcher Clan es ist? Ist er denn euren Spähern, die den Wald bewachen, aufgefallen?«

»Wir haben ihn noch nie in Sichtweite unseres Waldes gesehen«, antwortete Jouoran.

»Was führt sie dann hierher?«, fragte Kiyoshi unruhig. »Ausgerechnet jetzt?«

Die Zentauren tauschten unsichere Blicke. »Was es auch sein mag – es bedeutet nichts Gutes«, antwortete einer schließlich.

»Wir machen uns kampfbereit.« Es war Jouoran, der die Entscheidung traf. Offenbar spürte er, wie unentschlossen Kiyoshi immer noch war.

Zwei der Zentauren lösten sich aus dem Kreis, um den Befehl weiterzugeben.

»Bis Mouran zurückkommt, verhalten wir uns allerdings still«, fuhr Jouoran fort. »Und du, Menschenprinz, solltest die Nachricht im Tal verbreiten. Versuche, jede Panik zu vermeiden, doch die Menschen sollten darauf vorbereitet sein, falls es doch eine Essjiar schafft, unsere Reihen zu durchbrechen.«

Kiyoshi nickte und erwischte Thesu gerade noch am Kragen, bevor er davonstürmen konnte, um die Neuigkeit weiterzuerzählen. »Keine Panik, hat er gesagt«, mahnte er den Jungen, als sie zurück ins Tal hinabstiegen.

Thesu verdrehte die Augen. »Ich hätte es nur Milan erzählt. Wofür hältst du mich?«

»Für übereifrig«, antwortete Kiyoshi. In Gedanken war er bereits wieder im Lager. Vielleicht wäre es gut, alle Älteren zusammenzutrommeln, um herauszufinden, wie viele von ihnen mit Waffen umgehen konnten. Im Choas des Mineneinsturzes waren viele Waffen der Söldner zurückgeblieben.

Er würde sich darüber mit Milan unterhalten.

Als sie zu ihm stießen, war Shina bei ihm und Thalion wachte wie ein dunkler Schatten neben ihm.

»Worum ging es?«, wollte Milan sofort wissen.

Wieder erinnerte er Kiyoshi mehr an einen Anführer als an einen Krüppel, der sich hatte das Leben nehmen wollen. Seinen wachen Augen schien nichts zu entgehen und mit seiner Art hatte er die Leute im Lager längst dazu bekommen, auf seine Worte zu hören. Kiyoshi konnte nicht anders, als ihn zu bewundern.

»Söldner auf Essjiar. In zwei Stunden sind sie hier«, gab Thesu eilfertig Auskunft, um dann wieder loszuflitzen.

»Es sind ungefähr zehn, die Zentauren wollen sich ihrer annehmen«, fügte Kiyoshi hinzu und warf Thesu einen verärgerten Blick hinterher, ehe er sich neben Milan in den Sand fallen ließ.

»Zehn?«, widerholte Milan stirnrunzelnd.

»Halt still!«, befahl Shina und schüttelte missmutig den Kopf. »Dafür, dass du eigentlich bewegungsunfähig bist, schaffst du es erstaunlich gut, die Wunden am Heilen zu hindern. Wenn du so rumzappelst, brechen sie immer wieder auf.«

Milan verzog das Gesicht zu einer gequälten Grimasse.

»Stillhalten«, befahl Shina gereizt, während sie die Wunde versorgte, die sich quer über sein Gesicht zog. »Was soll das nur werden?«

»Eine wunderschöne Narbe«, schlug Milan ironisch vor.

»Die Zentauren wollen die Essjiar alleine übernehmen?« Thalion mischte sich besorgt ein.

Kiyoshi nickte.

»Wir sollten sehen, dass wir nicht mehr allzu lange von ihnen abhängig sind«, überlegte Milans Freund.

Kiyoshi war überrascht, dass er sich am Gespräch beteiligte. Die letzten zwei Tage war er zwar nicht von Milans Seite gewichen, hatte aber fast zu jedem Thema geschwiegen.

Milan nickte. »Wir haben genug junge kräftige Männer hier. Was ihnen fehlt, ist die Ausbildung.«

»Und was dir fehlt, ist Ruhe!«, murmelte Shina missmutig und gab es vorerst auf, seine Wunden weiter zu behandeln.

Kiyoshi stimmte ihm zu. »Aber dann brauchen wir Leute, die schon Erfahrung haben und sie ausbilden können. Und Zeit. Wir müssen herausfinden, wie man diese Essjiar zu Fall bringt.«

»Du meinst, außer sie zu ersäufen«, grinste Milan, aber seine Miene wurde wieder ernst, als er seinen Blick über die Ansammlung von Zelten und Baracken schweifen ließ. Sie hatten vielleicht Leute, die sich zu guten Kriegern ausbilden ließen, aber was half ihnen das jetzt in dieser Situation?

»Wir sollten uns trotzdem am Kampf der Zentauren beteiligen«, schlug Thalion vor. »Wir können sie damit nicht allein lassen.«

Milan legte nachdenklich den Kopf schief. Einen kurzen Augenblick erinnerte er Kiyoshi an Marje, dann zuckte Milan mit den Schultern und der Augenblick war so schnell vergangen, wie er gekommen war.

»Was ist?«, fragte Milan ihn. »Du guckst so ...«

»Wie denn?«

»So ... komisch«, sagte Milan schulterzuckend.

»Ich denke, Thalions Idee ist gut«, lenkte Kiyoshi hastig ab.

Milan öffnete den Mund, um etwas zu erwidern, klappte ihn dann aber stumm wieder zu, als ein Zentaur auf sie zugelaufen kam. »Mouran ist eingetroffen«, rief er ihnen zu.

Milan verzog das Gesicht. »Na, dann kümmert euch mal darum, dass wir demnächst ein wenig selbstständiger werden können.«

Kiyoshi nickte und folgte mit Thalion dem Zentauren zur Anhöhe hinauf.

»Sie kommen schneller voran als erwartet«, empfing sie Jouoran unruhig. Er stand mit Mouran und einigen anderen Zentauren zusammen, die langen Schwerter an den Seiten griffbereit und mit Pfeil und Bogen bewaffnet.

Mouran nickte ihm und Thalion kurz zu, dann glitt sein Blick nachdenklich in die angegebene Richtung, wo sich die Echsenreiter am Horizont abzeichneten. Kiyoshi hatte bisher nur wenige Worte mit Quourans Vertreter gewechselt. Gerade, als er erklären wollte, dass sie gekommen waren, um mit ihnen zusammen gegen die Echsenreiter zu kämpfen, erscholl der Klang eines Hornes und Kiyoshis Magen zog sich zusammen.

»Sie wollen reden?«, übersetzte einer der Zentauren überrascht.

Kiyoshi zog die Stirn in Falten.

»Ein Aufruf zu einem friedlichen Treffen«, stimmte Mouran leise zu. »So was ist sehr selten zwischen den Clans. Die Söldner sind alle untereinander verfeindet.«

»Es wäre unklug, ihrem Ruf zu folgen«, murmelte Thalion misstrauisch. »So wie wir sie kennengelernt haben, brechen sie jedes Gesetz der Wüste und kennen keine Ehrversprechen. Zudem erwarten sie die Söldner der Nordmine, keine Zentauren oder freie Menschen.«

»Ebenso unklug wäre es, nicht hinzugehen, solange wir nicht genau wissen, mit wem wir es zu tun haben und in welcher Absicht sie kommen«, erwiderte Mouran.

»Sie könnten auch nur ein Spähtrupp sein. Dann wäre ein überstürzter Kampf vielleicht das größere Übel«, sagte Jouoran, wenn auch sichtlich widerwillig.

»Aber es könnte auch eine Falle sein.« Das kam von Thalion.

Kiyoshi zuckte mit den Schultern. Selbst wenn diese Reiter Verbündete der Söldner der Nordmine waren und sie ihr Gebiet vielleicht zurückerobern wollten, so blieb ihm und seinen Leuten kaum etwas anderes übrig, als dem Treffen zuzustimmen.

Mouran nickte ihm zu. »Wir gehen«, bestimmte er.

Müde klammerte Marje sich an Quourans Schulter fest, lehnte den Kopf gegen seinen kräftigen Rücken und kämpfte dagegen an, dass ihr die Augen zufielen. Zwei Tage waren vergangen, seit sie den Spuren des Alten gefolgt waren, ohne ihm oder Sayuri näher zu kommen. Nicht einmal in der Nacht hatten sie haltgemacht. Marjes Arme wurden schlaff und sie drohte vom Rücken des Zentauren zu rutschen.

Quouran blieb stehen und stützte sie. »Wir sollten eine Pause machen«, rief er Yuuka und Suieen zu, die einige Schritte vor ihnen liefen. Auch der Zentaurenanführer schien müde zu sein und war längst nicht mehr so optimistisch wie bei ihrem Aufbruch.

Wie schon so oft verfluchte sich Marje dafür, dass sie so übereilt losgezogen waren, ohne Essen und Trinken und noch erschöpft von dem Kampf im Minental. Sie hätte es wirklich besser wissen müssen. Nicht einmal verabschiedet hatte sie sich von Kiyoshi und Milan. Sie war so sicher gewesen, wenig später zu ihnen zurückzukehren.

Yuuka blieb stehen und knurrte ungehalten. »Noch ist die Sicht in der Dämmerung gut, aber in wenigen Stunden bricht die Nacht an. Wenn wir den kühlen Wind nutzen und uns beeilen, dann könnten wir sie jetzt einholen!«, rief sie zurück. »Wir wissen nicht, wann der Wind die Spuren wieder verwischt.«

Zu Marjes Erleichterung schüttelte Quouran den Kopf. »Den Spuren eines Alten kann man sein Leben lang folgen, ohne ihn einzuholen, wenn er nicht eingeholt werden will. Zwei Tage laufen wir nun schon durch die Wüste, ohne dass ein Windhauch die Spuren verweht, aber unserem Ziel sind wir bisher trotzdem nicht näher gekommen. Ich vermute, dass wir ihn erst einholen werden, wenn er es so wünscht, und dann macht es keinen Unterschied, ob wir bis dahin weiterlaufen oder eine Nacht lang ruhen. Auf jeden Fall ist es besser, ihm mit wachem Verstand entgegenzutreten.«

Marje brachte nicht einmal mehr ein zustimmendes Nicken zustande. Sie rutschte vom Rücken des Zentauren, der sie geschickt auffing und sicher auf den Boden stellte. Suieens stechender Blick heftete sich auf sie, als sie völlig erschöpft in den Sand sank. Im Gegensatz zu ihr wirkte der Halbmensch noch immer munter. Wenn Yuuka recht hatte, hätten sie Sayuri vielleicht in wenigen Stunden eingeholt, doch schließlich gab er einen tiefen Seufzer von sich. »Gut, legen wir eine Rast ein. Allerdings werden wir umkehren müssen, wenn wir sie bis morgen nicht eingeholt haben«, meinte er mit einem missmutigen Blick zurück nach Osten.

Die Worte versetzten Marje einen Stich, aber an der Tatsache, dass der Wasserschlauch, den er bei sich trug, für sie alle kaum mehr als ein paar Schlucke enthielt, konnte sie nichts ändern.

Marje hörte, wie Quouran sich neben ihr in den Sand sinken ließ und wie Yuuka versprach, auf dem Dünenkamm Wache zu halten, dann überkam sie bleierne Müdigkeit und wenige Augenblicke später war sie bereits eingeschlafen. Dass Suieen sie mit ihrem Umhang, den sie in der Nachmittagshitze der Wüste irgendwann abgelegt hatte, zudeckte, spürte sie nicht mehr und merkte auch nicht, dass er sich neben ihr im Sand ausstreckte.

Erst als er sie sanft an den Schultern rüttelte, schreckte sie wieder hoch. Tief und fest hatte sie geschlafen, traumlos, soweit sie sich erinnern konnte. Beim Anblick der Dämmerung, die sich am östlichen Horizont abzeichnete, überfiel sie ein schlechtes Gewissen. Sie mussten Stunden verloren haben.

»Wir müssen weiter«, drängte Yuuka. »Wir verlieren nur unnötig Zeit!«

Drängte Yuuka so, weil sie Sayuri finden wollte? Oder wollte sie alle endlich los sein? Marje kämpfte sich auf die

Beine und stolperte gegen Quouran. Murmelnd entschuldigte sie sich, als er sie wortlos auf seinen Rücken hob.

Als sie auf dem Zentaur saß und einen Blick auf Suieen und die Katze warf, schämte sie sich für ihre Gedanken. Im hellen Licht der Morgensonne wirkten auch sie erschöpft. Suieen hatte dunkle Schatten unter seinen gelben Augen. Wenn Yuuka gewollt hätte, hätte sie schon vor Tagen alleine mit ihrem Freund weiterziehen können. Dass sie bei Marje geblieben waren, war ein Opfer, das Marje noch nicht richtig einschätzen konnte.

Quouran setzte sich langsam in Bewegung, direkt neben Yuuka, deren weiches Fell Marjes Bein streifte.

»Wenn wir sie bis zum Mittag nicht eingeholt haben, kehren wir um«, erklärte die Wiljar entschieden.

Marje sah, wie Suieen zum Protest ansetzte, dann jedoch stumm nachgab, als er den Blick der Wildkatze auffing. Müde zog sie den Umhang enger um die Schultern, während sie sich nur noch mit einer Hand an Quourans Schulter festhielt. Mit der Zeit hatte sie sich an die Gangart des Zentauren gewöhnt und auch der Muskelkater, der sie am Anfang gequält hatte, war schwächer geworden.

Auf den Spuren des Alten erklommen sie Dünen, stiegen hinab in Täler, um dann einen weiteren Sandberg zu erklimmen. Die Landschaft schien sich nicht zu verändern. Ohne die Sonne als Orientierungspunkt hätte Marje nicht einmal mit Sicherheit sagen können, ob sie nicht vielleicht im Kreis liefen.

Gerade erreichten sie abermals einen Dünenkamm, als Suieen einen Ruf der Überraschung ausstieß und Quouran hastig zu ihm und Yuuka aufschloss.

»Wie ich es mir gedacht habe«, hörte Marje ihn murmeln. Ihr Blick fiel zuerst auf ein helles rotes Licht, das in der Luft tanzte, dann auf eine Oase, die keine fünfzig Schritte entfernt unter ihnen in einem Wüstental lag. Kleine Bäume umgaben einen schillernden See, dessen Ufer von hohem Gras und üppigen Büschen gesäumt war. Hinter der Oase konnte Marje einen gewaltigen schwarzen Felsen erkennen und sie hielt erschrocken die Luft an, als sich der vermeintliche Berg plötzlich bewegte. Dieses riesige Etwas, das dort lag, hob den Kopf und sah ihnen entgegen. Es war das Gesicht einer mächtigen Raubkatze. Blinzelnd sah sie zu Yuuka, die mit kraftvollen Sprüngen auf die Oase zulief. Obwohl sie viel kleiner war, hatte sie Ähnlichkeit mit dem Riesen, der sich nun schwerfällig aufrichtete. Marje zuckte zusammen, als der Zentaur Yuuka nachsetzte, so sehr hatte der Anblick der Raubkatze sie in ihren Bann gezogen.

Doch da fiel ihr Blick auf eine schmale Gestalt, die unter einem Baum stand und die Hand erhoben hatte.

Sayuri!

Alle Müdigkeit und Anstrengung fielen von Marje ab. Sie beugte sich vor, um Quouran den Galopp zu erleichtern.

Und dann waren sie auch schon da. Sie glitt vom Rücken des Zentauren, rannte über das frische Gras und schloss Sayuri in die Arme.

Stumm erwiderte ihre Freundin die Umarmung und Marje stieß ein helles Lachen aus, als Shio aufgeregt sirrend um ihrer beider Köpfe schwirrte.

»Hallo Marje«, sagte Sayuri leise und ein breites Grinsen überzog ihr Gesicht.

Marje starrte sie aus großen Augen an. Sayuris Lippen hatten sich nicht bewegt, aber die Stimme war nicht nur in ihrem Kopf gewesen, sie hatte sie tatsächlich gehört. Erstaunt tauschte sie einen Blick mit Suieen, der ebenso verwundert aussah. Doch sie fasste sich schnell. »Sayuri!«, rief sie voller Freude und fasste sie an den Händen. »Du kannst... Du kannst sprechen!«

Sayuri lachte unhörbar, wieder ihr altes, lautloses Lachen, vielleicht weil sie nicht daran dachte, ihm einen Klang zu geben.

»Sie lernt gerade, mit ihren Fähigkeiten umzugehen.«

Marje zuckte zusammen. Die Stimme war mächtig, uralt, sie rollte von einem Sandhang zum anderen und klang wie das Donnern einer Lawine. Aber es war eine Stimme und man konnte die Worte zweifelsfrei erkennen.

Erschrocken drehte Marje sich um und schaute direkt auf die Beine der Katze, die dicker waren als der mächtigste Baum, den sie im Wald der Zentauren gesehen hatte. Langsam ließ sie ihren Blick nach oben wandern, bis hin zu dem riesigen weißen Gesicht. Trotz seiner enormen Größe wirkte der Körper des Tiers nicht plump, sondern geschmeidig und das seidig glänzende Fell verlieh der Raubkatze eine gewisse Eleganz. Yuuka strich um eine der Vorderpfoten und rieb ihren Kopf am Kinn der Katze, die sich zu ihr hinabbeugte wie eine Mutter zu ihrem Jungen.

Marje sah ehrfürchtig zu dem Alten auf. »Wer bist du?«, fragte sie leise.

»Die Menschen nennen mich gerne die Quelle des Wissens«, antwortete er mit einem geheimnisvollen Lächeln.

Marje riss die Augen auf. *Die Quelle des Wissens!*

»Du hast diesen Namen schon gehört«, sagte die riesige Raubkatze leise. »Aber dein Freund wird mich nicht finden. Nicht mit allen Karten dieser Welt.«

»Wieso nicht?«, wollte Marje wissen und streckte ganz automatisch ihre Hand aus, als Shio angeflogen kam. Sie setzte das rot leuchtende Irrlicht auf ihre Schulter.

»Er braucht mich nicht aufzusuchen, um die Antworten auf seine Fragen zu erfahren«, antwortete der Alte. »Tief in ihm ist die Antwort längst verwurzelt.«

Quouran räusperte sich unsicher.

»Und auch du brauchst mich nichts zu fragen«, entgegnete die Raubkatze und das Donnern in ihrer Stimme wurde zu einem Windhauch, noch bevor der Zentaur etwas sagen konnte. »Fragen finden ihre Antworten, wenn die Zeit dafür gekommen ist. Habt Geduld.« Dann wandte sie sich Sayuri zu. »Triff deine Entscheidung bald, Menschentochter, bevor die Zeit sie dir abnimmt.«

Verständnislos sah Marje zu Sayuri, doch ihre Freundin hatte ihre Augen auf den Alten geheftet.

Die riesige Katze nickte leicht in Suieens und Yuukas Richtung, dann stieg sie in einem Schritt über die Oase hinweg. Marje blinzelte in die Sonne, die sie für einen Moment blendete, und als sie wieder freie Sicht hatte, war der Alte verschwunden.

Verblüfft wollte sie Sayuri fragen, was das alles zu bedeuten hatte, doch als Marje sich wieder ihrer Freundin zuwandte, sah sie, wie Suieen sich vor ihr ins hohe Gras gekniet hatte und leise auf sie einsprach.

Kurz zögerte sie, dann entschied sie sich, die beiden allein zu lassen und zuerst ihren Durst zu stillen. Auf ihrem Weg zur Quelle schimpfte Shio unablässig vor sich hin und machte ihr Vorwürfe, klang dabei aber so glücklich, dass Marje ihn einfach reden ließ.

An dem kleinen See, der zwischen den Pflanzen und Büschen versteckt lag, traf sie auf Quouran, der sich am Ufer niedergelassen hatte. Sein Spiegelbild war klar auf der glatten Oberfläche zu erkennen. Shio verstummte beim Anblick des Zentauren.

»Was hattest du den Alten fragen wollen?«, platzte es aus Marje heraus und im selben Moment bereute sie ihre Worte, als sie sah, wie ein trauriges Glitzern in die Augen des Zentauren stieg. »Tut mir leid, wenn das unhöflich war«, entschuldigte sie sich hastig.

Mit einem tiefen Seufzer schüttelte er den Kopf. »Man sollte stets fragen dürfen, wenn man Fragen hat«, entgegnete er. »Aber man muss damit leben, dass es nicht auf jede Frage eine Antwort gibt.« Sein Gesicht nahm wieder den erhabenen Ausdruck eines Herrschers an, als er sich anmutig vom Boden erhob. »Die Sorgen eines alten Zentauren sollten nicht auch noch die eines jungen Mädchens sein. Wir haben deine Freundin gefunden und werden sie heil zurückbringen. Das ist alles, was im Moment zählt.«

Marje sah ihm nach, wie er die Oase verließ, nur um in einiger Entfernung stehen zu bleiben, den Kopf in den Nacken zu legen und den Himmel zu betrachten.

Mit den Händen schöpfte sie Wasser aus dem See, trank von dem klaren Nass, das ihr so unendlich kostbar erschien, bis ihr Durst gestillt war, und wusch dann den staubigen Sand von ihrem Gesicht, den Armen und den Beinen. Tief atmete sie die kühle Luft ein, die hier in der Oase ganz anders als unter dem Gluthimmel in der Wüste war, und ließ sich dann in das hohe, weiche Gras sinken.

Für einen Moment schloss Marje die Augen. Plötzlich erschien ihr die Begegnung mit der riesigen Raubkatze wie ein Traum. Sie war so kurz gewesen – und so unwirklich.

Und doch war das mächtige Wesen tatsächlich hier gewesen, hatte mit ihnen gesprochen.

Sie dachte an Kiyoshi. Was sollte sie ihm erzählen, wenn sie wieder zurück waren? Sie hatte die Quelle des Wissens gefunden, aber nicht die Antworten auf seine Fragen.

Unzufrieden setzte Marje sich auf. Es blieben so viele Fragen offen. Sie wussten immer noch nicht, was Sayuri mit der Quelle und dem Kaiser verband.

Wenigstens sind wir jetzt alle wieder zusammen, dachte sie und ein Lächeln schlich sich auf ihre Lippen, als ihr Blick auf Milans Ring an ihrem Finger fiel. Zärtlich küsste sie das glatte Metall, das ihren Daumen umschloss, und ließ dann ihre Finger sacht durch die herrlich duftenden Gräser gleiten. Wie still es hier war, wie friedlich nach all den aufregenden und sorgenvollen Tagen voller Leid und Entbehrung, die hinter ihnen lagen! Dieser Ort war wirklich eine Oase, in mehr als einer Hinsicht.

Könnten sie doch einfach hier ein Lager errichten und ein neues Leben beginnen, abseits der Kaiserstadt, ohne sich weiter um die Probleme des Kaisers und seine Verbindung zu Sayuri sorgen zu müssen!

Es war eine Wunschvorstellung, das wusste sie genau – aber dennoch – hatte sie nicht genug erlebt, um nicht ein bisschen träumen zu dürfen? Sie hatten Wasser – und sie hatten Sayuri.

»Worüber freust du dich so?«

Sayuris Stimme klang so vertraut und fremd zugleich, dass Marje einen Augenblick brauchte, ehe sie wusste, wer da zu ihr sprach. »Ich hatte einen Traum«, sagte sie versonnen und winkte Sayuri an ihre Seite.

Als das blasse Mädchen sich neben ihr im Gras niederließ, kam Marje nicht umhin, einmal mehr festzustellen, wie zart und zerbrechlich sie doch wirkte. Dabei war sie so mächtig. Sie konnte Wasser in der Wüste schaffen. Wer sonst mochte diese Fähigkeit besitzen?

Das Gras raschelte und im nächsten Moment war Suieen bei ihnen. »Wollen wir zurück?«, fragte er vorsichtig.

Marje räusperte sich, dann nickte sie. »Ja, wir wollen zurück«, sagte sie mit fester Stimme.

Shio sirrte und umkreiste sie freudig flackernd.

3. Kapitel

Es waren elf Essjiar, die sich mehrere Hundert Schritte vor ihnen auf dem Dünenkamm aufgereiht hatten. Kiyoshi schirmte die Augen mit einer Hand gegen die Sonne ab und blinzelte hinüber. Drei Söldner waren abgestiegen und gingen ihnen entgegen. Das hatten sie mit den Zentauren über die Klänge ihrer Hörner vereinbart.

Mouran gab seinen Kriegern im Dünental letzte Anweisungen, dann trat er wieder an Kiyoshis Seite. Die Söldner konnten die Zentauren, die sich hinter ihnen kampfbereit machten, nicht sehen. Sie wollten sie in dem Glauben lassen, es nur mit wenigen zu tun zu haben.

Mouran hatte bestimmt, dass sie den Söldnern zu viert entgegengehen sollten. Außer Jouoran war noch Thalion bei ihnen. Kurz hatte Kiyoshi überlegt, ob sie nicht besser unbewaffnet zu dem Treffen kommen sollten, doch nun, als sein Blick auf die im Sonnenlicht aufblitzenden Klingen an den Seiten der Söldner fiel, war er erleichtert, dass Mouran darauf bestanden hatte, sein Langschwert mit sich zu führen. Jouoran trug ebenfalls sein Schwert und einen gefüllten Köcher auf dem Rücken, den dazugehörigen Bogen hielt er locker in der Hand.

Unruhig tastete Kiyoshi nach seinem eigenen Schwert. Er hatte es bei einem der toten Söldner wiedergefunden und war froh, es wiederzuhaben. Seit er den Palast verlassen hatte und in die Wüste geflohen war, fühlte er sich unsicher. Obwohl er es nie laut zugegeben hätte, dass ihm die schützenden Mauern des Palastes fehlten, sehnte er sich nach ihnen. Zudem war er sich der Tatsache bewusst, dass viele ihn noch immer als Erben Miros betrachteten. Wenn er nicht den Respekt von Milan hätte, wäre er mit Sicherheit offen mit Verachtung gestraft worden.

Wenngleich er auch nicht verstand, warum Marjes Bruder sich so verhielt, so hinterfragte er es lieber nicht. Er war seiner Schwester auf seine Art sehr ähnlich; er hatte es aufgegeben, ihn verstehen zu wollen, noch bevor er ihn richtig kannte.

»Fragen wir sie, was sie hier wollen«, sagte Jouoran in die angespannte Stille hinein.

Thalion brummte zustimmend, und als Kiyoshi sich ihm kurz zuwandte, warf er ihm einen fragenden Blick zu, woraufhin Kiyoshi ihm leicht zunickte. Ihm lief ein Schauer über den Rücken, als er den Jungen neben sich stehen sah. Immer hielt er sich in Milans Schatten auf, war wie ein stummer Wächter stets an seiner Seite. Allein seine Anwesenheit sorgte dafür, dass jedes Gerede unter den ehemaligen Sklaven verstummte, und Kiyoshi war sich sicher, dass Thalion im Ernstfall erbarmungslos handeln würde. Schnell wandte er seinen Blick ab und konzentrierte sich wieder auf die Söldner, die auf einer Anhöhe stehen geblieben waren. Es war Zeit, ihnen entgegenzugehen.

Mouran ging voran und Kiyoshi folgte ihm mit entschlossenen, sicheren Schritten. Keinesfalls wollte er sich seine Unruhe anmerken lassen. Er zwang sich sogar, die Hand vom Schwert zu nehmen.

Als sie näher kamen, musterte Kiyoshi ihre Gegner aus

den Augenwinkeln. Die drei Söldner trugen weite sandfarbene Gewänder unter schimmernden Harnischen. Arme und Beine waren mit Lederschienen geschützt, die mit Metallplättchen verstärkt waren, und statt eines Helms trugen sie rot-blaue Tücher, die sie zu Turbanen gewickelt hatten und mit denen sie auch ihr Gesicht vor Sonne und Sand schützten. Nur ein schmaler Spalt für die Augen war frei geblieben.

Schließlich blieben beide Parteien einige Schritte voneinander entfernt stehen und musterten sich stumm gegenseitig.

Die Söldner schienen angesichts der Zentauren nicht nur überrascht zu sein, in ihren Mienen war sogar unverhohlenes Entsetzen zu lesen. Kiyoshi wusste von Mouran, dass die Söldner normalerweise den Zentaurenwald mieden – sie fürchteten die Zauberkräfte und die Magie der Waldbewohner. Aber dass sie Angst vor ihnen hatten, musste nichts heißen. Angst konnte nur zu leicht in Hass umschlagen.

»Zentauren.« Einer der Söldner übernahm das Wort.

Mouran, der direkt neben Kiyoshi stand, verschränkte die Arme vor der Brust. »Söldner aus dem Süden«, stellte er mit der gleichen unverhohlenen Abneigung fest. »Was führt euch hierher?«

»Ein Anliegen, das die Nordmine betrifft«, erwiderte der Söldner ausweichend. »Wir wollen zu ihren Besitzern.«

»Die Nordmine und ihre Besitzer gibt es nicht mehr«, mischte Kiyoshi sich ein.

Der Söldner wandte sich ihm zu. Prüfend glitt sein Blick an ihm herab, wanderte dann zu Thalion und musterte auch ihn. »Und ihr wollt sie besiegt haben?«, fragte er spöttisch. »Kinder?«

Einer seiner Kameraden stieß ihn an und zischte ihm etwas zu, worauf sich seine Augen ungläubig weiteten.

Thalion knirschte zornig mit den Zähnen. Kiyoshi spürte seine Anspannung, fühlte sich selbst aber seltsam gelöst. »Ja, wir haben sie besiegt«, antwortete er mit fester Stimme, »und was immer ihr von den Söldnern der Mine wolltet, nun werdet ihr mit uns verhandeln müssen.«

Mouran und Jouoran schwiegen, doch ihr grimmiger Blick und ihre Haltung machten deutlich, dass sie hinter Kiyoshis Worten standen.

Unruhig wechselten die Söldner Blicke untereinander. Einer von ihnen beugte sich vor, um seinem Anführer etwas zuzuflüstern. Schließlich ergriff dieser das Wort. »Wer ist nun der Herr über die Nordmine?«, fragte er und blickte zu Mouran auf. »Ihr? Ich dachte, die Zentauren verlassen ihre Wälder nicht?«

Der Zentaur lächelte kühl und schüttelte den Kopf. »Ihr seid schlecht informiert. Wir verlassen unsere Wälder, um unseren Verbündeten beizuspringen – wie in diesem Fall den neuen Besitzern der Nordmine.«

Dass die Mine vermutlich für lange Zeit stilllag, schien unwichtig zu sein. Jedenfalls waren die Söldner nicht gekommen, um Steine oder Metalle zu erwerben. Prüfend glitt Kiyoshis Hand zu seinem Schwert und strich über den Knauf, der sich in seine Hand schmiegte. Der Blick der Söldner folgte seinen Bewegungen und Kiyoshi erwiderte ihn herausfordernd. Dann ließ er die Hand sinken. »Was wollt ihr?«, wiederholte er die Frage, die sie ihnen bereits gestellt hatten.

»Ein Mädchen«, antwortete diesmal ein anderer Söldner zögernd. »Wir sind auf der Suche nach einem Mädchen, das wir in der Nähe der Stadt verloren haben. Wir hörten, die Nordmine hätte die Angewohnheit auszuspucken, was anderswo verloren ging.«

»Ein Mädchen?«, fragte Thalion überrascht. »Es gibt viele Mädchen im Lager. Weshalb sollten elf Söldner aus dem Süden in den hohen Norden reisen, um irgendein Mädchen zu suchen?«

Wieder tauschten die Söldner einen nervösen Blick, bevor ihr Anführer erneut das Wort ergriff. »Ihr Vater ist wohlhabend genug, um uns einen hohen Sold zu zahlen«, erwiderte er, »und in der Wüste sollte man auch für einen derartigen Auftrag nie alleine reisen.«

»Und wer ist dieser Vater?«, fragte Mouran.

»Ein reicher Mann aus der Stadt«, antwortete der Söldner und deutete eine Verneigung an. »Wir erbitten, das Mädchen im Lager suchen zu dürfen, und sind bereit, eine hohe Summe zu zahlen, um es auszulösen.«

»In unserem Lager ist jedermann frei zu gehen und zu bleiben, wie es ihm beliebt«, sagte Kiyoshi kühl.

Er hatte ein ungutes Gefühl bei dieser Sache. Es war, als wenn ein Sandsturm aufkäme. Er spürte die Körner bereits im Gesicht, obwohl kein Wind wehte. Mouran neben ihm schien ähnliche Befürchtungen zu haben.

»Wie sieht das Mädchen aus?«, fragte Jouoran. »Schließlich müsst ihr ja eine Beschreibung haben, oder?«

Der Söldner verzog seine Miene und Kiyoshi brauchte einen Moment, um zu erkennen, dass es sich um ein Lächeln handeln sollte. »Sie ist leicht zu erkennen«, sagte er. »Sie ist sechzehn, mit langen braunen Haaren und dunkler Haut. Sie hat ein grünes und ein braunes Auge. Ihr Vater gab uns den Namen, mit dem ihre Freunde sie rufen. Den soll sie uns nennen, wenn wir glauben, sie gefunden zu haben.«

Kiyoshis Blick glitt zu den Echsen hinter den Söldnern. Die Tiere waren unruhig, offenbar waren sie irritiert durch die Anwesenheit der Zentauren. Sie schlugen mit ihren mächtigen Schwänzen und ließen ihre Zähne in Drohgebärden aufblitzen. Der Gedanke, diese Wesen in ihr Lager zu lassen, gefiel ihm überhaupt nicht. »Sagt uns den Namen und wir werden euch das Mädchen bringen, sollte es sich im Lager aufhalten und zurück nach Hause wollen.«

Die Söldner tauschten kurz Blicke. »Wir würden sie gerne selber aufsuchen«, widersprach der Söldner.

»Ihr habt gehört, was er gesagt hat!«, sagte Mouran warnend. »Nennt uns den Namen!«

Die Söldner steckten kurz die Köpfe zusammen. Kiyoshi versuchte, die Worte zu hören, die sie flüsternd austauschten, aber sie sprachen zu leise.

»Malyo«, antwortete schließlich einer. »Malyo wird sie von ihren Freunden gerufen.«

Kiyoshi nickte kurz. »Wir werden uns erkundigen«, sagte er und wandte sich zum Gehen.

Während Thalion und Jouoran ihm folgten, blieb Mouran noch stehen. »Nähert euch nicht dem Lager«, warnte er die Söldner, dann wandte auch er sich um und holte mit schnellen Schritten zu Kiyoshi auf. Kurz warf er noch einen Blick über die Schulter, doch auch die Söldner hatten sich umgedreht und gingen zu ihren Gefährten zurück.

»Was haltet ihr von der Geschichte?«, wollte Jouoran wissen.

»Wenig«, murmelte Thalion, die Arme noch immer vor der Brust verschränkt.

Kiyoshi nickte zustimmend. Er warf einen kurzen Blick über seine Schulter. »Wir werden ihre Angaben überprüfen«, meinte er nachdenklich.

»Ich hatte das Gefühl, dass sie dich erkannt haben«, wandte Mouran sich an Kiyoshi. »Steht der Kaiser in Kontakt mit Söldnern?«

Kiyoshi spürte, wie sich die Blicke der anderen auf ihn richteten. »Ich kann es mir nicht vorstellen«, antwortete er. Und doch wusste er nur zu gut, dass er nicht alle Handelsbeziehungen des Palastes kannte.

Als sie die nächste Anhöhe erreicht hatten, blieb Mouran erneut stehen und drehte sich um. »Sie sind weg«, stellte er stirnrunzelnd fest und schirmte die Augen gegen die Sonne ab.

Die Anhöhe hinter ihnen war verlassen. Die Söldner hatten sich scheinbar in eines der Täler zurückgezogen. Wenn sie dort nicht haltmachten, würden sie gleich wieder in ihr Sichtfeld kommen müssen. Und tatsächlich schoben sich gleich darauf die Köpfe der Echsen über den nächstgelegenen Dünenkamm und die Tiere kamen mit schnellen Schritten auf sie zugerannt.

Wie erstarrt schaute Kiyoshi auf die Echsen.

»Sie greifen an!« Jouoran wandte sich zur Flucht, um die schützenden Reihen der Zentauren zu erreichen. Doch im nächsten Moment wurde er von einem gefiederten Pfeil durchbohrt. Das Geschoss riss ihn zur Seite, der riesige Zentaur überschlug sich, stieß einen qualvollen Laut des Schmerzes aus und rollte sich auf den Bauch, um sich gleich wieder in die Höhe zu stemmen.

Mouran stieß einen heiseren Schrei aus, auf den vielstimmig die Zentauren hinter der Düne antworteten. Gleich darauf erschienen sie auf dem Dünenkamm und sandten den Essjiar und ihren Reitern einen Pfeilhagel entgegen.

»Tja, jetzt haben wir wenigstens die endgültige Gewissheit, dass sie nichts als ein Pack von Lügnern sind«, stellte Thalion trocken fest und half Jouoran auf die Beine. Der Pfeil hatte den Zentauren in der Schulter getroffen und sie durchbohrt, war dann aber stecken geblieben. »Was sie wollen, wissen wir allerdings immer noch nicht«, setzte er mit einem Blick auf die Söldner hinzu, die weiter vorrückten.

Kiyoshi musterte die Gestalten auf den Echsen mit zusammengekniffenen Augen. Jetzt erst sah er, dass sie gar nicht auf sie zuhielten.

»Die versuchen nicht, sich in einen Nahkampf verwickeln zu lassen! Die wollen zum Lager«, rief er Thalion zu und zog sein Schwert. »Vielleicht stimmt die Geschichte ja doch. Zumindest teilweise!«

»Wir müssen sie aufhalten!« Mouran galoppierte an die Seite seiner Männer. Mit einem Schlachtruf formierten sich die Zentauren und gingen zum Angriff über.

Jouoran sah ihm sehnsuchtsvoll nach, während er mit einer Hand die blutende Schulter umfasste.

Kiyoshi zog ihn mit Thalions Hilfe zum Dünenkamm hinauf, während sich hinter ihnen weitere Essjiar durch die Reihen bissen und an den Zentauren vorbei direkt auf das Lager zustürmten. Kiyoshi konnte nur hoffen, dass Milan im Lager Vorsorge getroffen hatte.

Als er neben Thalion und Jouoran zu Milans Zelt hinabstolperte, stellte er erleichtert fest, dass sich die Menschen im Lager bereits in zwei Gruppen aufgeteilt hatten. Viele der Älteren, Frauen wie Männer, griffen nach ihren Waffen, während die Verletzten und die Kinder am Ufer des kleinen Sees Schutz suchten, in der Hoffnung, dass das Wasser die Essjiar abschrecken würde. Schließlich hatten sie alle gesehen, dass die Tiere nicht schwimmen konnten.

Eine gespenstische Stille lag über dem Lager. Nur Milan war zu hören, als er mit schneidender Stimme Anweisungen und Befehle erteilte.

Jouoran stolperte, fing sich aber gleich darauf wieder. Er hatte den hinteren, gefiederten Teil des Pfeils abgebrochen und ihn aus der Wunde gezogen, sodass dunkelrotes Blut seinen Rücken hinablief. Mit zusammengebissenen Zähnen drückte er eine Hand auf die Wunde und blieb an Kiyoshis Seite, der ihm dafür stumm Respekt zollte.

Der Kampflärm hinter ihnen war nur gedämpft zu hören, sodass schwer abzuschätzen war, wie sich das Gefecht entwickelte. Zwar kamen fast fünf Zentauren auf eine Essjiar, allerdings hatten sie alle auch erlebt, wie zäh diese Echsen waren.

Die Gefährten rannten die letzten Schritte auf Milan zu. »Was ist passiert?«, fragte Marjes Bruder ruhig.

»Angeblich sind sie auf der Suche nach einem Mädchen«, gab Thalion knapp Auskunft. »Kennt jemand ein Mädchen namens Malyo?«, rief er in die Runde, doch alle schwiegen. Einige schüttelten den Kopf.

»Hab ich mir doch gedacht«, murmelte Thalion und fuhr dann lauter fort. »Macht euch bereit. Sie greifen an. Es sind elf Söldner auf Essjiar.«

»Was wollen sie von uns?«, rief ein Junge.

»Die Minen«, antwortete ein anderer düster.

Kiyoshi kam plötzlich in den Sinn, dass Marje noch immer verschwunden war, und das erste Mal seit ihrem Aufbruch war er dafür dankbar.

Ein Aufschrei ertönte aus der Menge und sein Kopf schnellte in die Höhe.

»Sie sind da«, stellte Thalion ruhig fest und spannte seinen Bogen.

Die Echse, der zwei Zentauren dicht auf den Fersen waren, kam über den Dünenkamm und hielt direkt auf sie zu.

Thalion zielte, dann sirrte der Pfeil von der Sehne und bohrte sich dem Söldner, der auf der Essjiar ritt, direkt unterhalb des Helms in den Hals. Der Mann ließ die Zügel los und kippte langsam zur Seite.

»Guter Schuss!« Milans Stimme klang noch immer ruhig, aber in Kiyoshi kam Leben.

»Du musst hier weg!«, rief er.

Die reiterlose Echse kam direkt auf sie zugestürmt und Milan hatte keine Chance, sich gegen sie zu verteidigen oder wegzulaufen. Am Dünenkamm tauchten jetzt zwei weitere der Ungeheuer auf.

Die Menschen drängten sich furchtsam zusammen, nur Milan blieb ruhig sitzen, während er die Essjiar musterte. »Nein«, sagte er gelassen. »Ich bleibe. Passt auf: Ihre Köpfe sind gut gepanzert, aber die Haut an der Innenseite ihrer Beine ist dünn. Dort müsst ihr sie treffen.« Er sah in die Runde. »Los jetzt!«

Kiyoshi hob sein Schwert, als die erste Essjiar sich mit einem schrillen Schrei in Thalions Richtung warf, der ihr mit einem Hechtsprung auswich und mit dem Schwert nach ihr hieb. Doch seine Klinge prallte wirkungslos an der Schulter der Echse ab. Wütend fauchte sie und wandte sich ihm erneut zu. In ihrem gepanzerten Gesicht wirkten die Augen winzig, aber sie funkelten vor Hass und Boshaftigkeit. Das Untier stellte sich auf die Hinterbeine und brüllte.

Dann sank es wieder auf alle viere, fuhr herum, nahm Milan ins Visier und machte sich bereit zum Sprung.

Kiyoshi war mit einem Satz bei Marjes Bruder. Entschlossen stellte er sich zwischen ihn und die Echse, das Schwert zur Verteidigung gehoben.

Marje konnte gar nicht mehr aufhören zu erzählen, während Sayuri, die hinter ihr auf Quourans Rücken saß, immer stiller wurde. Suieen bemerkte ihren verschlossenen Blick und die nervösen Bewegungen, mit denen sie sich die hellen Haare aus dem Gesicht strich. Ab und zu warf sie einen verstohlenen Blick über die Schulter, als könnte sie in der Ferne noch immer die Oase oder den Alten erkennen.

Seit er das Mädchen kannte, hatte er sie noch nie so erlebt. Mit einer Hand hielt sie sich an ihrer Freundin fest, während Marje davon sprach, wie sie Milan und Kiyoshi wiedergefunden hatten, von einem unterirdischen See, der vom Shanu gespeist wurde, und wie sich jetzt alles zum Guten wenden würde.

Suieen hörte ihr staunend zu, während Yuuka unwillig knurrte, dass das Mädchen endlich schweigen solle. Marje redete sogar davon, auf dem Gelände der Nordmine eine Oase aufzubauen.

»Wir könnten Felder und Gärten anlegen, wie auf deinem Dach.« Marje konnte sich überhaupt nicht mehr einkriegen. »Wasser ist genug vorhanden, wir müssen nur einen Weg finden, es nach oben zu bringen.«

Sayuris Mund lächelte, aber Suieen sah, wie ihre Augen trüb in die Ferne blickten.

Fragend tastete Suieen nach ihrem Geist.

Als sie die Berührung spürte, sah sie scheu zu ihm hinüber, dann entzog sie sich ihm aber und schüttelte abwehrend den Kopf.

Yuuka riss Suieen aus seinen Gedanken. »Wir müssen uns so schnell wie möglich auf zu den Shaoran machen«, raunte sie. »Sayuri ist bei ihren Freunden in Sicherheit. Sie braucht dich nicht mehr.«

Missmutig schwieg Suieen und Yuuka schien seinen Widerwillen zu spüren. »Noch können wir es schaffen, wenn wir mit Wasservorräten von der Nordmine aus aufbrechen.«

Suieen gab keine Antwort. Sein Blick war nach Osten gerichtet, wo er bereits den Zentaurenwald erkennen konnte.

Bald würden sie das Minental erreichen. Wie er erwartet hatte, war ihr Heimweg deutlich kürzer als ihre Reise auf den Spuren des Alten. Mit Erstaunen hatten sie festgestellt, dass der Alte sie fast im Kreis geführt hatte. Quouran hatte recht behalten. Sie hätten ewig weitersuchen können.

Der Gedanke, Sayuri zu verlassen, versetzte ihm einen Stich. Er wusste, dass ihre Freunde sich um sie kümmern würden, während er ihr nur ein Leben in der Wüste bieten konnte, immer auf der Flucht, stets zwischen den großen Quellen hin und her pendelnd.

Ob Sayuri inzwischen begriffen hatte, wie groß ihre Macht war? Suieen konnte sich nicht entsinnen, bei den Shaouran je eine Person mit magischen Fähigkeiten in dieser Machtfülle getroffen zu haben. Sayuri hatte es tatsächlich geschafft, ein Meer aus der Wüste zu erheben. Es war unvorstellbar, was sie dieser Akt gekostet haben musste. Er konnte es kaum glauben, dass sie jetzt schon wieder auf dem Rücken eines Zentauren durch die Wüste ritt.

Wenngleich sie auch keinen sonderlich erschöpften Eindruck auf ihn machte, so wirkte sie trotz allem verwandelt. Traurig, in sich gekehrt.

Suieen fragte sich im Stillen, ob sie sich genau wie er zwischen zwei Welten fühlte. Aber dann tat er den Gedanken als Unsinn ab. Schließlich war sie von Menschen umgeben, die sich liebevoll um sie kümmerten.

Yuuka hatte recht. Er musste zur Quelle der Shaouran, um wieder richtig zu Kräften zu kommen. Wenn er zu lange Zeit von der Magiequelle entfernt war, wurde sein Körper immer schwächer. Diese Schwächung kam schleichend, war anfangs kaum zu spüren und zeigte sich dann in einer immer stärker werdenden Müdigkeit, bis er irgendwann fast nur noch schlief und weder Hunger noch Durst verspürte. Einmal hatte er den Rückweg durch die Wüste nach Lauryns Frühling nicht angetreten und wäre wohl gestorben, hätte Yuuka ihn nicht zur Quelle gebracht.

Ohne es zu wollen, wandte er seinen Blick wieder Sayuri zu. Sie besaß viel mehr Magie als er selbst. Doch das bedeutete auch, dass sie stärker von den großen Magiequellen abhängig sein musste. War es möglich, dass sie selbst über eine solch große Entfernung auf die Quelle des Kaisers zugreifen und deshalb das Wasser rufen konnte?

Plötzlich erinnerte er sich, dass sie auf ihrer gemeinsamen Reise immer müder geworden war und immer öfter geschlafen hatte. Was, wenn Sayuri die Nähe der Quellen noch dringender brauchte als er selbst? Seine Finger gruben sich in Yuukas Fell. Das bedeutete, dass sie zur Kaiserstadt zurückmusste. Aber dann müsste sie längst tot sein, nach dem, was sie hier vor ein paar Tagen getan hatte.

Bist du müde?, erkundigte er sich vorsichtig, doch zu seiner Erleichterung schüttelte Sayuri den Kopf. Unter ihren langen weißen Wimpern hindurch blickte sie ihn lächelnd an.

Bleibst du bei uns?, fragte sie in Gedanken.

Ich muss zurück, entgegnete er bedrückt.

Kommst du wieder?, wollte sie wissen.

Ein leises Lächeln schlich sich auf seine Lippen. *In einem halben Jahr*, versprach er.

Sayuris Augen schimmerten leicht, als würden Tränen in ihnen aufsteigen.

Ein halbes Jahr ist schnell vorbei, versuchte er sie zu trösten. *Du wirst mich kaum vermissen.*

Sayuri sah ihn aus ihren blassblauen Augen an, ohne etwas zu erwidern.

Du kannst auch mitkommen. Er hatte es leichthin gesagt, doch etwas in ihm meinte es bitter ernst. *Aber ich muss gehen.*

Mitkommen, wiederholte sie leise. Ein träumerischer Ausdruck trat in ihre Augen, dann nickte sie plötzlich. *Ich komme mit,* sagte sie leise.

Suieen blinzelte. *Meinst du das ernst?* Ein Glücksgefühl durchströmte seinen Körper. *Du willst Marje einfach zurücklassen?*

Kurz trat ein zweifelnder, fast schon ängstlicher Ausdruck in Sayuris Augen, dann nickte sie noch einmal. Plötzlich sah sie aus, als würde ihr eine schwere Last von den Schultern genommen. *Marje hat Kiyoshi und Milan. Sie braucht mich nicht,* erklärte sie entschieden.

Suieen biss sich auf die Unterlippe, um seine Freude nicht laut hinauszuschreien. Sayuri würde mit ihm durch die Wüste kommen! Kurz überlegte er, was Yuuka dazu sagen würde, aber er schob den Gedanken entschlossen beiseite.

Wir werden aber bald aufbrechen müssen, warnte er sie.

Sayuri nickte. *Das ist gut. Ich will nicht Abschied nehmen,* sagte sie leise.

Ihr Gespräch wurde abrupt unterbrochen, als Yuuka plötzlich auf einem Dünenkamm stehen blieb, von dem aus man das Lager sehen konnte. »Essjiar!«, knurrte sie.

Quouran nickte. »Aber nicht viele.«

»Es ist Blut geflossen«, fügte Yuuka mit einem tiefen Grollen hinzu, als ihr Blick auf vier Echsenleiber fiel, die auf dem Wüstenboden lagen.

Suieen meinte, den Gestank, den sie verströmten, bereits riechen zu können. Er warf einen schnellen Blick zu Sayuri, die sich mit zitternden Händen an Marje festhielt.

»Keine Wachen«, stellte Quouran fest, während sein Blick unruhig über die Dünen schweifte. »Hoffen wir, dass nicht noch mehr dieser Biester in der Nähe sind.«

Suieen schluckte. Es erschien ihm als die richtige Entscheidung, Sayuri von hier fortzubringen, auch wenn sie vielleicht nicht wusste, worauf sie sich da wirklich einließ. Aber bei den Shaouran gab es weder Söldner noch Essjiar. Dort wären sie zumindest für das halbe Jahr in Sicherheit, bevor sie wieder zurückmussten, um nicht aufzufallen.

Yuukas Geist streifte ihn leicht.

Sie will mit uns kommen? In der Stimme der Wiljar schwang eine Spur Verwunderung mit.

Er hätte damit rechnen müssen, dass sie lauschte! *Ja ...?*, sagte er gedehnt und wartete darauf, dass sie vehement protestierte.

Gut, entgegnete sie jedoch nur und glitt mit raschen Schritten ins Tal hinab, in dem sich Menschen und Zentauren um die Essjiarleichen scharten.

Mouran sah sie als Erster kommen. »Lasst sie durch«, rief er und sofort bildete sich eine Gasse. Kaum, dass Quouran vor dem Zentaur stand, berichtete er seinem Anführer in knappen Worten, was sich im Lager zugetragen hatte. Der

Kampf war kurz, aber heftig gewesen. Schließlich hatten die Zentauren die Essjiar und die Söldner besiegen können.

»Lass Wachen aufstellen«, befahl Quouran ihm, nachdem er seinen Bericht zu Ende gehört hatte. »Gibt es Verletzte?«

Mouran deutete auf Jouoran und einige junge Männer und Frauen, die Bisswunden davongetragen hatten.

Dann teilte er die Wachen ein und die ausgewählten Zentauren galoppierten sofort los, um sich auf den Dünenkämmen rings um das Lager zu postieren. Der fuchsrote Zentaur hatte die Arme vor der Brust verschränkt, direkt über einem frischen Verband, den er entschieden zu ignorieren schien. Seine Miene zeigte verletzten Stolz; ein Gefühl, das ihm scheinbar völlig fremd war, wie Suieen mit leiser Belustigung feststellte. Was auch immer geschehen war, die äußere Verletzung war nichts gegen den Schlag, den sein Ehrgefühl bekommen hatte.

Dann glitt sein Blick zu Sayuri, die sich neugierig in der Menge umsah. Ihre Augen erschienen in ihrem schmalen Gesicht riesig. Er erinnerte sich an den Anfang ihrer Reise, als Sayuri staunend durch die Wüste gelaufen war, immer auf der Suche, etwas Neues entdecken zu können. Es würde ihr gefallen im Westen bei den Shaouran, bei denen so vieles fremd und anders war.

Marje war längst auf Kiyoshi zugelaufen, der zu den Verletzten gehörte. Doch die Wunde an seinem Arm schien nicht allzu schlimm zu sein. Das Mädchen hatte anschließend Milan in die Arme geschlossen und schien vor Freude ganz außer sich zu sein.

Nur Sayuri stand weiterhin abseits. Fast schien es, als

scheute sie sich davor, den beiden alten Freunden zu begegnen. Dabei hatte sie noch übers ganze Gesicht gestrahlt, als Marje ihr in der Oase von Milan erzählt hatte. Warum benahm sie sich nun so merkwürdig? Abwehrend verschränkte sie die Hände vor der Brust und senkte den Blick zu Boden.

Noch heute Abend brechen wir auf, entschied er stumm.

Mit einem traurigen Lächeln wandte sie sich zu ihm um. *Ja,* stimmte sie leise zu, *noch heute Nacht.*

Und in dem Moment begriff Suieen erst, weshalb Sayuri diese Entscheidung gefällt hatte. Sie wusste genau, wie es um sie stand. Sie wusste, dass sie sterben würde, wenn sie nicht bald eine Quelle erreichte.

Das Lächeln erschien automatisch auf ihren Lippen, sobald sie an Kiyoshi dachte. Trotzig streckte sie ihrem Spiegelbild in der Wasserschale die Zunge heraus. Sie hatte geglaubt, älter und vernünftiger geworden zu sein, aber jetzt fühlte sie sich wieder wie ein kleines Mädchen. Als sie ihn gesehen hatte, war sie für einen Augenblick einfach nur glücklich gewesen. Aber seine Reaktion war so zurückhaltend gewesen, dass er sie einmal mehr verunsichert hatte.

Verärgert schöpfte sie Wasser aus der Schale und spritzte es sich ins Gesicht. Abgesehen von ihrer Katzenwäsche in der Oase war es das erste Mal, dass sie sich waschen konnte, und eigentlich hätte sie davon jede Sekunde genossen. Wenn nur nicht diese blöden Gedanken an Kiyoshi waren. Sie hatte sich ausgemalt, wie er auf die Neuigkeiten reagieren würde. Alles Mögliche hatte sie sich vorgestellt, nur nicht dieses knappe Nicken, mit dem er auf die Nachricht, dass er seine Suche nach der Quelle des Wissens aufgeben konnte, reagiert hatte. Marje hatte das Gefühl, dass er ihr gar nicht richtig zugehört hatte.

Enttäuscht blinzelte sie ihrem Spiegelbild entgegen, das die kleinen Wellen verzerrten, dann stellte sie die Schale wütend beiseite. Nicht einmal Milan hatte Zeit für sie gehabt. Anstatt ihr zuzuhören oder einfach nur kurz bei ihr zu sein, war er wieder in die alte Rolle des Unnahbaren geschlüpft, an die sie sich zwar all die Jahre über gewöhnt, die sie aber auch immer gehasst hatte.

Er war einfach verschwunden, genau wie Kiyoshi, und Marje hatte keine Ahnung, wohin.

Nicht dass sie das wunderte. Zumindest nicht bei Milan.

Sie war noch klein gewesen, als sie nach dem Tod ihrer Eltern während des Krieges in die Kaiserstadt geflohen waren, so klein, dass Marje sich an fast nichts erinnerte. Sie wusste nur noch, wie verloren und hilflos sie sich ohne ihre Eltern und inmitten der Unmengen an Gerüchen, Geräuschen und Menschen in den Straßen gefühlt hatte. Milan hatte einen Keller für sie gesucht, einen kleinen muffigen Raum, in dem sie die ersten Jahre gelebt hatten. Er hatte sie versorgt, mit allem, was sie brauchten, ohne ihr zu sagen, woher er es nahm; in einer Stadt, die von Flüchtlingen überlaufen war und kaum genug hatte, um sich nach den heftigen Kriegen selbst zu versorgen. Erst als sie älter war, hatte sie verstanden, warum er sie auf der Straße nie hatte bei sich haben wollen. Er hatte für sie gelogen, gestohlen – und er hatte Angst gehabt, dass er sie dadurch in Gefahr brachte.

Deshalb hatte er auch von ihr verlangt, dass sie ihn auf

der Straße niemals als Bruder begrüßte, ihn überhaupt nicht begrüßte, immer distanziert blieb, als würde sie ihn nicht kennen. Nie durfte sie nach ihm suchen, wenn er nicht zurückkam. Bei der Erinnerung an seinen Zorn, als sie sich einmal, nachdem er zwei Tage fort gewesen war, vor ihrem Haus in seine Arme geworfen hatte, krampfte sich noch immer ihr Magen zusammen.

Erst als es den Menschen in der Stadt etwas besser ging und einige Bauern auf ihre Felder zurückkehrten, die sie mithilfe des Wassers aus der Stadt bestellen konnten, hatte sich die Lage mehr und mehr entspannt. Sie hatte in der Stadt Freunde gefunden und war mit Thar und Shoan durch die Straßen gezogen. Nur Milan war für sie in der Öffentlichkeit noch immer unerreichbar gewesen. Bis zuletzt hatte er sie nur in seine Pläne eingeweiht, wenn es unbedingt sein musste, auch wenn sich sein Ruf längst verbessert hatte.

Aber jetzt? Hier, nach all dem, was passiert war?

Wütend griff sie erneut nach der Wasserschale und betrachtete konzentriert ihr Spiegelbild. Ihre Augen kamen ihr dunkler vor, was am schlechten Licht der Lampe im Zelt liegen mochte, die Locken reichten ihr bis zu den Schultern und umrahmten ein Gesicht, das mit der Zeit immer kantiger geworden war. Sie hatte das gleiche energische Kinn wie ihr Bruder. Marje fand, dass es das Gesicht einer erwachsenen Frau war.

Und so wollte sie auch behandelt werden – von Milan und von Kiyoshi.

Vor allem von Kiyoshi.

Sie griff nach seinem Umhang, den sie ihm noch immer

nicht zurückgegeben hatte, und vergrub das Gesicht darin, um tief seinen Geruch einzuatmen.

Verdammt! Was tat dieser Junge nur mit ihr, dass sie ständig über ihn nachgrübelte? Das passte so gar nicht zu ihr.

Das hier war nicht sie. Die alte Marje hätte sich aufgemacht, Kiyoshi zu suchen und ihn zur Rede zu stellen.

Und nichts anderes wollte sie jetzt tun!

Mit energischen Schritten ging sie hinüber zu den neu aufgebauten Baracken. Unter aufgespannten Fellen drängten sich Menschen um kleine Feuer. In den Gesichtern spiegelte sich Zuversicht – Marje hörte, wie Pläne geschmiedet und Aufgaben verteilt wurden. Sie hätte sich nicht träumen lassen, wie schnell sich die Gefangenen von den traumatischen Erlebnissen erholen konnten. Sie sah die kleineren Kinder im Sand spielen – die älteren kochten die Speisen, die die Zentauren für sie gebracht hatten. Ein emsiges Summen herrschte über alldem – etwas, das Marje auch früher im Westviertel der Taller gemocht hatte.

Suchend durchstreifte sie die schmalen Gänge zwischen den Baracken, sah erst in Milans Zelt nach, das eine Art Versammlungsort geworden war, dann versuchte sie es bei Kiyoshi. Aber vergeblich. Auch von Thalion und Thesu fehlte jede Spur.

Stattdessen entdeckte sie Suieen und Sayuri. Die beiden saßen im Sand vor den großen terrassenförmigen Stufen des Platzes beisammen. Zwischen ihnen schwebte Shio und verströmte warmes, angenehmes Licht. Von Yuuka war nichts zu sehen.

Als sie Marjes Blick bemerkten, unterbrachen sie ihr Gespräch und Marje sah, wie Sayuri hastig ihre Hand aus Suieens zog. Sie musste sich ein Grinsen verkneifen. Sie wandte sich ab, um die beiden allein zu lassen, aber da winkte Sayuri sie schon zu sich herüber.

Marje spürte einen kleinen Stich in ihrem Herzen. Sayuri schien ihr in Suieens Anwesenheit viel fröhlicher zu sein. Oh verdammt. Jetzt wurde sie auch noch eifersüchtig auf Suieen! Sie unterdrückte ein Stöhnen und setzte sich zu ihnen.

Sayuri nahm ihre Hand und wartete, bis Marje sie anblickte.

Ich wollte dir etwas sagen, hörte Marje ihre leise, glockenhelle Stimme.

Danke, dass du mich gesucht hast. Danke für alles, was du für mich getan hast.

Marje lächelte und drückte ihre Hand. »Du hast auch viel für mich getan. Für uns alle.« Sie schloss mit einer Handbewegung das ganze Lager ein.

Sayuri wechselte einen Blick mit Suieen.

»Was ist?«, fragte Marje irritiert und sah erst zu ihrer Freundin, dann zu dem Mischling, der sie plötzlich angrinste, wobei seine spitzen Eckzähne aufblitzten.

»Sie hat dich gerade gefragt, ob du nicht eigentlich zu Kiyoshi wolltest«, erwiderte er, noch immer grinsend.

Er steigt gerade den Hang hinauf, fügte Sayuri hinzu. Auch auf ihrem Gesicht lag jetzt ein spitzbübisches Lächeln. Überrascht drehte Marje ihren Kopf und sah, wie Kiyoshi sich von einer Gruppe Zentauren entfernte, die am Lagerrand zum Stehen gekommen war und in Richtung Wüstenkamm kletterte. Als er oben angekommen war, ließ er sich in den Sand sinken.

Marje schluckte. Das nagende Gefühl in ihrem Bauch ließ sie zögern. Wenn er mich bei sich haben wollte, hätte er mich ja fragen können, dachte sie trotzig.

Geh zu ihm, forderte sie Sayuris Stimme belustigt auf. Sie beugte sich zu Suieen und flüsterte ihm leise etwas zu, woraufhin er lächelte.

Marje stand auf, plötzlich unsicher. Wollte sie wirklich Kiyoshi hinterherlaufen?

Sie runzelte die Stirn. Ja. Wenn sie ehrlich war, wollte sie genau das.

Sayuri griff noch einmal ihre Hand. *Du musst deinem Gefühl folgen,* flüsterte sie, plötzlich ernst geworden. *Das tue ich auch. Denk immer daran.*

Mit einem tiefen Seufzer wandte Marje sich um und entfernte sich mit schnellen Schritten. Sie war sich nicht sicher, ob Sayuri ihre Gedanken nur erraten hatte oder ob sie in ihr lesen konnte wie in einem offenen Buch.

Sie lief an den Baracken und Zelten vorbei, drängte sich durch die Zentaurenherde, die sie wie eine alte Bekannte begrüßte, und kletterte den Hang hinauf.

Als sie in Kiyoshis Nähe kam, zwang sie sich, wieder langsamer zu gehen. Unsicher biss sie sich auf die Unterlippe und ärgerte sich über das aufgeregte Flattern in ihrem Bauch. Schließlich wagte sie es, den Blick zu heben, und sie bemerkte, wie er ihr entgegensah, ohne dass sie den Ausdruck auf seinem Gesicht hätte deuten können.

Zögernd blieb sie vor ihm stehen und schaute auf das

Lager hinab. »Vielleicht irre ich mich, aber irgendwie habe ich den Eindruck, dass du vor mir davonläufst«, sagte sie. »Beiße ich vielleicht? Oder hast du Angst, dass ich mich in eine Essjiar verwandele?«

Über Kiyoshis Gesicht zuckte ein Grinsen. Er legte den Kopf schief und sah zu ihr hoch. Sein Grinsen wurde zu einem Lächeln und ließ seine Augen leuchten. »Ganz im Gegenteil«, sagte er.

Marjes Herz begann wie wild zu klopfen, obwohl sie versuchte, es mit aller Macht zu unterdrücken. Was tat dieser Junge nur mit ihr? Eigentlich sollte sie sauer auf ihn sein, stattdessen zitterten ihre Knie und in ihrem Magen führten die Irrlichter einen wilden Tanz auf.

»Soll ich lieber wieder gehen?«, fragte sie verunsichert.

Kiyoshi schüttelte den Kopf. »Bitte nicht«, bat er sie. Plötzlich schien er unsicher zu werden. Er sah Marje an und biss sich auf die Lippen. »Setzt du dich zu mir?«, fragte er. Es klang schüchtern.

Marje zögerte, doch dann ließ sie sich neben ihn in den Sand fallen.

Er legte den Kopf in den Nacken, um die Sterne und die Monde zu betrachten. »Sie sind hier draußen so viel heller als in der Stadt«, sagte er leise.

Marje hob ihren Blick ebenfalls zu den Gestirnen. Sie schwiegen eine ganze Weile. Ein dunkler Schatten lag über Turu, doch er war kaum wahrnehmbar, wie ein Nebel, der kurz davor war, sich zu lichten.

»Woran denkst du?«, fragte Marje schließlich.

Er wandte sich ihr zu. Seine Augen schimmerten in diesem Licht eher blau als grün. Sie erinnerte sich, wie er ihr gesagt hatte, dass ihre Augen fast schwarz wurden, wenn sie traurig war.

»An dich«, erwiderte er schlicht.

Jetzt war es Marje, die sich auf die Lippen biss. »Ich verstehe dich nicht«, sagte sie bedrückt. »Warum rennst du dann vor mir davon?«

Er stöhnte auf. »Das ist kompliziert.«

Sie ließ seinen Blick nicht los. »Zu kompliziert für ein Taller-Mädchen?«, fragte sie und grinste leicht.

Er erwiderte ihr Lächeln. »Eher zu kompliziert für einen Prinzen.«

»Vielleicht wird es leichter, wenn du darüber sprichst?«

Er schwieg einen Moment und sah auf die Lagerfeuer hinunter. Leiser Gesang drang zu ihnen herauf. Marje beobachtete, wie sich einige Zentauren einen Platz für die Nacht suchten. Milan und Thalion saßen vor ihrem Zelt, ihre Köpfe zusammengesteckt. Über das Lager legte sich eine friedliche Stille.

»Ich habe meinen Vater nie kennengelernt«, sagte Kiyoshi leise. »Er war der Bruder von Miro und dem Kaiser. Er ist kurz vor meiner Geburt gestorben. Und meine Mutter, sie war… sie ist, wie sie ist. Seit ich denken kann, befindet sie sich in diesem Zustand. Manchmal erkennt sie mich, manchmal auch nicht. Den Kaiser habe ich in meinem Leben kaum ein halbes Dutzend Mal zu Gesicht bekommen. Es war Miro, der mich großgezogen hat.« Er schüttelte den Kopf. »Du denkst, er ist der kaltherzige Regent, der nach Gutdünken entscheidet und sich nicht um die Menschen kümmert. Aber ich habe ihn anders kennengelernt. Er ist…«, er schluckte sichtbar. »Er hat zwei Gesichter. Manchmal glaube ich, er tut es wirklich nur um der Macht willen. Oder weil er den Kaiser schützen will. Dann wieder denke ich, ihm liegt tatsächlich etwas an den Menschen in der Stadt. Er versucht sie zu retten und muss dafür Opfer bringen.«

»Aber er misst mit zweierlei Maß«, sagte Marje. Ihre frühere Wut bei solchen Diskussionen war verflogen, aber ihre Meinung hatte sich nicht geändert. »Sonst hätte er nie zugelassen, was mit uns Tallern passiert.«

Kiyoshi wiegte den Kopf. »Mag sein. Vielleicht hätte er nicht die Kontrolle über das Wasser den Händlern überlassen sollen. Vielleicht hat er einmal zu oft an die Steuereinnahmen aus dem Wassergeschäft gedacht. Aber ich kann ihn trotzdem nicht so verurteilen, wie du das tust.« Er stockte. »Auch wenn er mir viele Fragen nie beantwortet hat, die mir auf der Seele brannten.«

Marje sah ihn von der Seite an. Er strich mit der Hand über den Sand, formte ihn zu kleinen Hügeln, die er gleich darauf wieder glatt strich.

»Das ist der Grund, warum du vorhin weggelaufen bist, oder?«, fragte sie vorsichtig. »Du bist enttäuscht, dass ich es war, die die Quelle des Wissens gefunden hat. Weil du diese Fragen ihr hast stellen wollen.«

Er nickte. »Ja«, flüsterte er. »Es tut mir leid. Aber die Quelle des Wissens – ich hatte so gehofft…« Er brach für einen Moment ab. Seine Faust ballte sich zusammen, die Knöchel wurden ganz hell. »Weißt du, es ging mir nicht nur darum, wie man der Stadt und dem Kaiser helfen kann. Es ist nicht nur Sayuris Macht oder ihre Magie, die ich nicht verstehe. Es ist mein ganzes Leben.«

Marje schaute ihn fragend an.

»Ich habe es schon als kleines Kind gespürt. Es war, als ob mit mir etwas nicht stimmte. Als ob ich nicht richtig dazugehörte. Aber in den letzten Tagen in der Stadt – da ist es immer schlimmer geworden. Plötzlich kam es mir so vor, als ob mein Leben auf Sand gebaut war. Es fing damit an, dass meine Mutter diesen seltsamen Namen ins Spiel brachte. Silla. Plötzlich war es, als ob da irgendetwas fehlte, ein Stück, das ich kennen müsste. So viele Fragen, die ich stellen wollte, doch keiner, der sie mir beantwortet hat.«

Marje sah ihn mit großen Augen an. »Ich habe meine Eltern auch verloren«, flüsterte sie. »Ich erinnere mich nicht mehr an sie. Aber ich hatte immer Milan.«

Kiyoshi nickte bitter. »Ja, du hattest Milan.«

Marje tastete nach seiner Hand und Kiyoshi griff nach ihr, verzweifelt, wie ein Ertrinkender. Marje suchte seinen Blick. »Die Quelle des Wissens hat von dir gesprochen«, sagte sie langsam. »Ihre Worte waren: *Er braucht mich nicht aufzusuchen, um die Antworten auf seine Fragen zu erfahren. Tief in ihm ist die Antwort längst verwurzelt.*«

Kiyoshi schwieg. Das Haar fiel ihm über die Stirn, sie konnte sein Gesicht nicht sehen. »Glaubst du das auch?«, fragte er nach einer langen Weile.

Marje nickte. »Ich glaube ganz bestimmt, dass du deine Antworten finden wirst«, sagte sie fest. Plötzlich musste sie lächeln. »Du hast es selbst mal zu mir gesagt: Du musst es nur wollen.«

Kiyoshi lachte und plötzlich klang es befreit. Er ließ sich nach hinten sinken. Ausgestreckt lag er neben ihr, den Blick auf Lauryn gerichtet. Die Monde tauchten sein Gesicht in ihr blaugrünes Licht. »Am Anfang war ich davon überzeugt, dass du mich hasst«, sagte er leise und wandte ihr den Kopf zu.

Marje nickte. Zum ersten Mal dachte sie nicht mehr mit Schuldgefühlen an jene Nacht nach ihrem Einbruch in der Zinade zurück. Es war die Nacht gewesen, als alles angefangen hatte.

Mühsam unterdrückte sie ein Kichern. »Da lagst du nicht ganz falsch. Ich habe dich gehasst«, gab sie ehrlich zu.

»Und jetzt? Jetzt hasst du mich nicht mehr«, sagte Kiyoshi und sie konnte hören, dass in seinen Worten eine Frage mitschwang.

Statt ihm zu antworten, streckte Marje sich vorsichtig neben ihm aus, so nahe, dass sie den Duft seiner Haare riechen konnte. Immer noch behielt sie die Monde im Auge, als könnten sie ihr Antworten auf ihre stummen Fragen geben. »Die Wüste kann einen ganz schön verändern«, murmelte sie leise.

»Sehr«, bestätigte Kiyoshi. Vorsichtig tastete seine Hand nach ihrer und ihre Finger verhakten sich. »Es ist schön, dass du mich nicht mehr hasst.«

Einen Augenblick zögerte sie. Dann sprach sie aus, was ihr schon so lange auf der Seele brannte. »Warum hast du das alles für mich getan?«, fragte sie leise. »Warum hast du mich nicht verraten, mich in Schutz genommen?«

Hilflos schüttelte er den Kopf. »Ich … ich habe dich nie gehasst. Nicht mal nach unserer ersten Begegnung.«

Marje holte tief Luft und ließ sie dann langsam entweichen. »Ich versteh dich nicht«, wiederholte sie zögernd, doch schon während sie die Worte aussprach, war sie sich gar nicht mehr sicher, ob sie auch noch stimmten.

Langsam setzte er sich auf und wandte sich ihr zu. Sein Kopf versperrte ihr die Sicht auf die Sterne. Ihr Blick traf seine Augen, die mehr als ein ganzes Universum widerzuspiegeln schienen. Sie waren dunkel und unergründlich, während ein leises Lächeln wie ein stummes Versprechen in ihnen lag.

Sanft berührte er ihre Wange mit den Fingern, strich über die glatte Haut, so vorsichtig, dass sie kaum mehr als ein leichtes Kribbeln spürte. Atemlos sah sie in die dunklen Augen, die ihr jetzt so nah waren wie nie zuvor. Er zögerte, unsicher, wie sie reagieren würde.

Marjes Hand umschloss seine, hielt sie fest. Die andere ertastete seine Wange, glitt in seinen Nacken und zog ihn zu sich herab.

4. Kapitel

Wehmut stieg in ihr auf, als ihr Blick über das Lager schweifte. Sofort war Suieen bei ihr und ergriff ihre Hand. »Du musst nicht mitkommen«, sagte er noch einmal. Sorge schwang in seiner Stimme mit.

Deutlich konnte sie spüren, dass er Angst davor hatte, sie in eine ihr unbekannte Welt zu entführen. Dass sie diese Welt gar nicht würde erleben können, davon hatte er keine Ahnung.

Gäbe es für sie die Möglichkeit, bei den Shaouran leben zu können, hätte der Wiljar ihr die Wahl gelassen.

Aber das war ausgeschlossen.

Sie würde Suieen wehtun müssen und sie würde Marje ohne Abschied zurücklassen.

Aber ihr blieb kein anderer Weg. Wenn sie in die Stadt zurückkehrte, würde der Kaiser sterben. Ihr Vater. Ganz gleich, was der Alte auch gesagt hatte, sie trüge die Schuld an seinem Tod. Und was käme dann? Sie konnte keine Stadt regieren. Was wäre, wenn der Wasserstand weiterhin absank? Dann wären die Menschen in der Stadt zum Tode verurteilt – und nicht nur sie, sondern auch ihre Freunde.

Nein, das wollte sie nicht. Es blieb ihr nur diese eine Möglichkeit. Und sie hatte sich geschworen, dass Marje sie nicht sterben sehen sollte.

Suieen war stärker als Marje, er würde leichter damit klarkommen. Sie wusste, dass sie ihm unrecht tat, indem sie den wahren Grund verschwieg, warum sie mit ihm gehen wollte.

Er würde vermutlich alles für sie tun und wahrscheinlich könnte sie ihn dazu bringen, mit ihr ans Ende der Welt zu reisen. Sayuri mochte nicht an die Zeit denken, die vor ihnen lag. Mit jedem Tag würde sie schwächer werden, bis sie nicht mehr laufen, sondern nur noch schlafen konnte. Und schließlich würde sie irgendwann nicht mehr aufwachen. Indem sie mit Suieen ging, verdammte sie ihn dazu, bei ihr zu sein, wenn der Tod seine Finger jeden Tag ein Stück weiter nach ihr ausstreckte.

Yuuka riss sie mit einem leisen Schnurren aus den düsteren Gedanken. Erschrocken blickte sie auf.

»Wir müssen aufbrechen.« Die Wiljar musterte sie aus gelben Raubtieraugen.

Sie warf einen letzten Blick auf das Lager, sah Milan vor seinem Zelt in Shios warmes Licht getaucht. Ihre Augen wanderten zur Düne hinauf, auf der Marje und Kiyoshi saßen. Kurz schloss sie die Augen und versuchte, sich nur auf die guten Stimmungen im Lager zu konzentrieren. In dem Wissen, dass sie glücklich waren, wollte sie ihre Freunde zurücklassen.

Langsam öffnete sie wieder die Augen, drehte sich um und griff mit ihren blassen, schlanken Fingern nach Suieens Hand.

Als sie den Dünenkamm erreichten, trat ihnen ein Zentaur entgegen, der dort gerade Wache hielt. Beruhigend strich Suieen über Sayuris zitternde Hände. »Wir machen nur einen nächtlichen Ausflug«, sagte er.

Der Zentaur nickte und ging dann auf seinen Posten zurück.

Als sie die dunkle Seite der Düne hinabliefen, verschwanden die flackernden Feuer und Lichter des Lagers hinter ihnen. Ein paarmal drehte Sayuri sich um, um sicherzugehen, dass Shio ihnen nicht gefolgt war. Das Irrlicht war den ganzen Tag um sie herumgeschwirrt, als wüsste es von Sayuris Plänen, und sie hatte Sorge, dass er ihr nachkommen könnte.

Erleichtert atmete sie tief die kühle Nachtluft ein und versuchte, alle Zweifel beiseitezuschieben. Sie hatte festgestellt, dass sie ihre Müdigkeit damit bekämpfen konnte, Wasser in Magie zurückzuformen. Doch um sich über längere Zeit zu stärken, würde sie zu viel Wasser verbrauchen. Und die Quelle des Wissens hatte keinen Zweifel daran gelassen, was passierte, wenn sie hierblieb.

Sie hörte Suieen erleichtert neben sich aufatmen, als Yuuka plötzlich vor ihnen auftauchte. Sayuri sah sich in der Dunkelheit um. Sie hatten eine weitere Düne erklommen und stiegen nun in ein Tal hinab, in dem zwei dunkle Schatten sich regten. Einen Augenblick brauchte Sayuri, um zu erkennen, was sich dort vor ihnen aus dem Sand erhob.

Weite Schwingen entfalteten sich lautlos, lange Hälse streckten sich dem sternenübersäten Nachthimmel entgegen und Schnäbel schnappten leise klappernd auf und zu.

Suieen?, fragte eine krächzende Stimme in ihren Köpfen.

Suieen begrüßte die beiden Greife mit leisen Worten. Offenbar waren sie alte Freunde.

Sayuri betrachtete die riesigen Geschöpfe, deren Gefieder im Licht der Monde braungolden schimmerte. Die Federn zogen sich über Kopf und Hals bis zu den Vorderbeinen, während sie am Flügelansatz langsam in weiches Fell übergingen. Die Vorderbeine endeten in breiten Krallen, die sich tief in den Sand bohrten, die Hinterbeine dagegen liefen in den kräftigen Pranken eines Wüstenlöwen aus. Ihre goldgelben Augen musterten Sayuri neugierig.

Sanft stupste Yuuka sie an. »Sie bringen euch bis an die Grenze der Wüste, so weit, wie sie selbst fliegen können«, erklärte sie leise.

Sayuri nickte leicht. Einer der beiden Greifen trat auf sie zu und senkte das mächtige Haupt, bis er sie leicht mit dem Schnabel anstoßen konnte. *Sayuri,* hörte sie ihn ihren Namen sagen.

Elegant sank der Greif auf den Boden, um Sayuri auf seinen Rücken steigen zu lassen. Ein nervöses Kribbeln machte sich in ihr breit, als sie Suieens Anweisungen folgte. Mit den Händen konnte sie sich an den Flügelansätzen festhalten, ihre Beine drückte sie fest an das weiche, glatte Fell des Greifs.

Als sie sicher saß, drehte sie sich nach Yuuka um.

Wo treffen wir dich wieder?, fragte sie.

Yuuka gab ein grollendes Lachen von sich. *Ich bin immer unter euch,* versprach sie. *Greifen können nicht schneller fliegen, als ich laufe.*

Sayuris Finger strichen über das weiche Gefieder ihres Flugtieres. Sie spürte den Übergang von Federn zu Fell, malte vorsichtig einen hellen Streifen am Flügelansatz mit den Fingern nach. Im nächsten Moment ging ein Ruck durch den Greifenleib. Er stieg kurz auf die Hinterläufe, schüttelte den schlanken Kopf und schlug kräftig mit den Flügeln.

Yuuka war vor ihnen zurückgewichen, als der Greif mit schnellen Schritten loslief und Sand um sie herum aufwirbelte. Schließlich stieß sich der Greif vom Boden ab. Sayuri krallte sich am Flügelansatz fest und schloss die Augen. Erst als er so weit in die Höhe gestiegen war, dass er auf dem Wüstenwind gleiten konnte, wurden seine Bewegungen geschmeidig und ruhig, sodass Sayuri es wagte, ihre Hände aus seinem Gefieder zu lösen.

Sie legte den Kopf in den Nacken und schaute in den Himmel, der mit zahllosen Sternen übersät war. Der Wind strich ihr über die Haut und zog an ihren Haaren. *Frei,* dachte sie stumm für sich, konnte aber spüren, dass der Gedanke Suieen erreichte, der auf dem zweiten Greif direkt neben ihnen flog. Als sie zu ihm hinübersah, konnte sie ein Lächeln auf seinen Lippen erkennen.

Vorsichtig spähte sie über einen Flügel hinab in die Tiefe. Das fahle Licht der Monde tauchte die Wüste aus sanften Dünenwellen in blaugrünes Meer. Hinter ihnen verschwand das kleine Lager, das ihr in der Weite der Wüste plötzlich verloren erschien. In der Ferne konnte sie kleine leuchtende Punkte erkennen, dicht aneinandergedrängt wie ein Schwarm Irrlichter.

Die Kaiserstadt, hörte sie Suieen sagen.

Die Greifen schwenkten nach Westen und die Stadt blieb hinter ihnen zurück. Unter ihnen erstreckte sich nun der Zentaurenwald und Sayuri war darüber erstaunt, welch große Fläche das Reich der Zentauren mitten in der Wüste einnahm. Unter ihnen huschten leuchtende Irrlichter durch den Wald, blau und grün schimmernd, als wollten sie den Monden ihre Ehre erweisen. Inmitten des Irrlichterschwarms lief Yuuka. Ihr sandfarbener Körper war immer wieder zwischen den dunklen Ästen zu erkennen, unter denen sie geschickt hindurchtauchte.

Ein Windstoß traf Sayuri und brachte den Greif kurz ins Schwanken. Mit kräftigen Flügelschlägen schraubte er sich noch weiter in die Höhe. Eine Gänsehaut überlief Sayuri, als sie die kalte Luft spürte. Zitternd wickelte sie sich fester in ihren Umhang und grub ihre kalten Finger vorsichtig ins weiche Gefieder des Greifs.

Alles in Ordnung?, konnte sie Suieens leise Stimme in ihren Gedanken hören. Der Greif, auf dessen Rücken er saß, flog nun ein Stück über ihnen.

Alles in Ordnung.

Und das war es. Plötzlich, hier oben in der Weite des Himmels, in der Freiheit, wusste sie, dass ihre Entscheidung die richtige gewesen war.

Alles würde gut werden.

Sie flogen schweigend über die Wüste, bis Suieen plötzlich wortlos auf einen großen Schwarm Irrlichter unter ihnen zeigte. Sayuri versuchte, die Gedanken der winzigen Geschöpfe aufzufangen, die man immer an ihrer schnell hin und her springenden Art erkannte, aber plötzlich zuckte sie zusammen. Das dort unten waren keine Irrlichter, sondern Menschen, die Fackeln trugen.

Sie hörte den Gedanken so laut, als würde ihn jemand in ihr Ohr brüllen, und er war voller Wut. Erschrocken fuhr sie zusammen.

Kiyoshi!

Kurz sah sie zu Suieen, doch der schien nichts gehört zu haben. Wieder versuchte sie sich an den Menschen heranzutasten, der gerade an ihren Freund dachte.

Diese verlogenen Söldner… Nur um selbst den Ruhm einzustreichen. Als würde Miro sie für ihre Dienste ehrlich entlohnen… Ich werde Kiyoshi finden, noch bevor sie ihn in ihre dreckigen Finger bekommen… Das wird meine Rache…

Sayuris Herz begann wild zu klopfen, als sie die Worte hörte, die so voller Hass waren.

Und ich werde dieses Mädchen finden! Noch einmal wird sie mir nicht entkommen. Und dann werde ich dafür sorgen, dass sie uns nie wieder in Gefahr bringt. Sie wird diese Wüste nicht lebend verlassen.

Vor Sayuris Augen blitzten Bilder auf, als sie den Gedanken folgte.

Ein dunkelhaariger Junge, in der Uniform der Stadtgarde. Sie kannte seinen Blick – er war es gewesen, der sie am Tor gepackt hatte und dem sie gerade noch mit Suieens Hilfe entkommen war.

Der gleiche Junge – in ihrem Dachgarten! Ein fremder Wiljar. Miro!

Sayuri stöhnte auf, als die Gedanken nun völlig ungefiltert auf sie einprasselten.

Ein Trupp von Soldaten, die der Junge befehligte.

Ein Bettler, der ihnen von der Nordmine erzählte. Sein Zusammentreffen mit elf Söldnern auf ihren Essjiar.

Was ist? Suieens besorgte Stimme riss Sayuri aus dem Gedankenstrom dieses hasserfüllten Mannes, der dort unten in der Wüste auf der Jagd war.

Hastig atmete sie die klare, kalte Nachtluft ein. *Sie suchen uns,* antwortete sie tonlos, als sie endlich ihre Kraft wiederfand.

Marje und Kiyoshi? Dann sind sie schneller, als ich erwartet hatte.

Sayuri schüttelte den Kopf. *Jemand aus der Kaiserstadt. Ein junger Soldat und sein Gefolge. Sie suchen mich... und Kiyoshi...*

Jetzt können sie dich nicht mehr finden, versuchte Suieen sie zu beruhigen.

Aber Kiyoshi... Unsicher sah sie zurück, dorthin, wo sie die Lichter der Fackeln gesehen hatte. Wer immer dort unten auch an sie gedacht hatte. Er hatte Sayuri finden und töten wollen, weil es sein Auftrag war. Kiyoshi aber hasste er. Sie wollte nicht daran denken, was passieren würde, sollte er das Lager überfallen.

Wir müssen zurück, flüsterte sie leise.

Der Greif, auf dem sie saß, erhob sich auf die gleiche Höhe wie Suieen.

Marje und Kiyoshi sind in Gefahr, erklärte sie entschlossen. *Wir müssen zurück.*

Fragend hob der Greif den Kopf und sah zu Suieen.

Bitte! Ihr Herz hämmerte wie wild, wenn sie an Marje dachte. Sie waren noch nicht zu weit vom Lager entfernt. Noch konnte sie zurück, sie warnen.

Suieen seufzte tief, erteilte dann den Greifen aber den stummen Befehl kehrtzumachen.

Sayuri sah Yuuka, die unter ihnen stehen geblieben war und in die Höhe blickte. Sie würde alles andere als begeistert sein, die Reise abbrechen zu müssen. Doch als ihre Gedanken zu Marje zurückkehrten, wusste sie, dass sie ihre Freundin nicht im Stich lassen durfte. *Lauf zum Lager,* bat Sayuri die Wiljar. *Du musst sie warnen!*

Die Greifen wollten zum Waldesrand fliegen, um die Zahl der Soldaten abzuschätzen. Am Lager würden sie dann wieder mit Yuuka zusammentreffen.

Erneut versuchte Sayuri, sich auf die fremden Gedanken zu konzentrieren, und erschauderte bei dem lodernden Hass, der ihr entgegenschlug.

Der warnende Ton des Zentaurenhorns riss ihn aus dem Schlaf, bevor er abrupt wieder abbrach. Kurz glaubte Kiyoshi, nur geträumt zu haben, doch dann erklang das Signal erneut, schwoll an und verstummte dann kurz, um gleich darauf nochmals zu erklingen.

Schlaftrunken richtete Kiyoshi sich auf. Im Lager war es einen Moment lang totenstill, ehe wieder in die Hörner geblasen wurde, um zur Verteidigung zu rufen.

Kiyoshi tastete nach seinem Schwert, rollte sich vom Lager und schnallte sich den Schwertgurt um. Sanft strich er Marje, die neben ihm gelegen hatte, über die wilden Locken. Dann flüsterte er ihr leise zu: »Du musst aufwachen, Marje. Das Horn.«

Sie schlug die Augen auf und lächelte ihn für einen Moment schlaftrunken an. Doch dann schien sie zu begreifen. Sie fuhr hoch.

»Ist etwas passiert?«, stieß sie hervor.

»Ich weiß es nicht«, erwiderte er. Hastig zog sie sich an.

Auch er warf sich seinen Umhang über und schlüpfte in die Schuhe.

Gleich darauf wurde der Vorhang am Eingang seines Zeltes beiseitegeschlagen. »Kiyoshi! Das Lager wird angegriffen!«, rief Thalion.

»Von wem?«

»Was ist geschehen?«

Kiyoshi und Marje folgten Milans Freund hastig nach draußen.

Shio drängte sich an ihnen vorbei und Kiyoshi konnte hören, wie er besorgt um Marje herumschwirrte. Sein rotes Licht war auf ein schwaches Schimmern gedimmt.

»Mit wie vielen Gegnern haben wir es diesmal zu tun?«, fragte Kiyoshi atemlos. »Sind es wieder die Söldner?«

Thalion zuckte mit den Schultern und deutete auf Milan und ein paar Zentauren, die sich zwischen den Baracken um Quouran versammelt hatten. »Sie werden es wissen.«

In dem Moment stieß Yuuka ein zorniges Knurren aus. Überrascht sah Kiyoshi zu der Raubkatze, die ihm zwischen den Zentauren gar nicht aufgefallen war. Ihre Schwänze zuckten wild um sie und ihre Flanken zitterten, als wäre sie gerade eine weite Strecke gelaufen. »Deine Zentauren sind wo?«, fragte sie mit leiser Stimme. Ihre Stimme bebte vor unterdrückter Wut.

»Im Wald. Sie holen Vorräte«, antwortete Quouran mit einem knappen Blick zu Mouran, der dies bestätigte. »Keiner hat nach unserem Sieg gestern mit einem so plötzlichen Angriff gerechnet«, fügte er hinzu.

Kiyoshi dachte mit einem Schaudern an das Gefecht mit

den Echsenreitern zurück. Es war noch gar nicht lange her. Wieder erlebte er den Moment mit, als sich die Echse direkt auf ihn und Milan gestürzt hatte. Erst in letzter Sekunde war es ihm gelungen, dem Biest sein Schwert in den Hals zu stoßen, gerade als es mit seinem riesigen Maul hatte zuschnappen wollen. Danach hatte der Kampf nicht mehr lange gedauert. Die Zentauren und die Menschen hatten die Echsen mit vereinten Kräften besiegen können.

Aber vielleicht war es gerade dieser leichte Sieg, der sie hatte unvorsichtig werden lassen. Denn die meisten Zentauren waren unterwegs in den Wald, Früchte und Wurzeln für die Menschen holen. Nur die sechs Anführer der Zentauren waren im Lager geblieben und zehn Wächter, die sie auf den umliegenden Dünenhängen postiert hatten.

»Sie sind hinter Sayuri her«, stieß Yuuka fauchend hervor und ihre Augen blitzten vor Wut.

Unwillkürlich wich Kiyoshi einen Schritt zurück und wechselte einen sorgenvollen Blick mit Marje.

»Sie wird noch in Milans Zelt sein«, wisperte sie. »Suieen wird auf sie aufpassen.« Dann wandte sie sich an Yuuka. »Wie viele sind es?«, fragte sie.

»Hundert?«, knurrte Yuuka ungehalten. »Zweihundert? Es war keine Zeit, sie zu zählen!«

Kiyoshis Mut sank.

Der Ruf eines fremden Horns erklang und im Lager breitete sich eine unwirkliche Stille aus. Die Menschen, die nach und nach aus ihren Zelten gekrochen waren, hielten erstarrt inne, unsicher, was der Klang zu bedeuten hatte.

Nur Kiyoshi kannte den Ruf und nur mit Mühe konnte er

ein Stöhnen unterdrücken. Fast wünschte er, es wären die Söldner gewesen. Denn das Horn hatte das Angriffszeichen der Soldaten des Kaisers verkündet.

»Sie sind hier«, stellte Yuuka fest. In diesem Moment sackte einer der Wächter auf dem Dünenkamm, der im Lichtschein eines Feuers kaum mehr als ein düsterer Schatten war, lautlos in sich zusammen.

Kiyoshi hörte ein sirrendes Geräusch.

Pfeile!

»Löscht die Feuer«, befahl er.

»Löscht die Feuer«, wiederholte Milan mit klarer Stimme, als kaum jemand reagierte.

Bewegung kam im Lager auf, Sand wurde über die Glut geschüttet und wieder klirrten Waffen und wurden Schwerter gezogen. Leises Geflüster und Raunen brandete auf, ein paar der jüngeren Kinder fingen zu weinen an.

Die Zentauren scharten sich um ihren Herrscher. Jouoran zog seinen Bogen und legte einen Pfeil auf die Sehne, wobei er das Gesicht vor Schmerzen verzog. Über seine Brust zog sich ein frischer weißer Verband, eine Erinnerung an das Gefecht, das noch keinen ganzen Tag zurücklag.

Bei dem Gedanken, dass die Zentauren so grimmig entschlossen waren, das Lager zu verteidigen und dabei ihr Leben zu lassen, zog sich Kiyoshis Herz zusammen. Es erschien ihm so falsch. Sie hatten nichts mit den Konflikten, die die Menschen untereinander ausfochten, zu tun. Nichts mit Kiyoshis Entscheidung, sich von Miro und dem Kaiser abzuwenden. Bereits im Gefecht mit den Echsen waren einige von ihnen schwer verwundet und zwei getötet worden.

Und doch sah er auch die Freude und den Stolz in Jouorans Augen, seine Kampfkraft erneut unter Beweis stellen zu dürfen. Er betrachtete es als Ehre, im Kampf zu bestehen und sterben zu dürfen.

So oder so konnten sie auf die Hilfe der Zentauren nicht verzichten. Die meisten im Lager waren noch zu geschwächt von der Arbeit in den Minen und ihrer Flucht vor dem Wasser, als dass sie ein neues Gefecht hätten überstehen können.

Geübten Kämpfern würden sie nicht lange die Stirn bieten können. Am liebsten hätte er ihnen allen zugerufen, sie sollten fliehen, aber es gab keinen Ort, der ihnen Schutz geboten hätte. Der Wald lag hinter dem Hang, an dem nun die ersten Angreifer erschienen.

Jouoran ließ den Pfeil von der Sehne schnellen und griff gleich nach dem nächsten, noch bevor das Pferd des Soldaten, das er getroffen hatte, langsam einknicken und zu Boden fallen konnte. Die anderen Tiere scheuten und ließen sich nur mit Mühe von ihren Reitern ruhig halten.

Inzwischen hatten sich die Soldaten mit ihren Pferden auf dem Dünenkamm aufgebaut. Kiyoshi konnte nicht ausmachen, wie viele es waren, aber sie waren eindeutig in der Überzahl.

Dann fiel sein Blick auf den Fahnenträger und sein Herz wurde schwer. Er kannte das Zeichen auf der Standarte. Wie gut er es kannte! Es war der Trupp seines besten Freundes Rajar.

Marjes Hand tastete nach seiner. Er drehte sich zu ihr. Eine stumme Frage lag in ihren Augen. Mit beiden Händen umfasste er ihr Gesicht. »Versprich mir eins«, sagte er leise. »Such nach Sayuri. Und dann flieh, solange du noch kannst.«

Marje schüttelte den Kopf. Ihr Blick hatte sich in seinen verhakt, ließ ihn nicht los. »Sayuri hat Suieen«, sagte sie. »Aber du...«, sie stockte, »...Kiyoshi, ich werde dich nicht noch einmal verlieren.«

Um sie herum brüllten die Leute durcheinander, dazwischen hörte Kiyoshi Milans klare Stimme. Das Horn der Soldaten trompetete zum Angriff. Doch ihm kam es so vor, als ob er und Marje allein auf der Welt waren. Nur für einen Augenblick, ganz allein.

Er lächelte sie an. »Ich geh schon nicht verloren«, flüsterte er. Er gab ihr einen schnellen Kuss, dann löste er sich sanft von ihr.

»In meinem Bündel findest du zwei Dolche«, sagte er. »Ich warte hier auf dich.« Er zog sein Schwert.

Quouran brüllte seine Befehle und die Zentauren rannten an ihm vorbei. Shio kreiste unruhig vor dem Zelteingang.

Im nächsten Moment hörte er ein Sirren in der Luft und ein Pfeil bohrte sich keinen halben Schritt vor ihm in den Sand. Mit einem Satz wich er zurück. Sein Blick raste zum Waldrand.

Bewegung war in die Linie der Reiter gekommen. Ein neuer Ruf des Soldatenhorns – und dann setzten sich die ersten Reiter in Bewegung.

Es ging rasend schnell. In wenigen Augenblicken waren sie heran. Sie preschten mit ihren Pferden vor, rissen die Zelte und Baracken ein und schlugen nach allem, was sich im fahlen Licht der Monde bewegte, während die Zentauren sich ihnen entgegenwarfen und die Angriffsreihen durchbrachen. Kiyoshi hörte ihre Rufe. Sie schrien nach einem weißhaarigen Mädchen. Gehetzt blickte er sich um. Sayuri! Also hatte er doch recht damit behalten, dass Miro nach ihr suchen ließ. Hatte Marje recht damit, dass Suieen sich um sie kümmerte? Und wenn nicht, wie konnte er sie in Sicherheit bringen, wenn er nicht wusste, wo sie war?

Marje tauchte an seiner Seite auf – in ihrer Hand zwei Dolche. In diesem Moment gellte Milans Stimme durch die Nacht. »Kiyoshi – pass auf!«

Ein Angreifer setzte von hinten heran, hielt direkt auf Marje zu. Kiyoshi hob sein Schwert und konterte den mächtigen Hieb des Mannes. Die Wucht der aufeinandertreffenden Schwerter riss den Mann aus dem Sattel. Kiyoshi stieß erneut nach ihm, ehe er sich aufrappeln konnte.

»Lauf«, rief er Marje atemlos zu, während der Mann sich halb erhob und seinen Angriff abwehrte. »Du musst Sayuri warnen. Sie sind hinter ihr her!«

Er parierte den Hieb seines Gegners. Der Mann war von seinem Sturz noch geschwächt, sodass Kiyoshi ihn mit einigen Ausfallschritten in die Ecke zwischen ein Zelt und eine Baracke gedrängt hatte. Mit einem Stoß zielte er zwischen die leichten Ketten des Brustharnisches, sodass der Soldat stöhnend gegen die Baracke krachte und liegen blieb.

Das Schnauben eines Pferdes ließ Kiyoshi herumwirbeln. Gerade noch konnte er sich fallen lassen, als die Hufe eines Tieres neben ihm auf dem Boden aufschlugen. Sand stob auf, halb blind hob er den schwertlosen Arm, um sein Gesicht zu schützen.

Schnell rollte Kiyoshi sich zur Seite und konnte sehen, wie Jouoran mit seinen Vorderhufen Reiter und Pferd zur Seite warf. Der Zentaur konnte kaum Atem schöpfen, als ihm ein anderer Reiter den Weg versperrte und ihn mit seinem Schwert attackierte.

Hastig rappelte Kiyoshi sich auf und riss sein Schwert in die Höhe, gerade noch schnell genug, um einen Hieb, der auf Jouorans Kopf zielte, abzufangen. Der Soldat wendete sein Pferd auf der Hinterhand und ging zum Angriff auf Kiyoshi über.

Klirrend trafen ihre Schwerter aufeinander. Kiyoshi riss seine Waffe zurück und stieß die Klinge in den Pferdeleib. Das Tier bäumte sich panisch wiehernd auf, ehe es zu Boden ging. Mit einer schnellen Abfolge von Hieben griff Kiyoshi den Reiter an, der nun auf Augenhöhe war, bis der Soldat seine Deckung vernachlässigte und es ihm gelang, einen Treffer unterhalb der Schulter zu platzieren, der ihn niederstreckte.

Inzwischen dachte Kiyoshi gar nicht mehr nach, er handelte.

Ohne die jahrelange Übung wäre er beim Anblick des Kampfgetümmels sicherlich zurückgewichen, doch so ließ er einfach das Schwert in seinen Händen die Führung übernehmen. Sein Körper erinnerte sich an die endlosen Trainingseinheiten, die Zweikämpfe, die oft an Tänze erinnert hatten – Tänze, bei denen jeder Fehler tödlich war und deren Choreografie keiner kannte. Er achtete nicht mehr auf die Zahl seiner Gegner und nahm kaum wahr, was um ihn geschah. Erst als er sein Schwert kurz senken konnte, sah er sich gehetzt um.

Das Lager hatte sich in ein blutiges Schlachtfeld verwandelt. Blut klebte auch an seinen Händen, er konnte den metallischen Geschmack auf seiner Zunge wahrnehmen und verzog angewidert das Gesicht. Sein Blick glitt über Körper, die sich nie wieder regen würden, in seinen Ohren hallten die Schreie und Rufe derer, für die jede Hilfe zu spät kam. Er wusste nicht mehr, wie viele von ihnen er getötet hatte, nur auf die Rüstungen hatte er geachtet.

Schaudernd dachte er daran, dass er nicht wenige von ihnen gekannt haben musste.

Plötzlich wurde ihm eiskalt, als Marje in seinem Blickfeld auftauchte, blutbespritzt, in der Hand nur noch einen Dolch. Doch einen Moment später atmete er erleichtert auf. Es schien nicht ihr eigenes Blut zu sein, wie er war sie unverletzt.

Er rannte geradewegs auf sie zu, als er sah, wie sich ihre Augen weiteten. »Kiyoshi, hinter dir!« Der Ruf hatte ihn kaum erreicht, als sich das Schwert in seine Schulter bohrte. Mitten im Lauf knickte er ein. Mit der freien Hand griff er zur Schulter, aus der die Klinge mit einem Ruck herausgezogen wurde. Der Soldat, der lautlos hinter ihm aufgetaucht war, holte zum letzten Schlag aus. Kiyoshi schaute wie gelähmt zu seinem Angreifer auf. Er spürte den brennenden Schmerz kaum, der sich in seinem Rücken ausbreitete. Sein Blick suchte Marje, doch er fand sie nicht mehr.

»Halt, Soldat!«

Der Mann ließ das Schwert zwar nicht sinken, sah sich jedoch überrascht um. Kiyoshi versuchte zu begreifen, was hier geschah. Die Stimme kam ihm schmerzhaft vertraut vor.

»Rajar«, sagte er tonlos, als der alte Freund in sein Blickfeld kam.

»Kiyoshi«, antwortete Rajar, die Augen zu schmalen Schlitzen verengt. Er saß auf seinem Reittier und beugte sich über ihn. »So sieht man sich wieder.«

Er zügelte sein Pferd. »Weißt du eigentlich, was du hier tust?«, fragte er und ließ seinen Blick über das Lager und die Kämpfenden schweifen. Seine Stimme bebte vor unterdrücktem Zorn. »Hast du eine Ahnung, was das hier ist?«

Kiyoshi zögerte mit der Antwort. »Ein Lager«, antwortete er schließlich und sah Rajar fest in die Augen.

Dieser stieß ein heiseres Lachen hervor. »Du weißt genau, was das hier ist«, sagte er und seine Stimme war zu einem gefährlich leisen Flüstern geworden. »Das hier ist Widerstand gegen den Kaiser.«

Kiyoshi stützte sich mit seinem unverletzten Arm auf das Schwert und stand langsam auf. »Ich habe mich nie gegen den Kaiser gestellt«, sagte er ruhig. Noch immer musste er zu Rajar aufsehen, der ihn von seinem Pferd aus wütend musterte. »Nur gegen Miro.«

»Du rüstest eine Armee gegen den Kaiser!«, sagte Rajar und sein Schwert beschrieb einen Bogen, der das gesamte Lager einschloss.

»Eine Armee?«, wiederholte Kiyoshi ungläubig und unterdrückte ein Lachen, das in ihm aufstieg. »Schau dich um, Rajar. Ist das hier das, was du dir unter einer Armee vorstellst? Ein Haufen ehemaliger Sklaven, fast verhungert? Frauen, Kinder?«

Rajars Pferd scheute, als ihm Kiyoshis Schwert zu nahe

kam. Energisch griff Rajar die Zügel fester. »Weißt du, was ich deinem Onkel erzählen werde, wenn wir zurückkommen?« Ein dünnes Lächeln umspielte seine Lippen. »Dass wir auf ein Lager bewaffneter Rebellen gestoßen sind, die mit dem Feind im Bunde stehen. Doch zum Glück haben wir sie sofort angegriffen, bevor sie dem Kaiser gefährlich werden konnten«, sagte er und sah Kiyoshi triumphierend in die Augen.

»Das ist sie also, die viel bewunderte Ehre der kaiserlichen Soldaten!«

Kiyoshi zuckte zusammen. Er kannte die Stimme inzwischen wie seine eigene und um alles in der Welt hätte er sich gewünscht, sie nicht zu hören. Nicht hier, nicht jetzt.

Aber da war sie schon heran. Die wilden Locken umrahmten ihr Gesicht, das totenblass war, der Dolch in ihrer Hand wirkte lächerlich klein gegen Rajars mächtiges Schwert.

»Und ihr wundert euch, dass wir euch hassen!«, fauchte sie dem Soldaten entgegen.

Sie legte ihre warme Hand auf Kiyoshis Schulter, und auch wenn er alles darum gegeben hätte, sie in Sicherheit zu wissen, fühlte er plötzlich, wie seine Kräfte zurückkehrten.

»Verräter!«, zischte Rajar aufgebracht, ohne weiter auf Marje zu achten. »Du verrätst den Kaiser und dein Volk, dem du dienen solltest.«

Kiyoshi setzte zu einer Erwiderung an, aber Rajar schnitt ihm das Wort mit einer herrischen Geste ab. »Du hast dich von deiner Familie und den deinen abgewandt. Und Verräter erhalten ihre gerechte Strafe.«

Stumm erwiderte Kiyoshi Rajars Blick. Er spürte, dass Rajar nur darauf wartete, dass er laut protestierte, um ihn dann erneut zum Schweigen bringen zu können. Er kannte seinen alten Freund gut genug, um zu wissen, dass er sich sein Bild von ihm und der Situation gemacht hatte. Er würde sich nicht umstimmen lassen.

Marje griff nach ihrem Dolch, aber Kiyoshi hielt ihn mit einer knappen Handbewegung zurück.

Unter Rajars zornigem Blick richtete er sich auf. Die Wunde in seinem Rücken pochte, aber sie schien nicht so schlimm zu sein, wie er anfangs vermutet hatte.

Kiyoshi sah sich um. Der Kampf im Lager ging sichtlich seinem Ende entgegen. Die Zentauren wichen immer weiter zurück, ebenso wie die wenigen Menschen, die noch kämpfen konnten. Viele schienen in die Wüste geflohen zu sein, in der Hoffnung, sich in den Sandtälern verbergen und sich später in den Wald der Zentauren flüchten zu können. Er hoffte, dass Marjes Anwesenheit hier bedeutete, dass wenigstens Sayuri in Sicherheit war.

Rajar beobachtete ihn aus dunklen Augen. »Du warst mein Freund«, sagte er mit leiser Stimme und Kiyoshi konnte hören, wie verbittert er war.

Kiyoshi schwieg. Wir könnten immer noch Freunde sein, dachte er, aber er sprach es nicht aus. Es war längst zu spät.

»Ich gebe dir eine Chance«, erklärte Rajar und nun war jedes Gefühl aus seiner Stimme verschwunden.

Kiyoshi erwiderte seinen Blick ruhig und entschlossen.

»Du darfst um dein Leben kämpfen!«, fuhr Rajar kühl fort. »Auf diesem Schlachtfeld wird nur einer von uns beiden überleben!« Schwungvoll stieg er aus dem Sattel und übergab die Zügel seines Pferdes dem Soldaten, der immer noch hinter ihm stand. Selbstsicher trat er auf Kiyoshi zu, das Schwert gezogen, bereit zum Kampf.

Kiyoshi sah auf sein eigenes blutbeflecktes Schwert hinab. Der Gedanke, dass er es gegen Rajar führen sollte, in einem Kampf um Leben und Tod, erschien ihm völlig abwegig. Bei den Übungskämpfen waren sie sich immer auf Augenhöhe begegnet. Rajars Kampfkraft gegen Kiyoshis Geschicklichkeit. Jetzt war der Kampf schon entschieden, bevor er begonnen hatte.

»Du kannst nicht kämpfen«, flüsterte Marje ihm zu und Kiyoshi spürte schmerzhaft seine Wunde pochen.

Er umschloss sein Schwert mit der Hand seines gesunden Armes. »Akzeptiert«, sagte er leise zu Rajar und hob das Schwert. Er hatte schon immer mit beiden Händen kämpfen können, wenn auch nicht sehr gut. Zumindest würde er Rajar einige Minuten lang in einen Kampf verwickeln können – einige Minuten, in denen die Zentauren einen Rückzug versuchen konnten.

»Ich werde für dich kämpfen!«, sagte Marje. »Du bist verletzt!«

Trotz seiner verzweifelten Lage musste er lächeln. »Hast du mir vorhin nicht gesagt, dass ich dich nie wieder ausschließen soll?«, fragte er. »Jetzt bist du es, die mich ausschließen will.«

Rajar lachte höhnisch. »Na, brauchen Verräter schon die Hilfe von Taller-Mädchen?«, sagte er mit ätzender Stimme. »Jemand anderen würdest du auch nicht mehr finden.«

Kiyoshi erwiderte seinen Blick ruhig. »Ich will auch niemand anderen finden«, sagte er. Er hob sein Schwert, es zitterte merklich in der Luft. »Ich bin bereit, Rajar. So kannst du Miro später von einem *fairen* Zweikampf erzählen, richtig?«

»Ihr seid unsere Zeugen!«, rief Rajar und winkte den Soldaten zu, die sofort einen Halbkreis um sie bildeten und Marje in ihre Mitte nahmen. Sie wehrte sich mit Händen und Füßen, doch gegen die Männer hatte sie keine Chance.

Kiyoshi sah in die Runde. Er erkannte einige der Gesichter. In manchen Augen konnte er Unsicherheit erkennen; dennoch widersetzte sich niemand Rajars Befehl.

Jetzt erst wurde ihm richtig klar, gegen wen er hier eigentlich die ganze Zeit kämpfte, und er verlor bei diesem Gedanken fast all seinen Mut.

Die Soldaten des Kaisers waren zu seinen Feinden geworden. Ihm war nicht bewusst gewesen, wie sehr er sich noch als Miros Erbe fühlte, als ein Diener des Kaisers.

Er kämpfte gegen seinen Onkel, der ihn großgezogen hatte.

»Du fällst das Todesurteil über deinen besten Freund«, sagte er leise.

Rajar schüttelte den Kopf. »Mein bester Freund ist längst gestorben«, widersprach er und setzte im gleichen Moment zum Angriff an.

Die Schwerter trafen mit einem harten Laut aufeinander, als Kiyoshi versuchte, den Angriff zu parieren. Der Stoß fuhr durch seinen Körper und ließ ihn die Zähne vor Schmerz zusammenbeißen. Aus dem Augenwinkel konnte er sehen, wie Marje sich aus dem Griff der Soldaten befreien wollte, doch ihre Bemühungen waren vergeblich.

Mühsam wehrte Kiyoshi Rajars Angriffe ab, versuchte ihnen auszuweichen, ohne dass er Zeit fand, selbst zum Angriff überzugehen. Knapp zischte Rajars Klinge vor seinem Hals entlang. Die Wut, die in den Augen des alten Freundes aufblitzte, jagte ihm einen Schauer über den Rücken.

Womit hab ich diesen Hass verdient?

Aber er wusste es. Egal, wie sehr er sich bemüht hatte, das Richtige zu tun, er hatte es doch falsch gemacht.

Wieder entging er Rajars Klinge nur knapp. Den linken Arm konnte er mittlerweile kaum mehr bewegen.

Ein schrilles Kreischen ließ ihn zusammenfahren. Er stolperte und fiel. Das Schwert rutschte ihm aus der Hand, als er versuchte, sich abzufangen.

Kiyoshi stürzte auf den sandigen Wüstenboden. In Erwartung von Rajars Schwertschlag schloss er die Augen. Aber da hörte er wieder diesen krächzenden, durchdringenden Schrei über dem Tal. Mit einem dumpfen Aufschlag fiel etwas direkt neben ihn in den Sand.

Um ihn herum wurde Gemurmel laut. Plötzlich war Marje bei ihm. Wieso hatten die Soldaten von ihr abgelassen?

Hektisch zog sie ihn auf die Beine, das Gesicht starr vor Entsetzen. Aber erst als sein Blick auf die dunkle Gestalt fiel, die vor ihnen im Staub lag, verstand er allmählich.

Rajars Augen standen weit offen. Sein Blick war noch immer dunkel, seine Miene jedoch ausdruckslos. Die Haut spannte sich wie Pergament über den ausgetrockneten Körper. Er sah aus, als wäre er schon vor Wochen in der Wüste verdurstet.

Ein Schatten legte sich über sie und den Toten.

5. Kapitel

Sayuri spürte, wie die Müdigkeit aus ihren Knochen wich. Wieder richtete sie den Blick auf einen der Soldaten und zog das Wasser aus ihm heraus, aus dem sie ihre Kraft schöpfen konnte. Es war eins der schrecklichsten Dinge, die sie jemals hatte tun müssen, und gleichzeitig erschrak sie darüber, wie einfach es war.

Festhalten, befahl der Greif und sie gehorchte, als er erneut zu einem Sturzflug ansetzte und auf die Soldaten hinabstieß, die einen Zentauren bedrohten. Mit seinen Vorderklauen riss der Greif einen Soldaten aus dem Sattel, trug ihn in den Nachthimmel und ließ ihn fallen, als er sich sicher war, dass er keinen Verbündeten am Boden treffen würde.

Sayuris Blick schweifte über das Lager, das erneut in ein Schlachtfeld verwandelt worden war. Innerhalb kürzester Zeit hatten sie den Kampf für sich entscheiden können. Am Osthang wandten sich die Soldaten bereits zur Flucht.

Sayuris Blick traf wieder einen der Männer und entzog ihm alles Wasser. Sie konnte die Macht in ihnen spüren. Jeder Mensch, jedes Lebewesen war plötzlich eine potenzielle Energiequelle für sie, so grausam ihr der Gedanke auch vorkam.

Der Greif stieg in die Höhe, schraubte sich hinauf, bis er zu seinem Gefährten kam.

Sayuri?

Suieens Stimme ließ sie aufblicken. Einen kurzen Augenblick lang sah sie auch in ihm nur die Energie, die ungenutzt vor ihr lag, dann schärfte sich ihr Blick wieder und sie erkannte die Sorge in seiner Miene.

Pass auf, dass du dich im Rausch nicht verlierst! Es reicht. Die Schlacht ist geschlagen!

Sayuri schluckte schwer und nickte. Ihr Blick fiel auf die Menschen unter ihr und ihr wurde schwindelig.

Kurz hob sie den Blick zu den Monden. Inzwischen neigten sie sich im Westen dem Horizont zu, bald würden sie verschwinden, während im Osten bereits die Morgendämmerung heraufzog.

Vage dachte sie an ihre Reise. Sie mussten aufbrechen, mussten fort, ehe Marje...

Wir müssen los, wollte sie Suieen zurufen, doch sie drang mit ihren Gedanken nicht mehr zu ihm durch.

Sie spürte, wie ihr Greif in sanften Kreisen über dem Lager niedersank. Seine weit ausgestreckten Flügel schimmerten in den ersten Strahlen des Sonnenlichts, dann versanken sie im Schatten des Wüstentals. Wieder trafen die Füße holprig auf den Sandboden. Sayuri klammerte sich fest, doch sie hatte das Gefühl, kaum noch Kraft in den Fingern zu haben. Nach einigen Schritten jedoch blieb der Greif stehen und zog seine Flügel an.

Noch bevor sie selbst handeln konnte, hoben starke Hände sie vom Rücken des Greifs. Suieen sprang neben ihr in den Sand und legte stützend einen Arm um ihre Schulter.

Wieder fühlte sie diese betäubende Müdigkeit. Wie konnte das sein? Es war so viel Magie gewesen, die sie aufgenommen hatte!

Suieen strich ihr eine blasse Strähne aus den Augen. *Du*

hast auch viel Kraft verbraucht, erwiderte er ihren Gedanken.

»Sayuri?« Die Stimme klang fast schmerzhaft laut in ihren Ohren, im Vergleich zu Suieens Stimme, die kaum mehr als ein Flüstern in ihren Gedanken war. »Sayuri! Bei Turu und Lauryn, wie kommst du auf den Rücken eines solchen Untiers?« Es war Milan, der sich auf Krücken durch den Sand schleppte, von seinem Freund Thalion zusätzlich gestützt.

Mit einem krächzenden Laut machte sich der Greif bemerkbar und trat hinter Sayuri. Sie spürte den harten Schnabel, der leicht ihre Schulter berührte, als würde er eine stumme Frage an sie richten.

Sie nickte, aber Suieen schüttelte den Kopf. *Es hat keinen Sinn,* widersprach er. *Du bist zu schwach.*

Sayuri wollte protestieren, aber ihre Stimme versagte ihr. Sie streckte den Arm aus, um sich an Suieen festzuhalten, doch ihre Hand griff ins Leere, ihre Bewegungen waren langsam und träge geworden. Vor ihren Augen verschwammen die Wüste und das Lager. *Wir müssen durch die Wüste, wir müssen fort von hier!*

Thalion fing sie auf, als sie strauchelte und das Gleichgewicht verlor.

»Was ist mit ihr?« Sie sah noch, wie Milans besorgtes Gesicht über ihr erschien.

»Sie ist sehr erschöpft«, hörte sie Suieens verzerrte Stimme wie von weit her.

Dann fiel sie in eine tiefe Schwärze, die all ihre Sinne betäubte.

Unruhig tanzte der rote Schein des Irrlichts durch das kleine Zelt und malte düstere Schatten auf die ernsten Gesichter der Anwesenden, deren Blicke auf das einzige geschlossene Augenpaar gerichtet waren.

Leicht hob sich Sayuris Brust unter der Decke und fast schien es, als könnte sie jeden Augenblick aus dem Schlaf schrecken. Aber alle Bemühungen von Marje oder Shina waren umsonst gewesen, Sayuri lag in tiefem Schlaf.

Seit ihrer Ankunft war Suieen nicht mehr von ihrer Seite gewichen und auch Kiyoshi und Milan waren ins Zelt gekommen. Beide waren schwer angeschlagen. Um Kiyoshis Schulter zog sich ein frischer Verband. Er wirkte müde und mutlos. Milan schien es etwas besser zu gehen, auch wenn inzwischen offensichtlich war, dass er nie wieder richtig würde laufen können. Nur mithilfe der Krücken konnte er sich vorwärtsstemmen und die Frustration hatte verkniffene Falten in sein Gesicht gegraben.

Ihre kleine Gemeinschaft hatte Verluste hinnehmen müssen, die sie alle bitter schmerzten. Sie hatten ihre Toten bereits begraben, ehe die unerbittliche Wüstensonne ihnen zusetzen konnte. Die Zentauren hatten sich um die Leichname ihrer Feinde gekümmert. Doch wenigstens hatte ein Großteil der jüngeren Kinder, Mädchen und Frauen den Kampf unbeschadet überlebt. Einige hatten die Wälder der Zentauren erreicht, der Rest hatte sich in den Minen versteckt.

Es war so eng und stickig im Zelt, dass Marje in Versuchung geriet, den Vorhang am Zelteingang zur Seite zu schlagen und frische Luft hereinzulassen, aber noch wehte ein kühler Wind durch das schattige Tal und Suieen hatte ihr unmissverständlich klargemacht, dass Sayuri es so warm wie möglich haben sollte.

»Wir müssen sie ruhen lassen«, meinte Suieen mit einem Blick auf die reglose Gestalt. »Sie wird einige Stunden schlafen, bevor sich ihr Zustand verschlechtert.«

»Es wird noch schlimmer werden?«, murmelte Kiyoshi leise.

»Sie wird sterben, wenn wir nichts unternehmen«, antwortete Suieen kühl.

Marje schluckte. Ihr Mund war plötzlich ganz trocken und ihre Stirn fühlte sich heiß an. Suieens Worte klangen, als wäre Sayuris Tod eine unumstößliche Tatsache. Sie warf einen letzten Blick auf ihre Freundin, ehe sie widerstrebend hinter Kiyoshi nach draußen kroch. Kurz berührte seine Hand die ihre und er schenkte ihr ein aufmunterndes Lächeln, doch sie konnte die Sorgen in seinen Augen sehen.

Kurz nach ihnen kam auch Milan aus dem Zelt. Er ließ sich von Marje die Krücken reichen und kämpfte sich mühsam hoch – auch wenn seine Beine kraftlos über dem Boden schleiften. »Hat Sayuri überhaupt noch eine Chance?«, wandte er sich an Suieen, der ebenfalls nach draußen gekommen war, um ein paar tiefe Atemzüge zu tun.

Der Halbmensch war von Natur aus schmal, doch nun wirkte er eingefallen und in sich zusammengesunken. »Wir haben vermutlich noch eine Woche«, wich er Milans Frage aus. »Dann stirbt sie, wenn sie zu keiner der Quellen gelangt, um sich an ihnen zu stärken.«

»Welche Quellen?«, fragte Milan ruhig, als könnte er alleine mit diesem Wissen Sayuri vor ihrem Tod bewahren.

»Ein Weg durch die Wüste ist unmöglich«, mischte sich Yuuka ein, die sich vor dem Zelt in eine Sandkuhle gelegt hatte.

Marje sah, wie Suieen den Mund öffnete, um zu widersprechen, aber die Raubkatze schüttelte entschieden den Kopf. »Der Weg ist zu weit und zu anstrengend.«

»Welche Quelle?« Kiyoshi wiederholte Milans Frage.

»Die Quelle des Kaisers«, antwortete Suieen leise. »In der Stadt.«

Marje spürte einen galligen Geschmack in ihrem Mund und schluckte hastig. »Dann müssen wir sie zurückbringen«, sagte sie entschlossen, obwohl sich ihr bei dem Gedanken daran, dorthin zurückzukehren, die Kehle zuschnürte.

Immerhin waren sie nicht gebrandmarkt. Somit erschien es nicht gänzlich unmöglich, Sayuri in die Stadt zu bringen.

Wem machst du hier eigentlich etwas vor, fragte sie sich verbittert. Hast du nicht noch gerade eben gegen die Soldaten des Kaisers gekämpft? Und sie waren ihretwegen hier gewesen. Sie hatten Sayuri gesucht, um sie zu töten.

Milan hatte den Blick nachdenklich gesenkt, während Kiyoshi starr geradeaus schaute, als würde sich vor seinen Augen eine Szene abspielen, die nur er sehen konnte. »Wir können sie nicht in die Stadt bringen«, sagte er langsam.

Marje starrte ihn an. »Wir müssen«, widersprach sie nachdrücklich.

Langsam schüttelte er den Kopf. »Wenn wir sie in die Stadt bringen, wird alles dort aufhören zu existieren«, sagte er und in seine Augen trat wilde Verzweiflung. »Sayuris Anwesenheit wird den Kaiser das Leben kosten und mit seinem

Tod wird die Quelle versiegen. Hunderte, Tausende werden verdursten.«

Stumm starrte Marje ihn an. Ihr Herz hämmerte gegen ihre Rippen und sie war außerstande, Worte zu finden.

Suieen schüttelte irritiert den Kopf. »Wie soll Sayuri denn jemanden alleine durch ihre Anwesenheit töten?«, erwiderte er. »Das ist vollkommen absurd.«

Kiyoshi zuckte hilflos mit den Schultern. »Der Wasserspiegel ist gefährlich gesunken. Mein Onkel hat gesagt, wenn sie noch länger in der Stadt bleibt, würde das den Kaiser umbringen. Dann versiegt die Quelle.«

»Miro lügt, wenn er den Mund aufmacht«, knurrte Milan ungehalten und Marje warf ihm einen scharfen Blick zu.

Und wenn nicht, fragte sie sich stumm. Verzweifelt rief sie sich die Gespräche mit Kiyoshi ins Gedächtnis.

Und was hatte der alte Wiljar – die Quelle des Wissens – zu Sayuri gesagt?

Triff deine Entscheidung bald, bevor die Zeit sie dir abnimmt.

Marje spürte, wie Übelkeit in ihr aufstieg. Die Vorstellung, dass er damit gemeint hatte, Sayuri müsse sich zwischen ihrem eigenen und dem Leben all der anderen Bewohner der Stadt entscheiden, war grauenhaft.

Mit einem leisen Sirren kam Shio aus dem Zelt und tanzte um Marjes Kopf. Sein Licht flackerte nur schwach, aus Angst um das blasse Mädchen, das schlafend im Zelt lag. Marje hob eine Hand, an die sich das Irrlicht sanft schmiegte.

»Wenn Sayuri in die Stadt zurückmuss, gibt es nur einen

Weg, der nicht von Soldaten bewacht wird.« Milan sah in die Runde. »Falls wir uns dafür entscheiden, sie zurückzubringen.«

»Ihr Leben oder das der Stadt?«, fragte Kiyoshi zweifelnd.

Yuuka knurrte ungehalten. »Sie ist eine Magierin, aber das bedeutet nicht, dass sie die Quelle des Kaisers zum Versiegen bringen kann. Dafür müsste sie mächtiger sein als jeder Magier vor ihr, mächtiger als der Kaiser selbst.«

Und das ist sie nicht?

Marje wagte es nicht, die Frage laut auszusprechen, aber sie konnte sie auch in Kiyoshis Augen lesen.

Yuuka gab einen tiefen, grollenden Laut von sich, der entfernt an ein Lachen erinnerte. Ihre neun sandfarbenen Schwänze lagen um ihren Körper wie ein Bett aus dichtem Fell. »Sie ist mächtig, aber nicht mächtiger als andere. Der Kaiser selbst müsste die gleichen Kräfte besitzen wie Sayuri. Er hält den Fluss des Wassers aufrecht und verwandelt die Magiequelle in eine Quelle reinen Wassers. Sayuri besitzt die gleiche Gabe. Deshalb wäre es ihr möglich, das Wasser in reine Magie zu verwandeln und den Fluss versiegen zu lassen. Aber weshalb sollte sie das tun? Miro kennt Sayuri nicht. Es ist das Unbekannte, was euch Menschen nur zu oft Angst einjagt.«

»Sayuri hat keinerlei Interesse daran, irgendjemandem zu schaden. Schließlich hat sie bisher dafür gelebt, anderen Menschen zu helfen und sie zu heilen«, sagte Milan und Marje nickte zustimmend.

»Der Gedanke ist völlig absurd!«, bekräftigte sie die Worte ihres Bruders und warf Kiyoshi einen fragenden Blick zu.

»Ihr habt recht«, sagte Kiyoshi schließlich zögernd. »Sayuri würde niemandem mit Absicht schaden.« Einmal atmete er tief ein, legte den Kopf in den Nacken und sah zum Himmel auf, der von den Strahlen der aufgehenden Sonne in ein blasses Rosa getaucht war. »Was tun wir hier eigentlich?« Er hob beide Hände an die Schläfen. »Ich verstehe das Ganze einfach nicht«, murmelte er leise vor sich hin.

Marje ging zu ihm und legte vorsichtig einen Arm um seine Schultern. Sie fühlte seine Erschöpfung, als wäre es ihre eigene.

Noch immer wussten sie nicht, wer Sayuri wirklich war. Sie wussten nicht, woher sie kam und was sie zu tun vermochte.

Kiyoshi legte ihr kurz die Hand auf die Schulter. Dann ging er in die Knie und malte mehrere Linien in den Sand. »Der Kaiser«, murmelte er leise, zog einen Strich von dem kleinen Kreis zu einem weiteren Kreis und tippte nachdenklich mit dem Finger darauf. »Miro.«

Marje ließ sich neben ihm in den Sand fallen. Neugierig sah sie ihm dabei zu, wie er weitere Linien malte. »Meine Mutter«, sagte er. »Mein verstorbener Vater.« Er zeichnete einen weiteren Kreis und zog eine Linie zu seinen Eltern. »Ich.«

»Aber wie passt Sayuri in dieses Bild? Gibt es da überhaupt eine Verbindung? Und wenn ja, warum?«

Kiyoshi verzog das Gesicht und betrachtete die Kreise im Sand.

»Du weißt es nicht.« Marje hörte den Spott in Milans Stimme, auch wenn er sich bemühte, ihn zu unterdrücken.

»Was weißt du eigentlich überhaupt über deine Familie?« Der kleine Thesu, Kiyoshis Schatten, gesellte sich zu ihnen, doch er zog sich schnell wieder zurück, als sein Blick auf Kiyoshi fiel.

Und auch Marje zuckte zusammen. Kiyoshis Miene hatte sich verhärtet. Er stand mit einem Ruck auf, verwischte die Linien im Sand mit dem Fuß und entfernte sich mit schnellen Schritten.

Marje warf Milan und Thesu einen wütenden Blick zu, bevor sie Kiyoshi nachlief. »Kiyoshi, warte«, rief sie ihm nach.

Mit einer abwehrenden Bewegung wandte er sich wieder um.

Marje griff nach seinen Händen. Atemlos sah sie ihn an. Seine Augen erinnerten sie an ein gehetztes Tier, das man in die Enge getrieben hatte. Da lag so viel in seinem Blick – Schmerz, Trauer, Unsicherheit und Angst.

»Ich weiß nicht mehr, was falsch und was richtig ist. Ich weiß nicht, was oder wem ich noch glauben soll«, erklärte er hilflos. »Soll ich Yuuka vertrauen? Hat Miro mich wirklich immer angelogen? Gibt es tatsächlich ein Geheimnis in meiner Familie, das er mir verschwiegen hat?« Sein Blick glitt zu der Düne, hinter der vereinzelt dünne Rauchschwaden aufstiegen. Dort verbrannten die Zentauren die Leichen.

Marje meinte, den widerlich beißenden Geruch selbst hier noch zu riechen, auch wenn die Zentauren weit weg waren. Die Erinnerung an die vertrockneten, ausgedörrten Körper jagte ihr einen eisigen Schauer über den Rücken. Sie konnte diesen grauenvollen Anblick kaum mit Sayuri in Verbindung bringen – und doch waren es ihre magischen Kräfte gewesen, die dem Feind den Tod gebracht hatten.

Marje schluckte. »All das hier – das darf nicht umsonst gewesen sein.« Sie schüttelte den Kopf. »Wir müssen in die Stadt zurück«, sagte sie. »Um Sayuri willen«, sie hob den Blick und sah ihm in die Augen, »wie um deinetwillen.« Sie griff nach seiner Hand. »Wir werden Miro zur Rede stellen. Und dann wirst du alles erfahren, was du wissen musst. Wenn Yuuka recht hat, dann muss es jemanden geben, der deinen Onkel aufhält. Kiyoshi, jemand muss ihn daran hindern, weiter die Stadt nach seinem Gutdünken zu regieren.« Ihre Stimme wurde zu einem Flüstern. »Du musst ihn aufhalten.«

Er schaute sie an und sein Blick blieb lange an ihr hängen.

In seinen Augen spiegelte sich noch immer Verzweiflung wider, doch da war ein Funkeln, das den Kampf gegen die Mutlosigkeit gewann. Schließlich drückte er Marjes Hand und führte sie wortlos zurück zum Zelt, wo die anderen schon auf sie warteten.

Er warf einen Blick auf Sayuri, die noch immer tief schlief.

Milan schaute ihn fragend an. »Es liegt bei dir«, sagte er leise und diesmal lag keine Ironie in seiner Stimme. »Wir überlassen dir die Entscheidung, Kiyoshi.«

»Wir bringen sie in die Stadt«, sagte er schlicht.

Mit einem flauen Gefühl in der Magengegend sah Kiyoshi auf den dunklen Eingang der Höhle, der sich wie ein weit aufgerissenes Maul vor ihm öffnete. Allein bei dem Gedanken, wieder unter die Erde zu müssen, begann sein Herz schneller zu schlagen. Jetzt, wo ihn nur noch wenige Schritte von der

Finsternis trennten, kamen ihm abermals Zweifel. Trotzdem würde er um nichts in der Welt von seinem Entschluss abweichen.

»Das wird eine lange Fahrt in der Dunkelheit«, flüsterte Marje. Er hatte nicht gehört, wie sie zu ihm getreten und neben ihm stehen geblieben war. In ihren Händen trug sie ihr Bündel, sie war aufbruchbereit. Ihre grünen Augen schimmerten golden im Sonnenlicht und Kiyoshi strich ihr mit den Fingern über die Wange.

»Das bisschen Dunkelheit macht dir Angst?«, fragte er grinsend. »Glaub mir, ich fand diese hässlichen Essjiar weitaus furchteinflößender. Du nicht auch?«

Marje lachte und nickte. Kiyoshi war ihr dankbar, dass sie auf seinen Scherz einging, obwohl sie doch genau zu wissen schien, was in ihm vorging.

Es war ein gewagter Plan, den sie zusammen beschlossen hatten, und Kiyoshi war sich bewusst, dass er sich damit nun ein für alle Mal von Miro und dem Kaiser lossagte. Aber inzwischen fühlte er kaum noch Verbundenheit mit denjenigen, die ihm früher wichtig gewesen waren. Er hatte eine neue Familie gefunden.

Noch immer stand Marje neben ihm und wartete. Er drückte kurz ihre Hand und folgte ihr dann hinunter in den dunklen Höhleneingang.

Thesu erwartete sie unten im Stollen. Er trug eine Lampe, die ihr unruhiges Licht auf die Wände warf, die noch feucht von der Überflutung waren.

Er grinste ihnen aufmunternd zu und lief voraus, um ihnen den Weg zu zeigen.

Kiyoshi holte tief Luft, tastete nach Marjes Hand und gemeinsam folgten sie ihrem Führer.

Der letzte Tag kam Kiyoshi vor wie ein Traum. Sayuri war nicht aufgewacht, während sie hektisch Vorbereitungen getroffen hatten. Milan, Marje und er hatten sich mit den Zentauren und Yuuka getroffen, um sich über ihren Plan, in die Stadt einzudringen, abzustimmen. Danach waren die Zentauren aufgebrochen, denn vor ihnen lag ein weiter Weg.

Milan selbst würde im Lager bleiben müssen. Kiyoshi ahnte, wie sehr Marjes Bruder das zu schaffen machte, doch es blieb ihm keine andere Wahl. Und er bewunderte insgeheim, wie ruhig der Ältere mit seinem Schicksal umging.

Den Weg zum unterirdischen See hatte Thesu ausgekundschaftet. Die Mine war zwar teilweise eingestürzt, doch das dichte Stollenwerk war zum Großteil erhalten geblieben und Thesu hatte ihnen bewiesen, dass die Hauptstollen passierbar waren. Er war es auch, der alle Botengänge zum See und wieder zurück übernahm, wo Thalion mit ein paar Gehilfen das Boot baute.

Erst hatten sie Materialien heruntergeschafft, dann Proviant und schließlich Sayuri. Sie betteten sie auf einer Trage. Thalion und Suieen übernahmen die Aufgabe, ihren leblosen Körper in die Tiefe zu bringen, während Thesu ihnen leuchtete.

Nun war der Kleine ein letztes Mal zurückgekehrt, um Marje und Kioyshi abzuholen und sicher zum See zu bringen.

Der Junge bewegte sich in den dunklen Gängen, als hätte er hier unten niemals in Lebensgefahr geschwebt. Fröhlich tanzte sein Licht neben Shio an den Wänden auf und ab. Kiyoshi war nur dankbar, dass der Weg nicht durch schmale Felsspalten führte. Offenbar hatte Thesu recht: Ein großer Teil der Mine war überhaupt nicht von dem Einsturz betroffen gewesen.

Trotz allem merkte er, dass seine Hand in Marjes feucht geworden war, und er spürte, wie ihm die Röte ins Gesicht schoss.

»Ist schon in Ordnung«, flüsterte sie ihm zu. »Das hier ist auch nichts für mich. Ich hasse die Dunkelheit und Enge.«

Thesu drehte sich um. »Wenn die Herrschaften mal einen Moment achtgeben würden«, sagte er und warf sich in die Brust. »Meine Damen und Herren – der Shanu!«

Hand in Hand traten Marje und Kiyoshi aus dem dunklen Gang, der quer durch die Mine immer weiter in die Tiefe geführt hatte.

Und was sie dann sahen, ließ sie vor Staunen erstarren.

Glitzernd und friedlich lag der unterirdische See vor ihnen. Milan hatte wahrlich nicht übertrieben, als er seine Ausmaße beschrieben hatte. Trotz der hellen Fackeln, die überall an seinem Ufer aufgebaut waren und die noch von den Söldnern stammen mussten, konnten sie das Ende des Sees nicht erkennen.

Der Shanu, dachte Kiyoshi mit einem Anflug von Heimweh. Hier endete der mächtige Strom also.

»Wie schön er ist«, flüsterte Marje. Sanft machte sie sich von ihm los und ging hinüber zu dem Boot, das schon am Felsenufer bereitlag. Kiyoshi erschrak darüber, wie klein und zerbrechlich es wirkte. Er dachte daran, was Milan ihnen über ihren Weg erzählt hatte, und hoffte still, dass es den Strömungen und der Kraft des Wassers würde standhalten können.

Suieen trat zu ihnen. Kiyoshi konnte ihm ansehen, dass er sich innerlich zerrissen fühlte. Am liebsten wäre er mit bei Sayuri im Boot geblieben, doch er wie auch Yuuka hatten eine andere Aufgabe übernommen.

Sanft hob Thalion Sayuri von dem Lager, das sie ihr am Ufer bereitet hatten, und trug sie zu dem Boot, das bereits mit Decken ausgelegt war, um sie warm halten zu können. Marje stieg in das schwankende Gefährt und bettete Sayuris Kopf auf ihren Schoß.

»Du bist dann wohl für das Rudern zuständig«, wandte Thalion sich grinsend an Kiyoshi und reichte ihm ein Paddel. »Viel Glück!« Sein Gesichtsausdruck wurde ernst. »Und denkt an alles, was Milan gesagt hat. Riskiert nicht zu viel«, bat er eindringlich.

»Du klingst schon wie mein großer Bruder«, murrte Marje.

Thalion grinste. »Seine Worte«, gab er offen zu. »Er macht sich eben Sorgen um sein kleines Schwesterchen!«

»Ja, vor allem, weil er selbst auch so übermäßig vorsichtig ist«, spottete Marje.

Suieen half Kiyoshi, das Boot ins Wasser zu schieben, und hielt es fest, als er einstieg. Gleich darauf spürte er den Sog, der nach dem Boot griff.

»Denkst du, du wirst es trotz deiner Wunde schaffen?«, fragte der Mischling leise.

Kiyoshi nickte. Shina hatte ganze Arbeit geleistet. Sie hatte ihn mit einer Kräutersalbe versorgt und die Wunde verbunden. Kiyoshi spürte die Stelle kaum mehr – ganz anders als die Wunde, die Marje ihm vor wenigen Wochen zugefügt hatte. Wo auch immer das Mädchen seine Heilkräfte herhaben mochte, Kiyoshi war ihm unendlich dankbar für seine Hilfe.

Probehalber tauchte er sein Paddel ins Wasser ein und sah das verschobene Abbild der breiten Seite unter der Wasseroberfläche, dann stieß er sie kraftvoll vom Ufer ab.

Suieen, Thalion und Thesu blieben hinter ihnen zurück. Im Licht der vielen Fackeln waren ihre dunklen Gestalten gut zu erkennen.

»Viel Glück!«, rief Thesu und hob die Hand zum Abschied.

Kiyoshi konzentrierte sich auf den See. Kleine Wellen schwappten gegen den Rumpf des Bootes und es spritzte, wenn er das Paddel zu hastig aus dem Wasser zog. So durchquerten sie den riesigen See, immer noch voller Staunen über dieses Wunder unter der Erde.

Erst als sie auf die Mündung des Flusses zusteuerten, wurde hinter ihnen das Licht der Fackeln schwächer.

Shio erhob sich aus dem Schein ihrer Buglaterne, schwebte zu Marje und ließ sich neben Sayuris blasses Gesicht sinken, das in seinem rötlichen Lichtschein ungesund fiebrig wirkte.

Nun hatten sie die Flussmündung erreicht und das Wasser drückte kraftvoll gegen ihr kleines Boot. Kiyoshi hatte alle Mühe, sie wieder auf den richtigen Kurs zu bringen. Bei dem Gedanken, dass sie gerade erst am Anfang einer langen Reise durch die Dunkelheit standen, machte sich wieder das flaue Gefühl in seinem Magen breit.

»Danke«, flüsterte Marje plötzlich leise.

Kurz sah er zu ihr auf, ehe er wieder einen kräftigen Paddelschlag tat. »Noch haben wir nichts erreicht«, meinte er nur.

»Trotzdem«, erwiderte sie und strich Sayuri eine Haarsträhne aus der Stirn. »Danke, dass du hier bist.«

Kiyoshi nickte. »Ich danke *dir*«, flüsterte er zurück. Und er meinte es so. Er wusste, dass er ohne Marje nicht den Mut gefunden hätte, diese Reise anzutreten.

Sie schwiegen lange. Das Rudern erforderte Kiyoshis ganze Kraft. Schweißperlen traten ihm auf die Stirn. Inzwischen spürte er den Widerstand des Flusses. Noch konnte er das Boot gut in der Strömung halten, doch bald würde es an seinen Kräften zehren.

Mittlerweile war der See hinter ihnen verschwunden und mit ihm auch das Licht der Fackeln, das das Wasser des Shanu hatte magisch glitzern lassen. Ihre kleine Lampe konnte gegen die Dunkelheit nicht viel ausrichten, und wenn sie nicht Shio gehabt hätten, der vorausflog, wäre ihre Reise schon bald zu Ende gewesen. Wieder und wieder flog das Irrlicht über schäumendes Wasser, das sich an Felsen brach, die dunkel aus dem Wasser ragten und die Kiyoshi umschiffen musste.

»Leben hier wohl Tiere?«, fragte Marje mit Blick auf die dunkle Wasseroberfläche. Ihr Gesicht sah aus, als könnte jeden Moment ein Monster auftauchen und das Boot in die Tiefe reißen.

Kiyoshi konnte das Boot mit einigen kräftigen Paddelschlägen an den Rand des breiten Stroms navigieren, wo der Sog sich nicht ganz so stark bemerkbar machte.

»Große Tiere! Und sie werden uns fressen«, sagte er augenzwinkernd. »Merkwürdig, dass Milan es überlebt hat. Ganz ohne Bissspuren.«

Marje schüttelte sich. »Tut mir leid, aber mir gehen die Scherze aus«, japste sie.

Kiyoshi nickte. »Ich verstehe, was du meinst«, sagte er nur und griff für einen Moment nach ihrer Hand. Gemeinsam blickten sie auf die schlafende Sayuri hinab, im nächsten Augenblick lösten sie sich wieder voneinander und Kiyoshi tauchte das Paddel abermals ins Wasser und machte sich daran, das Boot wieder in den breiten Strom zu navigieren.

Shio flog zwischen dem Boot und der nächsten Flussbiegung hin und her und summte unruhig. Kiyoshi fiel auf, dass er noch nie von einem Irrlicht gehört hatte, das so viel quatschte wie Shio. Er konnte zwar kaum ein Wort von dem verstehen, was der Kleine von sich gab, aber das leise Summen hatte etwas Beruhigendes an sich, genauso wie das warme rote Licht, das er verströmte. Immer wieder wartete er, bis Kiyoshi zu ihm aufgeschlossen hatte, um dann erneut ein kleines Stück vorauszufliegen.

Mit zitternden Muskeln und keuchendem Atem kämpfte Kiyoshi gegen den stärker werdenden Strom an. Die Wände des Tunnels rückten weiter zusammen, der Fluss wurde schmaler und ihr Boot geriet in Gefahr, gegen die Felsen geschmettert zu werden. Verbissen wehrte sich Kiyoshi dagegen und versuchte, den brennenden Schmerz in seinen Armen und seine Zweifel zu ignorieren, die er noch nicht ganz zum Schweigen hatte bringen können.

Jetzt, da sie den wilden Mächten des Wassers ausgeliefert

waren, wurde ihm erst richtig bewusst, worauf sie sich eingelassen hatten. Milan konnte sich leicht geirrt haben, was den Weg anging, schließlich war er halb bewusstlos gewesen, als er den Shanu hinabgetrieben war.

Was, wenn sie kenterten? Sie würden in der Strömung Sayuris leblosen Körper nicht lange an der Oberfläche halten können.

Nicht nachdenken, wies er sich selbst zurecht und biss die Zähne zusammen. Rudern!

Er warf Marje einen Blick zu und sah, wie sie hoffnungsvoll auf Sayuris blasses Gesicht starrte. Doch die weichen Gesichtszüge blieben unverändert. Nicht eine Regung verriet, dass sie zu Bewusstsein kam.

Dabei waren sie mitten im Shanu – dem Fluss, der aus der Quelle des Kaisers gespeist wurde! Kiyoshi leckte sich einen Tropfen von den Lippen. Die Wellen brachen sich am Rumpf des Bootes. Längst waren sie von Kopf bis Fuß durchnässt.

Endlich hatten sie den engen Gang hinter sich und kamen in ein breiteres Becken, in dem der Fluss wieder etwas ruhiger wurde.

Shio stieg bis unter die Decke und leuchtete den Raum aus. Kiyoshi schätzte ihn auf knappe zehn Schritt Länge.

Mit einigen müden Paddelschlägen brachte Kiyoshi das Boot in einen Winkel, in dem fast keine Strömung herrschte. Wenigstens kurz musste er Atem schöpfen, bevor sie weiterkonnten.

»Hast du Schmerzen? Kannst du noch?«, fragte Marje besorgt, als sie seinen schnellen Atem hörte. »Ich helfe dir.«

Sie deutete auf das zweite Paddel, das Thalion neben Sayuri gelegt hatte.

Kiyoshi schöpfte Wasser aus dem Fluss und trank aus der hohlen Hand, bevor er den Kopf schüttelte. »Pass auf Sayuri auf«, meinte er nur. Es war einfacher, das Boot alleine zu lenken. Sie konnten sich gar nicht schnell genug absprechen, um sicherzugehen, dass sie einander nicht blockierten.

Marje schien erleichtert über die Antwort. Zärtlich strich sie über Sayuris farblose Wangen, trocknete die Wasserspritzer, die ihr Gesicht bedeckten.

Verdammt, wach auf, dachte Kiyoshi, als er das Boot wieder in den Strom stieß. Er wusste nicht, wie lange er die Tortur noch durchhalten würde.

»Bitte«, murmelte Marje. »Bitte.« Mit beiden Händen hielt sie Sayuris Kopf in ihrem Schoß umschlossen. »Wach auf.«

Die Laterne schwankte bedenklich, als eine Welle den Bug des Bootes traf. Wasser spritzte auf und löschte das Licht ihrer Lampe. Kurz wurde es dunkel um sie, dann kam Shio zu ihnen zurückgeeilt und tauchte sie in sein rotes Licht.

Atemlos sah Kiyoshi zu Marje auf. »Tut sich irgendetwas?«, fragte er hoffnungsvoll.

Marje schüttelte den Kopf. Entschlossen griff sie nach dem zweiten Paddel, aber Kiyoshi schüttelte wieder den Kopf.

»Shio, schau nach, wie weit es noch ist!«, forderte Marje das Irrlicht auf. Sein Sirren verlor sich im Rauschen des Wassers, als er wieder ein Stück vorausflog und sie in tiefster Finsternis zurückließ.

Kiyoshi biss die Zähne zusammen. Er ahnte, dass Shio unverrichteter Dinge zurückkehren würde. Aber er wollte

Marje nicht den Mut nehmen. Wie lange hatten sie den Zentaurenwald durchquert, bis sie die Nordmine erreicht hatten? Die Mine war einfach zu weit von der Stadt entfernt.

Ein Zug nach dem anderen, beschwor er sich.

Du schaffst das.

»Shio …«, rief Marje in die Dunkelheit. »Wie … weit!«

Das Irrlicht leuchtete auf. Taumelnd kam es zurückgeschwebt, flog um Sayuris Kopf und begann wieder so schnell zu sirren, dass Kiyoshi gar nicht erst versuchte, den schnell aufeinanderfolgenden Worten zu lauschen.

Das aufflammende Licht blendete ihn. Am liebsten hätte er mit einer Hand nach ihm geschlagen, aber er brauchte beide Hände, um zu paddeln. Das Rauschen des Flusses war mittlerweile zu einem ohrenbetäubenden Dröhnen angestiegen.

Verschwommen nahm er wahr, wie Marje eine verzweifelte Geste machte.

Er hatte recht gehabt.

Shio war nicht fündig geworden.

Seine Arme arbeiteten inzwischen wie Maschinen, die nicht mehr zu seinem Körper gehörten. Er spürte weder Schmerz noch Erschöpfung, aber er wusste, dass dieser Zustand nicht lange anhalten würde.

Wach auf, flehte er im Stillen das schlafende Mädchen an. Doch selbst wenn Sayuri jetzt noch aufwachen sollte – hatten sie den Kampf nicht so oder so verloren?

Wieder verengte sich der Flusslauf. Ihr Boot schrammte an einer Felswand entlang. Mit letzter Kraft stieß er sich von ihr ab, aber das Wasser drückte das Boot zurück. Ächzend prallten die Holzplanken erneut gegen den Stein.

Kiyoshi ließ die Arme sinken. Das Paddel rutschte aus seinen Händen. Keuchend rang er nach Atem und dann spürte er, wie der Fluss das führerlose Boot mit sich riss.

6. Kapitel

Das Rauschen von Wasser erfüllte ihre Ohren. Kühles Nass spritzte auf ihre Haut und wurde von einer weichen Hand weggewischt. Sanft streichelten Finger über ihre Wangen.

Sayuri wollte die Augen öffnen, aber es gelang ihr nicht. Immer noch war alles um sie herum finster. Vielleicht hatte sie die Augen bereits offen und sie war nur in einem Raum, in dem Finsternis herrschte? Sie wollte sich aufrichten, konnte aber nicht einmal eine Hand heben. Keine Nacht konnte so dunkel sein!

Wieder trafen Wassertropfen auf ihre Wangen. Das Rauschen schwoll an, wurde immer lauter. Sie hatte das Gefühl, dass sie sich bewegte. An welchem Ort war sie nur? Das Rauschen, die Tropfen erinnerten sie an einen Fluss, das Schaukeln ähnelte einem Boot bei starkem Wellengang. Oft genug war sie in der Stadt mit Marje auf dem Shanu gefahren. Sie hatte es geliebt, wenn der Wind das Wasser zum Schäumen brachte und Wellen gegen die flachen Boote schlugen, sodass feine Wassertröpfchen aufspritzten.

Aber sie konnten nicht in der Stadt sein. Die Erinnerungen entzogen sich ihr, sobald sie nach ihnen greifen wollte. Irgendetwas war passiert. Flüchtig blitzten Bilder vor ihrem inneren Auge auf, aber sie konnte sie nicht festhalten. Marje, dachte sie und versuchte, sich an den Namen zu klammern. Ihre Freundin war bei ihr.

Wieder streichelten die Finger sanft über ihre Wange. Marje.

Ihre Haut prickelte unter der Berührung und unter dem kühlen Wasser, das wieder auf ihre Stirn und den Nasenrücken spritzte. Sie hatte das Gefühl, die Tropfen sehen zu können, sie nicht nur zu spüren, sondern in ihrer Gänze wahrzunehmen, ein wenig, als wären sie ein Teil von ihr.

Abermals blitzten Bilder vor ihrem Auge auf, als würden die Erinnerungen langsam zurückkehren. Menschen, die vertrocknet in sich zusammenbrachen, nachdem sie ihnen alles Wasser entzogen hatte. Aber sie hatte Fehler gemacht. Sie hatte das Wasser nicht in Magie umgewandelt, nicht in sich aufgenommen, sondern nur den Körpern entzogen. Jetzt musste sie die Magie in sich aufnehmen. Vorsichtig tastete sie mit ihren Gedanken nach einem Wassertropfen, der genau zwischen ihren Augen auf ihrer Haut lag. Sie konnte ihn spüren, fühlte das Verlangen ihres Körpers nach seiner Energie.

Erst versuchte sie, ihn einfach in sich aufzunehmen, ihn in sich hineinzuziehen, aber es gelang ihr nicht. Ihre Haut trennte sie von dem Wasser, eine natürliche Barriere, die sie erst noch überwinden musste.

Sie erinnerte sich an die ersten Tage, in denen sie ihren Garten auf dem Dach angelegt hatte. Da war das Wasser einfach aus ihren Fingern gesprudelt, ohne dass sie darüber nachgedacht hatte, was sie tat. Jetzt versuchte sie, sich genau an das Gefühl dabei zu erinnern, es in sich wachzurufen und den Vorgang einfach zuzulassen.

Ein Funken von Kraft erwachte in ihr und kurz durchströmte ein Gefühl der Leichtigkeit sie, bevor er wieder verschwand und sie erschöpft zurückließ. Dafür konnte sie den

Wassertropfen zwischen ihren Augen nicht mehr spüren. Er war verschwunden.

Sayuri spürte, wie Aufregung in ihr hochstieg. Sie brauchte mehr Wasser, mehr von den Tropfen! Wieder fiel das kühle Nass auf ihre Haut, blieb prickelnd dort liegen. Gierig sog sie die Kraft aus den Tropfen, ließ sie verschwinden, formte sie in reine Magie um, die ihre Haut durchdringen konnte. Das Gefühl von Schwere wich aus ihren Gliedern.

Nun konnte sie eine Hand heben, tastete vorsichtig um sich, spürte feuchten Stoff, in den sie gewickelt war.

Freude breitete sich in ihr aus. Voller Begeisterung suchte sie nach mehr Wasser, das sie in sich aufnehmen konnte, aber ihre Haut war trocken. Die Decke, all die Feuchtigkeit, die zwischen den Fäden hing! In ihrem Inneren entstand ein Bild von der Decke und ihrem Körper. Sie konnte das Wasser wahrnehmen, streckte sich noch mehr, durchbrach die Wand des Bootes und griff nach dem Fluss. Die Berührung, die nicht einmal wirklich eine Berührung war, jagte ihr einen Schauer über den Rücken. So unendlich viel Wasser!

Das Wasser um sie herum wandelte sich und reine Magie durchströmte ihren Körper. Es war ein wunderbares, leichtes Gefühl!

Blinzelnd schlug sie die Augen auf und ein Lächeln erschien auf ihrem Gesicht, als Shios warmes Licht sie einhüllte. Sie waren nicht in absoluter Dunkelheit gefangen, auch wenn es um sie herum finster war.

»Sayuri!«

Marjes Ruf ließ Sayuri aufsehen. Ihr Kopf lag im Schoß ihrer Freundin, die sich an einem Bootsrand festklammerte.

Erst jetzt spürte sie, wie ihr Gefährt von dem Wasser um sie herum mit sich gerissen wurde. Sie waren nicht mehr als ein Spielball der Wellen.

Plötzlich gab es einen heftigen Stoß und das Boot legte sich auf die Seite. Marje schrie auf.

Sayuri reagierte, ohne nachzudenken. Mit einer Handbewegung zog sie Wasser gegen die Planken und richtete das Boot wieder auf.

Kiyoshi saß keuchend zu ihren Füßen. Er hielt ein Paddel in den Händen, doch in seinem durchnässten, erschöpften Gesicht lag tiefe Hoffnungslosigkeit.

Marjes Stimme ließ sie herumfahren. Die schwarzen Locken klebten nass an ihrem Kopf und ihre Augen waren vor Angst weit aufgerissen. »Du musst das Boot aufhalten«, rief sie gegen den Lärm des Wassers an. Ihre Hand hatte Sayuris umfasst, ohne dass das Mädchen es gemerkt hatte. »Sayuri!«

Marjes Hand hob sich dunkel von ihrer weißen Haut ab. Sayuri spürte das Wasser in ihr. Doch Marjes Körper war eine Barriere, Sayuri drang nicht zum Wasser durch.

Wieder glitt ihr Blick auf den reißenden Strom. Vorsichtig, fast zögernd streckte sie eine Hand aus.

»Sayuri, du musst...«

Kurz sah sie zu Kiyoshi auf, der mit zusammengebissenen Zähnen gegen den Fluss kämpfte.

Das Boot tanzte wie ein Ball auf den Wellen, wurde von ihnen hin und her geschleudert. Mit einem Krachen schlug es gegen eine Felswand.

Das Geräusch hallte in dem Tunnel wider. Erst jetzt begriff

sie die Worte, die Marje ihr zurief. Und diesmal tauchte sie ihre Hand ins Wasser und ballte sie zur Faust.

Das Boot blieb stehen. Der Fluss wurde nicht ruhiger, aber es war, als könnte er das Boot plötzlich nicht mehr bewegen. Die Nussschale, die von den Wellen hin und her geschleudert wurde, war zu einem Fels in der Brandung geworden.

Ein tiefer Seufzer entrang sich Marje und Sayuri spürte die nassen Arme ihrer Freundin, die sie umfingen.

Kiyoshi legte vorsichtig das Paddel vor sich ins Boot. Mit einer Hand strich er sich die nassen Haare aus der Stirn. Sein Atem ging stoßweise. »Das wurde auch höchste Zeit«, sagte er mit einem Anflug eines Lächelns. »Ich dachte schon, du lässt uns hier ertrinken.«

Stumm schüttelte Sayuri den Kopf und setzte sich gänzlich auf. Die Decken rutschten von ihren Schultern und sie streckte sich. Sie fühlte sich, als hätte sie sehr lange geschlafen. Genussvoll dehnte sie ihre Glieder und spürte, wie Leben in sie kam.

»Ach, Sayuri!« Das schmale Boot hinderte Marje an einer richtigen Umarmung, aber sie hielt Sayuri fest an sich gedrückt, das Gesicht an ihrer Schulter vergraben. »Ich hatte solche Angst um dich«, flüsterte sie leise.

Vorsichtig hob Sayuri eine Hand, strich ihr zärtlich über die nassen Haare, deren Feuchtigkeit sie verwandelte. Dann hob sie neugierig den Blick, sah zur Decke und den unebenen Wänden. »Wo sind wir?«, formte sie Worte aus der Magie um sie herum und brachte sie leicht vibrierend zum Klingen.

Shio flog zu ihr hinab. Sein helles Licht blendete sie, sodass sie die Augen schließen musste. Seine Wärme war angenehm auf der Haut, auch wenn sie nicht das Gefühl hatte zu frieren. Mit geschlossenen Augen genoss sie sein Licht, das durch ihre Lider schimmerte, und sein aufgeregtes Summen. So schnell, wie er sprach, konnte sie ihm kaum folgen, und schließlich schüttelte sie lachend den Kopf.

»Wir sind auf dem Weg in die Stadt«, antwortete Marje und ihre Stimme bebte vor Aufregung.

Sayuri hielt inne. Stumm wiederholte sie für sich, was Marje laut gesagt hatte, dann erst drehte sie sich zu ihr um.

»Wir müssen den Wasserfall beim Schlund, der die Welt verschlingt, erreichen. Von dort aus können wir zurück in die Stadt. Den gleichen Weg hat Milan genommen, nur in umgekehrter Richtung. Es ist der Shanu, auf dem wir unterwegs sind«, erzählte Marje atemlos vor Begeisterung. »Wie fühlst du dich? Geht es dir gut?«

Sayuri nickte.

»Der Shanu?«, wiederholte sie ungläubig und hob den Blick, als könnte sie über der felsigen Tunneldecke schon die Häuser der Stadt aufragen sehen. Shio schwirrte unruhig um sie herum.

»Wir müssen zum Wasserfall. Es ist der einzige Weg in die Stadt. Doch wir wissen nicht, wie weit es noch ist.« Kiyoshi griff nach dem Paddel.

Sayuri schüttelte entschieden den Kopf, nahm ihm lächelnd das Paddel aus der Hand und legte es auf den Boden des Bootes zurück. Es war ein Leichtes, das Boot gegen den Strom zu wenden und flussaufwärts schwimmen zu lassen. Sie schloss die Augen und überließ sich gänzlich diesem Gefühl, dass das Boot fast auf einer Welle aus Magie schwebte. Sie sah nur den Fluss und das Boot. Wellen glätteten sich vor ihnen und Schaum verlor sich in der spiegelglatten Oberfläche des Wassers. Sie schob die Strömung in die Tiefe und hielt das Wasser in der Höhe an, sodass es keinen Widerstand mehr bot.

Das Boot setzte sich in Bewegung, erst langsam, dann immer schneller, atemberaubend schnell. Marje klammerte sich an den Bootsrand, ihre wilden Locken flogen.

Sayuri schloss die Augen und gab sich ganz dem Gefühl hin. Es war wie der Flug auf dem Greifen. So schwebten sie dahin, endlos, zeitlos – eine Reise wie ein Traum.

Erst als sie das Wasser spürte, das aus der Höhe hinabfiel und bis ins Boot spritzte, schlug Sayuri die Augen wieder auf und blickte zuerst in Kiyoshis fassungslose Miene.

Ein Lächeln breitete sich auf ihrem Gesicht aus, als sie Tshanils warme Sonnenstrahlen spürte. Sayuri hob den Blick.

Gut dreißig Schritt über ihnen brach das Wasser über den Rand des Schlunds, begleitet von den Sonnenstrahlen, die einen ovalen Flecken auf den unterirdischen Fluss malten. Das letzte Mal hatte sie diesen Wasserfall gesehen, als er Milan mit sich in die Tiefe riss.

Milan … und Ruan …

Suchend sah sie sich um, als könnte der Freund hier unten auf sie gewartet haben. Der Gedanke, dass er in dem Wasser, das sie so liebte, den Tod gefunden hatte, war ihr unerträglich.

Liebevoll strich Marje über ihren blassen Arm. »Wir haben es geschafft«, flüsterte sie leise, die Stimme so mit Glück erfüllt, dass Sayuri alle düsteren Gedanken vergaß. »Du hast es geschafft.«

Sie hatten es wirklich geschafft. Auch wenn Sayuri nur vage wusste, wie sie hierhergekommen waren und vor allem, warum. Ihr Gedächtnis war noch immer nicht vollständig zurückgekehrt. Sie hörte die Worte des Alten, doch sie konnte ihre Bedeutung nicht einordnen. Sie sah sich auf dem Greif durch den Nachthimmel fliegen, schließlich spürte sie die Energie, die aus den Soldaten in der Wüste geflossen war, während sie ihnen das Wasser entzogen hatte. Die Erinnerung ließ sie erschaudern.

»Alles in Ordnung?«, erkundigte Marje sich besorgt, während ihr Blick abermals nach oben glitt und dann unruhig über die Wasseroberfläche schwenkte.

Eine Weile herrschte Schweigen. Sayuri fiel auf, wie auch Kiyoshi den Fluss beobachtete. »Wenn ich das richtig sehe, ist der Wasserstand noch immer der gleiche«, sagte er schließlich.

Marje nickte zufrieden. »Es verändert sich nichts.«

Sayuri hielt eine Hand ins Wasser. Warum sollte sich auch etwas verändern? Das kühle Nass umspielte ihre bleiche Haut und gab ihr ein Gefühl von Sicherheit. Wie sehr ihr der Shanu gefehlt hatte, merkte sie jetzt erst.

Ein Sirren ließ sie aufblicken. Shio flog am Wasserfall hinauf, erreichte schließlich den Rand des Schlunds und verschmolz mit Tshanils hellem Licht.

Sehnsüchtig starrte Sayuri ihm nach.

»Jetzt heißt es warten«, meinte Kiyoshi.

Fragend legte Sayuri den Kopf schief und Marje erklärte

ihr den Plan, den sie zusammen mit den Zentauren ersonnen hatten. »Die Zentauren werden versuchen, in die Stadt einzudringen. Sie werden uns aus dem Schlund bergen. Wir müssen nur warten.«

»Was verdammt lange dauern könnte«, knurrte Kiyoshi. »Auch wenn die Zentauren früher aufgebrochen sind als wir – es ist mehr als eine Tagesreise bis zur Stadt.« Er warf einen Blick auf Sayuri. »Und wir … wir können nur wenige Stunden unterwegs gewesen sein.« Er grinste kurz. »Nicht dass ich mich beschweren will.«

Sayuri lachte hell auf. Kiyoshi sah aber auch zu komisch aus, wie er so ungeduldig das Gesicht verzogen hatte.

Wie von selbst hob sich ihre Hand. Der rauschende Wasserfall teilte sich vor ihr. Konzentriert sammelte sie ihre Kraft unter dem Boot und ließ das Wasser nach oben strömen.

Sie hörte Kiyoshis überraschten Aufschrei, als sich das Boot ein Stück weit erhob. Aber noch reichte es nicht. Zwar waren sie der Sonne ein ganzes Stück näher gekommen, aber noch längst nicht genug.

Sayuris Hände ballten sich zu Fäusten. Das Wasser stieg weiter, füllte die gesamte unterirdische Grotte aus und drückte sie durch den Schlund nach oben. Höher und höher, weiter und immer weiter, bis die Schatten der Wände zurückwichen und die Sonne ihnen ungehindert ins Gesicht fiel.

Sayuri sah sich um. Der Schlund war zu einem friedlichen See geworden. Sie lächelte zufrieden und lehnte sich zurück.

Kiyoshi erholte sich noch eher als Marje von dem Schreck und griff nach dem Ruder. In wenigen Augenblicken hatten sie das feste Ufer erreicht. Gleich darauf zogen Kiyoshi und

Marje ihr Boot auf das Trockene, während Sayuri das Wasser zurückgleiten ließ.

Mit einem sanften Plätschern wichen die Wellen zurück, sanken tiefer und tiefer. Die Wände der Schlucht tauchten wieder auf und wenig später donnerte der Wasserfall in den abgrundtiefen Schlund, als wäre nichts geschehen.

Ungeduldig befreite Sayuri sich aus den Decken und stand auf. Tief atmete sie die Stadtluft ein, die so ganz anders roch als die Luft in der Wüste. Shio flog voller Angst auf sie zu und drängte sie, sich zu verstecken.

Sie spürte, wie Marje nach ihrer Hand griff und sie aus dem Boot und mit sich zog, vorbei an den Menschen, die an den Ufern des Platzes zusammengelaufen waren und den kleinen Trupp in fassungslosem Schweigen anstarrten. Kiyoshi folgte ihnen auf dem Fuß.

Voller Freude nahm Sayuri die ganze Stadt in sich auf. Es kam ihr vor, als wäre sie eine Ewigkeit fort gewesen. Mit zitternden Fingern strich sie über die Sandsteinwände der Häuser und berührte den dunkelroten Stoff eines zum Trocknen aufgehängten Tuches. Und wieder und wieder fiel ihr Blick auf den Fluss, der in Tshanils Licht glitzerte.

Der Shanu. Sie war zu ihm heimgekehrt.

»Wohin?«, fragte Kiyoshi.

Marje warf ihm einen knappen Blick über die Schulter zu.

»Zu ihrem Laden«, rief sie zurück. »Dort werden sie bestimmt nicht suchen.«

In ihrer Stimme lag Furcht, doch Sayuri verstand ihre Aufregung nicht. Wovor hatte ihre Freundin Angst?

An Marjes Seite glitt sie durch die vertrauten Gassen in

Richtung Heimat. Wenige Minuten später überquerten sie eine Brücke. Auf dem Fluss waren wie an jedem Tag unzählige kleine Boote unterwegs. Sayuris Blick fiel auf die Rüstung der Stadtwache.

Kiyoshi schien sie im gleichen Moment zu sehen. Hastig zog er die Kapuze seines Mantels in sein Gesicht und griff nach ihrer Hand, um sie in seinen Schatten zu ziehen. »Geh einfach weiter«, murmelte er.

Aber Sayuri blieb entschlossen stehen.

Marje drehte sich erschrocken um, als sie merkte, dass die blasse Freundin ihr nicht mehr folgte. »Wir müssen weiter«, rief sie leise.

Sayuri schluckte, bevor sie die Worte fand, die sie sagen wollte. Das letzte Stück ihrer Erinnerung war zu ihr zurückgekehrt.

»Der Kaiser«, flüsterte ihre Stimme tonlos im Wind.

Kiyoshi starrte sie an. »Was sagst du?«, fragte er nach. »Was ist mit dem Kaiser, Sayuri?«

Ihr Blick glitt zu einem der Wachtürme an der Palastmauer, die aus der Ferne zu ihnen herüberragte, dann rannte sie los. Ihre Gedanken überschlugen sich, während sie immer schneller wurde, ohne sich zu kümmern, ob ihre Freunde ihr folgen konnten.

Marje tauschte einen hilflosen Blick mit Kiyoshi. Verbissen versuchten sie, der schmalen Gestalt zu folgen, die mit wehenden Haaren vor ihnen herlief.

Wie schnell Sayuri war – fast schien sie über das Pflaster zu fliegen.

Sie passierten die Soldaten der Stadtwache und sie bemerkte, wie Kiyoshi mit einer Hand die Kapuze tief ins Gesicht gezogen hielt und mit der anderen nach dem Dolch tastete, den er unter dem Umhang verborgen hatte.

Marje versuchte, Sayuri nicht aus den Augen zu lassen. Sie wagte nicht einmal, ihr nachzurufen, um die Aufmerksamkeit der Soldaten nicht auf sie zu lenken.

Geschickt wich Sayuri den entgegenkommenden Menschen aus, sprang über ein Boot und überquerte den Fluss über eine der schmalen Holzbrücken. Erst als sie auf der anderen Seite war, wandte sie sich kurz um.

Marje war sich nicht sicher, ob die Geste, die sie machte, ihnen bedeuten sollte, zurückzugehen oder sich zu beeilen. Kiyoshi jedenfalls zögerte nicht. Schon rannte er hinterher über den Fluss.

Sayuris Blick traf Marjes. Ungeduld spiegelte sich in ihren blassblauen Augen. Dann wandte sie sich um, doch in dem Moment, in dem sie losrennen wollte, prallte sie mit einem Mann zusammen, der gerade in diesem Moment in die Straße eingebogen war. Beide stürzten und fielen zu Boden.

Keuchend lief Marje los und erreichte Sayuri und Kiyoshi, als der Fremde sich gerade aufrichtete.

Mit einer Hand rieb er sich eine Beule am Kopf, mit der anderen stützte er sich am Boden ab. Sein Blick glitt über die Bücher, die er vor sich auf den Armen getragen hatte und die nun auf der Straße verstreut lagen.

»Shoan!« Marje starrte in das eingefallene Gesicht. Seit ihrem letzten Treffen schien ihr Freund noch magerer geworden zu sein.

»Marje!« Ungläubig schaute er sie ein paar Sekunden lang an, dann klopfte er sich den Staub von der Kleidung und stand auf. »Ich kann es nicht glauben!«

Marje lachte. »Ich auch nicht wirklich!«

Erst jetzt schien Shoan zu bemerken, mit wem er da zusammengeprallt war. »Sayuri! Ich habe dich gar nicht erkannt. Bist du verletzt?«, fragte er besorgt.

Sayuri schüttelte den Kopf. Der unvermittelte Zusammenprall schien sie ein bisschen zur Besinnung gebracht zu haben. Doch die kindliche Freude, die noch am Schlund auf ihrem Gesicht gelegen hatte, war völlig verflogen. Ein dunkler Schatten hatte sich über ihre blassen Züge gelegt und sie schien mit sich zu ringen.

Marje musterte sie besorgt, aber da packte sie Shoan an der Schulter und zog sie in seine Arme. »Ach, Marje«, rief er aus. »Ich dachte, die Soldaten hätten dich geschnapppt.«

»Du erdrückst mich ja«, wehrte sie endlich lachend seine Umarmung ab.

Er hielt sie ein Stück von sich.

»Wo kommt ihr eigentlich her? Wo habt ihr all die Tage gesteckt? Thar ist fast gestorben vor Sorge! Und warum …«

»Lasst uns das woanders besprechen«, unterbrach Kiyoshi ihn. Er hatte während ihres kurzen Wortwechsels Sayuri auf die Beine geholfen und die Bücher eingesammelt. »Wir sollten besser weiter.« Nervös schaute er die Straße entlang, während Marje Shoan in Kürze erzählte, was vorgefallen war.

Shoan starrte Marje ungläubig an, als sie ihm von ihrer Reise durch die Wüste erzählte, doch als sie von den Zentauren zu sprechen begann, schien er völlig fassungslos.

»Es gibt sie also wirklich, die Zentauren? Ich dachte immer, das wären nur Ammenmärchen ...«, stammelte er.

Marje nickte und plötzlich schoss ihr ein Gedanke durch den Kopf, der sie in Panik versetzte. Die meisten Menschen hier wussten gar nicht, dass es Zentauren tatsächlich gab. Wenn die riesigen Mischwesen in die Stadt kamen, würden die Menschen womöglich vor Angst nach ihren Waffen greifen.

»Du musst Thar Bescheid geben«, wandte sie sich an Shoan. »Und die anderen zusammentrommeln. Die Zentauren kommen in die Stadt.«

»Was?«

»Die Zentauren sind auf unserer Seite«, erklärte Marje ihm. »Sie werden niemandem etwas zuleide tun, der keine Rüstung trägt. Wir dürfen uns ihnen nur nicht in den Weg stellen.«

»Und bitte – wenn du deine Leute sprichst, sag ihnen auch, sie sollen die Zentauren zum Palast führen«, fügte Kiyoshi hinzu. Marje sah, wie viel Kraft ihn dieser Satz kostete. »Sie ... sie verstehen unsere Sprache.«

»Warte ...« Shoan hielt Kiyoshi am Arm fest und musterte ihn eindringlich.

Kiyoshi blickte ihm in die Augen.

»Wusste ich doch, dass du mir bekannt vorkommst«, murmelte Shoan. »Bei allen Göttern ...«

»Shoan, wir haben nicht viel Zeit!«, drängte Marje ihn. »Wir treffen uns in Sayuris Laden. Komm mit Thar dorthin!«

Shoan strich sich unschlüssig durch die Haare.

»Wenn du uns helfen willst, dann tu, was Marje sagt.« Kiyoshi hielt den Kopf wieder gesenkt und hatte sich vor Sayuri gestellt, um sie vor den neugierigen Blicken zu schützen, die die anderen Menschen auf der Straße ihnen zuwarfen. Nach den Tagen, die sie in der Wüste verbracht hatten, mussten sie einen seltsamen Anblick bieten. Ihre Kleidung war schmutzig und zerrissen, die Haare hingen ihnen strähnig ins Gesicht und waren noch nass von der Fahrt auf dem Fluss.

Der Ruf eines fernen Horns klang durch die Gassen und ließ sie aufhören.

Marje blickte sich suchend um und tatsächlich, da kam Shio angesirrt. Aufgeregt berichtete er ihr, dass ein Trupp Zentauren sich der Stadt näherte.

»Bitte, Shoan!«, drängte Marje, nachdem das Irrlicht geendet hatte. »Vertrau uns!«

Shoan schluckte, dann nickte er und drückte ihr die Bücher in die Hand. »Ohne sie bin ich schneller!«, bat er. Dann lief er los.

Marje nahm Sayuri an der Hand. Sayuri zögerte noch einen Moment, doch dann wandte sie sich um und folgte Marje. Kiyoshi übernahm die Nachhut.

Die Menschen um sie herum hatten dem fernen Hornklang keine Aufmerksamkeit geschenkt. Offenbar konnten sie das Geräusch nicht zuordnen. Manche hoben den Kopf, wenn sie an ihnen vorbeiliefen, doch ansonsten schien der Alltag in die Stadt zurückgekehrt zu sein.

Überall brachten die Menschen ihre Häuser in Ordnung, ein jeder ging seinem Treiben nach, als wäre nichts geschehen. Und so erreichten sie ohne weitere Zwischenfälle das

Handwerkerviertel. Im Eingang ihres Ladens blieb Sayuri stehen. Ihre Finger strichen über den hölzernen Türrahmen.

Erst jetzt sah Marje, was sie zögern ließ. Die Tür hing nicht mehr in den Angeln, Sand bedeckte den Eingang und ein Regal war zur Seite gekippt, sodass es den Weg versperrte.

Sayuri bückte sich, schlüpfte durch den schmalen Durchgang, der geblieben war, und blickte sich in dem Laden um, der so lange ihr Zuhause gewesen war. Zögernd folgte Marje ihr und zog Kiyoshi hinter sich her.

Tonscherben und Pulverreste bedeckten den Boden. Mehrere Säcke waren einfach umgeworfen worden, sodass sich ihr Inhalt über den Boden verteilt hatte. Der größte Teil aber war einfach verschwunden. Nachdem die Soldaten im Laden gewesen waren, hatten Plünderer scheinbar die Gelegenheit genutzt, sich zu bedienen.

Fassungslos glitt Marjes Blick über die zertrümmerte Einrichtung, während Sayuri langsam auf den Tresen zuging, mit den Fingern über das alte Holz strich und zärtlich eine Scherbe vom Boden aufhob.

»Was jetzt?«, erkundigte Kiyoshi sich. Er hatte die Tür aufgehoben und so gegen die Türöffnung gelehnt, dass nur noch ein schmaler Spalt blieb, durch den Tshanils Strahlen fielen und die Staubpartikel in der Luft glitzern ließ.

»Wir warten«, sagte Marje und setzte sich auf den Tresen. Sayuri sank neben ihr auf dem Hocker zusammen, der wie durch ein Wunder heil an seinem Platz geblieben war.

Inzwischen wirkte ihre Freundin völlig mutlos und Marje legte spontan den Arm um sie. Was war nur mit ihr? Dort unten im Boot – sogar noch am Schlund – da hatte Sayuri Funken gesprüht wie Shio an seinen hellsten Tagen. Es war pure Magie gewesen, die sie ausgestrahlt hatte. Doch jetzt schien das alles verflogen. War sie mit ihren Kräften wieder am Ende? Was, wenn sie wieder in diese tiefe Ohnmacht fiel? Andererseits wirkte Sayuri nicht müde oder erschöpft. Nur – verzweifelt.

Marje beobachtete, wie Kiyoshi einige Scherben zusammenschob und ein zertrümmertes Regalbrett aufhob. »Es tut mir so leid«, sagte er, als er kurz zu ihnen herüberblickte.

Sayuris Blick glitt traurig über die zertrümmerten Überreste, die einmal ihr Leben gewesen waren.

Plötzlich wurde die Vordertür, die Kiyoshi angelehnt hatte, schwungvoll aufgestoßen und fiel krachend zu Boden. Thar stand im Eingang, die Hand, mit der er sich Eintritt verschafft hatte, noch erhoben. »Oh, Entschuldigung«, murmelte er etwas verlegen, dann trat er ein, gefolgt von einigen anderen, unter ihnen auch Shoan.

Marje sah, wie Kiyoshi sich in den Schatten zurückzog. Für sie war es in der Zwischenzeit selbstverständlich, dass er immer in ihrer Nähe war. Doch sie konnte sich nur noch zu gut an die letzte Versammlung erinnern, die sie in Sayuris Laden abgehalten hatten. Damals hatte auch sie den Prinzen noch abgrundtief gehasst. Und die Leute, die Shoan zusammengetrommelt hatte, waren alles andere als Verehrer der Kaiserfamilie.

Die Jungen, die inzwischen den Raum betreten hatten, schauten sich neugierig um, ohne Kiyoshi Beachtung zu schenken. Traurig stellte sie fest, dass sie kaum jemand von ihnen kannte.

»Es werden noch einige kommen«, sagte Shoan, der ihren Blick bemerkt haben musste.

Marje nickte knapp, dann sah sie zu Thar. Er hatte sich in der Zeit, in der sie in der Wüste gewesen waren, ziemlich verändert. Nicht nur, dass sich eine lange, schmale Narbe über seine Wange zog und seine dunkle Kleidung geflickt war, er hatte sich auch die Haare wachsen lassen, die er teilweise zu Zöpfen geflochten hatte. Marje hatte das Gefühl, als wollte er Ruan und Milan nacheifern.

Auch seine Gesichtszüge waren ernster geworden. Kälter. Aber in seinen Augen erwachte ein vertrautes Funkeln, als er ihren Blick erwiderte. »Zufrieden?«, fragte er und breitete die Arme leicht aus.

Sie lächelte leicht. »Es hat sich viel verändert, Thar«, sagte sie hastig. Kurz erwog sie zu erzählen, dass Milan am Leben war. Aber das würde zu viele Fragen aufwerfen und sie hatten wenig Zeit. Sie wusste nicht, wie lange die Zentauren brauchten, um in die inneren Stadtviertel vorzudringen.

»Hat Miro in den letzten Tagen noch nach Sechzehnjährigen suchen lassen?«, erkundigte sie sich.

Alle im Raum verstummten.

»Nein«, antwortete Shoan.

Marje holte Luft und warf Sayuri einen unsicheren Blick zu. »Ich weiß nicht, womit Miro begründet hat, dass die Jagd beendet ist. Aber wir haben in Erfahrung gebracht, dass es ihm nie um alle Sechzehnjährigen ging.«

Ihre Freundin starrte mit ausdruckslosen Augen auf die

Tischplatte. Unruhig knetete sie ihre Finger. Ihr gehetzter Blick traf Marje und versetzte ihr einen Stich.

»Miro hat nur eine von uns gejagt«, sagte Marje und tauschte einen Blick mit Kiyoshi, wie um sich Mut zu machen.

»Sie haben Sayuri gejagt«, sagte sie leise.

»Woher willst du das wissen?«, fragte Thar mit gerunzelter Stirn.

»Was redest du da?«, rief ein Junge von weiter hinten. Er war gerade erst zur Tür hineingekommen.

»Alles zu erklären, würde zu lange dauern«, versuchte Marje die Zwischenrufe zu übertönen.

»Sayuri besitzt wie der Kaiser magische Kräfte. Sie hat Macht über die Quelle. Und sie kann das Leben in der Stadt aufrechterhalten. Doch Miro hat Angst vor ihren Fähigkeiten. Deshalb hat er sie jagen lassen.«

Einen Moment lang herrschte fassungsloses Schweigen. Ein paar Mädchen und Jungen sahen sie aus weit aufgerissenen Augen an, während andere den Kopf schüttelten. Niemand im Raum schien Marje Glauben zu schenken.

»Magische Kräfte?«, fragte ein rothaariges Mädchen spöttisch und zeigte auf Sayuri. »Was erzählst du uns da?«

»Die Wahrheit.« Kiyoshis Stimme war dunkel. Er sprach nicht laut, aber seine Worte schienen bis in den letzten Winkel des Raums zu dringen. Mit wenigen Schritten trat er aus dem schützenden Schatten und zog alle Blicke auf sich, als Tshanils Licht auf ihn fiel.

Marje hielt unwillkürlich die Luft an, als er die Kapuze zurückstrich.

»Kiyoshi«, murmelte Thar fassungslos.

Die anderen Straßenkinder waren verstummt und starrten entsetzt auf den Prinzen, der plötzlich vor ihnen stand.

»Marje hat die Wahrheit gesagt«, fuhr Kiyoshi fort. »Wir brauchen eure Hilfe. Die Zentauren sind gerade dabei, in die Stadt einzudringen. Wir wollen keine unnötigen Kämpfe und müssen dafür sorgen, dass sie möglichst ungehindert den Palast erreichen.«

Kurz sah er zu Marje.

In dem Moment stand Sayuri auf. Alle Mutlosigkeit war mit einem Schlag aus ihrem Gesicht gewichen. Stattdessen strahlte sie eine tiefe Ruhe aus. »Ihr müsst mir helfen«, erklang ihre sanfte Stimme im Raum.

Marje sah die ungläubigen Blicke, die sich nun auf Sayuri richteten. Sie hatte ihren Mund nicht bewegt und doch konnte jeder ihre Worte hören, die wie ein leises Flüstern überall um sie herum in der Luft waren.

»Ich muss in den Palast«, fuhr Sayuri fort und ihre blassen Wangen erröteten.

»Es ist wichtig für uns. Und es ist wichtig für diese Stadt«, sagte sie und ihre Stimme schien den Raum zu durchdringen. Alle Augen waren gebannt auf sie gerichtet. »Werdet ihr mir helfen?«

Kiyoshi sah zu ihr hinüber und sie nickte ihm zu. Marje schoss durch den Kopf, dass sie ihre Freundin noch nie so entschlossen gesehen hatte. Aber warum? Was hatte sie vor?

»Ihr habt Sayuri gehört«, rief Kiyoshi. Er schien das Gleiche in Sayuris Gesicht zu lesen und offenbar vertraute er ihr. »Wir werden ihr helfen. Wir können dafür sorgen, dass die Soldaten von den Zentauren abgelenkt werden. Wir wollen keinen Kampf. Aber ihr könnt versuchen, die Palastwachen abzulenken.«

»Na, das Spiel beherrschen wir«, grinste Thar.

»Ein wenig Verwirrung ist schnell gestiftet«, stimmte ein Mädchen zu.

»Warum sollen wir dir eigentlich glauben?«, fragte die Rothaarige und deutete mit einem Kopfnicken auf Kiyoshi. »Ausgerechnet dir…«

»Weil ich ihm vertraue und weil ich euch sage, dass er sein Leben für Sayuri und mich riskiert hat.« Marje sprach mit ruhiger Stimme.

Shoan, der sich bisher zurückgehalten hatte, hob fragend eine Augenbraue, aber keiner sagte etwas. Schweigend tauschten sie Blicke untereinander oder starrten zu Sayuri, die neben der Theke stand.

»Ich glaube Marje«, sagte Thar schließlich und drehte sich zu den Leuten um. »Ihr habt gehört, was sie gesagt haben! Die Stadt wartet nicht!«, rief er und es klang wie ein Schlachtruf. Einige zögerten, aber dann kam plötzlich Bewegung in den Raum und einer nach dem anderen stürzte nach draußen auf die Straße.

Als der Raum schließlich bis auf Thar und Shoan verlassen war, trat Sayuri zu Marje und Kiyoshi und nahm ihrer beiden Hände.

Kiyoshi stellte keine Frage, weder er tat das noch Marje. Und das mussten sie auch nicht. Es war nur ein Händedruck, aber mit dieser Berührung sagte Sayuri so vieles, was Worte niemals hätten ausdrücken können.

Während Sayuri geschlafen hatte, waren er und Marje es gewesen, die die Entscheidung für sie getroffen hatten hierherzukommen. Doch nun war Sayuri wach, und je länger sie Marjes und seine Hand hielt, desto leichter wurde die Last auf Kiyoshis Schultern.

Sayuri wusste, was zu tun war – sie hatte es schon immer gewusst, das spürte er tief in seinem Inneren. Und er hatte richtig gehandelt, sie zurück in die Stadt zu bringen.

Es war Sayuris Auftreten gewesen, das Thar, Shoan und die Übrigen in ihren Bann gezogen und überzeugt hatte. Ihre Stimme hatte den ganzen Raum ausgefüllt. Die Macht, die sie umgab, schien fast greifbar. Alle, die hier zusammengekommen waren, hatten es gespürt, das hatte er in ihren Gesichtern gesehen.

So standen sie lange, er und Marje, in einem zertrümmerten kleinen Laden mit einem blassen Mädchen, das ihre ganze Welt auf den Kopf gestellt hatte.

Begleitet mich in den Palast, bat Sayuri schließlich und ließ ihre Hände los.

Kiyoshi wechselte einen Blick mit Marje. Sie blickte vertrauensvoll und ruhig auf Sayuri. Offenbar schienen ihr ähnliche Gedanken durch den Kopf gegangen zu sein wie ihm. Vielleicht war Sayuri es sogar gewesen, die ihre Gedanken gelenkt hatte?

Kurz tauschten sie einen Blick, dann nickten sie zustimmend.

Das blasse Mädchen lächelte sanft und wandte sich an die Tür.

»Wir nehmen den Weg über die Mauer«, schlug Marje vor. »So bin ich in der Nacht des Attentats in den Palast gekommen.«

Kiyoshi nickte. Der Versuch, durch die Tore oder den Hafen in den Palast zu gelangen, würde scheitern, so viel war sicher. Bei den leisesten Anzeichen einer Gefahr von außen wurden die Mauern verschlossen.

Sayuri war bereits durch die Tür geschlüpft, ohne sich einmal umzusehen. Kiyoshi und Marje beeilten sich, ihnen nachzukommen. Thar und Shoan wollten sich ihnen ebenfalls anschließen, aber auf dem Hinterhof blieb Marje stehen und schüttelte entschieden den Kopf. »Wir sind schon so auffällig genug. Außerdem müsst ihr den anderen hier helfen.«

Shoan nickte. Kiyoshi hatte das Gefühl, dass er nicht böse um diese Entscheidung war. So, wie er sich an die Bücher klammerte, die er in Sayuris Laden wieder an sich genommen hatte, konnte Kiyoshi sich nicht vorstellen, wie er sich gegen ausgebildete Soldaten wehren wollte.

Aber Thar funkelte Marje herausfordernd an. »Bin ich dir nicht mehr gut genug?«, fragte er. »Du benimmst dich langsam wie Milan! Der hat auch immer alles allein durchgezogen.«

»Lass Milan aus dem Spiel«, fauchte Marje überraschend scharf.

»Vielleicht solltet ihr euren Streit auf später verschieben«, sagte Kiyoshi hastig und lief Sayuri hinterher, die bereits das Ende der Straße erreicht hatte und nun in Richtung Hauptbrücke abbog. Aus den Augenwinkeln sah er, wie Marje aufholte, dicht gefolgt von Thar.

Kiyoshi warf seiner Freundin einen Blick zu, aber ihr Gesichtsausdruck war verschlossen. Als sie auf einen breiteren Weg einbogen, zog er sich wieder die Kapuze ins Gesicht. Das Gefühl, beobachtet zu werden, verfolgte ihn, seit sie in der Stadt waren. Ein absurdes Gefühl, das verschwand, sobald er sein Gesicht versteckte.

Stumm liefen sie nebeneinanderher. Marje hatte wieder nach Sayuris Hand gegriffen.

So durchquerten sie die Straßen, in denen die Menschen ihrem Tagesgeschäft nachgingen. Überall wurde gehämmert und gesägt – und die Spuren der Verwüstung, die noch bei seinem Aufbruch hier geherrscht hatten, waren vielerorts schon beseitigt worden. Kinder spielten auf den geschwungenen Brücken oder am Ufer des Shanu, junge Frauen hängten Wäsche auf.

Die Luft roch frisch und rein, keine Spur von Verwesung lag über der Stadt. Der Fluss plätscherte frisch in seinem Bett und zog sich wie eh und je durch die Stadt.

Ab und zu hörte Kiyoshi ein Horn aus der Ferne, fast wie ein Echo, doch kaum einer der Bürger achtete darauf.

Ein letztes Mal fragte er sich, ob er das Richtige getan hatte. Herrschte nicht wieder Frieden in der Stadt? Wer war er, dass er ihn so mutwillig aufs Spiel setzte? Und konnte er die Verantwortung übernehmen, dass diese Menschen abermals verunsichert wurden, die gerade wieder zu ihrem Alltag zurückkehren wollten?

Doch dann schüttelte er den Kopf. Er war drauf und dran, den gleichen Fehler zu machen. Schon früher hatte er sich von der Idylle der alten Stadt täuschen lassen. Hatte sich nicht gekümmert, was mit den Tallern war, hatte keine Gedanken an diejenigen verschwendet, dic verbannt wurden und von den Söldnern versklavt wurden.

Doch nun wusste er es besser. Er wusste, wie viele noch dort draußen waren, wie viele ihr Leben gelassen hatten, nur weil Miro Angst vor einer Einzigen gehabt hatte.

Er wusste, wie viele Familien um ihre Kinder trauerten, Kinder, die niemals zurückkommen würden, egal, was Miro auch unternahm. Kiyoshi musste dafür sorgen, dass dieses Unrecht ein für alle Mal ein Ende hatte. Das hatte er sich dort draußen in der Wüste geschworen und tief in seinem Herzen wusste er, dass er richtig handelte.

Aus dem Handwerkerviertel gelangten sie über die breiten Straßen am Shanu in die Nähe des Palastes. Wie immer schien Marje, die Sayuri an der Hand hielt, das blasse Mädchen zu führen, aber Kiyoshi war sich sicher, dass es diesmal umgekehrt war. Sayuri wusste genau, wohin sie wollte.

Er musterte ihre blasse Miene, doch noch immer verriet nichts in ihr, was sie plante.

Schließlich erreichten sie eine der breiten Straßen mit den hohen Herrschaftshäusern der reichen Händler an der Palastmauer. Hier herrschte gepflegte Stille.

Die Blumen blühten wie eh und je, verschwenderisch mit dem Wasser gegossen, das den Leuten in der neuen Stadt und draußen in der Wüste vorenthalten wurde.

Unschlüssig sah Marje sich um. »Das letzte Mal war es Nacht, als ich über die Mauer geklettert bin«, sagte sie zögernd und schaute Hilfe suchend zu Kiyoshi.

»Wir könnten es auch durch den Spalt in der Nordmauer versuchen«, sagte er, ebenso zögernd.

Marje schüttelte den Kopf. »Auf keinen Fall. Ich gehe nicht ohne dich und du bist nicht schmal genug für den engen Spalt. Selbst ich habe mich kaum dort durchzwängen können.«

Tshanil schien gleißend hell vom Himmel und aus den Häusern drangen Alltagsgeräusche; ein Baby schrie, sie hörten das Klappern von Töpfen und sahen eine Kutsche mit prächtigen Pferden, die nicht weit vor ihnen von einem der Grundstücke rollte.

»Wo bist du damals über die Mauer geklettert?«, fragte Kiyoshi.

Marje zeigte auf eines der Häuser. »Dort drüben«, sagte sie.

Kiyoshi sah sich verstohlen um und schätzte die Lage ein. Dann nickte er. »Wir versuchen es«, sagte er knapp.

Im Schutz eines hohen Strauches kletterten sie in den Vorgarten und verharrten erneut, um sicherzugehen, dass sie nicht beobachtet wurden.

Die Kutsche war in die entgegengesetzte Richtung davongerollt und vor den Blicken der Familie, die friedlich im Nachbargarten am Esstisch saß, waren sie durch die dicke Hecke geschützt, die ihren Garten umgab.

Stumm zählten sie die Sekunden und lauschten in alle Richtungen. Nichts geschah, auf der Straße und im Haus blieb alles ruhig.

»Weiter«, befahl Kiyoshi schließlich. Er spürte Sayuri neben sich zitternd auf dem Boden hocken und zog sie mit sich hinter Marje her, die den schmalen Gang am Haus entlang in den großen Garten schlich.

Verdammt! Auf dem Nachbargrundstück spielten zwei Kinder. »Wir haben keine Wahl«, murmelte Kiyoshi leise. »Los.«

»Können wir sie nicht irgendwie ablenken?«, fragte Marje leise.

Plötzlich tauchte eine dunkle Gestalt hinter ihnen auf. Kiyoshi schrak zusammen. Er hatte gar nicht bemerkt, dass Thar ihnen immer noch gefolgt war.

Mit einem Satz sprang der junge Mann über den Zaun, der die zwei Gärten voneinander trennte. »He, ihr beiden«, rief er den Kindern zu und grinste breit, als sie sich ihm zuwandten.

Kiyoshi hielt die Luft an und drückte sich und Sayuri tiefer in den Schutz der Sträucher.

»Wer bist denn du?«, fragte der ältere Junge misstrauisch.

Thar breitete die Arme aus und zeigte ihnen die leeren Handflächen. »Ich hab eine Frage an euch«, sagte er, als wäre es das Selbstverständlichste der Welt, dass er in ihrem Garten auftauchte.

Mit einigen Schritten durchquerte er den Garten und blieb vor den Kindern stehen. »Was habt ihr denn da?«, fragte er und in seiner Stimme schwang pures Erstaunen mit. »So was hab ich ja noch nie gesehen!«

Die Kinder kicherten. »Das ist eine Puppe, du Blödmann«, spottete das Mädchen. »Schau, das hier ist das Kleid!«

»Eine Puppe?« Thars Stimme klang so ungläubig, dass Kiyoshi Mühe hatte, ein Lachen zu unterdrücken. »Ehrlich?

Ich kenne Puppen, aber so eine hab ich noch nie gesehen. Kann die auch sprechen?«

Marje schüttelte grinsend den Kopf. »Auf Thar ist doch immer wieder Verlass«, murmelte sie leise.

Kiyoshi schaute zu Sayuri. »Bereit?«, fragte er, und als das blasse Mädchen nickte, huschten sie geduckt hinter Marje durch den Garten bis zu dem Baum, von dem aus man auf die Mauer klettern konnte.

Der Baum hatte eine Krone aus dunklen, dichten Blättern und bot ihnen einen guten Sichtschutz. Dennoch würde sie jeder sehen, der hochblickte. Sie mussten sich beeilen.

Marje kletterte als Erste hinauf. Dann half Kiyoshi Sayuri, sich auf die Mauer hochzuziehen, während Marje von oben das schlanke Handgelenk ihrer Freundin ergriff. Schließlich griff Kiyoshi nach dem Stamm und machte sich daran, den Baum zu erklimmen. Gegenseitig halfen sie sich, vom Baum auf die Mauer zu gelangen.

Von dort war es nur noch ein Sprung in den Palastgarten, aber als Kiyoshi sah, wie hoch die Mauer war, zögerte er. Sie konnten sich alle Knochen brechen. Wie, bei Turu, war Marje hier heruntergekommen?

Doch in diesem Moment sah er eine Bewegung neben sich, und ehe er sie aufhalten konnte, war Sayuri schon in der Luft. Es sah so elegant und natürlich aus, als ob sie den ganzen Tag nichts anderes machen würde.

Einen Fuß voraus kam sie sicher am Boden auf und drehte sich ohne zu taumeln zu ihnen um.

Verblüfft wechselten Kiyoshi und Marje einen Blick.

Springt, rief Sayuri. *Euch wird nichts passieren!*

Kiyoshi zögerte. Doch da ergriff Marje seine Hand. »Auf drei?«, fragte sie.

Er nickte. »Zehn wäre mir lieber«, gab er grimmig zurück. »Zögert den Schmerz noch ein wenig hinaus.«

Sie kicherte, dann packte sie seine Hand fester und stieß sich von der Mauer ab.

»Die kann blinzeln?«, hörte er Thar noch voller Begeisterung im Garten fragen.

Dann schloss Kiyoshi die Augen.

Aber einen Moment später riss er sie erstaunt wieder auf.

Statt zu stürzen, schwebten sie in die Tiefe, als würde ein dichtes Luftkissen ihren Fall verlangsamen. Sanft berührten ihre Füße den Boden im Palastgarten. Verwirrt warf er Sayuri einen Blick zu, den sie scheu lächelnd entgegnete. Mit jeder Minute schien ihre Magie stärker zu werden.

Bring mich zum Kaiser, bat sie. Kiyoshi starrte sie noch einen Moment fassungslos an. Doch dann nickte er, während Marje bereits an den Rand des kleinen Wäldchens gelaufen war, um sich einen Überblick über die Lage zu verschaffen. Was sie sah, schien sie zufriedenzustellen und nun kam auch Kiyoshi wieder zu sich und schaute sich sichernd um.

Wie er gehofft hatte, waren die wenigsten Soldaten im Palast zurückgeblieben. Miro hatte seine Truppen beim ersten Klang der fremden Hörner losgeschickt. Das war das übliche Prozedere, um die Stadt gegen Angriffe zu verteidigen. Kiyoshi lauschte. Der Ruf der Hörner schien mittlerweile etwas näher zu kommen.

Schließlich winkte er Sayuri und Marje, ihm zu folgen. Der Weg schlängelte sich ein Stück an der Mauer entlang, ehe er in ein zweites kleines Wäldchen abbog, das auf einer Insel lag. Der Pfad führte zu einem Haus, das ähnlich abgelegen war wie das seiner Mutter. Miro hatte ihm von Kindesbeinen an eingeschärft, dass der Kaiser Ruhe brauchte, und Kiyoshi hatte ihn nie ohne Begleitung aufsuchen dürfen.

Und obwohl das hier vertrautes Terrain war, sein Zuhause, seit er denken konnte, fühlte Kiyoshi sich genauso unsicher wie in der Wüste.

Das Haus, in dem der Kaiser seit Jahren zurückgezogen lebte, war bescheiden. In einem Halbkreis war es um einen kleinen Garten gebaut, derselbe Garten, der in so vielen Details Sayuris kleinem Dachgarten glich. Der Garten, in desssen Mitte zwischen fremdartigen Blumen und Pflanzen die Quelle lag.

Dort vorne?, fragte Sayuri, als das Haus in Sicht kam.

Kiyoshi nickte nur. Noch einmal hielt er nach Soldaten oder Wächtern Ausschau, aber es war, als wäre dieser Teil des Palastes ausgestorben.

»Ihr wartet hier im Schutz der Bäume auf mich, bis ich euch hole«, flüsterte er und ging alleine weiter. Am Waldrand zögerte er kurz, dann trat er über die zierlich geschwungene Brücke aus weißem Marmor und ging entschlossen auf das Haus zu, vor dem in gepflegten Beeten exotische Blumen blühten. In den großen Blütenkelchen ließen sich kleine Irrlichter nieder, ihr Summen und Sirren erfüllte die Luft.

Entschlossen straffte Kiyoshi die Schultern, dann öffnete er die schwere, kunstvoll geschmiedete Tür und trat in den Flur. Durch die großen Buntglasfenster fiel Sonnenlicht und malte hell schimmernde Bilder auf den glänzend polierten Steinfußboden. Noch immer waren keine Wachen zu sehen, der Gang lag leer und still vor ihm.

Sein Blick fiel auf die gegenüberliegende Tür, die zum Garten mit der Quelle führte. Für sie war Miro bereit gewesen, die Sechzehnjährigen der Stadt zu opfern.

Aber er hat sich geirrt, dachte Kiyoshi grimmig. Er hat einen Fehler gemacht, wie schon so oft. Sayuri brachte die Quelle nicht zum Versiegen. Ganz im Gegenteil – noch nie war der Shanu so stark gewesen.

Er drehte sich um und glitt zur Tür zurück, um Sayuri und Marje zu sich zu winken. Schnell liefen sie über die Brücke und folgten ihm in den Palast. Lautlos schloss er das Tor hinter ihnen.

Kurz traf sein Blick Sayuri. Was würde nun passieren? Was trieb sie zum Kaiser? Wie würde die Sache enden?

Sayuri hielt kurz inne, dann ging sie vorsichtig weiter. Sie sagte keinen Ton, sah sich nicht um, fragte nichts. Ohne zu zögern, steuerte sie die Tür an, hinter der der Kaiser sein Schlafgemach hatte.

Kiyoshi wechselte einen Blick mit Marje. Auf Zehenspitzen folgten sie Sayuri. Im Halblicht der bunten Fenster schimmerte das Haar des Mädchens noch heller als sonst.

Das Zimmer, in dem der Kaiser lag, war abgedunkelt. Schwere Vorhänge sperrten das Sonnenlicht aus und trotz der draußen herrschenden Hitze brannte im Kamin ein wärmendes Feuer.

Der Kaiser selbst lag in einem riesigen Bett, das mit geschnitztem Elfenbein verziert war. Die Decken schienen Kiyoshi so schwer, dass er sich fragte, wie der Kaiser unter ihnen atmen konnte. Vage war ein Gesicht zu erkennen, so tief in das große, weiche Kissen gesunken, dass man es kaum von dem Stoff unterscheiden konnte. Weiße Haare rahmten ein farbloses Gesicht ein, das kaum mehr war als ein Totenschädel.

Marje griff nach Kiyoshis Hand und er konnte spüren, dass sie zitterte. Sie blieben in der Tür stehen.

Sayuri trat einen Schritt in den Raum hinein, verharrte dann jedoch. »Vater?«, fragte sie leise.

Sie sagte es, als sei es das Selbstverständlichste auf der Welt. Und so kam es Kiyoshi plötzlich auch vor.

Er wunderte sich nicht, fühlte keine Überraschung.

Und doch spürte er, wie sich in ihm alles zusammenzog.

Das war es, was die Quelle des Wissens Sayuri offenbart hatte. Und obwohl es Kiyoshi so folgerichtig erschien, spürte er erst jetzt, wie sehr er sich dem Gedanken verweigert hatte.

Sayuri. Die Tochter und Erbin des Kaisers.

Das Kind seines Onkels.

Eine Kälte durchflutete ihn, die ihm fast die Luft zum Atmen nahm. Sein ganzes Leben erschien ihm plötzlich falsch. Alles, was Miro ihm erzählt hatte, war eine einzige, große Lüge gewesen. Der Raum begann sich plötzlich um ihn zu drehen, Sayuri und das Bett des Kaisers verschwammen vor seinen Augen und die Hitze im Raum trieb ihm Schweißperlen auf die Stirn. Er riss sich von Marjes Hand los, öffnete die Tür und stolperte auf den Gang hinaus, wo er in die Knie ging.

Zitternd holte er Luft, als Marje aus dem Zimmer des Kaisers kam und sich neben ihn setzte. »Du hast es nicht gewusst, oder?«, fragte sie leise.

Kiyoshi schluckte und schüttelte stumm den Kopf, um gleich darauf zu nicken. Seine ganze Welt lag wie ein einziger großer Scherbenhaufen vor ihm. Das Gezwitscher der Vögel, die im Palastgarten auf den Bäumen saßen, klang wie durch Watte zu ihm. Sein Körper fühlte sich taub an. Erst als Marje ihm die Arme um den Hals legte und er ihren warmen Atem an seinem Hals spüren konnte, wachte er aus seiner Starre wieder auf.

»Willst du es mir nicht erzählen, was mit deiner Familie ist?«, fragte sie vorsichtig.

Kiyoshi zuckte leicht mit den Schultern. Vielleicht war das Ganze leichter zu ertragen, wenn er sich nicht allein mit seinen Gedanken quälen musste. In seinem Kopf waren so viele Fragen, auf die er keine Antworten wusste.

»Es war alles falsch«, flüsterte er leise. »Ich bin in dem Glauben aufgewachsen, dass der Kaiser keine Kinder hat. Deswegen hat mich Miro zu seinem Erben gemacht. Aber was ist nun? Wem kann ich nun noch glauben?« Tränen traten ihm in die Augen und ein Lachen schüttelte seinen Körper. »Ich weiß gar nichts, nichts über Sayuri, genauso wenig wie über mich.« Er schluckte schwer. »Mein ganzes Leben ist eine einzige Lüge.«

7. Kapitel

Dein Leben ist keine Lüge, Kiyoshi.«

Erschrocken zuckte Marje beim Klang der dunklen Stimme zusammen, die plötzlich hinter ihnen auftauchte.

Mit einem Satz war sie auf den Füßen. Zwar hatte sie den Kaiserbruder schon öfter gesehen, doch noch nie war sie ihm so nah gewesen. Kiyoshis Onkel war groß und schlank. Sein Körper wirkte kraftvoll und Marje wich unwillkürlich weiter an die Wand zurück, als sein Blick sie traf.

Für einen Moment wirkte Miro gehetzt, wie ein in die Enge getriebenes Tier, doch dann hefteten sich seine Augen auf Kiyoshi. Die harten Züge in seinem Gesicht wurden ein wenig weicher.

»Es war nicht alles eine Lüge«, widersprach er mit Nachdruck und Marje glaubte ganz kurz, so etwas wie eine Entschuldigung in seinem Blick zu sehen.

Kiyoshi erhob sich vom Boden und richtete sich zu voller Größe auf. Hasserfüllt starrte er auf den Mann, der ihn aufgezogen hatte.

»Ja, ich habe gelogen.« Miro ließ Kiyoshi nicht aus den Augen. »Aber du musst mir glauben, dass ich immer nur das Beste für dich wollte!«

Kiyoshi presste die Lippen zu einem schmalen Strich zusammen und der Bruder des Kaisers redete hastig weiter. »Ich wollte dich nicht mit Dingen belasten, an denen du sowieso nichts hättest ändern können.«

»Und deshalb war es einfacher, mich mit einer Lüge groß werden zu lassen?«

Kiyoshis Stimme war kalt wie Eis und Marje zuckte zusammen, als sie ihn so reden hörte. Sie hatte das Gefühl, dass er unerreichbar weit von ihr entfernt war. Hilflos griff sie nach seiner Hand und starrte zornig zu Miro. Sie wollte sich nicht in das Gespräch einmischen, aber Kiyoshi so leiden zu sehen, ließ eine brennende Wut in ihr aufsteigen.

»Es tut mir leid«, sagte Miro leise.

»Ach und deswegen hast du mir auch Rajar nachgesandt?«, spottete Kiyoshi und stieß ein heiseres Lachen aus. Als Miro zu einer Erwiderung ansetzte, unterbrach Kiyoshi ihn barsch. »Du könntest zur Abwechslung einmal damit anfangen, die Wahrheit zu sagen. Wer ist das Mädchen? Wer ist Sayuri?«

Miro rang sichtlich mit sich. »Sie ist…«

»Deine Nichte«, half Kiyoshi ihm bei der Antwort. »Sie ist die Tochter des Kaisers. Desselben Kaisers übrigens, der zeit seines Lebens angeblich kinderlos geblieben ist.«

Miro senkte den Kopf. Das Schweigen, das sich zwischen ihnen ausbreitete, war so geladen, dass Marje unwillkürlich die Luft anhielt. Sie spürte, wie Kiyoshis Atem schneller ging, und am liebsten hätte sie Miro an den Schultern gepackt, um die Wahrheit aus ihm herauszuschütteln.

Als Kiyoshi einen Schritt auf ihn zutrat, ergriff Miro endlich das Wort. »Wir alle haben sie so sehr geliebt. Es war zu schwer für uns, für den Kaiser wie für mich.«

»Wen habt ihr geliebt?« Kiyoshis Stimme war unerbittlich. »Sayuri?«

Miro schüttelte den Kopf. »Nein«, sagte er und Kälte klirrte in seiner Stimme. »Es ist jetzt sechzehn Jahre her. Du warst kaum zwei Jahre alt. Deine Mutter war...«, er stockte. »Kiyoshi, aus Liebe tut man Dinge, die man zeit seines Lebens bereut«, sagte er.

»Ich will keine deiner Entschuldigungen hören!«, brauste Kiyoshi auf. »Ich will endlich wissen, was hier vor sich geht!«

Miro wandte sich ab und schritt zum Fenster. In dem kleinen Palastgebäude war es plötzlich totenstill. Selbst die Geräusche der Natur aus dem Palastgarten waren verstummt.

»Es gab zwei Brüder und zwei Schwestern«, begann Miro. »Der Kaiser und ich – und die Schwestern Silla und Aulis.«

Marje warf Kiyoshi einen verwirrten Blick zu. Aulis war Kiyoshis Mutter, so viel wusste sie. Und war Silla nicht der Name, den sie damals am Morgen nach dem Attentat genannt hatte?

»Was war mit meinem Vater? Eurem dritten Bruder?«

Miro machte eine abwehrende Handbewegung. »Es gab nie einen dritten Bruder, Kiyoshi.«

Marje fühlte, wie ihre Kehle trocken wurde. Kiyoshi sah aus, als würde er einem Gespenst begegnen. »Was heißt das? Wer ist mein Vater?«

»Du musst die ganze Geschichte hören, bevor du urteilst, Kiyoshi.« Miros Augen lagen jetzt in dunklen Höhlen. Fast sah es aus, als ob er eine Maske trüge. »Silla und Aulis waren Schwestern. Sie waren sich sehr ähnlich, doch der Kaiser und ich hatten nie Schwierigkeiten, sie zu unterscheiden. Das ist es, was Liebe vermag.«

Kiyoshi schwieg und Miro fuhr fort. »Schon in jungen Jahren wurde Silla die Frau meines Bruders.«

Marje hob ungläubig den Kopf. »Es gab eine Kaiserin? Davon habe ich noch nie etwas gehört.«

»Nach ihrem Tod habe ich verbieten lassen, ihren Namen auch nur zu erwähnen. Es standen schwere Strafen darauf.« Er lachte bitter. »Ihr glaubt nicht, wie schnell gezielte Drohungen einen Menschen aus der Erinnerung des Volkes löschen können.«

»Was ist mit ihr geschehen?« Kiyoshis Worte waren fast tonlos.

»Silla erwartete ein Kind vom Kaiser. Sie war so glücklich, als sie davon erfuhr. Und mein Bruder ebenfalls.« Über Miros Gesicht legte sich ein dunkler Schatten. »Doch ein paar Wochen vor der Geburt setzten die Wehen ein. Es war noch zu früh. Und die Geburt dauerte so lange. Der Kaiser konnte es kaum noch ertragen. Ihre Schwester Aulis wich nicht von ihrer Seite. Und ich ... ich schwor, dass ich alles opfern würde, wenn Silla nur überlebte.« Er schwieg einen kurzen Moment. »Sekunden krochen dahin wie Stunden. Es war eine Qual.«

Marje konnte sehen, dass Miro Tränen in die Augen stiegen. Doch noch ein anderes Gefühl schien sich auf seinem Gesicht zu spiegeln, und als er weitersprach, konnte Marje den Zorn in seiner Stimme hören.

»Hätte es dieses Kind doch nur nie gegeben!«, stieß Miro hervor und ballte die Hände zu Fäusten.

»Sayuri«, flüsterte Kiyoshi tonlos.

»Dieses verfluchte Kind! Es schien, als wollten die Götter

uns strafen!« Miros Worte hallten laut über den Flur, und als sein Blick auf die Tür zum Schlafgemach seines Bruders fiel, fuhr er mit gedämpfter Stimme fort. »Die Geburt dauerte einen ganzen Tag. Doch nicht einmal die Wiljar konnten helfen. Als die Hebamme ihr das Kind in den Arm legte, hat Silla schon nicht mehr geatmet.« Sein Blick suchte einen Punkt auf dem Foliosteinfußboden und seine Stimme war kaum mehr als ein leise gehauchtes Flüstern. »Das Kind hat sie umgebracht!«

Marje schauderte, als sie sich die Bilder vorstellte – Sayuri als kleines, hilfloses Baby in den toten Armen ihrer Mutter. Kiyoshis Hand in ihrer fühlte sich kalt an. Noch immer stand er ganz still neben ihr, keinerlei Regung war auf seinem Gesicht zu sehen.

»Als der Kaiser erfuhr, dass Silla, die er über alles geliebt hatte, gestorben war, brach er zusammen«, fuhr Miro fort. »Und Aulis – sie hat seitdem kein einziges Wort mehr gesprochen, das Sinn ergab.« Seine Stimme war hart geworden. »Dieses Kind musste weg. Es hatte so viel Unglück über unsere Familie gebracht.«

»Ich glaube dir nicht«, hörte Marje plötzlich Kiyoshi sagen. »Ich glaube dir kein Wort. Was war deine Rolle in diesem Drama? Hast du das alles nur getan, um deinem Bruder zu helfen? Doch wohl kaum. Weshalb diese Lügen?« Er spuckte die Worte verächtlich aus.

Marje hielt Kiyoshis Hand umklammert. Voller Abscheu sah sie auf Miro, auf dessen blassem Gesicht sich nun rote Flecken abzeichneten.

»Ich habe es einem Diener gegeben«, flüsterte Miro tonlos,

ohne auf Kiyoshi zu achten. »Es kümmerte mich nicht, ob es noch am Leben war oder nicht. Ich wollte nur, dass es mir aus den Augen gebracht wurde! Ich hätte es nicht ertragen, es je zu Gesicht zu bekommen.« Er zögerte einen Moment. »Und ich musste auch an dich denken, Kiyoshi.«

Marje spürte, wie Kiyoshis Hand sich in ihrer zur Faust ballte. Ihr Herz begann zu rasen, als wüsste sie, welche Worte Miro als Nächstes aussprechen würde.

»Nein«, fauchte er. »Ein letztes Mal – nein! Keine Lügen. Keine Geschichten mehr. Was ist die Wahrheit?« Plötzlich lag ein Dolch in seiner Hand.

Marje griff nach Kiyoshis zweiter Hand, versuchte, ihn mit sich zu ziehen. »Wir müssen uns um Sayuri kümmern«, bat sie.

»Sayuri?« Miro fuhr zu ihr herum.

»Ja, Sayuri. Sie ist mit uns zurückgekommen«, antwortete Kiyoshi. »Sie ist beim Kaiser … bei ihrem Vater.«

Miros Augen weiteten sich, seine Hände ballten sich hilflos zu Fäusten. »Was hast du getan?« Die Frage war nur ein fassungsloses Flüstern. »Was hast du nur getan?« Seine Blässe wurde noch gespenstischer. »Du hast ihn umgebracht! Du … du …«

Marje spürte, wie Kiyoshis Körper sich anspannte.

»Du bist das Andenken deiner Mutter nicht wert«, flüsterte Miro. »So viel habe ich auf mich genommen – so viel …«

Er brach ab und schlug die Hände vors Gesicht. Plötzlich sah er nur noch aus wie ein Schatten seiner selbst.

Kiyoshi betrachtete den Mann, der vor ihm stand, ohne etwas zu sagen. Sein Schluchzen klang jämmerlich durch die leeren Flure.

»Das Andenken *meiner* Mutter?«, wiederholte er. »Aber…« Plötzlich schien er zu begreifen. »Du hast nicht nur aus Liebe zum Kaiser gehandelt! Silla – sie war gar nicht meine Tante, oder?« Seine Stimme war nun auch zu einem tonlosen Flüstern verebbt, während Miro immer mehr in sich zusammensackte und schließlich nickte.

»Nein, Kiyoshi. Silla war auch deine Mutter.«

»Aber ich bin nicht der Sohn des Kaisers!«

Marje versuchte, ihr eigenes Zittern zu unterdrücken. Fest umklammerte sie Kiyoshis Hand, wollte ihm Kraft geben.

»Nein«, flüsterte Miro wieder. »Du bist mein Sohn. Mein Bruder hat es nie erfahren und so soll es auch bleiben.« Er stöhnte auf. »Auch ich habe Silla geliebt. Mehr als mein Leben habe ich sie geliebt. Und sie hat mir das Wertvollste geschenkt, was ich je besitzen sollte – dich. Das war fast zwei Jahre, bevor sie das Kind bekam, das sie töten sollte. Gleich nach deiner Geburt hat dich ihre Schwester Aulis zu sich genommen und als ihren Sohn ausgegeben. Das schien uns die beste Lösung zu sein. So konnte Silla immer in deiner Nähe sein, wenn sie wollte. Nach ihrem Tod… nach ihrem Tod ist es dann dabei geblieben. Jeder, auch du, hat geglaubt, Aulis wäre deine Mutter.«

Marje schloss für einen Moment die Augen. Was sie da hörte, übertraf alles, was vorstellbar war. Sie dachte daran, wie Kiyoshi davon gesprochen hatte, dass er das Gefühl hatte, ihm fehle ein Stück seines Lebens. Doch es war nicht nur ein Stück. Alles, aber auch alles, woran er geglaubt hatte, war tatsächlich eine einzige Lüge gewesen!

Sie erinnerte sich an den Morgen mit der Frau, die sie

bislang für Kiyoshis Mutter gehalten hatte, genau wie er selbst. Damals, in ihrem kleinen Häuschen, hatte sie von einer Silla gesprochen und davon, dass sie das Geheimnis bewahren musste. Doch sowohl sie als auch Kiyoshi hatten es abgetan als die Worte einer verwirrten Frau. Dabei hatte Aulis offenbar einen hellen Moment gehabt. Sie hatte ganz eindeutig versucht, Kiyoshi zu warnen und die verschollene Tochter ihrer Schwester in Sicherheit zu bringen.

Marje spürte, wie sich ihr Magen zusammenzog, als sie fassungslos Miro musterte. Wie konnte ein Mensch nur auf solch unglaublichen Lügen sein Leben aufbauen? Wie konnte er so viel Schuld auf sich laden? Miro hatte seinen Bruder angelogen, dessen Frau er heimlich geliebt hatte. Aber nicht nur das: Er hatte die Trauer seines Bruders ausgenutzt und die Stadt nach seinem Gutdünken regiert – angeblich in seinem Namen. Er hatte seinen eigenen Sohn zeit seines Lebens angelogen und ihn doch zu seinem Erben ausgerufen. Er hatte eiskalt über das Schicksal des Mädchens entschieden, das die rechtmäßige Erbin des Kaisers war! Und er hatte den Tod von so vielen Menschen in Kauf genommen, um all diese Lügen für immer unter Verschluss zu halten.

Konnte man jemand wirklich so sehr lieben, dass man in dessen Namen so viel Unheil anrichtete? Ja – war das überhaupt noch *Liebe?*

Marje schüttelte unwillkürlich den Kopf. Nein. Mit Liebe hatte das nichts mehr zu tun. Was Miro nach Sillas Tod getan hatte, das war Wahnsinn gewesen. Auf seine Art musste er genauso wahnsinnig vor Schmerz geworden sein wie Aulis, Sillas Schwester und Kiyoshis Tante.

Zaghaft legte sie ihren Arm um Kiyoshi und fast wäre sie zusammengezuckt, so kalt und starr fühlte er sich an. Seine Augen hatten alle Farbe verloren und jeder Ausdruck war aus seinen Zügen verschwunden.

Kiyoshis Gesicht war vollkommen leer.

Marje konnte sehen, dass etwas in ihm endgültig zerbrochen war. Als hätte er realisiert, dass sein Leben hier im Palast nun für immer zu Ende war. Vor der hohen Tür, die aus dunklem Holz gefertigt war, wirkte er klein und verwundbar.

Miro beugte sich zu ihm. »Du musst mir verzeihen, Kiyoshi«, sagte er flehentlich. »Und du musst verstehen, warum ich all das getan habe.«

»Nein.« Plötzlich kam Leben in Kiyoshi. »Zu verstehen gibt es da nichts. Solange ich atme, werde ich es nicht begreifen. Wie viele Menschen du auf dem Gewissen hast, die unschuldig waren! Um deine Lügen, um deine Taten ungeschehen zu machen, hast du sie alle geopfert. Wie kannst du mit dieser Schuld nur leben?«

Er betrachtete den Dolch, den er noch immer in seiner Hand hielt, nachdenklich.

Für einen Moment herrschte atemlose Stille.

»Tu das nicht«, flüsterte Marje.

Kiyoshi ließ den Dolch fallen. Klirrend kam er auf dem Steinfußboden auf. »Du bist es nicht wert«, sagte er und alle Verachtung, zu der er fähig war, lag in seiner Stimme. »Nicht einmal diese Mühe bist du wert!«

»Kiyoshi ...« Miro trat einen Schritt auf ihn zu, ein Flehen in seinen Augen. »Lass uns ...«

Doch weiter kam er nicht. Von den Toren her ertönte ein Krachen, dann schwang die Tür auf und eine dunkle Gestalt stürzte in den Flur. Sie trug die Uniform eines Hauptmanns.

Marje zuckte zurück, als sie aus dem Augenwinkel Metall aufblitzen sah. Sie sah das Schwert in der Hand des Soldaten, sah, wie er es hob und direkt auf Kiyoshi zulief.

Jemand brüllte etwas – Marje meinte, den Namen Rajar zu hören, ein scharfer Befehl gellte durch den Flur, er musste von Miro kommen, doch dann wurde alles um sie herum still, als befände sie sich unter Wasser.

Es geschah im Bruchteil von Momenten und trotzdem hatte sie das Gefühl, als würde jemand die Zeit anhalten. Sie konnte sich selbst sehen, wie sie sich vor Kiyoshi warf, wie das Schwert auf sie zuschnellte, wie sich Entsetzen auf Kiyoshis Zügen ausbreitete, Entsetzen darüber, dass nicht er getroffen war, sondern sie.

Sie fühlte nichts, keinen Schmerz, der sich in ihr ausbreitete, keine Qual. Und doch hatte ihre Hand ganz automatisch nach der Wunde gegriffen. Zwischen ihren Fingern quoll Blut hervor und tränkte den Stoff ihrer Kleidung. Dann sank sie in sich zusammen und spürte, wie sie in Kiyoshis Arme fiel, die sie auffingen.

Sein Gesicht war dem ihren ganz nah.

Das Blut rauschte in ihren Ohren und sie konnte ihr Herz laut pochen hören. Ihre Augen versuchten, sich an Kiyoshis Blick festzuhalten. Sie konnte die Tränen sehen, die ihm in den Augen standen, sich von seinen Wimpern lösten und lautlos über die Wangen rannen.

Seine Hand umschloss die ihre. Sie war warm, so warm.

Seine Finger strichen über ihr Gesicht. Er sagte etwas. Sie konnte sehen, wie sich seine Lippen bewegten, aber sie verstand die Worte nicht. *Lächle,* bat sie leise.

Kiyoshi wischte sich mit einer Hand über die Augen. Sein Mund formte ein einziges Wort. Sie konnte es sehen, wie seine Lippen ihren Namen formten, glaubte, seine Stimme zu hören, auch wenn das Rauschen in ihren Ohren alles übertönte.

Das Lächeln tat weh. Ihr Körper fühlte sich fremd an. Ihre Hand in Kiyoshis musste eiskalt sein. Müde schloss sie die Augen. Es war zu anstrengend, sie offen zu halten. Das Atmen fiel ihr schwer. Ihre Lungen fühlten sich an, als würden sie platzen, während ein Gewicht auf ihrer Brust lag, das alle Luft aus ihr herauspresste.

Als würde eine schwere Last von ihr genommen, atmete Marje schließlich aus und ließ einfach los.

8. Kapitel

Unsicher stand Sayuri an dem großen Bett. Der alte Mann, der von den Decken beinahe erdrückt zu werden schien, wirkte völlig entkräftet. Seine Augen öffneten sich flatternd, irrten unruhig durch den Raum. Er schien nicht einmal mehr den Kopf drehen zu können. Sayuri konnte ihn sich kaum als mächtigen Kaiser vorstellen. Er sah so alt aus, so uralt.

»Bist du gekommen, um mich zu erlösen?«, fragte er mit heiserer Stimme, als seine Augen sie gefunden hatten.

Erschrocken wich sie zurück. Seine blauen Augen hatten ihre Klarheit nicht verloren und waren mit stechender Schärfe auf sie gerichtet.

»Genau so habe ich mir dich immer vorgestellt«, flüsterte der alte Mann. Scharf sog er die Luft ein, als würde ihm das Sprechen viel Mühe bereiten.

»Komm her«, bat er leise. Eine knochige Hand tastete sich unter den Decken hervor.

Vorsichtig umschloss sie die dürren Finger. Altersflecken hatten sich auf der pergamentartigen Haut ausgebreitet. »Da bist du endlich«, flüsterte er. Seine tief liegenden Augen musterten sie abschätzend. »Sechzehn Jahre hab ich nur darauf gewartet ...«

»Gewartet?« Ihre Stimme klang glockenhell, als sie sich im Raum ausbreitete.

Der Alte lachte leise. Schnell verwandelte sich sein Lachen in ein kehliges Husten, das seinen ganzen Körper erzittern ließ. »Gewartet«, bestätigte er atemlos.

»Warum?«, fragte Sayuri leise. *Mein Vater,* dachte sie und strich über die alten Finger. Sie mochte es nicht glauben und doch wusste sie, dass dies ihre einzige Gelegenheit sein würde, ihm Fragen zu stellen.

»Man sagte mir, du wärst mit ihr gestorben«, flüsterte der alte Mann heiser. Er hatte den Kopf ein kleines Stück angehoben. Er nahm ihre Hand und hielt sie fest, doch sein Griff war schwach. Tränen quollen aus seinen Augen, die rot und entzündet waren.

»Warum erst jetzt?«, fragte Sayuri. »Warum?«

Er stöhnte. »Mein Bruder war es, der mir damals sagte, dass mein Kind tot sei. Ein grausameres Schicksal kann man sich nicht vorstellen.«

Rasselnd holte er Luft, doch seine Lungen schienen ihm den Dienst zu versagen. »Ich war außer mir vor Schmerz, damals. Ich sah keine Hoffnung, keinen Sinn mehr zu leben. Doch ich konnte meinem Leben kein Ende setzen. Nicht ohne Erben.« Er verstärkte den Druck seiner Hand. »Du musst wissen, mein Kind, dass die Macht über die Quelle immer nur in der Hand eines einzigen Menschen liegt. Er ist unsterblich, bis er sich entscheidet, Abschied von dieser Welt zu nehmen. Aber er kann nur gehen, wenn ein Nachkomme da ist, ein Kind, das alt genug ist, das Erbe anzutreten.«

Sayuri schwieg und der Kaiser ließ sich in die Kissen zurücksinken. Ein mattes Lächeln erschien auf seinen ausgezehrten Zügen. »Ich mag für die Welt dort draußen noch der Kaiser sein – doch in Wirklichkeit bin ich ihr schon längst entschwunden. Mein Bruder – er hat sich um alles gekümmert. Doch dann – sechzehn Jahre später – kam mir neue Hoffnung. Plötzlich spürte ich etwas – spürte, dass da eine Macht war, die nach mir griff, etwas, das stärker war als ich. Der Wasserspiegel der Quelle sank. Und irgendwann verstand ich, dass du am Leben sein musstest.« Er strich ihr über die Hände. »Wie schön du bist«, sagte er. »So schön, wie deine Mutter es war.« Seine Stimme war voller Schmerz.

»Warum hast du nicht nach mir suchen lassen?«, flüsterte Sayuri.

»Als ich deine Macht fühlte und begriff, was geschehen sein musste, da ging es mir bereits sehr schlecht. Schon sah ich meinem Tod erwartungsvoll entgegen – doch dann spürte ich, dass etwas nicht stimmte. Deine Macht verschwand so plötzlich, wie sie gekommen war. Und ich gewann neue Kräfte – bis zum heutigen Tag.« Er verzog sein Gesicht zu einer Grimasse und erst einen Moment später bemerkte Sayuri, dass es ein Lächeln war, das sich über den Totenschädel spannte.

»Aber nun bist du endlich gekommen, um mich zu erlösen«, flüsterte er leise. »Meine Tochter ...«

Sayuri blickte ihn an, unfähig, etwas zu erwidern.

Langsam hob er die zitternde Hand, berührte ihre Wange. Sie musste sich zwingen, nicht zurückzuweichen. »Die gleichen Augen«, flüsterte er leise. »Du hast die gleichen Augen wie deine Mutter.«

Seine Hand fiel auf die Decke, als die Kraft aus ihr wich. »Ich war kein guter Vater«, sagte er heiser.

Sayuri hätte auflachen können bei seinen Worten, aber stattdessen stiegen ihr Tränen in die Augen. *Nein,* dachte sie. *Aber du bist nicht schuld an dem, was passiert ist.* Sie konnte die Worte nicht laut hervorbringen, aber sie hoffte, dass er sie trotzdem verstand. Hilflos hielt sie seine Hand fest.

»Sei eine gute Tochter. Tu, was ich nicht tun konnte«, bat er leise. »Ich weiß, dass du es kannst.« Er hatte die Augen geschlossen. Seine Worte waren kaum mehr als ein Hauch.

Sayuri nickte. Sie wusste, dass er es nicht sehen konnte. Wie erstarrt stand sie da, ihre Augen hingen an dem alten Mann, als könnte er noch etwas sagen, was sie unbedingt hören musste. Wieder griff sie nach seiner kalten, kraftlosen Hand.

Seine Augen flatterten, dann schlossen sie sich wieder. Sein letzter Atemzug klang wie ein erleichterter Seufzer, dann war es plötzlich totenstill im Raum und Sayuri hatte das Gefühl, dass selbst das Knistern des Feuers verstummt war.

Sie konnte nur ihren eigenen Atem hören, als sie die stickige Luft einsog.

Hinter ihr wurde die Tür aufgerissen. Ein Mann stürzte auf das Bett zu und stieß sie grob zur Seite, sodass sie ein paar Schritte zurücktaumelte.

Stumm beobachtete sie, wie der Mann am Bett des Kaisers zusammensank. Er griff nach der Hand des alten Kaisers und ließ schluchzend den Kopf auf die Decken fallen. Da erkannte sie Miro, auch wenn er ihr verändert erschien. Abgemagert war er, die Haare standen ihm wirr vom Kopf ab und seine Bewegungen hatten nichts mehr von der erhabenen Sicherheit, die er in der Stadt immer zur Schau gestellt hatte.

Er ist auch nur ein Mensch, dachte Sayuri, als sie zu Miro schaute, der sich völlig dem Schmerz über den Tod seines Bruders überlassen hatte. Ein Mensch, genauso wie ich. Fest nahm sie sich vor, immer daran zu denken. Niemals wollte sie sich über irgendjemand anderen stellen.

Vorsichtig ging sie um ihn herum, blieb noch einmal neben dem Bett stehen und sah auf ihren Vater hinab, der so friedlich aussah, als schliefe er.

Dann wandte sie sich zur Tür, durch die warmes Sonnenlicht fiel, und zog sie leise hinter sich zu.

Erleichtert schloss sie die Augen, lehnte sich gegen das kühle Holz der Tür und atmete dankbar die frische Luft ein.

Alles wird gut werden. Jetzt wird alles gut.

Langsam öffnete sie die Augen und wandte sich von der Tür ab.

Vor ihr kniete Kiyoshi auf dem Boden. Sie sah den Körper, der in seinen Armen lag, die dunklen Locken, die die geschlossenen Augen umrahmten, die Kleidung, die das Blut rot gefärbt hatte.

Stumm blickte sie auf ihre Freundin hinab und wusste, dass sie sich geirrt hatte.

Nichts war gut.

Mit einem Ruck stand Kiyoshi auf. In seinen Armen hielt er Marje so sicher und vorsichtig, dass es Sayuri die Tränen in die Augen trieb. Die Hand, mit der sie vergeblich versucht hatte, sich zu schützen, rutschte von ihrem Körper, fiel leblos hinab. An ihrem Finger trug sie noch immer Milans Ring.

Mit wenigen Schritten war Sayuri bei ihr, griff nach der

Hand, umschloss sie sanft mit den Fingern. Zärtlich strich sie über den Ring, dann legte sie die Hand sanft auf den Bauch zurück und faltete sie mit Marjes anderer Hand.

Kiyoshi beobachtete jede ihrer Bewegungen.

Sayuri wollte den Blick heben und ihm irgendetwas sagen, aber sie konnte es nicht. Sie konnte ihm nicht in die Augen sehen. Von einem auf den nächsten Moment fühlte sie sich völlig leer.

»Komm«, bat Kiyoshi. Seine Stimme war rau. Mit dem Fuß stieß er die Tür auf, die in den Garten der Quelle führte. Ganz in der Nähe ertönte ein Zentaurenhorn, aber sie achteten nicht darauf.

Kiyoshi ging bis zum Ufer des kleinen Sees, direkt zu der Quelle. Zwischen hellen Steinen sprudelte das Wasser hervor, ergoss sich in den See und speiste den schmalen Bach.

Sayuri konnte ihn spüren. Unter der Erde quoll die Kraft hervor und verwandelte sich in Wasser, speiste den Fluss, ließ ihn zu jener Größe und Breite anschwellen, wie Shanu sich den Menschen in der Stadt zeigte. Jetzt erst verstand Sayuri, wie mächtig diese Quellen waren.

Sie fühlte, wie die Magie ihren Körper umspülte wie der Shanu, wenn sie in ihm gebadet hatte. Der Unterschied der Elemente war für sie kaum wahrzunehmen.

Mit zitternden Fingern strich sie über die Steine, schöpfte Wasser. Vorsichtig griff sie nach Marjes blutverschmierter Hand und tauchte sie ins kühle Nass der Quelle. Mit sanften, fast mechanischen Bewegungen wusch sie das Blut von der hellen Haut.

Kiyoshi hatte Marje auf die Wiese direkt am Ufer gelegt,

ihr Kopf ruhte auf einem weichen Kissen aus Gras. Stumm saß er neben Sayuri und verfolgte jede ihrer Handbewegungen, während sie Marje den Staub und Dreck von der Stirn wischte. Als Sayuri das Gesicht und die Hände der Freundin gesäubert hatte, sank sie schließlich stumm neben ihrer leblosen Gestalt zusammen, immer noch unfähig, irgendetwas zu sagen.

Kiyoshis Arme umschlossen sie, zogen sie zurück. Sie spürte seinen kräftigen Körper, der zitterte. Seine Hände hielten sie fest. Sie versuchte, sich zu befreien, sich aus seinem Griff zu winden, aber er war so viel stärker als sie.

Das Wasser der Quelle bäumte sich mit ihr auf, umfasste Marjes Kopf und hob ihn kurz an, dann sank er zurück auf das Gras.

Erschöpft ließ sie sich gegen Kiyoshi sinken. Seine Hände hielten sie fest, drückten sie an sich.

Mit schweren Flügelschlägen kündeten sich die Greifen an. Ihr Schrei durchbrach die Stille des Palastgartens.

Zögernd löste Sayuri sich aus Kiyoshis Arm. Der Greif war im Garten auf der anderen Seite des Sees gelandet. Sayuri konnte sehen, wie Suieen von seinem Rücken sprang und auf sie zugelaufen kam. Ohne etwas zu sagen, ging sie ihm entgegen und verbarg den Kopf an seinem Hals.

Sanft erwiderte er die Umarmung und hielt sie einfach fest, den Kopf gegen ihren gelehnt.

Stumm stand Kiyoshi da. Vage bekam er mit, wie Suieen berichtete, dass die Zentauren bereits den Palast erreicht hatten, doch er wandte sich einfach ab und ging ein paar Schritte zur Quelle, neben der noch immer Marje lag. Er hörte ein Summen, es kam ihm vertraut vor, fast wusste er es nicht einzuordnen, als Shio sich neben Marjes leblosen Körper setzte. Er dimmte sein Licht und seine zirpenden Laute klangen so klagend, dass es Kiyoshi fast das Herz brach.

Sie sah so friedlich aus.

Welcher Hohn war es eigentlich, der Toten diesen Gesichtsausdruck verlieh? Dabei hinterließen sie doch nichts als Schmerz, Verzweiflung und Fragen.

Nie wieder würde sie ihn anlächeln, wütend werden, ihm ihre Meinung sagen, sich ihre Locken aus dem Gesicht streichen, Shios aufgeregter Stimme lauschen, die Hände in die Hüften stemmen.

Er kniete sich nieder und legte seine Wange gegen die ihre. Die Haut fühlte sich bereits kalt und leblos an.

Eine zarte Berührung ließ ihn zusammenzucken. Sayuri war ihm nachgelaufen. Ihre Hand tastete nach seiner und umklammerte sie. Nach einer Weile fasste sie ihn bei der Schulter und drehte ihn zu sich um. Kiyoshi sah in ihre wasserblauen Augen, in ihrem Blick stand eine Frage.

»Ich werde mein Erbe antreten«, flüsterte sie. »Aber Kaiserin – das kann ich nicht werden. Wirst du Miros Erbe übernehmen?«

Kiyoshi starrte sie an. »Ich kann nicht.« Seine Stimme war kaum zu hören, verschwand in einem Laut der Trauer. »Verstehst du nicht, Sayuri? Sie ist tot! Ich kann nicht tun, was du von mir verlangst! Nicht ohne sie! Niemals.«

Sayuri nickte. Ihre großen Augen hielten ihn fest – gaben ihm Kraft, hielten ihn aufrecht.

»Ich weiß, was du meinst«, sagte sie schlicht und die glockenhelle Stimme klang durch den Garten und vermischte sich mit dem Klang der Quelle. Sie beugte sich über Marjes leblosen Körper und strich der Freundin die Locken aus der Stirn.

Dann wandte sie sich wieder Kiyoshi zu und sah ihn abermals an, ohne eine Bitte, ohne eine Wertung in ihren Augen, die nicht ganz von dieser Welt waren.

Und genau dieser Blick war es, der Kiyoshi zur Besinnung brachte, ihn zum Weiterdenken zwang, obwohl sich alles in ihm sträubte. Denn wenn er sich tatsächlich ganz seinem Schmerz hingab – wenn er aus Trauer Sayuri nun allein ließ –, was unterschied ihn dann von Miro, der den Säugling hatte aussetzen lassen, weil er den Tod von Silla nicht ertragen konnte?

Was machte ihn dann besser als seinen Onkel?

Verdammt, Marje, dachte er verzweifelt. Wenn du mir noch sagen könntest, was ich tun soll!

Sayuri ließ seinen Blick nicht los. So sahen sie sich an, vielleicht nur wenige Momente, vielleicht viele Stunden. *Mach weiter!*, konnte er Marjes Stimme hören.

Er brauchte nichts zu sagen, er brauchte nicht zu nicken. Sayuri wusste auch so, was sein Blick ihr sagte.

»Danke«, flüsterte sie. Sie nahm seine beiden Hände in die ihren. »Danke, Kiyoshi.«

Er konnte die Kraft spüren, die aus ihren Händen auf ihn überfloss. Er konnte Sayuris Versprechen spüren, das in ihrem Händedruck lag. Er würde nicht alleine sein.

Epilog

Vor dem kleinen Hügel nahe der Quelle blieb er stehen. Saftiges Gras überzog ihn und ein alter Maloubaum hatte seine Wurzeln nach ihm ausgestreckt. An den tief hängenden Ästen des Baumes hingen bereits schwere Früchte, die in wenigen Wochen reif sein würden.

»Du wärst stolz«, flüsterte er leise, den Blick auf das Grab gesenkt.

Eine Weile stand er einfach nur da, wie fast jeden Tag, und sah auf den grünen Hügel hinab. Jeden Abend schöpfte er hier Kraft und beim Anblick des Grabes wuchs seine Entschlossenheit. Er wollte das Reich verändern, so wie sie es getan hätte, wenn sie noch hier wäre.

»Es ist fast ein Jahr her…«, riss ihn Milans Stimme leise aus den Gedanken und Kiyoshi merkte, dass er die Hände zu Fäusten geballt hatte.

»Die Zeit spielt keine Rolle«, sagte er.

Milan schwieg für einen Moment. »Ich weiß, was du meinst«, erwiderte er schlicht.

Ein kleines Irrlicht erschien zwischen den Zweigen des Maloubaumes, zirpte ein Willkommen und ließ sich dann auf Kiyoshis Schulter nieder, wo es verharrte, sein Licht zu einem tröstenden Rot gedimmt. Hier an diesem Ort schwieg selbst Shio, der Kiyoshis ständiger Begleiter geworden war.

So standen sie lange gemeinsam an Marjes Grab und Kiyoshi spürte, dass sie ihnen nahe war.

Er dachte daran, was in diesem Jahr geschehen war.

Der Shanu war dank Sayuri zu einem breiten Strom angeschwollen und durchzog selbst die Wüste mit seinen langen Armen. Es würde noch Jahre dauern, bis das trockene Land seine Fruchtbarkeit zurückgewinnen würde, aber die ersten Schritte waren gemacht.

Jede Tat widmete er im Stillen ihr und wünschte sich, sie hätte sehen können, wie ihre Freunde, die Taller aus den äußeren Vierteln, Boote bauten und auf den Shanu hinausfuhren.

Und obwohl ihm so vieles ohne sie sinnlos vorkam, so tat er, was er tun musste. Es klang abgedroschen, aber er wusste, sie hätte es gewollt.

Seine Taten sollten niemals wieder von Hass und Rache bestimmt sein wie Miros. Und ja – er wollte Marjes Tod ungeschehen machen –, kein Tag verging, ohne dass er daran dachte. Aber er wollte sich nicht dafür rächen. Er hatte gesehen, was Rache anrichten konnte.

Sein eigener Vater – Miro – hatte diese ganze Spirale von Gewalt und Not erst in Gang gesetzt, an dessen Ende Marjes Tod durch das Schwert von Hauptmann Binor stand.

Niemals, das hatte er sich hier an Marjes Grab vor einem Jahr geschworen, würde er es wieder so weit kommen lassen.

Mit einem Ruck stand er auf. Milans Hand ruhte auf seiner Schulter. Sie war ihm Trost und Stütze zugleich. Shio glitt summend in sein Haar.

»Es geht immer weiter«, flüsterte Kiyoshi und ein stilles Lächeln legte sich über sein Gesicht. »Weißt du, das habe ich einmal zu ihr gesagt und sie zu mir.« Er drehte sich um und sah hoch zum Himmel, wo blass das Licht der Monde erschien. »Ich kann weitermachen. Ich muss es nur wollen.«

Carina Bargmann

Die letzte Wächterin

Die Wächter haben Lea gefunden, sie muss ihre Bestimmung erfüllen: Als die neunte und letzte Wächterin über die Licht- und Schattenstadt, wird sie von nun an die Schattenwesen bekämpfen und das Lichtreich verteidigen. Es gibt keinen Weg zurück, ihr bisheriges Leben, ihre Familie, all das wird sie vergessen müssen. Doch Lea ahnt nicht, dass ihre Schwester Mia ihr längst in die gefährliche fremde Welt gefolgt ist.

392 Seiten • Gebunden
ISBN 978-3-401-06447-5
www.arena-verlag.de

Kristy Spencer • Tabita Lee Spencer

Dark Angels' Summer
Das Versprechen

Eine Liebe, so alt wie das Leben selbst –
und so gefährlich, dass sie alles zerstören wird

Es ist der Sommer, in dem Dawna und Indie beide 17 Jahre alt sind. Auf dem Gut ihrer Großmutter sammeln sich dunkle Vogelschwärme und Indie begegnet einem geheimnisvollen Fremden mit einer tätowierten Feder. Doch noch ahnen die Schwestern nicht, welches unglaubliche Opfer sie bringen müssen, um das aufzuhalten, was sich über ihnen zusammenbraut.

Arena

488 Seiten • Gebunden
ISBN 978-3-401-06784-1
www.whistling-wing.de
Auch als Hörbuch bei Arena audio